KB161783

요한 볼프강 폰 괴테(1749~1832)

바이마르 괴테하우스 국립 박물관 바이마르 고전재단에 속하는 유네스코 세계 문화 유산

바이마르에서 괴테와 실러의 만남 1794년부터 시작된 괴테와 실러의 우정은, 실러가 괴테를 따라 바이마르에 이주하여 서로 비평과 집필을 독려하면서 깊어졌다.

은행나무잎 괴테는 이 시를 편지에 옮겨 적어 연모하는 여인에게 보냈다. 은행나무잎은 비밀스런 연모의 정을 나타낸다.

이탈리아 여행 소묘 스케치 괴테. 1787.

괴테기념상 베를린 가장 큰 도심 공원인 티어 가르텐에 있는 동상

이탈리아 북쪽 밀라노와 베네치아 사이 가르다 호수에 있는 괴테 기념비

베수비오 화산 폭발 괴테가 매우 놀라워했던 이 화산은 약 2000년 전 고대 도시 폼페이를 화산재로 땅 속에 묻어버렸다. 괴테. 1787.

마차 괴테가 이탈리아 여행을 할 때 타고 다녔던 마차

괴테가 이탈리아 여행을 하던 그즈음의 모습

폼페이 괴테는 여행을 하면서 시대의 변화에 따라 바뀌는 로마가 아닌, 변함없는 그대로의 로마를 보고 싶어했다.

▲산타 마리아 마조레 대성당 괴테가 이탈리아로 여행을
떠나던 무렵의 로마 산타 마리아 대성당 앞 광장

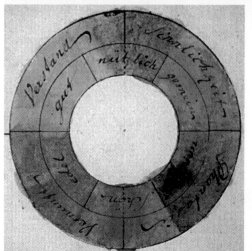

◀색채의 이론(1810) 이탈리아 여행에서 많은 예술 작품
을 접한 괴테는 실용적인 차원에서 채색의 규칙과 법칙
의 필요를 느껴 고국에 돌아와 본격적인 연구를 시작,
색채 현상을 심리적, 물리적, 화학적으로 분류하며 색채
의 중요성을 처음 거론했다.

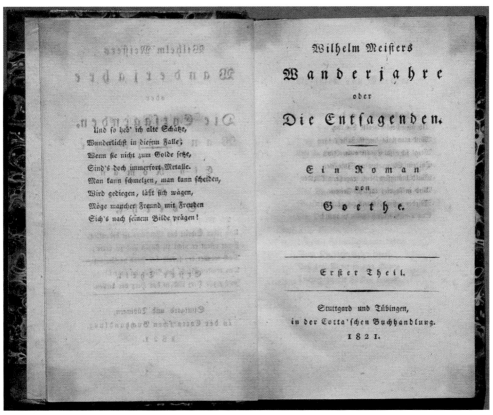

Und so heb' ich alte Schätze,
Wunderlichst in diesem Falle;
Wenn sie nicht zum Golde setze,
Sind's doch immerfort Metalle.
Man kann schmelzen, man kann scheiden,
Wird gediegen, läßt sich wägen,
Möge mancher Freund mit Freuden
Sich's nach seinem Bilde prägen!

Wilhelm Meisters
Wanderjahre
oder
Die Entsagenden.

Ein Roman
von
Goethe.

Erster Theil.

Stuttgard und Tübingen,
in der Cotta'schen Buchhandlung.
1 8 2 1.

《빌헬름 마이스터 편력시대》 초판본 속표지(1821)

《빌헬름 마이스터 편력시대》 삽화

〈여행〉 빌헬름과 아들 펠릭스와의 이집트 여행

《빌헬름 마이스터 편력시대》 아기를 안은 부인(마리아)을 나귀에 태우고 가는 남자(요셉)를 만나 그의 집에 초대를 받는다.

세계문학전집054

Johann Wolfgang von Goethe
WILHELM MEISTERS WANDERJAHRE
빌헬름 마이스터 편력시대
요한 볼프강 폰 괴테/곽복록 옮김

동서문화사

디자인 : 동서랑 미술팀

빌헬름 마이스터 편력시대
차례

제1부

제1장 이집트에로의 피난*1

산길 가파른 모퉁이를 돌아 깊은 골짜기로 꺾여드는 우람한 바위 그늘 아래 빌헬름은 앉아 있었다. 내려다보면 아찔한 전율이 도는 곳이었지만 풍광을 둘러보기에는 좋은 장소다. 해는 아직 하늘 높이 걸려 그의 발치께 바위 절벽 우뚝 선 가문비나무 가지들을 비추고 있다. 그가 마침 기록장에 무언가를 써넣으려 할 때, 바위 주위를 이리저리 돌아다니던 펠릭스가 돌멩이 하나를 손에 쥐고 다가왔다.

"아버지, 이 돌멩이 이름이 뭐예요?" 소년이 묻는다.

"나도 잘 모르겠는데." 빌헬름이 대답했다.

"이 돌 속에 반짝이는 게 틀림없이 금이겠죠?" 소년이 말한다.

"금이 아니란다." 아버지가 말했다. "사람들이 그런 것을 고양이 금*2이라고 하더구나."

"고양이 금이라니요?" 소년은 미소 지으면서 물었다. "왜 그렇게 부르죠?"

"그건 아마 가짜 금이기 때문이겠지. 가짜를 말할 때 흔히 요물로 여겨지는 고양이를 빗대서 말하기도 하니까."

"기억해 둘게요." 아들은 그렇게 말하고 고양이 금이라는 돌멩이를 가죽으로 된 여행가방 안에 넣었다. 그러더니 또 다른 것을 꺼내들고서 "이건 뭐예요?" 묻는다. "나무열매란다. 뾰족뾰족한 껍질을 보니 전나무 방울 종류인 것 같구나."

---

*1 《편력시대》의 주인공인 빌헬름이 이집트로 피난 간 것은 아니다. 제1장과 제2장에 나오는 요셉과 마리아의 운명과 그 생활 모습이 성서에 나오는 성가족(聖家族), 즉 예수와 그의 부모의 그것과 비슷함을 말하는 것이다. 〈마태복음〉 제2장 참조.
*2 금운모. 셀로판지처럼 투명한 광물로 금빛을 띤다.

"솔방울 같지는 않아요. 동그란데요." "사냥꾼들에게 물어보기로 하자. 그들은 숲과 나무열매에 대해서는 무엇이든 다 알고 있으니까 말이다. 씨를 뿌리고, 나무를 심고 가꾸는 법을 잘 알고 있을 뿐만 아니라 마음먹은 대로 나무줄기를 크게 자라나게도 한단다."

"사냥꾼들은 그런 것까지 알고 있군요. 어제 짐꾼이 저를 부르더니 사슴이 지나간 발자국이라고 일러주었어요. 저는 모르고 그냥 지나쳤었거든요. 또렷하게 발톱 자국 몇 개가 남아 있었어요. 큰 사슴이었을 거예요."

"네가 짐꾼에게 이것저것 캐묻는 걸 나도 들었단다."

"짐꾼도 아는 게 많지만 사냥꾼하고는 비교가 안 되죠. 저도 사냥꾼이 되고 싶어요. 하루 내내 숲 속에 있으면서 새소리로 그 이름을 알아내거나 새 둥지 있는 곳을 찾아내서 알을 꺼내고 말이죠. 새끼를 잡아서 어떻게 길러야 하는지, 다 자란 새들을 언제 잡아야 하는지 알 수만 있다면 얼마나 멋질까! 정말 재미있을 것 같아요."

이런 대화가 끝날 무렵 험한 산길을 내려오는 낯선 얼굴들이 나타났다. 눈부시게 아름다운 두 소년이 언뜻 소매를 걷어 올린 셔츠로 보이는 빛바랜 얇은 웃옷을 입고 잇달아 뛰어내려왔다. 이들이 빌헬름을 보고 깜짝 놀라 멈춰서는 바람에 빌헬름은 그들을 자세히 살펴볼 수 있었다. 둘 가운데 나이가 많아 보이는 소년의 머리 주위에 풍성한 금발이 물결치고 있어 먼저 그리로 눈길이 갔다. 그리고 소년의 맑고 푸른 눈이, 그 아름다운 모습에 넋을 잃은 빌헬름의 시선을 끌었다. 다른 한 소년은 동생이라기보다는 친구처럼 보였는데 어깨까지 부드러운 밤색 머리카락이 드리워져 있었고, 눈동자도 머리카락 색을 그대로 옮겨놓은 듯 같은 빛깔을 띠고 있었다.

이런 깊은 산속에서 볼 수 있으리라고는 전혀 생각지 못한 두 사람을 빌헬름은 더 가까이에서 보고 싶었지만 그럴 틈이 없었다. 어떤 사나이의 목소리가 들려왔기 때문이다. 그 목소리는 바위 모퉁이를 돌아 엄숙하면서도 정답게 날아들었다. "너희들, 왜 그러고 있니? 길을 막고 서 있으면 안 돼."

빌헬름은 위쪽을 보았다. 그가 아이들을 보고 신기해했다면 지금 시야에 들어온 광경은 그를 깜짝 놀라게 했다. 다부진 몸에 키가 그리 크지 않은, 갈색 피부에 검은 머리를 한 젊은 남자가 가벼운 옷차림으로 힘차고도 조심스럽게 바윗길을 내려오고 있었다. 그는 자기 뒤로 당나귀 한 마리를 끌고 있었다. 잘 먹여 살이 찌고 멋지게 꾸민 당나귀의 머리가 먼저 나타나더니 뒤이어 등에 실은 아름다운 짐이 보였다. 쇠장식을 단 큼직한 안장 위에 얌전하고 예쁜 여인이 앉아 있었다. 푸른 망토를 몸에 두른 그녀는 갓 태어난 아기를 가슴에 품고는, 이루 말할 수 없는 애정을 담은 눈길로 아기를 바라보고 있었다. 당나귀를 끌고 가는 남자와 아이들과 마찬가지로 그녀도 빌헬름을 보고 순간 주춤했다. 당나귀도 걸음을 머뭇거렸지만, 몹시 비탈이 가팔라서 당나귀와 끌고 가는 사람 모두 걸음을 멈추지 못했다. 빌헬름은 그들이 불쑥 나와 있는 절벽 저쪽으로 사라져가는 것을 이상하게 생각하면서 바라볼 뿐이었다.

좀처럼 볼 수 없는 이 광경이 그의 주의를 온통 빼앗은 것은 어쩌면 마땅한 일이었다. 호기심에 가득 찬 그는 일어서서 그들이 어쩌면 다시 한 번 나타나주지 않을까 하는 마음에 멀리 골짜기 아래쪽을 보았다. 그가 마침 저 독특한 여행자들과 인사라도 나눌 양으로 이제 아래로 내려가볼까 마음먹은 바로 그때, 펠릭스가 올라와서 말했다.

"아버지, 저 애들 집에 가도 돼요? 함께 가자는데요. 아버지도 같이 오시라고 그 어른이 말했어요. 가요! 저 아래에서 우리를 기다리고 있어요."

"나도 그 사람들과 이야기를 나누고 싶구나." 빌헬름이 대답했다.

그는 비탈이 조금 완만한 길에서 그의 눈길을 잡아끌었던 기이한 모습을 지그시 바라보았다. 이제야 그는 한 사람 한 사람의 자세한 모습을 알아볼 수 있었다. 늠름한 몸을 가진 젊은 남자는 아니나 다를까 어깨에 큰 자귀 하나를 메고 흔들거리는 기다란 쇠곱자를 가지고 있었다. 아이들은 커다란 갈대 다발을 종려나무처럼 손에 쥐었다. 이런 점에서 그들은 천사와 같았지만 한편으로는 먹을 것이 담긴 작은 바구니를 들고 있어 날마다 산길을 오르내리는 짐꾼같기도 했다. 더 자세히 살펴보니, 어머니는 푸른색 망토 아래에 아련하게 붉은 빛을 띤 옷을 입고 있었다. 우리의 친구 빌헬름은 이제까지 여러 번 그림에서 본 적이 있는 이집트로의 피난을 실제로 눈앞에서 보는 것 같아 놀라지 않을 수 없었다.

서로 인사를 나눈 뒤 빌헬름이 꼼짝 않고 바라볼 뿐 말을 못하고 있자 젊은 남자가 말했다. "아이들은 벌써 친구가 되었네요. 당신도 함께 오지 않으시렵니까? 어른들도 사이좋게 지낼 수 있는지 한번 알아보도록 합시다."

빌헬름은 잠시 생각하고 나서 대답했다. "당신들의 작은 가족행렬을 보니 믿음과 호감이 생깁니다. 그리고 솔직히 말씀드리자면 당신들을 더 가까이에서 알아보고 싶은 호기심도 들었고 말입니다. 왜냐하면 처음 보는 순간 당신들이 정말로 여행자들인지 아니면 이 한적한 산속에 보기 좋은 모습으로 나타나 마음을 들뜨게 하는 정령들인지 혼자 의아해하고 있었거든요."

"그렇다면 함께 우리집으로 갑시다." 사나이가 말하자 아이들도 함께 가자며 펠릭스의 손을 잡아당겼다. "함께 가시지요." 그의 아내도 젖먹이에게서 낯선 사람 쪽으로 시선을 돌리면서 상냥하게 말했다.

빌헬름은 서슴지 않고 이야기했다. "아쉽지만 지금은 함께 갈 수 없습니다. 적어도 오늘 밤은 저 위에 있는 국경 오두막집에서 묵어야 합니다. 여행가방과 서류들을 거기에 두고 온 데다 짐도 꾸리지 않은 채 그냥 놔뒀습니다. 하지만 당신들의 친절한 초대에 따르려는 소망과 의사가 있다는 뜻으로 제 아들 펠릭스를 보내겠습니다. 내일 반드시 찾아가겠습니다. 여기서 얼마나 멉니까?"

"우리는 해가 지기 전에 집에 닿을 겁니다." 목수인 요셉이 대답했다. "그리고 산에 있는 오두막집에서는 한 시간 반이 걸립니다. 당신 아들 덕분에 오늘 밤에는 집 안이 북적이겠네요. 내일 당신이 오기를 기다리고 있겠습니다."

사나이와 당나귀가 움직이기 시작했다. 빌헬름은 펠릭스가 이처럼 선량한 사람들과 함께 어울리게 된 것을 흐뭇해하면서 바라보았다. 천사처럼 귀여운 두 아이와 펠릭스를 비교해 보니 꽤 큰 대조를 이루고 있었다. 펠릭스는 나이에 비해 그리 크지는 않았지만 가슴팍이 넓고 어깨도 다부졌으며, 그 천성을 보면 남을 지배하려는 마음과 봉사심이 섞여 있었다. 그는 어느새 종려나무 가지와 바구니 하나를 들고 있었는데 그것이 그의 양면성을 말해 주고 있는 듯했다. 이윽고 일행이 바위벽을 돌아 또다시 사라지려 할 즈음 빌헬름은 정신을 차리고 뒤에서 소리쳤다. "누구를 찾아야 할까요?"

"성 요셉 성당을 대달라고 하면 됩니다." 아래쪽에서 목소리가 들려왔다. 그리고 일행은 푸른 바위 벽 너머로 모습을 감추었다. 경건한 합창 소리가 멀리서 울려와서는 차츰 사라져갔다. 저것은 펠릭스의 목소리임에 틀림없다고 여긴 빌헬름은 자신이 아들의 목소리를 확실히 가려낼 수 있다고 생각했다.

그는 산 위로 계속 올라갔다. 높이 오를수록 해가 지는 것도 그만큼 더뎌졌다. 빌헬름이 더 높이 올라가자 산 아래쪽에서 놓쳤던 해가 다시 그를 비추었고 그가 오두막집에 이르렀을 때에는 아직도 해가 저물기 전이었다. 다시 한 번 그는 웅장한 산의 전망을 즐긴 뒤 방으로 들어갔다. 그러고는 곧 펜을 들고 그 날 밤의 한 자락을 편지를 쓰며 보냈다.

빌헬름이 나탈리에*³에게

이제 드디어 높은 곳에 다다랐소. 산꼭대기에 말이오. 이 산은 이제까지 걸어온 땅 전체보다 더 큰 거리로 우리 두 사람을 떼어놓을 것이오. 그러나 내 마음의 시냇물이 나로부터 사랑하는 사람들에게로 흐르는 한 여전히 그들 가까이에 있는 셈이오. 오늘 나는 이렇게 상상할 수 있소. 나뭇가지를 숲 속 시냇물에 던지면 그 가지는 틀림없이 그대가 있는 곳으로 흘러가 고작 며칠 안에 그 앞마당에 가닿을 것이라고. 이런 식으로 우리의 정신은 그 상념을, 우리의 마음은 그 감정을 한결 쉽게 내려보내는 것이오. 그러나 산 저편으로 가면 상상력과 감각을 가로막는 벽이 나타나지는 않을까 걱정이 되오. 이건 틀림없이 쓸 데없는 걱정일 뿐이겠지. 산 너머로 간다고 해도 이쪽과 다르지 않을 테니 말이오. 당신과 나를 갈라놓을 것이 뭐가 있겠소! 아무리 기구한 운명이 나를 당신에게서 멀리 떨어지게 하고, 내가 이처럼 가까이 있는 하늘의 문을 갑자기 닫아버린다고 하더라도, 나는 영원히 당신의 것이오. 나는 결심할 시간이 있었소. 그러나 이별의 결정적인 순간에 당신의 말, 당신의 키스에서 그 결심을 얻어내지 못했다면 언제까지나 마음을 다잡지 못했을 것이오. 우리 둘에게 오늘, 그리고 영원히 끊어지지 않는 실마리가 계속 이어져 있지 않다면 어떻게 내가 몸을 뿌리치고 떠나올 수 있었겠소. 그렇지만 나는 이 모든 것을 절대로 입 밖에 내서는 안되오. 당신의 따뜻한 충고를 어기고 싶지는 않소. 이별이란 말을 당신에게 하는 것도 이 산꼭대기에서가 마지막일 것이오. 이제부터 나는 떠돌이 생활을 해야 할 것 같소. 떠돌이 특유의 의무를 실행에 옮겨, 나만이 겪는 시련을 이겨내야 하겠소. 비밀결사가, 그리고 내가 나 자신에게 부과한 모든 조건을 읽어나갈 때마다 나는 언제나 미소 짓게 된다오! 대부분의 조건은 잘 지켜나가겠지만 그렇지 못하는 것도 더러 있을 것이오. 그러나 조건을 어기려 할 때에도 이 편지, 나의 마지막 고백이자 면제의 증거물인 이 기록은 나에게 명령하는 양심의 역할을 대신해 줄 것이오. 이렇게 하여 나는 또다시 본궤도로

---

*3 Natalie : 《수업시대》 끝부분에서 빌헬름과 맺어지게 되는 빌헬름의 아내이다. 《편력시대》에는 직접 나오지 않지만, 빌헬름이 자신의 심경을 토로할 때마다 받아주는 상대역을 하고 있다.

들어서게 되겠지. 나의 과오는, 산에서 흘러내려오는 물처럼 되풀이되는 일은 없을 것이오.

어쨌든 나는 당신에게 꼭 고백해야 할 것이 있소. 나는 이따금 제자들에게 외면적이고 습관적인 의무만을 내려주는 결사의 교사들과 지도자들에 대해 감탄해 마지않소. 그들은 그렇게 함으로써 자신과 세상에 대해 쉽게 일을 처리하는 것이오. 다시 말해 나는 내가 지켜야 할 의무 가운데에서 처음 한동안 귀찮고 가장 의아하게 여겨진 부분들이 사실은 무엇보다 편리하고 바람직한 것이라고 생각하게 되었소.

나는 3일 이상 한 지붕 아래서 묵어서는 안 되오. 숙소를 옮길 때에는 전에 묵었던 숙소에서 적어도 1마일은 떨어져 있어야 하오. 이런 규정은 이제부터의 삶을 편력의 시대로 만들고, 조금이라도 정착하고 싶은 유혹에 빠지지 않도록 하는 데에 알맞은 것이오. 나는 이 조건에 정확하게 따랐을 뿐만 아니라 정해진 허가사항을 한 번도 이용하지 않았소. 오늘 있는 이곳이 사실은 내가 처음 묵는 곳이며, 같은 침대에서 세 밤을 자는 것은 처음이란 말이오. 이곳에서 이제까지 보고 듣고 모아두었던 것들을 당신에게 보내고 있는 것이오. 그리고 내일 아침 일찍 저쪽으로 내려가 어떤 기이한 가족, 나로서는 성가족(聖家族)이라 부르고 싶은 가족을 찾아갈 텐데, 이에 대해서는 내 일기에 여러 번 나올 것이오. 그럼, 안녕히! 이 편지를 당신 손에서 놓을 때에는 이렇게 느껴주시오. 이 편지는 오로지 한 마디를 말하고 있고, 그 한 마디만을 되풀이하여 이야기하고 싶어 한다고. 그러나 내가 다시 당신 발밑에 무릎 꿇고, 당신의 두 손에 얼굴을 묻으며 그때까지 당신 없이 지낸 모든 서글픈 마음을 눈물과 함께 마음껏 흘려보낼 수 있는 행복을 누릴 때까지는 그 한마디를 말하지도, 되풀이하지도 않겠다고 말이오.

아침

짐은 다 꾸려놓았소. 짐꾼은 여행가방을 들것에 동여매고 있소. 아직 해는 떠오르지 않았고 골짜기 아래에서 안개가 자욱하게 올라오고 있소. 그러나 하늘은 활짝 개었소. 우리는 어두운 골짜기로 내려가지만 얼마 안 있어 골짜기까지도 밝아올 것이오. 내 마지막 탄식을 당신에게 보내게 해주시오! 당신에게 보내는 내 눈길을 하염없는 눈물로 채우게 해주시오! 나는 단호하게 결심을 세웠소. 다시는 당신에게 탄식하는 말을 하지 않겠소. 떠돌이로서 겪게 될 일들만 들려주겠소. 그래도 이제 펜을 놓고자 하니, 또다시 수없이 많은 상념과 바람과 계획이 교차하는군. 짐꾼이 부르고 있소. 집주인은 아직 내가 있는데도 마치 내가 가버린 것처럼 벌써 방을 치우고 있구려. 무정하고 분별 없는 상속자가 죽어가는 사람 앞에서 자기 소유가 될 물건들을 서슴없이 챙기듯이 말이오.

제2장 성 요셉 2세

　떠돌이 빌헬름은 짐꾼 뒤를 바싹 쫓았다. 험한 바위 절벽이 뒤로 물러났다가는 머리 위로 지나갔고 완만한 산을 빙빙 돌았다. 우거진 숲을 여러 개 빠져나와 정감 있는 목장을 등지고 앞으로 나아간 끝에 드디어 산 중턱으로 나왔다. 그곳에서는 곳곳이 언덕으로 둘러싸인, 정성스레 가꾸어진 골짜기가 내려다보였다. 절반은 무너져내리고 절반은 잘 보존되어 있는 큰 수도원 건물이 눈길을 끌었다. "저게 성 요셉 수도원입니다." 짐꾼이 말했다. "아름다운 성당인데 안타깝게 됐어요. 벌써 수백 년 동안이나 저렇게 폐허로 내버려져 있지만 기둥과 주춧돌은 덤불이나 나무 사이에 아직도 단단하게 서 있는 게 보일 겁니다."
　"그래도 수도원 건물은 아직도 잘 보존되어 있는 것 같은데요." 빌헬름이 말했다.
　"네." 짐꾼이 대답했다. "거기에는 관리인이 살고 있는데 건물을 돌보면서 마을 사람들이 내는 조세와 십일조를 거두어들이고 있지요."
　이런 이야기를 나누며 그들은 열린 문을 지나 넓은 가운데뜰로 들어갔다. 이 뜰은 잘 보존된 건물로 둘러싸여 있어서 조용히 명상에 잠길 수 있는 곳으로 보였다. 펠릭스가 어제 알게 된 천사들과 함께 어느 실팍한 여자가 내려놓은 바구니를 둘러싸고 뭔가에 열중하는 모습이 빌헬름의 눈에 들어왔다. 그들은 버찌를 사려는 참이었다. 더 정확하게 말하면 언제나 잔돈을 가지고 다니는 펠릭스가 값을 깎는 중이었는데, 흥정이 끝나자 그는 손님에서 주인으로 변신하여 과일을 한 움큼씩 친구들에게 나눠주었다. 아무 열매도 나지 않는 이끼 긴 숲 속 한복판에 있으면 반짝이는 빛깔의 과일은 한결 아름답게 보였고 그 산뜻한 맛은 빌헬름에게도 기분 좋은 것이었다. 과일 파는 여자가 멀리 떨어진 과수원에서 받아서 이곳까지 이고 온 것이라고 말했다. 그러니까 좀 비싸게 느껴질지 몰라도 이 정도면 괜찮은 값이라고 이야기하고 싶은 듯했다. 아이들은 빌헬름에게 이제 곧 아버지가 돌아올 테니 잠깐 회당에 들어가 쉬시라고 말했다.

아이들이 회당이라고 말한 방으로 안내되었을 때 빌헬름은 얼마나 놀랐던가. 가운데뜰에서 곧장 큰 문을 들어서자, 아주 깨끗하고 잘 보존된 작은 교회당이 나왔는데, 자세히 보니 일상생활도 할 수 있게 꾸며져 있었다. 한쪽에는 테이블, 안락의자, 작은 의자와 긴 의자 여러 개가 놓여 있었고 다른 쪽에는 색색의 도자기와 항아리와 술잔들을 늘어놓은 멋진 문양이 새겨진 선반, 궤 몇 개와 장롱도 있어서 모든 게 가지런하면서도 일상적인 가정생활의 쾌적함을 보여주고 있었다. 옆에 있는 높은 창문에서 햇빛이 비쳐 들어왔다. 그러나 떠돌이의 주의를 더욱 끈 것은 벽에 그려진 채색화였다. 그것은 매우 높은 창문 아래 벽에 드리워진 벽걸이 양탄자처럼 작은 교회당의 삼면을 에워싸고 있었다. 아래쪽은 나머지 벽과 마룻바닥을 덮은 판자까지 그려져 있었다. 그림은 성 요셉의 일대기였다. 목수 일을 하는 요셉. 그는 마리아를 만난다. 한 떨기 백합이 두 사람 사이 대지에 피어나 있고 몇몇 천사들이 그들을 바라보며 주위를 날아다닌다. 그들은 혼례를 올리고 천사들의 축하인사가 뒤따른다. 일을 시작하려다 기분이 어수선해서 손에 든 도끼를 내려놓고 아내와 헤어질 것을 생각한다. 그러나 꿈에 천사가 나타나자 상황은 달라진다. 베들레헴의 마구간에서 태어난 아기를 그는 경건한 마음으로 바라보며 공손하게 절한다. 그다음 이어지는 그림은 참으로 아름답다. 여러 나무를 마름질하여 끼워 맞춘 것일 텐데 마침 두 개의 나무가 십자가 모양을 하고 있었다. 아기는 십자가 위에서 잠들었고 어머니가 곁에 앉아 사랑이 넘치는 눈으로 아기를 바라본다. 양아버지인 요셉은 아기의 잠을 깨우지 않으려고 일손을 멈추고 있다. 바로 그 뒤로 이집트로의 피난 장면이 이어진다. 그림을 눈여겨보던 떠돌이는 어제 자신이 실제로 보았던 광경이 그대로 벽에 그려져 있는 것을 보고 자기도 모르게 미소 지었다.

그가 그림 감상에 젖어 있을 때 주인이 들어왔다. 빌헬름은 그가 어제 본 성가족의 인도자였음을 바로 알 수 있었다. 두 사람은 진심어린 인사를 나누고 이런저런 말들을 주고받았지만 빌헬름의 주의는 여전히 그림으로 쏠릴 뿐이었다. 주인은 손님의 관심이 어디에 가 있는지 알아차리고는 싱글벙글 웃으면서 말했다. "틀림없이 당신은 이 건물과 그림이 우리집 사람들과 일치하고 있음에 놀라고 계실 겁니다. 그런데 이건 어쩌면 당신이 상상하는 것보다 훨씬 기묘한 일일 거예요. 이 건물이 우리를 이렇게 만들었습니다. 생명 없는 것에 생기가 깃들면 때로는 생명 있는 것을 낳을 수도 있으니까요."

"그렇고말고요!" 빌헬름이 말했다. "수백 년 전 이 거친 산간벽지에 그처럼 큰 힘을 휘둘러 건물과 영지 그리고 여러 권리를 가진 거대한 조직을 만드는 대신 온갖 문화를 이 지역에 널리 퍼뜨린 정신. 그 정신이 오늘날 이 폐허 속에서도 살아남은 인간들에게 생명력을 미치지 않는다면 오히려 이상할 겁니다. 그러나 이런 일반론에는 얽매이지 말도록 합시다. 그보다 당신의 이야기를 들려주십시오. 과거가 당신 안에서 재현되어 지나간 일들이 다시 당신 앞에 나타나는 게 어떻게 가능했는지, 농담도 과장도 없이 알고 싶습니다."

빌헬름이 주인의 입에서 해명의 말이 나오기를 기대하던 그때, 가운데뜰에서 요셉을 부르는 정다운 목소리가 들렸다. 주인은 그 소리를 듣고 문 쪽으로 갔다.

"그의 이름도 요셉이구나!" 빌헬름이 혼잣말을 했다. "이것만으로도 예삿일이 아니다. 그러나 저 사람이 실제로도 성자로 보이는 것이 훨씬 더 상서로운 일이겠지." 빌헬름이 문 쪽을 보자 어제 본 성모가 남편과 이야기하는 모습이 보였다. 두 사람이 드디어 떨어지더니 아내는 건너편 안채로 들어갔다. "마리아! 그런데 말이오!" 남편이 그녀를 불렀다. '그녀 또한 마리아로군.' 빌헬름은 생각했다. '이건 마치 천팔백 년 전으로 되돌아간 기분인데.' 그는 오늘 자신이 있는 장엄한 분위기의 골짜기, 이 폐허와 고요함을 생각해 보았다. 그러자 묘하게 예스러운 기분에 사로잡혔다. 그때 주인과 아이들이 들어왔다. 아이들은 빌헬름에게 함께 산책을 나가자고 졸랐고, 주인도 그렇게 해주면 그사이에 몇 가지 일을 처리하겠다고 했다. 빌헬름과 아이들은 기둥이 늘어선 교회 건물의 폐허를 빠져나왔다. 교회의 높은 합각머리와 벽은 비바람 때문에 오히려 단단해진 듯 보였지만, 한편으로는 커다란 나무들이 오랜 세월에 걸쳐 넓은 벽에 뿌리를 박고 가지각색의 풀과 꽃, 그리고 이끼가 어울려 대담하고 아름다운 하늘 정원을 이루었다. 완만한 풀밭 오솔길이 세차게 흐르는 시냇물을 따라 나 있었다.

조금 높은 곳에 서자 떠돌이는 건물과 그 위치를 한눈에 둘러볼 수 있었다. 이곳에 사는 사람들이 더욱 눈여겨볼 만한 존재가 되어버린 데다 환경과 어우러진 모습이 그의 활발한 호기심을 자극했기에 한결 흥미롭게 바라보았다.

그들이 돌아왔을 때 경건한 홀에 식사가 준비되어 있었다. 윗자리에 놓인 안락의자에는 부인이 앉았다. 그녀 옆에는 높이 받친 바구니가 있고, 그 안에서 아기가 자고 있었다. 왼편에 아기의 아버지, 오른편에는 빌헬름이 앉고, 세 아이들은 식탁 아래쪽을 차지했다. 나이 든 하녀가 정성 들여 차린 음식을 내왔다. 음식 그릇도 마찬가지로 성서에 나오는 옛 시절을 생각나게 했다. 아이들이 이야깃거리를 늘어놓는 동안, 빌헬름은 청순한 부인의 모습과 몸가짐을 마음껏 관찰할 수 있었다.

식사가 끝나고 모두들 흩어졌다. 주인은 손님을 폐허의 그늘진 곳으로 데리고 갔다. 조금 높은 곳에서는 아래 계곡 전체를 내다볼 수 있었는데 저 멀리 아래쪽에 있는 산봉우리가 풍성한 산허리와 맞물려 숲으로 뒤덮인 산등성이를 그리면서 앞으로 튀어나올 듯이 보였다.

주인이 말했다. "당신의 호기심을 채워드리는 것이야말로 제가 마땅히 해야 할 일이지요. 진지한 근거가 있다면 아무리 이상야릇한 일일지라도 진심으로 받아들일 분이라는 걸 느끼고 있기 때문에 더 그렇습니다. 보시는 바와 같이 아직 유적이 남아 있는 이 종교 시설은 성가족에게 바쳐진 것으로, 옛날부터 여러 기적이 일어났기 때문에 순례지로 유명했답니다. 교회는 성모와 성자에게 봉헌되었는데, 훼손된 지 벌써 수백 년이 지났어요. 양아버지인 성 요셉에게 바쳐진 작은 교회당과 수도원 건물은 사용할 수 있는 부분이 아직 남아 있습니다. 오래전부터 어느 세속 영주가 이곳의 수입을 거둬들이고 있고, 그분이 이곳에 관리인을 두었지요. 제가 그 관리인입니다. 이전 관리인은 제 아버지이고, 아버지도 할아버지에게서 이 직책을 물려받은 거예요.

이곳에서는 벌써 오래전에 성 요셉에 대한 경배행사가 없어져 버렸지만, 그분이 우리 가족에게 자비로운 은혜를 베풀어주셨기 때문에 우리가 그분을 특별히 감사하게 생각하는 것은 이상할 게 없습니다. 그래서 세례식 때 요셉이라는 이름을 받았고, 말하자면 이로 말미암아 제 삶도 결정된 거예요. 저는 아버지의 세금 걷는 일을 돕게 되었지만 그에 못지않게, 아니 그보다 더 어머니 일에도 애정을 쏟았습니다. 어머니는 기꺼이 힘닿는 데까지 사람들에게 선의를 베풀었고 그 자선으로 산골 마을 전체에 알려져 사랑을 받았어요. 어머니는 물건을 가져다주고 주문을 받거나 사람들을 돌봐주느라고 저를 이곳저곳으로 심부름 보냈는데, 그 덕에 이런 자선적인 일들을 쉽게 깨달을 수 있었지요.

거의 산골 생활은 평지보다 더 인간미가 있답니다. 주민들은 서로 가깝기도 하고 기분에 따라서는 멀기도 하죠. 필요한 것은 적지만 그만큼 절실합니다. 평지 사람들 이상으로 스스로를 의지하기 때문에 자신의 손발을 믿는 수밖에 없어요. 노동하는 사람, 배달부, 짐꾼 모두 한 사람이 다 한답니다. 서로 의좋게 자주 만나 공동 작업을 하면서 지내고 있어요.

그즈음 저는 나이가 어렸기 때문에 어깨에 많은 짐을 지고 다닐 수가 없어 당나귀에 큰 바구니를 매달고 그 뒤를 따르면서 험한 산길을 오르내릴 생각을 해냈지요. 말을 데리고 밭을 일구는 머슴이 황소를 부려 밭을 가는 머슴보다 낫다고 생각하는 평지 사람들은 당나귀를 얕잡아보지만, 산골 사람들은 그렇지 않아요. 더욱이 저는 이 작은 교회당 벽화를 보고 당나귀가 아기 예수와 그 어머니를 등에 태우는 영예를 얻었음을 일찍이 알아차렸기 때문에 아무런 망설임 없이 당나귀 뒤를 따랐던 거예요. 하지만 그때 이 교회당은 오늘 같은 모습이 아니었습니다. 교회당은 헛간처럼, 아니 거의 마구간처럼 쓰였어요. 장작, 막대기, 농기구, 물통, 사다리, 그 밖에 무엇이든 너저분하게 처박혀 있었어요. 다행히도 그림이 높은 곳에 있어서 벽에 붙인 널빤지가 어느 정도 지탱해주었죠. 저는 어릴 때부터 이런 목재 더미를 기어올라가 아무도 저에게 설명해주지 않는 그림을 바라보는 걸 무척이나 좋아했습니다. 어쨌든 저는 그림 속에 있는 성자가 저의 대부라는 사실을 알고 있었기 때문에 그분이 저의 큰아버지라도 되는 듯이 그림을 보고 좋아했어요. 그러다가 수입 좋은 관리인을 지망하려면 수공업 기술을 익혀야 한다는 조건 때문에 앞으로 이 훌륭한 교회의 녹을 저에게 물려주고자 한 부모님의 의사에 따라 수공업을, 이 산속에서 관리하는 데 도움이 될 만한 기술을 배우게 되었지요.

아버지는 통을 만드는 사람이었는데, 필요한 것은 무엇이든 자급자족해서 그 일이 아버지에게도 마을에도 커다란 이득을 가져다주었어요. 하지만 저는 아버지 뒤를 이어 통을 만들겠다는 결심을 할 수 없었습니다. 어릴 때부터 성 요셉 옆에 자세하고 정확하게 그려진 목수 연장을 보아왔기에 목수 일에 끌렸던 거예요. 부모님한테 제 꿈에 대해 털어놓았더니 반대하지 않으셨어요. 여러 건축물을 지을 때 목수가 자주 필요했고, 더군다나 이런 삼림지대에서는 세밀한 일에 대해 얼마쯤 재주와 열정만 있다면 가구 만드는 일은 물론, 목각 기술까지도 필요했기 때문에 더더욱 반대하지 않았던 거예요. 그리고 저에게 꿈을 보다 더 강하게 갖게 해준 것은 안타깝게도 이제는 거의 다 지워진 저 그림입니다. 나중에 그림이 있는 곳으로 안내해 드리겠지만, 그것이 무엇을 나타내려고 하는지 당신이 알게 되면 수수께끼가 금방 풀릴 거예요. 성 요셉은 헤롯왕의 옥좌를 만드는 매우 중요한 일을 맡게 되었습니다. 이미 만들어놓은 두 개의 기둥 사이에 그 호화로운 의자를 설치한다는 거예요. 요셉은 꼼꼼히 넓이와 높이의 치수를 재고는 귀중한 옥좌를 만들었지요. 그런데 그 호화스러운 의자를 자리에 놓았을 때 그가 얼마나 놀라고 당황했는지 모를 거예요. 높이는 넘치고 넓이는 모자랐거든요. 아시다시피 헤롯왕은 농담이 통하지 않는 사람이었죠. 독실한 목수는 난처하여 어쩔 줄을 몰랐어요. 어린 그리스도는 어디든 그를 따라다니며 어린아이답게 고분고분 놀이 삼아 연장을 날라주곤 했는데, 양아버지가 곤경에 빠진 것을 보고 곧 나서서 돕습니다. 이 하느님의 아이는 양아버지에게 옥좌의 한쪽을 붙들라 하고는, 자신은 의자의 반대쪽을 붙잡고 함께 끌어당기기 시작했어요. 그러자 옥좌는 마치 가죽으로 된 것처럼 너무나 쉽게 늘어나고 그만큼 높이가 낮아지면서 그 자리에 꼭 들어맞게 되었지요. 목수는 가슴을 쓸어내렸고, 왕은 그저 만족해했다는 이야기입니다.

그 옥좌 그림은 제가 소년이었을 때만 해도 잘 보였어요. 남아 있는 한쪽 부분만 봐도 그 옥좌가 얼마나 정성 들여 조각된 것인지 알 수 있을 거예요. 물론 이러한 주문을 받을 경우 목수가 만드는 것보다는 화가가 그리는 게 훨씬 쉬운 일이겠지만 말이에요.

그렇다고 해서 망설이지는 않았습니다. 오히려 제가 몸과 마음을 바친 일이 이토록 영광스러운 빛을 받았음을 알고 제자로 보내질 때까지 기다릴 수가 없었어요. 때마침 근처에 어떤 목수가 살고 있었는데, 그가 이 지역 일을 다 하고 있어서 조수와 수습생을 몇 사람 고용할 수 있었기 때문에 그 밑으로 들어가는 일은 쉽게 이루어졌습니다. 그래서 저는 부모님 가까이에 머물 수 있어, 쉬는 시간이나 휴일에는 어머니 부탁으로 자선 심부름을 계속하면서도 어느 정도는 예전과 다름없는 생활을 할 수 있었습니다."

방문[*4]

"이렇게 여러 해가 지났습니다." 이야기꾼은 말을 이었다. "저는 얼마 안 있어 목수 일의 이점을 깨달았고, 작업으로 단련된 몸 덕분에 부탁받는 일은 무엇이든 맡을 수 있게 되었어요. 한편으로는 인자한 어머니를 위해, 아니 병자와 곤궁한 사람들을 위해 전과 다름없이 책무를 다했습니다. 당나귀를 끌고 산속을 돌아다니면서 짐을 어김없이 나눠주었고, 산골에 없는 물건을 소매상이나 도매상에게서 구해 왔어요. 제 소목장 스승님은 제가 하는 일에 만족해했고 부모님도 마찬가지였죠. 이곳저곳을 돌아다니면서 제가 함께 짓고 꾸민 집을 많이 볼 수 있어서 즐거웠어요. 대들보에 마무리로 선을 내거나 단순한 무늬를 새긴다든지, 장식문양을 달궈서 찍어 넣는다든지, 몇 군데 오목하게 들어간 부분에 빨간 칠을 한다든지, 산간지방의 목조건물을 운치 있게 해주는 이런 일들을 특히 제가 도맡아 했어요. 헤롯왕의 옥좌와 장식이 언제나 머릿속에 들어 있어 그런 일을 가장 잘해 냈기 때문이죠.

도움이 필요한 사람들 가운데 어머니가 남달리 신경을 쓴 이들은 해산을 앞둔 젊은 부인들이었어요. 이런 경우 어머니는 저에게 비밀로 하고 일을 처리했지만 저도 차차 그 일을 알아차리게 되었습니다. 그럴 때 저는 한 번도 직접 부탁받은 적이 없었고, 모두 골짜기 아래 멀지 않은 곳에 사는 엘리자벳 부인을 통해 처리되었어요. 제 어머니는 엘리자벳 부인과 오래전부터 사이가 좋았습니다. 두 분은 아기를 받아내는 일에 능숙해서 건강한 산골 주민들 대부분이 이두 부인 덕에 살아 있는 셈이라고 말하는 걸 이따금 여러 곳에서 들어왔어요. 엘리자벳 부인이 저를 대하는 비밀스러운 태도와, 스스로도 잘 이해하지 못하는 수수께끼 같은 제 질문에 대해 딱 잘라서 명쾌하게 대답을 내려주는 걸 보고 저는 그녀에게 묘한 외경심을 느꼈습니다. 그리고 이를 데 없이 깨끗한 그녀의 집은 작은 성전을 보는 듯했답니다.

그러는 사이에 저는 그동안 쌓인 지식과 손재주 덕에 집안에서 꽤 큰 영향력을 행사하기에 이르렀습니다. 통을 만드는 아버지는 지하실에 관련된 일을 맡았고, 저는 지붕과 벽에 붙인 판자를 손보면서 오래된 건물의 부서진 부분을 많이 수리했어요. 특히 몇몇 쓰러져가는 곳간과 마차를 두는 헛간을 다시 가

[*4] 〈누가복음〉 1 : 39 이하 참조.

정에서 쓸 수 있게 고쳤죠. 그 일을 끝내자마자 제가 좋아하는 작은 교회당의 잡동사니들을 치우고 대청소를 시작했어요. 며칠 사이에 교회당은 지금 보시는 대로 정돈되었습니다. 그때 특히 힘들었던 게 벽 아래에 대는 판자가 빠지거나 파손된 부분을 전체에 맞춰서 똑같이 복원하는 일이었어요. 입구의 여닫이문도 당신이 보시기에 꽤 오래된 문처럼 보이겠지만, 제가 새로 만든 겁니다. 먼저 단단한 참나무의 두꺼운 판자로 전체를 정확하게 짜 맞춘 다음, 틈날 때마다 거기에 조각을 새겨 넣는 데 여러 해가 걸렸습니다. 그림 중에서 그때까지 손상되거나 지워지지 않은 부분은 그럭저럭 보존되고 있어요. 교회당 색유리창은 집을 새로 지을 때 제가 유리집 주인을 도와준 대가로 고쳐달라고 부탁한 겁니다.

저 그림들을 보거나 성 요셉의 삶을 생각하면서 상상을 펼치는 사이에, 저는 이 교회당을 다시 성전으로 보게 되었어요. 특히 여름철에 거기에 머물면서 보고, 상상했던 것들을 천천히 곱씹을 수 있게 되고부터는, 그 모든 게 차츰 더 생생한 인상으로 제 마음속에 남았죠. 이 성인을 본받는 삶을 살고 싶다는 마음이 가슴속에서 억누를 수 없을 만큼 북받쳐 올라왔어요. 그렇다고 그분이 겪은 것과 비슷한 일들이 그리 쉽게 일어날 리는 없으니, 차라리 아주 낮은 밑바닥부터 그와 닮아보자 결심했습니다. 사실 당나귀에 짐을 싣고 다님으로써 이미 오래전에 그 일을 시작한 셈이지만 말이에요. 그때까지 부리던 작은 당나귀로는 성에 차지 않아서 훨씬 좋은 놈을 구했죠. 타기에도, 짐을 싣기에도 한결같이 편리한 괜찮은 안장도 장만했습니다. 바구니도 두세 개 새로 샀고, 천 조각에 술을 달고 알록달록한 끈으로 엮어 만든 그물에, 서로 부딪치면서 좋은 소리를 내는 금속 징을 여러 개 붙인 뒤, 귀가 긴 당나귀의 목에 달았더니 벽에 그려진 것과 닮아 보였어요. 이런 모습으로 산을 돌아다녀도 아무도 나를 비웃지 않았어요. 선행을 베풀고 다니면 겉모습이 좀 이상하더라도 별달리 문제가 되지 않는 법이니까요.

그러는 사이에 전쟁이, 아니 정확히 말하자면 전쟁이 끝난 뒤의 여파가 이 지방에도 밀려왔습니다. 떠돌아다니던 위험한 폭도들이 몰려와서는 여기저기에서 안하무인으로 행패를 부리고 다녔어요. 민병대를 꾸려 순찰을 돌고 긴급 경비를 서서 재난을 막아냈지만, 조금만 마음을 놓으면 순식간에 또 다른 악행이 벌어졌습니다.

우리 지방이 조용해지고 한참이 흘렀습니다. 저는 당나귀를 끌고 천천히 낯익은 산길을 걸으며 씨를 뿌린 지 얼마 안 되는 숲 속 공터를 지나는데, 도랑가에 앉아 있는, 아니 누워 있는 한 여인을 보았어요. 그녀는 잠이 들었든지 아니면 정신을 잃은 것 같았어요. 그래서 깨우려 했더니 아름다운 눈을 크게 뜨고는 벌떡 일어나 격하게 소리쳤습니다. '그이는 어디 있어요? 그이를 보았나요?' 하기에, '누구 말입니까?' 제가 묻자, '내 남편 말이에요!' 하는 거예요. 뜻밖의 대답이었지요. 아주 어려 보였거든요. 하지만 그렇기에 더더욱 그녀에게 힘이 되고 싶어서, 제가 선의를 가지고 그녀를 도우려 함을 확신시키려고 애를 썼어요. 사정을 들어보니 여행길에 오른 부부가 길이 좋지 않아서 마차에서 내려 가까이 있는 보행길로 가다가 그 근처에서 무장한 괴한들에게 습격을 당했던 거예요. 그녀는 괴한들과 싸우던 남편과 떨어지게 되었는데 그 뒤를 따라갈 수 없어 이곳에 쓰러지고 말았고, 그리고 나서는 시간이 얼마나 흘렀는지 모른다는 것이었습니다. 그녀는 자기는 상관 말고 빨리 남편을 쫓아가달라고 간곡히 부탁하면서 몸을 일으켰습니다. 그때 제 눈앞에 선 아름답고 사랑스러운 자태란…… 그러나 저는 그녀의 몸이 제 어머니나 엘리자벳 부인의 도움을 필요로 하는 상태임을 금세 알아차렸어요. 우리는 한동안 실랑이를 벌였습니다. 저는 먼저 그녀를 안전한 곳으로 옮겨야겠다 했고, 그녀는 무엇보다 남편이 무사한지 알고 싶어 했기 때문입니다. 그녀는 남편의 흔적이 있는 곳을 떠나려고 하지 않았어요. 마침 새로운 범행 소식을 듣고 민병대 한 부대가 숲 속을 지나 이쪽으로 달려오지 않았더라면 제가 아무리 설득을 했다 한들 소용없었을 거예요. 민병대에게 우리의 사정을 말해 어떻게 해야 할지 상의하고 만날 장소를 정함으로써 겨우 마무리를 지었습니다. 저는 그동안 가끔씩 짐을 숨기곤 했던 가까운 동굴에 바구니를 내려놓고 안장을 앉기 편하게 정리한 뒤 그 아름다운 짐을 온순한 당나귀 등에 앉혔습니다. 어떤 묘한 감정이 일지 않은 건 아니었죠. 당나귀는 익숙한 길을 혼자 잘 찾아갔기 때문에 저는 그저 그 옆을 따라가는 모양새가 되었습니다.

장황하게 말씀드리지 않아도, 제가 얼마나 묘한 기분이었는지 짐작하시겠죠. 오래도록 찾아왔던 걸 실제로 발견한 거니까요. 꿈을 꾸고 있는 것 같기도 하고, 또 이제 막 꿈에서 깨어난 듯한 기분이기도 했어요. 마치 천사와 같이 공중에 떠가듯 푸른 나무들 앞을 흔들거리며 지나가는 그녀를 보고 있노라면, 그 모습이 작은 교회당의 그림을 통해 제 마음에 피어난 한바탕 꿈처럼 생각되는 거예요. 아니면 그 그림이 꿈에 지나지 않으며 그것이 이곳에서 아름다운 현실로 변한 건지도 몰랐습니다. 제가 이것저것 물으면 그녀는 고상한 사람답게 슬픔을 누르고 스스럼없이 부드럽게 말했어요. 나무가 없는 민둥산에 다다를 때마다 제게 주위를 살펴보고 귀 기울여달라며 몇 번이고 부탁했어요. 그 태도가 더없이 우아한 데다 길고 까만 속눈썹 아래 간절한 바람을 담은 눈을 보면, 할 수만 있다면 무엇이든 들어주지 않을 수 없었습니다. 그래요, 저는 외로이 우뚝 서 있는 높은 소나무에도 기어올라갔답니다. 직업상 몸에 익은 이런 재주가 그토록 기뻤던 것은 처음이었습니다. 축제날이나 명절날에 그와 비슷하게 높은 나무 꼭대기에 올라가 리본이나 비단 천을 끌어내렸을 때에도 그처럼 만족감을 느끼지 못했으니까요. 하지만 이번에는 안타깝게도 아무런 수확 없이 내려와야 했습니다. 나무에 올라가도 아무것도 보이지 않았고 어떤 소리도 들리지 않았거든요. 마침내는 그녀 쪽에서 저에게 내려오라고 큰 소리로 외치며 열심히 손짓까지 하는 거예요. 정말이지, 제가 드디어 미끄러져 내려오면서 꽤 높은 데서 뛰어내렸을 때에는 큰 소리까지 질렀어요. 다치지 않고 멀쩡하게 그녀 앞에 선 저를 보자 그녀의 온 얼굴에 측은함이 번졌습니다.

오는 동안 내내 그녀의 마음을 풀어주고 즐겁게 해주기 위해서 제가 얼마나 애를 썼는지 당신에게 길게 이야기할 필요도 없겠죠. 게다가 어떻게 그런 일이 가능하겠습니까! 아무것도 아닌 것을 순식간에 의미 있는 어떤 것으로 바꾸는 힘, 그것이야말로 참된 배려의 특성이죠. 그녀에게 꺾어준 꽃도, 그녀에게 보여준 먼 경치도, 그녀에게 이름을 가르쳐준 산과 숲들도 모두 세상 사람들이 마음을 나누기 위해 주는 선물처럼 그녀와 가까워지려는 오직 한 생각으로 제가 그녀에게 바치려고 했던 귀중한 보물이었어요.

우리가 아랫마을, 착한 엘리자벳 부인 집 앞에 이르러 이제 쓰라린 이별이 제 앞에 왔을 때, 그녀는 이미 저의 온 마음을 사로잡았습니다. 저는 다시 한 번 그녀의 모습을 찬찬히 바라보았죠. 제 눈길이 그녀의 발목까지 내려갔을 때, 저는 나귀의 허리띠를 손질하는 척하면서 몸을 구부린 뒤 제가 그때까지 본 중에 가장 아리따운 구두에 그녀가 알아차리지 못하게 키스를 했습니다. 저는 그녀를 부축하여 나귀에서 내려놓고 문 앞 계단을 뛰어올라가 집 안을 향해 소리쳤어요. '엘리자벳 아주머니, 손님이 오셨습니다!' 인자한 엘리자벳 부인이 집에서 나오는 모습이 보였고, 부인의 어깨너머로 그 아름다운 여인이 계단을 올라오는 게 보였어요. 그녀는 고통스러운 슬픔 속에서도 우아한 내적 자부심을 잃지 않으며 올라와서 품위 있는 노부인을 다정하게 껴안았습니다. 그리고 노부인에게 방으로 안내되어 두 사람은 안으로 사라졌어요. 저는 문밖 나귀 옆에 잠시 멈춰 서 있었습니다. 마치 귀중한 물건을 내려놓고 나자, 본디의 하찮은 마부로 되돌아간 것처럼 말이에요."

한 송이 백합꽃*5

"저는 어떻게 하면 좋을지 마음을 정하지 못한 채 떠나기를 망설이고 있었습니다. 그때 엘리자벳 부인이 밖으로 나와 제 어머니를 모셔오도록 하고, 여기저기로 수소문하여 가능한 한 그녀의 남편 소식을 알아오라고 부탁했어요. '마리아가 꼭 그렇게 해달라고 자네에게 부탁했네.' '한 번만 더 그녀와 이야기할 수 없을까요?' 물었더니, '그건 안 되네' 하셔서 작별 인사를 드렸습니다. 얼마 안 있어 저는 집으로 돌아왔어요. 어머니는 벌써 그날 저녁으로 산을 내려가 낯선 젊은 여자를 돌보았어요. 저는 면장에게 가면 가장 확실한 소식을 얻을 것이라 기대하고 서둘러 평지의 마을로 내려갔지요. 그러나 면장도 아직 정확한 소식을 모르고 있었어요. 그는 저를 잘 알고 있었기 때문에 그날 밤은 자신의 집에서 자고 가라고 했습니다. 그날 밤이 저에게는 한없이 길게 느껴졌어요. 당나귀에 탄 채 옆으로 흔들리면서 제 쪽을 아련하지만 정답게 내려다보는 그녀의 아름다운 모습이 눈에 선했어요. 저는 그녀의 남편 소식을 이제나저제나 기다리고 있었습니다. 선량한 남편이 부디 무사했으면 좋겠다고 바라면서도 미망인이 된 그녀를 상상해 보고도 싶었습니다. 수색대가 차례로 돌아와 소식을 서로 주고받아 본 결과, 마차는 구조됐지만 불행한 남편은 상처를 입고 이웃 마을에서 죽었음이 확실해졌어요. 그리고 처음에 약속한 대로 몇 사람이 이 슬픈 소식을 엘리자벳 부인에게 알리러 떠났다는 소리도 들었습니다. 그렇게 되면 저는 이제 아무 할 일도 없어진 셈이지만, 그럼에도 한없는 초조와 헤아릴 수 없는 욕망에 못 이겨 산을 넘고 숲을 지나 또다시 엘리자벳 부인의 집 앞까지 갔습니다. 밤이었죠. 대문은 잠겨 있었고 방 안에는 불이 켜져 있어, 커튼에

---

*5 성모 마리아의 결혼과 수태에 관한 기독교의 전설에 따르고 있다.

사람의 그림자가 움직이는 것이 보였어요. 문을 두드려야겠다 생각할 때마다 이런저런 상념이 몰려와 저를 억누르기를 반복하면서, 저는 그렇게 맞은편 벤치에 앉아 있었습니다.

더 자세하게 늘어놓은들 이제 아무 흥미도 없으실 겁니다만. 하여간 결국 이튿날 아침에도 사람들은 저를 그녀가 있는 집 안으로 들여보내주지 않았어요. 슬픈 소식을 알게 되었으니 이제 저는 필요없게 된 거죠. 아버지한테로, 저의 일터로 돌아가라면서, 제 물음에는 답해 주지 않고 쫓아내려 했어요.

일주일 동안 그렇게 냉담한 대접을 받다가 마침내 엘리자벳 부인이 들어오라고 불렀습니다. '살짝 들어오게. 안심하고 가까이!' 부인은 저를 깨끗한 방으로 안내했어요. 방 한구석에 반쯤 젖힌 커튼 사이로 저의 아름다운 여자가 몸을 일으키고 앉아 있는 모습이 보였어요. 엘리자벳 부인은 제가 왔음을 알리는 듯 그녀한테 다가가 침대에서 뭔가를 들어올려 제게 가져왔습니다. 새하얀 포대기에 싸인 귀여운 사내아이였어요. 엘리자벳 부인은 아기를 안고 저와 아이어머니 사이로 왔습니다. 그 순간 저는 그림에 그려진 백합꽃 줄기를, 마리아와 요셉 사이에 순결한 관계의 표시로서 땅에서 돋아난 그 백합을 불현듯 떠올렸어요. 그때부터 가슴에 맺혀 있던 모든 우울한 감정이 사라졌고 제가 해야 할 일이 무엇인지 깨달았죠. 그리고 그것을 실행에 옮기는 것이 저의 행복이라고 확신했습니다. 저는 아무런 거리낌 없이 그녀에게로 다가가 그녀와 이야기를 나누면서 그녀의 성스러운 눈길을 똑바로 바라보며, 아기를 안아들고 마음을 담아 이마에다 입을 맞추었습니다.

'아버지를 잃은 이 아이에게 그처럼 따뜻한 애정을 보여주시니 정말로 감사할 따름입니다.' 아이 어머니가 말했습니다. 저는 저도 모르게 신이 나서 외쳤지요. '이 아이는 이제 아버지 없는 아이가 아닙니다. 당신이 그럴 생각만 가지신다면!'

저보다 생각이 깊은 엘리자벳 부인은 제게서 아기를 받아들고는 저를 내보냈습니다.

지금도 산과 골짜기를 지나야 할 때마다 그때의 일을 떠올리는 게 제게는 가장 행복한 즐거움입니다. 아무리 세세한 일이라도 기억해 낼 수 있지만 그런 이야기까지는 하지 않는 게 좋겠지요. 몇 주가 지나 마리아는 건강을 회복했고 저는 더 자주 그녀를 만날 수 있게 되었어요. 그녀와의 만남은 봉사와 배려의 연속이었습니다. 가정형편으로 말하면 그녀는 바라는 대로 살 곳을 택할 수 있었어요. 처음에는 엘리자벳 부인 집에 머물다가 제 어머니와 저에게 여러 가지로 도움받은 데 대해 답례하기 위해 우리집을 찾아왔어요. 그녀는 우리집이 마음에 든 모양이었는데 어느 정도는 제 덕분이라 자부했습니다. 제가 너무나 말하고 싶으면서도 용케 참아왔던 이야기를, 좀 남다르지만 멋지게 말할 수 있었어요. 제가 그녀를 작은 교회당으로 안내했을 때, 저는 이 작은 교회당을 이미 사람이 살 수 있는 큰 방으로 고쳐 놓았습니다. 제가 차례로 그림을 가리키면서 양아버지의 의무를 생생하게, 정성을 다해서 이야기했더니 그녀가 자꾸 눈물을 흘려서 그림을 끝까지 설명할 수 없었습니다. 물론 저는 그녀가 저 때문에 남편에 대한 추억을 빨리 지워버리려 한다고 자만지는 않았지만, 저에 대해 호의를 품고 있는 것만은 틀림없다고 생각했어요. 법률에 따르면 미망인은 일 년 동안 상복을 입고 있어야 합니다. 일 년이라는 시간은 지상만물이 변하는 기간이지만, 정말이지 감수성이 강한 사람에게는 크나큰 상실에서 오는 비통한 마음을 달래는 데에 필요한 시간이죠. 꽃은 시들고 나뭇잎은 떨어집니다. 그러나 또다시 열매를 맺고 새싹이 돋아나는 걸 우리는 봅니다. 생명은 산 자에 속하지만 살아 있는 사람은 모든 게 변한다는 것을 각오해야 해요.

그래서 저는 제 마음 깊숙이 자리잡고 있는 문제를 어머니에게 말했습니다. 어머니는 남편의 죽음이 마리아에게 얼마나 고통스러운 것이며, 그녀는 순전히 혼자의 힘으로 아기를 위해 살아야 한다는 생각에 다시 일어난 것임을 일러주었어요. 제 마음을 어머니와 엘리자벳 부인이 모르고 있었던 것도 아니었고 마리아는 이미 우리와 함께 사는 쪽으로 마음이 기울어 있었어요. 그녀는 얼마간 더 이웃에서 지내다가 산 위에 있는 우리집으로 옮겨왔어요. 그녀와 나는 약혼하여 한동안 이를 데 없이 경건하고 행복한 시간을 보낸 뒤에 결혼식을 올렸습니다. 우리를 하나로 만든 처음의 감정은 사라지지 않았어요. 양아버지와 친아버지의 의무와 기쁨은 하나가 되었죠. 그렇게 우리의 조촐한 가족은 식구 수는 성가족을 웃돌게 되었지만 그들에게서 볼 수 있는 충실한 마음과 순수함의 미덕은 소중하게 간직하여 실천해왔습니다. 우리는 우연히 우리의 내면과 잘 어울리는 외면적인 모습을 얻었고 또 절실한 필요가 있어서 간직하고 있습니다. 우리는 모두 다리 힘이 좋고 민첩한 일꾼이지만 볼 일이 있거나 누군가를 방문하려고 이 산과 골짜기를 넘어야 할 때는 당나귀가 언제나 우리와 한데 어울려 여러 가지 짐들을 날라주거든요. 당신이 어제 만난 모습 그대로 우리는 이 지역 일대에 알려져 있어요. 그리고 우리가 하루하루를 생활하는 모습이 우리가 본받고자 우러러보는 저 성인들의 이름과 모습을 욕되게 하지 않는 것임을 자랑스럽게 생각합니다."

제3장

빌헬름이 나탈리에에게

이제 여기에서 흐뭇하지만 좀 기이한 이야기를 끝내도록 하겠소. 이건 정말로 올곧은 한 사나이에게서 들은 이야기를 당신을 위해 적어둔 것이오. 모두 그가 이야기한 그대로가 아니라 그의 생각을 말하는 김에 여기저기 내 생각을 곁들였다고 하더라도 그것은 내가 그에 대해 품고 있는 친근감으로 볼 때 매우 자연스러운 일이오. 그의 아내에 대한 존경심은 내가 당신에게 느끼고 있는 마음과 같은 것이 아니겠소? 게다가 두 사람의 만남도 우리와 어딘가 닮지 않았소? 그러나 그는 참으로 행복한 처지라오. 이중으로 실패한 짐을 실은 당나귀와 나란히 걸으면서 저녁때에는 가족이 함께 오래된 수도원 문 안으로 들어갈 수 있고, 사랑하는 여인이나 가족들과 헤어지지 않아도 된다는 걸 생각하면 나는 그들을 남몰래 부러워해도 괜찮을 것이오. 그에 반해 나는 내 운명을 한탄하는 것조차 허락되지 않소. 나는 침묵과 인내를 지키리라 당신에게 약속했고 당신도 그 약속을 받아들여주었으니 말이오.

이 독실하고 쾌활한 사람들과 함께 지내면서 겪은 아름다운 일들은 적잖이 줄여야겠소. 내가 어찌 그 모든 걸 글로 다 쓸 수 있겠소! 요 며칠은 기분 좋게 지냈지만, 이제 사흘째 날이 이제부터 갈 길을 곰곰이 생각하라 경고하고 있으니 말이오.

오늘 펠릭스와 작은 말다툼을 했소. 내가 당신에게 맹세한 다짐 가운데 하나가 하마터면 깨질 뻔했기 때문이오. 나도 모르는 새, 주위에 친구들이 늘어새 짐을 더 맡아 짊어진 채 끌고 가는 처지가 되는 것이 나의 결점이자 불행이며 운명인 듯하오. 나의 편력에는 제삼자가 지속적인 동반자가 되어서는 안 된다오. 우리는 어디까지나 단둘이 있기를 원했고 또 그래야만 하오. 그런데 마침 우리에게 그다지 달갑지 않은 새로운 관계가 맺어지려는 듯이 보였소.

요 며칠, 펠릭스와 함께 뛰놀던 이 집 아이들 틈에 키가 작고 명랑하며 가난한 사내아이 하나가 끼어들었소. 이 아이는 장난치며 놀 때 흔히 볼 수 있듯이 자신에게 좋을 때나 불리할 때나 능숙하게 장난 상대가 되어주었기 때문에 금세 펠릭스의 마음을 샀다오. 그리고 이런저런 말과 행동을 보고 나는 펠릭스가 이 아이를 앞으로의 길동무로 정해 놓고 있다는 사실을 알아차렸소. 이 소년은 이 주위에서는 잘 알려져 있는데 활발한 성격 덕에 어딜 가든 환영을 받고 가끔 적선을 받기도 한다오. 하지만 나는 어쩐지 마음에 들지 않아 집주인에게 그를 멀리해 달라고 부탁해서 그렇게 해주었는데, 펠릭스가 그 일에 불만을 품는 바람에 자그마한 소동이 벌어진 것이오.

그런 가운데 유쾌한 일이 하나 있었소. 작은 교회당이라고 해야 할지 아니면 홀이라고 해야 할지 모르겠는데, 그 한구석에 돌이 들어 있는 상자가 있었소. 산속을 돌아다니는 동안 돌을 좋아하게 된 펠릭스가 상자를 끄집어내서는 그 안을 조사했다오. 그중에는 눈길을 끄는 아름다운 돌도 있었소. 주인이 펠릭스에게 마음대로 골라 가지라며, 이것은 얼마 전에 어떤 손님이 많은 돌들을 가지고 이곳을 떠날 때 남기고 간 것이라고 했소. 그런데 그 손님을 몬탄*6이라고 부르는 게 아니오. 그 이름을 듣고 내가 얼마나 기뻐했는지 당신도 상상할 수 있을 것이오. 우리의 가장 좋은 친구이며, 우리에게 그토록 많은 은혜를 베푼 사람이 그 이름으로 여행하고 있는 것이오. 날짜와 동정을 들어보니 여행 중에 그를 곧 만나리라는 희망이 생겼소.

몬탄이 가까이에 산다는 소식에 빌헬름은 깊은 생각에 빠졌다. 그토록 소중한 친구를 다시 만날 수 있을지 여부를 그저 수동적으로 우연의 힘에만 기댈 수는 없다고 생각했다. 빌헬름은 그가 어느 방향으로 갔는지 아는 사람이 있지 않을까 싶어서 집주인에게 물어보았지만 자세하게 알고 있는 사람은 아무도 없었다. 그래서 그는 처음 계획대로 여행을 계속하기로 마음먹었다.

"아버지가 그렇게 고집을 부리지 않았더라면 우리끼리 벌써 몬탄을 찾아낼 수 있을 거예요." 펠릭스가 소리쳤다. "어떻게 말이니?" 빌헬름이 묻자 펠릭스

---

*6 야르노를 말한다. 산속으로 들어와 산 뒤로는 몬탄이라고 불렸다.

가 대답했다. "꼬마 피츠가 어제 말했어요. 아름다운 돌을 갖고 있는 데다 돌에 대해 자세히 알고 있는 사람이라면 틀림없이 찾아낼 수 있다고 했어요." 몇 가지 더 묻고 난 뒤에 빌헬름은 피츠를 한번 데려가 보기로 마음먹는 한편 그럴수록 이 수상쩍은 소년을 더욱 조심하고 경계하리라 결심했다. 곧 그 아이를 불러왔다. 아이는 이쪽의 의향을 다 듣고 나더니 채광용 쇠몽둥이와 끌, 그리고 큼직한 망치를 작은 자루와 함께 들고 산(山)사람 옷차림으로 나타나 씩씩하게 앞장서서 달려갔다.

길은 옆으로 비켜나다 다시 오르막이 되었다. 두 아이는 함께 이 바위에서 저 바위로, 그루터기와 돌을 넘고 실개천과 샘을 건너 껑충껑충 뛰어갔다. 앞에 길이 사라지면 피츠는 좌우를 살피면서 서둘러 나아갔다. 빌헬름도 그렇지만 특히 짐꾼은 그렇게 빨리 뒤따라갈 수 없었기에 아이들은 몇 번이나 되돌아와 노래를 부르거나 휘파람을 불었다. 이름을 알 수 없는 몇 그루 나무의 생김새가 펠릭스의 눈길을 끌었다. 그는 이번에 낙엽송과 잣나무를 알게 되었고 멋진 용담초가 마음에 들었다. 이렇게 이리저리 옮겨다니는 고생스러운 여행길에도 즐거운 일이 없는 것은 아니었다.

꼬마 피츠가 갑자기 멈추어 서서 귀를 기울였다. 그는 다른 사람들을 손짓으로 부르면서 말했다. "탕탕 소리가 들리죠? 저건 바위를 두들기는 망치 소리예요." "들리는구나." 일행이 대꾸했다. "저 사람이 몬탄 씨예요!" 소년이 말했다. "아니면 그분에 대해서 알려줄 수 있는 사람일 거예요." 이따금 되풀이되는 소리를 찾아 더듬어갔더니 숲 속 공터로 들어섰다. 그러자 가파르고 커다란 바위가 높은 나무숲까지도 저 멀리 아래로 굽어보며 유달리 우뚝 솟아 있는 것이 보였다. 그 바위 꼭대기에 사람이 하나 있었지만 너무 멀어 누구인지는 알 수 없었다. 아이들은 곧장 가파른 길을 기어올라가기 시작했다. 빌헬름은 뒤를 따랐는데 아주 힘들었을 뿐 아니라 위험하기까지 했다. 맨 앞에서 바위를 오르는 사람은 스스로 적당한 곳을 찾아 짚어나가기 때문에 언제나 남들보다 안전하지만 그 뒤를 따르는 사람은 앞서가는 사람이 어디에 있는지만 보일 뿐, 어떻게 갔는지는 가늠할 수 없기 때문이다. 이윽고 아이들은 정상에 이르렀고 빌헬름은 그들이 환호하는 소리를 들을 수 있었다.

"야르노 씨예요!" 펠릭스가 아버지에게 소리쳤다. 그러자 야르노가 곧바로 암벽의 가파른 쪽으로 걸어나와 친구에게 손을 내밀고는 위로 끌어올렸다. 그들은 탁 트인 하늘 아래에서 서로 얼싸안으며 재회의 기쁨을 나누었다.

그런데 두 사람이 떨어지자 빌헬름은 현기증이 일었다. 자신 때문이 아니라 아이들이 무시무시한 절벽 위에서 몸을 내밀고 있는 게 보였기 때문이다. 야르노도 그것을 알아차리고는 모두에게 당장 앉으라고 명령했다. "우리가 뜻하지 않게 크고 너른 자연과 마주하여 자신이 얼마나 작은 존재이며 또 위대한 존재인지 동시에 느낄 때 현기증이 나는 건 마땅한 일이지. 저도 모르게 현기증을 느끼는 것과 같은 순간이 없다면 참된즐거움도 없는 거야."

"저 아래에 보이는 게 우리가 올라온 큰 산들인가요?" 펠릭스가 물었다. "얼마나 작게 보이는지 모르겠어요!" 그는 말을 이어나가면서 바위에서 돌덩이를 하나 들어냈다. "여기에도 고양이 금이 있네요. 이건 어디에나 있는 건가 봐요?" "이 근처 어디에나 있단다." 야르노가 말했다. "너는 그런 것에 관심이 있는 모양이구나. 그렇다면 네가 지금 세계에서 가장 오래된 산, 세계에서 가장 오래 묵은 바위 위에 앉아 있다는 걸 기억해 두어라." "세계는 한 번에 만들어진 게 아닌가요?" 펠릭스가 물었다. "그렇지는 않지." 야르노가 대답했다. "좋은 것에는 시간이 걸리는 법이란다." "그럼 저 아래에는 또 다른 돌이 있겠군요." 펠릭스가 말했다. "저기엔 다른 돌이, 어딜 가나 딴 바위가!" 그는 바로 가까이에 있는 산들로부터 점점 멀리에 있는 산을, 그리고 아래 평지 쪽을 가리키며 말했다.

매우 화창한 날이었다. 야르노는 모두에게 웅장한 경관을 하나하나 보게 했다. 여기저기에 그들이 서 있는 것과 비슷한 봉우리들이 솟아 있었다. 중간 높이의 산줄기 하나가 이에 맞서려는 듯 보였지만 그 높이에는 이르지 못했다. 그 산줄기는 멀어질수록 차츰 낮아지며 평탄한 산등성이를 그리다 또다시 괴상한 모양으로 불쑥 솟아오르곤 했다. 그 끝자락 아득히 먼 곳에 호수와 강이 여럿 보였고 기름진 지대가 펼쳐져 있는 듯했다. 시선을 다시 발밑으로 돌리면 몸이 오싹해질 만큼 깊은 골짜기로 빠져들어간다. 거기에는 폭포 여러 줄기가 미로처럼 서로 얽혀 우렁찬 소리를 내면서 흘러내렸다.

펠릭스는 지치지 않고 질문을 던져댔지만 야르노는 귀찮아하지 않고 하나하나 흔쾌히 대답했다. 그런데 이때 빌헬름은 그가 그리 진실되고 성실하게 이야기하고 있지 않음을 알아차렸다. 그래서 잠시도 가만히 있지 못하는 아이들이 더 위로 기어 올라갈 때 친구에게 말했다. "당신은 이런 문제에 대해 아이들과 이야기할 때, 자기 자신에게 이야기하는 것과는 다른 방식으로 말하는군요."

"그렇게 하는 것도 매우 필요하다네." 야르노가 말했다. "자기 자신에게조차 생각한 그대로 말한다고 할 수 없으니까 말이야. 게다가 다른 사람에게는 그가 받아들일 수 있는 정도만 말하는 것이 우리의 의무라네. 인간은 자기에게 알맞은 것만 이해하거든. 아이들에게 지금 존재하는 것에 마음을 붙이게 하고 명칭이나 기호를 가르쳐주는 것이 우리가 할 수 있는 최상의 일이지. 그렇지 않아도 아이들은 무턱대고 원인만 캐잖는가."

"무조건 아이들만 탓할 수는 없지요." 빌헬름이 말했다. "대상이 다양하니까 아이들도 갈피를 못 잡는 거죠. 따라서 대상을 신중하게 풀어가는 것보다 어디서부터 어디로라는 식으로 거침없이 질문을 던지는 게 나아요." "그렇지만 아이들은 대상을 피상적으로밖에 보지 않으니까 과정이나 목적에 대해 이야기할 때도 피상적으로 할 수밖에 없어." 야르노가 말했다. "아이들 뿐 아니라 대부분의 인간은 평생 그런 상태에 머물러 있지요. 그리고 훤히 보이는 표면적인 진실이 평범하고 어리석게 생각되는 훌륭한 경지에는 오르지 못해요." 빌헬름이 대답했다. "그런 때가 온다면 그건 분명히 훌륭하다고 할 수 있겠군." 야르노가 말했다. "그것은 절망과 득도의 중간 상태니까." "아이들 이야기로 돌아가도록 합시다." 빌헬름이 말했다. "나에게는 무엇보다도 저 아이 일이 중요해요. 우리가 여행길에 오르고 나서부터 저 아이는 암석을 좋아하게 됐어요. 한동안만이라도 저 아이를 만족시켜줄 만큼의 지식을 내게 가르쳐줄 수 없겠습니까?" "그건 안 되네." 야르노가 말했다. "새로운 분야는 어떤 것이든 먼저 어린아이로 돌아가기 시작해야 한다네. 대상에 열정적인 흥미를 쏟아야 하고 처음에는 껍질에 기쁨을 느끼다가 마침내 그 핵심에 이르는 행복을 얻게 되는 거지."

"그러면 말해 주십시오." 빌헬름이 말했다. "당신은 어떻게 이런 지식과 통찰을 얻었나요? 우리가 헤어지고 나서 아직 얼마 지나지 않았는데 말입니다." "이보게, 친구." 야르노가 대답했다. "우리는 체념*[7]하지 않을 수 없었다네. 영원히는 아니라도 꽤 오랫동안 말이야. 행동력이 있는 사람이라면 그런 상황에서 가

---

*7 괴테의 '체념'은 감정과 지식이 지나치게 풍부하여 일어난 위험을, 단념을 되풀이함으로써 극복한 순결한 상태를 말한다. 이 책에도 '체념하는 사람들(Die Entsagenden)'이란 부제가 붙어 있다. 이는 각 개인이 특기를 살려 민주적인 질서 속에서 개체가 전체를 위하여, 다시 말하면 이 목적 이외의 것을 체념한다는 뜻이다.

장 먼저 새로운 생활을 시작하는 일을 생각해 낼 걸세. 대상이 새롭다는 것만으로는 충분치 않네. 그것만으로는 일시적인 기분전환에 도움이 될 뿐이니까. 그런 인간은 전체가 새로운 어떤 것을 찾아 그 한가운데로 뛰어들어가야 하지." "그렇지만 도대체 왜?" 빌헬름이 그의 말을 가로막았다. "하필이면 인간의 모든 취미 가운데 가장 고독한 산속 생활을 택한 겁니까?" "바로 그거야." 야르노가 외쳤다. "그것이야말로 고독하고 은둔자적이기 때문이지. 나는 사람들을 피하려고 했네. 인간이란 도와봤자 아무 소용없는 존재라네. 게다가 자립하려는 사람이 있으면 그를 방해하지. 행복할 때는 어리석음을 멋대로 휘두르게 두어야 하고 불행할 때는 그 어리석음을 못 본 척하고 구해주면 된다 하지. 그러면서도 당신은 행복한가, 불행한가 물어보는 사람은 하나도 없다네." "아무리 그래도 인간들이 아직 그렇게 나쁘지는 않아요." 빌헬름은 미소 지으면서 말했다. "난 자네의 행복을 부정하려는 건 아닐세." 야르노가 말했다. "방랑을 계속하게나. 제2의 디오게네스*⁸여! 밝은 한낮에도 자네의 등불을 끄지 말도록! 저 아래로 내려가면 새로운 세계가 자네 앞에 열릴 걸세. 그러나 내기를 해도 좋네만, 그곳 또한 우리가 이제까지 겪어온 옛 세계와 마찬가지라네. 중매를 서거나 빚을 갚아주거나 할 수 없다면 자네는 그들 사이에서 쓸모없는 존재가 되는 거지." "그렇지만 당신이 만지고 다니는 단단한 바윗돌보다는 그들이 더 재미있을 것 같은데요." 빌헬름이 대답했다. "절대 그렇지 않아." 야르노가 말했다. "단단한 바윗돌은 이해하기 어려우니까 그래서 재미있는 거라네." "핑계를 대는군요." 빌헬름이 말했다. "이해할 가망이 없는 것에 매달리는 건 당신답지 않아요. 그렇게 차갑고 딱딱한 도락에서 무엇을 발견했는지 정직하게 말해 보십시오." "어떤 도락이든 그것을 설명하기는 어렵네. 더욱이 내 경우에는." 그는 잠시 생각하고는 다시 말을 이었다. "문자는 아름다운 것일지도 모르지. 그러나 소리를 표현하기에는 불충분하다네. 소리가 없어서는 안 되지만 우리가 전하고자 하는 본디 의미를 나타낼 수 있을지는 미지수지. 결국 우리는 문자와 소리에 달라붙어 있지만 그것이 전혀 없는 거나 다름이 없네. 우리가 전하는 것, 우리에게 전해 내려오는 것은 언제나 노력할 가치가 없는 하찮은 것들뿐이지."

　"아무래도 당신은 제 질문을 피하려 하는 것 같군요." 친구는 말했다. "그것

---

*8 그리스의 철학자. 곳곳을 방랑하고 다니면서 자기 가르침을 설교했으며 대낮에도 등불을 들고 다녔다고 한다.

이 이 바위나 산꼭대기와 무슨 관계가 있지요?" "그런데 오늘 내가," 야르노가 대답했다. "다름 아닌 이 틈새와 금이 간 부분들을 문자라 보고 해독한 다음 말로 만들어내어 완전히 이해하는 법을 배웠다면 자네는 그에 대해 이의가 있겠나?" "없어요. 하지만 그건 너무 방대한 알파벳으로 생각되는데요." "그건, 자네가 생각하는 것보다는 빈틈이 없다네. 다만 다른 문자들과 마찬가지로 그것을 잘 배워야 하네. 자연은 오직 하나의 글자를 가지고 있을 뿐이니까. 제멋대로 휘갈겨 쓴 문자에 질질 끌려다닐 필요가 없네. 나처럼 오랫동안 고문서에 애정을 쏟고 있으면 예리한 비평가가 찾아와 이건 모두 가짜에 불과하다고 단언하는 일이 생기곤 하지만, 여기서는 그런 걱정을 할 필요가 없다네." 미소를 지으며 빌헬름이 말했다. "그렇지만 여기서도, 당신의 해독 방법에 대해 논쟁이 일어나겠지요." "바로 그 때문에 나는 이 일에 대해서 아무하고도 말을 나누지 않지. 자네와도—자네를 사랑하기 때문에 더더욱—'따분한 말'이라는 가치 없는 대용품을 이 이상 주고받아 속임수를 교환하는 일은 질색이니까."

제4장

두 친구는 조심조심 힘들게 산을 내려와 아래쪽 나무 그늘 아래 아이들이 모여 있는 곳에 도착했다. 몬탄과 펠릭스는 도시락을 풀어놓는 것보다 더 열심히 수집한 돌의 표본들을 풀어놓았다. 펠릭스는 차례차례 돌 이름을 물었고 몬탄은 하나하나 가르쳐주었다. 펠릭스는 몬탄이 어떠한 돌의 이름이든 다 알고 있자 기뻐하면서 그 이름을 기억해 두었다. 그는 마지막으로 돌을 또 하나 집어들고 물었다. "이 돌의 이름은 뭐죠?" 몬탄은 그 돌을 이상하다는 듯이 바라보며 말했다. "너희들 이거 어디서 주웠니?" 피츠가 재빨리 대답했다. "제가 발견했어요. 이 지방에서 나온 거예요." "이 지방 것은 아닌데." 몬탄이 말했다. 피츠는 이 대단한 어른이 의아해하는 것을 보고 기뻐했다. "이 돌이 있는 곳으로 나를 데려다주면, 금화를 한 닢 주마." 몬탄이 말했다. "저는 쉽게 돈을 벌겠네요." 피츠가 대답했다. "하지만 당장은 안 돼요." "그렇다면 내가 잘 찾을 수 있게 그 장소를 자세히 알려다오. 그러나 그건 힘들겠지. 이건 스페인의 산티아고*9 부근에서 나는 십자석*10이야. 네가 모양이 하도 신기해서 훔친 게 아니라면 어떤 여행자가 잃어버린 걸게다." "금화 한 닢은 같이 오신 저 여행자에게 맡겨놓으세요." 피츠가 말했다. "그러면 이 돌을 어디서 가져왔는지 정직하게 말씀드릴게요. 허물어진 성 요셉 성당 안에 마찬가지로 허물어진 제단이 있어요. 그 제단의 부서져서 갈라진 윗돌 밑에서 이 돌의 층을 발견했어요. 윗돌의 토대를 이루고 있더라고요. 그걸 제가 가져올 수 있을 만큼 깬 거예요. 윗돌을 굴려서 치우면 틀림없이 많이 찾아낼 수 있을 거예요."

"이 금화를 받아라." 몬탄이 말했다. "네가 그들을 발견한 데 대한 상금이다. 그걸 발견한 건 정말 대단한 행운이야. 생명이 없는 자연이 우리가 사랑하고 존경하는 십자가의 상징을 만들어낸다는 것은 마땅히 기뻐해야 할 일이란다. 자연은 예언자의 모습으로 나타나지. 영원한 옛날부터 정해져 있다가 시간이 흐르면서 비로소 현실이 되는 것들의 증거를 미리 땅속에 묻어두는 거다. 그 위에, 다시 말해 기적으로 충만한 신성한 층 위에 사제들이 그들의 제단을 세운 거야."

한동안 귀담아듣던 빌헬름은 여러 이름들이 몇 번이나 다시 나올 것을 알아차리고, 아이를 처음 가르치는 데 필요한 만큼의 지식만이라도 베풀어줄 수 없겠느냐고 앞서도 말한 소망을 되풀이했다. "그만두게." 몬탄이 말했다. "학생들이 알아두어야 하는 것 이상을 모르는 교사만큼 비참한 게 어디 있겠나. 남을 가르치려는 사람은, 물론 자신이 알고 있는 최상의 것을 입 밖에 내지 않을 수는 있어도 어중간하게 알고 있어서는 안 된다네." "그렇지만 그런 완벽한 교사가 어디 있습니까?" "쉽게 만날 수 있다네." 몬탄이 대답했다. "어디서 말입니까?" 빌헬름이 궁금해하면서 물었다. "자네가 배우고 싶어 하는 것이 있는 바로 그곳에서." 몬탄이 대답했다. "가장 훌륭한 수업은 완전한 환경에서 얻어지는 것일세. 외국어를 배우려면 그 언어의 본고장, 다시 말해 그 말이 아닌 다른 말은 전혀 들을 수 없는 곳이 가장 좋지 않을까?" "요컨대 당신은 산속에서 지내면서 산에 대한 지식을 얻었다는 거죠?" 빌헬름이 물었다. "물론이네." "사람들과는 어울리지 않고 말인가요?" 빌헬름이 물었다. "적어도 산과 인연을 맺고

*9 산티아고 데 콤포스텔라. 스페인 북서부에 있는 도시로 기독교 3대 순례지이다. 성 야곱이 순교한 곳.

*10 대개는 회색으로 검은 십자가 모양을 하고 있으며, 스페인에서 많이 생산된다.

있는 사람들과는 어울렸지." 몬탄이 대답했다. "광맥에 매혹된 난쟁이족들이 바위를 뚫고 땅속으로 가는 길을 내어 온갖 방법을 써서 어려운 과제를 풀어 보려 애쓰는 곳이야말로 지식욕에 불탄 사색가가 자리를 잡을 곳이지. 그는 행동과 실천을 보면서 일어나는 일은 일어나는 대로 두고, 성공과 실패를 한결같이 기뻐한다네. 도움이 되는 것은 의미 있는 것의 일부에 지나지 않네. 하나의 대상을 완전히 소유하고 지배하려면 대상 그 자체를 위해 연구해야 하지. 이는 많이 보고 느끼며 배워야만 나중에 비로소 궁극적인 지점에 오를 수 있다는 뜻이라네. 하지만 우리 눈앞에 있는 아이들의 경우에는 사정이 전혀 달라. 훌륭히 성취되어가는 것은 모두 쉽게만 보이니까 말이야. 아이들이란, 어떤 종류의 활동이든 손을 대려고 하지. 무엇이든 시작은 어렵다는 말은 어떤 의미에서는 진리일지도 몰라. 하지만 일반적으로는 이렇게 말할 수 있을 걸세. 모든 시작은 쉽지만 마지막 단계에 오르는 것은 가장 어렵고 가장 드문 일이라고."

그사이 생각에 잠겼던 빌헬름은 몬탄에게 물었다. "인간의 모든 활동은 실행할 때나 가르칠 때에도 구별이 지어져야 한다는 확신을 얻었다는 겁니까?" "나는 그 밖에 다른 것, 그 이상의 것은 모르네." 몬탄이 말했다. "인간이 무언가를 이루려 한다면 그것은 제2의 자아가 되어 자신에게서 분리되어야 해. 그리고 제1의 자아가 그것으로만 가득 차 있지 않으면 결국 불가능하지." "그렇지만 지금까지는 여러 방면의 교양이 이롭고 필요하다고 여겨져 왔잖아요." "그 시대에는 그럴 수도 있었겠지." 몬탄이 말했다. "다양성이라는 것은 본디 한 방면에 치우치는 전문적인 인간이 활동할 수 있는 기초를 마련하는 것에 지나지 않아. 지금이야말로 이런 전문적인 인간이 활동할 수 있는 장이 충분히 주어져 있다네. 그래, 요즘은 전문성의 시대지. 그것을 깨닫고 스스로를 위해서나 남을 위해서 활동하는 사람은 행복하네. 어떠한 일에서는 이것이 절대적으로 뚜렷하게 드러나지. 이를테면 자네가 기량을 충분히 닦아 뛰어난 바이올리니스트가 되었다 치면, 지휘자가 오케스트라에서 자네에게 좋은 자리를 마련해 주리라는 건 마땅하지 않겠나. 자네를 하나의 도구로 만들어보게. 그러고 나서 인류가 생활 속에서 자네에게 어떤 지위를 호의적으로 인정해 줄 것인지 기다리면 된다네. 자, 이런 이야기는 이제 그만두세. 이것을 믿고 싶지 않은 사람은 자기 길을 걸어가면 돼. 때로는 성공하는 일도 있겠지. 그러나 덧붙이건대 아래에서 위로 봉사하는 일, 그것은 어떤 경우에나 필요하다네. 한 가지 기술에 전념 하는 것, 그것이 가장 좋은 일이야. 아무리 저능아라도 그렇게 하면 언젠가는 제 구실을 하는 기술자가 될 수 있고, 머리가 좀 더 나은 사람은 기량을 한 가지 얻게 되는 거지. 최고의 두뇌를 가진 사람은 한 가지를 함으로써 모든 것을 이루게 되는 거라네. 좀 더 역설을 피해서 말하자면 한 가지 일을 제대로 이뤄내면 그 제대로 행해진 한 가지 일에서 제대로 행해지는 모든 일의 비유를 발견하게 되는 거네."

여기서는 그저 스케치하듯 재현하고 있으나 두 사람의 대화는 해넘이까지 이어졌다. 해지는 광경은 멋졌으나 오늘 밤 어디서 지낼 것인가 하는 생각이 모두를 괴롭혔다.

피츠가 말했다. "좋은 숙소로 안내할 수는 없어요. 하지만 사람 좋은 숯 굽는 할아버지가 사는 따뜻한 곳에서 앉든지 눕든지 하며 밤을 지새워도 괜찮으시다면 기꺼이 모시고 가겠습니다."

그리하여 모두 그를 따라서, 비밀스러운 느낌이 드는 오솔길을 지나 한적한 곳에 이르렀다. 그곳에서라면 누구나 금방 차분해질 것만 같았다.

숲 속 좁은 공터 한가운데 알맞게 솟아오른 둥그스름한 숯가마가 따뜻한 연기를 내뿜고 있었다. 한편에는 전나무 가지로 만든 오두막집이 있고 바로 그 곁에 모닥불이 환하게 타올랐다. 모두 앉아 여장을 풀었다. 아이들은 숯 굽는 할머니에게 달라붙었다. 그녀는 손님 대접에 정성을 들여 구운 빵에 버터를 듬뿍 발라 배고파 하는 욕심쟁이들에게 맛있고 기름진 음식을 만들어주었다.

잠시 뒤에 아이들은 거의 불빛이 닿지 않는 가문비나무 가지 사이에서 숨바꼭질을 하면서 늑대나 개처럼 으르렁거리고 짖어대며 놀았는데, 담력이 센 여행자라도 섬뜩해할 정도였다. 그동안 두 친구는 마음을 터놓고 서로의 처지를 이야기했다. 그러나 두 사람은 서로 과거와 미래에 대해 말해서는 안 되며 오로지 현재에만 몰두해야 했다. 그것 또한 체념한 사람으로서의 수행자에게 주어진 독특한 의무 가운데 하나였다.

야르노는 광산 사업과 그에 필요한 지식과 행동력에 대한 생각으로 머리가 꽉 차 있어서 그가 두 대륙(유럽과 미국)에서 이런 기술적 통찰과 숙달된 능력으로 무엇을 기대할 수 있는지 빌헬름에게 자세하고 정확하게, 열정적으로 들려주었다. 그러나 늘 인간의 마음속에서만 보배를 찾아온 빌헬름은 그런 이야기들을 도무지 알아들을 수 없었다.

마침내 빌헬름은 미소를 지으면서 말했다. "어쩐지 당신은 자기모순에 빠져 있는 것 같네요. 젊었을 때부터 시작했어야 할 일을 나이 들어서 시작하고 있잖아요." "천만에 말씀." 그가 대답했다. "나는 어렸을 때 광산 고급관리였던 작은아버지 댁에서 자랐네. 광석에서 광분을 빼내는 일을 하는 아이들과 함께 어울리면서 그들과 나무껍질로 만든 작은 배를 광산 웅덩이에 띄웠지. 그런 경험들이 나를 다시 이 세계로 데려온 거라네. 나는 지금 이 세계에서 다시 젊어진 것 같아 기분이 좋아. 나야 어릴 때부터 숯 굽는 연기를 향내처럼 마셔왔기 때문에 좋아하지만 자네는 그렇지 않을 걸세. 이 세상에서 많은 것들을 시도해 보았지만 언제나 같은 것을 발견했네. 인간의 유일한 쾌적함은 습관에 달려 있다는 걸세. 불쾌한 일조차 먼저 그것에 익숙해지고 나면 그게 사라지는 걸 아쉬워하게 되지. 언젠가 나는 상처가 좀처럼 낫지 않아 꽤 오랫동안 고생을 했는데 그것이 드디어 다 나았을 때 정말로 기분이 나빴네. 외과의사가 더 이상 오지 않게 되자 붕대 매주는 일도, 나와 아침을 함께 먹어주는 일도 없어졌으니까 말이야."

"그렇지만 나는," 빌헬름이 말했다. "내 아들에게는 한 가지 제한된 직종에서 얻어지는 것보다 훨씬 자유롭게 세계를 보는 눈을 갖게 해주고 싶습니다. 인간은 아무리 자기 주위에 울타리를 쳐도 결국은 자기가 사는 시대를 살펴보게 되는 법이죠. 그리고 앞선 시대에 일어난 일을 조금이라도 알지 못하면서 어찌 자기 시대를 이해할 수 있겠습니까? 우리 생활에 없어서는 안 될 갖가지 진귀한 양념들이 어느 나라에서 왔는지 모른다면 식료품 가게에 들어갈 때마다 그저 어안이 벙벙할 뿐 아니겠어요?"

"뭣 때문에 그렇게 번거로운 일을 하나?" 야르노가 물었다. "속물들이 그러듯이 신문이나 읽고 할머니들처럼 커피나 마시라지. 그래도 자네가 단념하지 못하고 완전한 교양에 집착하고 있는 거라면 자네가 왜 그렇게 눈이 멀어 있는지, 왜 그렇게 이제껏 찾고 있는지, 바로 옆에 훌륭한 교육 시설이 있는데도 그게 왜 안 보이는지 모르겠네." "바로 옆에 있다고요?" 빌헬름은 고개를 저었다. "물론이네." 야르노가 말했다. "여기 무엇이 보이는가?" "어디 말입니까?" "바로 코앞에." 야르노는 집게손가락으로 가리키면서 안타깝다는 듯이 외쳤다. "저기 있는 저것은 무엇인가?" "그거야 뭐!" 빌헬름이 말했다. "숯 굽는 가마죠. 그런데 그게 어떻다는 겁니까?" "좋아. 이제 알았군. 숯 굽는 가마지. 그런데 저 가

마를 사용하려면 어떤 과정을 거치나?" "장작을 쌓아올려야지요." "그것이 끝난 다음에는 어떻게 하나?" 빌헬름이 말했다. "당신은 마치 소크라테스 문답법처럼 내가 무척 어리석고 아둔하다는 걸 깨닫고 고백하게 하려는 심산이군요."

"그럴 리가!" 야르노는 말했다. "계속해서 정확하게 대답하게. 그러면 장작이 차곡차곡 통풍이 잘되게 쌓아올려지면 그다음에는 어떻게 하나?" "그야 불을 지피지요." "불이 붙어 불길이 골고루 다 스며들면 어떻게 하나? 타는 대로 그냥 놔두는가?" "아니죠. 뗏장이나 흙, 숯가루 그 밖에 손이 닿는 것은 무엇이든 가지고 와서 번져가는 불길을 서둘러 막아야 합니다." "불을 끄기 위해서인가?" "아닙니다. 불길을 약하게 하기 위해서입니다." "그것은 즉 구석구석까지 잘 탈 수 있도록 열이 스며드는 데 필요한 만큼 공기를 넣어준다는 거지. 그런 다음 빈틈을 모두 막아 치솟는 불길을 잡으면 모든 장작이 저절로 꺼져 숯이 되는 거네. 열이 식은 뒤 마침내 따로따로 끄집어내면 상품이 되어 대장간이나 철물공들, 빵집이나 요리사들에게 팔려가지. 이렇게 유능한 기독교도들*[11]에게 충분히 도움을 주고 나면 이번에는 재가 되어 빨래하는 여인네들이나 비누 제조업자에게 쓰이게 된다네."

"그런데," 빌헬름이 웃으며 물었다. "오늘 이 비유에서 당신은 당신 자신을 무엇이라 보고 있습니까?" "대답하기 어렵지 않네." 야르노가 대답했다. "나는 나 자신을 참나무 숯이 들어 있는 오래된 숯 바구니라고 생각하네. 그러나 나는 내 멋대로 나 자신을 위해서만 나를 태우는 특성을 가지고 있네. 그래서 세상 사람들이 나를 이상한 사람이라 여기고 있지만 그건 어쩔 수 없는 노릇이지." "그러면 나는요?" 빌헬름이 물었다. "당신이 볼 때 나는 어떻습니까?" "지금은 특히," 야르노가 대답했다. "자네를 순례자의 지팡이로 본다네. 어떤 구석진 곳에 세워놓아도 싹이 돋아나오지만, 어디에도 절대 뿌리를 내리지 않는 묘한 특성을 가지고 있지. 그래서 산지기도 정원사도 숯 굽는 사람도 소목장이도 그 밖의 어떤 수공업자도 자네가 도저히 그 직업인이 될 수 있을 것 같지 않다고 한다면 이 비유를 곰곰이 생각하며 이유를 깨달아 보게."

이런 이야기를 나누는 동안 빌헬름은 품에서 뭔가를 꺼냈다. 뭐에 쓰는 물건인지 지갑 같기도 하고 연장을 넣는 상자 같기도 한데, 몬탄은 자신도 그것을

---

*11 대장장이나 철물공, 빵 굽는 사람들을 말한다.

옛날부터 잘 알고 있다고 말했다. 우리의 친구 빌헬름은 그것을 부적처럼 지니고 다니며, 자신의 운명이 이것에 얼마쯤 달려 있으리라 맹신하고 있음을 부인하지 않았다.

그것이 무엇인지는 아직 여기서 독자들에게 밝힐 수 없다. 다만 이것을 계기로 하나의 대화가 시작되어, 그 결과 빌헬름이 다음과 같은 고백을 하기에 이르렀다는 것만은 말해 두어야겠다. 즉 자신은 오래전부터 어떤 특수한 직종, 도움이 되는 어떤 기술에 전념하기를 바라고 있다. 생활 조건 가운데 가장 까다로운, 한곳에 사흘 이상 머물러서는 안 된다는 조건을 철회하도록 몬탄이 결사의 동맹자들에게 중재해야 한다고 했다. 자기 자신의 목적 달성을 위해 원하는 데서라면 며칠이든 머물 수 있게 허락해 줘야 한다는 것이다. 몬탄은 그의 바람이 이뤄지도록 최선을 다하겠다고 약속했다. 빌헬름이 허심탄회하게 자신의 계획을 고백한 이상 그것을 끊임없이 추구할 것이며 일단 마음에 정한 계획은 무슨 일이 있어도 충실하게 지킬 것을 엄숙하게 맹세했기 때문이다.

이런 모든 것에 대해 진지하고 철저하게 이야기하고 문답을 주고받으며 어쩐지 수상쩍은 무리들이 모여드는 숙소를 나섰다. 그들은 동이 틀 무렵 숲을 빠져나와 빈터에 다다랐다. 그곳에서 그들은 야생동물 두세 마리를 만났는데, 그것은 뭐든 알려고 덤벼드는 펠릭스를 몹시 기쁘게 했다. 여기서 길이 여러 방향으로 갈라져 있었기 때문에 그들은 헤어질 준비를 했다. 피츠에게 길들이 어디로 이어지는지 물었으나 그는 딴 일에 정신이 팔려 있는 듯, 평소와는 달리 갈피를 잡을 수 없는 대답만 했다.

"너는 도대체가 못돼먹은 녀석이야." 야르노가 말했다. "어젯밤 우리 주위에 앉아 있던 남자들을 너는 다 알고 있었어. 나무꾼이나 광부들이지. 그들은 그렇다 치더라도 나머지 사람들은 밀수업자 아니면 밀렵꾼들일 거야. 그리고 맨 마지막에 온, 모래에 연신 기호를 써 넣던 키 큰 남자, 다른 작자들로부터 특별하게 취급받던 그자는 틀림없이 도굴꾼이야. 너는 그놈과 한패가 되어 뭔가를 꾸미고 있어."

"모두 좋은 사람들이에요." 피츠가 말했다. "모두들 겨우 입에 풀칠만 하면서 살아가는 사람들이에요. 다른 사람들이 금지하는 일을 가끔 한다고는 하지만 그렇게라도 하지 않으면 도저히 살아갈 수 없는 불쌍한 사람들이죠."

그러나 사실 이 교활한 소년은, 두 친구가 서로 헤어지려 한다는 사실을 알아차리고는 이리저리 궁리하고 있었다. 두 사람 가운데 어느 쪽을 따라가야 좋을지 결심이 서지 않았기 때문이다. 그는 자기의 이익을 계산하고 있었다. 아버지와 아들은 선선히 은화를 쓰지만 야르노는 금화를 쓴다. 이쪽을 놓치지 않는 것이 상책이라고 생각했다. 그래서 그는 당장 주어진 기회를 붙잡았다. 야르노가 헤어질 때 그에게 말했다. "자, 나는 성 요셉 성당으로 가서 네가 한 말이 거짓인지 아닌지 알아봐야겠다. 십자석과 부서진 제단을 찾아 볼 거야." "아무것도 찾지 못할걸요." 피츠가 말했다. "저는 절대로 거짓말을 안해요. 이 돌은 거기서 가지고 온 게 맞지만 제가 돌을 모두 파내어 이 산 위에 숨겨두었어요. 아주 귀한 돌이라 그것이 없으면 보물을 캐낼 수 없어요. 작은 조각만도 매우 비싸게 팔리지요. 아저씨 말씀이 맞아요. 그 깡마른 남자와 알게 된 것도 그 때문이에요."

다시 협상이 벌어졌다. 피츠는 야르노에게 금화를 한 닢 더 주면 얼마 멀지 않은 곳에 있는 이 진귀한 광물을, 충분히 손에 넣게 해주겠다고 약속했다. 한편 그는 빌헬름 부자가 '거인의 성'으로 가는 것에 반대했다. 펠릭스가 그래도 가겠다며 우겼기 때문에 피츠는 짐꾼에게 이 여행자들을 너무 깊숙한 곳으로 데리고 들어가지 말도록 단단히 다짐받았다. 그곳 동굴이나 암벽이 갈라진 사이에서 다시 돌아온 사람은 이제까지 한 명도 없었다고 했다. 그들은 뿔뿔이 헤어졌다. 그리고 피츠는 알맞은 때에 '거인의 성' 홀에서 다시 만나자고 약속했다.

짐꾼이 앞장서고 아버지와 아들이 뒤를 따랐다. 그러나 얼마 올라가기도 전에 펠릭스가, 그 길이 피츠가 가르쳐준 길과 다르다고 말했다. 그러자 짐꾼이 대답했다. "제가 더 잘 압니다. 얼마 전 폭풍 때문에 이 근처 숲들이 쑥대밭이 되었어요. 쓰러진 나무들이 마구잡이로 얽혀서 그 길을 막고 있어요. 저를 따라오세요. 틀림없이 그곳으로 모셔다 드리겠습니다." 펠릭스는 씩씩하게 걷다가 이 바위에서 저 바위로 건너뛰며 고생스러운 길을 단축시켰다. 그리고 지금 자기가 건너뛰고 있는 바위들이 화강암이란 걸 알아채고는 기뻐했다.

이렇게 올라가다가 그는 몇 개씩이나 무너져 있는 돌기둥 위에 멈춰 섰다. 갑자기 '거인의 성'이 눈앞에 나타난 것이다. 줄지어 늘어선 바위기둥들이 벽을 이루며 외로운 산봉우리 위에 솟아 있었고 빈틈없이 들어찬 기둥벽이 대문과 대문, 통로에 통로를 이루고 있었다. 짐꾼은 안으로 들어가 길을 잃지 말라고 진지하게 당부했다. 그리고 전망 좋고 양지바른 장소에서 먼저 온 사람들이 남긴 불씨의 흔적을 발견하자, 거기에 딱딱 소리를 내며 부지런히 불을 피웠다. 그는 이런 데에서 간단한 식사를 준비하는 일에 익숙했다. 빌헬름은 광대한 전망을 즐기면서 앞으로 여행할 것들을 더 자세히 살펴보려 했으나 그사이에 펠릭스가 사라져버렸다. 동굴 안에 들어가서 길을 잃었음에 틀림없었다. 아무리 이름을 부르고 휘파람을 불어보아도 대답이 없었다. 펠릭스는 영 모습을 나타내주지 않았다.

그러나 빌헬름은 떠돌이답게 만일의 경우에 대비하고 있었다. 그는 사냥 포대에서 밧줄 한 다발을 꺼내 자신의 몸에 꼼꼼히 붙들어 맸다. 그렇지 않아도 아이들을 안으로 데리고 들어갈 때는 밧줄을 길잡이의 표시로 삼을 생각을 했던 터라 이번에도 밧줄에 의지해 보기로 했다. 그는 앞으로 나가면서 이따금 호루라기를 불었지만 한동안 아무런 반응도 없었다. 그러다 드디어 안쪽에서 날카로운 휘파람 소리가 울려오더니 얼마 안 있어 펠릭스가 시커먼 바위틈에서 위로 얼굴을 내밀었다. "아버지, 혼자세요?" 펠릭스가 조심스럽게 속삭였다. "응, 혼자다." 아버지가 대답했다. "나뭇조각을 몇 개 주세요. 굵은 막대기 같은 걸로요." 그것을 받아든 소년은 그래도 안심이 안 되는 듯 소리쳤다. "아무도 동굴로 들어오지 못하게 하세요!" 한참 모습을 감췄던 그가 훌쩍 다시 나타나더니 더 길고 튼튼한 막대기를 달라고 했다. 아버지는 이 수수께끼가 풀리기를 초조하게 기다렸다. 마침내 이 대담한 소년이 서둘러 바위틈에서 올라왔다. 펠릭스는 작은 상자를 하나 가지고 나왔는데, 그것은 작은 8절판 책만 한 크기로 깨끗하면서도 낡아 보였다. 금으로 만들어진 듯했으며, 에나멜 장식이 달려 있었다. "아버지, 이걸 챙겨두세요. 아무에게도 보이지 말고요." 펠릭스는, 마음속의 은근한 충동에 이끌려 바위 틈새로 기어들어가 아래쪽에서 어슴푸레 빛나는 공간을 발견하게 된 경위를 서둘러 말했다. 그의 말에 따르면 그곳에는 철로 된 커다란 상자가 하나 있었는데, 자물쇠로 잠겨 있지 않았음에도 뚜껑을 열기는커녕 조금도 들어올릴 수 없었다고 한다. 그래서 그걸 어떻게 열어보려고 막대기를 여러 개 달라고 한 것이며, 받침대를 뚜껑 밑에 세우고 쐐기를 끼워 넣어 겨우 열어보니, 상자 안은 텅 비어 있었으나 한쪽 구석에서 이 멋진 작은 상자를 발견했다는 것이다. 두 사람은 이를 비밀에 부치기로 약속했다.

정오가 지나 있었다. 세 사람은 간단히 식사를 때웠다. 오기로 약속한 피츠는 아직 오지 않고 있었다. 그러나 펠릭스는 이상하게 불안해 하면서 자꾸만 이곳을 떠나고 싶어 했다. 땅 위에서도 땅 아래에서도 보물을 되돌려달라고 재촉하는 것 같았기 때문이다. 돌기둥은 한결 더 검고 동굴은 유달리 깊어지는 듯 생각되었다. 그는 비밀을 하나 짊어졌다. 하나의 소유물을. 이것은 정당한 것인가 부당한 것인가, 안전한 것인가 불안전한 것인가? 초조함이 그를 그곳에서 내몰았다. 장소를 바꾸면 그 불안에서 벗어날 수 있으리라 생각했다.

그들은 어느 대지주의 드넓은 소유지로 가는 길을 택했다. 이 지주의 부유함과 유별남에 대해서 그들은 귀가 닳도록 들어왔다. 펠릭스는 이제 아침나절처럼 뛰어다니지 않았다. 세 사람은 몇 시간을 묵묵히 걸었다. 펠릭스는 두어 번 작은 상자를 꺼내 보고 싶어졌지만 아버지는 넌지시 짐꾼을 가리키며 서두르지 말고 침착하라 했다. 한편으로는 피츠가 오면 좋을 텐데 하고 기다렸으나 다른 한편으로는 그 교활한 녀석을 두려워하기도 했다. 또 신호로 휘파람을 불다가도 곧 그런 행동을 후회했다. 이렇게 마음의 동요가 한동안 이어졌는데, 그때 멀리서 피츠의 휘파람 소리가 들려왔다. 그는 '거인의 성'에 가지 못한 데 대해 야르노와 함께 있었기 때문에 늦어졌고, 바람에 쓰러진 나무가 길을 막았다고 변명했다. 그리고 나서 그는 기둥과 동굴 주위는 어떠했고 얼마나 깊은 데까지 들어갔었느냐며 자세하게 캐물었다. 펠릭스는 반은 들뜨고, 반은 당황해하면서 동화 같은 이야기를 늘어놓았다. 아버지에게 미소를 지어 보이고 아버지의 소매를 살짝 잡아당기기도 하는 등 갖가지 시늉을 해보였다. 그것은 자신이 어떤 비밀을 품고 있는데 지금 시치미를 떼고 있는 것을 알리는 것이나 마찬가지였다.

그들은 드디어 지주의 장원으로 쉽게 갈 수 있는 큰길로 들어섰다. 그러나 피츠는 더 좋은 지름길을 알고 있다면서 제 뜻을 굽히지 않았다. 짐꾼은 그 길로 가려 하지 않았고 끝내 곧고 넓게 죽 뻗어 있는 길로 혼자 가버렸다. 아버지와 아들은 장난꾸러기 소년을 믿어보기로 했는데 이윽고 이 길로 오길 잘했다고 생각했다. 험한 산길을 내려가 날씬하게 쑥쑥 자란 낙엽송 숲을 빠져나오자 나무 사이로 차츰 시야가 트이더니 어느덧 우리가 상상할 수 있는 가장 아름다운 장원이 청명한 햇빛을 받아 반짝이는 경치가 펼쳐 보였기 때문이다.

커다란 정원은 과일나무들이 오직 풍요로운 결실만을 위한 것처럼 빽빽이 심어져 있었음에도 거침없이 탁 트여 있었다. 정원은 가지런하게 여러 구획으로 나눠져 있었고 높아졌다 낮아졌다 했지만 이 모든 것은 하나의 비탈을 이루고 있었다. 그곳에는 사람 사는 집이 여러 채 흩어져 있어 각기 다른 소유자들이 토지를 나눠 가지고 있는 것처럼 보였지만, 피츠가 밝힌 바로는 한 사람이 전체를 다스리며 이용하고 있다고 했다. 정원 너머 저편에는 한눈에 둘러보기 힘들 만큼 넓은 땅이 펼쳐져 있었다. 잘 가꿔진 농지와 나무들이 풍성했고 호수와 하천도 확실히 분간할 수 있었다.

그들은 산을 내려가 정원으로 점점 가까이 다가갔다. 이제 곧 정원 안으로 들어서겠구나 생각한 순간 빌헬름은 깜짝 놀라 멈춰 섰다. 그 모습을 보고 피츠는 고소해하는 표정을 감추지 않았다. 험하게 갈라진 산기슭이 그들 눈앞에 나타났고 그 너머에는 이제까지 가려져 있던 높은 벽이 모습을 드러냈다. 벽의 안쪽은 흙으로 완만하게 메워 있었지만, 바깥은 깎아지르는 절벽이었다. 즉 바로 앞에 정원을 바라보면서도 깊은 도랑이 정원과 그들 사이를 가로막고 있던 것이다. "안으로 들어가려면 저쪽으로 많이 돌아가야 해요." 피츠가 말했다. "하지만 저는 이쪽으로 들어가는 입구도 알고 있어요. 그 길로 가면 꽤 가까워요. 큰비가 올 때 산에서 내려오는 물이 정원 안으로 한꺼번에 밀려들지 않게 하기 위해 지하도가 이쪽에 열려 있어요. 우리가 편하게 지나갈 수 있을 정도로 높고 넓어요." 펠릭스는 지하도라는 말을 듣자 그 안으로 들어가보고 싶은 욕망을 억누를 수 없었다. 빌헬름은 아이들 뒤를 따라갔다. 그들은 지하도의 바싹 말라버린 높은 계단을 함께 내려갔다. 옆 창에서 빛이 들어오거나 기둥과 벽에 빛이 가려지고 할 때마다 밝은 데로 나가기도 하고 어둠에 둘러싸이기도 했다. 이윽고 그들은 제법 평평한 곳으로 나와 천천히 걸어 나갔는데, 갑자기 가까이서 총소리가 나더니 이제껏 보이지 않던 격자무늬 철창이 닫히면서 그들을 가두어버리고 말았다. 그런데 모두가 아니라 빌헬름과 펠릭스만 포로가 되었다. 피츠는 총소리가 난 순간 되돌아 뛰었기 때문에 철창 틈에 그의 넓은 소맷자락이 끼었을 뿐이었다. 피츠는 재빨리 윗도리를 벗어던지고, 한시도 머뭇거리지 않고 쏜살같이 도망쳐버렸다.

갇힌 두 사람이 놀란 가슴을 쓸어내리기도 전에 사람들 목소리가 들려오더니 점점 가까이 다가왔다. 이윽고 무장한 사나이들이 횃불을 손에 들고 어떤 놈들이 잡혔을까 호기심에 찬 눈으로 다가왔다. 그들이 순순히 항복하겠는가 물었다. "이 마당에 항복하고 안 하고 할 게 뭐가 있겠습니까?" 빌헬름이 대답했다. "우리는 당신들 손안에 있어요. 오히려 우리를 너그럽게 대해 주겠는지 이쪽에서 물어볼 일이죠. 우리가 지닌 하나뿐인 무기를 당신들에게 넘겨드리겠습니다." 이 말과 함께 그는 사냥칼을 철창 너머로 건네주었다. 곧 철창문이 열리면서 사나이들은 낯선 두 사람을 태연하게 데리고 갔다. 나선형 계단을 올라가자 기이한 장소가 나타났다. 넓고 깨끗한 방이었는데, 처마 밑에 작은 창문이 나란히 나 있었고, 창문에는 튼튼한 쇠창살이 달려 있었지만 햇빛은 충분히 들어오고 있었다. 의자와 침대 말고도 숙소에서 필요한 것은 웬만큼 갖추어져 있었다. 이 방에서 지내는 사람에게 부족한 것이라면 자유뿐일 것이다.

빌헬름은 안으로 들어오자마자 바로 의자에 앉아 지금 이 사태에 대해 골똘히 생각했다. 반대로 펠릭스는 놀라움이 가시자 터무니없이 화를 내기 시작했다. 위압적인 벽, 높은 창문, 굳건한 문, 외부와 차단된 비좁은 답답함. 이 모든 게 그에게는 전혀 겪어보지 못한 두려운 세계였다. 그는 주위를 둘러보았다. 이리저리 뛰어다니다 발을 동동 구르고 울부짖었다. 문을 흔들어대면서 주먹으로 때렸다. 어디 그뿐인가. 빌헬름이 그를 붙잡아 힘껏 누르지 않았더라면 문으로 달려가 머리를 들이박았을 것이다.

"일단 침착하게 생각해 보자꾸나, 펠릭스." 아버지가 말했다. "그렇게 안달하고 날뛴다고 해서 이곳에서 나갈 수는 없단다. 이 수수께끼는 이제 곧 풀릴 거야. 내가 잘못 본 게 아니라면 우리는 나쁜 사람들 손안에 떨어진 건 아닌 듯해. 이걸 좀 보렴. '죄 없는 자에게 석방과 보상을, 유혹당한 자에게는 동정을, 죄인에게는 올바른 처벌을'이라고 쓰여 있어. 이 문구로 보아 이 방은 필요에 따라 만들어진 곳이지, 잔학한 짓을 벌이기 위한 곳은 아니야. 인간은 다른 사람으로부터 자신을 보호해야 할 이유가 너무 많단다. 악한 일을 꾸미는 사람이 정말 많고 그것을 실행에 옮기는 사람도 적지 않아. 따라서 올바르게 살아가려면 오히려 언제나 선행을 베풀기만 해서는 안 돼."

펠릭스는 마음을 가라앉혔다. 그러나 더는 아버지 말에 자기 의견을 내세우지 않고 침대로 몸을 내던졌다. 아버지는 멈추지 않고 말을 이었다. "이렇게 어린 네가 아무 죄도 없는데 겪어야 했던 이 경험을 네가 어떤 시대에, 어떤 탁월한 시대에 태어났는지에 대한 살아 있는 증거로서 잊지 말도록 해라. 죄를 지은 자에게 너그럽고, 범죄자에게도 위로를 보내며 비인간적인 자에게도 인간적으로 대하게 되기까지 인류가 얼마만큼의 여정을 걸어와야 했던지! 이것을 처음으로 가르치고 실천할 수 있게 하고 독려하는 데에 일생을 바친 사람들은 진실로 하느님과 같은 사람들이었단다. 아름다움을 구현하는 능력을 가진 인간은 매우 드물지. 선(善)에 대해서는 더욱 그렇고. 그렇기에 큰 희생을 치르면서 선을 독려하는 사람들을 우리는 아무리 높이 평가해도 지나치지 않은 거란다."

이렇게 위로하며 타이르는 말은 이 갇혀 있는 상황의 의미를 아주 정확하게 나타냈으나 펠릭스는 귀담아듣고 있지 않았다. 그는 깊은 잠에 빠져 있었다. 여느 때보다 아름답고 혈색 좋은 얼굴이었다. 평소에는 좀처럼 나타난 적 없던 격한 감정이 그의 마음 깊은 곳에 잠재되어 있던 모든 것을 끌어올려 포동포동한 뺨을 물들여놓았기 때문이다. 아버지가 아들을 흐뭇하게 바라보며 서 있는데, 체격이 좋은 젊은 사나이가 들어와 빌헬름을 잠시 상냥하게 바라보더니 어쩌다가 평소에는 사람들이 다니지 않는 이상한 길에 들어서 덫에 걸리게 된 건지 그 경위를 묻기 시작했다. 빌헬름은 사정을 솔직하게 설명하고 나서, 신분을 밝히는 데 도움이 될 몇 가지 서류를 건넸다. 얼마 안 있으면 짐꾼이 정상적인 길을 지나 이쪽으로 올 것이 틀림없으니 그 사람이 증인이 되어줄 것이라고 말했다. 모든 일이 뚜렷해지자 관리는 빌헬름을 손님으로 대우하면서 자신을 따라오라고 일렀다. 펠릭스는 아무리 깨워도 일어나지 않아, 그 옛날 의식을 잃은 율리시즈에게 그랬던 것처럼 하인들이 그를 단단한 요에 눕히곤 밖으로 들고 나갔다.

빌헬름은 관리의 뒤를 따라 정원이 보이는 아름다운 방으로 들어갔다. 식탁 위에는 기운을 되찾게 해줄 음식이 차려져 있었다. 그것을 들도록 권한 관리는 상사에게 보고하러 나갔다. 잠에서 깨어난 펠릭스는 과일과 포도주, 비스킷이 준비된 식탁이 있는 데다 방문도 활짝 열려 있는 것을 보고 참으로 이상한 기분이 들었다. 여태까지의 일이 꿈같이 느껴지는지 방 밖으로 달려나갔다가 다시 들어와보았다. 그리고 금세 좋은 음식과 쾌적한 환경에 마음이 설레, 지난밤의 답답한 꿈을 아침에 모두 잊듯이 조금 전의 공포와 괴로움을 싹 잊어버렸다.

짐꾼이 도착했다. 관리가 좀 더 상냥해 보이는 나이 든 사람과 함께 짐꾼을 데리고 돌아왔다. 사정은 다음과 같이 밝혀졌다. 이 토지의 소유주는 주위 사람 모두를 일하게 하고 무언가를 만들어내도록 북돋는 보다 높은 의미의 자선가이다. 그는 요 몇 년 사이에 그의 끝없이 넓은 묘목밭에서 나는 나무모를 부지런하고 꼼꼼한 재배자에게는 무료로, 그다지 열심히 일하지 않는 자에게는 일정한 값으로, 또한 그것을 가지고 장사를 하려는 자에게는 그보다 싼값으로 저마다 나눠주었다. 그런데 나중 두 경우의 사람들이 무상으로 받는 사람들과 마찬가지로 자신들도 무상으로 나눠달라고 청했다. 그들은 자신들의 요구가 거절당하자 나무모를 갖은 방법으로 훔쳐갔다. 묘목밭이 강탈당하는 데 그치지 않고 황급히 뽑아가는 탓에 전체가 못쓰게 되어버렸기 때문에 주인은 점점 화가 났다. 그래서 그들이 방수로를 뚫고 들어오는 것을 알아내어 자동총이 달린 철창을 설치했던 것이다. 다만 총은 신호를 위한 것이었다. 그 꼬마 소년은 온갖 핑계를 만들어 이 정원에 여러 번 모습을 나타냈던 것이 목격되었었다. 그 짓궂은 못된 아이가 전에 다른 목적으로 발견했던 길로 여행자들을 데려간 것은 매우 당연한 일이었다. 장원의 사람들은 되도록 그 아이를 붙잡고 싶어 했다. 그렇게 할 수는 없었으나 그의 윗도리는 다른 증거물과 함께 영지 재판소에 보관하고 있다고 했다.

제5장

장원의 본채인 성(城)으로 가는 길에 우리의 친구 빌헬름은 고풍스러운 유원지나 근대적인 공원 비슷한 것은 전혀 발견할 수 없었기 때문에 의아한 생각이 들었다. 일직선으로 심어져 있는 과일나무들, 채소밭들, 넓은 약초밭, 그 밖에 어디에든 실생활에서 쓸모가 있다고 생각되는 것이 완만한 비탈을 이루며 한눈에 들어왔다. 키 큰 보리수나무들이 그늘을 드리운 광장이 당당한 건물 앞마당에 위엄 있게 펼쳐져 있었고, 그와 맞닿은 가로수 길에는 한 그루 한 그루 훌륭하게 자란 나무들이 나란히 들어서 있어 낮 시간 어느 때에든 바깥에서 단란하게 산책을 즐길 수 있었다. 저택 안으로 들어서자, 현관 벽이 아주 독특하게 장식되어 있었다. 4대륙의 커다란 지도가 눈에 띄었다. 계단 옆 멋진 벽도 여러 나라들을 간단히 그린 지도들로 꾸며져 있었다. 큰 홀로 안내되자 세계 주요 도시들의 조감도로 둘러싸여 있었는데, 그 위와 아래를 이들 도시의 풍경화가 에워싸고 있었다. 모두 아주 정교하게 그려져 있어 하나하나가 선명하게 눈에 들어오는 동시에 연속적인 상호관계도 뚜렷하게 알아볼 수 있었다.

집주인은 키가 작고 기운 좋은 노인으로, 손님에게 인사말도 없이 대뜸 벽을 가리키면서 이들 도시를 알고 있는지, 전에 그곳에 머무른 일이 있는지 물었다. 빌헬름은 많은 도시에 대해 이것저것 적절한 설명을 할 수 있었고, 몇몇 도시는 단지 본 것만이 아니라 그 상황과 특색도 충분히 알려줄 수 있음을 보여주었다.

주인은 종을 울려 하인을 부르더니, 새로 온 두 손님에게 방을 마련해 드리고, 저녁 식사 때 그들을 모셔오라고 지시했다. 이는 그대로 지켜졌다. 빌헬름은 1층에 있는 큰 식당에서 두 여성과 마주쳤다. 그 가운데 한 명이 쾌활하게 말했다. "선생님은 이곳에서 작은 모임을 만나게 될 거예요. 모두 좋은 사람들이랍니다. 나는 조카딸인 헤르질리에예요. 이쪽은 나의 언니 율리에테입니다. 저기 두 신사는 아버지와 아들 사이인데, 당신도 이미 알고 계시듯 이 성의 관리를 맡고 있죠. 우리 집안의 절대적인 신뢰를 받고 있는 데다, 또한 마땅히 그에 어울리는 친구이기도 하답니다. 자, 앉으세요!" 두 여성은 빌헬름을 사이에 두고 앉았고 두 관리는 저마다 양쪽 끝에 앉았다. 펠릭스는 맞은편 긴 의자에 앉았다가 곧 헤르질리에 건너편으로 자리를 옮겨앉아 그녀에게서 눈을 떼지 않았다.

한동안 일상적인 대화가 오간 뒤에 헤르질리에가 기회를 잡아 말했다. "이 손님들이 좀 더 빨리 우리하고 가까워져 우리의 대화에 낄 수 있도록 먼저 말씀드리는 게 좋을 것 같습니다. 우리는 책을 많이 읽어요. 그리고 우연인지 취미가 다른 건지, 아니면 서로 달라야 한다는 반항심에서인지 모르지만 문학 경향도 가지각색이죠. 큰아버지는 이탈리아 문학을 좋아하시고, 여기 이 숙녀는 완벽한 영국 부인으로 여겨도 기분 나빠하지 않지요. 그러나 나는 쾌활하고 우아하다는 점에서 프랑스인을 좋아해요. 이쪽의 아버지 관리 분은 독일 고대문학을 좋아하고, 마땅한 일이지만 아드님은 최근의 근대문학에 관심을 쏟고 있어요. 이런 점을 감안해서 우리를 판단하고, 공감하거나 찬성 또는 반대하면 됩니다. 어떤 의견이건 기꺼이 듣겠어요." 그리고 이런 방향에서 대화는 활기를 띠게 되었다.

그러는 동안에도 헤르질리에는 잘생긴 펠릭스의 불타는 듯한 시선에서 한시도 벗어나지 못했다. 그녀는 놀라기는 했지만 기분이 좋았다. 그래서 그에게 가장 맛있는 음식을 건넸더니 그는 기쁘게, 감사하면서 받았다. 그런데 후식이 나왔을 때, 사과가 가득 담긴 접시 너머로 그가 그녀를 물끄러미 바라보자 그녀는 이 매력적인 과일들이 그녀의 수많은 연적인 것같이 생각되었다. 이렇게 생각하는 순간 그녀는 사과 하나를 집어 식탁 너머로, 막 어른으로 성장해 가고 있는 모험가에게 넘겨주었다. 그는 재빨리 이것을 받아 곧 껍질을 벗기기 시작했는데, 눈은 매혹적인 여인 쪽에만 가 있었기 때문에 엄지손가락을 깊숙이 베어버려 피가 무섭게 흘러내렸다. 헤르질리에는 벌떡 일어나 그를 보살피며 피를 멎게 하고는 약상자에서 반창고를 꺼내 상처에 붙여주었다. 그런데 소년은 그녀를 붙잡은 채 놓아주려고 하지 않았다. 소동이 커져 식탁은 치워지고, 모두들 작별인사를 나누었다.

"당신도 주무시기 전에 책을 읽으시죠?" 헤르질리에가 빌헬름에게 말했다. "원고 하나를 보내드리겠어요. 내가 프랑스어를 번역한 거죠. 이것보다 더 멋진 작품을 알고 계시면 말씀해 주셔야 해요. 이 작품에는 한 엉뚱한 소녀가 등장하죠! 그 소녀의 바보 같은 행동은 추천할 만한 것은 아니에요. 그렇지만 언젠가 한번 어리석은 짓을 한다면 그건 아마 이런 식이 될 거예요. 나도 가끔은 바보가 되고 싶은 기분이 들거든요."

순례하는 어리석은 여인

폰 르반 씨는 부유한 사람으로, 자기 주에서 가장 아름다운 토지를 가지고 있었으며 아들과 누이동생과 함께 군주에게라도 어울릴만한 저택에서 살고 있었다. 실제로 그의 정원과 수도, 소작지와 공장 및 가정 등은 6마일 여기저기에 걸쳐 주민의 절반 이상을 먹여살리고 있었기 때문에, 명망으로 보나 그가 베푸는 선행으로 보나 그는 문자 그대로 군주였다.

몇 년 전 그는 자기 정원의 울타리를 따라 먼 거리를 산책하고 있었다. 그때 그는 여행자들이 곧잘 발길을 멈추는 어떤 숲 속에서 잠시 쉬는 것을 즐겼다. 아름드리 키 큰 나무들은 어린 나무들이 빽빽하게 들어서 있는 덤불 위로 솟아 있어, 바람과 햇빛을 막아주었다. 깔끔하게 둘레를 친 샘물이 나무뿌리, 돌, 잔디를 적셔주었다. 산책을 하는 주인은 언제나와 마찬가지로 책과 엽총을 가지고 있었다. 이제 그는 책을 읽으려고 했다. 책을 읽는 동안 가끔 새들의 지저귀는 소리로, 때로는 길을 지나는 사람들의 발소리로 기분 좋게 마음이 흐트러지곤 했다.

아름다운 아침이 아직 한창인데, 그가 있는 쪽으로 젊고 귀여운 여인이 홀로 걸어오고 있었다. 그녀는 큰길을 벗어나 그가 있는 서늘한 장소로 가면 한숨 돌리고 상쾌해질 수 있으리라 생각한 듯했다. 그는 깜짝 놀라 자기도 모르게 책을 손에서 떨어뜨렸다. 이를 데 없이 아름다운 두 눈을 가진 이 순례의 여인은 걸어온 탓에 얼굴이 살짝 상기되어 있었다. 자태, 걸음걸이, 우아한 몸가짐이 어찌나 뛰어났던지, 그는 자기도 모르게 일어나 그녀 뒤에 시녀가 따라오지나 않을까 하고 길 쪽을 바라보았다. 그때 그녀가 정숙하게 그에게 인사했기 때문에 또다시 그 모습이 그의 눈길을 끌어 그는 공손히 그 인사에 답했다. 아름다운 여행자는 샘물가에 앉아 한 마디 말도 하지 않고 한숨지었다.

"묘한 공감이었지요!" 폰 르반 씨는 나에게 이 사건을 이야기할 때 이렇게 큰소리로 말문을 열었다. "이 한숨에 나는 침묵으로 대답했습니다. 무엇을 말하고 어떻게 해야 할지 모르는 채 나는 우두커니 서 있었습니다. 나의 눈은 이 완전무결한 모습을 파악하기에는 충분하지 못했습니다. 그녀는 한쪽 팔꿈치를 괴고 몸을 옆으로 하고 누웠는데, 그것은 우리가 생각할 수 있는 가장 아름다운 여성의 모습이었어요. 그녀의 구두는 나에게 나름대로 추측할 기회를 주었습니다. 먼지투성이인 걸로 보아 먼 거리를 걸어온 것을 알 수 있었습니다. 그런데도 비단양말은 이제 막 광을 낸 것처럼 반들반들했고 걷어올린 옷은 구김살이 없었어요. 머리는 아침에 곱슬곱슬하게 말은 것 같았습니다. 깨끗한 리넨에다 아름다운 레이스, 마치 무도회라도 가려는 옷차림이었어요. 방랑하는 여인 같은 데는 전혀 없었어요. 다만 어딘지 불쌍한, 그러나 존경할 만한 떠돌이 여인이었어요.

드디어 나는 그녀가 두세 번 나에게 시선을 던지는 순간을 이용해 혼자 여행하는 것이냐고 물었어요. '네, 그렇습니다' 하고 그녀가 대답했습니다. '나는 이 세상에서 혼자 몸입니다.'—'뭐라고요? 부인, 부모도 없고 친지들도 없다는 말입니까?'—'그런 뜻이 아닙니다. 부모도 계시고 친지도 있습니다. 그렇지만 친구는 없습니다.'—'그것은 당신 잘못이 아닌 것 같군요. 당신의 모습, 그리고 틀림없이 당신의 마음씨로 볼 때 무슨 일을 해도 너그러이 보아줄 수 있는 분 같습니다만.'

그녀는 나의 인사말에 어떤 비난이 숨겨져 있음을 알아차렸어요. 그래서 나는 그녀가 교양 있는 사람임을 알 수 있었죠. 그녀는 이를 데 없이 천진무구한, 파란색을 띤 투명하고 황홀한 두 눈을 반짝이며 고상한 어조로 이렇게 말했어요. 보아하니 신분 높은 신사 같은데, 그런 신사분이 시골길을 혼자 여행하는 젊은 처녀를 만났을 때 조금 수상쩍게 생각해도 무리는 아니라고. 또 그런 일은 이때까지 여러 번 당한 적 있다고. 자기가 낯선 사람이고 따라서 아무도 자신의 신상에 대해 이렇다 저렇다 따질 권리는 없지만, 자신의 여행 목적이 매우 양심적인 성실성에서 비롯된 것만은 제발 믿어달라고. 자신을 이렇게 떠돌게 만든 원인에 대해 아무에게도 해명할 책임은 없으나 어떻든 이유가 있어 자신은 고통을 끌어안고 세상을 떠돌아야 하는 처지라고. 사람들은 여자에게는 온갖 위험이 따르기 마련이라며 걱정하지만, 그런 것들은 상상에 지나지 않으며, 여자의 명예는 마음이 약하거나 기본적인 행동원칙이 흔들릴 때만 위험에 처하게 된다는 것을 알았노라고. 그녀는 그렇게 말했죠.

그 밖에도 그녀는, 자신은 안전하다고 생각되는 시간을 골라 길을 걷고, 무턱대고 아무하고나 말을 하지 않으며, 자기가 받은 교육방법에 어울리는 일을 하여 밥벌이를 할 수 있는 알맞은 장소에 가끔 머물기도 한다고 말했어요. 이 말을 할 때 그녀는 목소리를 낮추고 눈을 감았어요. 그러자 눈물이 그녀의 뺨 위로 흘러내렸죠.

그 말을 듣고 나는 이렇게 대답했어요. 나는 그녀의 훌륭한 행동 못지않게 그녀가 좋은 집안 출신이라는 것을 믿어 의심치 않는다. 다만, 나는 그녀가 하인들의 시중을 받아 마땅한 신분으로 보이는 데도 뭔가 피치 못할 사정이 있어서, 반대로 다른 사람에게 봉사하는 처지가 돼 있는 것이 딱하다. 그리고 강한 호기심을 느끼지만 이 이상 그녀의 일을 캐물을 생각은 없다. 차라리 그녀와 아주 가까이 지내, 그녀가 어디를 가든지 자기의 미덕과 평판을 해치지 않도록 신경쓰고 있다는 것을 이 눈으로 확인하고 싶다. 그러자 이 말이 또다시 그녀의 마음을 상하게 했는지 그녀는 이렇게 말했어요. 자기가 이름과 고향을 숨기고 있는 것은 모두 평판 때문이라고. 평판이라는 것은 결국 사실보다는 추측 쪽이 더 강하기 때문에 자기를 써달라고 할 때에는 이때까지 일해 온 집에서의 증명서를 보이고 고향이나 가족에 대해서는 묻지 말아달라고 한다고. 사람들은 그 보증서를 본 뒤에 고용 여부를 결정하는데, 그녀를 고용한 사람들은 이제까지 그녀가 살아온 삶의 성실성과 결백에 대해서는 하늘에 맡기거나 그녀를 믿어주는 수밖에 없다는 것입니다."

이 같은 말로 미루어볼 때, 이 아름다운 모험 여인에게서는 정신이상을 의심할 만한 징조가 아무것도 없었다. 폰 르반 씨는 바깥세상으로 뛰어들어가려는 이런 결심을 잘 이해할 수 없었기 때문에, 아마도 자기 마음에 들지 않는 결혼을 강요당했기 때문이 아닐까 하고 추측했다. 아니면 오히려 사랑을 잃은 절망 때문일 것이라고도 생각했다. 그리고 묘한 일이지만 세상일이 흔히 그렇듯이, 그는 그녀가 다른 남자를 사랑한다고 생각하면서도 그녀에게 반해 버렸다. 그녀가 다시 길을 떠날까 봐 그는 두려웠다. 그는 그녀의 아름다운 얼굴에서 눈길을 돌릴 수가 없었다. 초록빛 그늘 아래 한결 더 아름다워진 얼굴이었다. 만일 요정이 있었다 해도, 잔디 위에 이처럼 아름다운 모습으로 몸을 가로누이고 나타날 수는 없었을 것이다. 그리고 어느 정도 소설과도 같은 이 만남이 어떤 매력을 펼쳐놓아, 그는 이 매력에 저항할 수 없었다.

그래서 폰 르반 씨는 더 깊이 생각해 보지도 않은 채, 이 미지의 아름다운 여인의 마음을 움직여 자기 저택으로 데려가려고 했다. 그녀는 그다지 까다롭게 굴지 않고, 그와 함께 가서 자신이 상류사회도 잘 알고 있는 사람임을 보여주었다. 음료를 가져오면 쓸데없이 굽실대지 않고 아주 우아한 감사와 더불어 그것을 받아든다. 점심 식사를 기다리는 동안 집을 보여주었더니 가구건, 그림이건, 아니면 적절한 방의 위치건 칭찬할 가치가 있는 것만을 말한다. 서재를 보자 좋은 책을 알아보고 자신의 취향을 겸손하게 말한다. 거침없이 지껄이지도 않고 당황해하지도 않는다. 식사 때도 마찬가지로 우아하고 자연스런 행동과 이루 말할 수 없이 사랑스러운 말솜씨를 보인다. 이런 점에서 그녀의 말은 모두 이치에 맞으며, 그녀의 성격은 그 인물과 마찬가지로 아무리 보아도 사랑스럽다.

식사가 끝난 뒤에는 조금 짓궂은 면이 나타나, 그것이 그녀를 더욱 돋보이게 했다. 그녀는 미소를 지으면서, 르반 양에게 말했다. 자기는 점심 식사를 대접받았을 때에는 무슨 일을 해서든 갚는 것이 습관이어서, 돈이 없을 때에는 언제나 여주인에게 재봉 바늘을 얻는다는 것이다. "허락해 주신다면," 그녀는 덧붙였다. "당신의 자수틀에 꽃을 수놓겠습니다. 나중에 당신이 그것을 볼 때마다 가난한 미지의 여자를 기억해 주세요." 이에 대해 르반 양은, 유감스럽지만 천을 자수틀에 붙인 것이 없기 때문에 당신의 멋진 솜씨에 감탄할 기쁨을 단

넘하는 수밖에 없다고 대답했다. 순례 여인은 곧 눈길을 피아노 쪽으로 돌렸다. "그러면 이렇게 해요." 그녀는 말했다. "옛날에도 떠돌이 악사들이 그랬던 것처럼 불면 날아가는 돈과도 같은 보잘것없는 재능으로 나의 빚을 갚기로 하겠습니다." 그녀는 시험 삼아 피아노를 두세 번 쳤는데 그것은 꽤 수련을 쌓은 솜씨임을 보여주었다. 그녀가 모든 사랑스러운 예술적인 재능을 몸에 담은 귀족 가문의 여인임은 이제 의심할 여지가 없었다. 처음에 그녀의 연주는 활기 넘치는 찬란한 음향이었지만, 얼마 안 있어 장엄한 음색, 깊은 슬픔의 음색으로 변했다. 동시에 그녀의 눈에도 슬픈 기색이 떠올랐다. 눈은 눈물에 젖고 얼굴 표정도 달라지고 손가락도 더듬거렸다. 그러다가 갑자기 그녀는 장난스러운 노래를 가장 아름다운 목소리로 재미있고도 우습게 불러 모두를 놀라게 했다. 결과적으로 이 익살스러운 연가가 어딘지 그녀 자신과 깊이 관련돼 있다고 여길 만한 이유를 갖게 만들었기 때문에, 내가 여기에 그 노래를 삽입해도 양해해 주기 바란다.

외투만 걸치고, 그렇게 바삐 어디서 왔는가?
해가 동녘에 뜨려면 아직 멀었는데.
거센 바람을 무릅쓰고 친구여,
순례길에 오르려는가?
누가 그의 모자를 빼앗았는가?
좋아서 맨발로 걷는가?
어떻게 하여 숲 속으로 왔는가?
눈이 쌓인 이 스산한 산 위로.

따뜻한 곳을 떠나오다니 이상도 하다
더 재미있는 일이 있을 텐데.
외투를 입지 않았더라면
얼마나 큰 창피를 당했을까!
저 간사한 놈이 그를 속여
가진 것 모두를 빼앗았지.
불쌍한 친구는 홀랑 벗겨

아담처럼 알몸이 되었구나.

어째서 그는 그런 길을 갔을까,
사과º*12를 찾아 그토록 위험한 데를.
물방앗간 울타리의 아름다운 사과
옛날 에덴동산에서처럼 열려 있었지!
그런 익살은 다시는 못해.
그는 재빨리 집을 빠져나와
탁 트인 벌판에서 갑자기
쓰라린 탄식을 터뜨린다.

"그녀의 불타는 눈길 속에서
배신이라는 글자는 찾을 수 없었지!
나하고 함께 황홀경에 빠진 척하더니
그런 끔찍한 흉계를 꾸몄을 줄이야!
그녀의 품에 안겼을 때, 꿈엔들 알았을까?
반역에 울렁대는 가슴인 것을.
그녀는 안달하는 사랑의 신을 붙잡았지만
사랑의 신은 우리에게 친절했다네.

사랑에 흥겹게 해놓고
끝없는 밤에 취해 버려
아침이 되자 그 순간
먼저 어머니를 불렀지!
그러자 한 무리의 친척들이
몰려들어, 그야말로 사람의 물결!
형제들이 오고 숙모들은 엿보고
사촌도 숙부도 거기 서있다!

---

*12 사과 : 이것은 금단의 열매를 말한다. 구약성서 〈창세기〉 3장 참조.

모두 미쳐 날뛰는 대소동!
저마다 한 마리 짐승 같았네.
내 딸을 다시 돌려내라고
소리지르며 대든다.
'당신들은 모두 머리가 돌았는가!
이런 보물을 얻으려면
나보다 훨씬 약삭빠른 놈이라야지.

사랑의 신은 언제나 때맞추어
즐거운 놀이를 재빨리 해치우지.
그는 물방앗간의 열여섯 살 난 꽃을
그대로 놔두지는 않을 거야.'
그러자 그들은 옷보따리를 빼앗고는
외투까지 뺏으려 했지.
이렇게 많은 발칙한 놈들이
어떻게 이 좁은 집으로 기어들어왔지!

나는 벌떡 일어나 날뛰고 욕설을 퍼부었다.
반드시 모두를 박차고 나갈 것이라고.
다시 한 번 나는, 괘씸한 여자를 보았다.
그런데 아, 그녀는 여전히 아름답구나.
광분하는 내 기세에 모두는 주춤했으나
그래도 악담을 퍼붓는다.
그래서 천둥 같은 고함지르며
이제 겨우 그 지옥 소굴에서 빠져나왔다.

그대들! 시골 처녀는
도시 처녀와 마찬가지로 피해야 하지!
그러나 귀부인들에게
시동의 옷 벗기는 취미는 맡겨 버리자!

그러나 사랑에 뛰어난 그대들.
그대들은 거룩한 사랑의 의무는 아랑곳없이
애인을 예사로 바꾼다 하더라도
배신의 흉계는 꾸미지 말라.”

풀 하나 자라지 않는 이 추운 겨울에
그는 이렇게 노래했지만
나는 그의 깊은 상처를 비웃는다.
정말 당연한 응보니까.
낮에는 순진한 애인을 속이고
밤이면 무모한 모험을 일삼아
사랑의 신을 찾아 거짓 물방앗간에 기어드는 자는,
누구든 그런 깊은 상처를 입어 마땅하다.

그녀가 이런 식으로 정신을 잃을 수 있다는 것은 예사롭지 않은 일이고, 또 이런 뜻밖의 행동은 그녀의 정신상태가 반드시 정상이라고 말할 수 없는 징조인지도 몰랐다. 폰 르반 씨는 나에게 말했다. “우리도 이건 좀 이상하구나 하고 여러 가지로 생각할 수 있었겠지만, 그런 것은 모두 잊고 있었습니다. 왜 그렇게 되었는지는 모르겠어요. 그녀가 이 연가를 들려주었을 때의 이루 표현할 수 없는 우아함에 매료된 탓일 겁니다. 익살맞기는 했지만 모든 면에서 빈틈없는 연주였어요. 손가락은 완전히 그녀의 의지대로 움직였고 목소리는 참으로 매혹적이었습니다. 연주가 끝났을 때 연주 전과 다름없는 침착한 태도였기에, 우리는 그녀가 다만 식사 뒤 소화를 돕기 위해 그러는 것으로만 생각했어요.

얼마 지나지 않아 그녀는 다시 여행을 떠나야겠다고 허락을 청했어요. 그러나 내 눈짓을 본 누이동생이 말했어요. 만일 급한 일이 아니고 또 이 집 대접이 마음에 들지 않은 것이 아니라면 며칠 더 있어주면 우리는 축제를 지내는 기분일 거라고 했지요. 마침내 그녀는 머무를 것에 동의했기 때문에 나는 그녀에게 뭔가 일거리를 줘야겠다고 생각했어요. 며칠 동안 우리는 그녀를 여기저기 데리고 다니기만 했는데 그녀는 하나도 이상한 데가 없었어요. 모든 우아함과 타고난 분별력을 갖춘 사람이었습니다. 정신은 섬세하고 정확했으며, 기억력도 비범하고 마음씨도 아름다워 이따금 우리의 감탄을 샀고, 우리 모두의 관심을 끌었어요. 그리고 예의범절을 잘 알고 있어 우리 집안 누구에 대해서도, 또 우리집을 찾아오는 몇몇 친구에 대해서도 나무랄 데 없이 그것을 실천했기 때문에 우리는 저 독특한 행동과 이런 착실한 예의범절을 어떻게 연결시켜야 하는지, 도저히 알 수 없었죠.

사실 나는 그녀에게 우리집에서 일해 달라고 제안할 엄두를 못 내고 있었어요. 그녀를 좋아하게 된 나의 누이동생도 마찬가지로 이 잘 알 수 없는 여인의 섬세한 감정을 보살피는 것이 자기의 의무라고 생각했죠. 두 여인은 함께 집안 살림을 돌보았는데, 그럴 때면 이 착한 아가씨는 가끔 허드렛일도 마다하지 않았고, 또 까다로운 정리나 계산을 필요로 하는 것도 모두 척척 처리할 수 있게 되었어요.

짧은 시간 안에 그녀는 하나의 질서를 만들어놓았어요. 물론 이 질서는 이제까지 저택 안에 없었던 것은 아니지요. 그녀는 아주 영리한 살림꾼이었어요. 그리고 그녀는 처음부터 우리와 식사를 함께 했기 때문에 새삼 불필요한 겸손으로 사양하지 않았고, 아무런 거리낌없이 함께 식사를 했어요. 그러나 맡은 일이 다 끝날 때까지는 절대로 카드나 악기에 손을 대지 않았어요.

그런데 나는 이 아가씨의 운명이 내 마음을 깊이 흔들기 시작했다는 것을 물론 고백하지 않을 수 없습니다. 나는 아가씨의 부모가 참으로 안됐다고 생각했어요. 이렇게 착한 딸을 잃었으니까 말입니다. 나는 이렇게도 상냥한 미덕들, 이렇게도 풍부한 장점들이 그냥 사라져버리는 것이 아닐까 하고 한숨을 쉬었어요. 그녀와 함께 지낸 지 몇 달이 흐르자 우리는 우리가 그녀에게 불어넣으려 노력한 믿음에 힘입어 결국 그녀 스스로 자신의 비밀을 털어놓으리라 기대했어요. 어떤 불행이 원인이라면 우리도 도울 수 있고, 어떤 잘못 때문이라면 우리가 중재한다든지 증언을 해서 한때의 과실을 용서받도록 조정할 수도 있을 것이라고 생각했죠. 그러나 우리가 아무리 우정을 다짐해도, 또 아무리 부탁을 해도 효과가 없었어요. 그녀에 대해 조금이라도 알려고 하는 우리의 의도를 눈치채면, 그녀는 일반적인 잠언 같은 말을 내세우며 그 뒤로 숨어버리고는 그 의미를 가르쳐주지 않고 자기 자신을 방어하는 태도를 취했어요. 예를 들면 우리가 그녀의 불행에 대해 말하면 그녀는 '불행이란 착한 사람에게나 악한 사람에게나 똑같이 일어납니다. 그건 나쁜 액체에나 좋은 액체에 똑같이 작용하는 효험 있는 약과 같은 것이요' 말했어요.

　그녀가 왜 아버지 집에서 도망쳐 나왔는지 그 원인을 알아내려고 하면 미소를 지으면서 이야기했어요. '노루가 도망쳤다고 해서 노루에게 죄가 있는 것은 아닙니다.' 박해를 받은 일이 있는가 하는 물음에 대해서는 '박해를 당하고 그것을 견디어나가는 것이 좋은 집안에서 태어난 많은 처녀들의 운명이요. 한 가지 모욕에 우는 자는 더 많은 모욕을 당할 것입니다' 이렇게 대답하는 것이었어요. 어떻게 해서 거친 민중에게 자기 생활을 내맡길 수 있었는지, 아니면 적어도 이따금 사람들의 동정에 의지할 결심을 할 수 있었는지 물으면 그녀는 다시 미소 지으면서 말했어요. '식사 때에 부자에게 머리를 조아리는 가난한 자에게도 분별력이 없는 것은 아닙니다.' 한번은 이야기가 농담으로 기울었을 때 애인 이야기가 나와 우리는 그녀에게 물었어요. 저 연가에 나오는 추위에 떠는 주인공은 그녀가 아는 사람이 아닌가 하고요. 나는 오늘도 확실하게 기억하고 있지만 이 말은 어딘지 그녀의 가슴을 찌른 것 같았어요. 그녀는 나를 보며 두 눈을 크게 떴는데, 그것이 어찌나 진지하고 준엄했던지 나의 눈은 그 시선에 견디어낼 수 없을 지경이었어요. 그 뒤로도 화제가 연애에 옮겨질 때마다 그녀의 우아한 본성과 활달한 정신이 어두워지는 것을 알 수 있었죠. 그럴 때면 그녀는 곧 깊은 생각에 잠겼어요. 우리는 그것을 번민이라고 생각했지만 그것은 아무래도 마음의 아픔이었을 것입니다. 그녀는 아주 활발하지는 않았으나 전체적으로는 명랑하고, 고상하지만 젠체하는 데는 없었으며, 탁 털어놓고 이야기하는 일은 없지만 솔직했고, 신중했으나 불안해하지 않았으며, 겸손하고 온순하다기보다는 오히려 인내심이 강하고, 애정 표현이나 정중한 태도 또한 마음에서 우러나온다기보다는 고마운 마음에서 그렇게 행동을 하는 식이었어요. 확실히 그녀는 큰 집을 관리할 수 있을 만큼의 교양을 쌓은 여인이었지만, 스물한 살이 넘어 보이지는 않았어요.

　이 젊고 설명하기 어려운 인물은 이런 상태였어요. 그녀가 우리집에 머무르는 2년 동안 나는 완전히 그녀에게 사로잡혀 있었는데, 그녀는 어떤 바보 같은 행동으로 우리집에서의 일을 그만 두었어요. 그 일은 그녀의 빛나고 존경할 만한 기질에 비춰볼 때 한결 더 희한한 것이었죠. 내 아들은 나보다는 젊으니까 스스로 위로할 수도 있겠지만 나는 너무 마음이 약해 언제까지라도 그녀를 잊을 수 없지 않을까 걱정입니다."

이제 나는 이 총명한 여자의 어리석음에 대해 이야기하려고 한다. 어리석은 행동이란 것이 이따금 분별력의 또 다른 모습임을 보여주기 위해서 말이다. 이 순례 여인의 고상한 성격과 그녀가 사용한 간계 사이에서 이상한 모순을 발견하게 될 것이다. 그것은 틀림없다. 그러나 순례 그 자체와 저 노래는 잘 어울리지 않는다는 것은 누구나 알 수 있는 일이다.

폰 르반 씨가 이 미지의 여자를 사랑하고 있다는 것만은 틀림없다. 그런데 그는 30대처럼 젊고 씩씩하게 보인다고는 하지만, 50대의 얼굴을 지울 수는 없었다. 그러나 그는 어린아이와 같이 완벽한 건강함과 친절, 쾌활, 온화, 너그러움과 같은 성품으로 그녀의 마음을 사려고 했을 것이다. 아니면 자기의 재산으로 그녀의 마음에 들기를 바랐는지도 모른다. 값을 매길 수 없는 대상을 돈으로 살 수는 없다는 것 정도는 잘 알 만큼 섬세한 마음을 지닌 사람이었음에도 말이다.

한편, 그의 아들은 사랑스럽고 애정 넘치는 불타는 정열가로, 아버지처럼 여러 가지로 생각하지 않고 막무가내로 이 사랑의 모험에 달려들었다. 처음에는 신중하게 그녀의 마음을 사려고 했지만 아버지와 고모가 무턱대고 그녀에게 칭찬과 우정을 보냈기 때문에 그녀는 그에게 차츰 가치 있는 존재가 되어버렸다. 그는 사랑스러운 여자의 환심을 사려고 성실하게 애써왔는데, 열정에 사로잡힌 그의 눈에는 그녀가 본디 모습보다 훨씬 돋보였다. 그녀의 일솜씨나 아름다움보다도 접근할 수 없는 엄격함이 그의 마음을 더욱 불타오르게 했다. 그는 과감하게 이야기하고, 일을 꾸몄으며, 약속도 했다.

아버지는, 의도적인 것은 아니었지만 언제나 어딘지 모르게 아버지 티가 났다. 그는 스스로를 알았다. 그리고 자기 사랑의 경쟁자가 누군지를 알게 되었을 때에도 상대가 비겁한 방법만 사용하지 않는다면 그를 굳이 이기려고는 생각하지 않았다. 그러면서도 그는 자신의 욕심을 꺾지는 않았다. 친절, 특히 재산이라는 것은 여자가 계획적으로 거기에 몸 바치게 되는 매력적인 자극제이기는 하지만, 사랑이 젊음을 동반하여 갖가지 자극을 띠게 되면 곧 그 효력을 잃게 된다는 사실을 그 또한 모르지 않았음에도 말이다. 폰 르반 씨는 또 다른 과오를 저질렀는데 나중에 그것을 후회했다. 즉 그녀와의 정중한 우정 관계를 갖고 있었음에도 지속적이며 합법적인 비밀 관계를 맺자고 말을 꺼낸 것이다. 때로는 자신을 한탄하면서 배은망덕이라는 표현을 쓰기도 했다. 어느 날 그는 그녀에게 자선가는 거의 은혜를 복수로 보답받는다고 말했다. 이것은 틀림 없이 자기가 사랑하는 여자를 잘 몰랐기 때문이었다. 미지의 여자는 솔직하게 이렇게 대답했다. "많은 자선가들은 은혜를 베푼 자들에게서 콩알 하나로 모든 권리를 사들이고 싶어 하지요."

두 경쟁자의 구애에 말려들어간 아름다운 미지의 아가씨는, 어떤 동기에서 인지는 알 수 없지만 이 심각한 사태 속에서 한 가지 기묘한 탈출구를 생각해 냈다. 그렇게 함으로써 그녀는 자기도 상대도 더는 어리석은 짓을 하지 못하도 록 막으려 했던 것 같다. 아들은 그 나이에 맞는 대담성으로 달려들어 흔히 그 렇듯이 이 꿈쩍도 않는 여자에게 자기 목숨을 바치겠다고 위협했다. 아버지는 좀 더 이성적이었지만 빈번히 구애하는 것에는 변함이 없고 둘 모두 성실했다. 이 사랑스러운 여자는 자기에게 어울리는 상대를 손에 넣으려 했으면 충분히 손에 넣을 수 있었을 것이다. 두 폰 르반 씨는 모두 그녀와 결혼할 작정이라고 단언했기 때문이다.

그러나 이 세상의 부인들은 이 아가씨를 통해 배워야 할 것이다. 설령 허영 이나 광기로 정신이 혼란에 빠졌더라도 성실한 마음만 있다면 좀처럼 치유되 기 힘든 마음의 상처도 그리 오래가지 않는다는 사실을. 순례하는 여인은 더 이상 자기 몸을 지키는 일이 어렵다고 생각되는 한계에 서 있는 것을 느꼈다. 그녀는 사랑에 빠진 두 사람 틈에 끼여 두 사나이가 아무리 귀찮게 졸라도 그 것은 순수한 것이라 위안을 삼고, 무모한 태도를 취해도 그것은 엄숙한 결혼 맹세를 하는 것이기 때문이라고 너그러이 봐줘야 한다고 생각했다. 실제로도 그랬고, 그녀도 그렇게 이해하고 있었다.

그녀는 폰 르반 양을 방패 삼아 숨을 수도 있었다. 그러나 그렇게 하지 않은 것은 분명 은혜를 베풀어준 사람들에 대한 존경과 아끼는 마음에서였다. 그녀 는 냉정을 잃지 않았다. 자신의 미덕을 의심케 함으로써 두 사람의 어느 한쪽 에도 상처를 주지 않는 방법을 찾았다. 그녀는 자신의 연인에 대한 정절을 지 키느라 미친 짓을 했던 것이다. 그녀의 이 모든 희생적 행위를 느끼지도 못하 고 또 계속 모른 채로 있을 그 연인은 이 진심을 받을 자격이 전혀 없었음에도.

어느 날 그녀가 나타내는 우정과 감사에 대해 폰 르반 씨가 좀 도가 지나 치게 우정과 감사를 표현했을 때 그녀는 갑자기 수줍은 태도를 취해 그의 눈 에 띄게 되었다. 그녀가 말했다. "주인님, 당신의 친절이 나를 불안하게 만듭니다. 그 이유를 정직하게 말씀드리게 해주세요. 모든 감사를 드려야 할 분은 오직 당신뿐이라는 것을 잘 알고 있어요. 그러나 물론……." ―"잔인한 아가씨!" 폰 르반 씨가 말했다. "잘 알겠소. 내 아들이 당신 마음을 흔들어놓았다는 거지요." ―"아, 주인님, 그것만이 아니에요. 마음이 혼란스러워서 어떻게 표현해야 할지 모르겠지만요." ―"뭐요? 아가씨, 당신이 설마……." ―"아무래도 그런가 봐요." 그녀는 말하고 나서 깊이 머리를 숙이고 눈물을 흘렸다. 여자란 장난을 할 때에나 자기 잘못의 용서를 구할 때에나 눈물을 흘리게 마련이다.

폰 르반 씨는 홀딱 반해 있었기 때문에 혼전 임신으로 어머니가 될 것을 미리 알려주는 이런 천진난만한 정직성의 표시에 감탄할 수밖에 없었고, 그녀가 머리를 숙인 것도 이 상황에 어울린다고 생각했다. "그렇지만 그건 나로서는 전혀 이해할 수 없소." ―"나도요." 그녀는 말하고는 눈물을 더 심하게 흘렸다. 눈물이 멈추지 않자 폰 르반 씨는 편치 않은 심사숙고 끝에 차분하게 말을 이었다. "이제 나도 잘 알겠소! 나의 요구는 참으로 우스운 거요. 당신을 탓하고 싶지는 않소. 당신이 나에게 준 고통에 대한 오직 하나의 벌로서 아들의 상속분에서 필요한 만큼 당신에게 나눠줄 것을 약속하겠소. 이로써 아들이 나만큼 당신을 진심으로 사랑하고 있는지 알 수 있겠지." ―"아, 주인님. 나의 어리석음을 불쌍히 여겨서 그이에게는 아무 말도 하지 말아주세요."

침묵을 요구하는 것은 침묵을 얻어내는 수단은 되지 못한다. 이런 조치를 취한 뒤에 미지의 미녀는 애인이 화를 내면서 이루 말할 수 없이 격분할 것을 기대하고 있었다. 이어 그는 박살내고야 말겠다는 말을 예상케 하는 눈초리로 나타났다. 그러나 그는 말을 더듬거리면서, "아가씨 어떻게 이럴 수 있어요?" 말할 뿐이었다. "아니, 무슨 말씀이지요, 도련님?" 그녀는 미소를 지으면서 말했다. 이런 때의 미소는 사람을 절망에 빠지게 한다. "뭐라고요? 무슨 일이냐고요? 가세요. 당신은 나에게는 아름다운 분입니다! 적어도 합법적인 자식에게서 상속권을 빼앗아가서는 안 됩니다. 필요하다면 자녀들을 고발하는 것으로 충분해요. 그래요. 아가씨, 당신이 아버지와 공모하고 있음을 단박에 알았습니다. 당신은 둘이서 나에게 아들을 하나 떠맡기려는 거지요. 그리고 그건 내 동생이에요. 틀림없어요!"

아름다운 여인은 전과 조금도 다를 것이 없는 침착하고 밝은 얼굴로 대답했다. "틀림없다는 말은 여기 해당되지 않아요. 당신의 아들도 아니고, 동생도 아니에요. 사내아이는 성질이 나빠요. 나는 사내아이를 원치 않아요. 그 애는 불쌍한 계집아이*13지요. 인간들, 심술궂은 사람들, 어리석은 사람들, 그리고 성실하지 못한 자들에게서 완전히 떨어진, 아주 먼 곳으로 데리고 가겠어요."

그러고는 크게 숨을 들이쉬고 말을 이었다. "안녕히 계세요, 르반 씨. 안녕히! 당신은 천성이 정직한 분이에요. 그 성격에서 오는 모든 원칙을 언제나 간직하고 계세요. 그것은 '부'를 이룩한 사람에게는 위험하지 않은 것이죠. 가난한 사람들에게 친절하게 대해 주세요. 죄 없이 괴로워하는 자의 소망을 돌보지 않는 자는 언젠가는 자기 소망이 받아들여지지 못함을 알게 될 거예요. 아무 의지할 데 없는 아가씨의 진실을 멸시하면 진실이 없는 여자에게 희생이 될 것입니다. 성실한 아가씨가 구애를 받았을 때 느끼는 마음의 감동을 느끼지 못하는 자는 그 아가씨를 얻을 자격이 없어요. 온갖 이성, 가족의 의도와 계획을 무시하고 오직 자신의 정열만을 위해 일을 꾸미는 자는 그 정열의 열매를 보지 못하고 가족의 존경을 잃게 되는 것도 마땅하지요. 나는 당신이 나를 성실하게 사랑해 주신 것을 믿어 의심치 않아요. 그렇지만 르반 씨, 고양이는 자기가 핥는 수염이 누구 것인지 잘 아는 법이에요. 당신이 언젠가 착한 여인의 애인이 되면 저 부실한 사나이의 물방앗간을 생각해 주세요. 나의 실례를 보시고 당신 애인의 지조와 과묵함을 믿는 법을 배우세요. 내가 부실한지 그렇지 않은지는 당신이 알고 있어요. 아버지도 알고 있어요. 나는 온 세상을 뛰어다니면서 어떤 위험에도 몸을 내맡길 작정이었어요. 확실히 이 집에서 내 몸에 닥친 위험은 가장 큰 것이었어요. 그렇지만 당신은 젊으니까 당신에게만은 말하지요. 남자이건 여자이건, 정절을 지키지 못하는 것은 오직 그렇게 하려는 뜻을 품었기 때문이라는 것을요. 그래서 나는 이것을 물방앗간 친구에게 증명해 보이려고 했어요. 자기가 잃어버린 것을 슬퍼할 만큼 그의 마음이 깨끗해지면 언젠가 나를 다시 만나게 될 것입니다."

젊은 르반 씨는 그녀가 이미 말을 다 끝낸 뒤에도 여전히 귀를 기울이고 있었다. 그는 벼락을 맞은 것처럼 서 있었다. 드디어 그는 눈물을 터뜨렸다. 그리고 이 감동을 안은 채 그는 고모에게로, 아버지에게로 달려가 말했다. "아가씨가 떠나려 해요. 아가씨는 천사예요, 아니 차라리 세상을 헤매고 다니면서 모

---

*13 그녀 자신을 말한다.

든 사람의 마음을 괴롭히는 악마예요." 그러나 순례 여인은 미리 충분히 계획했기 때문에 다시는 찾아볼 수가 없었다. 그리고 아버지와 아들이 서로 터놓고 이야기했을 때, 그녀에게는 죄가 없다는 것과, 그녀의 풍부한 재능과 바보 같은 행동을 더는 의심하지 않게 되었다. 폰 르반 씨는 그 뒤 열심히 두루 찾아 보았으나 천사와 같이 홀연히, 그리고 귀엽게 나타났던 이 아름다운 여성에 대한 진실은 조금도 얻어낼 수가 없었다.

제6장*14

아버지와 아들인 두 떠돌이가 꼭 필요로 했던 길고 충분한 휴식을 취하고 난 뒤, 펠릭스는 활기차게 침대에서 일어나 서둘러 옷을 갈아입었다. 평소보다 더 정성스럽게 옷을 입는구나, 하고 아버지는 생각했다. 어느 것을 입어도 몸에 꼭 맞지 않고 보기에도 그리 좋지 않았다. 펠릭스 자신도 모든 것이 산뜻하고 새 것이었으면 하는 눈치였다. 그는 정원 쪽으로 뛰어가던 길에, 한 시간 뒤에 라야 비로소 부인들이 정원에 나타날 것이라고 하기에, 하인이 손님들에게 가져온 과자를 좀 먹었을 뿐이다.

하인은 손님을 접대하며 집 안의 이것저것을 보여주는 일에 익숙해 있었다. 그때에도 그는 우리의 친구 빌헬름을 화랑으로 안내했다. 거기에는 초상화들만이 걸리거나 세워져 있었다. 모두가 18세기에 활약한 인물들로, 용케도 이렇게 멋진 미술품을 많이 수집해 놓았다. 그림도 있고 흉상도 있는데, 뛰어난 대가들의 작품인 것 같았다. 관리인이 말했다. "보시는 바와 같이 이 저택 안에는 종교, 전설, 신화, 성인전 혹은 우화 같은 것에 조금이라도 관련이 있는 그림은 하나도 없습니다. 우리 주인은 상상력이 오로지 진실을 실현하기 위해서만 키워져야 한다는 의견입니다. 주인은 언제나 말씀하십니다만, 우리는 무턱대고 허구에 정력을 쏟고 있으니 우리 정신의 이런 위험한 특성을 굳이 외부의 자극적 수단을 가지고 한결 강조할 필요는 없다는 것입니다."

언제 주인을 찾아뵐 수 있겠느냐는 빌헬름의 물음에, 주인은 날마다 습관대

---

*14 여기서부터 소설은 본 궤도에 오른다. 즉 큰아버지라는 인물을 중심으로 한 공동 사회의 이상적인 모습이 그려지고, 미국이라는 주제도 등장한다.

로 아침 일찍 말을 타고 나갔다고 했다. '어떠한 일에도 최선을 다하는 것이 인생이다!' 주인이 입버릇처럼 하는 말이라는 것이다. "그분의 생각을 나타내주는 갖가지 격언들이 문 위 벽면에 씌어 있는 것을 보게 될 겁니다. 이를테면 바로 여기에서 우리가 마주친 '유용한 것으로부터 진실을 거쳐 아름다움으로'와 같은 것입니다."

부인들은 벌써 보리수나무 아래에 아침 식사 준비를 다 끝냈고, 펠릭스는 부인들의 주위를 장난꾸러기처럼 뛰어다니면서 여러 가지 바보 같은, 엉뚱한 장난을 저질러 자기가 돋보이게, 자기에게 모두의 시선이 집중되도록 행동하고는, 헤르질리에의 훈계나 꾸지람을 받고 싶어 안달이었다. 그런데 두 자매는, 입이 무거운 손님인 빌헬름이 마음에 들어, 스스럼없이 이것저것 이야기하면서 그의 관심을 얻고자 했다. 그녀들은 3년 동안이나 집을 비웠다가 이제 곧 돌아오게 될 사랑하는 사촌오빠*15에 대해, 그리고 여기에서 얼마 멀지 않은 저택에 살고 있는, 그들 가족의 수호신으로 여겨지는 훌륭한 큰어머니*16에 대해 이야기를 했다. 두 사람이 말하는 큰어머니는, 육체는 병들어 쇠약해 있지만 정신은 한창 피는 꽃처럼 건강을 유지해, 사람의 눈으로는 볼 수 없게 된 아주 먼 옛날 예언자의 목소리처럼, 인생사에 대한 순수한 신의 말을 술술 내뱉는다는 것이었다.

새로 온 손님인 빌헬름이 이번에는 화제를 현실로 돌렸다. 그는 결단성 있는 행동에 종사하고 있는, 고귀한 큰아버지를 가까이하고 싶다며 부탁했다. 그는 아까 암시한 '유용한 것으로부터 진실을 거쳐 아름다움으로'라는 길을 생각하고는, 이 말을 자기 나름대로 이해해 보려고 했다. 이 일 또한 순조롭게 되어 다행히도 율리에테의 찬성을 얻었다.

헤르질리에는 그때까지 미소를 지으면서 아무 말 없이 있다가 이렇게 말했다. "우리 여성들의 처지는 조금 특수해요. 우리는 남자들이 자주 격언을 되풀이하는 것을 들을 뿐만 아니라 금빛으로 새긴 글자로 우리의 머리 위에 걸려 있는 것을 보아야만 하죠. 그러나 우리 처녀들은 남몰래 반대되는 것을 말할 줄도 알아요. 바로 이 경우에도 반대되는 말을 할 수 있을 거예요. 아름다운 여자에게는 숭배자가 있고, 구혼자도 있고, 마침내는 남편까지도 생기지요. 그

---

*15 레나르도를 말한다.
*16 마카리에를 말한다.

때 그녀는 진실에 다다르는 것이지요. 물론 그것은 반드시 기쁜 것만은 아니에요. 그리고 그녀가 지혜롭다면, 도움이 되는 일에 몸을 바쳐, 끊임없이 집과 아이들을 돌보죠. 적어도 나는 그런 예를 여러 번 보았어요. 우리 여자들은 시간을 두고 지켜보는데, 그럴 때에는 주로 우리가 찾지 못하던 것을 발견합니다."

큰아버지가 심부름꾼을 보내, 모두에게 가까이에 있는 사냥 막사에서 식사를 대접하겠으니 말을 타고 와도 좋고 마차로 와도 좋다는 소식을 전했다. 헤르질리에는 말을 타고 가기로 했다. 펠릭스는 자기에게도 말을 빌려달라고 자꾸만 졸랐다. 의견이 한데 모아져 율리에테는 빌헬름과 함께 마차로 가고, 펠릭스는 자기의 젊은 마음을 바치고 있는 귀부인 덕분으로 시동(侍童)으로서는 최초의 승마를 허락받았다.

그사이 율리에테는 새로 온 친구와 함께 길게 늘어진 공원을 지나 마차로 갔다. 공원은 모두 실용과 수익 목적으로 만든 것이지만 이 한없이 많은 과일을 다 먹어낼 수 있을지 의아할 정도였다.

"당신은 묘한 곳을 지나서 우리 동아리로 들어와, 그야말로 색다른 것을 여러모로 보았기 때문에 이런 것이 모두 어떻게 연관되어 있는 것인지 알고 싶을 거예요. 모두가 우리 큰아버지의 정신과 감각에 근거를 두고 있어요. 이 고매한 인물의 장년기는 마침 베카리아＊[17]와 필란지에리＊[18] 시대와 맞아떨어졌어요. 보편적인 인간성의 모든 원리가 모든 방면에 작용하고 있을 때였죠. 그러나 큰아버지의 끝까지 노력하여 마지않는 정신, 엄격한 성격은 이런 보편성을 아주 철저하게 실천적인 것과 연결된 신념으로 넓혔던 거죠. 큰아버지가 털어놓으신 바에 따르면, 큰아버지는 저 자유주의적인 '최대다수에게 최고의 것을!'이라는 표어를 자기 나름대로 '많은 사람들에게 원하는 것을!'이라고 바꿔놓으셨어요. 최대다수라고는 하지만 그런 것을 찾아낼 수 없다, 무엇이 최고인가를 알아내는 것은 어려운 일이다, 그러나 많은 사람은 우리 주위에 언제든지 있다, 그들이 원하는 것을 우리는 알고 있다, 그들을 위하여 마땅한 것을 우리는 신중히 생각한다, 이렇게 생각하다 보면 결국 언제나 뜻있는 일을 행하고 창조할 수 있다는 것이죠. 이런 의미에서, 당신이 보시는 바와 같이 여러 가지 것이 심어지

＊17 Cesare Beccaria : 1738~94. 이탈리아 법학자, 경제학자.
＊18 Gaetano Filangieri : 1752~88. 이탈리아 법학자. 이 두 사람은 모두 18세기 이탈리아에서 유명한 사회정책가이다.

고, 경작되고, 세워져 있어요. 그것도 아주 가까운, 곧 알 수 있는 목적 때문이죠. 이 모든 것은 가까이에 있는, 큰 산악 지대를 생각하고 한 것이죠. 이 뛰어난 분은 능력도 있고 재산도 있는데, 이렇게 혼잣말을 하셨습니다. '저 산 위에 사는 아이들에게는 버찌와 사과를 먹을 수 있게 해야 해. 저 아이들이 그것을 바라는 것은 마땅한 일이니까 말이야. 주부의 냄비 속에 배추와 당근, 나머지 채소가 부족해서는 안 되지. 감자만으로 사는 비참한 식생활을 조금이라도 바로잡을 수 있게 말이야.' 이런 심정, 이런 방법으로 큰아버지는 자기 소유지를 이용해 되도록이면 무슨 일이든 해보려 하고 있어요. 이렇게 해서 몇 년 전부터 남녀 짐꾼이 생겨, 두메산골 가장 깊은 데까지 과일을 지고 팔러다니는 것이랍니다."

"나도 그것을 어린애처럼 먹었답니다." 빌헬름이 말했다. "그런 과일을 만나리라고는 생각지도 못한 전나무숲과 바위들 사이에서였지요. 생기를 돋워준 그 신선한 과일이야말로 순결한 신앙심보다 더 나를 놀라게 했답니다. 정신의 선물은 어디든지 있지만, 자연의 선물은 이 지상에서는 골고루 나눠져 있지 않으니까요."

"그뿐 아니라 큰아버지는 지주답게, 먼 곳에서 여러 필수품을 산에 가져왔어요. 산기슭에 있는 건물 안에는 소금과 조미료가 저장되어 있어요. 담배와 브랜디는 다른 사람에게 맡기고 있는데, 그런 것은 필수품이 아니고 기호품이기 때문에 중개인은 얼마든지 있을 거라는 겁니다."

정해진 장소인 숲 속 산지기의 넓은 집에 도착하니, 모든 사람이 모여 있었고, 벌써 작은 식탁이 준비되어 있었다. "자, 앉으세요." 헤르질리에가 말했다. "여기 큰아버지의 의자가 있지만, 전과 마찬가지로 그분은 나타나지 않으실 거예요. 들은 바로는 손님은 여기에 그리 오래 묵지 않을 모양이지만, 어떤 의미에서는 그쪽이 내게는 고마운 일이죠. 왜냐하면 우리 가족들의 됨됨이를 알게되면 손님은 분명 싫증이 날 테니까요. 소설이나 연극에서 언제나 되풀이되는 그런 사람들이죠. 별난 큰아버지, 얌전한 조카딸과 말괄량이 조카딸, 지혜로운 큰어머니, 같은 유형의 집안사람, 거기에다 사촌오빠가 돌아오면 공상적인 여행자까지도 보태지요. 그리고 사촌오빠는 괴상한 친구 한 사람을 데리고 올 거예요. 그렇게 되면 이상한 각본이 만들어져 실제로 상연되어질 거예요."

"큰아버지의 괴벽은 존경할 만해요." 율리에테가 대답했다. "그분의 버릇은 아무에게도 폐가 되지 않고, 오히려 누구에게나 편리하지요. 큰아버지는 일정한 식사 시간을 싫어해요. 그것을 지키는 일이 좀처럼 없어요. 근대의 가장 멋진 발명 가운데 하나는 메뉴에서 골라 식사를 주문하는 거라고 말씀하세요."

그 밖의 여러 이야기를 하는 사이에, 이 훌륭한 큰아버지는 어디에나 격언을 붙이는 것을 좋아한다는 데에 화제가 옮겨갔다. 헤르질리에가 말했다. "언니는 격언을 모두 해석할 수 있어요. 그 점에서는 관리인하고는 좋은 경쟁자 사이지요. 그렇지만 나는 그것을 모두 거꾸로 돌려 말할 수 있다고 생각해요. 그렇게 해도 마찬가지로 진실되고, 오히려 훨씬 더 진실할는지 몰라요."

"나도 그런 생각이 들어요." 빌헬름이 대답했다. "그 가운데에는 자기 스스로 자기를 파괴해 버리는 것 같은 말이 있어요. 예를 들면 '개인재산 겸 공동재산'이라고 씌어 있으면 아주 눈에 띄지만, 이것으로는 두 개의 개념이 함께 사라져 버리는 게 아닐까요?"

헤르질리에가 말참견을 했다. "큰아버지는 저런 격언을 동양인에게서 따온 것 같아요. 동양인은 온벽에 코란의 성구를 붙이고는, 그것을 이해한다기보다는 숭배하지요."

율리에테는 흐트러지지 않고, 아까 말한 빌헬름의 물음에 대답했다. "몇 마디만 바꿔 써보면 곧바로 그 뜻이 확실해질 것입니다." 다른 사람들이 말참견을 한 뒤, 율리에테는 계속 그 말의 뜻을 해명했다. "사람은 각기 자연과 운명이 베풀어준 소유를 소중히 지키고 늘리도록 노력해야 한다. 최선을 다해 넓게 손을 펴야 한다. 그러나 이 경우에도, '언제나 어떻게 하면 타인도 그의 몫을 차지할 수 있을까를 생각하라. 재산이 있는 사람들은 다른 사람이 그들을 통해 혜택을 받아야만 존경받는다'는 말일 겁니다."

그래서 이번에는 그 실례를 찾아보게 되어, 빌헬름은 비로소 자기 관심 분야에 들어선 기분이 들었다. 그들은 저 간결한 말을 제대로 평가하기 위해서 서로 경쟁했다. 이런 이야기들이 오갔다. 군주가 존경받는 것은 무엇 때문인가? 다름 아니라 그가 어떠한 사람도 활동하게 하고, 격려하고, 사랑하고, 그리고 자기의 절대권력을, 말하자면 함께 소유할 수 있기 때문이다. 어째서 모든 사람이 부자를 우러러보는가? 부자라는 것은 가장 욕망이 강한 인간이며, 곳곳에서 자신의 풍요로움을 분배 받을 사람을 찾고 있기 때문이 아닌가. 어째서 모든 사람이 시인을 부러워하는가? 다름 아니라 시인의 본성이 나누어줌을 필요로 하고, 나누어주는 그 자체이기 때문이다. 음악가는 화가보다는 행복하다. 음악가는 사람들이 기뻐하는 선물을 몸소 베풀어주지만, 화가는 선물이 자기 손을 떠났을 때 비로소 남에게 주는 것이 되기 때문이다.

더 나아가 화제는 일상적인 것으로 바뀌었다. 인간은 어떤 종류의 소유라도 확보해야 하며, 자기 자신을 공동재산의 원천이 될 중심점으로 만들어야 한다. 이기주의자가 되지 않기 위해 이기주의자가 되어야 한다. 나누어줄 수 있기 위해서 알뜰히 모아두어야 한다. 소유물과 재산을 가난한 자에게 준다는 것은 무엇을 의미하는가? 그러나 나누어주는 것보다는, 가난한 사람들의 관리인으로서 행동하는 것이 한결 더 칭찬을 받는다. 이것이 '개인재산 겸 공동재산'이라는 말의 뜻이다. 어떤 사람이라도 자본에 손을 대서는 안 된다. 세상이 돌아가다 보면 거기서 생긴 이자는 만인에게 속하는 것이기 때문이다.

대화 결과 알게 된 사실은, 큰아버지는 그 재산으로 기대했던 수익을 거두지 못한다고 하여 비난을 받은 일이 있었는데, 이에 대해 그는 이렇게 말했다는 것이다. "수익이 적은 것은, 다른 사람의 생활을 안락하게 해줌으로써 나를 즐겁게 해주는 데 드는 비용이라고 생각한다. 자연스럽게 이루어지는 일이므로, 나는 이 기부를 내 손으로 직접 하지 않는다. 이리하여 모든 것은 다시 균형을 이룬다."

이와 같이 여인들은 새 친구와 함께 여러 분야에 걸쳐 이야기를 나눴다. 그리고 서로의 신뢰가 차츰 깊어감에 따라, 얼마 안 있으면 돌아오게 될 사촌오빠에 대한 이야기도 나누게 되었다.

"사촌오빠의 이상한 행동은, 큰아버지의 허락을 받은 거라고 생각해요. 그는 2~3년 동안 아무런 소식도 보내지 않은 채 자기 체류지를 완곡하게 암시하는 듯한 아름다운 선물만 보내오곤 하더니, 갑자기 아주 가까운 데에서 편지를 보냈어요. 그런데 이곳 근황을 알려줄 때까지는 돌아오지 않겠다는 거예요. 이런 행동은 자연스럽지 않아요. 무슨 꿍꿍이속인지 그가 돌아오기 전에 알아내야 해요. 오늘 밤 당신에게 편지 한 뭉치를 보여드릴게요. 그것을 보시면 자세한 것을 알 수 있을 거예요." 헤르질리에는 말을 덧붙였다. "어제는 순례하는 어리석은 여인에 대해 이야기해 드렸지만, 오늘은 여행길에 오른 어떤 미친 사나이에 대해 들려드리지요." 율리에테가 끼어들었다. "솔직히 말하렴. 이 이야기도 아무 의미가 없는 것은 아니라는 걸 말이야."

마침 헤르질리에가 참을성 없이 후식은 어디 있느냐고 물었을 때, 큰아버지가 큰 정자에서 후식을 함께 먹으려고 모두를 기다리고 있다는 전갈이 왔다. 그곳으로 가는 길에 야외 취사장이 있었는데, 번쩍 번쩍 닦여진 냄비와 대접과 접시가 쨍그랑 소리를 내면서 치워지고 있는 중이었다. 넓은 정자에는 노신사가 갓 준비된 둥글고 큰 식탁에 앉아 있었다. 도착한 일행이 자리에 앉자 곧 이를 데 없이 먹음직한 과일, 맛있어 보이는 케이크, 최고로 단것들이 많이 날라져왔다. 이제까지 무슨 일이 있었으며, 무슨 이야기를 나누었느냐고 큰아버지가 묻자 헤르질리에가 얼른 말했다. "우리의 착한 손님은 율리에테가 자세하게 설명을 달아 도와주지 않았더라면, 큰아버지의 간결한 격언을 보고 당황했을 거예요." "너는 언제나 율리에테를 들먹이는구나." 큰아버지가 대답했다. "그 애는 착해서 계속 뭔가를 배워서 이해하려고 하지." "나는 알고 있는 것도 금방 잊어버리고 싶어요. 이해한 것이라고 해도 대단한 가치가 없는걸요." 헤르질리에는 쾌활하게 대답했다.

빌헬름이 이 말을 받아 신중하게 입을 열었다. "간략한 격언은 어떤 종류의 것이라도 나는 존중합니다. 특히, 그것이 반대되는 것에 주의를 기울이게 하고 서로 대립되는 양자를 일치시키도록 나를 자극하는 격언일 때 더더욱 그렇습니다." "모두 동감입니다." 큰아버지가 대답했다. "분별 있는 인간이 일생을 통해 한 일이라면 그것밖에 없지요."

그러는 동안 둥근 식탁은 점점 자리가 차서, 나중에 온 사람은 앉을 자리를 찾지 못할 지경이었다. 두 관리도 와 있었다. 사냥꾼, 말 훈련사, 정원사, 산지기, 그 밖에 직업을 금방 알아낼 수 없는 사람들. 저마다 이제 막 있었던 일에 대해 말하거나 알릴 것이 있어, 이것이 노신사를 기쁘게 했다. 경우에 따라서는 관심이 있는 질문을 해서 말을 시키기까지 했다. 그러나 마침내 그는 일어나 관리인 둘과 함께 가버렸다. 과일은 모두가 즐겨 먹었고, 단과자는 사뭇 껄끄러워 이런 것을 먹어낼 수 있을까 싶었지만, 젊은 사람들이 맛있게 먹었다. 이어 하나 둘 일어나, 남아 있는 사람들에게 인사를 하고 가버렸다.

손님이 이 광경을 조금 이상한 눈으로 바라보는 것을 눈치챈 여인들이 다음처럼 설명했다. "당신은 여기서도 훌륭한 큰아버지의 유별난 성격이 영향을 끼치고 있는 것을 보신 거예요. 금세기의 발명 가운데에서 가장 멋진 것은, 여관에서 아주 작은 식탁에 앉아, 메뉴를 보고 식사를 하는 것이라고 큰아버지는 주장하세요. 그분은 이것을 알고는 즉각 자신이나 다른 사람을 위해 집 안에도 받아들이려고 했어요. 큰아버지는 기분이 좋을 때면 가족이 함께 식사하는 자리에서의 끔찍함을 생생하게 묘사하곤 하시죠. 식구들이 저마다 다른 생각에 잠겨 앉아 있고, 내키지 않는 마음으로 남의 이야기를 들어주고, 건성으로 말을 하고, 무뚝뚝하게 침묵을 지키고, 거기에다 불행하게도 어린아이들까지 데리고 오게 되면, 그때뿐인 교육이 시작되어 유감스럽게도 기분이 완전히 잡쳐버린다는 거죠. '이런 여러 가지 시시한 일에도 꾹 참고 있어야 하는데, 나는 이런 것으로부터 벗어나는 방법을 알았다' 이렇게 큰아버지는 말씀하셨죠. 그분은 우리가 있는 식탁에 좀처럼 나타나지 않고, 오시더라도 큰아버지를 위해 비워둔 의자에 잠깐 앉으실 뿐이지요. 큰아버지는 야외 취사장비를 가지고 다니면서 주로 혼자서 드시기 때문에 다른 사람들은 자유롭게 먹으면 되는 거죠. 그렇지만 아침 식사나 후식 이외에 가벼운 것을 대접할 때에는, 저택 안에 흩어져 있는 집안사람 모두가 모여서, 보시는 바와 같이 내놓은 것을 먹죠. 그것이 그분을 즐겁게 해주는 모양입니다. 그러나 식욕이 없는 사람은 안 와도 되고, 맛있게 먹은 사람은 곧 일어나야 한답니다. 이런 식이기 때문에 언제나 맛있게 먹는 사람들에 둘러싸여 있을 수 있다고 그분은 확신하고 있어요. 큰아버지에게서 들은 말이지만, '사람을 기쁘게 해주려면 우리가 좀처럼 또는 절대로 구할 수 없는 그런 것을 대접하도록 노력해야 한다'는 거죠."

돌아오는 길에 뜻하지 않은 일이 일어나 모두의 마음에 적지 않은 충격을 주었다. 헤르질리에가 나란히 말을 달리고 있는 펠릭스에게 말을 걸었다. "저길 봐요. 저건 무슨 꽃이죠? 언덕 남쪽 전체를 덮고 있는 저 꽃, 저런 건 여태까지 한 번도 본 일이 없어." 이 말을 듣자 펠릭스는 재빨리 말을 채찍질하여 그곳으로 몰고 간다. 그리고 그는 활짝 핀 꽃을 한 다발 멀리에서 흔들며 돌아오고 있었는데, 오는 길에 갑자기 말과 함께 사라져버렸다. 도랑에 빠진 것이었다. 곧 말을 탄 사람들이 일행을 벗어나 그곳으로 말을 달렸다.

빌헬름은 마차에서 내리려고 했지만 율리에테가 말렸다. "구조대가 이미 펠릭스 옆에 가 있어요. 그리고 이런 경우 우리의 규율은 도울 사람만 자리를 떠나면 된다는 거예요. 외과의사가 벌써 그곳에 가 있을 거예요." 헤르질리에가 말을 멈추고 말했다. "그래요. 내과 의사는 그다지 필요없지만, 외과의사는 언제나 필요하죠." 벌써 머리에 붕대를 감은 펠릭스가 꽃다발을 꼭 쥐고, 그것을 높이 쳐들고 말을 달려 돌아왔다. 사뭇 득의양양해서 꽃다발을 자기 여주인에게 내밀었다. 헤르질리에는 그 보답으로, 알록달록한 가벼운 목도리를 그에게 주었다. "하얀 붕대는 너에게 어울리지 않아." 그녀가 말했다. "이것이 훨씬 쾌활하게 보여." 이렇게 하여 비로소 그들은 기분이 안정되어 더 친밀한 마음으로 집으로 돌아왔다.

밤이 늦었기 때문에 그들은 내일 또다시 만날 것을 기약하면서 헤어졌다. 그러나 주고받은 다음의 편지들이 우리의 주인공에게서 계속 몇 시간 더 잠을 빼앗았고 그를 자꾸 생각에 잠기게 했다.

레나르도가 큰어머니에게

사랑하는 큰어머니. 3년이 지나서야 겨우 약속한 대로 저의 첫 편지를 보냅니다. 물론 이 약속은 참으로 이상한 것이었습니다. 저는 이 세상을 보고 이 세상에 몸 바치고자 했습니다. 언젠가는 다시 돌아가기를 바라지만, 그동안만은 먼저 떠나온 고향을 잊고 싶었습니다. 고향의 전체적인 인상을 마음에 깊이 간직해 두고 세세한 기억이 저를 현혹시키지 않도록 했습니다. 그동안 살아 있다는 표시는 가끔 오갔습니다. 저는 돈을 받아오면서, 가까운 분들에게 작은 선물을 나눠주시도록 당신에게 보냈습니다. 그 물건으로, 제가 어디서 무엇을 하고 있는지 아셨을 것입니다. 큰아버지는 포도주를 맛보면서 저의 그때그때 체류지를 알아내셨을 테고, 여인들은 레이스와 잡화(雜貨) 그리고 철강제품을 통해 브라반트 지방을 지나, 파리를 거쳐, 런던으로 가는 저의 여행길을 알았을 것입니다. 따라서 저는 집에 돌아가면 여인들의 책상, 재봉틀, 차 테이블 위에서 그리고 그녀들의 실내복과 나들이옷에서 저의 여행담과 결부시킬, 아주 많은 표적을 발견할 것입니다. 저한테서 소식을 듣지 않아도 큰어머니는 저와 여행을 함께하신 것입니다. 그리고 아마 더 자세히 알고 싶다는 호기심도 없으시겠지요. 그와는 반대로 저로서는 큰어머니의 후의로 이제부터 다시 돌아가려고 하는 집안의 사람들이 어떻게 지내고 있는지 반드시 알아두어야 합니다. 실제로 저는 낯선 곳에서 온 낯선 사람처럼 들어가려 합니다. 이 낯선 사람은 편안한 마음으로 돌아가기 위해 그 집 사람들이 무엇을 원하고 무엇을 좋아하는지를 먼저 알고 싶어하며, 자신의 눈과 머리카락이 아름답다고 해서 특별대우를 하여 영접해 주리라고 자부하지는 않습니다. 그러니 인자한 큰아버지, 사랑하는 사촌누이들에 대한 것, 먼 친척, 가까운 친척, 그리고 전부터 있던 하인, 새로 온 하인들에 대한 일을 알려주십시오. 그건 그렇고, 당신의 조카인 저를 위해, 오랫동안 쓰지 않았던 낯익은 펜을 위해서라도 몇 자 써서 보내주십시오. 보내주시는 편지는 동시에 저에게 주시는 신임장인 것입니다. 신임장을 받는 즉시 저는 그것을 가지고 나타나겠습니다. 그런즉, 큰어머니 품에 안길 수 있을지 없을지는 큰어머니에게 달려 있습니다. 사람이란 생각보다는 훨씬 덜 변하는 것이며, 처지도 거의 비슷비슷합니다. 무엇이 변했는가가 아니라 변하지 않고 있는 것, 서서히 많아지고 적어지는 것을 저는 단번에 재인식하면서 낯익은 거울에 스스로를 다시 비춰볼까 합니다. 집안 모든 사람에게 안부 전해 주시기 바라며, 제가 집을 비운 것이나 다시 집으로 돌아가는 방식이 좀 이상하기는 하지만 거기에는 끊임없는 관심이나 잦은 편지 연락에서 볼 수 없는 훨씬 더 간절한 따뜻함이 담겨져 있음을 믿어주십시오. 온 가족에게 안부를!

추신

친애하는 큰어머니, 집에서 일하는 사람들에 관해서도 잊지 마시고 알려주십시오. 영지재판소장과 소작인들에 대해서도. 소작인의 딸인 발레리네는 어떻게 지내고 있습니까? 큰아버지는 제가 떠나기 전에 그녀의 아버지를, 마땅한 일이기는 하지만 저에게는 매우 가혹하다고 생각되게 추방했습니다. 저는 아직도 여러 가지를 잘 기억하고 있습니다. 현재의 소식을 알려주시면 지나간 일을 제가 얼마나 잘 기억하고 있는지 절 시험해 보셔도 될 것입니다.

큰어머니가 율리에테에게

사랑하는 아이들아, 이제야 3년 동안 침묵을 지키던 조카에게서 편지가 왔다. 별난 사람이란 아무래도 별나게 구는가 보다! 조카는 자기가 보낸 물건이나 여행길의 표식은, 친구가 친구에게 말하고 쓸 수 있는 다정한 몇 마디 말과 마찬가지로 소중한 것이라고 믿고 있다. 그는 정말로 선수를 쳤다 자부하고 자기는 그렇게도 완고하고 냉정하게 편지 쓰는 것을 거부하고는, 이번에는 우리 쪽에서 먼저 해달라는구나. 어떻게 하면 좋을까? 나로서는 당장에라도 긴 편지를 써서 그의 소원을 들어주었으면 좋겠는데, 머리가 아프기 시작하여 이 편지도 끝까지 쓸 수 있을 것 같지 않다. 우리는 모두 그를 만나고 싶어하지. 사랑하는 아이들아, 너희들이 부디 이 일을 맡아다오. 너희들이 다 쓰기 전에 내 두통이 나으면 내 것도 보내겠다. 가장 쓰고 싶은 사람이 쓰거나 상황을 골라 저마다 나누어서 쓰든지 마음대로 하려무나. 너희들이 나보다는 훨씬 낫게 쓸 거야. 그 대답을 이 심부름꾼 편에 보내줄 수 있겠니?

율리에테가 큰어머니에게

저희는 금방 편지를 읽었습니다. 잘 생각하여 저희의 의견을 심부름꾼에게 보냅니다. 저희는 언제나 제 고집을 부리는 조카에 대해 큰어머니가 하시는 것처럼 마음이 너그럽지 못합니다. 이것이 저희의 일치된 의견이라는 점을 먼저 뚜렷하게 말씀드리고 난 뒤에, 따로따로 저희 생각을 알려드리겠어요. 그는 3년 동안이나 자기의 카드를 계속 우리에게 숨겨왔고 지금도 그러는데, 저희는 저희의 카드를 펴보이면서 숨기고 있는 상대방과 승부를 가리자는 건가요. 이것은 아무리 보아도 공평하지는 않아요. 그러나 그건 그렇다 해두죠. 신경이 섬세한 사람은 너무나 경계심이 강하기 때문에 이따금 자기 자신을 속이는 수가 있죠. 다만 무엇을 어떻게 그에게 써보낼 것인가, 그 방법에 대해 우리는 합의를 보지 못하고 있어요. 자기 가족을 어떻게 생각하는지, 그것을 쓰는 것은 적어도 저에게는 묘한 의무죠. 보통 때 가족에 대해서 특별히 기쁜 일이 있었다든가 좋지 않은 일이 있었다든가 하는 경우에만 생각을 하는 것이지, 그 밖에는 저마다 남의 일 같은 건 그대로 내버려 두지요. 큰어머니, 그런 것을 쓸 수 있는 사람은 큰어머니뿐입니다. 큰어머니는 통찰력과 공정성을 두루 갖추고 있기 때문이죠. 헤르질리에는 아시다시피 금방 발끈하기 쉬운 성질이기 때문에 집안사람 모두를 즉흥적으로 익살맞게 비평했어요. 그것을 여기에 적었으면 했습니다. 그것을 보시면 편찮으신 큰어머니도 저절로 웃을 거예요. 그러나 사촌에게 보낼 만한 것은 아니랍니다. 그렇지만, 요 3년 동안 큰어머니와 저희들 사이에서 주고받은 편지들을 그에게 보여주었으면 하는 것이 저의 제안입니다. 그에게 용기가 있어 그것을 끝까지 읽으면 좋고, 읽고 싶지 않으면 실정을 보기 위해 집으로 돌아오면 되죠. 큰어머니가 저에게 보낸 편지는 잘 정리되어 있으니 지금 당장에라도 그렇게 할 수 있어요. 이 생각에 헤르질리에는 찬성하지 않는군요. 자기한테 온 것은 정리되어 있지 않다고 변명하고 있는데, 어쨌든 그 애가 직접 편지로 큰어머니에게 말씀드릴 거예요.

헤르질리에가 큰어머니에게

사랑하는 큰어머니, 저는 아주 짧게 쓰고 싶고, 또 그렇게 해야 하겠습니다. 심부름꾼이 버릇없이 참을성이 없기 때문이죠. 레나르도에게 우리 편지를 보이는 것은 지나친 호의를 베푸는 것 같아 합당치 않은 것 같습니다. 우리가 그에 대해서 좋게 말하거나 나쁘게 말한 것을 그에게 알릴 필요가 있을까요? 우리가 그를 얼마나 좋게 생각하고 있는지는 호평보다 악평에서 더 잘 드러날 텐데요! 제발, 그를 엄하게 대해 주세요. 그의 이런 요구, 이런 태도에는 흔히 외국에서 돌아오는 남자들에게 있기 쉬운, 어딘지 꾸민 것 같은 과장된 자부심이 보입니다. 그들은 국내에 남아 있는 사람들을 언제나 부족한 것으로 생각해요. 큰어머님은 두통이 심하다고 평계를 대시고 아무 것도 써보내지 마세요. 그는 틀림없이 돌아올 거예요. 만일 돌아오지 않으면 좀 더 기다려보죠. 그러면 기발하고 괴상한 방법으로 우리집에 직접 얼굴을 내민다든지 남몰래 우리 소식을 알아본다든지, 어쨌든 무슨 생각이 떠오르겠죠. 그처럼 빈틈없는 사람이니 무슨 계획인들 못해 내겠어요. 그것도 멋진 일이 아니겠어요! 그가 지금 꾸미고 있듯이, 외교적으로 자기 가족 속에 들어오려는 방법으로는 불가능한 여러 가지 상황이 일어나겠죠.

이 심부름꾼은 왜 이러죠? 이 늙은이들을 좀 더 잘 가르쳐주세요. 그렇지 않으면 젊은 사람을 보내주시든지요. 이 늙은이는 아양을 부려도, 술을 주어도, 도대체 어떻게 할 수가 없군요. 부디 안녕히 계셔요!

추신에 대한 추신

말씀해 주십시오. 사촌오빠는 그의 편지 추신에서 언급한 발레리네에 대해 무엇을 알고 싶은 걸까요? 그의 질문은 이중으로 저의 시선을 끌었습니다. 그가 편지에서 직접 이름을 댄 사람은 그 여자뿐이었습니다. 우리들은 그에게 사촌누이, 큰어머니, 관리인이니 하는, 사람이 아니라 그냥 명칭이더군요. 발레리네, 우리 영지 재판소장의 딸! 물론 금발의 아름다운 아가씨이니, 여행을 떠나기 전 사촌오빠에게는 눈부시게 빛났겠죠. 그녀는 행복한 결혼을 했어요. 이건 말씀드릴 필요조차 없는 일이죠. 그런데 사촌오빠는 그걸 전혀 모르고 있나 보죠? 이때까지 저희들에 대해 아무것도 모르는 거나 마찬가지죠. 부디 잊지 마시고, 그에게도 추신으로 알려주세요. 즉 발레리네는 날마다 더 예뻐져서 그 덕분에 아주 훌륭한 상대를 만나 이제는 어느 유복한 지주의 아내라는 것, 그 아름다운 금발 아가씨는 결혼했다는 것을 알려주세요.

이 사실을 그에게 아주 확실하게 해주세요. 그런데 사랑하는 큰어머니, 이것이 전부가 아닙니다. 사촌오빠는 금발의 아름다운 아가씨를 그처럼 잘 기억하고 있으면서도 저 칠칠치 못한 소작인의 딸인 나호디네라는 이름의, 행방불명된 갈색 머리카락을 한 말괄량이 아가씨와 혼동을 하다니, 저로서는 전혀 이해할 수 없는 일이고, 어딘지 괴상쩍군요. 좋은 기억력을 자랑하던 그가 사람 이름을 헷갈리다니요. 그는 아마 이 실수를 알아차리고 큰어머니의 설명으로 잊어버린 기억을 되살리려는 것이겠지요. 그를 제멋대로 굴지 못하게 해주세요. 부탁입니다. 그런데 발레리네나 나호디네가 그의 마음속에서 어떻게 되었다는 것이며, 에테와 일리에는 그의 상상력으로부터 사라졌는데 어째서 이네와 트리네라는 여자들은 남아 있는 건지 캐물어주세요. 심부름꾼! 빌어먹을 심부름꾼!

큰어머니가 조카딸들에게

(받아쓰게 함)

평생을 함께 살아야 할 사람을 그렇게 속일 필요가 있겠니! 좋지 않은 버릇이 있긴 하지만 레나르도는 믿을 만한 인물이다. 나는 그에게 너희들의 편지를 보내겠다. 그것을 읽어보면 그는 너희들의 심정을 알게 될 거야. 우리도 너희들과 마찬가지로 머잖아 그의 앞에 모습을 나타낼 기회가 있기를 기대하고 있다. 잘있어라! 내 몸이 몹시 아프구나. 헤르질리에가 큰어머니에게

평생을 함께 살아야 할 사람을 그렇게 속일 필요가 있겠느냐고요? 레나르도는 응석받이로 자란 조카입니다. 저희 편지를 그에게 보내다니 어처구니가 없습니다. 그것을 읽어도 그는 우리를 이해 못합니다. 저는 머지 않아, 기회가 있으면 다른 측면에서 저 자신을 보여줄 수 있기를 바랄 뿐입니다. 큰어머니는 편찮으신 데다 맹목적으로 사랑하고 계세요. 그래서 다른 사람까지도 아주 괴롭게 하고 있습니다. 큰어머니의 병이 빨리 낫도록! 큰어머니의 애정에는 어쩔 수가 없군요.

큰어머니가 헤르질리에에게

내가 어떻게 할 수 없는 애정과 이 병 그리고 조금 편해 보려는 마음 때문에 내 머리에 떠오른 생각을 계속 고집했다면, 너의 지난번 편지도 함께 넣어서 레나르도에게 보냈을 것이다. 그러나 너희들의 편지는 보내지 않았단다.

빌헬름이 나탈리에에게

인간이란 사교적이고 이야기하기를 좋아하는 존재인가 보오. 인간은 자기에게 주어진 능력을 드러낼 때, 만일 그 이상 더 성과를 내지 못한다 해도 그 기쁨은 큰 것이오. 흔히 사람들은 모임에 가보면 자기 이야기만 하고 다른 사람에겐 말을 시키지 않는다 해서 불평을 하오. 그러나 만약 쓴다는 것이 혼자서 외롭게 하는 일이 아니라면 사람들은 다음과 같이 불평할 수도 있을 것이오. 자기 혼자만 쓰고 다른 사람에겐 쓰지 못하게 한다고 말이오.

인간이 얼마나 많은 글을 쓰는가는 상상할 수조차 없소. 그중에서도 인쇄된 것은 물론 엄청나게 많지만 오늘 그 문제에 대해 말하려는 것은 아니오. 그러나 편지, 보고, 이야기, 일화처럼 개개인의 상황이 편지나 엄청난 분량의 수필로 쓰여져 얼마나 많이 돌아다니고 있는지는, 지금의 나처럼 교양 있는 집안에서 잠시만 살아보면 알 수 있다오. 내가 요즘 지내고 있는 생활권에서는, 자기 일을 친척이나 친구들에게 알리는 데에 그 일 자체에 요구되는 시간과 거의 맞먹는 시간을 바치고 있소. 나의 새로운 친구들의 글쓰기를 좋아하는 성향 덕분으로 그들이 처한 상황을 모든 면에서 신속히 알게 된 까닭에, 며칠 전부터 하고 싶었던 이 이야기를 꺼낸 것이오. 그들은 나를 신뢰하고 있어서 나에게 편지 한 다발, 여행 일기 여러 권, 그리고 아직 해결을 보지 못한 마음의 고백 같은 것을 넘겨주었소. 이렇게 하여 나는 요 짧은 시간에 샅샅이 알게 되었소. 나는 그들과 매우 가까워졌고, 앞으로 사귀게 될 사람들에 대해서도 미리 알게 됐소. 그래서 그들 자신보다 더 그들에 대해 알고 있소. 그들은 자신들의 처지에 갇혀 있지만, 나는 언제나 당신과 무슨 일이건 이야기를 나누면서 당신의 손에 이끌려 그들 곁을 스쳐지나 가기 때문이오. 내가 그들이 심정을 토로하는 것을 들어줄 때면, 당신에게 모든 것을 알려도 괜찮다는 것을 첫 번째 조건으로 하고 있소. 그러니 여기 편지 몇 통을 함께 보내겠소. 이 편지들은 내 맹세를 깨뜨린다든가 회피하지 않고, 현재 여기서 빙빙 돌아가고 있는 세계로 당신을 이끌어 줄 것이오.

제7장

이른 아침에 우리의 주인공은 혼자 화랑으로 가서 낯익은 많은 인물 그림을 보고 즐겼는데, 잘 모르는 그림에 대해서는 비치된 안내 책자가 나무랄 데 없는 해설을 해주었다. 초상화나 전기(傳記) 같은 것은 아주 독특한 흥미를 불러일으킨다. 환경을 떠나서는 생각할 수 없는 중요한 인물이 홀로 뚝 떨어져 나타나, 마치 거울 앞에서처럼 우리 앞에 서 있다. 우리는 그에게 특별한 관심을 기울여야 하며, 그가 거울 앞에서 편안하게 자기 자신에 몰두하는 것처럼 오로지 그에게만 집중해야 한다. 지금 군대 전체를 대표하는 장군 한 사람이 있다. 그는 황제나 국왕을 위해 싸우지만, 그의 황제나 왕들은 그의 등 뒤로 물러나 실의에 잠겨 있다. 노련한 궁정인이 마치 우리의 비위를 맞추려는 듯이 우리 앞에 서 있다. 그를 이처럼 우아하게 길러준 것은 본디 궁정세계 덕분이지만 우리는 그런 세계를 생각하지 않는다. 이 그림 감상자를 놀라게 한 것은, 옛날의 많은 사람들이 그가 직접 만나 알고 있는 현존의 사람들과 닮았다는 점으로, 그뿐 아니라 자기 자신과도 닮았다는 사실이었다. 그리고 쌍둥이 메네히멘 형제*¹⁹는 왜 한 어머니에게서 태어나야만 한다는 말인가? 신들과 인간의 위대한 어머니는, 생산력이 왕성한 자궁에서 똑같은 형태를 동시에, 또는 사이를 두고 낳아서는 안 된다는 말인가?

마침내 이 다정다감한 감상자는 매우 매력 있는, 그러나 많은 불쾌감을 자아내게 하는 그림이 눈앞을 떠돌듯 지나가는 것을 부인할 수 없었다.

이렇게 감상하고 있는데 집주인이 갑자기 찾아와서, 초상화에 대해 서로 솔직하게 이야기를 나눴다. 그런 뒤로 그는 주인의 호감을 차츰 더 많이 산 것 같았다. 왜냐하면 그는 친히 안쪽 방 여러 군데로 안내되어, 16세기 중요한 인물들의 귀중한 그림을 소개받았기 때문이다. 이 인물들은 살아 숨 쉬듯 완전히 현존하는 그대로여서, 이를테면 거울에 자신을 비춰보거나 관객에게 보이기

---

*19 로마의 희극작가 플라우투(B.C. 254~184)의 희극《메네히미》에 나오는 쌍둥이 주인공.

위해서가 아니라 참으로 그 사람답게, 아무런 가식과 뽐냄이 없이 느긋하게, 어떤 의도나 계획에 의해서가 아니라 존재 그 자체로써만 작용하고 있었다.

집주인은 이처럼 풍부하게 수집한 과거를 이 손님이 완전무결하게 평가할 수 있는 것에 만족해하면서, 조금 전 화랑에서 그들이 이야기한 많은 인물들의 필적을 보여주었다. 그리고 마지막에는 옛 소유자들이 직접 사용하고 만졌음에 틀림없는 유물까지 보여주었다.

"이것이 내 나름대로의 시(詩) 예술입니다." 집주인은 미소 지으면서 말했다. "나의 상상력은 뭔가에 매달리지 않으면 안 됩니다. 오늘도 나는 현재, 여기에 있는 것이 아니면 예전에 존재했었다고 믿지 못합니다. 과거의 이런 성스러운 유물에 대해서도, 엄밀하기 이를 데 없는 증거물을 손에 넣으려 힘쓰고 있습니다. 그렇지 않고서는 받아들일 수가 없습니다. 왜냐하면 나는 수도원 수사가 연대기를 썼다는 것은 물론 믿지만, 그가 증언하는 내용에 대해서는 좀처럼 믿지 않기 때문입니다." 마지막으로 그는 빌헬름에게, 흰 종이 한 장을 내주면서 서명 없이 몇 줄 써달라고 부탁했다. 이어 우리의 손님은 융단으로 씌운 문을 지나 홀로 안내되어, 관리인 옆에 서게 되었다.

그가 말했다. "반갑게도 우리 주인은 당신을 소중히 여기고 있습니다. 당신이 이 문을 지나 들어오셨다는 것이 벌써 그것을 증명해 줍니다. 그런데 우리 주인이 당신을 어떻게 생각하는지 아십니까? 당신은 실천적인 교육자이고, 그 소년은 좋은 집안 출신으로 올바른 분별력을 갖추어 세상과 세상의 온갖 상황에 원칙을 세워 제때에 적응할 수 있도록 당신 손에 맡겨진 것이라 생각하고 있습니다." "그건, 주인의 지나친 칭찬입니다." 우리의 주인공이 말했다. "그러나 그 말을 헛되게 듣지는 않겠습니다."

아침 식사 때, 펠릭스는 벌써 여인들과 어울려 무엇을 하고 있었는데, 여인들은 빌헬름에게 부탁을 털어놓았다. 아무래도 당신을 더는 이곳에 묵게 할 수 없으니 차라리 저 귀하신 마카리에 큰어머니한테로 가달라. 그리고 그럴 수만 있으면 거기에서, 앞서 말한 사촌오빠한테 가서, 오빠가 이상하게 망설이고 있는 것을 없애달라. 그렇게 해주면 당신은 곧 우리 집안의 한 사람이 되고, 우리 모두에게 결정적인 봉사를 한 것이 되어, 레나르도하고도 별다른 과정 없이 가까운 사이가 되리라는 것이었다.

이에 대해 그는 대답했다. "어디든지 당신이 보내는 데에는 기꺼이 가겠습니다. 나는 보기 위해서, 생각하기 위해서 집을 떠났습니다. 당신들 집에서 나는 생각한 것보다 훨씬 많은 것을 겪고 배웠습니다. 그리고 이제부터 준비된 여행 길에서도 나는 기대 이상으로 알고 배우게 될 것을 확신합니다."

"그건 그렇고, 귀여운 개구쟁이! 너는 대체 무엇을 배울 작정이지?" 헤르질리에가 묻자 소년은 힘차게 말했다. "쓰는 것을 배울래요. 그래야 당신에게 편지를 쓸 수 있을 테니까요. 그리고 누구보다도 말을 잘 탈래요. 그래야 언제든지 곧장 당신한테 달려갈 수 있을 테니까요." 이 말을 듣자 헤르질리에는 생각에 잠기더니 이렇게 말했다. "나는 비슷한 또래의 숭배자하고는 한 번도 일이 잘되지 않았지만, 다음 세대가 그걸 곧 메워줄 모양이구나."

이제 우리는 우리 주인공과 함께, 고통스러운 작별의 시간이 다가오고 있음을 느낀다. 그러므로 우리는 이 뛰어난 집주인의 특성과 남과는 다른 비범한 기질에 대해 확실한 이해를 해두고자 한다. 그러나 그를 잘못 판단하지 않기 위해, 이미 고령에 이른 이 훌륭한 인물의 집안이나 성장 과정에 관심을 기울여야 한다. 우리가 알아낸 것은 다음과 같다.

그의 할아버지는 영국에 파견된 공사관의 유능한 한 사람이었는데, 그 시기가 마침 저 고결한 윌리엄 펜[20]의 만년기였다. 그처럼 빼어난 인물인 펜의 비범한 선의, 순수한 의도, 끄떡없는 활동, 이 때문에 그가 세상을 상대로 빠진 갈등, 이 고매한 인물이 패배 직전에 겪은 위험과 곤궁, 이런 것이 젊은 할아버지의 예민한 마음에 결정적인 관심을 불러일으켰다. 그는 이 인물의 일에 공감하여, 마침내는 미국으로 이민을 가 버렸다. 이 집 주인의 아버지는 미국 필라델피아에서 태어났다. 두 사람은 이 식민지에서 더 자유롭게 일반 종교활동을 할 수 있도록 이바지한 것을 자랑으로 여기고 있었다.

이곳에서는 다음과 같은 원칙이 발전해 갔다. 즉 전통적으로 풍습과 종교가 일치를 이룬 단일 국민이라면 외부에서 들어오는 모든 영향, 모든 혁신에 대해 스스로를 지켜야 하겠지만 새로운 땅에 많은 구성원을 여기저기에서 불러모아야 하는 그곳에서는 가능한 한 제약을 받지 않는 산업활동과 보편적 도덕적인 사상과 종교적인 관념에 자유로운 활동의 장(場)이 허락되어야 한다는 것이다.

18세기 첫무렵 미국을 향한 절실한 충동은 엄청난 것이어서, 유럽에서 조금

＊20 William Penn : 1644~1718. 영국 퀘이커 교도의 개척자. 퀘이커 교도와 함께 미국 펜실베이니아 주로 건너가 필라델피아를 건설했다.

이라도 불편을 느끼는 사람은 누구나 저쪽 자유천지로 이민 가려고 했다. 이런 욕구는 아직 주민들이 멀리 서부로 퍼져나가기 전에, 원했던 땅을 차지할 수 있다는 사실에서 조장되었던 것이다. 주민이 거주하는 토지의 경계선에, 이른 바 백작 영지라는 것이 아직 많이 사고 팔리고 있어서, 이 집 주인의 아버지도 그곳에 대대적으로 이주했던 것이다.

그러나 흔히 아들 대에 와서는 아버지가 해놓은 일과 신념에 다른 의견이 생기듯이 이 경우에도 그러했다. 이 집 주인은 젊었을 때 신대륙으로부터 유럽으로 왔는데, 여기서는 사정이 전혀 다르다는 것을 느꼈다. 이 헤아릴 수 없이 귀중한 문화, 수천 년 전부터 일어나 발달하고 널리 퍼지고, 약해지고 억압되어도 완전히 짓눌리지는 않으며, 다시 숨 쉬고 새로운 활기를 되찾아 전과 마찬가지로 무한한 활동 속에서 솟아나는 이 문화는, 인류가 어디에까지 다다를 수 있을까에 대해 전혀 다른 개념을 갖게 해주었다. 그는, 이 끝없는 활동 속에서 자기 몫을 받아내는 것이 좋다, 바다 저편 미국에서 수 세기 뒤늦게 오르페우스나 리쿠르고스의 역할을 하느니보다는 오히려 규범 속에서 활동하는 대중에게 영향을 미치며 함께 일하는 것이 좋다고 생각했다. 그는 말했다. "인간은 어디서든 인내가 필요하다. 어디에서든지 인간은 신중해야 한다. 아메리카 인디언과 주먹질하여 그들을 내쫓는다든가, 거짓 계약으로 속여 모기떼에 죽도록 시달리는 습지대로 그들을 몰아내느니보다는 차라리 왕과 타협하여 이것저것 권익을 인정받도록 하고, 이웃과는 화해를 하여 그들에게서 어떤 종류의 제한을 면제 받고, 내 쪽에서도 다른 면에서 그들에게 양보하는 것이 좋겠다."

그는 유럽으로 돌아온 뒤 가족의 많은 땅을 물려받아 그것을 자유로운 사고방식으로 처리하고, 경제적으로 부려 써 쓸모없는 방대한 인접지를 빈틈없이 사들여, 어떤 의미에서는 아직도 미개지라고 불러도 좋을 매우 넓은 구역을 일구어냈다. 이 지역은 여러 가지로 나쁜 조건이기는 하지만 아직도 유토피아적인 정취를 충분히 갖추고 있었다.

그런 까닭에 이 지역에서는 종교의 자유가 마땅했다. 공개 예배는, 인간은 살아서나 죽어서나 함께 한다는 자유로운 신앙고백으로 여겨졌다. 따라서 누구도 혼자 떨어져나가 고립되지 않도록 마음을 썼다.

각 마을에는 꽤 큰 건물들이 눈에 띈다. 이것은 땅 소유자가 마을마다 의무적으로 제공하는 장소로서, 여기에 장로들이 모여 상의를 하고, 주민들이 모여 가르침을 받고 종교적인 격려의 말을 듣는다. 그러나 이곳은 또 흥겨운 오락 행사장으로도 쓰였다. 결혼식과 축일의 무도회가 열리고 휴일은 음악으로 끝 난다.

또한 이곳에서는 자연 스스로가 우리를 이끌기도 한다. 쾌청한 날에는 언제 나 같은 보리수나무 아래서 장로들이 서로 의논하고, 주민들은 가르침을 받으 며, 젊은이들은 댄스를 즐기면서 빙빙 도는 것을 볼 수 있다. 진지한 생활 기반 위에서의 이런 쾌활함은 참으로 아름답다. 진지함과 신성함이 쾌락을 적절히 중화시키고 있는데, 우리가 우리 자신을 지켜나가기 위해서는 절도를 지키는 것이 무엇보다도 중요하다.

만일 이 집단에게 충분한 자산이 있을 경우, 특별한 계획을 갖고 있다면 별 도 건물을 또다른 목적을 위해 세우는 것은 그 집단의 자유이다.

그러나 이런 모든 것이 공공성과 공통의 도덕성을 아울러 고려한다면 본디 종교는 어디까지나 내면적인 것, 아니 오히려 개인적인 것이다. 종교는 오로지 양심의 문제이기 때문이다. 양심은 자극받고 또 진정시켜져야 하는 것이기 때 문이다. 양심이 무디어져서 활동도 않고 효력도 보이지 못한다면 자극을 받아 야 하고, 회한에 들볶이는 불안한 심정 때문에 생활이 고통스러워질 염려가 있 다면 진정되어야 한다. 왜냐하면 우리가 스스로의 잘못으로 자신이나 다른 사 람에게 해독을 끼쳤을 때, 양심은 고통으로 바뀌기 쉬운 불안과 매우 가까운 것이기 때문이다.

그러나 아무도 여기 요구되는 성찰을 거듭한다고는 할 수 없고 또 그와 같 은 자극을 받고 싶어한다고도 할 수 없으므로 일요일을 이를 위한 날로 정해 놓았다. 종교, 도덕, 사교, 경제 등 사람들의 마음을 괴롭히는 것은 모두 반드시 이 일요일에 논의되어져야 한다는 것이다.

율리에테가 말했다. "만일 당신이 한동안 우리집에 머물러 계신다면 우리 의 일요일도 당신 마음에 안 들지는 않을 거예요. 모레 아침 일찍 날이 밝아오 면 소리 하나 없이 굉장히 조용하다는 것을 알아차릴 거예요. 저마다 홀로 있 게 되고, 정해진 성찰에 몰두하기 때문이죠. 인간은 제약을 받는 존재입니다. 일요일은 그 제약을 잘 생각해 보기 위해 바쳐지는 거죠. 일주일 동안 정신없 이 지내다가 육체적인 병을 얻게 되면, 다음 주 초에 빨리 의사를 찾아가야 합 니다. 경제적으로나 그 밖의 가정생활에서 제약을 받는다면 우리의 관리들이 이 일 때문에 회의를 열 의무가 있죠. 우리의 마음을 어둡게 하는 것이 정신적·도덕적인 것이면, 우리는 친구 가운데 사려 깊은 사람을 찾아가 충고와 조언을 구하지 않으면 안 됩니다. 요컨대 누구나 자신을 불안하게 하고 괴롭히는 바를 다음 주까지 끌고 가지 않는다는 것이 법칙이죠. 압박받는 의무로부터 우리를 벗어나게 해주는 것은 오직 가장 양심적인 실천일 뿐입니다. 그리하여 도저히 해결할 수 없을 때에는 마지막으로 신에게 맡기는 거죠. 신은 모든 것을 제약하고 해방시켜 주는 분이기 때문입니다. 우리 큰아버지 자신도 이런 성찰을 게을리하지 않고, 자기 스스로 그 자리에서 극복할 수 없는 것을 우리에게 털어놓고 서로 이야기를 나눈 적이 여러 번 있었어요. 그렇지만 큰아버지가 가장 많이 상담을 하는 사람은 저 고결한 큰어머니이며, 이따금 큰어머니를 찾아가 조언을 구한답니다. 일요일 저녁이면 큰아버지는 모두들 참회를 해서 마음이 홀가분해졌는가 하고 반드시 묻죠. 이런 것에서 알 수 있듯이 우리 모두는 당신의 결사, 체념한 사람들의 모임에 가입하지 않도록 충분한 주의를 기울이고 있어요."

"체념한 사람들의 모임이란 정말로 깨끗한 생활이군요!" 헤르질리에가 외쳤다. "만일 내가 일주일마다 체념을 한다면 365일을 틀림없이 마음 편안히 지낼 수 있으니까요."

작별하기 전에 우리 친구는 젊은 관리에게서 편지가 딸린 보따리 하나를 받았다. 그 편지들 가운데 다음 글을 뽑아 소개하도록 한다.

"모든 민족은 나름대로 다른 의식이 지배하고 있어, 그것을 만족시켜 주는 것이 그 민족을 행복하게 하는 것이라고 나는 생각합니다. 이것은 벌써 다양한 사람들에게서도 알 수 있습니다. 아름답게 정돈된 풍부한 음색으로 귀를 가득 채우는 사람, 그렇게 함으로써 정신과 영혼이 감격받기를 원하는 사람이, 내가 그 사람 눈앞에 이 세상에서 가장 멋진 그림을 내놓는다고 한들 나에게 고마워할까요? 그림을 좋아하는 사람은 보는 것을 바라고, 시나 소설로써 자극받는 것은 거절할 것입니다. 도대체 여러 방면으로 즐길 수 있는 천분을 다 가지고 태어난 사람이 어디 있을까요?

그러나 지나가는 나그네여! 당신은 이런 혜택을 받은 분으로 보였습니다. 그리고 이러한 당신이 우아하고 화려한 로코코풍인 프랑스 취향의 좋은 점을 존중할 줄 알고 계시다면, 독일적인 상태의 간소하고 성실한 정당성을 멸시하지는 않을 것입니다. 그리고 내가 나름대로의 행동방식과 사고방식에 따라, 성장과정과 지위로 보아 독일 중산층의 순수한 가정생활 이상의 쾌적한 광경을 본 일이 없다고 하더라도 나를 용서해 주실 것입니다.

이런 말씀을 드린다고 해서 기분 나빠하지 마시고, 또 저를 기억해 주시기 바랍니다."

제8장 배반자는 누구인가?

"안 돼, 안 돼!" 그는 성이 나서 안내받은 침실로 서둘러 들어가 등불을 내려놓으며 소리쳤다. "안 돼, 그럴 수는 없어! 그렇지만 나는 어디다 하소연해야 한단 말인가? 아버지하고 다른 생각을 하는 것은 처음이야. 아버지와 다르게 느끼는 것도, 다르게 하고 싶은 마음이 드는 것도 말이야. 아, 아버지! 내 눈에 아버지가 보이지는 않지만 만일 여기 계시어 내 마음을 꿰뚫어 보신다면, 나는 조금도 변하지 않고, 여전히 충실하고 순종적이며 사랑스러운 아들이라는 것을 믿어주실 겁니다. 그런데도, 안 된다고 말해야 하다니! 아버지가 그렇게도 오랫동안 갖고 있던 가장 기쁜 소망에 거역하다니! 그것을 어떻게 고백해야 할 것인가, 어떻게 표현해야 한단 말인가? 그렇다! 나는, 율리에하고는 결혼할 수 없다. 이것을 입 밖에 내는 것만으로도 무섭다. 게다가, 어떻게 아버지 앞에 나가 고백한단 말인가? 저 인자하고 사랑하는 아버지에게 말이다. 아버지는 놀라서 나를 쳐다보고, 입을 다물고, 머리를 흔들 것이다. 총명하고 분별력 있는 학자인 아버지도 할 말을 찾지 못할 것이다. 아, 슬프다! 아, 이 고통, 이 곤경을 누구에게 털어놓는단 말인가. 누구를 붙잡고 내 편이 되어달라 말해야 한단 말인가! 잘 알고는 있지. 누구보다도 루친데, 너야! 먼저, 너에게 말하고 싶어. 얼마나 내가 너를 사랑하고 있고, 얼마나 너에게 내 몸을 바치고 있는지를 말이다. 그리고 너에게 간절히 부탁하고 싶은 것은, '나를 대신하여 말해 다오. 나를 사랑한다면, 나의 것이 되고 싶다면 우리 두 사람의 심정을 대신하여 말해 달라!' 바로 이 말이야."

이 짧고 정열적인 혼잣말을 이해하려면 많은 설명이 필요할 것이다.

N대학의 N교수에게는 이 세상에서 드물게 아름다운 외아들이 있었는데, 여

덟 살 때까지는 이를 데 없이 어진 그의 아내가 맡아 키웠다. 그녀는 자기 아들이 생활하고 학문을 배우고 모든 예의범절을 몸에 익히도록 아이의 시간을 보살폈다. 그런데 그녀가 죽었던 것이다. 그 순간 아버지는 자기로서는 이런 시중을 도저히 떠맡을 수 없다고 느꼈다. 그전까지는 부모 사이에 완전한 의견일치가 있었다. 두 사람이 함께 하나의 목적을 향해 힘을 모았고, 그다음에는 무엇을 할 것인가를 서로 의논하여 결정을 보면, 어머니가 모든 것을 잘 알아서 실수 없이 실행에 옮겼다. 그런데 이제 이 홀아비의 걱정은 두 배 세 배로 커졌다. 교수의 아들들이 대학에서 훌륭한 교육을 받는다는 것은 거의 기적에 가까운 일이라는 것을 잘 알았고, 또 그것을 날마다 자기 눈앞에서 보아왔기 때문이다.

이렇게 어찌할 바를 몰라하다가 그는 R시의 군수로 있는 친구와 의논하게 되었다. 이 친구와는 이미 오래전부터 두 집안의 결합에 대한 계획을 이야기해오던 사이였다. 이 친구의 조언과 도움을 통해 이들은 어느 우수한 학교에 들어갈 수 있었다. 그즈음 독일에서는 이런 교육시설이 성행하여 육체와 영혼, 정신을 위한 전인교육을 우선으로 하고 있었다.

이렇게 해서 아들 일은 일단 해결이 되었지만, 아버지는 심한 고독을 느끼게 되었다. 아내를 잃고 아들마저 눈앞에서 멀어진 것이다. 자신이 직접 수고하지 않아도 바라던 대로 잘 자라는 것을 보아온 아들이 떠난 것이다. 이번에도 군수의 우정이 큰 도움이 되었다. 두 사람의 집은 멀리 떨어져 있었지만, 서로 찾아가 기분을 풀고 싶다는 강한 욕구 앞에서는 멀다는 사실은 그리 문제가 되지 않았다. 홀아비인 학자가 찾아가면, 마찬가지로 어머니가 없는 그 가정에는 제각기 다른 사랑스러운 두 딸이 자라나고 있었다. 그러기에 두 아버지는 양가가 언젠가는 아주 즐겁게 결합되는 날이 올 것이라는 생각과 기대를 차츰 더 굳혀갔다.

군수의 집안은 행복한 공작 영지에서 살고 있었다. 유능한 군수는 그 지위를 일생 동안 보장받아, 희망하는 사람에게 후계자 자리도 넘겨줄 수 있을 것 같았다. 다시 말해 두 집안의 결혼 계획과 관리로서의 장래 계획에 따라 루치도르는 앞으로 장인이 될 사람의 중요한 지위를 이어받도록 교육을 쌓아나갔다. 그것은 한 단계 한 단계 차근차근 이루어졌다. 사람들은 모든 지식을 그에게 넘겨주는 일을 소홀히 하지 않으면서, 국가가 언제나 필요로 하는 모든 능력을 계발시키기 위해 빈틈없이 온 힘을 기울였다. 엄정한 법률의 습득, 재판관의 지혜와 노련함을 필요로 하는 관대한 법적 조치들의 집행에 대한 훈련, 뿐만 아니라 일상생활에 필요한 계산법 등등. 계산법은 보다 높은 통찰력이 요구되는 것은 아니었지만 확실하고 틀림없이 직접 생활에 이롭게 쓰이는 것들이었다.

이런 계획 아래 루치도르는 일반 교육 과정을 끝마치자 이번에는 아버지와 후원자의 도움으로 대학에 가게 되었다. 그는 무슨 일에서나 아주 뛰어난 재능을 보였다. 거기에다 아버지에 대한 애정과 아버지의 친구에 대한 존경 때문에 자기 능력을 처음에는 순종적으로, 다음에는 스스로도 확신에 차서 교육받은 대로 한껏 발휘하게 된 것은 보기 드문 행운이라 할 만했는데 이것은 그의 천성 덕분이었다. 그는 외국의 어느 대학에 보내져, 거기서도 그는, 그 자신의 편지나 교사와 감독관들의 증언에서도 알 수 있듯이, 그의 목적에 다다를 수 있는 길을 착실히 걸어갔다. 다만 그가 몇 과목은 지나치게 서둘러 일찍 마쳤다는 것이 사람들이 그를 탓할 수 있는 오직 하나의 흠이었다. 이 점에 대해 아버지는 머리를 가로저었고, 군수는 끄덕였다. 이런 아들을 바라지 않을 사람은 없었다.

그러는 사이에 율리에와 루친데도 성장해 갔다. 작은딸 율리에는 익살스러우나 귀엽고, 변덕스럽지만 쾌활했다. 큰딸 루친데는 이렇다 할 특징을 말하기는 어려웠지만 솔직하고 청순한 태도 속에, 우리가 모든 여성에게 소망하는 것이 나타나고 있었다. 두 집안은 번갈아 서로를 방문했고, 이리하여 교수 집에서 율리에는 끝없는 즐거움을 누렸다.

지리학이 교수의 전문분야였지만, 그는 이것에 생기를 불어넣기 위해 지형학을 사용했다. 그 무렵 호만 인쇄소*²¹에서 일련의 지지총서가 나와 있었는데, 율리에는 그 가운데에서 한 책을 알아보고 도시 모두를 조사하여 평가하고는, 좋아하는 도시 싫어하는 도시를 논의했다. 특히 항구도시는 그녀의 호감을 샀지만, 다른 도시는 많은 탑, 둥근 지붕, 이슬람 사원의 높은 첨탑 등 특별히 눈에 띄지 않으면 그녀의 호의를 조금도 얻어낼 수 없었다.

아버지는 그녀를 일주일 내내, 이 절대적으로 신뢰하는 친구인 교수 집에 맡

---

*21 그 무렵 뉘른베르크의 유명한 지도 출판사.

기는 일이 있었다. 사실 그녀는 지식과 통찰력이 늘어나 인간이 주로 어떤 이유에서, 어떤 지점과 장소를 택하여 살게 되는지를 꽤 자세하게 알게 되었다. 또 그녀는 외국 국민의 의상에도 주목하여, 양아버지라고 할 수 있는 교수가 이따금 농담조로 창문 앞을 오가는 많은 아름다운 청년 가운데서 마음에 드는 청년이 있느냐고 물으면, "물론 있어요. 그 사람이 참으로 어딘지 남다른 옷차림을 하고 있다면요" 하고 말했다. 그런데 이 나라의 젊은 학생 가운데 그런 남다른 옷차림을 한 사람들이 있었기 때문에, 그녀는 가끔 그중에서 이 사람 저 사람에게 관심을 가지는 때가 있었다. 그럴 때 그녀는 그 젊은이가 입은 옷에서 어떤 외국의 민속의상을 생각해 내고는 그래도 결국 자기의 특별한 관심을 바칠 젊은이라면 적어도 완벽한 민족의상을 걸친 그리스인쯤은 되어야 한다고 단언했던 것이다. 그러므로 그녀는 길거리에서 그런 모습을 볼 수 있는 라이프치히의 박람회에 가고 싶어했다.

이렇게 하여 무미건조하고 때로는 기분이 언짢은 업무를 마치고 나면 교수에게는 농담을 하면서 그녀를 가르치는 것보다 더 즐거운 일은 없었다. 언제나 다른 사람을 즐겁게 하고 자기 자신도 즐기는, 이런 귀여운 며느리를 교육시킴으로써 남몰래 몸이 떨리는 기쁨을 느낄 때만큼 행복한 순간은 없었다. 그건 그렇고, 두 아버지는 자기들의 계획을 딸들이 눈치채지 못하도록 하자고 합의를 보고, 루치도르에게도 비밀로 하고 있었다.

세월이란 참으로 빨리 지나가는 것이어서, 이렇게 하여 여러 해가 흘렀다. 루치도르는 공부를 완전히 끝마쳐, 모든 시험에 합격하고 집으로 돌아왔다. 윗사람들의 기쁨 또한 각별한 것이었다. 그들은 이제 이 젊은이에게서, 연륜을 쌓으며 혜택을 입어 고위직에 오른 존경스런 관리들의 기대에 양심의 가책 없이 부응하는 것 말고는 아무런 소원도 없었기 때문이다.

그렇게 일은 계획대로 착착 진행되어, 마침내 루치도르는 하위직을 모범적으로 밟아 올라간 다음, 이번에는 공적과 희망에 따라 아주 유망한 자리, 바로 대학과 군수의 중간쯤 되는 지위를 차지하기에 이르렀다.

아버지는 이제까지 암시에만 그쳤던 율리에를 약혼자 또는 아내로서 아들에게 이야기했다. 그다지 의심도 하지 않고 조건도 없이, 이런 살아 있는 보물을 얻게 된 너는 얼마나 부러운 행운아인 것이냐라고 말하면서. 아버지는 그녀가 며느리로서, 자기 옆에서 지도나 겨냥도나 도시의 그림을 들추는 모습을 재빨리 마음속에 그려 보았다. 그러나 아들은 어릴 때 장난을 치며 정답게 지냈고 언제나 자기를 즐겁게 해준, 이를 데 없이 귀엽고 쾌활한 아가씨의 모습밖에는 기억할 수 없었다. 그래서 루치도르는 말을 타고 군수한테로 가, 이제 다 자라 아름다워진 아가씨를 더 가까이에서 관찰하고 몇 주일을 가깝게 지내려고, 그 집안 식구와 함께 보내게 되었다.

루치도르가 도착하자, 그는 진심으로 환영을 받았고 방을 배정받았다. 그는 거기에서 몸치장을 하고 다시 나타났다. 그때 그는 낯익은 식구들 외에 아직 어른이 될까 말까 한 그 집 아들을 만나게 되었다. 응석받이이고 버릇없기는 했지만 영리하고 상냥한 데가 있어, 재치 있게 사람들과 잘 어울렸다. 또 이 가족의 한 사람으로, 나이는 꽤 많지만 기운 좋고 낙천적인 노인이 있었는데, 조용한 성격에 세련되고 총명한 데다 인생을 충분히 맛본 덕분에 이런저런 일을 도우면서 남은 생을 보내고 있었다. 루치도르가 도착한 뒤 곧 또 한 손님이 와서 함께 어울렸다. 그는 이제 젊다고는 할 수 없는 사나이였는데, 풍채가 당당하고 품위가 있었으며 세상사에 익숙하여, 이 세상 먼 곳 일까지 잘 알고 있을 뿐만 아니라 재미있는 화제가 많았다. 모두 그를 안토니라고 불렀다.

율리에는 미리 예고된 약혼자를 예절 바르고도 붙임성 있게 맞이했다. 동생 쪽은 자신의 체면을 차리는 데 반하여, 루친데는 집안 체면을 세우는 데 애를 썼다. 이렇게 하여 하루는 모두에게 아주 유쾌하게 지나갔지만, 루치도르만은 그렇지 못했다. 그렇지 않아도 과묵한 그는 너무 말을 하지 않는 것은 좋지 않다고 생각해, 마지못해 가끔 질문을 던지며 예의 바르게 행동했다. 그러나 이런 태도는 누구에게나 어색하게 보일 수밖에 없었다.

그는 완전히 멍해 있었다. 율리에를 처음 본 순간 율리에가 싫다든가 참을 수 없다든가 하는 것은 아니었지만, 어딘지 모르게 서먹서먹한 느낌이었던 것이다. 이와는 반대로 루친데에게는 마음이 끌려, 그녀가 그 동그랗고 깨끗하고 조용한 눈으로 자기를 바라볼 때마다 그는 온몸이 떨렸다.

이렇게 벅찬 가슴을 안은 채 그는 첫날 저녁 자기 침실로 들어가자마자 우리가 이미 첫머리에서 보았던 혼잣말을 쏟아냈던 것이다. 그러나 이 혼잣말을 이해하기 위해서, 그리고 그렇게 쏟아지는 격한 말이 우리가 이미 알고 있는 그와 어떻게 어울릴 수 있는가를 알기 위해서는 짤막한 설명이 필요하다.

루치도르는 속이 깊은 사람으로, 그의 가슴속에는 거의 현재 요구되는 상황과는 다른 그 무엇을 간직하고 있었다. 그래서인지 다른 사람과의 담소나 대화는 순조롭게 이루어지지 못했다. 그도 그것을 느끼고는 곧잘 과묵해졌다. 물론 화제가 자신이 연구하는 특정 분야에 대한 것이면 사정이 달라, 자신이 필요하다고 느끼는 것을 언제나 마음껏 이야기할 수 있었다. 게다가 전에는 고등학교에서, 나중에는 대학에서 친구들에게 마음속 깊은 생각을 털어놓았다가 기만당했던 비참한 기억이 있었기 때문에 그는 다른 사람에게 무엇인가를 이야기한다는 것에 대해 늘 신중했다. 그리고 신중히 생각하다 보면 어떤 이야기도 할 수 없게 되어버리곤 했다. 그러나 아버지에게만은 어색함 없이 언제나 똑같은 어조로 말하는 것에 길들여져 있었다. 그는 혼자 있게 되면 마음에 품고 있는 것을 혼잣말로 쏟아내곤 했던 것이다.

이튿날 아침, 그는 마음을 가다듬고 나왔지만 율리에가 어제보다 더욱 다정스럽고 명랑하게 스스럼없이 대했을 때에는, 그야말로 평정을 잃을 지경이었다. 그녀는 그가 여행한 육로와 수로에 대해서, 또 그가 학생시절에 여장을 등에 짊어지고 스위스를 두루 다니며 알프스산을 넘던 일들에 대해서 몇 번이고 물었다. 그러고는 남쪽의 큰 호수에 떠 있는 아름다운 섬에 대해서 많은 것을 알고 싶어했다. 라인 강에 대해서는 그 본줄기에서 시작하여, 먼저 아주 험한 지역을 지나 많은 굴곡을 거치며 흐르는 대로 쫓아가고 싶어했다. 마지막에는 강물이 마인츠와 코블렌츠 사이에서 좁은 지역을 벗어나 당당하게 넓은 세계로, 바다로 나아가는 경관을 살펴보는 것도 보람이 있다고 말하는 것이었다.

루치도르는 이야기하는 동안에 마음이 아주 가벼워짐을 느끼고 기분도 내켜 말이 술술 나왔기 때문에, 율리에는 황홀해하면서 외쳤다. "그런 데는 둘이서 함께 가야죠." 그 말을 듣자 루치도르는 깜짝 놀랐다. 그 외침 속에는 두 사람이 일생을 함께 걸어가자는 암시가 담겨 있는 것 같았기 때문이다.

그러나 그는 얼마 안 있어 말해야 하는 의무에서 벗어났다. 안토니라는 손님이 나서서 이야기를 시작하자 산의 수원지나 강기슭의 절벽, 좁아졌다 넓어졌다 하는 물줄기 같은 것은 모두 별것 아닌 것처럼 보였기 때문이다. 그의 이야기는 직접 제노바로 향했고, 리보르노도 멀지 않았다. 그는 이탈리아라는 나라의 가장 흥미 있는 곳을 끄집어냈는데 나폴리는 죽기 전에 꼭 봐야 한다는 것이다. 물론 콘스탄티노플 또한 놓칠 수 없는 곳이다. 넓은 세계에 대한 안토니의 이야기는 그렇게 열정적인 것은 아니었지만, 듣는 사람 모두의 상상력을 앗아가 버렸다. 율리에는 완전히 마음을 뺏겼음에도 아직 그것만으로는 만족하지 못하고, 알렉산드리아나 카이로에 가보고 싶어했다. 무엇보다 피라미드가 보고 싶었다. 그녀는 미래의 시아버지의 가르침으로 피라미드에 대해서 꽤 자세한 지식을 갖고 있었기 때문이다.

루치도르는 다음 날 밤(방문을 닫고, 등불을 내려놓자마자)외쳤다. "자, 잘 생각해야 돼! 일이 심각해졌다. 너는 이때까지 심각한 것을 많이 배웠고 심사숙고했다. 네가 지금이야말로 법률가답게 행동하지 않으면, 법을 배운 것이 도대체 무슨 의미가 있겠어? 너 자신을 모든 권한을 가진 인간으로 여기라고. 네 자신의 일은 잊어버리고, 다른 사람을 위해 마땅히 해야 할 일을 하라고. 아무튼 일이 무섭게 헝클어져 있다! 안토니라는 손님은 확실히 루친데 때문에 온 것이다. 그녀는 저 사나이에게 이를 데 없이 아름답고 고결한, 사교적이고도 가정적인 관심을 보여주고 있다. 저 꼬마 바보 아가씨는 누구하고든지 함께 세상을 아무 이유 없이 돌아다니고 싶어한다. 게다가 저 꼬마 아가씨는 장난꾸러기다. 여러 도시와 나라에 흥미를 보이는 것도 우리를 침묵시키려는 수작이다. 그건 그렇고, 너는 어째서 이 문제를 이렇게도 혼란스럽고 절망스럽게 생각하고 있는 거지? 중매에 나선 군수야말로 아주 분별력이 있고 총명하며 애정에 넘치는 사람이 아닌가? 네가 느끼고 생각하고 있는 것을 그에게 말만 하면, 그는 공감은 못할지언정 함께 생각해 줄 것이다. 그 같으면 우리 아버지의 마음을 움직일 수 있다. 그리고 양쪽 다 그의 딸이 아닌가? 도대체 저 안톤 라이저[22] 씨는 루친데를 어떻게 하자는 건가? 루친데는 스스로 행복해지고 다른 사람 모두를 행복하게 해주려고 이 집안에 태어난 아가씨다. 안절부절못하는 꼬마 아가씨는 저 떠돌이 유대인[23]에게 딱 달라붙으면 되는 거다. 그러면 아주 훌륭한 한 쌍이 될 거다."

다음 날 아침 루치도르는 아가씨의 아버지와 이야기를 하겠다는 굳은 결심을 하고 아래로 내려가 군수가 한가한 시간에 맞춰 그를 만나러 갔다. 그러나

___

*22 괴테의 친구 카를 필립 모리츠의 소설 《안톤 라이저》에 나오는 주인공. 여행을 좋아하는 인물이기 때문에 여기서는 안토니를 빈정대서 이렇게 부르고 있다.

*23 형장으로 가는 그리스도를 자기 집 앞에서 쉬지 못하게 하고 욕설을 퍼부은 죄과로 그리스도의 재림시까지 지상을 배회한다는 구두쟁이 아하스베루스를 일컫지만, 여기에서는 항상 떠돌아다니는 안토니를 지칭해서 하는 말이다.

군수는 공무로 출장을 떠나 모레쯤에나 돌아온다고 들었을 때 그가 얼마나 고통스럽고 당황했겠는가. 율리에는 오늘 완전히 여행길에 오른 것 같은 기분인 듯, 세계 방랑자의 곁을 떠나지 않고, 집안일에 대해서 조금 농담을 하고는 그를 루치도르에게 맡겼다. 루치도르는 이때까지 이 고상한 아가씨를 일정한 거리를 두고 일반적인 인상으로만 바라보고 그것만으로도 벌써 진심으로 그녀를 연모했던 것인데, 이제 그녀를 바로 눈앞에 보고는, 처음에 자기도 모르게 마음이 끌렸던 모든 것이 두 배 세 배로 커지는 것을 느끼지 않을 수 없었다.

집을 비운 아버지를 대신하여 집안의 친구인 선량한 노인이 거기에 나왔다. 그 또한 세상을 살 만큼 살았고, 사랑도 하고 삶의 좌절도 여러 번 겪고 난 뒤 이제 젊은 시절의 친구 곁에서 힘을 얻고, 별 불편 없이 지내고 있었다. 그의 이야기에는 활기가 있었다. 특히 사위를 정하는데 무척 혼이 났다는 것을 자세히 이야기하면서, 주목할 만한 약혼 발표의 여러 사례를 들었다. 루치도르는 눈부신 옷차림으로 나타나서는 이렇게 고백했다. 인생에서뿐만 아니라 결혼에서도 어떤 경우이든 우연이야말로 가장 좋은 결과를 가져올 수 있다, 그러나 인간의 행복은 자기 자신의 책임으로 얻어지는 것이다, 마음 한구석의 조용하고 침착한 확신과 고결한 의도와 신속한 결단 덕분으로 이 행복을 차지할 수 있었다고 말할 수 있다면, 그것은 가장 아름답고 가장 감명 깊은 것이라고. 루치도르가 이에 찬성했을 때, 그의 눈에는 눈물이 글썽거렸다. 얼마 안 있어 여자들은 떠나가 버렸다. 노인은 계속하여 다른 이야기를 하고 싶어해 유쾌한 이야기로 바뀌었지만, 그것을 듣고 있던 우리의 주인공은 몹시 감동했다. 그러나 그저 공부만 해온 이 젊은이는 금방이라도 터질 듯한 자신의 감정을 겨우 억누를 수 있었다. 그렇지만 혼자가 되었을 때, 그는 참을 수가 없었다.

"나는 참아왔어!" 그는 외쳤다. "이런 어지러운 생각으로 인자한 아버지 마음을 상하게 하고 싶지 않아. 나는 나를 자제했어. 이 집의 친구인 저 훌륭한 노인을 양쪽 아버지의 대리인이라고 생각하기 때문이지. 저 노인에게 이야기하자, 모든 것을 고백하자. 저분 같으면 틀림없이 중재해 줄 것이다. 그리고 저분에게는 내가 바라는 것을 이제 거의 다 말해 버렸다. 자신이 전적으로 시인하고 있는 것을, 개인의 경우라고 해서 비난하지는 않겠지? 내일 아침 저분을 찾아가자. 이 다급해진 심정을 대담하게 탁 털어놔야 한다."

아침 식사 때 노인은 나타나지 않았다. 어젯밤 너무 많이 이야기하고 지나치게 오랫동안 앉아 있었으며 평소보다 술을 많이 마셨다는 것이었다. 사람들은 열심히 그를 칭찬했는데, 그것은 루치도르로 하여금 곧장 노인에게로 달려갈 수 없다는 절망감에 빠지게 했다. 저 인자한 노인은 이런 발작을 일으킬 때면 일주일 동안은 전혀 모습을 나타내지 않기도 한다고 들었을 때, 이런 불쾌한 감정은 더욱 심해졌다.

시골에서 묵는다는 것은, 사교 모임에서 많은 장점을 가지고 있다. 특히 대접하는 쪽이 사려 깊고 분별력 있는 사람들이어서, 주위 자연 환경의 손질에 정성을 쏟아온 경우에는 더욱이 그러하다. 이곳도 그런 식으로 잘 이루어져 있다. 군수는 처음에는 미혼이었지만, 그로부터 오랫동안 행복한 결혼생활로 들어가, 자신도 재산이 많은 데다 수입이 많은 지위에 있었기 때문에 자신의 안목과 견해, 그리고 아내의 취미에 따라, 또 아이들의 소원과 변덕에 따라 크고 작은 정원을 만들어 애지중지 가꿨고, 정성을 다해 이것들을 서서히 정원수와 도로로 이어놓자, 갖가지 변화와 특색이 담긴 이를 데 없이 아름다운 풍경이 이어져 산책하는 사람들의 눈에도 띄게 되었다. 이리하여 이 집의 젊은 사람들은 손님인 루치도르를 이런 산책에 초대했다. 누구나 자기 정원을 손님에게 보여주고 싶어하기 마련이며, 집안사람들에게는 더는 새롭지 않게 된 것을 손님이 바라보고 감탄하며 그에 대한 좋은 인상을 언제나 간직해 주기를 바라는 법이다. 이 지대는 가까운 곳이나 먼 곳이나, 개성 있는 정원과 자연 그대로의 전원식으로 제각기 꾸미기에는 안성맞춤이었다. 기름진 언덕과 관개가 잘된 목초지가 서로 엇갈려 있어, 이따금 전체가 바라다보이는데, 단조로운 전망은 아니었다. 토지는 거의 실용적인 것에 쓰이면서도 우아함과 매력을 잃지 않고 있었다.

본관과 관리사무소 옆에 유원지와 과수원 그리고 풀밭이 있고 거기에서 어느덧 작은 숲 속으로 들어가게 되는데, 그 숲에는 차가 다닐 수 있는 넓은 길이 아래위로 구불구불 통해 있었다. 그 한가운데 유달리 높은 곳에 방이 여러 개 딸린 홀 하나가 있다. 정문에서 들어가면, 큰 거울에 아마 이 지대에서는 최고라고 생각되는 풍경이 비쳐 보인다. 그리고 몸을 뒤로 돌리면, 뜻하지 않은 거울에 비친 풍경의 현실적인 전망을 접하게 되어 가슴이 부푸는 것이었다. 왜냐하면 여기에 오기까지의 길은 정말로 기교를 다 부려 만들어져 있어, 갑작스런 놀라움을 불러일으키는 것은 모두 교묘하게 사람들 눈에 띄지 않게 해놓았기 때문이다. 여기로 들어오는 순간 누구나 거울에서 자연으로, 자연에서 거울로 몇 번이고 뒤돌아보고 싶어진다.

한번은 이를 데 없이 아름답고 맑게 갠, 낮이 가장 긴 날, 모두는 흥겨운 들놀이를 하면서 산책을 하던 길에, 소유지 전체의 안팎을 두루 돌아본 일이 있었다. 어진 어머니의 저녁 휴식처라고 적힌 곳에는 멋진 너도밤나무 한 그루가 그 주위에 빈 땅을 안고 있었다. 곧이어 율리에가 빈정대듯 루친데의 아침 기도 장소라고 가르쳐 준 곳은, 백양나무와 오리나무 사이를 흐르는 시냇물과 가까우며, 아래쪽에 펼쳐진 목장과 위로 퍼진 밭 옆에 있었다. 그곳의 아름다움은 도저히 묘사할 수 없었다. 이미 여기저기에서 본 것 같으면서도 소박한 맛이 있어, 이처럼 사람들의 마음에 호소하는 데는 어디에도 없었다. 이와는 반대로 율리에가 싫어하는데도 남동생이 억지로 가리킨 곳은, 아담한 정자와 좀 어설픈 작은 정원이었다. 그곳은 친밀감이 가는 물방앗간 바로 옆에 있어서 겨우 사람 눈에 띨 정도였다. 이곳은 율리에가 열 살쯤 되던 때에 만들어진 것으로, 그 무렵 율리에는 물방앗간의 아가씨가 되고 싶어 물방앗간의 노부부가 그만두면 자기가 거기에 들어가 여주인이 되어 자기 대신 씩씩하게 물방앗간을 지킬 사내아이를 찾겠다고 열을 올리곤 했다는 것이었다.

"그건," 율리에가 외쳤다. "내가 개울가나 바닷가의 도시들, 제노바 같은 건 전혀 몰랐던 시절의 일이었어요. 루치도르, 당신 아버지가 내 생각을 바꿔놨어요. 그러고는 나는 좀처럼 이곳에 오지 않아요." 그녀는 실떡거리면서 깊이 드리워져 있는 라일락나무 덤불 아래 작은 벤치에 가 앉았다. 벤치는 그녀의 무게를 지탱하지 못할 만큼 움푹하게 들어갔다. "아이, 싫어. 늙은이들처럼 웅크리고 앉다니!" 그녀는 짜증을 내면서 벌떡 일어나 쾌활한 남동생과 함께 앞으로 달려갔다.

뒤에 남은 루치도르와 루친데는 조리 있는 대화를 나누었다. 그리고 이런 경우 분별심이란 감정에 가까워지는 법이다. 그들은 차례차례로 바뀌는 단순한 자연 속을 거닐면서, 사리분별이 분명한 사람은 자연계에서 뭔가를 얻을 수 있으며, 눈앞에 존재하는 것에 대한 깊은 통찰이 그것을 이용하려는 인간의 감정과 함께 어우러져 기적을 일으키고, 세상을 비로소 살만한 곳으로 만들어 그곳에 사는 사람들이 늘어나고, 마침내는 세상을 사람으로 넘쳐나게 한다는 것을 관찰했다. 그리고 그런 것들에 대해 하나하나 이야기를 나누었다. 루친데는 이런 녹지시설의 모든 것에 대해 설명했는데 아주 겸손한 그녀도 여기저기 떨어져 있는 곳곳을 편리하고 쾌적하게 연결시킨 것이, 존경하는 어머니의 가르침과 보살핌 아래에서 자신이 만든 성과라는 사실을 숨길 수가 없었다.

그러나 아무리 긴 하루라고 해도 또한 저녁은 오고야 만다. 모두 집으로 돌아갈 생각을 해야 했다. 그래서 모두가 편하고 기분 좋은 우회로로 돌아가려고 했을 때 쾌활한 남동생이 불편하고 힘은 들지만 지름길로 가자고 했다. "왜냐하면," 그는 큰 소리로 외쳤다. "누님들은 자기들의 정원과 설계를 보여주면서 이 근방을 화가의 눈이나 부드러운 사람의 마음에 맞도록 아름답게 꾸미고 고친 것을 자랑했으니까, 이번에는 내가 만든 것을 보여드리는 영광을 갖게 해주세요."

이렇게 하여 모두는 경작지와 울퉁불퉁한 길을 지나, 때로는 아무렇게나 던져놓은 돌을 따라 습지대를 넘어 걸어가야 했는데, 아직 꽤 멀리에서지만 벌써 갖가지 기계가 잡다하게 세워져 있는 것이 보였다. 가까이 가보니 그것은 큰 유원지 놀이터로, 여러 궁리를 한 어떤 서민감각으로 만들어져 있었다. 그리고 거기에 적당한 간격을 두고 나란히 서있는 것은, 아래위로 회전하면서 언제나 똑같은 수평을 유지하고 편히 앉아 있을 수 있는 곤돌라, 그리고 흔들리는 기구, 그네, 시소, 볼링, 벌집돌기 등으로, 그 밖에 넓은 목초지에서 많은 사람들이 온갖 놀이를 하며 즐기게 하기 위해 생각할 수 있는 모든 도구가 갖추어져 있었다. "이건 내가 만든 나의 정원이에요. 아버지가 대주고 어느 머리 좋은 사람이 지혜를 짜내주었지만, 누님들이 바보라고 부르는 내가 없었더라면 지혜와 돈이 이처럼 잘 합해지지는 못했지요." 그는 외쳤다.

명랑한 분위기 속에 네 사람은 해가 져서야 집으로 돌아왔다. 안토니도 도착했다. 그러나 율리에는 이렇게 걸어다닌 하루가 만족스럽지 못했던지, 마차 준비를 시켜 멀리에 있는 여자 친구들에게로 놀러갔다. 이틀간이나 만나지 못한 것이 아쉬웠던 것이다. 남은 네 사람은 갑자기 어찌할 바를 몰라 했고, 아버지의 부재가 식구들을 불안하게 한다는 말까지 나왔다. 말이 끊어졌을 때, 쾌활한 남동생이 갑자기 일어서서 재빨리 책을 한 권 가지고 돌아와 낭독하겠다고 나섰다. 루친데는 그가 몇 년 동안이나 하지 않던 생각을 어떻게 하게 됐는지를 묻지 않을 수 없었다. 남동생은 활발하게 대답했다. "난 언제나 모든 걸 제때에 생각해 내죠. 누님들은 그렇지 못하지만요." 그는 순수한 동화들을 읽었다. 인간을 자기 자신으로부터 밖으로 끌어내어 인간의 소망을 부추기고, 우리가 가장 행복한 순간에도 우리를 압박하는 모든 시름을 잊게 하는 그런 동화였다.

"이제 나는 어떻게 하면 좋지!" 루치도르는 혼자가 되었을 때 외쳤다. "시간이 촉박하다. 안토니는 믿을 수가 없다. 그자는 도대체 알 수 없는 사람이다. 어떤 인간인지, 어째서 이 집에 왔고 무엇을 원하는 건지 전혀 알 수 없다. 루친데를 손에 넣으려고 하는 것 같은데, 그렇다면 그에게 기댈 수 없다. 루친데 자신에게 직접 부딪혀보는 수밖에 다른 도리가 없다. 그녀에게 고백해야지. 먼저 그녀에게 말이다. 이것이 내가 느낀 최초의 감정이었지. 어째서 우리는 신중을 기하려는 길로만 빠져들어가는 것일까! 이것이 처음이자 마지막이 되어야 한다. 그래야만 목적에 다다를 수 있는 것이다."

토요일 아침 루치도르가 제때에 옷을 입고 방 안을 왔다 갔다 하면서, 루친데에게 무슨 말을 할지 이리저리 생각하고 있었다. 그때 문밖에서 농담 섞인 말다툼 소리가 들리더니 곧 문이 열렸다. 쾌활한 남동생이 손님을 위한 커피와 빵을 든 한 소년을 앞세우고는 자기는 냉육(冷肉) 요리와 포도주를 가지고 들어왔다. "너부터 들어가야 해." 남동생은 외쳤다. "손님을 먼저 대접해 드려야 하잖아. 나는 손수 챙기는 데에 익숙해 있어요. 그런데 오늘 내가 좀 일찍 와서 시끄럽게 떠든다고 생각하겠지요. 아침 식사를 천천히 들고 난 다음에 무엇을 할 것인지 생각합시다. 왜냐하면 다른 분들은 기대할 수 없으니까요. 율리에 누님은 친구 집에서 아직 돌아오지 않았어요. 이 두 사람은 적어도 2주일에 한 번은 서로 마음을 있는 대로 털어놓지 않고는 가슴이 터질 것 같대요. 루친데 누님은 토요일에는 전혀 소용이 없어요. 아버지에게 가계의 결산을 보고하죠. 나보고 도와달라고 하지만, 천만의 말씀! 물건 값이 얼마라는 것을 알고 나면, 무엇을 먹어도 맛이 없지요. 내일은 손님이 몇 사람 올 겁니다. 노인은 아직도 건강이 회복되지 않았고, 안토니는 사냥하러 나갔어요. 우리도 사냥하러 갑시다."

그들이 앞뜰로 나가자 엽총, 배낭, 사냥개가 준비되어 있었다. 이렇게 하여 그들은 들판을 열심히 걸어다녔지만, 기껏해야 어린 토끼 한 마리와 불쌍하게도 보잘것없는 새 한 마리를 쐈을 뿐이었다. 그동안에 그들은 집안 사정과 현재의 친구에 대해서도 이야기를 주고받았다. 안토니의 이름도 나와, 루치도르는 기회를 놓치지 않고 그에 대해 자세히 물었다. 쾌활한 남동생은 의기양양해서 단언했다. 저 좀 이상한 자는 사뭇 정체를 나타내려 하지 않지만, 자기는 이미 다 알아냈다고. 그는 말을 계속했다. "저 사람은 틀림없이 부유한 상인 집안의 아들인데, 혈기왕성할 때 정력과 의욕을 갖고 큰 장사에 뛰어들어가, 동시에 넘쳐흐르는 향락도 누리려고 할 즈음 집이 파산했어요.

희망의 꼭대기에서 밀려난 그는 마음을 가다듬고 남의 집에 가서 일을 했지만, 자기를 위해서나 가족을 위해서도 아무 도움이 되지 않았던 거죠. 그래서 그는 세계 곳곳을 여행하면서, 세계를 알고 상호간의 교역을 자세히 알아내면서 자기의 이익도 잊지 않았어요. 쉴 줄 모르는 활동력과 성실성을 인정받아 많은 사람들에게서 신뢰를 얻게 되었죠. 이렇게 하여 저 사람은 어딜 가나 친지와 친구가 있어요. 그뿐만 아니라, 이건 아주 중요한 것이지만 저 사람의 친지가 있는 곳에는, 아무리 먼 곳이라 해도 세계 곳곳에 재산을 분산해 두었기 때문에 4대륙의 어디에나 가끔 얼굴을 내밀 필요가 있지요."

쾌활한 남동생은 이런 이야기를 어찌나 자세하고도 순진하게 늘어놓았던지 농담 섞인 설명을 집어넣어 가면서, 마치 스스로 만든 동화를 꽤 길게 짜나가려는 것 같았다.

"저 사람은 우리 아버지와 인연을 맺은 지 꽤 오래되었어요. 내가 관심이 없으니까 나는 아무것도 모른다고 두 사람은 생각하고 있지만, 그렇기 때문에 오히려 나는 더 잘 알아요. 저 사람은 아버지에게 엄청난 돈을 맡기고 있는데, 아버지는 또 이것을 착실하고도 유리하게 투자했지요. 바로 어제도 그는 아버지에게 보석 상자를 살짝 넘겨주고 있었어요. 그처럼 간소하고 아름답고 멋진 것은 이때까지 본 일이 없어요. 물론 몰래 힐끗 한 번 보기만 했을 뿐이죠. 아마 신부를 즐겁고 기쁘게 하고 미래의 보증을 위해 선물로 주려는가 봅니다. 안토니의 목표는 루친데입니다. 그러나 두 사람을 나란히 세워보면 어딘지 어울리는 짝이라고는 생각되지 않아요. 말괄량이인 작은누나가 그에게 더 잘 맞아요. 그리고 내가 보기에 작은누나는 그를 좋아하고 있어요. 사실 작은누나도 저 괴팍스런 아저씨에게 여러 번 마음이 들떠 있는 시선을 던지곤 해요. 마치 저 사람과 함께 차를 타고 어디엔가로 사랑의 도피를 가려는 것 같아요." 기운을 새로이 한 루치도르는 어떻게 대답해야 좋을지 몰랐지만, 방금 들은 것은 모두 속으로 인정했다. 남동생은 말을 계속했다. "대체로 율리에는 이상하게도 나이

먹은 사람을 좋아해요. 당신 아버지하고라도 아들인 당신과 다를 것 없이 서슴지 않고 결혼했을 거예요."

루치도르는 상대가 이끄는 대로 무턱대고 따라갔다. 두 사람 모두 사냥 같은 건 잊어버렸고, 어차피 대단한 노획물은 있을 것 같지 않았다. 어느 소작농 집에 들른 그들은 환대를 받았다. 한 사람은 마시고 먹고 지껄이며 즐겼고 또 한 사람은 오늘 알아낸 것을 자신을 위해, 자기 이익을 위해 어떻게 이용할 것인가를 깊이 생각했다.

이 이야기로 많은 것을 알게 된 루치도르는 안토니를 신뢰하게 되었으므로 농가에 돌아오자마자 안토니가 어디 있는지를 묻고, 정원에 있을 거라는 말에 서둘러 그곳으로 갔다. 밝은 석양빛을 받은 정원길을 다 걸었지만, 보람도 없이 어디에도 사람 흔적이 없었다. 결국 그는 넓은 홀의 문을 지나 안으로 들어갔다. 그러자 정말이지 이상하게도 거울에 반사된 해가 눈부셔 소파에 앉아 있는 두 인물이 누구인지 잘 알 수는 없었지만, 여인이 옆에 앉아 있는 사나이에게서 손에 열렬한 키스를 받고 있다는 것은 알 수 있었다. 그의 눈이 평정을 되찾아감에 따라 이것이 루친데와 안토니라는 사실을 알았을 때 그가 얼마나 놀랐겠는가. 그는 바닥에 주저앉을 것 같았지만, 그 자리에 못 박힌 듯 서 있었다. 그러자 루친데가 다정하고도 스스럼없이 그를 맞아 바짝 다가와서, 자기 오른쪽에 앉아 달라고 부탁했다. 그는 무의식적으로 앉기는 했지만, 그녀가 오늘 상황을 물으면서 집안일로 함께 가지 못해 미안했다고 말했을 때, 그 목소리를 듣자 그는 거의 참을 수가 없었다. 안토니는 일어서서 루친데에게 작별을 고했다. 그녀도 마찬가지로 일어서면서, 뒤에 남은 루치도르에게 산책을 하자고 했다. 나란히 걸어가면서 그는 입을 다물고 당황해했다. 그녀도 마음이 가라앉은 것 같지 않았다. 그가 어느 정도만이라도 정신을 차리고 살펴보았더라면, 그녀가 마음 깊이 우러나오는 탄식을 숨기려고 하는 것을 그 깊은 숨결에서 알아차릴 수 있었을 것이다. 두 사람이 집에 가까이 왔을 때, 그녀는 드디어 작별을 고했다. 그러나 그는 몸을 돌리자, 처음에는 천천히 다음에는 맹렬하게 탁 트인 벌판을 향해 갔다. 저 넓은 공원도 그에게는 너무나 좁았다. 들판으로 빠져나갔다. 완전무결한 저녁의 아름다움은 전혀 느끼지 못한 채 오직 자기 자신의 마음속 목소리만을 들으면서. 혼자가 되어 넘쳐흐르는 눈물 속에 마음이 조금 진정되었을 때 그는 외쳤다.

"이때까지 괴로운 일은 여러 번 있었지만, 이처럼 고통스러운 일은 처음이야. 나를 완전히 비참하게 만들었어. 무엇보다도 바랐던 행복이 이제 드디어 손에 손을 잡고 팔짱을 끼고 우리한테로 나타났다고 생각하는 순간, 벌써 영원한 이별을 고하다니! 나는 그녀 곁에 앉아 있었다. 그녀와 나란히 걸어갔다. 흔들리는 옷자락이 내 몸에 와 닿았다. 그때 이미 나는 그녀를 잃고 있었다! 그런 것을 계산하지는 말자! 엉클어진 것은 풀지 말자! 잠자코 결심을 하자!"

그는 입을 열지 않기로 결심하고 침묵을 지키고는, 생각에 잠겨 들녘을, 목장을, 덤불을 지나 때로는 길 아닌 길을 헤치면서 걸어갔다. 밤늦게 자기 방으로 들어왔을 때만은 참을 수 없어 외쳤다. "내일 아침 일찍 이곳을 떠나자. 오늘과 같은 날은 두 번 다시 겪고 싶지 않다! "

이리하여 그는 옷을 입은 채 침대에 몸을 던졌다. 청춘은 행복하고 건강한 법! 그는 곧 잠이 들었다. 그날 운동의 피로가 감미로운 밤의 휴식을 가져다주었다. 그러나 은혜로운 단꿈에서 눈을 떴을 때, 아직 이른 새벽의 해가 떠 있었다. 그날은 마침 낮이 가장 긴 날이어서 그에게는 너무나 긴 하루가 될 것 같았다. 어젯밤에는 마음을 가라앉혀주는 별의 우아함을 전혀 느끼지 못했지만 이제 마음을 북돋아 주는 아침의 아름다움을 느끼고는 절망할 뿐이었다. 세상은 언제나처럼 웅장하게 보인다. 그의 눈에는 여전히 그렇게 보였다. 그러면서도 그는 마음속으로는 그것을 긍정하지 않았다. 이 모든 것은 이제 그의 것이 아니었다. 루친데를 잃어버린 지금은 말이다.

제9장

그는 놔두고 가려 했던 여행용 가방을 재빨리 꾸렸다. 편지는 따로 쓰지 않았지만 단지 몇 마디, 아침 식사에 안 나간다는 것과 저녁에도 나오지 않는다는 것은 마부를 통해 간단히 사과해 두기로 했다. 그렇잖아도 아래로 내려와보니 마부는 벌써 마구간 앞을 큰 걸음으로 왔다 갔다 하고 있었다. "당신은 설마 말을 타시려는 것은 아니죠?" 여느 때에는 사람 좋은 그가 조금은 불쾌하게 말했다. "당신이니까 말씀드리지만 이 집 젊은 도련님은 날이 갈수록 참을 수가 없어요. 어제도 이 일대를 실컷 타고 다녔어요. 신에게 감사드리는 마음으로 일요일 아침만큼은 쉬는 것이 마땅합니다. 그런데도 오늘은 아침 일찍 해가 뜨기도 전에 나타나 마구간에서 떠들어 대기에 내가 벌떡 일어나 나가보니 당신 말에 안장을 대고 고삐를 매면서 내가 아무리 말려도 말을 듣지 않았어요. 도련님은 말에 올라타고는 이렇게 외치더군요. '내가 좋은 일을 하고 있다는 것만은 잊지 말아줘! 이놈의 말은 언제나 침착한 법률가처럼 총총 걸음을 할 뿐이야. 난 이놈에게 박차를 가해 생명을 건 질주를 시켜야겠어.' 대충 이런 말을 했고 그 밖에도 이상한 말을 했어요."

루치도르는 이중 삼중으로 놀랐다. 그는 자신과 성격, 생활 방식이 잘 맞는 이 말이 마음에 들었다. 이 온순하고 마음이 통하는 동물이 난폭한 사람의 손에 들어간 것을 알고 불쾌해졌다. 언제 만나도 즐거운, 대학 시절 깊은 우정을 나누었던 친구 집으로 도망치려던 계획은 이런 위기에 처해, 깨져버렸다. 옛 믿음이 되살아나서, 먼 거리도 개의치 않고 이 착하고 총명한 친구한테로 가면 반드시 조언과 위안을 얻으리라 생각했는데 이런 기대도 이제는 깨지고 말았다. 그러나 자유로이 놀릴 수 있는 힘찬 다리를 움직여 목적지에 다다르려는 용기가 있으면 전혀 가능성이 없는 것은 아니었다.

무엇보다도 이제 그는 친구에게로 이르는 길을 찾아 정원을 빠져나와 넓은 들판 쪽으로 나가려고 했다. 방향이 아직 확실치 않았을 때 왼쪽 숲 위로 솟아 있는 색다른 목조 은둔처가 눈에 띄었다. 이때까지 그가 전혀 몰랐던 것이었다. 그런데 정말로 깜짝 놀란 것은 중국식 지붕 아래 베란다에서 요 며칠 동안 앓고 있다고 생각한, 그 인자한 노인이 기운 좋게 주위를 둘러보는 모습이 보인 것이었다. 노인이 다정하게 인사를 하고 자꾸 집으로 올라오라고 권했다. 그렇지만 루치도르는 서두르는 몸짓을 하며 뭐라고 핑계를 대면서 거절했다. 그러나 노인이 급하게 계단을 비틀거리듯 내려와 곧 굴러떨어질 것 같았을 때에는 동정심이 일어 집 안으로 올라갈 수밖에 없었다. 그리 크지는 않았지만 아늑한 안채로 발을 들여놓자 그는 놀랐다. 경작지 쪽으로 난 창문 세 개가 있을 뿐이었지만, 정말 멋진 전망이었다. 다른 벽면은 수백 개의 초상화로 장식되어 있었다. 아니 오히려 뒤덮여 있었다. 동판화로 새겨졌거나 소묘로 그려진 이 초상화들은 색깔 있는 테를 두른 채 일정한 간격을 두고 질서정연하게 배열되어 벽에 붙어 있었다.

"아니, 정말이지 나는 당신을 특별히 좋아해요. 다른 사람 같으면 이러지 않지. 이곳은 내가 늘그막을 한가로이 지내는 성당이지요. 여기서 나는 바깥세상에서는 범하지 않을 수 없는 모든 과오로부터 벗어나 잘못된 나의 섭생을 회복시키는 거지요."

루치도르는 방 안 전체를 살펴보았다. 역사 공부를 해본 그는 역사에 대한 관심이 그 밑바닥에 깔려 있는 것을 곧 알 수 있었다.

노인이 말했다. "여기 선반 위에 고대의 뛰어난 인물들과, 뒤이어서는 비교적 가까운 시대의 인물들의 이름을 찾아볼 수 있어요. 이름만 있는 것은 그들이 어떤 모습을 했는지 좀처럼 찾아낼 수가 없기 때문이지요. 그러나 이 주요한 벽면이 있는 곳부터는 나의 인생과 관련이 있어요. 여기에는 내가 소년 시절 이름을 들어 본 인물들이 있어요. 위대한 사람들이라 해도 그 이름이 민중의 기억에 남는 것은 50년 정도이고, 그 뒤에는 사라져버리든지 옛날이야기로 되어버립니다. 나의 부모는 독일인이지만 내가 태어난 곳은 네덜란드지요. 그런 나에게 네덜란드 총독 겸 영국 왕이었던 빌헬름 폰 오라니엔은 모든 위대한 영웅의 조상이라고 할 수 있답니다.

그런데 그 사람과 나란히 루이 14세가 보이지요. 이건." 루치도르는 실례만 아니라면 선량한 노인의 말을 정말이지 뚝 끊어버리고 싶었다. 물론 이야기하는 노인에게는 실례될 것이 없지만 말이다. 왜냐하면 루치도르는 프리드리히 대왕과 그 장군들의 그림을 힐끗 보았을 때 이제 노인에게서 근대사나 현대사의 긴 이야기를 싫도록 들어야 하겠구나하는 생각이 들었기 때문이다.

그러나 그도 착한 청년이므로, 가장 가까운 앞선 시대와 동시대에 대한 노인의 강한 관심에 경의를 표했고, 그의 개인적인 특성과 견해에 흥미를 느꼈다. 그는 이미 대학에서 근대나 현대사 강의를 들은 적이 있었다. 사람들은 한 번 들은 것은 자신이 언제나 기억하고 있을 것이라고 믿는 법이다. 루치도르의 마음은 먼 곳에 있었고 노인의 말에 귀를 기울이지도, 거의 보고 있지도 않았다. 그리고 무례하게 문밖으로 나가 길고 지겨운 계단을 뛰어 내려가려고 하는 순간, 아래로부터 힘 있는 손뼉 소리가 들려왔다.

루치도르가 뒤로 물러서자 노인은 창문으로 머리를 내밀었다. 그러자 아래에서 귀에 익은 목소리가 들려왔다. "노인 선생, 내려와 주세요, 제발. 당신의 역사화랑에서 나와주세요. 단식을 그만두시고, 우리의 젊은 친구를 달래도록 도와주세요! 만약 루치도르가 알게 되면 큰일 날 일이 생겼어요. 그의 말을 좀 난폭하게 다루었더니 편자 하나가 빠졌어요. 그래서 저는 말을 그냥 두고 왔어요. 루치도르가 뭐라고 하겠어요? 아무래도 당치 않은 일을 하면, 당치 않은 일이 생기는 법이군요."

"이쪽으로 올라와요!" 노인이 말했다. 그러고는 이번에는 안에 있는 루치도르에게 물었다. "자, 당신은 뭐라고 말하겠소?" 루치도르는 가만히 있었다. 거기에 난폭한 젊은 도련님이 들어왔다. 오랫동안 대화가 오가고 난 뒤에, 마부를 곧 그곳으로 보내 말을 돌보기로 결정했다.

노인을 뒤로하고 두 젊은이는 서둘러 집으로 갔다. 루치도르는 그곳으로 되돌아가는 것이 싫지만은 않았다. 될 대로 되라지. 그의 마음속 유일한 소망이 이 집 안에 간직되어 있지 않은가. 이렇게 절망적인 경우에는, 우리는 어차피 마음먹은 대로 일이 풀리지 않는다는 것을 깨닫게 되고, 누군가 이래야 한다고 또 이럴 수밖에 없다고 결정해 주는 순간 마음이 가벼워짐을 느끼게 된다. 그러나 자기 방으로 들어갔을 때 그는 정말 이상한 기분이었다. 이것은 마치 이제 막 떠나온 숙소의 방으로, 마차의 굴대가 부러졌다고 해서 본의 아니게 다시 돌아가는 그런 심정이었다.

쾌활한 남동생은 먼저 여행용 가방에 손을 대, 그 안에 있는 것을 차근차근 꺼내기 시작했다. 특히 여행을 하기 위해서이긴 했지만, 정장을 하기 위한 옷을 따로 챙겼었는데, 그는 루치도르에게 구두와 양말을 신게 하고, 흐트러진 갈색 고수머리를 빗게 하여 멋이 나게 만들었다. 그러고는 옆으로 물러서서, 자기가 만들어낸 우리 친구를 머리끝에서 발끝까지 바라보면서 외쳤다. "자, 이제 당신은 예쁜 아가씨들에게 꽤나 자부심이 있는 인간으로 보여요. 또 신붓감을 찾고 있는 신랑감처럼 보여요. 잠깐만 기다리세요! 때가 오면 내가 얼마나 그럴 듯한 일을 할 수 있는지를 보여드리지요. 나는 그것을, 처녀들이 언제나 곁눈질로 흠쳐보는 장교들에게서 배웠어요. 그리고 나 자신도 군대에 간 적이 있어요. 처녀들은 나를 쳐다보고 또 쳐다보기만 했어요. 나를 어떻게 해야 할지 어떤 처녀도 알 수 없었기 때문이죠. 이렇게 이모저모로 쳐다보고 이상해하고 주목하노라면 어쩌다 멋있는 일이 생기지요. 오래는 못 가더라도 순간에는 그것에 몸을 바칠 가치가 있지요.

그건 그렇고, 이리 오세요. 그리고 내가 당신에게 해드린 것과 똑같은 일을 나에게 해주세요. 내가 하나하나 변신해 가는 것을 보게 되면, 이 덜렁쇠에게도 기지와 발명 재주가 있다는 것을 부정하지는 못할 거예요."

이제 그는 친구를 끌고 오래된 성의 길고 넓은 복도를 지나갔다. 그는 외쳤다. "나는요, 저쪽 깊숙한 데에서 자고 있어요. 몸을 숨기려고 하는 것은 아니지만, 혼자 있는 것을 좋아하지요. 다른 사람들의 마음에 드는 일만 할 수는 없으니까요."

그들이 군수 사무실 옆을 지나칠 때, 마침 하인 하나가 까만 색깔의, 모든 것이 갖추어진 조상 대대로 물려받은 커다란 필기도구를 가지고 나왔다. 종이도 달려 있었다.

"무슨 장난을 쳐야 할지 벌써 알겠는걸." 젊은이가 외쳤다. "방 열쇠는 나한테 주고 곧 나가요. 루치도르 형, 내가 옷을 갈아입을 때까지 방 안을 들여다보지 않겠어요? 재미있을 거예요. 법학도에게는 이런 곳이 마구간 일꾼들한테처럼 싫지는 않을 테니까요." 이렇게 말하고 그는 루치도르를 '법정' 안으로 밀어넣었다.

그는 곧 마음이 통하는 낯익은 세계로 들어간 것을 느꼈다. 일에 열중하면서 이런 책상에 앉아 듣고 쓰고 하면서 훈련을 쌓은 날들의 추억이 되살아났다. 이곳은 본디 이 집의 오래되고 훌륭한 작은 교회당이었지만, 종교의 개념이 여러모로 변했기 때문에 법과 정의의 여신인 테미스를 위한 방으로 바뀌었다는 것도 그는 이미 들어 알고 있었다. 책장 안에는 옛날부터 잘 알고 있는 항목과 문서가 있었다. 그 자신이 수도(首都)에 있을 때부터 해오던 일이었던 것이다. 서류 다발 하나를 열어보니 자기가 정서(淨書)하고 기초했던 훈령이 나왔다. 필적과 종이, 관인과 군수 서명, 이 모든 것이 청춘의 희망에 넘쳐 법률 수업에 필사적이었던 시절을 기억나게 했다. 주위를 돌아보고 언젠가는 그가 일하기로 정해져 있는 군수 의자를 보았을 때 이토록 멋진 지위, 이토록 존경할 만한 가치 있는 활동영역을 경시하여 놓치게 될지도 모르는 위험에 처해 있다는 것을 깨닫자, 그 모든 것이 그를 이중 삼중으로 짓누르면서 동시에 루친데의 모습이 그로부터 멀어지는 것처럼 느껴졌다.

그는 밖으로 나가고 싶었지만 자기가 갇혀 있음을 알 수 있었다. 저 별난 친구는 경솔해서 그랬는지 아니면 장난 삼아 그랬는지 문을 잠그고 가버렸다. 그러나 우리 친구인 루치도르가 언제까지나 이런 애달픈, 가슴을 조이는 듯한 불안 속에 감싸여 있던 것은 아니었다. 상대가 다시 돌아와 사과하고 그 별난 옷차림으로 완전히 기분전환을 시켜주었던 것이다. 그의 복장에는 색깔과 스타일에 어딘지 모르게 대담한 데가 있었지만 자연스러운 취향이 그것을 누그러뜨리고 있었다. 그것은 마치 우리가 문신을 한 인디언들에게도 어느 정도 갈채를 거부할 수 없는 그런 것과 같았다. 그는 외쳤다. "오늘은 요 며칠 동안의 지루함을 보상받아야지요. 착한 친구, 명랑한 친구들이 와 있어요. 아름다운 아가씨들, 농담을 좋아하고 사랑에 눈이 먼 친구, 그리고 우리 아버지, 게다가 기적 가운데 기적인 당신 아버지도 와 있어요. 큰 잔치가 벌어질 거예요. 모든 사람이 벌써 아침 식사를 하러 홀에 모여 있어요."

루치도르는 갑자기 깊은 안개 속을 들여다보는 기분이어서 지금 이름을 열거한 아는 사람, 알지 못하는 사람들의 모습이 마치 유령처럼 느껴졌지만, 마음이 순수했기 때문에 그는 의연했고, 순식간에 어떤 일도 극복할 수 있다는 생각이 들었다. 무슨 일이 일어나든 그것을 맞이하고, 무슨 일이 생겨도 자기 심정을 확실하게 이야기하자고 굳게 결심한 뒤에 그는 발걸음도 착실하게, 바삐 가는 친구의 뒤를 따라갔다.

그러나 그는 홀의 문턱에서 멈칫했다. 창문을 따라 빙 둘러 크게 반원을 그린 사람들 사이에서 그는 아버지와 군수가 예복 차림으로 나란히 서 있는 것을 발견했기 때문이다. 자매, 안토니, 그 밖에 안면 있는 얼굴, 알지 못하는 얼굴을 쭉 둘러보니 눈앞이 흐릿해지려 했다. 비틀거리면서 그는 아버지에게 다가갔다. 아버지는 그를 아주 친절하게 맞았지만 어딘지 모르게 형식적이어서, 신뢰하면서도 접근을 막는 것 같았다. 많은 사람들 앞에 선 채로 그는 순간적으로 자기가 서야 할 장소를 찾았다. 루친데와 나란히 설 수도 있었을 것이다. 그러나 율리에가 그곳의 긴장된 예의범절을 무시하고 그의 쪽으로 몸을 돌렸기 때문에 그는 그녀 쪽으로 걸어가는 수밖에 없었다. 안토니는 루친데 옆에 앉아 있었다.

이 중대한 순간에 루치도르는 예전과 마찬가지로 자신이 사건의 수임자가 된 것 같은 심정이었다. 그리고 법률학 전반에 걸쳐 단련된 그는 저 아름다운 원리를 자신에게 이롭게 적용시켰다. "우리는 고객이 믿고 맡긴 사건을 우리 자신의 사건처럼 다루어야 한다. 그러므로 우리 자신의 사건도 전적으로 같은 의미에서 다루지 못할 이유가 없다." 직무상의 진술에 아주 능숙했던 그는, 서둘러 말할 내용을 궁리해 보았다. 그러는 사이에 엄숙하게 반원을 그리고 있던 모두는 두 날개를 펴고 그를 포위하려는 것처럼 보였다. 그는 진술할 내용은 알고 있었지만 말의 실마리를 찾을 수가 없었다. 그때 구석 탁자 위에 놓여 있는 커다란 잉크병이 눈에 띄었다. 그 옆에 사무관도 서 있었다. 군수는 인사를 하려고 했다. 루치도르는 그에 앞서 말을 하려고 했지만 그 순간 율리에가 그의 손을 잡았다. 이 때문에 그는 완전히 침착성을 잃어버렸다. 이제 결판이 났다. 모든 것을 잃고 말았다고 그는 확신했다.

이렇게 되면 현재의 모든 환경, 가족적 결합, 사교, 예의에 대한 것 등은 아무것도 신경을 쓸 수가 없었다. 그는 멍하니 앞을 보고 있다가, 율리에에게서 손을 빼고 재빨리 문밖으로 나가 버렸다. 모두는 갑자기 그가 사라진 것을 알아차렸고, 바깥으로 나온 그 자신도 정신을 차릴 수가 없었다.

아주 강하게 내리쬐고 있는 한낮의 햇빛을 꺼리며, 오가는 사람의 눈을 피해 누가 찾아오지 않을까 하고 두려워하며 걷기 시작하여 큰 정원 홀에 이르렀다. 그의 무릎은 이제 말을 듣지 않았으므로 고꾸라지듯 안으로 뛰어 들어가 거울 아래 소파에 절망적으로 몸을 던졌다. 예의 바른 시민적 모임 한가운데에서 이와 같은 혼란 상태에 빠져버려, 이것이 그의 주위뿐만 아니라 그의 가슴속에 큰 파도가 되어 처들어왔다가 물러가는 것이었다. 그의 과거 생활과 현재의 실존이 싸웠다. 그것은 몸이 오싹해지는 무서운 순간이었다.

이렇게 그는 어제 루친데가 껴안고 있던 쿠션에 얼굴을 묻고 한동안 누워 있었다. 자신의 괴로움에 완전히 잠겨 사람이 가까이 다가오는 것도 알아차리지 못하고 있다가, 몸에 무엇이 와 닿는 것을 느끼고는 벌떡 일어섰다. 그때 그는 바로 옆에 서 있는 루친데를 보았다.

나를 데려오라고 그녀를 보냈구나, 언니다운 온순한 말로 자기를 모두한테로, 자기로서는 비통하기 그지없는 운명을 맞이하도록 그녀에게 부탁한 것이구나 하고 상상한 그가 외쳤다. "당신을 내게 보내지 말았어야 했어요, 루친데. 왜냐하면 나를 그곳에서 쫓아낸 것은 당신이니까요. 나는 돌아가지 않겠습니다. 당신에게 조금이라도 동정심이 있다면, 나에게 도망갈 기회와 수단을 마련해 주십시오. 나를 데리고 가는 것이 얼마나 어려운가를 당신이 증언할 수 있게, 당신과 다른 모든 사람에게 미친 사람처럼 보일 것이 틀림없는 내 행동의 진의를 고백하겠습니다. 내가 나 자신에게 한 맹세를 들어주십시오. 그 맹세를 지금도 분명하게, 소리 높여 되풀이하겠습니다. 즉 나는 당신하고만 살고 싶다.

당신하고만 나의 청춘을 쓰고 즐기고 싶다. 그리고 노년기에도 당신하고만 충실하고도 성실하게 보내고 싶다. 인간 가운데에서 가장 불쌍한 내가 이제 당신을 떠나가는 마당에 맹세하고 있는 것은, 전에 신의 제단 앞에서 맹세한 어떠한 것에도 못지않게 굳건하고 확실한 맹세입니다."

이렇게 말하고, 그는 착 달라붙을 것처럼 그의 앞에 서 있는 그녀에게서 빠져나가려고 했다. 그러나 그녀가 그를 따뜻하게 팔에 안았다. "왜, 이러세요?" 그녀는 외쳤다. "루치도르! 자신을 불쌍히 여길 필요는 없어요. 당신은 잘못 생각하고 계세요. 당신은 나의 것, 나는 당신의 것이에요. 나는 이렇게 당신을 내 팔에 껴안고 있어요. 당신도 주저 마시고 나를 안아주세요. 당신 아버지는 매우 만족하고 계시고, 안토니는 내 동생과 결혼하기로 했어요." 그는 깜짝 놀라 그녀로부터 뒷걸음질을 쳤다. "그게 정말입니까?" 루친데는 미소 지으면서 고개를 끄덕였고, 그는 그녀의 팔에서 벗어났다. "이처럼 내 가까이에, 이제 곧 나의 것이 될 사람을 다시 한 번 좀 멀리에서 보게 해줘요." 그는 그녀의 손을 잡고, 눈과 눈을 마주쳤다. "루친데, 당신은 나의 것이오?" "네, 그래요. 그렇고말고요." 그녀가 대답했다. 그녀의 이를 데 없이 진지한 눈에는 감미로운 눈물이 고여 있었다. 그녀를 껴안은 그는 자신의 머리를 그녀의 머리 뒤로 돌리고 난파한 사람이 바닷가 바위에 매달리듯 꼭 달라붙었다. 발아래 땅이 아직도 흔들리는 것만 같았다. 그러나 얼마 안 있어 그는 황홀한 눈길을 다시 들어 거울을 보았다. 거기에도 그녀를 자기 팔에 껴안고 자신은 그녀의 팔에 안겨 있는 것이 보였다. 그는 자꾸자꾸 그것을 바라보았다. 이러한 감정은 인간의 일생에 붙어다녀, 평생을 함께 한다. 동시에 그는 아직 거울에 비치는 풍경을 보았다. 어제는 그처럼 무참하고 불길한 예감에 가득 차 보였건만 오늘은 어제보다 한결 빛나고 남달리 아름다워 보였다. 그리고 그것을 배경으로 이러한 자세로 비치는 자신의 모습은 괴로움에 괴로움을 거듭한 것에 대한 충분한 보상이었다.

"여기 우리 둘만이 있는 게 아니에요." 이렇게 말하는 루친데의 목소리에 그가 황홀한 생각에서 깨려는 찰나, 치장을 하고 화관을 쓴 소년 소녀가 나타나 꽃다발을 들고 출구를 막고 있었다. "모든 일이 전혀 다른 결과가 될 수도 있었어요." 루친데는 외쳤다. "이제는 상황이 잘 풀렸죠. 그리고 이제는 야단법석이에요." 기세 좋은 행진곡이 멀리서 울려왔고 모두가 넓은 길로 쾌활하게 오고 있는 것이 보였다. 그는 그들을 맞이하러 나가기가 꺼려졌다. 그녀의 팔에 매달리지 않고서는 똑바로 걸을 수가 없을 것 같았다. 모두와 함께 다시 만나, 이미 이루어진 장엄한 감사의 장면을 시시각각으로 고대하면서, 그녀는 그의 옆에서 움직이지 않았다.

그러나 변덕스러운 신들의 처분은 달랐다. 우편마차의 나팔소리가 반대편에서 경쾌하게 울려와, 이 행렬 전체를 혼란에 몰아넣으려는 것처럼 보였다. "누가 오는 걸까?" 루친데가 소리쳤다. 루치도르는 낯선 사람들이 나타날까 봐 두려웠다. 마차도 이제까지 전혀 본 일이 없었던 것이었다. 아주 신형인 2인승 여행용 포장마차였다! 그것이 홀 앞에 섰다. 유달리 눈에 띄는 점잖은 소년이 뒤에서 뛰어내려 문을 열었다. 그러나 아무도 내리지 않았다. 마차는 비어 있고 소년이 안으로 들어가, 두세 번 익숙하게 손을 놀리더니 포장을 뒤로 젖혔다. 그러자 즉시 그사이 몰려온 모든 사람들 눈앞에 이를 데 없이 즐거운 산책용 예쁜 마차가 만들어졌다. 안토니는 다른 사람들을 앞질러 율리에를 마차로 안내했다. "타보세요." 그는 말했다. "이 마차가 마음에 드는지요. 나와 함께 이 마차를 타고 가장 좋은 길로 세계 곳곳을 다니기에 말입니다. 나는 나쁜 길은 택하지 않지요. 그리고 난처한 일이 생겨도 서로 돕는 거죠. 산을 넘을 때에는 짐차가 우리를 운반하면 됩니다. 그리고 이 마차도 함께 끌고 가지요."

"당신은 정말 멋진 분이에요!" 율리에가 환호성을 울렸다. 말을 모는 소년이 걸어와 이 마차 전체의 경쾌한 구조가 얼마나 타기에 편리한가를 장점과 속력을 예로 들어 세세하게 설명해 주었다.

"어떻게 감사의 말을 해야 할지 모르겠어요." 율리에가 외쳤다. "오직 이 작은 움직이는 천국 위에서, 당신이 나를 태워주는 이 구름 속에서 당신에게 진정으로 감사를 드리고 싶어요." 이렇게 말하고 그녀는 안토니에게 눈짓과 키스를 정답게 보내면서 서둘러 마차에 올라탔다. "당신은 아직 내 곁에 타면 안 돼요. 내가 이 시운전에 함께 모시고 가려는 사람은 다른 분이에요. 그분도 이제부터 어떤 시험에 합격하지 않으면 안 되니까요." 그녀는 루치도르를 불렀다. 루치도르는 때마침 아버지, 그리고 장인과 말 없는 대화를 나누고 있었지만, 사양하지 않고 결연히 가벼운 마차에 몸을 실었다. 잠시만이라도 기분을 바꾸고 싶은 피할 수 없는 욕망을 느꼈기 때문이었다. 그는 율리에와 나란히 앉았다. 그녀는 달리라고 마부에게 외쳤다. 그들은 놀라 쳐다보는 사람들 눈에서 날듯이 먼지를 일으키며 멀어져갔다.

율리에는 마차 모퉁이에 털썩 소리를 내면서 느긋하게 앉았다. "형부, 그쪽으로 편히 기대세요. 그래야 서로 마주 볼 수 있지요."

루치도르 당신은 내가 얼마나 당황해하고 혼란스러워하는지 알아챘군요. 나는 아직도 꿈을 꾸고 있는 것만 같아요. 내가 꿈에서 깨도록 도와줘요.

율리에 보세요, 마음씨 고운 농부들이 다정스럽게 인사를 보내고 있어요. 당신은 이곳에 온 이래로 윗마을까지는 안 가 보셨죠? 잘사는 사람들뿐인데 모두 나를 좋아하고 있어요. 아무리 잘산다고 하더라도 이쪽에서 선의를 가지고 도와주어야 할 여지는 얼마든지 있지요. 이렇게 기분 좋게 달리고 있는 이 길을 만든 분은 우리 아버지예요. 그리고 이 농원을 일으킨 사람도 아버지고요.

루치도르 그렇군요. 말씀대로인 것 같아요. 그렇지만 내 마음속의 혼란과 그런 외적인 것이 무슨 상관이 있나요?

율리에 조금만 참고 들으세요. 이 세상의 여러 나라와 그 화려한 모습*[24]을 당신에게 보여드리고 싶으니까요. 자, 위로 왔어요. 산 쪽으로 펼쳐진 평평한 땅이 확실히 보이죠. 이곳 마을들은 모두 아버지의 덕을 보고 있죠. 그리고 이따금 어머니와 딸들의 덕도요. 저기 깊숙이에 보이는 작은 마을의 논밭이 이쪽과의 경계선이죠.

루치도르 당신은 지금 묘한 기분인 것 같아요. 말하고 싶은 것을 제대로 하지 않는 것 같은데요.

율리에 이번에는, 왼쪽 아래를 보세요. 모든 것이 얼마나 훌륭하게 발전했나요. 키 큰 보리수나무가 있는 교회, 마을 언덕 뒤 백양나무가 있는 관청. 우리 앞에는 농원도 있고 공원도 있지요.

마부는 한결 힘차게 마차를 달렸다.

율리에 당신은 저 위에 있는 넓은 홀을 알고 계시죠. 저건 여기서도 잘 보이지만, 저쪽에서도 이쪽이 잘 보여요. 여기 나무 앞에서 멈춰봐요. 바로 여기가 큰 거울에 비치죠. 저쪽에서는 꽤 잘 보이지만 우리는 우리 자신을 확실하게 알아볼 수가 없어요. 계속 마차를 달려요! 저기에서, 요 얼마 전에 한 쌍의 남녀가 아주 가깝게 자기들 모습을 거울에 비추지 않았던가요. 내가 잘못 생

---

*24 마태복음 4 : 8 참조.

각한 것이 아니면, 서로가 아주 만족을 하면서였지요.

루치도르는 불쾌해하면서 아무 말도 하지 않았다. 두 사람은 한동안 말없이 마차가 달리는 대로 몸을 맡겼다. 대단한 속력이었다. 율리에가 말했다. "여기서부터 길이 나빠져요. 이 나쁜 길을 고치는 것이 언젠가는 당신의 공로로 돌아갈 테죠. 내리막이 되기 전에 잠깐 저쪽을 보세요. 내 어머니의 너도밤나무가 그 멋진 우듬지와 함께 높이 솟아 있죠." 그러더니 율리에는 마부에게 계속 말했다. "자네는 이 나쁜 길을 계속 가게. 우리는 골짜기를 지나 걸어서 갈 테니까. 자네보다 먼저 거기에 도착할 거야." 마차에서 내리면서 그녀는 소리쳤다. "그렇지만 당신도 인정하시겠지요. 저 영원한 유대인, 저 침착하지 못한 안톤 라이저가 자기 자신과 친구들을 위해서도 쾌적한 순례 여행을 준비할 것이라는 점을 말이에요. 아주 깨끗하고 안락한 마차니까요."

마차에서 내린 그녀는 어느새 언덕 아래로 내려가 있었다. 루치도르는 생각에 잠겨 뒤를 따라갔다. 우연히 보니 그녀는 좋은 위치에 놓인 벤치에 앉아 있었다. 그곳은 루친데의 자리였다. 율리에는 그에게 자기 옆으로 오라고 했다.

율리에 그런데, 우리가 여기에 이렇게 앉아 있어도 우린 서로 아무런 관련이 없죠. 결국 이렇게 될 운명이었어요. 작은 말괄량이 아가씨는 당신 마음에 안 들었어요. 그런 아가씨를 당신은 사랑할 수 없었어요. 당신에게 미움을 샀어요.

루치도르는 점점 더 어리둥절해졌다.

율리에 그렇지만 루친데는, 내 언니는 모든 점에서 나무랄 데 없죠. 귀여운 동생은 결국 밀려나고 말았어요. 그런데 지금 당신 입술을 보니까, 누가 그처럼 자세하게 우리에게 알려주었을까 하는 물음이 맴돌고 있는 것 같군요.

루치도르 여기에 배반자가 숨어 있군요!

율리에 네 그래요! 배반자가 있어요.

루치도르 그 사람 이름을 말해 주세요.

율리에 그 정체를 밝히는 것은 쉽지요. 바로 당신 자신이에요! 당신을 칭찬해야 할지, 욕해야 할지. 당신은 혼잣말을 하는 습관이 있더군요. 그래서 모두를 대표해서 자백하지만 우리는 번갈아가며 당신의 말을 엿들었어요.

루치도르 (펄쩍 뛰면서) 정말 극진한 손님 접대로군요. 이렇게 손님을 함정에 빠뜨리다니요!

율리에 천만의 말씀이에요. 당신이든 다른 누구든 우리는 다른 사람의 이야기를 몰래 엿들으려는 생각은 없었어요. 아시겠지만 당신 침대는 칸막이를 한 벽 안쪽에 들어가 있어요. 벽의 반대편도 마찬가지로 칸막이가 되어 있는데, 평소에는 헛간으로만 쓰지요. 그런데 2, 3일 전에 그 노인에게, 거기에서 주무시라고 했어요. 외딴 은둔처에서 주무시는 것이 걱정되어서였지요. 그런데 당신은 그 첫날 밤에 곧 그런 정열적인 독백을 털어놓았기 때문에, 노인이 다음 날 아침 그 일을 그냥 지나칠 수 없는지라 우리에게 그 내용을 자세하게 알려 준 것이지요.

루치도르는 그녀의 말을 가로막을 생각도 없이 그 자리를 떠났다.

율리에 (일어서서 그의 뒤를 따르면서) 노인의 자백이 우리에게 얼마나 도움이 되었는지 모릅니다. 왜냐하면 나도 고백하겠는데 나는 당신을 그다지 싫어하지는 않지만, 나를 기다리고 있는 처지는 결코 내가 바라고 있는 그런 것이 아니었어요. 군수 부인 같은 그런 환경은 질색이에요. 유능하고 착실한 남편을 가진다는 것은 좋은 일이지만 그 남편은 사람들에게 법의 판정을 내려야 하는 몸이어서 그저 법률 안에만 파묻혀 정의로운 삶에 다다를 수 없죠. 윗사람도 아랫사람도 만족시키지 못하는 데다, 그리고 가장 나쁘게는 자기 스스로도 만족하지 못하죠. 아버지의 결벽성과 완고함 때문에 어머니가 얼마나 참고 견뎌왔는지 나는 잘 알고 있어요. 마지막으로 유감스럽게도 어머니가 돌아가시고 난 뒤에야 아버지는 어느 정도 부드러워졌어요. 그때서야 비로소 이제까지 아무 소용없이 싸워온 세상에 순응하여 세상과 화해하려는 것처럼 보였어요.

루치도르 (이번 일에 극도로 불만스러워하고, 경솔한 처우에 화가 나서 가만히 서서) 하룻밤 장난이라면 그것도 괜찮아요. 그렇지만 밤낮을 계속하여 아무 것도 모르는 손님에게 부끄러운 속임수를 자행한다는 것은, 용서할 수 없어요.

율리에 그 죄는 우리 모두의 것이에요. 우리 모두가 당신의 혼잣말을 엿들었으니까요. 그럼에도 엿들은 죄를 나 홀로 뒤집어쓰고 있는 것만 같군요.

루치도르 모두라고요! 그렇다면 더욱더 안 될 말입니다. 더군다나 밤에는 용서 못할 비열한 방법으로 속이고는, 낮에는 창피한 줄 모르고 나를 쳐다볼 수 있었다는 말인가요? 그렇지만 이제는 똑똑히 알았습니다. 당신들의 낮의 행사는 나를 웃음거리로 만들기 위함이었다는 것을요. 훌륭한 가족이군요! 당신 아버지의 정의감이란 것은 어디에 있습니까? 그리고 루친데까지!

율리에 　그리고 루친데까지라고요! 그건 무슨 말투죠? 루친데를 나쁘게 생각하는 것은 괴롭다, 루친데를 우리 모두와 한통속으로 취급하는 것은 참을 수 없다, 이렇게 말하고 싶은 건가요?

루치도르 　나는 루친데를 이해할 수 없게 되었어요.

율리에 　이렇게 말씀하고 싶은 거죠? 저 청순하고 고결한 영혼의 소유자, 조용하고 침착한 사람, 친절과 선 그 자체, 저 나무랄 데 없는 여성이 어떻게 경솔한 자들과 말괄량이 여동생, 어리광쟁이 젊은이, 비밀에 찬 작자들과 한패가 되다니, 그걸 이해할 수 없다는 거죠!

루치도르 　그렇습니다. 그걸 이해할 수 없다는 겁니다.

율리에 　그럼, 이걸 이해하세요! 루친데도 우리 모두와 마찬가지로, 두 손이 묶여 있었어요. 언니가 당신에게 모든 것을 털어놓으려고, 이제는 더 이상 그냥 있을 수 없어 난처해했을 때의 모습을 보셨다면 당신은 더욱 언니를 사랑했을 거예요. 참된 사랑이라면, 어떤 사랑이라도 열 배 백 배로 될 수 있는 것이라면 이렇게 말해도 좋겠죠. 이제 자신 있게 말씀드리지만, 이 장난은 우리 모두에게 너무 길었어요.

루치도르 　어째서 그걸 빨리 끝내지 않았습니까?

율리에 　그것도 이제 와서는 설명할 수 있어요. 당신의 처음 독백이 아버지에게 알려지고 두 딸 모두 바꾸는 것에 이의가 없다는 것을 재빨리 알게 되자, 아버지는 즉각 당신 아버지한테로 갈 결심을 했어요. 이 일이 심각해진 것을 걱정했던 거죠. 아버지이기에, 다른 아버지에게 경의를 표해야겠다고 느낀 거죠. "먼저 저쪽 아버지에게 알려야지." 아버지는 말씀하셨습니다. "이쪽에서 마음대로 정하고 나서 나중에 화가 나지만 마지못해 승낙하는 것처럼 되면 좋지 않지. 나는 그 친구를 잘 알고 있어. 그가 생각, 취미, 계획도 나름대로 고수하고 있다는 것도 잘 알고 있지. 그런 만큼 나는 더욱 걱정이 되는구나. 그는 전문적인 지도와 조감도, 그리고 율리에를 한데 섞어 생각하고는, 젊은 부부가 이곳에 정착하여 거주지를 쉽게 바꾸지 못하게 되면, 결국 이쪽으로 옮겨와서 살려고도 생각하고 있어. 그렇게 되면 휴가나 그 자신이 품고 있는 모든 즐거운 계획도 우리와 함께할 작정이지. 그래서 아직 아무것도 확실하게 공표되어 있지 않고 또 아직 아무것도 결정되어 있지 않은 이 시점에서, 인간의 본성이 어떤 엉뚱한 일을 저지를지 모르니, 먼저 그 친구가 알고 있어야 돼." 이렇게 말하고 아버지는 우리 모두에게서 엄숙한 약속을 받아내고는 우리들이 당신을 감시하고, 무슨 일이 일어나더라도 당신을 여기에 묶어두도록 했어요. 아버지의 귀가가 얼마나 오래 걸렸는지, 당신 아버지의 동의를 얻기 위해 계획, 노력, 인내가 얼마나 필요했는지는 당신 아버지에게 직접 들어보시면 될 거예요. 요컨대, 결말이 났어요. 루친데는 당신의 것이 되었어요.

　이제 두 사람은 루친데의 자리에서 기꺼이 떠나, 가는 길에 멈추어 서기도 하고 이야기를 계속하기도 하면서 천천히 걸어, 목장을 지나 언덕으로 향해, 잘 닦아놓은 다른 길로 나아갔다. 마차가 곧 다가왔다. 그 순간 그녀는 옆에 있는 루치도르에게 색다른 광경을 주목하게 했다. 남동생이 그토록 자랑하던 기계장치가 일제히 활기차게 움직였다. 벌써 곤돌라는 많은 사람을 태우고 오르내렸으며 그네는 흔들리고 있었고 돛대 같은 나무에 사람들이 기어올라가고 있었다. 수없이 많은 사람들의 머리 위에서 손에 땀을 쥐게 하는 갖가지 회전, 도약이 행해졌다. 이건 모두 남동생이 식사 뒤 손님들을 즐겁게 해주려고 가동한 것이었다. "이번에는 아랫마을을 지나가요." 율리에가 말했다. "마을 사람들은 나에게 친절하니까요. 내가 얼마나 행복한가를 보여드려야지요."

　마을은 아주 조용했다. 젊은 사람들은 이미 모두 유원지로 가버렸고, 늙은 남녀들이 마차의 나팔소리에 놀라 문과 창가에서 얼굴을 내밀었다. 너나 할 것 없이 일제히 인사를 하고 축하하면서 외쳤다. "참, 잘 어울리는 한 쌍이군요!"

　율리에　보세요, 어때요. 우리 두 사람은 정말이지 잘 어울리는 부부였을 거예요. 당신, 후회하지 않겠죠?

　루치도르　그러나 이제는 사랑하는 처제니!

　율리에　나에게서 떠나갔기 때문에, '이제는 사랑하는'이라고 하는 거죠.

　루치도르　한 마디만 더! 당신은 무거운 책임을 하나 지고 있습니다. 더 이상 참을 수 없는 나의 처지를 알고 있었고 그것을 느끼고 있었을 텐데, 그때 손을 꼭 잡은 것은 무슨 뜻이었습니까? 그처럼 심한 심술은 나는 이때까지 한 번도 겪어본 적이 없습니다.

　율리에　하느님께 감사나 드리세요. 고백한 죄는 모두 용서되는 거예요. 모든 것을 용서받았어요. 나는 당신을 원하지 않았어요. 그건 사실이에요. 그러나 당신이 나를 전혀 원하지 않았다는 것은, 이건 어떤 아가씨라도 용서 못할 일이지요. 그래서 손을 꼭 잡은 것은, 잘 기억해 두세요, 그건 장난이었어요. 고백하거니와 장난으로서는 정도가 좀 지나쳤죠. 그러고도 제가 저 자신을 용서하는 것은 오직 제가 당신을 용서하기 때문이에요. 그런즉 이제는 모든 것을 용서하고 잊어버려요! 자! 내 손을 잡으세요.

그는 그녀의 손을 잡았다. 그녀는 외쳤다. "이제 다 왔어요. 우리의 공원이 있는 데로요. 이렇게 넓은 세계를 돌아, 또다시 돌아오겠죠. 우리 또다시 만나게 되는 거죠?"

그들은 벌써 홀 앞에 다다랐지만 거기에는 인기척이 없었다. 모두는 식사 시간이 너무 늦어진 것에 진저리가 나 산책을 나갔던 것인데, 안토니와 루친데가 나타났다. 율리에는 마차에서 내려 안토니에게로 달려가 진심어린 포옹을 하고 고마워하면서 기쁨의 눈물을 억누르지 못했다. 우아한 안토니의 뺨도 빨갛게 물들고 표정에도 안도의 기색이 퍼졌으며, 눈은 젖어 빛났다. 이리하여 한 훌륭한 젊은이가 새로이 탄생하고 있었다.

그렇게 이 두 쌍의 젊은 남녀는 가장 아름다운 꿈에서라 할지라도 느낄 수 없는 그런 감정을 가지고, 모두가 있는 곳으로 갔다.

제10장

빌헬름과 아들은 마부와 함께 호감이 가는 지방을 지나왔다. 넓은 지역을 에워싸고 있는 듯이 보이는 높은 담이 눈앞에 보이자 마부가 멈추어서서, 이 안으로는 말이 들어갈 수 없으니 걸어서 대문으로 들어가라고 조언을 했다. 두 사람이 종에 달린 끈을 잡아당기자 문은 열렸지만 사람은 아무도 보이지 않았다. 그래서 그들은 너도밤나무와 참나무의 아주 오래된 줄기 사이에서 반짝이는 오래된 건물로 걸어갔다. 그 건물을 보아하니 참으로 신기했다. 왜냐하면 건물 형태는 자못 고풍스러웠지만 미장이나 석공이 갓 일을 끝마치고 떠난 것처럼 이음새나 장식이 새롭고 나무랄 데 없이 산뜻해 보였기 때문이다.

작은 목조 문에 달린 묵직한 금속 고리를 보자 그것을 두들겨보고 싶어 펠릭스는 기분 나는 대로 좀 난폭하게 두들겼다. 이 문도 곧 열렸다. 가장 먼저 현관에 중년부인 하나가 자수틀 앞에 앉아 훌륭한 도안을 그리고 있는 것이 보였다. 미리 연락을 받은 듯이 부인은 곧바로 새로 오신 손님에게 인사를 하고는 경쾌한 노래를 부르기 시작했다. 그러자 곧 옆에 있는 문에서 어떤 부인이 나타났다. 허리에 차고 있는 것으로 보아 집안일을 맡고 있는 가정부의 우두머리라는 것을 금세 알 수 있었다. 이 부인이 상냥하게 인사를 하고는 손님을 계단 위로 안내하여 문을 열자 거기에는 넓은 홀이 있었다. 천장은 높고, 주위 벽에는 장식용 널빤지가 둘러져 있었으며, 그 위쪽에 역사적 소재를 그린 그림이 나란히 걸려 있어 방은 근엄한 느낌을 주었다. 남녀 두 사람이 그들을 맞이했는데, 남성은 매우 나이가 들어 보였지만 여성은 꽤 젊었다.

부인은 격의 없이 손님에게 환영의 뜻을 표했다. "우리는 당신을 우리 집안 식구처럼 대하라는 연락을 받았습니다. 그렇지만 여기 이분을 당신에게 어떻게 소개하면 좋을지 모르겠군요. 이분은 이를 데 없이 잘생기셨고, 넓은 의미에서 우리 집안 친구입니다. 낮에는 우리를 여러 가지로 지도해 주시는 선생님, 밤에는 천문학자, 그리고 필요할 때는 언제나 의사도 되신답니다."

사나이는 친근감 있게 대답했다. "그러면 내가 이 부인을 소개하겠습니다. 이분은 낮에는 피곤을 모르고 일에만 열중하고 밤에는 필요하다면 늘 도움을 아끼지 않는 분, 그리고 언제나 이를 데 없이 명랑한 인생의 좋은 반려자이지요."

모습이라든지 몸동작에서 사람들의 마음을 끌어들이는 이 미녀의 이름이 안겔라였는데 그녀는 얼마 안 있어 마카리에의 도착을 알렸다. 푸른 커튼이 올라가자 젊고 아름다운 두 아가씨가 지체 높은 초로(初老)의 부인을 안락의자에 앉은 채로 밀면서 모셔왔다. 이와 함께 또 다른 두 아가씨가 정성어린 아침 식사를 차린 둥근 식탁을 끌고 들어왔다. 빙 둘러선 묵직한 긴 의자 한 모퉁이에 쿠션이 놓여 있는데 거기에 지금 소개한 남녀와 빌헬름 셋이 앉고 마카리에는 안락의자에 앉은 채로 세 사람과 마주앉았다. 펠릭스는 홀 안을 걸어다니면서 벽에 걸린 기사 그림을 신기한 듯 바라보며 선 채로 아침 식사를 했다.

마카리에는 터놓고 지내는 친한 친구를 대하듯이 빌헬름에게 말을 걸었다. 그녀는 친척들을 재치 있게 묘사하면서 즐기는 것처럼 보였는데, 그것은 마치 한 사람 한 사람을 덮고 있는 개개의 가면을 통해 저마다의 내적 본성을 꿰뚫어보는 것 같았다. 빌헬름이 알고 있는 인물들이 성스럽게 정화되어 그의 영혼 앞에 나타났다. 이 한없이 뛰어난 여성의 통찰력에 찬 선의가 그들의 껍질을 벗기고 그 안에 숨어 있는 건전한 씨앗에 품위와 생기를 불어넣었기 때문이었다.

이 흐뭇한 대상들을 애정에 가득 차 이야기하면서 다 다루고 난 뒤에 그녀는 자리를 함께한 착한 사나이에게 말했다. "당신은 이 새로운 친구가 있는 것을 핑계 삼아 약속했던 우리의 대화를 또다시 뒤로 미루려는 것은 아니겠지요? 이분도 아마 그 화제에 관심을 가지고 있는 것 같아요."

그러나 그 사나이는 이렇게 대답했다. "그런 주제에 자기 의견을 확실하게 말하는 것이 얼마나 어려운지는 당신도 잘 알고 있을 겁니다. 왜냐하면 그것은 널리 응용될 수 있는 탁월한 방법이 잘못 쓰이는 것에 대한 이야기나 다름없기 때문이지요."

"그건 나도 인정해요." 마카리에가 대답했다. "이 문제를 이야기하면 사람들은 이중으로 당황하게 되지요. 잘못 사용함에 대해 논한다 치면, 오용하는 데에도 어쨌든 수단상의 문제가 잠재해 있기 때문에 마치 수단 자체의 품위를 건드리게 되는 것처럼 보여요. 또 수단에 대해 이야기하게 되면 그 자체의 철저함과 권위 때문에 오용 같은 건 있을 수 없다는 생각이 들어요. 그렇다고는 하지만 우리는 허물없는 사이이고, 우리가 무엇을 결정하려고 한다든가 외부에 영향을 미치려는 것이 아니라 그저 우리 스스로 깨닫자는 것뿐이니까 대화를 계속하는 것이 좋지 않을까요?"

"그렇지만 우리는 우리의 새로운 친구가 얼마쯤 난해한 이런 주제에 관심이 있는지, 아니면 차라리 방으로 들어가 쉬고 싶은지 미리 물어볼 필요가 있지요. 당신과 아무 관련도 없고, 또 우리가 어떻게 해서 이 문제를 거론하게 되었는지도 모르시는데 기꺼이 우리의 화제를 받아들일 수 있겠어요?" 사려 깊은 사나이가 말했다.

"오늘 말한 것을 비슷한 예를 들어 내 나름대로 설명해 본다면, 위선을 공격했는데 종교를 공격했다는 이유로 고발당하는 경우와 마찬가지로 보이는군요."

"당신의 유추가 맞습니다." 이 집안의 친구는 말했다. "여기서는 여러 뛰어난 인간의 관심사요, 고등학문이며 중요한 예술이기도 한, 요컨대 수학을 문제로 하고 있죠."

빌헬름이 대답했다. "나는 아무리 연관이 없는 사항에 대해 말이 오가는 것을 들어도 언제나 그것에서 무언가를 얻을 수가 있었어요. 한 인간의 관심을 끈다는 것은 다른 인간에게도 호소하는 바가 있기 때문이지요."

그가 대답했다. "하지만 그것에는 그 인간이 일정한 정신적 자유를 획득하고 있어야 한다는 전제조건이 필요합니다. 그리고 우리는 당신이 그런 분이라 믿고 있으며, 적어도 나는 당신이 여기에 남아 있는 것에 아무런 이의도 없어요."

"그렇지만 펠릭스는 어떻게 하죠?" 마카리에가 물었다. "이제 그림도 다 구경하고 좀 지루해하는 것 같은데요."

"이 여자분한테 잠깐 귓속말하는 것을 용서해 주세요." 펠릭스가 이렇게 말하더니 안겔라에게 뭔가를 속삭였다. 그녀는 펠릭스와 함께 나갔다가 이어 미소를 지으면서 다시 돌아왔다. 때마침 이 집안의 친구가 다음과 같이 말을 시작하는 참이었다.

"어떤 반대나 비난을 드러낸다든지 적어도 의심이 가는 바를 이야기하게 되는 경우, 나는 스스로 앞장서서 말하는 것은 싫어합니다. 나는 오히려 어느 권위, 그것에 의지하면 다른 사람이 나에게 힘을 보태주고 있다는 것을 발견하게 되어 안심할 수 있는 권위를 찾는 것이지요. 칭찬할 일이면 아무런 망설임도 느끼지 않습니다. 뭔가가 내 마음에 드는 경우 어째서 침묵할 필요가 있겠어요. 만일 그것이 나의 어리석음을 보이는 것이라도 나는 그다지 부끄러워하지 않습니다. 그러나 다른 사람을 비난할 때면 훌륭한 의견을 거부하는 일도 있기 때문에 이로 말미암아 그것을 더 잘 이해하고 있는 다른 사람들의 비난을 사는 일도 생기는 법입니다. 내 잘못을 깨닫게 되었을 때, 나는 나 자신의 말을 거두어들여야 하지요. 그런 관계로 나는 여기에 몇몇 문장과 또 외국의 것을 번역한 문장을 함께 가지고 왔습니다. 이런 문제에서는 나 자신만큼이나 우리나라를 믿지 못하기 때문이죠. 멀리서 온 외국인의 찬성이 나에게는 더 큰 확신을 줍니다." 그는 이렇게 말하고 허락을 받고는 다음과 같이 읽기 시작했다.

그러나 우리가 여기서 이 친애하는 사람에게 군이 그 글을 꼭 읽게 해야 할 필요를 느끼지 못한다 하더라도 독자 여러분은 기꺼이 허락해 주실 것으로 안다. 왜냐하면 아까, 빌헬름이 이런 이야기에 머물러 있을 의향이 있는가를 물었던 경우가 지금의 우리에게는 더더욱 해당되기 때문이다. 다시 말해 독자 여러분은 한 편의 소설을 손에 들고 있는 셈인데 그 소설이 군데군데 이미 필요 이상으로 교육적인 데가 있어서, 호의적인 독자의 인내를 이 이상 더 시험해 보지 않는 것이 좋다고 생각한다. 우리 앞에 놓여 있는 문장은 언젠가는 다른 형태로 인쇄에 부쳐질 것이다. 그래서 이번에는 이야기를 곧바로 진행하도록 한다. 왜냐하면 우리로서도 눈앞에 닥친 수수께끼*25가 마침내 속 시원히 풀리는 것을 기다리고 있기 때문이다.

그렇다고 하더라도 이 고상한 모임에 참가했던 사람들이 저녁이 되어 헤어지기 전에 나누었던 몇몇 이야기에 대해서는 조금 더 덧붙이지 않을 수 없다. 빌헬름은 그 낭독을 열심히 듣고 나서 아주 솔직하게 자기 의견을 말했다. "오늘 여기서 들은 것은 위대한 천성과 능력 그리고 기능에 대한 것이었는데 결국 그것을 사용하는 것에 대해서 여러 가지 의문점이 있습니다. 만일 이에 대해 나의 생각을 간단하게 밝히라면 나는 소리 높여 이렇게 외치겠습니다. '위대한 사상과 하나의 순수한 마음, 이것을 신께서 우리에게 내려주시도록 간청해야 한다'라고요."

이 지혜로운 말에 찬성의 뜻을 표하면서 모두는 헤어졌다. 그러나 천문학자는 오늘 밤은 남달리 개어 있으므로 별하늘의 기적을 한껏 맛보게 해드리겠다고 빌헬름에게 약속했다.

몇 시간 뒤에 천문학자가 손님을 안내하여 천문대로 통하는 나선형 계단을 지나 마지막으로 나간 곳은, 높고 둥근 탑의 옥상, 완전히 거칠 것 없는 전망 좋은 평평하게 트인 공간이었다. 모든 별이 반짝이는 활짝 개인 찬란한 밤하늘이, 바라보고 있는 빌헬름을 감쌌다. 그는 높은 천체가 이토록 웅장한 것인지 태어나서 처음 보는 것 같았다. 이따금 험악한 날씨가 창공을 모조리 덮어버리는 그런 날은 별도로 치더라도 일상생활 가운데 집에 있으면 지붕이나 처마가, 밖에서면 숲이나 바위가 하늘을 못 보게 우리를 방해한다. 그러나 가장 심한 것은 우리 마음속에 자리잡고 있는 불안이다. 이것은 이쪽저쪽으로 흔들리면서 안개나 거친 날씨 이상으로 우리의 주위 세계를 모조리 어둡게 해버린다.

몹시 마음이 흔들리고 놀라 빌헬름은 눈을 감았다. 이 거대한 것은 초연함의 정도가 아니고 우리의 분별력을 뛰어넘어 우리를 파괴하려고 한다. '나는 이 우주에 비하면 도대체 무엇이란 말인가?' 그는 자기 마음에게 물었다. '나는 어떻게 이것과 맞설 수 있고 어떻게 그 중심에 설 수 있을까.' 한참 동안 생각한 뒤 그는 계속했다. "우리가 오늘 밤 이끌어낸 대화의 결론이 지금 이 순간의 수수께끼도 풀어주는구나. 인간이 이 무한에 대해 존립을 꾀할 수 있다면

---

*25 레나르도가 고향으로 돌아오기를 이상하게 망설이고 있는 것(제7장 참조).

많은 방향으로 끌려가는 모든 정신력을 나의 마음속 깊이 집중시키는 것 말고 무엇을 할 수 있겠는가. 그리고 '네 마음속에서, 하나의 순수한 중심점 주위를 돌면서 꾸준히 움직여오던 것을 멈춘다면, 그래도 너는 여전히 네 자신이 영원히 살아 움직이는 이 질서의 한가운데에 놓여 있다고 생각할 수 있겠는가? 아무리 그 중심점을 너의 가슴속에서 발견하기가 어렵다 하더라도 선의와 자애로움의 원천이 바로 그 중심점이라고 인식함으로써, 그 중심점의 실체를 증명하도록 하라.' 이렇게 자문자답할 수 있을 뿐 인간이 어떻게 이 무한한 것에 맞설 수 있겠는가.

그러나 자신의 지나간 인생을 뒤돌아보고 어느 정도 미혹에 빠지지 않는 사람이 어디 있겠는가? 인간이란 거의 그 의도하는 바는 올바르다 해도 행실은 그릇되고, 욕망은 비난할 바 있다 해도 그 욕구의 성취는 더 바랄 바 없는 것임을 알게 될 터이니 말이다.

너는 얼마나 여러 번 이 별들이 반짝이는 것을 보아왔는가. 그리고 별을 발견한 너는 볼 때마다 언제나 다른 모습이 아니었던가. 별은 그러나 언제나 같은 모습이고 늘 같은 것을 되풀이하여 말한다. '우리는 우리 법칙에 따른 운행에 의해 낮과 시간을 표시한다. 너도 네가 낮과 시간에 대해 어떤 관계에 있는가를 스스로에게 물어보라.' 그렇다면 나는 이제 이렇게 대답할 수 있다. '현재의 상태 같으면 나는 부끄러워할 것이 없다. 나의 의도는 어느 고귀한 집안에 속하는 모든 구성원들과 바랄 만한 결합을 맺는 것이다. 그 길은 정해져 있다. 나는 레나르도와 그 밖의 다른 고귀한 영혼들을 서로 분리해 놓은 것이 무엇인가를 규명하여 그 장애 요소가 있으면 그것이 어떤 것이든 제거**[26]해야 한다.' 이런 것을 너는 이 천상의 군병들인 별들에게 고백해도 좋다. 그들이 너를 마음에 두어준다면 그들은 너의 시야가 좁은 것에 대해 미소 지을 테지만 틀림없이 너의 의도를 가상히 여겨 그 실현에 힘을 빌려줄 것이다.

이런 것을 말하면서, 아니 생각하면서 그가 하늘을 향해 몸을 돌리자 행운의 별인 목성이 언제나처럼 장엄한 빛을 보이면서 그의 눈에 들어왔다. 그는 이것이야말로 길조라고 받아들이고 한동안 사뭇 기쁜 마음으로 바라보았다.

그러자 곧 천문학자가 이쪽으로 내려오라 불러내고는 다름 아닌 이 별이 아

---

*26 레나르도가 '이상하게 망설이는 것'을 해명하는 일이다.

주 커져서 위성들을 거느리고는 하나의 하늘의 기적으로만 보이는 모양을 완벽한 망원경으로 보여주었다.

우리의 주인공은 오랫동안 그것을 들여다보는 데에 정신을 잃고 있다가 몸을 돌려 별의 친구에게 말했다. "나는 당신이 이 별을 남달리 더 가깝게 해준 데 대해 당신에게 감사를 드려야 할지 어떨지 모르겠습니다. 아까 보았을 때 이 별은 다른 수많은 하늘의 별과 나와도 균형이 잡혀 있었습니다. 그런데 지금 이 별은 나의 상상력 속에서 그 균형을 잃고 극단적인 모습으로 나타나고 있어요. 그래서 다른 별들도 이런 식으로 더 가깝게 끌어보아도 좋은 건지 어떤지 모르겠습니다. 망원경으로 보면 별들이 나를 압박하는 것 같아 불안해집니다."

이렇게 우리 친구는 언제나와 마찬가지로 자기 생각을 거듭 말해 갔는데, 이를 계기로 여러 뜻하지 않은 것들이 화제에 올랐다. 천문학에 정통한 상대가 몇 가지 대답을 하자 빌헬름은 말했다. "천체에 정통한 사람들에게는 여기서 내가 현재 보고 있는 것처럼 광대한 우주를 차츰 더 가깝게 하여 보는 것이 가장 큰 기쁨이라는 것은 나도 잘 압니다. 그러나 이런 말을 하는 것을 용서해주신다면, 우리 감각의 보조역할로 사용하는 이런 수단*27은 인간에 대해 도의적으로 좋은 영향을 끼치지 않는 것을 나는 일상에서 아주 흔히 보아왔습니다. 안경을 통해 보는 사람은 자기 자신을 실제 이상으로 현명하다고 생각하지요. 외적 감각과 내적 판단력의 균형이 깨지기 때문입니다. 내적인 진실과 외부에서 들어오는 허상을 어느 정도 일치시키려면 매우 높은 교양을 필요로 하지요. 그것을 할 수 있는 사람은 극히 제한된 뛰어난 사람들뿐입니다. 나는 안경으로 볼 때마다 딴사람이 되는데, 그런 나는 나 자신의 마음에도 들지 않습니다. 보아야 할 이상의 것을 보고 더욱더 예리하게 보이는 세계가 나의 내면과 조화를 이루지 않기 때문입니다. 그러므로 멀리에 있는 이것저것이 어떤 성질의 것인지 내 호기심이 채워지고 나면, 당장 다시 안경을 벗어버리지요."

천문학자가 농담조로 몇 가지 의견을 말하자 빌헬름은 말을 이어나갔다. "이런 안경은 다른 기계와 마찬가지로 이 세상에서 추방할 수는 없을 테지요. 그러나 도덕 현상을 관찰하는 이에게는 사람들이 불평을 늘어놓는 많은 것이 어

---

*27 안경을 사용하는 것을 말한다. 근시·원시용 안경이든 현미경이나 망원경이든 간에 순수한 시각을 어지럽히는 것이라 하여 괴테는 안경을 쓰는 것을 싫어했다.

디에서 인류에게 스며들어왔는지를 탐구하여 알아내는 것이 중요합니다. 그래서 이를테면 안경을 쓰는 습관은 젊은 세대의 건방진 태도 때문이라고 나는 확신합니다." 이런 대화를 나누는 사이에 밤은 완전히 깊어가, 잠들지 않고 지내는 데에 익숙한 천문학자는 젊은 친구에게, 야전침대에 누워 잠깐 눈을 붙였다가 마침 오늘 아침 해뜨기 전에 완전한 빛을 띠고 나타나기로 되어 있는 금성을 상쾌해진 눈으로 바라보며 인사를 보내는 것이 어떻겠느냐고 제안했다.

빌헬름은 그 순간까지는 긴장되고 정신도 맑았으나 신중하게 배려하는 친절한 상대에게 자꾸만 권하는 말을 듣자, 실제로 심신의 피로가 한꺼번에 밀려오는 것을 느꼈다. 그래서 그는 옆으로 눕자마자 곧 깊이 잠들어 버렸다.

빌헬름은 천문학자가 깨우는 바람에 벌떡 일어나 서둘러 창가로 갔다. 순간 그는 깜짝 놀라 눈을 한곳에 집중했다. 그러고는 감격하여 외쳤다. "참으로 멋지구나. 이건 기적이다!" 황홀해하는 말이 몇 번이고 나왔지만 그에게 이 광경은 여전히 하나의 기적, 하나의 위대한 기적이었다.

"오늘, 드물게 크고 웅장하게 빛나는 이 사랑스러운 별을 맞이하고 당신은 틀림없이 놀랐을 것입니다. 그러나 내가 이렇게 말을 해도 냉담하다고 비난하지는 않겠지요. 즉 우리가 보고 있는 것은 기적이 아니다, 절대로 기적이 아니다라고요."

"어떻게 당신이 기적을 볼 수 있겠습니까?" 빌헬름은 말했다. "기적은 내가 가지고 온 것이고 내 마음속에 품고 있는 것이니, 어떻게 해서 그렇게 되었는지 나 자신도 모르겠습니다. 지금은 잠시 내가 말없이 바라보게 해주세요. 그리고 내가 하는 말을 들어주십시오." 얼마 뒤 그는 계속했다. "나는 조용히 누워 깊이 잠들어 있었습니다. 그러자 나는 어제의 홀 안에 들어가 있지 않겠습니까? 그것도 나 혼자였습니다. 푸른 커튼이 올라가더니, 마카리에가 앉은 의자가 마치 살아 있는 물건처럼 저절로 이쪽으로 움직여오는 것이었습니다. 의자는 황금색으로 반짝이고, 그녀의 옷은 사제복처럼 보였으며, 눈길은 부드럽게 빛나고 있어 나는 넙죽 엎드려버릴 지경이었습니다. 그녀의 발 주위에 구름이 감돌아 뭉게뭉게 떠올라와 날개로 바뀌어 성스러운 모습을 태우고는 그녀를 높이 받쳐 올렸습니다. 마지막으로 그녀의 아름다운 얼굴 대신 흩어지는 구름 사이에 별 하나가 반짝이는 것이 보였습니다. 그 별은 쉬지 않고 위로 운반되어 둥근 천장이 열리자 별이 총총 들어선 하늘 전체와 하나가 되어버렸어요.

별하늘은 점점 넓어져 모든 것을 감싸는 듯했습니다. 그 순간 당신이 나를 깨웠습니다. 잠에 취한 채 나는 비틀거리면서 창가로 다가갔습니다. 꿈속에서 본 별을 계속 생생하게 내 눈에 간직한 채 말이죠. 그리고 눈길을 보내니 이번에는 밝아오는 아침별이 저 별과 마찬가지로 아름답고, 물론 빛나며 반짝이는 웅장함은 저 별에 당하지는 못하지만, 실제로 내 눈앞에서 빛나고 있지 않겠습니까? 저 멀리에 떠 있는 현실의 별이 꿈에서 본 별을 대신해 환상의 별이 띠고 있던 찬란함을 빨아들였습니다. 그러면서도 본디 같으면 내 눈앞에서 나의 꿈속 안개와 함께 사라지고 말 것을 나는 계속 보고 당신도 나와 함께 그것을 보고 있는 것이었습니다.”

천문학자가 외쳤다. “기적이다. 정말, 기적이다. 얼마나 이상한 이야기를 했는지 당신 자신은 몰라요. 부디, 이것이 저 훌륭한 분이 이 세상과의 작별을 예고하는 것이 아니기를! 저분은 머지않아 신처럼 변하여 올라가실 운명입니다.”

이튿날 아침 일찍 빌헬름은 남몰래 빠져나간 펠릭스를 찾으러 정원으로 서둘러 갔다. 많은 아가씨들이 거기에서 일하고 있는 것을 보고 놀랐다. 모두 다 특별히 예쁘지는 않지만 그렇다고 밉지도 않았으며, 스무 살이 채 안 되어 보였다. 출신 마을도 저마다 다르고 옷차림도 저마다 다른데, 열심히 그리고 쾌활하게 인사를 하면서 일을 계속했다.

그는 안겔라를 만났다. 그녀는 작업을 지시하고 만들어진 제품을 검사하기 위해 여기저기 다니고 있었다. 손님인 그가 그녀에게 이렇게 깨끗하고 열심히 일하는 집단이 있으리라고는, 하고 놀란 심정을 말하자 그녀가 말했다. “이런 사람들은 없어지지 않을 거예요. 사람이 바뀌어도 일손은 마찬가지로 계속되지요. 스무 살이 되면 이 사람들은 우리 봉사단에서 일하는 모든 아가씨와 마찬가지로 실생활에, 대부분은 결혼 생활에 전념하게 되니까요. 착실한 아내를 희망하는 이 근방 젊은이들은 모두 여기에서 성장하는 이들에게 관심을 기울이지요. 그리고 우리 여생도들은 여기에 갇혀 있는 것이 아니라 여러 대목장으로 나가 둘러보기도 하고, 사나이들의 주목을 받아 선을 보기도 하고, 약혼도 하지요. 그런 까닭에 많은 가족들이 미리미리 자기 딸을 맡기려고 빈 자리가 생기는 것을 관심을 갖고 기다린답니다.” 이 분야에 대한 이야기가 끝나자 손님은 이 새로운 친구 안겔라에게 어제 저녁에 낭독된 것을 다시 한 번 읽어보고 싶다는 소원을 감추지 않았다. “그 이야기의 중요 의미는 나도 이해했지만 이번에는 문제되고 있는 세부사항을 더 자세히 알고 싶습니다."

그녀가 대답했다. "제가 지금 바로 그 소원을 들어줄 수 있어서 정말 다행이네요. 당신이 이렇게도 빨리 우리의 가장 깊은 비밀을 알게 된 것을 생각하면 이렇게 말씀드려도 될 것 같군요. 그 원고는 이미 내 손에 들어와 있어서 다른 원고와 함께 소중히 보관하고 있다고요. 나의 여주인인 마카리에는 즉흥적인 대화의 중요성을 굳게 확신해서 그런 대화에서는 어떤 책에도 나와 있지 않은 것이, 뿐만 아니라 또 이때까지 여러 책에 나왔던 가장 훌륭한 것도 그때뿐인 것으로 되어버린다고 하면서, 마치 가지가 많이 달린 식물에서 씨앗이 나오듯 정서가 풍부한 대화에서 생기는 낱낱의 좋은 사상을 적어두도록 나에게 분부하셨답니다. 여주인은 말씀하셨죠. '현재의 것을 충실히 도착할 때 비로소 전통에서 기쁨을 얻을 수 있다. 거기에서 우리는 최선의 사상이 이미 이야기되어 있고 가장 사랑스러운 감정이 벌써 표현된 것을 발견하기 때문이다. 이로 말미암아 우리는 인간이 세계와 일치하고 있다는 것을 직관으로 알게 된다. 인간은 세계가 자기와 함께 맨 처음 시작되었다 믿고 싶어 하지만 이따금 자기의 의사를 어기고라도 직관으로 깨달은 조화로 마음을 돌려야 한다'고요."

안겔라는 이렇게 해서 훌륭한 문고가 생겼고 잠 못 이루는 밤에는 곧잘 마카리에에게 그 가운데 한 장을 읽어준다고 계속해서 손님에게 고백했다. 그럴 때면 이상하게도 마치 한 덩어리의 수은이 떨어지면 여기저기로 무수하고 다양한 물방울이 흩어지는 것과도 같이 수없이 많은 세세한 문제들이 튀어나온다고도 덧붙였다.

그 문고는 어느 정도까지 비밀로 붙여놓고 있느냐고 그가 묻자 그녀는 고백하기를, '물론 주위의 가장 가까운 사람들만 그것을 알고 있다. 그러나 당신이 보고 싶다면 자기가 책임을 지고 지금 당장이라도 책 두세 권을 보여주겠다'고 말했다.

정원에서 이런 이야기를 나누는 사이에 어느덧 두 사람은 저택에 와 있었다. 그녀는 어떤 측면 건물 방 안으로 들어가면서 미소 지으며 말했다. "이 기회에 당신이 전혀 예상도 못하셨을 비밀을 하나 더 보여 드리죠." 그녀는 커튼 너머에 있는 작은 방을 들여다보게 했다. 그러자 놀랍게도 다름 아닌 펠릭스가 책상에 앉아 뭔가를 쓰고 있지 않은가. 그는 이 뜻하지 않은 아들의 열심을 이해할 수는 없었지만, 얼마 안 있어 안겔라가 그에게, 저 아이는 자취를 감춘 그 순간부터 여기로 와서 글쓰기와 말 타는 것이 자기가 하고 싶은 유일한 것이라고 말했다는 사실을 알려주었기 때문에 그는 그랬었구나 하고 모든 것을 이해할 수 있었다.

우리의 친구는 이어 어떤 방으로 안내되었다. 주위의 선반에는 잘 정리된 원고가 보였다. 여러 항목이 아주 다양한 내용을 시사하고 있어 모든 면에 빈틈이 없는 이해와 배열을 말해 주고 있었다. 빌헬름이 이런 장점을 칭찬하자 안겔라는 그런 공적은 저 집안의 친구 것인데, 그 사람은 구상뿐만 아니라 판단이 곤란한 경우에는 어떤 부류에 들어갈 것인가를 스스로 훑어보고 뚜렷하게 지도할 수 있다고 말했다. 그리고 그녀는 어제 낭독한 원고를 찾아내면서 이것이든 다른 어떤 것이든 간에 이용하도록 하라, 안을 들여다볼 수 있을 뿐만 아니라 베껴도 괜찮다고 이 열렬한 희망자에게 허락해 주었다.

이제 우리의 친구는 겸허하게 일을 시작하지 않으면 안 되었다. 너무나 매력적이고 탐나는 것들이 그 안에 넘쳐 있었기 때문이다. 특히 그는 거의 연관성이 없는 짧은 문장들로 이루어진 여러 개의 책자들을 아주 귀중한 것이라고 생각했다. 그 문장들은 그 내력을 모르면 역설로도 보이는 결론들이었으나, 그 결론은 우리로 하여금 거꾸로 찾아내고 생각해 내면서 근원으로 거슬러 올라가 이들 사상의 유래를 멀리서부터 가까이로 또 아래에서 위로 가능한 한 뚜렷하게 찾아내도록 만들고 있었다.

우리는 앞서 말한 이유 때문에 이러한 것을 여기에 실을 수가 없다. 그러나 여기에서 얻은 것도 기회가 있으면 즉각 때를 놓치지 않고 적당한 장소에서 발췌하여 제공하려고 한다.

사흘째 되는 날 아침 우리의 친구는 좀 당황해하면서 안겔라 앞에 섰다. "오늘 나는 작별을 해야 합니다. 그래서 저 고귀한 부인으로부터 나에게 주는 마지막 부탁을 듣고자 합니다. 어제는 유감스럽게도 온종일 뵐 수가 없었어요. 지금 내 마음에 나의 내면의식을 온통 차지하는 것이 있어, 그것을 꼭 알아두고 싶습니다. 가능하면 당신이 그것을 설명해 주시면 고맙겠는데요."

"당신의 심정을 알 수 있을 것 같아요." 친절한 여성이 말했다. "계속 말씀해 보세요." 그래서 그는 말을 이었다. "내가 꾼 이상한 꿈이라든지 진지한 천문학자의 몇 마디 말, 누구나 접근할 수 있는 책장 속에 '마카리에의 독자적인 말'이라고 제목을 붙여 특별히 칸막이를 해 잠겨 있는 서랍, 이런 것들의 계기가 한데 모여 하나의 마음의 소리가 되어 나를 부릅니다. 내 내면의 목소리는 이렇게 외치는군요. 저 별들에 접근하는 노력은 단지 학문이 좋아서라거나 모든 천계(天界)의 지식을 얻으려는 것이 아니다, 오히려 여기에는 저 별들과 마카리에 부인 혼자만이 맺고 있는 독특한 관계가 숨겨진 것으로 추측된다, 그것을 밝혀내는 것이 나에게는 아주 중요한 것임에 틀림없다고 말입니다. 나는 호기심이 많은 것도 아니고 또 주제넘지도 않지만, 이것은 정신과 의식을 탐구하는 사람에게는 알 가치가 있는 문제이기 때문에 이렇게 묻지 않을 수 없습니다. 그토록 많은 것을 털어놓아 주셨으니, 하나만 더 알려주실 수 없을까요?" "그것을 풀어드릴 수 있는 자격이 나에게도 있는 것 같군요." 이 친절한 상대는 말했다. "당신의 이상한 꿈에 대해서는 마카리에에게 비밀로 하고 있어요. 그러나 나는 저 집안의 친구와 함께 당신의 특수한 정신의 침투력이나 심오하기 그지없는 비밀에 대한 당신의 예상 밖의 파악력을 바라보고 그것을 신중히 고려해 왔기 때문에 우리는 기꺼이 당신을 더 많은 비밀 속으로 안내해 드리겠어요. 먼저 비유적으로 말씀드릴게요. 이해하기 어려운 일을 다루는 데에는 이 방법을 쓰는 것이 좋으니까요.

시인에 대해 말하기를, 눈에 보이는 여러 요소들은 시인의 천성 깊숙이 숨어 있어 다만 시인의 가슴속에서 차츰 펼쳐나가는 것에 지나지 않는 것으로, 세계 속에서 시인의 눈에 보이는 것은, 모두 미리 시인이 예감 속에 체험한 것에 한정되어 있다고 말하죠. 이와 마찬가지로 마카리에에게는 태양계의 여러 관계를 처음부터 천성으로 감추고 있던 것인데, 최초에는 움직이지 않고 있던 것이 점차로 발전하여 마침내는 한결 더 뚜렷하게 생기를 띠어 작동하는 것 같아요. 처음에 그분은 이 현상을 괴로워했지만 나중에는 그것을 즐거워했고 세월과 함께 그 황홀감이 더욱 커져갔습니다. 그러나 협조자인 저 친구를 얻기까지는 마음의 통일과 안정을 가질 수가 없었어요. 그 친구의 공적에 대해서는 당신도 이제는 잘 알고 계시죠.

그는 수학자이자 철학자로서 처음부터 모든 일에 회의적인 사람으로, 마카리에가 일찍부터 천문학의 가르침을 받고 그것을 열심히 공부했다고 고백하자 그러한 직관이 과연 교육으로 습득된 것인지 오랫동안 의심하고 있었어요. 물론 동시에 마카리에는 오랜 세월을 두고 자기 내부에서 생긴 현상과 외부에서 지각된 것을 연결지어 비교해 보았지만 그 점에서 한 번도 일치점을 발견할 수가 없었다고 고백하셨어요.

　그녀가 직관한 것이 그녀에게 확실하게 지각된 것은 아주 드문 일이었지만, 이 학자는 그녀로 하여금 자세하게 말하게 한 뒤 각종 계산을 했어요. 그랬더니 그녀는 태양계 전체를 몸소 지니고 있는 것이 아니다. 그녀 자신이 태양계를 구성하는 중요한 일부분을 이루는 영(靈)으로서 그 가운데를 운행하고 있다는 결론을 내린 것이죠. 이 전제에 따라 처리해 가니 그 계산은 믿을 수 없을 만큼 마카리에의 진술과 일치했어요.

　지금으로서는 이 정도만 당신에게 말씀드리지만 부디 이 일에 대해서는 아무한테도 말씀하지 말아주시기를 간절히 빌겠어요. 왜냐하면 아무리 이해력이 있고 이성적인 사람이라도, 제아무리 순수한 선의를 가지고 있는 사람이라 하더라도 이런 말은 공상이다, 어릴 때 배운 지식을 그릇되게 추억하고 있는 것이다, 라고 생각한다든지 해석을 내린다든지 하는 일이 없다고 할 수는 없기 때문에 집안사람들까지도 이 이상 더 자세한 것은 몰라요. 이런 신비적 직관이라든지 황홀하게 만드는 환상은 집안사람들은 병이라고 생각하겠죠. 병 때문에 그분에게는 지금 인간들과 교제를 하고 그 이해관계에 참여하는 길은 막혀 있다고 생각한답니다. 이 사실은 제발 당신 혼자만의 가슴에 접어두고 레나르도 도련님이 눈치채지 않게 해주세요."

　저녁에 우리의 떠돌이는 다시 한 번 마카리에 앞에 나서게 되었다. 우아하고 교훈적인 말들이 풍성하게 오갔는데 그 가운데에서 다음과 같은 것을 여기에 골라 적어본다.

　"본디 우리가 가지고 있는 결점과 미덕은 겉과 속 같은 것으로, 미덕이 되지 않는 결점도 없고 결점이 되지 않는 미덕도 없어요. 이 후자쪽, 즉 결점이 되지 않는 미덕은 없다는 것이 다름 아닌 가장 깊은 생각을 필요로 하는 것이죠. 내가 이런 생각을 갖게 된 것은 저 이상한 조카 때문이죠. 저 젊은 사나이에 대해서는 당신도 집안사람들에게서 여러 묘한 이야기를 들으셨겠지만, 가족들 말에 따르면 내가 저 조카를 필요 이상으로 너무 귀여워하기 때문이라고 하죠.

　어릴 때부터 조카에게는 어떤 활발한 기술적 재능이 발달해 있어서, 그 아이는 이것에 완전히 몰두하여 그 점에서는 다행히 온갖 지식과 훌륭한 수완을 쌓는 정도의 진전을 보았어요. 나중에 그 애가 여행지에서 집에 보내온 것은 모두 언제나 가장 정교하고 머리를 쓴 이를 데 없이 섬세하고 우아한 수공예품으로, 지금 그 애가 어디에 있는지를 암시하여 우리는 그것을 알아맞혀야 할 지경이지요. 그 점으로 미루어 보면 그 애는 무미건조하고 동정심이 없고 외부적인 일에만 구애받는 인간이라고만 단정할 거예요. 그리고 조카는 말을 할 때에도 세상 일반의 도의적 고찰에 깊이 끼어드는 일은 없지만 남몰래 선과 악, 찬양해야 할 것과 그렇지 않은 것을 판별할 줄 아는 놀랄 만큼 섬세한 실제적 감각을 가지고 있어요. 나는 그 애가 자기보다 나이 먹은 사람이나 나이 어린 사람에게 잘못을 저지르는 일을 본 적이 없어요. 그러나 이런 타고난 양심적인 성격이 통제받지 못했기 때문에 개개의 점에서는 변덕스러운 약점으로 변하게 되었어요. 그뿐만 아니라 그 애는 부탁받지도 않았고 그럴 필요가 없는데도 이 것이야말로 자기가 해야 할 의무라고 생각하고는 갑자기 자기가 책임을 지겠다고 고백하기도 했었죠.

조카의 온갖 여행 방식이며, 특히 이곳으로 돌아오기 위한 준비 같은 것으로 보아 그는 어딘지 전에 우리 주위에 있던 어떤 여성에게 상처를 주었다고 생각하고 있는 것 같아요. 그 여성이 어떻게 되었는지 그 애가 지금 그것을 무척 걱정하고 있기 때문에 그녀가 행복하게 살고 있다는 것을 들으면 곧 그 불안에서 벗어나 구출된 것으로 느낄 거예요. 이 이상의 것은 안겔라가 당신에게 이야기해 줄 거예요. 부디 이 편지를 가지고 가서서 우리 가족이 행복하게 다시 만날 수 있게 힘을 써주세요. 솔직하게 말씀드리면 나는 이 세상에서 다시한 번 그 애를 만나 세상을 떠나기 전에 진심으로 축복해 주고 싶습니다."

제11장 밤색 아가씨

빌헬름이 부탁받은 일을 자세하고 정확하게 전하자 레나르도는 미소를 지으면서 대답했다. "당신을 통해 집안 사정을 알게 되어 뭐라고 감사해야 할지 모르겠어요. 그러나 한 가지만 더 물어봐야겠어요. 큰어머니는 마지막으로 한 가지만 더, 다시 말해 좀 하찮게 보이는 것을 나에게 전하라고 부탁하지 않았던가요?" 상대는 잠시 생각하고 나서 "아, 그랬습니다." 말했다. "기억납니다. 큰어머니는 발레리네라는 부인에 대해 말씀하시더군요. 그녀는 행복한 결혼을 해서 바라던 대로 잘 지내고 있다고 당신에게 전하라 하셨습니다."

"덕분에 꽉 막혔던 가슴이 뚫렸습니다." 레나르도가 대답했다. "이제 마음 놓고 집으로 돌아가겠어요. 더 이상 그 아가씨에 대한 추억으로 자책하지 않아도 되니까요."

"그녀와는 어떤 관계였는지 묻는 것은 예의가 아니겠지요." 빌헬름이 말했다. "어쨌든 당신이 그 여자의 운명과 어떤 식으로 연관이 되어 있었든지 간에 이제는 마음 놓아도 됩니다."

"그것은 참으로 묘한 관계지요." 레나르도가 말했다. "흔히 사람들이 생각하기 쉬운 그런 연애관계는 절대 아닙니다. 당신에게는 털어놓고 말할 수 있지만 본디 이야깃거리도 못되는 것이지요. 내가 여행을 마치고 돌아가는 것을 꺼려하거나 집으로 돌아가는 것을 두려워하면서 집안 사정을 물으며 이상한 행동을 했던 것이, 사실은 모두 그 여자가 어떻게 지내고 있는지를 슬그머니 알아보려는 마음에서였다면 당신은 어떻게 생각하실 건가요?"

"왜냐하면 말이지요," 그는 말을 이었다. "잘 알고 있는 사람들과는 오랫동안 떨어져 있다가 다시 만나도 전혀 변함이 없다는 것을 나는 잘 압니다. 그래서 가족들과는 곧 친숙해질 거라 생각했지만 다만 이 아가씨만은 마음에 걸렸던 겁니다. 그동안 처지가 달라졌을 테니까요. 그런데 좋은 방향으로 달라졌다니 고마운 일입니다."

"당신은 나를 궁금하게 만드는군요." 빌헬름이 말했다. "뭔가 특별한 사연이 있을 것만 같은데요."

"적어도 그 말은 맞는 것 같습니다." 레나르도는 다음과 같이 말을 시작했다.

"청년이 되면 선진 유럽 순례 여행을 하는 것이 세상의 관례로 되어 있지만 나는 그것을 젊었을 때에 해두자고 어릴 때부터 굳게 마음먹어왔어요. 그러나 그 실천은 흔히 그렇듯이 다음으로 다음으로 하고 자꾸 미루게 되었지요. 내 몸 가까이에 있는 것들이 나를 끌어당겨 놓아주지 않고 먼 곳의 일들은 책을 읽는다든지 이야기를 듣게 될수록 차츰 매력을 잃어버렸어요. 그렇지만 큰아버지의 격려를 받고 그리고 나보다 먼저 세상을 보러 나간 친구들의 권유로 겨우 결심을 하게 되었어요. 그런데 결정을 하고 나니 예상했던 것보다 일이 빠르게 진전되었습니다.

이 여행을 가능하게 하기 위해 최선을 다해야 했던 큰아버지는 내 결심이 서자마자 곧 다른 일에는 전혀 신경을 쓰지 않게 되었어요. 당신도 큰아버지를 잘 알고 계시지요. 언제나 단 한 가지 일에만 몰두하여 먼저 그 일을 성사해야 하고 그동안 다른 일은 모두 제쳐두는 그의 버릇 말입니다. 물론 그는 이 버릇 때문에 한 개인의 힘으로는 할 수 없는 많은 것을 이루었지요. 나의 여행은 그에게는 좀 뜻밖의 일이었지만 곧 마음을 고쳐먹었습니다. 그는 계획 중이었던, 아니 이미 시작했던 몇몇 건축일은 중단했습니다. 빈틈없는 재정가인 큰아버지는 저축한 돈에 손을 대지 않으려고 뭔가 다른 수단이 없을까 하고 찾아보았습니다. 가장 손쉬운 것은 아직 거두어들이지 못한 돈, 그중에서도 소작료의 미납분을 징수하는 일이었습니다. 어느 정도 자기에게 필요하지 않은 한 채무자에게 너그러운 것 또한 그의 버릇이었기 때문이죠. 그는 집사에게 명세서를 주어 집행을 맡겼습니다. 우리는 세세한 일에 대해서는 아무것도 모르지만 단지 우연히 들은 바로는, 큰아버지가 오랫동안 참아주었던 한 소작인이 마침내 쫓겨났으며 그 사나이의 담보는 빚을 일부 보상하기 위해 몰수되고 토지는 다른 소작인에게 넘어갔다는 말이었습니다. 이 사나이는 경건주의의 전원정적파(田園靜寂派)[*28]였는데 다른 교인들과 마찬가지로 약삭빠르지도 부지런하지도 못했어요. 믿음이 깊고 착해서 사랑받았지만 가장으로서는 능력이 부족했기 때문에 비난받고 있었습니다. 아내가 죽은 뒤에 딸아이만 하나 남았는데, 밤색 아가씨라고 불렸습니다. 그녀는 건강하고 야무진 여자가 될 것이 틀림없었지만 아버지 일을 떠맡아 과감하게 처리하기에는 너무나 어렸습니다. 아무튼 이 사나이는 내리막길로만 치달아 큰아버지가 아무리 관대하게 봐주었다 해도 그의 몹쓸 운명을 막을 수는 없었을 겁니다.

　나는 여행만을 생각하고 있었고 이를 위한 자금을 이것저것 생각하지 않을 수 없었습니다. 모든 준비가 다 되어 짐꾸리기와 발송이 시작되고 출발 시간이 다가왔습니다. 어느 날 저녁, 나는 정든 나무와 숲과 작별하려고 다시 한 번 정원 안을 거닐고 있었는데 갑자기 발레리네가 내 앞길을 가로막았습니다. 이것이 그녀의 이름이었습니다. '밤색 아가씨'란 다른 이름은 그녀의 얼굴색이 갈색이었기 때문에 붙여진 별명이었죠. 그녀가 내 앞길을 가로막은 것입니다."

　레나르도는 잠시 생각에 잠겼다가 말을 이었다. "내가, 왜 이러지?" 그는 중얼거렸다. "이름이 발레리네였던가? 그래, 역시 그랬어." 그는 말을 이었다. "별명

[*28] 17세기에 생긴 신교의 일파인 경건파에 대한 일반적인 명칭이다.

을 더 많이 불렀거든요. 아무튼 그 밤색 아가씨가 내가 가는 길을 막아서고는 자꾸만 부탁하는 거였습니다. 자기 아버지와 자기를 위해 큰아버지에게 잘 말해 달라고요. 나는 앞뒤 사정을 알고 있었고, 이럴 때 그녀를 위해 뭔가 해준다는 것은 아주 어려운 일이고 뿐만 아니라 불가능한 일이라는 것을 잘 알고 있었기 때문에 그녀에게 솔직하게 그렇게 이야기하고, 안된 일이지만 그녀의 아버지의 책임이 크다는 것을 확실하게 말해 주었습니다.

그러자 그녀는 아주 분명하게, 동시에 자식으로서 아버지를 생각하고 사랑하는 마음을 담아 대답했기 때문에 나는 완전히 그녀가 불쌍히 여겨져 내 마음대로 할 수 있는 일이라면 당장에라도 그녀의 소원을 들어주어 그녀를 행복하게 해주고 싶을 정도였습니다. 그렇지만 이건 큰아버지의 수입이었으며 그의 지시이고 명령이었죠. 그의 사고방식이나 이제까지 하시던 것으로 볼 때 희망은 도무지 없었습니다. 옛날부터 나는 약속을 아주 소중하게 여겨왔습니다. 남에게서 무언가를 부탁받으면 나는 당황하게 됩니다. 그래서 거절하는 것이 버릇처럼 되어 지킬 수 있는 것까지도 약속하는 법이 없었습니다. 이 버릇이 이번에도 나타났습니다. 그녀가 말하는 이유는 아버지에 대한 애정에서 나온 것이고 내가 거절한 것은 의무와 분별에 바탕을 두고 있어서 마지막에는 나의 주장이 스스로도 너무 가혹하다는 생각이 들었다는 것을 부정하지는 않습니다. 그녀와 나는 여러 번 같은 말을 되풀이했지만 서로 상대를 이해시키지는 못했습니다. 그녀는 점점 더 궁지에 몰리자 한결 더 웅변조가 되어 피할 수 없는 몰락이 다가오는 것을 느끼고 눈물을 뚝뚝 떨어뜨렸습니다. 그녀가 침착한 태도를 완전히 잃어버린 것은 아니었지만 흥분하여 격한 어조로 말했는데, 내가 여전히 냉담함을 꾸미고 있자 그녀는 마음에 품고 있는 생각 모두를 밖으로 내놓고 말았습니다. 나는 그 상황에서 그만 벗어나고 싶었는데 갑자기 그녀가 내 발밑에 엎드려 내 손을 잡고 거기에 키스하고는 너무나도 착하고 사랑스럽게 애원하듯 나를 바라보는 것이었습니다. 그 순간 나는 깨닫지 못했습니다. 그녀를 껴안아 일으키면서 서둘러 말했습니다. '할 수 있는 일은 다 해보겠어요. 안심해요.' 이렇게 말하고 나는 샛길로 접어들었는데 '할 수 없는 일까지도 해주세요' 그녀는 뒤에서 외쳤습니다. 나는 그 뒤 무엇을 이야기하려고 했는지 이제는 기억나지 않지만 '해보지요' 하고는 그만 말문이 막혀버렸습니다. 그녀는 희망에 가득 찬 표정을 지으면서 곧바로 '그렇게 해주세요' 외쳤습니다. 나는 그녀에게 인사를 하고 서둘러 그곳을 떠났습니다.

나는 큰아버지에게 먼저 부탁드릴 생각은 없었습니다. 큰일을 계획하고 있을 때 세세한 일에 신경쓰시게 하면 안 된다는 사실을 나는 너무나 잘 알고 있었기 때문이지요. 집사를 찾아봤더니 그는 말을 타고 나가 없었습니다. 저녁때가 되자 손님들이 오고 친구들이 작별인사를 하러 왔습니다. 그들은 밤늦도록 카드놀이를 하고 음식을 먹고 다음 날까지 머물러 있었기 때문에 마음도 들떠저 애절하게 부탁한 아가씨의 모습도 내 머리에서 사라져갈 지경이었습니다. 집사는 돌아왔지만 전에 없이 바빠서 모두들 그를 찾고 있었습니다. 그는 좀처럼 내 말을 들어줄 시간이 없었습니다. 그래도 나는 노력 끝에 겨우 그를 붙잡을 수 있었습니다. 그러나 내가 저 독실한 소작인의 이름을 입 밖에 내자마자 그는 험악한 기세로 내 말을 물리치는 것이었습니다. '당신이 출발 직전에 노여움을 사지 않으시려면 제발 큰아버지에게 이 사건만은 아무 말도 하지 말아주십시오.' 나의 출발 날짜는 정해져 있었습니다. 나는 편지도 써야 했고 손님도 접대하고 이웃도 방문해야 했습니다. 하인들은 이제까지처럼 내 시중을 잘 들어 주었지만 출발 준비를 도와주는 데는 별 쓸모가 없었습니다. 모든 일을 나홀로 해야 했습니다. 그래도 집사가 마지막으로 돈 문제를 정확하게 해놓으려고 밤에 한 시간을 내주었을 때 나는 단단히 마음을 먹고 다시 한 번 발레리네의 아버지 일을 부탁해 보았습니다.

그가 말했습니다. '남작님, 어째서 그런 일을 생각하십니까? 그렇지 않아도 나는 오늘 주인어른과 좋지 않은 일이 있었습니다. 당신이 여행을 떠나는 데 필요한 경비가 생각한 것보다 훨씬 더 많이 드니까요. 그것도 매우 마땅한 것이기는 하지만 아무래도 어려운 문제입니다. 더욱이 주인어른은 일이 끝난 것 같은데 그것을 두고두고 질질 끌면 싫어하시지요. 하지만 그런 일이 가끔 있어서 그때마다 아무 상관도 없는 우리가 뒤치다꺼리를 하게 됩니다. 밀린 빚을 거두는 일은 엄격히 처리해야 한다는 것이 그분의 원칙이고 또한 그 점에서는 철저하시지요. 그러니 그분의 마음을 움직여 양해를 구하는 것은 어려운 일입니다. 그런 일은 하지 말아주십시오. 부탁입니다. 전혀 소용없는 일이니까요.'

이 말을 듣고 부탁할 생각은 접었지만 완전히 단념한 것은 아니었습니다. 뭐니 뭐니해도 집행하는 것은 집사에게 달려 있으니까 가능하면 일을 너그럽게 처리해 달라고 그에게 끈질기게 부탁했어요. 그런 인물들이 흔히 그러듯이 임시방편으로 그는 일단 일을 조용히 처리할 것을 약속했어요. 이것으로 그는 나에게서 벗어났지만 나는 긴장되고 초조한 마음이 더해 갈 뿐이었어요. 나는 마차에 몸을 싣고, 집에 있었더라면 관여했을 번거로운 일을 모두 등졌던 것이지요.

　마음속에 남은 생생한 인상이란라는 것은 어떤 상처와 같은 것으로, 우리는 상처를 입어도 처음에는 그것을 느끼지 못하지요. 나중에 가서야 비로소 쑤시고 곪기 시작합니다. 나에게는 저 정원에서 일어난 일이 바로 그런 것이었습니다. 혼자가 되어 아무것도 하지 않고 있을 때마다 애걸하던 아가씨의 모습이 그녀를 둘러싼 모든 광경과 함께 나무와 숲, 그녀가 무릎을 꿇은 장소, 그녀로부터 떨어지려고 내가 들어간 길과 함께 모든 것이 하나로 합쳐져 선명한 그림과도 같이 내 마음속에 떠오르는 것이었습니다. 그것은 지워질 수 없는 인상으로, 다른 영상이나 관심으로써 흐려진다든지 덮어버릴 수는 있어도 지울 수는 없었습니다. 조용할 때면 그 인상이 언제나 여지없이 나타나 그것이 오래 이어지면 질수록 나는 나의 생활신조, 나의 습관과는 달리 등에 짊어진 죄의 아픔을 한결 더 강하게 느꼈습니다. 확실하게 약속한 것도 아니고, 처음으로 그런 처지에 빠져 당황하여 더듬거린 것뿐인데도.

　나는 처음 한동안은 편지를 써서 집사에게 그 사건은 어떻게 되었는지 물었습니다. 그의 대답은 조금씩 늦어지더니 차츰 답변을 피하기 시작하다가 이어 말투가 모호해지더니 마지막에 가서는 완전히 잠잠해졌습니다. 집으로부터 조금씩 멀어질수록, 나와 고향 사이에 여러 일들이 끼어들게 되어 나는 많은 것을 관찰하고 많은 일에 관여하지 않을 수 없었습니다. 그 장면은 사라져갔고 그녀의 이름까지 잊어버리게 되어 그녀에 대한 추억이 떠오르는 일도 갈수록 드물어졌습니다. 게다가 글로 쓴 편지 대신 물건 같은 징표를 보내는 나의 변덕도 지난날 내가 처했던 상황을 거의 모두 지워버리게 하는 데에 매우 큰 영향을 주었습니다. 다만 집 가까이에 온 이제야, 가족들이 이때까지 나 없이 지내온 것에 대해 이자까지 쳐서 갚아야지 마음먹고 있는 지금에 와서야 이상한 후회가—나로서도 이상하다고 표현할 수밖에 없지만—다시 무섭게 나를 덮치는 것입니다. 그 아가씨의 모습이 가족들 모습과 함께 새로이 되살아나, 내가 밀어서 떨어뜨린 불행 속에서 그녀가 파멸했다는 소식을 듣게 되지 않을까 하는 것이 무엇보다 무서운 것입니다. 왜냐하면 내가 먼저 약속해 놓고도 그것을 실행에 옮기지 않은 것이 그녀를 파멸로 이끄는 하나의 행위인 것이며 그녀의 불행한 운명을 촉진하는 것이기 때문이지요. 벌써 천 번이나 나는 자신에게 타일렀습니다. 이런 감정은 결국 하나의 약점에 지나지 않는다, 내가 일찍이 약속 같은 것은 절대로 하지 않겠다고 원칙을 세운 것은 어떤 고매한 감정에서 온 것이 아니라 오로지 후회를 두려워했었기 때문이라고. 그런데 여태까지 내가 피해온 그 후회라는 감정이 이미 지나간 천 가지 기회를 대신하여 이번 기회를 잡고 나를 괴롭힘으로써 나에게 복수하려는 것만 같았습니다. 그런데도 그 모습, 나를 괴롭히는 그 장면은 참으로 기분 좋고 사랑스러운 것이어서 나는 언제나 그것을 마음속에 그리지 않을 수 없었지요. 그리고 그 일을 생각할 때면 그녀가 내 손에 한 키스가 나에게 오늘도 알알이 뇌리에 새겨지는 것입니다.”

레나르도는 입을 다물었다. 그래서 빌헬름은 재빨리 유쾌하게 대답했다. “그렇다면 이따금 추신에 그 편지의 가장 흥미로운 내용이 쓰여 있는 것처럼 나는 추가보고로써 당신에게 이를 데 없이 큰 봉사를 해드린 셈이군요. 사실 나는 발레리네에 대해서는 그저 지나가는 길에 들었을 뿐이기 때문에 그다지 아는 것이 없지만요. 그러나 확실한 것은 그녀는 이제 어느 유복한 지주의 아내가 되어 만족스러운 생활을 하고 있다는 것입니다. 당신의 큰어머니가 헤어질 때 나에게 분명히 그렇게 말씀하셨습니다.”

“정말 잘됐군요.” 레나르도가 말했다. “이것으로 나를 옭아매는 것이 모두 없어졌습니다. 당신이 내 죄의 소멸을 선고해 주었으니, 이제 그렇지 않아도 나를 기다리다 지쳐 있는 우리 가족에게 가십시다.” 빌헬름이 대답했다. “유감스럽지만 나는 당신과 동행할 수가 없어요. 나는 특별한 의무를 지고 있어서 어디에서나 사흘 이상은 머물러서는 안 되고 같은 땅을 1년 안에 두 번 밟아서는 안 됩니다. 이런 이상한 계율을 굳게 지키는 이유를 더 자세히 말할 수 없는 점을 용서하십시오.”

“유감스럽군요.” 레나르도가 말했다. “이렇게 빨리 헤어져야 하다니요. 내 쪽에서 무언가 당신에게 도움이 되었으면 했는데 그것도 해드리지 못해 유감입니다. 그러나 모처럼 신세를 졌으니, 이렇게 된 바에 당신이 발레리네를 찾아가 그녀의 형편을 알아보고 나서 편지로든 말로든—만나는 제3의 장소는 곧 찾을 수 있을 겁니다만—내가 안심하도록 자세한 소식을 전해 주시면 참으로 기쁘겠습니다만."

이 제안에 대해 두 사람은 계속 의견을 나누었다. 발레리네의 거처는 빌헬름이 이미 알고 있었다. 그는 그녀를 방문할 것을 승낙했다. 제3의 장소도 결정이 되어, 레나르도 남작은 여인들이 있는 곳에 남아 있는 펠릭스를 데리고 그곳으로 오기로 했다.

레나르도와 빌헬름은 나란히 말을 타고 달리면서 여러 대화를 나누며 아늑한 풀밭을 한동안 지나 차도에 아르러 남작의 마차가 있는 곳에 다다랐다. 마차는 주인을 태워 고향으로 돌아갈 계획이었기 때문에 두 친구는 거기서 헤어지려고 했다. 빌헬름은 짤막하지만 다정하게 이별을 고하고 다시 한 번 남작에게 얼마 안 있어 발레리네에 대한 소식을 전할 것을 약속했다.

레나르도가 말했다. "곰곰이 생각해 보니 내가 당신과 함께 가더라도 길을 좀 돌아서 가는 것뿐이니, 내가 직접 발레리네를 찾아가서 안 될 이유가 있겠습니까? 이 눈으로 그녀의 행복한 모습을 확인한다는 것이 뭐가 나쁜가요? 당신은 친절하게도 심부름을 떠맡겠다고 말씀해 주셨는데 그런 당신이 내가 같이 가는 것을 싫어할 리가 있겠습니까? 법률 문제를 잘 처리할 줄 모르는 경우 법적인 보호자가 필요한 것처럼 나는 동행자가 필요합니다. 도덕상의 원조자 말이지요."

빌헬름은 오랫동안 떠나 있던 그를 집에서 기다리고 있으며, 마차만 돌아가면 이상하게 여길 것이라는 등 이리저리 설득해 보았지만 레나르도의 마음을 돌릴 수는 없었다. 결국 그는 동행을 승낙했다. 그러나 앞으로의 일이 걱정이 되어 기분이 좋지 않았다. 이리하여 하인들에게는 집에 돌아가서 할 말을 알려주고는 두 친구는 발레리네의 거처로 가는 길에 들어섰다. 이 지역은 기름졌고 농업의 본거지인 것 같았다. 발레리네 남편의 소유지도 이를 데 없이 잘, 그리고 정성들여 일구어져 있었다. 레나르도는 그와 나란히 말을 달리면서 한 마디의 말도 없었기 때문에 빌헬름은 토지 상태를 자세히 살펴볼 여유가 있었다. 드디어 레나르도가 입을 열었다. "다른 사람이 내 처지라면 아마 남몰래 발레리네에게 다가가려고 하겠지요. 자기가 상처를 준 여성의 눈앞에 모습을 나타내는 것은 아무리 생각해도 고통스러운 일입니다. 그러나 나는 스스로 그 심정을 감수하는 겁니다. 처음 나를 본 그녀의 눈은 나에게 비난을 퍼붓겠지만 나는 그것을 꾹 참는 거지요. 다른 사람을 가장하고 거짓말을 하고 그것을 피하려고 하느니보다 오히려 그쪽이 낫습니다. 허위는 진실과 마찬가지로 우리를 궁지로 몰아넣는 거지요. 그리고 진실과 허위 어느 쪽이 우리에게 도움이 되는지 저울질을 해보면 단호하게 진실 쪽에 몸을 맡기는 것이 어떠한 경우에라도 애쓴 보람이 있는 것입니다. 그러니 안심하고 말을 달립시다. 나는 내가 누구라는 것을 확실하게 말하고 당신을 나의 친구 겸 동행자라고 소개하겠습니다."

이제 그들은 큰 농가에 도착해 그 구역 안에 들어가 말에서 내렸다. 소작인으로 보아도 좋을 만큼 검소한 옷차림을 한 어떤 마음씨 좋은 사나이가 두 사람을 맞이하고는 자기가 이 집의 주인이라고 했다. 레나르도가 자기 이름을 대자 주인은 그를 만나 서로 알게 된 것을 매우 기뻐하는 것처럼 보였다. "집사람은 무어라고 말할까요!" 그는 외쳤다. "집사람이 은인의 조카님을 다시 만나면 말입니다! 내 아내는 자기와 아버지가 당신의 큰아버님에게 얼마나 큰 은혜를 입고 있는지를 도저히 말로는 표현 못할 지경입니다."

순간 얼마나 이상한 생각들이 레나르도의 마음속에 교차했겠는가. '이 사나이는 자못 성실하게 보이지만 사실은 친절한 듯한 얼굴과 매끄럽지 않은 말 뒤에 괴로운 생각을 감추고 있는 것이 아닐까? 저렇게도 상냥한 외모에 갖가지 비난을 나타낼 수 있는 것일까? 왜냐하면 큰아버지가 이 가족을 불행하게 만든 것이 아니었던가? 그것을 이 사나이는 모르고 있는 것일까? 아니면' 하고 그는 얼른 희망을 품고 생각했다.

'그 사건은 내가 생각하는 것처럼 나빠지지 않은 건지도 몰라. 어쨌든 확실한 소식은 한 번도 받아본 일이 없으니까 말이야.' 이런 추측이 엇갈려서 뒤엉키고 있는 사이에, 주인은 이웃으로 나들이 간 아내를 불러들일 마차를 준비시켰다.

"집사람이 돌아올 때까지 내 나름대로 접대를 하면서 하던 일을 계속하도록 허락하신다면, 잠깐 함께 밭으로 나가 내가 농장을 어떤 식으로 운영하는지 보시지 않겠습니까? 당신은 대지주이기 때문에 경작에 필요한 귀중한 지식, 귀중한 기술에 무엇보다도 관심이 있을 테니까요." 레나르도는 그다지 반대하지 않았고 빌헬름은 지식을 얻게 되어 기뻐했다. 이 농부는 울타리 없이 경작하는 자기 소유의 토지를 완전히 파악하고 있었다. 그가 실행한 것은 그 목적에 알맞았다. 그가 씨 뿌리고 심은 것은 알맞은 자리를 차지했고, 경작 방법과 그 이유를 아주 명확하게 설명해 주었기 때문에 쉽게 이해되었으며, 그와 똑같이 해낼 수 있을 것 같은 생각이 들었다. 이것은 즉 어떤 일이건 손쉽게 해치우는 대가를 볼 때 흔히 사람들이 빠지기 쉬운 망상인 것이다.

손님들은 매우 만족스러웠으며 그저 진심으로 칭찬과 찬의를 표시하는 것밖에 달리 할 말이 없었다. 주인은 그것을 고마워하고 기분 좋게 받아들이며 말했다. "그런데 이번에는 약점을 보여드려야겠어요. 물론 약점이란 한 가지 일에 전념하는 사람이라면 누구에게서나 볼 수 있는 것이지만 말이죠." 그는 두 사람을 농기구장으로 안내하고는 그가 사용하는 농기구와 예비품, 갖추고 있는 모든 종류의 도구와 그 부속품을 보여주었다. "나는 곧잘 비난받고 있지요." 그는 말했다. "이것은 너무 지나치다고 합니다. 그러나 그렇다고 해서 나는 나 자신을 책망할 수는 없어요. 일 그 자체를 동시에 놀이처럼 즐기면서 할 수 있는 사람, 환경이 의무로서 요구하는 것을 놀이로서 즐길 수 있는 사람은 행복합니다."

두 이방인은 마음 내키는 대로 여러 질문을 하고 가르침을 받았다. 특히 빌헬름은 이 사나이가 즐겨 말하고자 하는 일반적 의견에 기꺼이 맞장구치는 것을 게을리하지 않았다. 한편 레나르도는 오히려 생각에 잠겨, 이런 상황이면 발레리네의 행복은 틀림이 없을 것이라 생각했고 그 행복을 남몰래 나누어가지는 기분이었다. 물론 자기로서도 설명할 수 없는 희미한 불안감을 동반하고 있기는 했지만 말이다.

지주의 부인이 탄 마차가 도착했을 때 세 사람은 벌써 집 안으로 돌아와 있었다. 모두는 바삐 그녀를 맞이했다. 그러나 그녀가 마차에서 내리는 것을 보았을 때 레나르도는 얼마나 놀라 질겁했던가. 그녀는 밤색 아가씨가 아니었다. 그뿐 아니라 전혀 다른 사람이었다. 아름답고 날씬한 모습은 마찬가지였지만 금발이었다. 금발 미인의 모든 장점을 빠짐없이 갖춘 금발이었다.

이 아름다움, 이 우아함에 레나르도는 몹시 놀랐다. 그의 눈이 찾고 있었던 사람은 밤색 아가씨였다. 그러나 오늘 그와 마주앉아 빛나고 있는 사람은 전혀 다른 여자였다. 이 표정도 그는 기억했다. 그녀의 말투와 거동에서 그는 얼마 뒤 확실하게 기억해 냈다. 그녀는 큰아버지 집에서 대단히 존경을 받고 있던 영주재판소장의 딸이었다. 그랬기에 큰아버지도 그녀의 혼수를 많이 장만해 주었고 이 새로운 한 쌍에게 원조를 아끼지 않았던 것이다. 이런 모든 일, 그리고 그 밖의 것들은 젊은 부인이 처음 인사에 곁들여 유쾌한 기분으로 말했던 것이다. 거기에는 뜻하지 않은 재회에서 자연적으로 드러나는 기쁨이 담겨져 있었다. 서로 자기를 알아볼 수 있느냐고 물어보면서 이만한 나이가 되면 아주 눈에 띄게 나타나는 얼굴의 변화에 대한 이야기도 나누었다. 이 발레리네는 언제 보아도 상냥한 여자였지만 홍겨운 나머지 도를 지나쳐 여느 때의 새침데기 상태에서 벗어나면 한결 더 사랑스러웠다. 모두 말이 많았고 푸짐하게 떠들었기 때문에 레나르도는 마음을 가다듬어 난감한 심정을 감출 수가 있었다. 빌헬름은 친구가 사람을 착각했다고 재빨리 눈짓을 했기 때문에 이 처지를 도와주려고 할 수 있는 일을 다 했다. 게다가 이 여자는 남작이 자기 가족을 만나기 전에 자기를 생각하여 들러준 것에 조금 우쭐해져서, 여기에는 무언가 다른 의도가, 그렇지 않으면 무언가 착오가 있는 것이 아닌가 하는 의심은 조금도 가지지 않았다.

두 친구는 자기들만의 비밀 이야기를 나누고 싶어 몸이 근질근질했지만 모두들 밤늦게까지 자리를 함께 해서 그럴 수가 없었다. 마침내 객실에 단둘이 남게 되자 곧 이야기를 시작했다.

레나르도가 말했다. "나는 어쩐지 괴로움에서 벗어나지 못할 운명인 것 같습니다. 불행하게도 이름을 착각한 것이 이렇게 괴로움을 더해 주는군요. 이 금발 미녀가 도저히 미녀라고 할 수 없는 밤색 아가씨와 함께 놀고 있는 것을 나는 자주 보았고, 나는 나이가 훨씬 위였지만 이들과 함께 들과 정원을 뛰놀며 다녔습니다. 그렇다고 해서 두 사람이 나에게 특별한 인상을 준 것은 아닙니다. 다만 한쪽 이름만을 기억하고 그것을 다른 한쪽 이름으로 생각했던 것입니다. 오늘 나는 나하고는 아무런 상관이 없는 아가씨가 그녀 나름으로 무척 행복한 것을 보고 있지만 한편으로 걱정이 되는 또 다른 여자는 이 세상에 버려져 어디에 가 있는지 그 행방조차 모르고 있습니다."

이튿날 아침 두 친구는 부지런한 농사꾼들보다도 더 빨리 일어났다. 손님을 만나는 기쁨으로 발레리네도 일찌감치 눈을 떴다. 손님들이 어떤 기분으로 아침 식사에 나왔는지 그녀는 도무지 알 도리가 없었다. 밤색 아가씨에 대한 소식을 몰라서 레나르도가 괴로운 심정이라는 것을 잘 알고 있는 빌헬름은 화제를 지난 시절, 놀이 친구, 그가 잘 알고 있는 지방, 다른 추억거리 쪽으로 돌려 갔다. 이로 말미암아 발레리네도 아주 자연스럽게 밤색 아가씨에 대해 말을 해 그 이름을 입에 올리게 되었다.

레나르도는 나호디네라는 이름을 듣게 되었다. 그 순간 그는 그 이름을 기억해 냈다. 그러나 그 이름과 함께 그처럼 애원하던 아가씨의 모습이 확실하게 되살아나 발레리네가 동정어린 말로 독실한 소작인의 재산이 차압당한 일, 그의 단념, 그리고 그가 작은 보따리를 든 딸에 기대어 떠나간 모습을 말했을 때 그다음 이야기를 듣는다는 것은 도저히 견디어낼 수 없을 지경이었다. 레나르도는 지금 당장이라도 무너질 기분이었지만 다행인지 불행인지 발레리네가 꽤 자세하게 말해 주었기 때문에 그의 동행자의 도움으로 얼마쯤 마음의 안정을 보일 수 있었다.

주인 부부는 곧 다시 방문해 주기를 인사치레가 아닌 진심으로 말했지만 두 손님은 건성으로 수락하고 작별을 고했다. 그리고 자기에게 무언가 좋은 일이 있을 것이라 자부하는 인간에게는 무슨 일이든 행복이 될 수 있는 것처럼 발레리네는 레나르도의 침묵과 작별할 때의 눈에 띄게 당황하는 태도 그리고 갑작스러운 출발 등을 자기에게 이롭게 해석했다. 그래서 착한 농부의 충실하고 애정이 가득한 아내임에 틀림없지만 다시 싹튼, 아니 자기 생각에 새롭게 싹튼 것으로 보이는 옛날 지주의 관심에 어느 정도 들뜬 기분을 억누를 수가 없었다.

이런 이상한 일이 있은 뒤 레나르도는 말했다. "아름다운 희망을 품고 있었지만 항구 근방에까지 와서 난파를 한 셈인데, 이 일은 일단 이쯤에서 단념하고, 앞일은 잘 모르겠지만 지금으로서는 안심하고 가족한테로 돌아갈 수 있는 것은 하늘이 당신과 같은 사람을 나에게 보내준 덕분입니다. 당신의 독특한 사명에 여행의 목적지나 목적은 상관없지요? 나호디네를 찾아가 그 소식을 나에게 전해 주세요. 그녀가 행복하면 나는 만족합니다. 그녀가 불행하면 내 돈으로 그녀를 도와주십시오. 거절하지 말고 일을 처리해 주세요. 돈을 아낀다든지 나 때문에 염려를 한다든지 하지는 말아주십시오."

빌헬름은 미소지으며 말했다. "그렇지만 이 세상 어디로 발을 옮겨야 합니까? 당신에게 그런 예감이 없으면 내가 어떻게 움직이겠습니까?"

"내 말을 들어보세요." 레나르도가 대답했다. "어젯밤 내가 절망한 나머지 가만있지 못하고 여기저기 걸어다니는 것을 보았지요? 나는 흥분하여 머릿속도 마음속도 완전히 뒤죽박죽되어 있었는데 그때 다정한 어떤 노인이 머리에 떠올랐습니다. 훌륭한 사람인데, 그다지 나에게 훈계를 하지 않으면서도 나의 소년시절에 큰 감화를 준 사람입니다. 이분은 진귀한 미술품과 골동품 때문에 이상하리만큼 집에 얽매여 있어서 집을 떠나는 것도 잠시뿐이었는데, 그런 처지가 아니었더라면 나는 그분에게 여행의 일부분만이라도 꼭 동행하고자 청했을 겁니다. 내가 알기로 이분은 이 세상에서 무언가 어떤 고귀한 끈으로 이어져 있는 모든 일에 폭넓은 지식을 가지고 있습니다. 어서 그분한테 가서 내가 말한 대로 전해 주십시오. 그의 섬세한 감각으로 그녀를 찾아낼 장소나 지방을 암시해 주실 겁니다. 내가 이렇게 딱한 상황에 놓이고 보니 그 아가씨의 아버지가 독실한 경건파 신도였던 것이 생각났습니다. 그래서 이 순간 나도 아주 경건한 마음이 되어 도덕적 세계질서를 향해 이렇게 기도하고 싶습니다. 나를 위해 여기 다시 한 번 모습을 나타내시어 기적적인 은총을 베풀어주십사 하고요."

빌헬름이 대답했다. "그건 좋다고 하더라도 또 한 가지 어려운 문제가 있습니다. 나는 펠릭스를 어디로 데려가야 합니까? 이처럼 확실치 않은 길을 함께 데리고 다니고 싶지도 않거니와, 그렇다고 해서 그 애를 떼어두고 싶지도 않습니다. 내 생각으로는 아들은 아버지의 눈이 닿는 곳에 있을 때 가장 잘 성장해 가는 것이니까요."

"그렇지 않습니다." 레나르도가 대답했다. "그것은 아버지의 눈 먼 사랑에서 오는 잘못된 생각입니다. 아버지란 아들에 대해 어떤 전제적 관계를 가지고 있어서 자식의 장점은 인정하지 않고 그 결점을 기뻐하는 법입니다. 그래서 옛날 사람들도 이미 말했습니다. '영웅의 자식은 아무 데도 쓸모없다'고요. 그리고 나도 세상을 널리 돌아다니면서 정말로 그렇다는 것을 뼈저리게 느꼈습니다. 아까 말한 노인한테 지금 곧 편지를 써서 당신에게 드리겠지만 다행히 그는 그런 점에 대해서도 가장 좋은 지식을 제공해 줄 것입니다. 몇 년 전 그를 마지막으로 만났을 때 어떤 교육 단체[*29]에 대해 참으로 많은 것을 이야기해 주었는데 나에게는 그것이 하나의 유토피아로밖엔 생각되지 않았습니다. 현실의 모습을 띤 일련의 이념, 사상, 제안, 계획이 제시되어 그것들은 물론 서로 연관되어 있지만 일상적인 사물의 운영 과정에서는 합쳐지기가 어려운 것으로 보였습니다. 그러나 나는 그라는 인물을 잘 알고 있고 그는 현실의 모습을 통해 가능한

---

*29 '교육주'에 대해 처음으로 시사하는 말이다.

것과 불가능한 것을 실현하는 것을 좋아하기 때문에 나로서는 그냥 내버려 두었는데, 그것이 지금 우리에게 도움이 되는 거지요. 틀림없이 그는 당신이 안심하고 아들을 맡겨 현명한 지도 아래 최고의 성과를 기대할 수 있는 그런 장소와 그곳 사정을 당신에게 정확히 가르쳐 줄 것입니다."

이렇게 서로 이야기를 하면서 말을 몰고 가는데 어떤 품위 있는 별장이 그들의 눈에 들어왔다. 근엄하지만 친밀감이 느껴지는 양식의 건물로, 앞뜰은 확 트여 있고 고상한 넓은 주변에도 나무들이 무성하게 심어져 있었다. 문과 창은 굳게 닫혀 있어 적막하기만 한데, 손질이 구석구석까지 잘되어 있음을 알 수 있었다. 입구에서 무슨 일인가를 하던 초로의 사나이에게 물으니, 이것은 어느 젊은이가 상속 받은 것으로 얼마 전에 죽은 아버지에게서 물려받았다고 했다.

두 사람은 더 물어본 뒤에 다음과 같은 사실을 알아냈다. 여기는 유감스럽게도 모든 것이 너무나 잘 정돈되어 있어서 젊은 상속자는 아무것도 할 일이 없었고, 이미 있는 것을 누리는 것은 그의 성격에 맞지 않았다. 그래서 산 근처에 있는 어느 장소를 택해 자기와 친구들을 위해 이끼를 얹은 별채를 세워 사냥꾼용 은둔지를 만들려고 하고 있다. 이야기하는 사람 자신에 대해 말하자면 그는 전주인 시절부터 일하던 집사로, 어느 땐가 손자가 나타나 할아버지의 취미와 재산을 남겨놓은 대로 물려받게 될 때까지 집이 상하지 않도록 그것을 보존하는 데에 무엇보다 세심한 주의를 기울이고 있다는 것이다.

두 사람은 한동안 말없이 길을 가다가 레나르도가 입을 열어 자기 생각을 말했다. 처음부터 시작하려고 하는 것이 본디 인간의 타고난 성질이라고. 이에 대해 친구는 대답하기를, 그것은 얼마든지 설명할 수 있고 변명할 수도 있다, 엄밀히 말해 누구나 처음부터 시작하기 때문이라고 말했다. 그가 말했다. "그렇지만 어떤 사람이라도 조상을 괴롭혀왔던 고민에서 벗어날 수는 없습니다. 그러니 조상이 누리던 기쁨이라면 한 가지라도 잃고 싶어하지 않는다 해서 그 사람을 나쁘게 생각할 수 있을까요?"

레나르도는 대답했다. "당신 말에 힘을 얻어 고백한다면, 나는 본디 내가 만든 것이 아니면 어느 것이고 힘을 쏟을 기분이 나지 않습니다. 하인 하나라도 내가 어렸을 때부터 좋아했던 사람이 아니고는 전혀 마음에 들지 않았고, 말까지도 내가 평소에 타서 길들인 것이 아니면 싫어합니다. 그런 성향의 결과로 나는 어쩔 수 없이 갖가지 원시상태에 무척 마음이 끌립니다. 문화 수준이 높은 나라나 민족들 사이를 많이 여행했지만 그래도 이 감정만은 약해지지 않았어요. 저의 상상력은 바다 저쪽에서 즐거움을 구하지요. 그 새로운 땅에는 그때까지 내버려두었던 우리집 소유지가 있는데, 거기에 가면 내가 마음속에 남몰래 품어왔던 계획이 나의 희망대로 차츰 열매를 맺고 있어 그것이 마지막에는 이루어지리라 기대하고 있습니다."

"거기에 대해 나는 아무런 이론이 없습니다." 빌헬름이 대답했다. "새로운 것, 막연한 것에 끌리는 그런 생각에는 뭔가 어떤 독자적인 것, 위대한 것이 있습니다. 다만 염두에 두기를 바라는 것은, 그런 계획은 공동으로 추진해야 좋은 결과를 가져올 수 있다는 것이지요. 당신이 그곳으로 건너가면 거기에서 가족 소유의 땅을 찾게 되겠죠. 내 동지들이 꼭 같은 계획을 품고 거기에 벌써 이주하고 있습니다. 사려 깊고 지혜로우며 역량 있는 이 사람들과 당신이 힘을 합치면 그로 인해 서로 모두 일도 쉬워지고 확장될 겁니다."

이런 말을 주고받는 사이에 두 친구는 드디어 헤어져야 할 장소에 이르렀다. 둘은 편지를 쓰려고 앉았다. 레나르도는 앞서 말한 좀 독특한 노인에게 친구를 소개하고, 빌헬름은 그가 새로이 알게 된 인생의 동료를 동지들에게 언급하여 그것이 자연히 소개장이 되었다. 빌헬름은 편지 끄트머리에 그가 야르노와 논의했던 일을 전하면서, 자기에게 영원한 유대인이라는 낙인을 찍은 부당한 결사의 조건[*30]으로부터 가능한 한 빨리 해방되고 싶은 이유를 다시 한 번 설명했다.

이 편지를 주고받을 때 빌헬름은 친구에게 신중하게 처신하도록 다시 한 번 잘 말해 두어야겠다는 생각을 억누를 수 없었다.

그가 말했다. "나는 말이죠, 당신처럼 착한 사람을 마음의 불안으로부터 벗어나게 하고, 동시에 만약 당신이 찾는 사람이 처참한 상황에 있다면 거기서 그녀를 구해 내는 것을 내 처지에서 매우 바람직한 임무라고 생각합니다. 이런 목표는 항해할 때 목표로 삼는 별과 같은 것입니다. 도중에 무슨 일이 일어나 어떤 일을 당할지 모르면서도 나아가는 것이지요. 그러면서도 나는 당신이 어쨌든 여전히 위험에 직면해 있다는 것을 부정할 수 없습니다. 당신이 약속을 피하는 사람이 아니라면, 당신에게 그토록 소중한 그 여성을 다시는 직접 만나

---

*30 계속 떠돌아 다녀야만 한다는 결사의 계율.

지 않겠다고 내게 약속해 주세요. 그리고 그녀가 실제로 잘 지낸다는 것을 내가 알려주면, 그녀가 진짜 행복하든 행복하도록 도와줘야 하든 간에 그것으로 만족하겠다는 약속이 꼭 필요합니다. 그러나 나는 당신에게 그와 같은 약속을 받을 힘도 없고 그럴 작정도 아닙니다. 그렇기 때문에 당신에게 중요하고 신성한 모든 것을 걸고 당신 자신을 위해, 가족을 위해, 새로운 친구가 된 나를 위해 어떠한 핑계로라도 저 행방불명이 된 여성에게는 절대로 접근하지 말 것을 부탁드립니다. 내가 그녀를 찾은 장소라든지 그녀를 두고 떠나는 고장에 대해 자세히 설명하는 것이나, 아니 입 밖에 내는 것조차도 나에게 요구하지 말 아주십시오. 그녀는 행복하게 지내고 있다고 내가 말하면 그 말을 그대로 믿는 것입니다. 그렇게 하면 당신은 해방이 되고 마음도 편해지죠."

레나르도는 미소 지으면서 대답했다. "당신이 그처럼 나를 위해 힘써주신다 면 그것으로 나는 감사할 뿐입니다. 당신이 무엇을 하고 또 어떤 일을 할 수 있 는지는 모두 당신에게 맡기겠습니다. 그리고 나의 일은 시간과 판단력, 그리고 가능한지 어떤지는 모르겠지만 분별력에 맡겨주십시오."

"실례했습니다." 빌헬름은 대답했다. "그렇지만 애정이라는 것이 얼마나 뜻하 지 않은 형태로 우리에게 스며들어오는 것인가를 아는 사람으로서, 상황이나 형편으로 볼 때 반드시 불행과 혼란을 불러올 그런 일을 친구가 원하는 것이 아닌가 생각하면, 걱정하지 않을 수가 없습니다."

레나르도가 말했다. "내가 희망하는 것은, 그 아가씨가 행복하다는 소식을 듣고 그녀에게서 벗어나는 것입니다." 두 친구는 헤어졌다. 그리고 저마다 자기 갈 길을 향해서 떠났다.

제12장

쾌적한 길을 한동안 지나가는 사이 빌헬름은 편지에 적혀 있는 도시에 도착 했다. 도시는 밝고 도시계획도 잘되어 있었다. 그러나 이 새로운 겉모습은 이 도시에 얼마 전 큰불이 났다는 사실을 너무나도 생생하게 증명해 주었다. 편 지 주소를 더듬어가자 드디어 화재를 모면한 도시 변두리 한 모퉁이에 있는 어 느 집에 이르렀다. 오래되고 장중한 건물이었지만 보존이 잘된, 외관이 깨끗한 집이었다. 독특하게 짜 맞추어진 반투명 창유리는 안에서 보면 보기 좋은 찬란한 색채일 것으로 생각되었는데, 아니나 다를까 내부는 그와 마찬가지로 겉모양과 잘 어울렸다. 깨끗한 방마다 이미 여러 세대에 걸쳐 사용되어 온 것 같은 도구가 보였고, 이것들에 섞여 듬성듬성 새로운 것도 있었다. 집주인은 비슷하게 장식된 한 방에서 그를 따뜻하게 맞아주었다. 그곳에 있는 시계들은 이때까지 많은 탄생과 죽음의 시간을 알려왔을 것이다. 그리고 주위에 있는 물건들은 과거 또한 현재로 옮겨 놓일 수 있음을 상기시켰다.

방문객이 편지를 내밀자, 주인은 그것을 뜯지도 않은 채 옆에 놓고는 가벼운 대화를 나누면서 손님과 빨리 가까워지려고 했다. 두 사람은 얼마 안 있어 마음을 털어놓았고 빌헬름이 평소 습관과는 달리 방 안을 유심히 둘러보았을 때 인자한 노인은 말했다. "이곳에 흥미를 느끼시는군요. 여기서는 물건이 얼마나 오래 존재할 수 있는지를 보시는 겁니다. 이 세상의 변천이 너무나 빠르기 때문에 그것에 맞서기 위해 이런 것도 보아둘 가치가 있는 겁니다. 이 홍차 주전자는 이미 나의 부모님이 쓰시던 것으로, 저녁 가족 모임의 증인입니다. 구리로 된 난로 덮개는 이 낡고 큼직한 불집게가 일으키는 화기로부터 오늘도 우리를 보호해 주고 있어요. 모든 것이 다 이런 식이지요. 나는 그토록 많은 인간으로부터 시간과 정력을 빼앗아가는 이런 외적인 요구의 변화에 전혀 신경을 쓰지 않기 때문에 꽤 많은 다른 일에 관심을 쏟고 그것들을 다룰 수가 있었어요. 자기가 소유한 것에 대한 애정어린 관심은 인간의 마음을 풍요롭게 하지요. 그것은 인간이 아무래도 좋은 그런 것에 관심을 기울임으로써 추억의 보물을 쌓아올려가는 것이기 때문입니다. 내가 아는 한 젊은이는 사랑하는 아가씨와 헤어질 때 핀 하나를 슬쩍 훔쳐 윗옷 가슴 장식으로 날마다 달아, 여러 해에 걸친 긴 항해에서도 소중히 보배처럼 지니고 다니다가 다시 가지고 돌아왔다 하더군요. 우리 같은 보통사람들에게는 이런 것이 하나의 미덕으로 여겨질 수 있는 것이지요."

빌헬름이 대답했다. "그러나 멀고 긴 여행에서 뽑아버리고 싶은 가시를 가슴에 품고 돌아오는 사람들도 적지 않을 겁니다." 노인은 그러는 동안 편지를 펴서 다 읽었는데 레나르도의 사정에 대해서는 아무것도 모르는 모양이었다. 그가 아까의 주제로 화제를 돌렸기 때문이다. "소유물에 대한 애착은 많은 경우 우리에게 매우 큰 힘을 줍니다. 우리집이 재난을 면한 것도 그 애착 덕분입니다. 도시가 불에 탈 때 모두들 내 집으로 와서 가재도구를 들어내어 구하려고 했어요. 그러나 나는 그것을 못하게 막고 창과 문을 모두 닫도록 명령하고는 많은 이웃들과 함께 불길에 맞섰답니다. 우리가 노력한 보람이 있어 이 도시의 한구석을 무사히 지켜낼 수가 있었습니다. 다음 날 아침 우리집의 모든 것은 당신이 지금 보시는 바 그대로, 거의 백 년 전부터 있어온 모습 그대로 놓여 있었습니다." 빌헬름이 말했다. "그러면서도 당신은 나한테 말씀하시려는 거죠? 인간은 시간이 가져오는 변화에 거역할 수 없다고 말입니다." "물론이지요." 노인이 말했다. "그러나 그러한 변화에 오래 버티며 자기 자신을 잃지 않는 인간은 역시 제구실을 다 하고 있는 거지요.

그뿐만 아니라 우리는 우리 자신의 생존을 훨씬 넘어서까지 유지하고 확보할 수 있습니다. 우리는 소유하고 있는 재산과 마찬가지로 지식을 후세에 전하고 사고방식을 다른 사람에게 물려줍니다. 그리고 나로서는 지금 소유한 재산이 문제이기 때문에 오래전부터 유달리 조심을 하여 완전히 독자적인 예비책을 강구해 왔습니다. 물론 뒤늦게야 내 소망이 이루어졌지만 말입니다.

흔히 자식은 아버지가 모은 것을 흩뜨려놓고 다른 것을 수집하거나 다른 방법으로 작업하곤 합니다. 그러나 우리가 손자를, 즉 새로운 세대를 꾹 참고 기다리고 있노라면 같은 경향, 같은 사고방식이 다시 나타나지요. 마침내 나도 우리 교육자 친구들의 배려 덕분에 유능한 청년 한 사람을 만났는데, 그는 어쩌면 우리보다 훨씬 더 옛날부터 내려오는 재산을 소중히 여기며 진기한 물건들에 심한 애착을 느끼고 있는지 모릅니다. 그는 우리집으로 불길이 번지는 것을 막기 위해 맹렬한 노력을 기울였습니다. 그로 말미암아 나의 결정적인 신임을 얻게 되었죠. 그는 두 배 세 배로 내 집의 보물을 넘겨받을 만한 자격이 있는 사람이기 때문에 나는 모든 소유권을 그에게 양도하려고 생각하고 있습니다. 아니 이미 넘겨준 것이나 다름없어요. 그 뒤로 우리 집의 수집품은 놀랄 만큼 계속 불어나고 있습니다.

물론 당신이 보고 계시는 것 모두가 우리 소유는 아닙니다. 말하자면 당신이 여느 때 전당포에서 다른 사람들이 맡긴 보석을 많이 보는 것처럼 우리집에도 사정은 가지가지이지만 여기서 보관하는 것이 안전하다면서 맡긴 다른 사람의 귀중품도 있습니다." 빌헬름은 그 아름다운 작은 상자 생각이 났다. 그는 그렇지 않아도 여행길에는 그것을 가지고 다니고 싶지 않았기 때문에 노인에게 그것을 보여주었다. 노인은 그것을 유심히 들여다보다가 그것의 제작 연대를 가르쳐 주면서 이와 비슷한 것을 꺼내 보여주었다. 빌헬름은 작은 상자를 열어봐도 괜찮을지 물었으나 노인의 의견은 그와 달랐다. "열어보아도 그다지 해롭지는 않을 겁니다. 하지만 당신은 그것을 정말이지 이상한 우연으로 손에 넣었으니 그것으로 당신의 행운을 시험해 보시지요. 당신이 행운의 별자리를 타고 났다면, 그리고 이 작은 상자에 중요한 의미가 있는 것이라면 어떤 기회에, 아니면 전혀 뜻하지 않은 때에 이 상자를 열 열쇠를 발견하게 될 것입니다." "그렇군요, 그런 일도 있겠군요." 빌헬름이 대답했다. "나도 몇 번 그런 경험이 있었습니다." 노인이 대답했다. "당신 눈앞에 있는 이것이 가장 눈여겨볼 만한 예입니다. 이 상아로 된 십자가상인데요, 이 가운데에 같은 재료로 된 머리와 발이 달린 동체를 30년 전부터 가지고 있었습니다. 이것은 다른 훌륭한 세공품들과 마찬가지로 값비싼 상자 속에 넣어 보존해 왔습니다. 그런데 거의 10년 전에 나는 이것에 붙어 있었던 명문이 새겨진 십자가를 구하게 되었습니다. 그래서 나는 그 시대의 가장 우수한 조각가에게 부탁해 팔을 달고 싶은 유혹에 빠졌습니다. 하지만 팔을 달아보니 그의 능력은 옛 조각가에 비할 때 정말 뒤처지는 것이었어요. 예술가적 열성을 찬미하기보다는 단순히 신앙의 대상으로서 바라보는 작품이 되어버렸던 것입니다.

이제 나의 기쁨을 상상해 보십시오. 얼마 전에 나는 처음부터 달려 있었던 진짜 팔을 구하게 되었습니다. 그것이 얼마나 훌륭한 조화를 이루며 여기에 달려 있는지를 당신은 보고 계십니다. 나는 이처럼 축복 받은 뜻밖의 만남에 가슴이 울렁거려 기독교의 운명이라는 것을 이것으로써 인정하고 싶은 심정을 억제할 수 없습니다. 기독교는 사실 이따금 흩어지지만, 결국은 되풀이하여 다시 십자가로 모여드는 것입니다."

빌헬름은 그 십자가상과 절묘한 섭리에 감탄했다. "당신의 충고에 따르겠습니다." 그는 덧붙였다. "열쇠가 나타날 때까지 상자는 닫힌 채 그대로 두겠습니다. 만일 나의 일생이 끝날 때까지 그냥 두게 되더라도 말입니다." "오래 살다 보면 많은 것들이 모이고 또 흩어지는 것을 보게 되지요."

바로 그때 재산을 상속받을 청년이 들어왔기에, 빌헬름은 상자를 그들에게 맡기겠다는 뜻을 밝혔다. 그러자 그는 큰 장부를 가져와서 위탁품을 기록했다. 여러 절차가 진행되고 조건들이 정해진 뒤에 영수증이 발급되었다. 거기에는 이 증서를 제시하는 사람에게 물품을 인도한다고 되어 있지만, 보관자와 수령자 사이에서 합의를 본 부호가 일치할 때에만 넘겨주기로 되어 있었다.

이런 모든 일이 끝나고 나서야 편지 내용을 의논하게 되었다. 먼저 착한 펠릭스가 있을 곳이 논의되었는데 노인은 그가 신봉하는 교육의 근본원칙 몇 가지를 밝혔다.

"모든 생활, 모든 행위, 모든 예술에는 수공업이 선행하지 않으면 안 됩니다. 손으로 하는 작업은 통제하에서만 습득되는 것이지요. 한 가지 일을 올바르게 알고 익히는 것은 백 가지 일을 어중간하게 하는 것보다 훨씬 높은 교양을 줍니다. 내가 당신에게 소개하는 곳에서는 모든 활동이 잘게 나눠져 있습니다. 생도들은 한 단계에 이를 때마다 시험을 치르게 되고, 이로 말미암아 생도들이 일관성 없이 때로는 이쪽으로 때로는 저쪽으로 마음이 쏠린다고 하더라도 그의 본성이 지향하는 바를 확실히 알게 됩니다. 지혜로운 어른들은 아이들로 하여금 무엇이 자기의 적성에 알맞은가를 혼자서 스스로 찾을 수 있도록 보살피지요. 인간은 자칫하면 자신의 사명에서 벗어나 마음 내키는 길로 빠져들기 쉽지만 그들은 이런 우회로를 줄여줍니다."

그는 말을 계속했다. "그리고 당신은 저 훌륭하게 기초가 다져진 중심점으로부터 출발한다면, 당신의 친구에게 각별한 인상을 주었던 그 착한 아가씨를 찾는 길로 인도될 것입니다. 당신 친구는 죄없는 불행한 인간의 가치를 도덕적인 감정과 고찰에 의해 드높였기 때문에 그 아가씨의 존재를 자기 삶의 목적이자 목표로 삼을 수밖에 없었던 것이지요. 나는 당신이 그를 안심시킬 수 있기를 기대합니다. 왜냐하면 신의 섭리는 넘어진 자를 들어올리고 짓눌린 자를 일으켜 세우는 천만 가지 방법을 가지고 있으니까요. 이따금 우리의 운명은 한겨울 벌판의 과일나무처럼 보일 때가 있습니다. 그 쓸쓸한 모습을 보고 어느 누가 저 굳어버린 가지들과 갈라진 잔가지들이 이듬해 봄이 오면 다시 푸르러져 꽃을 피우고 드디어는 열매를 맺을 수 있으리라고 생각할 수 있겠습니까? 그러나 우리는 그렇게 될 것을 기대하고 또 그렇게 될 것을 알고 있습니다."

제2부

제1장

순례하는 아버지와 아들은 일러주는 길을 지나 무사히 주(州) 경계에 이르렀다. 여기서 그들은 여러 귀중한 경험을 하게 된다. 첫발을 들여놓자 매우 기름진 땅이 그들 눈에 들어왔다. 완만한 언덕은 농사짓기에, 높은 산지는 양을 치기에, 넓은 골짜기 사이 평지는 가축을 기르기에 알맞았다. 추수를 앞둔 때라서 모든 것이 풍요롭기만 했다. 그러나 이들을 어리둥절하게 만든 것은, 이곳에는 어른들은 보이지 않고 청소년들만이 일하고 있다는 사실이었다. 그들은 행복한 수확을 준비할 뿐 아니라 벌써 즐거운 추수감사절 준비까지 하고 있었다. 두 순례자는 이 사람 저 사람에게 인사를 하고 원장*1에 대해서 물었지만 아무도 그가 사는 곳을 알지 못했다. 이들이 갖고 있는 편지 수신인은 '원장님께 또는 세 장로님께'라고 적혀 있었는데 소년들은 이에 대해서도 잘 몰랐다. 그러나 그들은 질문자에게, 때마침 말에 올라타려던 한 감독한테 가보라고 했다. 그래서 두 순례자는 그 감독에게 자신들이 찾아온 목적을 말했다. 펠릭스의 솔직한 태도가 그 사람에게 호감을 준 것 같았다. 이렇게 하여 세 사람은 말을 타고 한길을 달렸다.

빌헬름은 소년들의 옷 모양과 색깔이 가지각색이어서 참 이상하다는 느낌을 받았다. 궁금해서 그 이유를 감독에게 물어보려는 순간 더 이상한 모습이 눈에 들어왔다. 아이들 모두가, 각자 하던 일을 멈추고 저마다 다른 독특한 몸짓으로 말을 타고 지나가는 사람들 쪽으로 몸을 돌린 것이다. 이 행동이 감독

---

*1 '교육주'라는 집단학원 원장이다. 괴테가 여기서 서술한 것과 비슷한 교육시설이 실제로 그 무렵 스위스에 존재했음을 1907년에 융만이 입증했다. 융만에 의하면 페스탈로치의 제자인 펠렌베르크가 베른시 근교에 이런 교육시설을 운영하고 있었다 한다. 따라서 괴테의 이 학원 서술에 페스탈로치가 끼친 영향을 간과할 수 없다.

을 향한 것임은 쉽게 추측할 수 있었다. 어린 소년들은 팔을 십자형으로 가슴 위에 얹고는 즐거운 표정으로 하늘을 올려다보았다. 가운데 아이들은 뒷짐을 지고 미소 지으면서 땅을 굽어보았다. 이어 세 번째 아이들은 똑바로 씩씩하게 한 줄로 서서 팔을 늘어뜨리고 머리를 오른쪽으로 돌렸는데 그것은 앞선 아이들이 각자의 자리에서 움직이지 않고 서 있는 것과는 사뭇 달랐다.

세 사람이 말을 세우고 내리자, 때마침 많은 아이들이 저마다 다른 자세로 줄지어 서서 감독에게 검열을 받고 있었다. 그때 빌헬름은 이러한 몸짓이 무엇을 뜻하는지 물었다. 펠릭스가 대화에 끼어들었다. "저는 도대체 어떤 자세를 해야 합니까?" 감독이 대답했다. "일단 먼저 팔을 가슴에 얹고 눈을 다른 데로 돌리지 말고 진지하고도 쾌활하게 위를 올려다봐야 해." 펠릭스는 하라는 대로 따라 하고 외쳤다. "이건 그리 마음에 들지 않아요. 위에는 아무것도 없는걸요. 계속 이러고 있는 건가요? 아냐 이제 됐을 거야." 그는 이렇게 말하더니 갑자기 기뻐서 소리쳤다. "아니! 매 두서너 마리가 서쪽에서 동쪽으로 날아가고 있어요. 이것은 틀림없이 좋은 징조겠죠?"

"네가 받아들이기 나름이고 또 행동하기 나름이지." 감독이 대답했다. "저 아이들이 서로 어울리듯 너도 저 아이들에게로 가서 함께 어울려라." 그가 신호를 보내자 아이들은 자기 대열을 떠나 전처럼 일도 하고 놀기도 했다.

"괜찮다면" 빌헬름이 이어 말했다. "여기서 내 궁금증을 풀어주실 수 있습니까? 저런 몸짓과 자세가 당신을 맞이하는 인사라는 것은 알겠습니다만."

"맞습니다." 감독이 대답했다. "저 인사법으로 소년들 하나하나의 교양이 어느 단계인지 나는 금방 알 수 있죠."

"그렇다면, 그 서열의 단계 의미를 설명해 주실 수 있습니까?" 빌헬름이 되물었다. "서열이 있다는 것은 한눈에 봐도 알겠으니 말입니다."

"그 답변은 나보다 더 높은 사람들이 할 일입니다." 상대는 말했다. "그러나 이것만은 확실히 말씀드릴 수 있습니다. 공허한 표정이나 몸짓이 아니라, 아이들에게 최고라고는 할 수 없지만 그로 인해 알기 쉽고 중요한 지도의 의미가 전달된다는 것입니다. 그러나 동시에 아이들 저마다에게 알맞다고 여겨져 지시된 것은 혼자만 가슴속에 품고 간직하도록 명령한답니다. 그들은 외부에서 온 사람뿐 아니라, 심지어 동료끼리도 그것에 대해 말하지 못하게 되어 있습니다. 이런 식으로 교훈은 수백 가지로 변형되지요. 비밀을 지키면 아주 큰 이익을 얻게 됩니다. 왜냐하면 사람들은 흔히 상대가 무엇을 안목으로 삼고 있는지 빨리 알게 될수록 그 배후에는 아무것도 없으리라 생각하기 때문이죠. 어떤 종류의 비밀은 그것이 공공연한 사실이라 하더라도 은폐와 침묵으로 경의를 표시해야 합니다. 이것이 수치심은 물론 미풍양속에도 영향을 끼치니까요."

"말씀하신 내용은 잘 알겠습니다." 빌헬름이 말했다.

"우리가 신체 단련에 필요한 것을 굳이 정신적인 면에 적용하지 말아야 할 이유가 있겠습니까? 아마 당신은 다른 문제에서도 나의 호기심을 채워줄 수 있을 것입니다. 모양과 색깔이 저마다 다른 옷차림이 유난히 눈에 띄었습니다. 그러나 모든 색깔이 그런 게 아니라 두세 가지 가장 밝은 색깔부터 어두운 것까지 미묘한 농담의 차이를 보이고 있습니다. 내가 본 바로는 그것이 나이나 공적의 단계를 나타내는 것 같지는 않습니다. 가장 큰 아이에서부터 가장 작은 아이까지 어울려 모양과 색이 똑같은 옷을 입기도 했고, 또 같은 몸짓을 취하는 소년들이라 해서 옷들이 서로 일치하는 것은 아니었기 때문이죠."

"그 점에 대해서도" 감독은 대답했다. "나는 더 이상 드릴 말씀이 없습니다. 하지만 내 생각이 틀리지 않다면, 당신은 이곳을 떠나기 전에 모든 의문점들에 대한 해명을 들으실 수 있을 것입니다."

그들은 이제 원장이 있을 만한 곳을 찾아서 쫓아갔다. 그런데 이 새내기 빌헬름은 그들이 영지 안으로 깊숙이 들어갈수록 아름다운 노랫소리가 차츰 더 크게 들려온다는 것을 필연적으로 알게 되었다. 소년들은 무엇인가 시작하거나 어떤 일을 할 때 늘 노래를 부르고 있었다. 또 일마다 특별히 잘 어울리는 노래가 있는 모양이어서 하는 일이 같으면 어디에서나 같은 노래를 부르는 듯했다. 소년들이 한자리에 여럿 모이면 서로 번갈아 중창을 했다. 저녁때에는 춤을 추는 아이도 나타나 합창에 맞추어 흥겹고 정확하게 스텝을 밟았다. 펠릭스도 말 위에서 목소리를 맞춰 노래를 따라했는데 거의 틀리지 않았다. 빌헬름은 그 일대를 활기차게 하는 이 즐거움에 흐뭇해했다.

그는 감독에게 말했다. "아마 이러한 교육에 큰 의의를 부여하는 것 같군요. 그렇지 않고는 이런 숙련된 기능이 그처럼 넓고 온전하게 양성될 리 없었겠지요."

"그렇습니다." 감독이 대답했다. "우리 교육원에서는 노래가 교육의 첫 단계로, 다른 모든 과정이 노래를 통해 이어지고 퍼져 나갑니다. 아무리 단순한 오락이나 교훈이라도 여기서는 노래로 활기를 불어넣고 마음에 새기곤 합니다. 그뿐 아니라 신앙고백이나 도덕률을 전할 때도 우리는 노래를 이용합니다. 아이들이 자신의 여러 목표에 다다르기 위한 그 밖의 다른 이점들도 바로 이것과 밀착해 있습니다. 왜냐면 아이들이 발음하는 음성을 기호로써 석판 위에 쓰는 것을 가르친다든지, 기호에 따라 소리 내어 그걸 읽게 한다든지, 가사를 그 아래에 쓰게 하여 아이들을 훈련시키기 때문에 손과 귀와 눈이 동시에 훈련되어 예상보다 빨리, 바르고 아름답게 글을 쓰는 방법을 습득하게 된답니다. 이러한 모든 것은 결국 순수한 척도와 엄밀하게 규정된 수에 따라 연습되고 수행되어야 하기에 그들은 어떤 방법보다도 훨씬 빨리 측량과 계산법의 높은 가치를 파악하게 됩니다. 이런 관계로 생각할 수 있는 모든 것들 가운데에 음악을 우리 교육의 밑바탕으로 택한 것입니다. 다른 모든 것들로 통하는 순탄대로가 음악에서 시작되기 때문입니다."

빌헬름은 계속해서 그의 호기심을 채우려는 생각으로, 노랫소리만 들리고 악기 소리가 전혀 들리지 않아 이상하다는 생각을 감추지 않았다. "우리가 악기 연주를 소홀히 하는 것은 아니지만" 상대가 대답했다. "우리는 어느 특별한 지역, 이를테면 아주 아늑한 산골짜기 같은 데 들어가 연습을 하는데, 그 경우에도 종류별로 각기 떨어진 장소에서 가르치고 있습니다. 특히 가락이 맞지 않는 초보자들은 사람이 없는 외진 곳으로 보냅니다. 그곳에서는 아무도 그런 음색을 듣고 절망에 빠지는 일이 없을 테니까요. 당신도 인정하겠지만, 잘 정돈된 시민사회에서는 이제 막 배우기 시작한 피리 연주자나 바이올리니스트와 이웃하면서 그들이 빚어내는 괴상한 소리를 그냥 참고 들어야 하는 비참한 고통을 맛보아야 하기 때문입니다.

이곳에 있는 우리 초보자들은 누구에게도 폐를 끼치지 않으려는 마음에서 자발적으로, 길든 짧든 사람들이 살지 않은 곳으로 멀리 떠나서 사람이 사는 세계로 다시 가까이 가도 좋을 만큼 역량을 쌓으려고 열심히 연습합니다. 그래서 사람 사는 곳으로 다가가려는 시도는 이따금 누구에게나 허락되는데, 그들 중에 실패하는 사람은 좀처럼 없습니다. 왜냐하면 우리 교육원의 아이들은 그런 황야에서도 다른 시설에서와 마찬가지로 조심성 있고 신중한 태도로 연습할 줄 알기 때문입니다. 당신 아드님이 좋은 목소리를 갖고 있어 매우 기쁩니다. 다른 일에 대한 지도가 그만큼 수월해질 테니까요."

그러는 동안 그들은 펠릭스가 정식으로 학원 입학 허가를 받을 때까지 머무르면서 이곳 환경에 적응할 수 있을지 스스로 시험해 보아야 할 곳에 이르렀다. 이미 멀리에서 즐거운 노랫소리가 들려왔다. 그것은 소년들이 휴식 시간을 즐기는 연주였다. 한 사람 한 사람이 넓은 원을 그리고 서서 지휘자의 신호에 따라 즐겁게, 선명하고도 능숙하게 자기가 맡은 목소리를 합창 속에 엮어내고 있었다. 그러나 지휘자는 가끔 느닷없이 짧은 신호로 합창을 중단시키고 한 아이를 지목해, 사라져가는 음조나 생각나는 가곡 하나를 그 자리에서 혼자 부를 것을 요구했다. 대부분의 아이들이 꽤 뛰어난 실력을 보여주었고, 이 작업에 실패한 두서너 아이들은 기꺼이 벌칙을 받았지만 그렇다고 다른 아이들의 웃음거리가 되지는 않았다. 펠릭스는 아무래도 아직 어리기 때문에 쉽게 그들과 어울려 그럭저럭 그 고비를 넘길 수 있었다. 그래서 첫 번째 인사법이 그에게 주어졌다. 그는 즉시 두 손을 가슴에 얹고 위를 쳐다보았다. 장난기 있는 표정으로 보아 이런 몸짓의 숨은 뜻을 아직 그가 모르고 있다는 게 확실했다.

기분 좋은 장소, 정성어린 대접, 쾌활한 놀이친구, 이 모든 것이 소년의 마음에 들었기에 아버지가 여행길에 올라도 그다지 슬프지 않았다. 오히려 자신의 말(馬)을 떠나보내는 쪽이 훨씬 고통스러운 듯했지만, 현재 이 지역에서는 말을 데리고 있을 수 없다는 이야기를 듣더니 순순히 따랐다. 그 대신 사람들은 같은 것은 아니더라도 기운 좋고 잘 길들여진 비슷한 말을 언제고 다시 찾아주리라 그에게 약속했다.

원장을 찾을 수 없었기에 감독은 말했다. "나는 일이 있어서 이제 그만 작별 인사를 드려야겠습니다. 그러나 우리 성전(聖殿)을 관리하는, 세 장로님이 있는 곳으로 당신을 안내하겠습니다. 당신 편지는 그분들 앞으로 보내졌고 또 그분들이 원장을 대신하고 있으니까요." 빌헬름은 그 성전이 무엇을 뜻하는지 미리 듣고 싶었지만 감독이 말했다. "세 장로님은 당신 아드님을 우리에게 맡겨준 신뢰에 답하여, 당신에게 꼭 필요한 것을 현명하고 적절하게 이야기해 줄 것입니다. 제가 성전이라고 부르는 눈에 보이는 숭배의 대상은 특별한 구역에 숨겨져 있어 무엇하고도 접촉하지 않고, 방해도 받지 않습니다. 다만 일 년 가운데 어느 시기에 한해 생도들을 교양 단계에 따라 그 안으로 들여보내, 역사적이고 감각적으로 교화시킵니다. 그러면 그들이 충분한 감명을 받고 나와서 그들의 의무를 수행할 때 한동안 밑거름으로 삼게 되는 겁니다."

이제 빌헬름은 높은 벽으로 둘러싸인 산골짜기 숲 어귀에 서게 되었다. 어떤 신호로 작은 문이 열리더니 엄숙하고 당당해 보이는 한 남자가 우리 주인공을 맞이했다. 빌헬름은 녹색으로 가득 찬 넓은 장소로 안내되었다. 온갖 모양과 빛깔의 큰키나무와 떨기나무들이 그늘을 드리운 데다 높고 빼곡히 들어차 있는 자연삼림 때문에 그는 엄숙한 벽과 당당한 건물을 거의 알아보지 못할 뻔했다. 곧이어 모습을 나타낸 세 장로의 따뜻한 환대는 드디어 하나의 대화로 녹아들어갔다. 대화에서는 모두가 저마다 자신의 생각을 말했는데 그 내용을 추려 여기에 소개하겠다.

"당신이 우리를 믿고 아드님을 맡겼기에 우리에게는 당신에게 우리의 지도 방법을 좀 더 자세하게 알려드릴 의무가 있습니다. 외적인 것은 이것저것 구경하셨겠지만 그렇다고 해서 모든 것을 이해했다고 할 수는 없겠지요. 그중에서 당신이 특별히 궁금하게 여기는 점은 무엇입니까?"

"예절 바르기는 하지만 이상하게 보이는 몸짓과 인사의 의미를 알고 싶었습니다. 여기서는 확실히 외적인 것이 내적인 것과 관계가 있어 보이기도 하고 또 그렇지 않아 보이기도 합니다. 그 관계를 말해 주셨으면 합니다."

그들은 말했다. "좋은 집안의 건전한 아이들은 많은 소질을 갖고 있습니다. 자연은 한 사람 한 사람에게 일생 동안 필요로 하는 모든 것을 주었습니다. 이걸 계발하는 게 우리 의무인데, 때로는 저절로 잘 발달하기도 합니다. 그러나 한 가지만은 아무도 갖고 태어나지 못합니다. 그런데 그것이 바로 인간을 어느 방면에서나 하나의 참된 인간으로 만들어주는 관건을 쥐고 있답니다. 그것이 무엇인지 알고 계시다면 말해 보십시오." 빌헬름은 잠깐 동안 생각하더니 결국 고개를 옆으로 저었다.

그들은 말하기를 꽤 주저하는 듯하다가 외쳤다. "경외심(敬畏心)입니다!" 빌헬름은 공감했다. "경외심입니다!" 다시 되풀이해 말했다. "이것은 모든 사람에게 결여되어 있습니다. 어쩌면 당신에게도 말입니다.

당신이 보신 건 세 종류의 몸짓인데, 우리는 그것으로 세 종류의 경외심을 전달합니다. 세 가지 경외심이 한데 합쳐져 일체감을 이룰 때 비로소 최고의 힘과 효과에 이르게 되는 것입니다. 첫 번째는 우리 위에 있는 것에 대한 경외심입니다. 두 팔을 가슴에 십자형으로 얹고 기쁜 시선을 하늘로 향한 그 몸짓은, 아직 성숙하지 않은 아이들에게 내려주는 것인데, 이와 동시에 저 높은 곳에 하느님 한 분이 계셔서 그 하느님이 부모와 선생, 윗사람들 모습으로 나타난다는 확증을 아이들에게 요구하는 것입니다. 두 번째는 우리 아래의 것에 대한 경외심입니다. 뒷짐을 지고 미소 지으며 시선을 떨구는 몸짓은, 대지를 쾌적하고도 밝게 응시해야 한다는 것입니다. 대지는 양식을 얻을 기회를 주어 이루 말할 수 없는 기쁨을 줍니다. 하지만 엄청난 고통을 주기도 합니다. 죄가 있든 없든 자신의 신체를 다치게 했을 때, 또 고의든 우연이든 다른 사람을 다치게 했을 때, 땅의 의지와 상관없이 해를 입었을 때 이런 것을 곰곰이 생각해 봐야 합니다. 이런 위험들은 평생을 따라다니기 때문입니다. 그러나 우리는, 이 단계의 가르침이 충분히 생도들에게 스며들어갔으리라는 확신이 들면 가능한 빨리 이 자세로부터 해방시켜준답니다. 그러고 나서 우리가 그에게 명령하는 것은 남자다워지는 일, 친구들에게 모범을 보이는 일입니다. 이러면 곧고 꿋꿋하게 서게 되는데 그렇다고 이기적으로 고립되는 것은 아닙니다. 자신과 단계가 같은 친구들과 맺어짐으로써 세상과 마주설 수 있습니다. 이 이상은 우리도 덧붙일 게 없군요."

"잘 알겠습니다." 빌헬름이 대답했다. "대부분의 사람들이 이처럼 비참한 이유는 아마 악의와 남을 욕하는 일에 열중하고 그것을 기분 좋게 생각하기 때문이겠죠. 그런 분위기에 젖게 되면 하느님에 대해서는 냉담하게, 세상에 대해서는 멸시적으로, 자기와 동등한 자들에게는 증오로 대하게 되어, 참되고 순수해야 할 자부심은 허무하게 무너지고 자만심과 불손에 빠져버리게 됩니다. 그럼에도 용서를 빌고 싶은 바이지만" 그는 계속했다. "다만 한 가지 이의를 제기하고 싶군요. 원시인들도 위력 있는 자연현상과 불가사의한 사건들에 대해 두려움을 지니고 있지 않았던가요? 이러한 원시인들의 공포가 씨앗이 되어 여기에서 더 높은 순수한 감정의 싹이 단계적으로 발전하는 것이라고 전부터 여겨왔던 게 아닐까요?" 이 물음에 장로가 대답했다. "자연에 대해서는 공포라는 말은 적절하지만 경외심은 알맞지 않습니다. 사람들은 잘 알든 모르든 힘 있는 거대한 존재를 두려워합니다. 강한 자는 이와 싸워 이기려 하고 약한 자는 피하려 하는데, 둘 다 그로부터 벗어나고 싶은 마음은 마찬가지이며, 잠깐이라도 이것을 떼어버려 그들의 천성이 자유와 독립을 되찾았을 때는 행복을 느끼게 됩니다. 보통 사람은 일생 동안 이런 일을 수백만 번이나 되풀이합니다. 공포 속에서는 자유를 얻기 위해 노력하고, 자유로부터는 공포로 내몰려 끝내

한 발짝도 앞으로 나아가지 못합니다. 공포심을 갖는 것은 쉽지만 괴로운 일이며, 경외심을 갖는 것은 어렵지만 실제로는 고마운 일입니다. 인간은 좀처럼 경외심을 가질 결심은 하지 않습니다. 아니 오히려 절대로 결심하지 않는다는 편이 옳을지 모르겠습니다. 그러나 경외심이란 인간의 천성에 더해져야 할 더 높은 감성으로, 특별히 선택받은 사람들의 내면에서만 발전하기에 이들은 예로부터 성자 또는 신으로 여겨져 왔습니다. 여기에 모든 참된 종교들의 존엄이 있고 그 임무가 있습니다. 진정한 종교는 예배를 드리는 대상에 따라 오직 세 가지뿐입니다."

세 장로는 말을 그쳤다. 빌헬름은 잠시 생각에 잠겨 침묵하고 있었다. 그러나 그는 이 독특한 말의 의미를 나름대로 해석하려는 불손한 생각은 없었기에 말을 계속해 달라 부탁했고, 그들 또한 쾌히 이에 응했다. "공포에 기초한 종교는 어떤 것이라도 우리에게 존경받지 못합니다. 그러나 인간 내면에서 우러나는 경외심을 지닌 사람은 남을 존경하고 스스로도 존경받을 수 있습니다. 그렇게 되면 두려움의 경우에서와는 달리 그 인간은 자기 자신과 서로 괴리될 우려는 없습니다. 우리 위에 있는 것에 대한 경외심에 기초한 종교를 우리는 민족 종교라고 부릅니다. 이것은 여러 민족의 종교이고 저급한 공포로부터 벗어나는 최초의 행복한 이탈입니다. 달리 어떤 이름으로 불러도 괜찮지만 이른바 이교(異敎)는 모두 이 종류입니다. 우리와 동등한 것에 대한 경외심에 기초한 두 번째 종교를 우리는 철학적 종교라고 부릅니다. 철학자는 중간 존재로, 더 높은 것을 모두 자신의 선으로 끌어내리고 낮은 것을 끌어올려, 오로지 그 중간 상태에서만 그는 현자의 이름으로 불릴 수 있기 때문입니다. 그래서 철학자는 자기와 동등한 것들, 다시 말해 전인류에 대한 관계, 또 그 밖의 모든 지상 환경, 필연이든 우연이든 간에 이들 환경에 대한 관계를 통찰함으로써 그는 우주적인 의미에서 하나의 진리 속에 살고 있습니다. 다음에는 세 번째 종교에 대해 말할 차례인데, 이는 우리 아래에 있는 것에 대한 경외심에 기초하고 있습니다. 우리는 이것을 기독교적 종교라 부르는데, 이유는 그 속에 기독교적 정신이 가장 많이 나타나 있기 때문입니다. 이것은 인류가 도달했던, 또 도달해야만 했던 궁극의 것입니다. 그러나 땅을 발밑에 두고도 자기가 태어난 곳은 훨씬 높은데 있다고 주장할 뿐 아니라 빈곤과 비천, 조소와 멸시, 치욕과 비참, 고뇌와 죽음을 신적인 것으로 인정하고 죄악 그 자체나 범죄까지도 성스러움의 장애가 아니라 그걸 촉진하는 것으로서 존경하고 사랑하기 위해서는 어느 정도의 과정이 필요했던 거죠. 물론 그 발자취는 모든 시대를 통해 볼 수 있지만 그것이 목표는 아닙니다. 그리고 목표에 일단 다다르면 인류는 다시 돌아갈 수 없습니다. 그러므로 이렇게 말할 수 있습니다. 기독교는 한 번 나타났기에 두 번 다시 사라질 수 없다, 한 번 신적인 형태를 얻은 이상 두 번 다시 해체될 일은 없다고 말입니다."

"당신들은 이들 종교 중에서 특별히 어느 것을 믿는다는 말씀입니까?" 빌헬름이 물었다. "세 가지 모두입니다." 세 장로는 대답했다. "왜냐면 그 세 개가 하나가 됐을 때 비로소 참된 종교를 탄생시키기 때문입니다. 세 가지 경외심으로부터 최고의 경외심, 즉 자기 자신에 대한 경외심이 생기는데, 이 자기 자신에 대한 경외심에서부터 또다시 아까 언급한 세 가지 경외심이 발전하는 것입니다. 이렇게 해서 인간은 자신이 다다를 수 있는 최고의 단계에 이르고, 자기 자신을 신과 인간이 만들어낸 가장 좋은 존재로 여길 수 있게 될 뿐 아니라, 자만과 이기심으로 다시 비천한 것으로 추락하는 일 없이, 그 높이에 머물게 됩니다."

"그렇게 전개해 가니 이런 신앙고백도 이상하게 느껴지지 않는군요." 빌헬름이 말했다. "우리가 살면서 여기저기서 듣게 되는 모든 것과 일치하기 때문이겠죠. 다만 차이가 있다면 다른 사람들이 분리하는 것을 당신들은 결합시켰다는 점입니다." 그러자 그들은 말했다. "이런 신앙고백은 무의식적이기는 하지만 이미 세계 대부분 사람들에게 알려져 있습니다."

"도대체 어떻게, 또 어디서 말입니까?" 빌헬름이 물었다. "사도신경에서입니다!" 그들은 소리 높여 외쳤다. "제1조는 민족적이고, 모든 민족에게 속합니다. 제2조는 기독교적이고 고뇌와 싸우는 자, 고뇌를 통해 영광을 얻은 자를 위한 것이지요. 마지막 제3조는 성인들, 즉 가장 높은 선인이고 현자인 사람들의 영감에 찬 공동체를 가르쳐주고 있지 않습니까? 그러니 그 비유와 이름 아래 이런 확신과 서약이 말하는 삼위 신격은 마땅히 최고위 일체로 간주해도 좋지 않을까요?"

빌헬름은 대답했다. "어른인 나에게는 그 세 가지 신조가 낯선 것은 아니지만 당신들이 이처럼 확실하게 연관지어 설명해 주시니 정말 감사합니다. 이 높은 가르침을 아이들에게, 처음에는 감각적인 몸짓으로, 다음에는 상징적인 화음을 곁들여서 전달하고, 마지막에는 최고의 해석으로 계발해주는 것에 진심으로 찬성의 뜻을 표시하는 바입니다."

"옳은 말씀입니다." 그들은 대답했다. "하지만 아드님이 가장 훌륭한 사람들의 손에 맡겨졌다는 걸 확인하시려면 더 많이 보고 들으셔야 할 겁니다. 하지만 그 일은 내일 아침을 위해 남겨두기로 합시다. 충분히 쉬어 기분을 상쾌하게 회복하십시오. 내일은 아침 일찍 안으로 안내할 테니 긴장을 풀고 마음을 느긋하게 갖도록 하십시오."

제2장

우리의 친구는 세 장로들 가운데 가장 연장자인 장로의 안내를 받으며 위풍당당한 현관을 지나 둥근, 아니 둥글다기보다 오히려 팔각형에 가까운 홀로 들어섰다. 그곳은 새로 온 방문객을 놀라게 하리만치 그림들로 풍성하게 꾸며져 있었다. 그는 자기가 보는 모든 것이 분명 중요한 의미를 지니고 있으리라는 것을 쉽게 이해할 수 있었다. 물론 그것이 무엇을 의미하는지 즉각 밝혀낼 수는 없었지만 말이다. 그래서 안내하는 장로에게 물어보려했으나, 마침 그때 장로는 빌헬름에게 옆 회랑으로 가자고 권했다. 한쪽이 트인 회랑은 꽃으로 흐드러진 넓은 정원을 둘러싸고 있었다. 하지만 시선을 끈 것은 그 화사한 자연의 조화로움보다 벽이었다. 벽에는 온통 그림이 그려져 있었던 것이다. 새로 온 사람들은 그 벽을 따라 구경하면서 걷다 보면 오래지 않아 그림들의 소재가 이스라엘 사람들의 성전(聖典)임을 알 수 있었다.

"여기입니다." 노장로가 말했다. "민족종교라고 간단히 말씀드렸던 그 종교를 전승하는 곳이 여기입니다. 이 종교의 내용은 세계사 속에서, 그 윤곽은 여러 구체적 사건들 속에서 발견됩니다. 사실 이 종교는 여러 민족이 겪는 운명의 반복에서 비로소 잘 이해할 수 있습니다."

빌헬름이 말했다. "내가 볼 때, 이스라엘 민족에게 경의를 표하고 그 역사를 그림의 기초로 삼으신 것 같습니다. 아니, 오히려 그것을 그림의 주제로 택하셨든지요."

"그렇습니다." 노장로가 대답했다. "벽의 아랫부분과 프리즈에, 동시대라기보다 오히려 의미가 같은 행위와 사건들이 그려져 있음을 아시게 될 겁니다. 모든 민족에게 의미가 같거나, 또는 같은 해석을 암시하는 이야기가 나타나 있기 때문입니다. 여기 보시는 바와 같이, 중심에는 아브라함*²이 미소년의 모습을 한 신들의 방문을 맞고 있는가 하면 위의 프리즈에서는 아드메트의 목동들 가운데 아폴로*³가 보일 겁니다. 여기서 우리가 배울 수 있는 것은 신들이 인간 앞에 나타나서 그들 사이를 걸어다닌다 하더라도 인간들은 그것을 알아보지 못한다는 점입니다."

두 사람은 그림을 구경하면서 앞으로 걸어갔다. 빌헬름이 아는 제목들이었는데, 평소 보아왔던 그림보다 더 생생하고 의미심장하게 그려져 있었다. 그가 작품에 대해 간단한 설명을 부탁한 건 기껏해야 몇 개에 불과했다. 그러다 보니 왜 하필 이스라엘 역사를 다루었는지 다시 한 번 묻지 않을 수 없었다. 노장로는 말했다. "모든 이교(異敎)들 가운데 이스라엘 종교는—이것 또한 이교지만—큰 장점이 있는데 그중 몇 가지만 말씀드리겠습니다. 민족의 심판자 앞, 여러 민족들에 대한 신이라는 심판자 앞에서는 그것이 착하고 훌륭한 국민이냐가 문제가 아니라 오로지 그 민족이 존속되고 있느냐, 스스로를 보존해 왔느냐가 문제인 것입니다. 물론 이스라엘 민족은 이제까지 그 지도자와 심판관, 우두머리, 예언가들이 수천 번 비난해 왔듯 한 번도 대단한 일을 한 적이 없습니다. 미덕이 거의 없는 데다 다른 민족이 지닌 대부분의 결점을 갖고 있습니다. 그러나 자주성, 의연함, 용감성 그리고 이 모두가 통용되지 않을 때의 강인함은 어느 민족에서도 유례를 찾아볼 수 없습니다. 지상에서 가장 끈질긴 민족입니다. 여호와의 이름을 대대손손 기리기 위해 오늘도 강인하고, 과거에도 그러했고, 미래에도 그러할 것입니다. 그러므로 우리는 이 민족을 본보기로 삼아 그 중심으로 제시한 것이며 다른 민족들의 그림은 이를 둘러싼 액자 역할로 쓸 뿐입니다."

"장로님과 논쟁을 하는 것은 당치 않습니다." 빌헬름이 말했다. "장로님은 나를 가르치실 수 있으니까요. 그러니 이 민족의 역사나 종교의 다른 장점들을 더 자세히 알려주십시오."

---

*2 《구약성서》〈창세기〉 제18장 참조.
*3 아폴로는 퀴클로페스를 죽였기 때문에 아드메트의 목동들 사이에 끼어 지은 죄를 씻지 않으면 안 되었다. 《파우스트》 제2부 제5막 9558행 이하 참조.

장로가 대답했다. "그들의 한 가지 중요한 장점은 성서의 탁월한 집대성입니다. 너무도 이질적인 요소들을 어찌나 잘 집약해 놓았는지 통일성이 나타납니다. 그것들은 인간을 만족시킬 만큼 완벽하고 도발시킬 만큼 야만적이며, 자극을 주기에 충분할 만큼 단편적이고 마음을 온유하게 할 만큼 섬세합니다. 그러니 찬양해야 할 대립적 특성들이 이 성서의 구석구석에 얼마나 많은지요!"

연속되는 중심그림과 마찬가지로 그 아래위에 나란히 연결된 작은 그림들의 연속성은 사실 손님에게 여러 가지 생각을 하게 했다. 그래서 그는 안내자의 중요한 설명에 거의 귀를 기울이지 못했고, 안내자의 설명 또한 손님의 주의를 대상으로 집중시키기보다 오히려 흩트려 버렸다. 그런 가운데 장로는 기회를 봐서 말했다. "이스라엘 종교의 장점을 한 가지 더 말해야겠습니다. 이 종교가 그들의 신을 어떤 형태로든 구체화하지 않는다는 점입니다. 따라서 그 신에게 존경의 대상에 어울리는 인간의 모습을 부여하거나, 반대로 동물이나 괴물 모습으로 그릇된 우상숭배를 나타낼 자유를 우리에게 허용한다는 사실입니다."

우리의 주인공은 이 홀을 지나 잠깐 거닐면서, 세계사를 다시 생생하게 머릿속에 그려보았다. 이러한 그림들의 나열 방식과 안내자의 성찰을 통해 그에게는 몇 가지 새로운 견해가 생겼다. 그는 펠릭스가 이처럼 품위 있고 감각적인 묘사를 통해, 저 위대하고 뜻 깊고 모범적인 사건들이 마치 자기 옆에 있었던 일인 양 사실로 여기며 평생 동안 몸에 익혀 자기 것으로 만들어가게 될 것에 기뻐했다. 마지막으로 그는 이 그림들을 아이의 눈으로 바라보았다. 그리고 이런 의미에서도 그는 그림에 아주 만족했다. 이렇게 걸어가는 동안에 그들은 슬픈 혼란의 시대, 즉 거리와 신전의 붕괴, 살육, 추방 그리고 국민들의 노예화를 담은 곳으로 왔다. 이 국민의 그 뒤의 운명은 현명하게도 비유적으로 그려져 있었다. 그것을 역사적, 사실적으로 그린다는 것은 고귀한 예술의 한계를 넘어서는 일이기 때문이었다.

그때 이제까지 지나온 회랑이 갑자기 끝나버렸다. 빌헬름은 벌써 끝에 다다른 것을 이상하게 여겼다. 그래서 안내자에게 물었다. "여기에 그려져 있는 역사의 발자취에는 어딘지 결함이 있는 듯합니다. 그림에는 예루살렘 신전이 파괴되고 백성들이 여기저기로 흩어지는 모습이 그려져 있습니다. 바로 그 전에 그곳에서 가르침을 편 인물, 그러나 백성은 아무도 귀를 기울이지 않았던 저

신과도 같은 인물*⁴을 그려넣지 않은 채로 말입니다."

"당신의 생각대로 한다면 하나의 과오를 저지르게 됩니다. 당신이 말씀하시는, 신과도 같은 분의 일생은 그의 시대 세계사하고는 아무런 상관이 없습니다. 그의 일생은 사생활적이며 그의 가르침은 개개인을 위한 가르침이었습니다. 민족 집단과 그 구성원에게 공적으로 일어나는 것은 세계사에 속하고 세계종교에 속합니다. 그런 종교를 우리는 제1의 종교로 간주합니다. 개인에게 내적으로 일어나는 것은 제2의 종교, 즉 현자의 종교에 속합니다. 그리스도가 지상을 거닐 때 가르치고 행한 것은 이런 종교였습니다. 그러므로 여기에서 외적인 것을 종결짓고 이제부터는 내적인 것을 당신에게 열어 보이겠습니다."

문 하나가 열렸다. 그들은 앞서 보았던 곳과 비슷한 회랑으로 들어섰다. 회랑에 들어서자 빌헬름은 곧 두 번째 성서인 신약성서의 그림들을 알 수 있었다. 이 그림들은 앞의 것과는 다른 사람의 손으로 그려진 듯했다. 모습, 동작, 환경, 빛깔 등 모든 것이 한결 부드러웠다.

안내자는 그림 몇 점을 지나치고 난 뒤에 말했다. "보시는 바와 같이, 여기에 있는 그림은 인간이 행한 행위나 일어난 사건이 아니라 기적과 비유를 나타내고 있습니다. 이는 하나의 새로운 세계입니다. 다시 말해 앞의 그림과는 다른, 외적인 것과 내적인 것의 결합이며, 기적과 비유로써 새로운 세계가 열립니다. 기적은 흔하고 평범한 일을 초월적인 것으로 만들고, 비유는 특출한 것을 흔하고 평범한 것으로 만듭니다."

빌헬름이 말했다. "부디 지금 하신 말씀을 더 자세히 설명해 주시겠습니까? 나로서는 도저히 그렇게 할 수 없을 것 같기 때문입니다."

"기적과 비유는 하나의 자연적인 의미를 갖고 있습니다." 안내자가 말했다. "자연이라고 했지만 그것은 깊은 의미를 말합니다. 그 의미를 설명하려면 몇 가지 예를 드는 게 가장 빠르겠지요. 이를테면 세상에는 먹고 마시는 일만큼 흔하고 평범한 건 없습니다. 이와는 반대로 어떤 음식을 순화(醇化)한다든지 또는 몇 배로 늘려 수많은 사람들에게 넉넉히 제공한다면, 그것은 보통이 아닌 비상한 일입니다. 또 병이나 신체장애만큼 평범한 일은 없지만 정신적인 수단, 또는 이에 준하는 수단으로 이것을 극복하고 완화시킨다는 것은 보통이 아

*⁴ 예수 그리스도를 말한다.

닌 비상한 일입니다. 다름 아닌 이런 것으로부터 일상적인 것과 비상한 것, 가능한 것과 불가능한 것이 하나가 된다는 기적 중에 기적 같은 불가사의한 일이 생겨납니다. 비유라든가 우화의 경우는 이와 반대입니다. 이 경우에는 의미와 통찰 그리고 개념이 높은 것, 비상한 것, 다다를 수 없는 것입니다. 만약 이 개념이 흔히 있는 평범하고 일상적이며 잡을 수 있는 형상 가운데 구체화되어 생명을 갖고 현실적인 것으로 우리 앞에 나타나, 우리가 그것을 자신의 것으로 만들고 파악하고 붙잡아놓지 않고 또 우리 것처럼 교류할 수 있다면 이는 누가 뭐래도 제2의 기적이라 할 수 있고, 마땅히 제1의 기적에 어울릴 뿐만 아니라 오히려 제1의 기적보다 더 선호될지도 모릅니다. 여기에 살아 있는 가르침, 어떤 논쟁도 일으키지 않는 가르침이 있습니다. 그것은 무엇이 옳고 그르냐에 대한 의견이 아니라, 이견의 여지가 없는 옳음 또는 옳지 않음 그 자체입니다."

회랑의 이 부분은 한결 짧았다. 아니 오히려 안뜰을 에워싼 회랑의 4분의 1 정도에 지나지 않았다. 그러나 사람들은 첫 부분은 그냥 지나쳐 갔다면 여기에서는 발걸음을 멈추어 이리저리 거닐고 싶어 했다. 그림 제목은 그다지 눈에 띄지도 않고 특색이 도드라진 것도 아니었는데 그만큼 더 깊고 조용한 의미를 규명해 보고 싶은 마음이 일어났던 것이다. 걸어가던 두 사람은 복도 끝에서 되돌아섰다. 빌헬름은 여기에서 최후의 만찬, 즉 예수가 제자들과 작별하는 데까지만 그려져 있기에 도대체 어찌된 이유인지 의아해하면서 그 이야기의 나머지 부분에 대해 물었다.

장로가 대답했다. "우리는 무엇을 가르치고 어떤 것을 전달할 때에도 구별할 수 있는 것이면 기꺼이 구별을 한답니다. 그렇게 해야만 소년들의 마음속에 중요한 것의 개념이 생길 수 있기 때문입니다. 그렇지 않아도 인생은 모든 걸 종잡을 수 없게 뒤섞어버리지요. 그렇기 때문에 우리는 여기서도 저 빼어난 분의 일생을 그 최후의 모습에서 완전히 분리했습니다. 살아 있는 동안 그는 참된 철학자로서—이런 표현에 섣부른 오해는 말아주십시오—최고의 의미에서의 현자로 나타나는 겁니다. 자기 자리에 굳건히 서서 자신의 목적을 추구하면서 걸어갑니다. 그리고 낮은 것을 자기에게 끌어올리고 무지한 사람들, 가난한 사람들, 병든 사람들에게 자기의 지혜, 자기의 부귀, 자기의 힘을 나눠줌으로써 자신을 그들과 같은 위치라고 생각하게 하면서 다른 면으로는 자신의 신격을 부정하지 않습니다. 자기를 신과 같은 위치에 올려놓거나, 그뿐 아니라 자기를 신이라고 선언하는 것까지도 사양하지 않습니다. 이렇게 그는 젊었을 때부터 주위 사람들을 놀라게 하여 그 일부를 자기 편으로 만들고 다른 일부를 자극해 적으로 돌리고 신조나 삶이라는 관점에서 얼마쯤 높은 수준을 중시하는 모든 사람에게 그들이 이 세상으로부터 무엇을 기대해야 하는지를 보여주었습니다. 그렇기 때문에 그 일생의 행적이 인류의 고귀한 사람들에게는 그의 죽음보다도 훨씬 교훈적이고 결실이 많은 것입니다. 왜냐하면 저 갖가지 시련은 누구에게나 주어지지만, 이 행적만큼은 결코 아무에게나 주어지는 것이 아니기 때문입니다. 이러한 고찰에서 일어나는 모든 것은 별도로 하고 어쨌든 최후의 만찬이라는 감동적인 장면을 잘 보십시오. 이 장면에서 현자는 언제나와 마찬가지로 자기 제자들을 완전히 의지할 데 없는 고아로 남기고 갑니다. 그리고 그는 선량한 사도들을 위해 여러 가지로 마음을 써보이면서 동시에 자기와 선량한 사도들을 함께 파멸에 몰아넣게 될 한 사람의 배반자에게도 그들과 함께 식사할 것을 허락하시지요."

이렇게 말하면서 장로는 문을 열었다. 빌헬름은 현관으로 들어간 처음의 홀로 되돌아왔음에 적잖이 놀랐다. 그가 다 알아챘듯 그들은 그사이에 가운데 뜰을 완전히 한 바퀴 돌았던 것이다. 빌헬름이 말했다. "당신이 나를 마지막 장소까지 데려다주시기를 바랐는데 또다시 처음 출발점으로 데려다주셨군요."

"이번에는 더 이상 보여드릴 수 없습니다." 장로는 말했다. "당신이 이제까지 관람한 것들은 생도들에게도 보여주지 않았고 설명도 해주지 않았습니다. 바깥세상의 외적인 것은 어느 생도에게나 어릴 때부터 전달하고, 특히 정신과 마음에 관계되는 내적인 것은 얼마쯤 깊은 사려를 갖고 성장하는 자에게만 가르치며, 일 년에 단 한 번 열리는 나머지 것은 졸업하여 나가는 자들에게만 전달해 줍니다. 우리 아래에 있는 자들에 대한 경외심에서 일어나는 그 최후의 종교, 좋지 않은 것, 미워해야 하는 것, 피하고 싶어지는 것에 대한 존경을 우리는 졸업하여 나가는 출발점에서 마치 결혼 준비를 해주는 것처럼 한 사람 한 사람에게 주어 보냅니다. 이렇게 하여 만약 그러한 욕구가 마음속에 움직이게 될 때에는 어디서 그것을 찾아야 하는지를 알려주려고 하는 것입니다. 일 년 뒤 다시 오셔서, 우리의 종합적인 축제에 참석하여 아드님이 얼마나 발전했는지 보시기 바랍니다. 그때가 되면 당신도 고통의 성전으로 모시겠습니다."

"한 가지 질문을 허락해 주십시오." 빌헬름은 말했다. "당신들은 그 신과 같은 분의 일생을 교훈과 모범의 본보기로 내세우고 있는데 그의 고뇌, 그의 죽음을 마찬가지로 숭고한 인내의 모범으로 받아들이는 것입니까?" 장로가 말했다. "어떤 경우에도 우리는 그것을 비밀로 하지 않습니다. 그러나 우리는 그 고뇌를 매우 존경하기에 그 인고(忍苦) 위에 베일을 씌우는 것이죠. 고문대와 거기에서 괴로워하는 성자를 무자비한 세계가 태양에게 보기를 강요했을 때 태양마저 그 얼굴을 감추었는데, 온 세상을 온 세상에 드러나게 하고 성스럽고 깊은 고뇌가 숨겨진 저 심오한 비밀을 장난치듯이 가지고 놀고 걸치장하여 가장 존엄한 것을 비속하고 몰취미한 것으로 보일 때까지 멈추지 않는다는 건 참으로 탄핵하여 마땅한 파렴치한 행동이라 생각합니다. 이 정도 말씀드리면 당신도 아드님에 대해 안심하실 테죠. 아드님은 어떤 방식으로든지 바람직한 방법으로 교육 받을 것이며 어떤 경우에도 혼란스러워한다든지, 동요한다든지, 불안해하는 모습을 보게 되는 일은 없을 것입니다."

빌헬름은 현관의 여러 그림을 바라보고는 장로가 그 의미를 설명해 주길 바라면서도 부탁을 주저하고 있었다. 장로가 말했다. "이것도 일 년 뒤로 미루도록 하겠습니다. 그동안 우리가 아이들을 가르치는 모습을 외부 사람들이 참관하는 것을 허용하지 않습니다. 그러나 일 년이 지나면 오셔서 우리 학원의 가장 훌륭한 연사들이 이들 그림에 대해 외부 사람들에게 공개적으로 이야기할 때 어떤 것을 유익하다고 이야기하는지 들어주십시오."

이런 이야기를 주고받는 사이 작은 문을 두드리는 소리가 들려왔다. 어제 만난 감독이 왔음을 알렸다. 그는 빌헬름의 말을 몰고 온 것이다. 그래서 빌헬름은 세 장로에게 작별 인사를 했다. 장로들은 작별할 때 빌헬름을 감독에게 다음과 같이 추천했다. "이분은 이제 믿어도 될 사람이오. 자네는 이분의 질문에 무엇을 대답해 드려야 하는지는 잘 알고 있을 거요. 왜냐하면 이분은 틀림없이 이곳에서 보고 들은 여러 가지에 대해 가르침을 받고 싶어할 테니까요. 우리의 목표를 위해 절도를 지켜야 하는 것은 당신도 알고 있겠지요."

빌헬름은 물론 아직도 몇 가지 물음을 더 가슴에 품고 있었다. 그들이 말을 타고 지나가자 학원 아이들은 어제와 똑같은 자세를 취했다. 그러나 오늘은 드물기는 했지만 몇몇 소년이 말을 타고 지나가는 감독에게 인사를 하지 않고 자기가 일하는 곳에서 얼굴을 쳐들지 않은 채 감독이 그대로 지나가도록 내버려두는 것을 보았다. 그래서 빌헬름은 이런 예외가 무엇을 뜻하는가를 물어보았다. 감독은 대답했다. "여기에는 물론 중요한 의미가 있습니다. 이것은 우리가 가르치는 아이들에게 과하는 가장 무거운 벌입니다. 저 소년들은 경외심을 표시할 자격이 없다 선언되고, 자기는 거칠고 교양이 없는 자임을 나타내도록 강요당하고 있습니다. 그러나 그들은 이러한 상황에서 벗어나기 위해 가능한 최선을 다합니다. 그리고 아주 빨리 어떠한 의무에도 기꺼이 복종합니다. 만약 고집스럽게 제자리로 돌아갈 것을 거부하는 자가 있다면 간단하고도 솔직한 보고와 함께 그를 부모에게로 되돌려 보냅니다. 계율을 지키지 못하는 자는 그 계율이 행해지는 땅을 떠나야만 합니다."

어제와 마찬가지로 오늘도 또 하나의 광경이 떠돌이의 호기심을 돋우었다. 생도들 옷차림이 가지각색이었던 것이다. 단계의 구별을 나타내는 것 같지는 않았다. 왜냐면 다른 인사를 하는 자들이 같은 옷을 입기도 하고 같은 인사를 하는 자들이 다른 옷을 입기도 했기 때문이다. 빌헬름은 이 모순의 숨은 뜻을 물었다. 감독이 말했다. "소년들의 마음가짐을 엄밀하게 탐색하는 수단이라 생각하면 그 모순은 해결됩니다. 우리는 다른 부분에서 엄격과 질서를 존중하지만 옷차림에서는 어느 정도 자유의사를 허용하고 있습니다. 우리가 가지고 있는 재고 옷감이나 가장자리 장식의 범위 내에서 생도들이 좋아하는 색깔을 택하게 하고 또 적당한 제한 내에서 모양과 재단도 고르게 합니다. 그것을 우리는 자세히 지켜봅니다. 왜냐하면 색깔로는 그 인간의 성향을, 모양으로는 그 인간의 생활 태도를 알 수 있기 때문이지요. 그러나 인간 본연의 특별한 개성을 정확히 판단하는 데는 어느 정도 방해가 된답니다. 인간에게는 모방정신에서 말미암은, 남과 어울리려는 성향이 있거든요. 생도들이 이제까지 본 적 없는 새로운 것을 택하는 경우는 아주 드물고 대개는 바로 눈앞에 보이는 이미 알고 있는 것을 택합니다. 그러나 이러한 관찰이 우리에게 도움이 되지 않는 것은 아닙니다. 이런 외면적인 것으로써 생도들은 이쪽저쪽 당파에 들어가 여러 부류의 친구들을 만들기 때문에 일반적으로 다양한 성향이 눈에 띄어 그들이 저마다 어떤 데에 관심을 기울이고 있는지, 어떤 본보기를 따르고 있는지를 알게 되는 겁니다.

우리는 몇몇 경우들을 보았습니다. 아이들의 마음이 일반적으로 어디에 쏠리며, 어디에서 한 유행이 모든 것을 누르고 퍼져나가는지, 또한 온갖 분리되었던 것들이 어디서 사라지고 통합을 이루는지를 말입니다. 우리는 이런 경향을 올바른 방법으로 고치려고 노력합니다. 손안에 있는 옷감을 없애버리는 거죠. 몇 가지 옷감과 장식감은 이제 더는 들여오지 않습니다. 그 대신 뭔가 새로운 것, 마음을 사로잡는 것들을 넣어둡니다. 밝은색과 짧고 꼭 맞는 모양을 원기왕성한 아이들에게 권하고, 수수한 색조와 낙낙하게 주름 많은 옷을 사려 깊은 아이들에게 권해 서서히 균형을 되찾는 거지요.

왜냐하면 우리는 제복을 전혀 좋아하지 않기 때문입니다. 제복은 성격을 덮어서 숨기고 다른 어떤 옷차림보다도 아이들의 특성을 지도자 눈에 보이지 않게 합니다."

이런저런 이야기를 나누면서 빌헬름은 국경에 다다랐다. 또한 그곳은 떠돌이 빌헬름이 본디 목적지로 향하기 위해 그 늙은 친구의 지시에 따라 떠나야 할 지점이기도 했다.

작별 인사를 하기 전에 먼저 감독이 말한 내용은 다음과 같다. 대축제가 여러 방법으로 모든 관련자에게 통지될 때까지 기다려달라는 것, 이 대축제에는 모든 부모가 초대되고 우수한 생도들은 학원을 졸업하여 많은 우연이 기다리는 자유로운 생활로 내보내진다. 그때야말로 빌헬름이 바라는 대로 이 학원의 다른 구역에도 들어가 답사할 수 있다. 독자적인 원칙에 따라 완전한 환경 속에 개개의 수업이 주어지고 실시되는 구역들도.

제3장

오래전부터 이야기를 조금씩 짧게 끊어서 읽는 것을 즐기는 독자들의 습관을 고려해 처음에는 이야기를 몇 개로 나누어서 보여드리려 합니다. 그러나 성향이나 감정 그리고 일어난 사건에는 내적인 연관성이 있기 때문에 연속적으로 서술했습니다. 이 서술이 그 목적을 이루기를, 동시에 분리된 듯 보이는 사건 속의 여러 인물들이, 우리가 이미 알고 사랑하는 사람들과 아주 밀접하게 얽혀 있음이 이 이야기의 마지막에 가서는 뚜렷해지기를 바랍니다.

쉰 살의 사나이

소령은 말을 타고 저택의 뜰 안으로 들어갔다. 그러자 조카딸 힐라리에는 벌써 그를 맞기 위해 저택으로 올라가는 바깥 계단 위에 서 있었다. 그녀는 누구인지 알아볼 수 없을 만큼 아름답게 성장해 있었다. 그녀가 나는 듯이 그를 향해 달려왔고, 그는 아버지와 같은 심정으로 그녀를 가슴에 안았다. 이어 두 사람은 그녀의 어머니가 있는 곳으로 서둘러 올라갔다.

소령의 누이동생인 남작부인 또한 그를 환영해 주었다. 힐라리에가 아침 식사를 준비하기 위해 바삐 나가자, 소령은 기쁜 듯 말했다. "이번에야말로 우리 일이 잘 마무리되었다고 확실하게 말할 수 있게 됐어. 형이 말이야, 그 궁내장관이 소작인과 관리만 가지고는 일이 제대로 될 수 없다는 걸 인정했어. 그래서 살아 있는 동안에 영지를 우리와 우리 아이들에게 물려주겠다는 거야. 형이 자기 몫으로 요구하는 연금 액수는 물론 상당하겠지. 하지만 그 정도는 얼마든지 지급할 수 있어. 그렇게 하더라도 우리는 매우 큰 이익을 얻을 수 있고 장래에는 모두 우리 것이 되는 거지. 이 새로운 계획은 이제 곧 본 궤도에 오르게 될 거야. 나도 곧 퇴직할 것 같아서 어떻게 할지 고민했는데 이제 그럭저럭 우리와 우리 아이들에게 이익이 될 만한 활동적인 생활이 다시 시작될 것 같아. 우리는 아이들이 성장해 가는 모습을 조용히 지켜보도록 하자. 그리고 우리 아이들이 빨리 결혼을 할 수 있게 하는 건 우리와 아이들의 마음가짐에 달린 거겠지."

"그렇다면 모든 일이 정말 순조롭겠군요." 남작부인이 말했다. "내가 오빠에게 한 가지 비밀만 털어놓지 않는다면 말이죠. 나도 요즘에서야 겨우 눈치챘어요. 힐라리에의 마음은 이제 더 이상 자유롭지 못해요. 오빠의 아들이 설 자리는 이제 거의, 아니 전혀 없게 됐어요."

"그게 무슨 말이야?" 소령이 소리쳤다. "어떻게 그럴 수 있지? 우리가 지금까지 경제적인 문제를 위해 얼마나 애를 써 왔는데 애정 문제가 우리에게 그런 장난을 걸어오다니! 말해 봐. 빨리 말해 봐. 힐라리에의 마음을 사로잡은 자가 도대체 누구란 말이야? 이제는 도저히 가망이 없을 만큼 심각하다는 말이냐? 혹시 금방 사라지는 일시적인 감정은 아닐까?"

"먼저, 좀 생각을 해보고 난 다음에 누구인지를 맞춰보세요." 남작부인이 말했다. 그러나 이로 말미암아 조바심은 갈수록 더 심해졌다. 조바심이 극도에 다다랐을 때 힐라리에가 아침 식사를 나르는 하녀와 함께 들어오는 바람에 그 수수께끼는 당장 풀 수가 없게 되었다.

소령은 이 아름다운 아가씨를 바라보는 자신의 눈이 방금 전과는 달라졌음을 느꼈다. 이처럼 아름다운 힐라리에의 마음속에 또렷이 자신의 모습을 새겨넣은 그 행운아가 원망스러울 지경이었다. 아침 식사는 도저히 입맛이 나지 않았다. 그는 이때까지 자신이 먹고 싶어했던 음식들이 늘 원하던 그대로 차려져 있다는 사실조차 전혀 알아채지 못했다.

이렇게 끝내 말이 없는 분위기 때문에 힐라리에도 거의 쾌활함을 잃고 말았다. 남작부인은 당황한 나머지 딸을 피아노 앞으로 데리고 갔다. 그러나 재기발랄한 감정으로 가득 찬 그녀의 연주도 소령의 박수를 거의 끌어낼 수가 없었다. 그는 이 아름다운 아이와의 아침 식사가 한시라도 빨리 끝나기를 바랐다. 이를 눈치챈 남작부인은 마음을 굳히고 일어서서 정원으로 산책을 나가자고 오빠에게 권했다.

단둘이 있게 되자 소령은 조급하게 아까의 물음을 되풀이했다. 누이동생은 좀 뜸을 들인 뒤 미소를 지으며 말했다. "그 아이에게 사랑 받고 있는 행복한 남자를 보고 싶다면 멀리 가실 필요가 없어요. 그 사람은 바로 가까이 있으니까요. 그 아이는 바로 오빠를 사랑하고 있어요."

소령은 깜짝 놀라 발걸음을 멈췄다. 이어 그는 큰 소리로 외쳤다. "그런 농담은 그만해. 만약 그것이 진심이라면 나는 어떻게 해야 좋을지 모르겠군. 불행해질 뿐이야. 그런 말을 내게 진실인 양 믿게 하다니, 원. 놀란 가슴이 진정되려면 시간이 걸리겠지만 그래도 나는 이 뜻하지 않은 일 때문에 우리 관계가 얼마나 큰 지장을 받게 될지 한눈에 보이는구나. 오직 하나의 위안은, 이런 종류의 사랑은 겉보기만 그럴싸하고 그 이면에는 본인의 착각이 숨어 있다는 거야. 그래서 순수하고 착한 영혼을 지닌 사람이라면 이러한 잘못에서 대개는 자기 스스로, 그렇지 못하면 적어도 양식 있는 다른 사람들의 도움으로 곧 제자리로 돌아갈 수 있어."

"나는 그렇게 생각하지 않아요." 남작부인이 말했다. "모든 징조로 볼 때 힐라리에의 마음을 지배하는 것이 아주 진지한 감정이라는 거죠."

"그런 비상식적인 감정이 그 아이처럼 상식적인 천성에서 나올 수 있다니 도저히 믿을 수가 없어." 소령이 말했다.

"그리 비상식적인 것만도 아니에요." 누이동생이 이야기했다. "나만 하더라도 젊었을 때는 지금의 오빠보다 훨씬 나이 많은 남자에게 연정을 느낀 적이 있어요. 오빠는 지금 쉰 살이죠. 독일 남자로서는 아직 늙은 나이는 아니에요. 우리보다 더 열정적인 다른 나라의 국민이라면 훨씬 빨리 나이를 먹을지도 모르죠."

"그런데 무슨 근거로 그런 추측을 하는 거지?" 소령이 물었다.

"추측이 아니에요. 확실한 사실이라고요. 자세한 것은 차차 말씀드리죠."

힐라리에가 나타나 두 사람과 합류했다. 그러자 소령은 자신의 의지와는 달리 또다시 마음이 달라진 것을 느꼈다. 자신의 곁에 그녀가 있다는 것을 전보다 훨씬 기뻤고 귀중하게 여겨졌다. 그녀의 행동에도 한결 애정이 담겨 있는 듯했다. 그래서 어느새 누이동생의 말을 믿기 시작했다. 그에게 이 감정은 더할 나위 없이 좋은 것이었다. 물론 그는 이런 감정을 받아들이거나 스스로에게 허락하지 않았다. 두말할 것도 없이 힐라리에는 아주 사랑스러웠다. 왜냐하면 그녀의 행동에는 애인을 대하는 조금의 수줍음과 외삼촌에 대한 자유로운 허물없음이 잘 어우러져 드러났다. 정말로 그녀는 그를 진심으로 사랑하고 있었던 것이다. 뜰은 봄의 화려함으로 넘쳐났다. 그리고 이처럼 많은 늙은 나무들이 다시 새잎으로 덮여 있는 광경을 본 소령은 자신의 봄도 다시 찾아왔다는 것을 믿을 수 있었다. 눈앞에 더할 나위 없이 사랑스러운 소녀가 있는 것을 보고 누군들 이런 생각에 유혹되지 않을 수 있으리오!

그들은 이렇게 함께 하루를 보냈다. 집안에서 행하는 매시간의 관례는 모두 아주 기분 좋게 진행되었다. 저녁 식사가 끝나자 힐라리에는 다시 피아노로 향했다. 소령은 오늘 아침과는 전혀 다른 귀로 피아노 연주를 들었다. 가락이 또 다른 가락과 얽히고, 노래는 다른 노래로 이어졌다. 이리하여 한밤중이 되도록 이 작고 단란한 모임은 좀처럼 끝나지 않았다.

소령이 자기 방으로 돌아와보니 모든 것이 익숙하게 예전 그대로 편안하게 잘 정리되어 있었다. 그가 즐겨 발을 멈추고 감상하던 몇 개의 동판화까지도 다른 방에서 옮겨와 걸려 있었다. 일단 주의를 기울여 살펴보니 하나하나 작은 것까지 자기를 위해 신경 썼음을 알 수 있었다.

이번에는 고작 몇 시간 눈을 붙였을 뿐이지만 그것만으로도 충분했다. 그의 생명력이 아침 일찍 눈을 뜨게 했기 때문이다. 그러나 이제 그는 사물의 새로운 질서가 불편하다는 사실을 깨닫게 되었다. 그는 하인과 시중 일을 겸하고 있는 늙은 마부에게 요 몇 해 동안 거친 말을 해본 적이 없었다. 왜냐하면 만사가 매우 엄중한 질서 속에서 정해진 대로 잘 지켜졌기 때문이다. 말의 시중은 나무랄 데 없었고 옷은 제때에 손질되어 있었다. 그러나 오늘은 주인이 더 일찍 일어나 버렸기에 모든 순서가 뒤죽박죽이 되었다.

거기에 또 하나 다른 사정이 벌어져 소령의 초조와 불쾌감을 부추겼다. 이제까지 그는 자기 자신에게나 하인에게나 아무런 불만을 느껴본 일이 없었다. 그러나 오늘 거울 앞에 서보니 거울에 비친 자신의 모습은 그가 바라는 것과는 달랐다. 흰 머리카락도 확실히 좀 섞여 있었고 주름살도 몇 개 난 듯했다. 그는 여느 때보다 정성 들여 얼굴을 닦고 머리분을 뿌려보았지만 결국 있는 그대로 놔두는 수밖에 없었다. 거기에다 옷과 늙은 하인의 옷 손질에도 그는 만족할 수 없었다. 아무리 솔질을 해도 윗도리에는 여전히 실밥이 남아 있고 구두에는 먼지가 보였기 때문이다. 늙은 하인은 무슨 말을 해야 할지 모른 채 하룻밤 사이에 이처럼 변해 버린 주인을 눈앞에 두고 그저 놀랄 뿐이었다.

이렇듯 여러 장애가 있었지만 소령은 아침 일찍 정원으로 나갔다. 바라던 대로 힐라리에가 정말로 거기에 있었다. 그녀는 소령에게 꽃다발을 내밀었다. 그러나 그는 여느 때처럼 그녀에게 입을 맞추고 가슴에 안을 용기가 나지 않았다. 그는 이를 데 없이 달콤한 난처함에 사로잡혀 앞으로 펼쳐질 일에 대해 생각하지 않은 채 자신의 감정에만 몸을 맡겼다.

얼마 뒤 남작부인도 모습을 나타냈다. 그녀는 조금 전에 한 사환이 가져다 준 편지를 오빠에게 보이면서 외쳤다. "우리를 방문하겠다고 이 편지를 보낸 사람이 누구인지 오빠는 알아맞히지 못할 거예요."

"그럼 빨리 말해 봐!" 소령이 대답했다. 그러자 연극배우인 옛 친구가 여행 도중에 이 영지에서 멀지 않은 곳을 지나가게 되어서 잠시 들렀다 가려고 한다는 내용이었다. "어떻게 변했는지 그를 꼭 만나보고 싶어." 소령이 말했다. "그는 이제 젊지는 않지만 내가 듣기로는 여전히 젊은 배역을 맡고 있다더군."

"그분이면 오빠보다 열 살은 더 많을 거예요." 남작부인이 말했다. "물론이지." 소령은 대답했다. "내 기억대로라면 말이야."

얼마 안 있어 기운 좋고 체격 좋은 호감형 사나이가 나타났다. 그들은 서로의 얼굴을 쳐다보고는 순간 당황했지만 곧 서로를 알아보고 추억어린 대화를 나누었다. 이어 신상에 대한 이야기로 넘어가 활기차게 묻고 대답하며 서로의 사정을 알려주었다. 그러면서 그들은 이때까지 떨어져 있던 적이 전혀 없었던 것처럼 느끼게 되었다.

은밀히 전해져 오는 소문에 따르면, 이 사나이는 아주 잘생기고 호감이 가는 청년 시절에 어떤 귀부인의 총애를 받았었다. 그래서 행복하다 해야 할지 불행하다 해야 할지 모를 매우 난처한 지경에 빠졌었는데 가장 처절한 운명이 그를 엄습해 오려던 바로 그때, 운 좋게도 그를 구해 준 사람이 다름 아닌 소령이었던 것이다. 때문에 그는 이 집주인은 물론 그의 누이동생에게도 두고두고 감사함을 잊지 못했다. 왜냐하면 때맞춰 경고를 해주어 정신을 차릴 기회를 준 사람이 바로 이 누이동생이었기 때문이다.

식사를 하기 전 얼마 동안은 남자들만 남게 되었다. 소령은 옛 친구의 외모에 감탄하면서, 아니 놀라 어이없다는 듯이 하나하나 세심히 살펴보았다. 친구는 전혀 변하지 않은 것처럼 보였다. 그러므로 그가 여전히 젊은 미남 배역으로 무대에 오르는 것은 조금도 이상한 일이 아니었다.

"자네는 꽤나 열심히 나를 쳐다보고 있구면." 그는 마침내 소령에게 말을 걸었다. "그렇게 쳐다보니 옛날과 너무 많이 달라진 게 아닌가 하고 걱정이 되는걸."

"천만의 말씀." 소령이 대답했다. "오히려 자네 모습이 나보다 훨씬 생기 있고 젊어 보인다는 사실에 정말 깜짝 놀란 참이라네. 앞뒤 안 가리는 풋내기였던 자네가 궁지에 몰린 것을 내가 보다 못해 도와주었을 때에도 자네는 이미 어엿한 어른이었어. 그런데도 아직 이렇게 젊다니 말이야."

"자네가 실제 나이보다 더 늙어 보인다면 그것은 자네 책임이야." 친구가 말했다. "그렇지, 자네 같은 사람 모두의 책임이지. 그렇다고 해서 자네들을 욕하는 것은 아니지만 적어도 비난받아 마땅하지. 자네 같은 친구들은 늘 꼭 필요한 것만 생각하지. 실체만 좋으면 겉모양 같은 것은 아무래도 상관없다고 생각하지. 그래도 가지런히 잘돼 있을 때는 나쁘지 않아. 그러나 결국 실체와 겉모양이 서로 달라지기 시작하여 외모 쪽이 실체보다 먼저 퇴색해 버리게 되면 누구나 결국에는 이제까지 내면 때문에 외면을 등한히 한 일을 후회하게 되지."

"그건 마땅한 말이야." 소령은 말하면서 한숨이 나오는 것을 멈출 수가 없었다. "전적으로 지당한 말이라고 할 수는 없겠지만," 노청년은 말했다. "뭐니뭐니 해도 내 직업으로는 가능한 한 오래 겉모습을 닦아 윤이 나게 하지 않는다면 그건 용서 받을 수 없는 일이지. 그러나 자네들처럼 우리와 전혀 다른 사람은 그 밖의 훨씬 중요하고 영속적인 일에 관심을 돌려야 할 이유가 충분히 있을 거야."

"그렇지만 이런 경우도 있어." 소령이 말했다. "가슴속에 발랄한 생기를 느끼면서 외모도 가능하면 좀 다시 젊어졌으면 싶을 때가 있다는 말이지."

손님은 소령의 본심을 전혀 알 수 없었기에 군인으로서 하는 말로 받아들이고 장황하게 의견을 늘어놓았다.

군대에서 겉모습이 얼마나 중요하느냐, 또 장교는 옷차림에 적지 않은 신경을 써야 하는 것처럼 피부나 머리에도 어느 정도 주의를 기울여야 하지 않겠느냐, 등등.

"이를테면, 이런 것은 용서할 수 없어." 그는 말을 계속했다. "자네의 귀밑머리가 벌써 희어지면서 얼굴 여기저기에 주름이 생기고, 머리 가운데는 이제 곧 벗겨지려 하는 것들 말이야. 나이를 먹기는 했지만 나를 보게. 내가 어떻게 젊음을 유지해 왔는지 잘 보란 말이네! 이건 마술을 부린 게 아니야. 사람들은 날마다 노력과 주의를 기울이고도 자기 몸을 망치거나 지루해하지. 그에 비하면 내 겉모양은 훨씬 적은 노력과 주의로 이룬 것이라네."

소령은 우연히 나온 이 대화가 자신에게 아주 유익했기에 일찍 끝내고 싶지 않았다. 그러나 그는 옛 친구에게조차 사실을 숨기면서 조심스럽게 처신했다. "유감스럽지만 그동안 나는 그런 일에 게을렀어." 그는 외쳤다. "그리고 이제 돌이킬 수 없어. 이제는 단념하는 길밖에 없어. 그렇다고 해서 나를 한심한 놈이라 생각하지 말게."

"오늘부터라도 늦지 않아!" 상대가 대답했다. "자네들같이 고지식한 신사들은 자칫 경직되어서, 외모에 신경 쓰는 사람을 보면 겉치레만 한다고 여기면서 사람들과 유쾌하게 어울리며 즐길 수 있는 기쁨을 내던져버리지. 그런 생활 태도를 버리면 되는 거야." 이 말에 소령은 미소지었다. "자네들이 젊음을 유지하는 비결이 마법은 아니라고 하더라도 그건 아무래도 하나의 비밀이야. 적어도 신문에 곧잘 오르내리는 비약과 같은 것이지. 그 가운데서 가장 좋은 것을 자네들이 끄집어내서 시도해 보는 방법을 습득하는 거겠지." 그러자 친구가 대답했다. "자네의 말이 농담이든 진담이든 정곡을 찔렀어. 옛날부터 마음보다는 훨씬 일찍 시드는 겉모습에 조금이라도 영양분을 주기 위해 여러 시도가 있었지. 실제로 이 가운데에는 귀중한 단순약이나 복합약이 있어. 그것을 나는 연극배우 동료들에게 배운다든지, 돈을 주고 산다든지, 우연히 손에 넣는다든지 해서 직접 충분히 시험해 보았지. 나는 요즘도 그것을 계속 사용하고 있다네. 그렇다고 연구를 그만둔 건 아니야. 이것만은 그다지 과장하지 않고 자네에게 말할 수 있어. 나는 천금(千金)으로도 바꿀 수 없는 화장 상자를 하나 가지고 다니지. 우리가 2주일만 함께 있을 수 있다면 그 효과를 자네에게도 시험해 보일 수 있는데 말이야.”

그러한 것이 있을 수 있다는 생각, 그리고 그런 가능성이 마침 적절한 기회에 주어질 생각을 하자 소령의 마음은 한결 밝아져, 이미 그의 얼굴은 더욱 생기가 넘쳐났다. 머리카락과 얼굴을 자기 마음과 일치시킬 수 있다는 희망에 부풀어, 그 약을 지금 당장 자세하게 알고 싶은 초조감 때문에 소령은 식사 때에는 마치 다른 사람처럼 보였다. 힐라리에의 따뜻한 갖가지 배려를 안심하고 받아들였으며, 오늘 아침만 하더라도 그토록 낯설게만 느껴졌던 어떤 확신감에 가득 차서 그녀를 바라보았다.

연극배우 친구는 여러 가지 추억담과 세상 이야기 그리고 멋진 착상으로 유쾌한 기분을 이어주었다. 그러나 식사가 끝난 뒤 그가 바로 자리에서 일어나 작별인사를 하고 여행을 계속하려 하자 소령의 낭패감은 더없이 큰 것이었다. 어떻게 해서든 그는 친구를 적어도 하룻밤이라도 붙잡아두려고 내일 아침 일찍 교대할 말을 준비해 놓기로 단단히 약속했다. 요컨대 효험이 있는 화장 상자의 내용물과 사용 방법을 그에게 자세히 가르쳐주기 전에는 절대로 이 집 밖으로 나가지 못하게 할 생각이었다.

소령은 이제 한시도 우물쭈물해서는 안 된다는 사실을 알았기에 식사가 끝나자 곧 친구와 단둘이 말할 기회를 만들었다. 그러나 단도직입적으로 돌진할 만한 용기가 없었기에 그는 화제를 돌려 앞선 이야기를 다시 문제 삼아 다음과 같이 말했다. 자기로서는 외모에 더 많이 신경쓰고 싶었지만 세상 사람들은 그런 노력을 하는 사람을 보면 모두 허영꾼이라고 떠들어대면서, 신체적인 외모로 젊음을 평가하면서도 도덕적으로는 그만큼 그 인간에 대해 무시하려고 하기 때문에 정말 곤란하다고.

“그런 이야기로 나를 불쾌하게 만들지 말아줘.” 친구는 말했다. “그건 사람들이 별다른 생각 없이 내뱉는 입버릇 같은 말이니까. 더 심하게 말하면, 그렇게 이야기함으로써 사람들은 자신의 불친절하고도 악의에 찬 본심을 쏟아내고 있는 거야. 자네도 잘 생각해 봐. 사람들이 이따금 허영꾼이라고 헐뜯는 게 도대체 무엇인지. 인간은 누구나 자신에 대한 기쁨을 느껴야 하며 또 그런 기쁨을 가진 자는 행복하지. 그런데 이런 기쁨을 가지고 있으면서 왜 그 감정을 억눌러야 한단 말인가. 자기 인생의 한가운데에서 삶의 기쁨을 만끽하는 것을 어째서 감추어야 한다는 말인가. 만약 어떤 인간이 자기와 자기 존재에 대한 기쁨의 표현이 너무나 강해서 다른 사람들이 그 기쁨을 표현하는 걸 방해하는 경우, 우리의 품위 있는 사회가 그 사람의 이런 기쁨에 대한 표현을 비난해야 마땅하다고 생각한다면 이의를 제기할 필요는 없겠지. 여기서는 우리의 그 품위 있는 사회라는 것이 문제니까 말일세. 처음부터 그런 비난들은 바로 이 같은 과민반응에서 나왔으리라 추측할 수 있다네. 그러나 도저히 피할 수 없는 것에 대해 이상하게 부정적인, 그런 엄격한 태도가 무슨 소용이 있단 말인가. 어째서 사람들은 그런 기쁨에 대한 표현을 너그럽게 봐주려 하지 않을까? 자기 자신에게는 작든 크든 그런 표현을 가끔 허락하면서 말이야. 뿐만 아니라 그런 표현에 대한 욕망이 없다면 훌륭한 사회라는 것은 도무지 성립될 수 없는 것이네. 왜냐하면 스스로 자기 마음에 들어서 다른 사람에게 과시하려는 욕구가 자기 자신을 다른 사람의 마음에도 들게 하는 것이고, 자기 자신을 우아하다고 생각하는 감정이 스스로를 우아하게 만드는 것이기 때문이네. 요컨대 모든 인간이 겉치레에 신경을 썼으면 좋겠어. 그러나 도를 지나치지 않고 참된 의미에서 그래야겠지. 그렇게 되면 우리는 교양 있는 사회에 사는 가장 행복한 인간이 될 거야. 여자들은 태어날 때부터 겉치레를 한다고들 하지. 그러나 그게 여자에게는 잘 어울리는 것이야. 그렇게 함으로써 여자는 우리에게 점점 더 호감을 갖게 해주지. 허영심 없는 청년이 어떻게 교양을 쌓을 수 있겠는가. 속이 텅 빈, 알맹이 없이 태어난 사람이라 해도 그럴듯한 겉모습은 갖출 수 있어. 그리고 유능한 인간이라면 짧은 시간 안에 외면에서 내면으로 자기 자신을 형성해 가겠지. 나로 말할 것 같으면, 나 자신을 가장 행복한 인간이라고 생각하네. 내 직업이 겉치레를 정당화해 주고, 또 내가 허세를 부리면 부릴수록 점점 더 사람들을 기쁘게 해줄 수 있기 때문이지. 다른 사람들이 비난을 받는 경우에도 오히려 나는 칭찬을 받거든. 그리고 다른 사람들이라면 어쩔 수 없이 무대에서 물러나거나 아니면 치욕을 참아야 할 나이이지만 나는 여전히 관중을 즐겁게 하고, 기쁘게 할 권리와 행복을 가지고 있단 말이야."

소령은 이 이야기의 결론을 듣고 싶지는 않았다. 겉치레를 꾸민다는 말을 그가 끄집어낸 것은 단지 친구에게 자기 소원을 멋들어지게 말하기 위한 기회로 사용하려는 것뿐이었다. 이대로 대화가 이어지면 자신의 의도에서 더욱 멀어질 염려가 있다. 그래서 그는 곧장 핵심으로 돌진했다.

"나로서는 지금까지 내가 등한히 했던 것을 조금이라도 회복할 수 있다고 하니 자네가 너무 늦었다고 비웃지 않는다면 기꺼이 자네 뜻에 한번 따라보겠네. 어쨌든 자네가 쓰고 있는 염색제나 포마드 그리고 향유를 좀 나누어줄 수 없겠는가. 나도 한번 시험해 보고 싶네."

상대가 말했다. "나눠준다는 것이 그렇게 간단한 일은 아니지. 이 경우 내 병에서 좀 덜어주고, 화장품에서 가장 좋은 것을 자네에게 절반쯤 남겨준다거나 하는 것만으로 끝나는 문제가 아니야. 가르쳐준다고 곧바로 혼자 할 수 있는 것도 아니고. 이런저런 것이 어떻게 맞으며 어떤 경우에 어떤 순서로 사용하면 좋을지 알려면 연습과 연구가 필요해. 아니 그 연습과 연구조차도 당사자가 이러한 문제에 타고난 재능이 없다면 거의 도움이 안 돼."

소령이 말했다. "자네 어쩐지 이번에는 오히려 꽁무니를 빼려는 것 같군그래. 어딘지 좀 동화 같은 자기주장을 확고히 하기 위해 나를 애먹이는군. 자네 말을 행동으로 시험해 볼 기회를 내게 주지 않으려는 것 같아."

"내가 먼저 자네에게 이런 제안을 할 만큼 자네에 대한 호감이 없었다면 그런 야유쯤으로 자네의 요구를 들어주도록 내 마음을 움직이지는 못했을 걸세. 자, 자네 이 점도 잘 생각해 주길 바라네. 인간에게는 다른 사람을 개종시키고 싶은 독특한 욕구가 있다는 걸. 그리고 자기가 귀중히 여기는 것이 다른 사람에게도 나타나게 하고 자신이 누리는 바를 그 사람도 마찬가지로 누리게 하여 그들 속에 자기 자신을 재현하는 일에 특별한 흥미를 가지는 법이지. 실제로 만약 이를 이기심이라고 부른다 하더라도 그것은 가장 사랑스럽고 칭찬할 만하며 우리를 인간다운 인간으로 유지시켜주는 이기심일 게야. 자네에 대한 우정은 놔두고라도 다만 이상과 같은 취미만으로도 자네를 회춘(回春) 술법의 제자로 삼고 싶은 생각은 충분히 있어. 그러나 일반적으로 교사란 제자가 어중간하게 되는 것을 아주 싫어하기 때문에 나도 이 일을 어떻게 시작해야 할지 갈피를 못 잡겠네. 아까도 말했지만 향료를 가르친다든지 사용법을 전수한다든지 하는 것만으로는 충분하지 않아. 사용법이라는 것은 일반적으로 이렇다고 가르쳐줄 수 있는 게 아니란 말일세. 그러나 자네를 위해 나의 가르침을 전해 주고 싶은 심정에서 나는 어떠한 희생도 감당할 용의가 있어. 나는 지금 당장 자네에게 가장 큰 희생을 지불하려 하네. 내 하인을 자네를 위해 여기에 남겨두도록 하겠네. 그는 하인이기도 하고 마술사이기도 하지. 무엇이든지 조제할 수 있는 것은 아니고, 모든 비밀에 도통한 것도 아니지만, 취급법 전반에 대해서는 아주 잘 알고 있으니 처음 시작할 때에는 큰 도움이 될 걸세. 그의 지시에 따라 자네가 이 일에 더 정통하게 되면 계속해서 내가 자네에게 훨씬 수준 높은 비밀을 밝혀주게 될 거야."

"뭐라고?" 소령이 외쳤다. "자네의 젊어지는 술법에도 단계와 등급이 있단 말인가? 그 길에 도통한 자에게도 아직 남아 있는 비법이 있다는 말인가?"

"그렇고말고!" 상대는 대답했다. "단번에 파악할 수 있거나, 방금 입문한 자도 가장 심오한 곳까지 꿰뚫어볼 수 있는 그런 것은 보잘것없는 술법임에 틀림없지."

말은 곧 실행으로 옮겨져 소령은 하인을 소개받고 그를 후하게 대우할 것을 약속했다. 영문도 모른 채 남작부인은 작은 상자와 작은 병 그리고 컵을 찾아주어야 했다. 약이 배합되었고 모두는 밤늦게까지 유쾌하고 기발한 이야기로 시간 가는 줄 몰랐다. 밤이 깊어 달이 떠오를 무렵 손님은 한참 뒤에 돌아오겠다고 약속하고는 마차로 출발했다.

소령은 매우 지쳐서 자신의 방으로 돌아왔다. 아침 일찍 일어나 온종일 몸을 쉴 수 없었기에 이제 곧 잠자리에 들 수 있으려니 생각했다. 그때 그는 하인이 하나가 아니라 둘이라는 것을 알았다. 늙은 마부가 옛 방식으로 허둥지둥 그의 옷을 벗겼다. 그러자 이번에는 새 하인이 나타나서 젊어지는 법과 미용법을 시작하기에 가장 알맞은 시간이 밤이며, 그것도 편안히 잠자고 있는 동안에 그 효과가 더 확실하게 나타난다고 말했다. 소령은 하인이 그의 머리에 향유를 바르고 얼굴을 마사지하고 눈썹을 붓으로 칠하고 입술을 두드리는 등의 일을 하도록 내버려두어야만 했다. 이 밖에도 여러 가지가 요구되었다. 그뿐 아니라 나이트캡까지도 곧장 머리에 써서는 안 되며, 그물이나 더 부드러운 가죽으로 된 베레모를 먼저 쓴 다음에 얹어야 했다.

소령은 왠지 모를 불쾌한 기분으로 자리에 누웠는데 그 기분을 확인할 겨를도 없이 바로 잠들어버렸다. 그러나 그의 마음 깊숙한 곳을 헤아려 말해 본다면 마치 환자와, 향유를 뿌린 시체의 중간쯤 되는 미라가 된 듯한 기분이었다. 하지만 더없이 밝은 희망에 둘러싸인 힐라리에의 감미로운 모습이 곧 그를 상쾌한 잠으로 이끌었다.

다음 날 아침 제시간에 하인이 모습을 나타냈다. 주인이 갖춰 입어야 할 모든 것이 평소처럼 가지런히 정돈되어 여러 개의 의자에 놓여 있었다. 그런데 소령이 침대에서 일어나려던 바로 그때 새로운 하인이 들어와 그렇게 서둘러서는 안 된다고 엄중하게 경고했다. 계획을 성공하려면, 그리고 적잖이 정성을 들인 노고에 기쁨의 결실을 맺으려면 안정을 취해야 하며 참을성 있게 기다려야 한다고 했다. 그리고 잠시 뒤에 일어나 가벼운 아침 식사를 들고 나서 이미 준비되어 있는 목욕탕에 들어가야 한다는 것이었다. 이런 지시들은 어길 수 없는 것이어서 착실하게 지키는 수밖에 별도리가 없었다. 이러는 사이에 몇 시간이 지나갔다.

소령은 목욕 뒤의 휴식 시간을 줄여 서둘러 옷을 입어야겠다고 생각했다. 그는 천성적으로 성급한 데다 어서 힐라리에를 만나고 싶었기 때문이다. 그러나 이번에도 새로운 하인이 그를 가로막고는 설득하기에 이르렀다. 모든 일을 빨리 해치우려는 습관은 버려야 한다, 특히 옷을 입을 때는 자신과 즐기는 시간으로 여겨야 한다는 것이었다.

하인의 처리법은 그가 말하는 바와 완전히 일치했다. 그래서 소령도 거울 앞에 서서 거기에 비치는 자기 모습을 바라보았을 때 실제로 그 어느 때보다 훨씬 몸치장이 잘된 듯해 만족스러웠다. 밤새 하인은 많은 질문없이 알아서 군복까지도 훨씬 현대적으로 수선해 놓았던 것이다. 젊어지는 효과가 이처럼 빠르게 나타난 것을 보고 소령은 아주 유쾌해져서, 내적으로나 외적으로나 상쾌해지는 것을 느끼면서 어서 가족들이 보고 싶은 마음에 그들이 있는 곳으로 서둘러 갔다.

가보니 누이동생이 가계도(家系圖) 앞에 서 있었다. 어제저녁 그들 사이에서 몇몇 먼 친족들이 화제에 올랐기에 그녀는 이것을 벽에 걸게 했던 것이다. 그들 가운데 어떤 사람은 미혼이고 어떤 사람은 먼 곳에 살고 또 어떤 사람은 소식조차 끊겼지만, 적어도 이 남매는 자신들 또는 그들의 자식들에게 어느 정도 풍족한 유산을 상속해 주지 않을까 하는 기대를 갖고 있었던 것이다. 그들은 한동안 이 일에 대해 서로 이야기를 나누었지만 이제까지는 모든 가정적 배려나 노력이 모두 아이들에 관한 것이었다는 점에 대해서만 얼마 동안 이야기했었다. 힐라리에의 사랑으로 인해 상황이 확실히 달라지기는 했지만, 소령과 누이동생 모두 이 순간에는 그 문제를 더는 생각하고 싶지 않았다.

남작부인이 물러가고 난 뒤 소령은 혼자 간략한 가계도 앞에 서 있었다. 힐라리에는 그의 옆에 다가와 천진난만하게 그에게 기대어 가계도를 바라보면서, 이중에서 어떤 사람들을 알고 있는지, 도대체 누가 아직 살아 있는지를 물었다.

소령은 어린시절의 희미한 기억을 더듬어, 일족 가운데 가장 오래된 사람들부터 설명을 시작했다. 뒤이어 계속해서 여러 아버지들의 성격이라든지 그 자녀들이 아버지와 닮은 경우와 닮지 않은 경우를 지적해 보이고 할아버지가 이따금 손자에게서 되살아나는 것을 말하면서 덧붙여 다른 집에서 시집을 와서 때로는 가계 전체의 성격을 바꿀 만큼 영향력이 강했던 여자들에 대해서도 이야기했다. 그는 또 많은 조상들이나 친족들의 미덕을 찬양했고 그 결점도 감추지 않았다. 수치가 될 사람들의 이름은 말없이 넘어갔다. 그리고 드디어 그는 가장 아랫줄로 왔다. 거기에는 그의 형인 궁내장관과 그와 그의 누이동생 이름이 있고 그 아래에 그의 아들과 나란히 힐라리에의 이름이 있었다.

"이 두 사람은 정면으로 얼굴을 맞대고 있군그래." 소령은 말했다. 그러나 자기 가슴속에 품고 있는 바를 덧붙이지 않았다. 얼마 뒤에 힐라리에는 조심스럽게 낮은 목소리로 거의 한숨을 내쉬듯이 말했다. "그렇지만 그 윗줄을 쳐다보는 사람을 아무도 나무라지는 않겠지요." 동시에 그녀의 두 눈은 그를 쳐다보았다. 그 눈에서는 그녀의 모든 사랑이 나타나 있었다. "네가 말하는 것을 곧이곧대로 받아들여도 괜찮단 말이냐?" 소령은 그녀 쪽으로 돌아서서 말했다. "저는 아무것도 말씀드릴 수 없어요." 힐라리에는 미소지으면서 말했다. "이제는 모든 것을 알고 계시니까요."

"너는 나를 세상에서 가장 행복한 사람으로 만들어주는구나!" 소령은 외치면서 그녀의 발아래에 무릎을 꿇었다. "내 아내가 되어주겠니?" "제발 일어나세요! 저는 영원히 당신의 것이에요."

남작부인이 들어왔다. 그리 놀란 것은 아니지만 멈칫 서 있었다.

"이것이 불행한 일이라면," 소령은 누이동생에게 말했다. "그것은 네 책임이야. 행복해지면 우리 두 사람은 그것을 영원히 네 덕분이라고 생각할 거야."

남작부인은 어릴 때부터 어떤 남자들보다 오빠를 좋아했다. 그러니 힐라리에에의 외삼촌에 대한 사랑도 어머니의 오빠에 대한 특별한 애정에서 비롯된 것은 아니라 하더라도 어느 정도는 연관이 있음에 틀림없었다. 이 세 사람은 이제 하나의 사랑, 하나의 기쁨으로 맺어졌고, 그들에게는 가장 행복한 시간이 흘러갔다. 그러나 결국 그들도 주변 세계를 인정하지 않을 수 없었다. 바깥 세계가 인간의 내적 감정과 일치하는 일은 드문 법이다.

이제 그들은 또다시 아들 일을 생각하게 되었다. 힐라리에는 아들의 배필로 정해져 있었고 아들 또한 그 사실을 잘 알았다. 소령은 궁내장관인 형과의 협상을 마무리하는 즉시 아들이 있는 병영으로 찾아가 모든 것을 그와 상의하고 이 문제를 행복한 결말로 인도할 예정이었다. 그러나 이제 뜻하지 않은 사건으로 말미암아 모든 사정이 완전히 틀어지고 말았다. 평소 잘 맞았던 부자(父子) 관계가 이제부터 적대 관계로 변할지도 모른다. 그리고 사태가 어떻게 달라질지, 사람들의 감정이 어떤 식으로 흘러갈지 예측하기 어려웠다.

그렇지만 소령은 아들을 찾아갈 결심을 해야 했다. 아들에게는 이미 간다는 사실을 알려놓았기 때문이다. 그는 그다지 마음이 내키지 않았으며 이상한 예감도 들고 게다가 잠깐이기는 하지만 힐라리에를 남겨놓고 떠난다는 고통으로 망설이다가 출발했다. 마부와 말은 남겨두고 이제는 한시도 없어선 안 될, 젊어지는 법을 가르쳐준 하인과 함께 마차를 타고 아들이 있는 도시로 향했다.

아버지와 아들은 그동안 오래 떨어져 있었기에 진심으로 반갑게 인사를 나누었고 포옹을 했다. 서로 할 말은 많았지만 가장 마음에 두고 있던 말은 어느 쪽에서도 곧바로 입 밖에 내지 못했다. 아들은 앞으로 곧 있을 승진에 대한 희망으로 들떠 있었다. 한편 아버지는 재산 전반에 대한 것, 개개 소유지와 그 밖의 것에 대해, 가족의 연장자들이 함께 의논해 결정한 내용들을 자세하게 아들에게 말해 주었다.

대화가 어느 정도 멈추는 듯했을 때, 아들은 용기를 내어 미소지으면서 말했다. "아버지, 제게 잘해주셔서 정말 감사해요. 아버지는 소유지와 재산에 대해서는 말씀을 해주셨어요. 그러나 어떤 조건을 갖춰야 적어도 그 일부가 제 것이 되는지, 그 조건에 대해서는 아직 아무 말씀도 안 하셨습니다. 그리고 제가 그 이름을 꺼내기를 기다리고 계시죠. 사랑스러운 아가씨하고 빨리 합치겠다는 소망을 털어놓기를 기다리시겠지요."

소령은 아들의 말을 듣고 매우 당황했다. 그러나 교섭 상대의 진의를 탐색하는 것이 그의 본성이고, 한편으로는 오랜 습성이기도 했기 때문에 그는 묵묵히 알 수 없는 미소를 띠면서 아들을 보고 있었다. "아버지, 아버지는 제가 무슨 말을 꺼내려고 하는지 모르실 겁니다." 중위는 말을 계속했다. "제가 먼저 결단을 내려서 말씀드리죠. 저는 아버지의 호의를 믿습니다. 그처럼 여러 가지로 저를 위해 걱정해 주시는 것은 또한 저의 참된 행복을 생각해 주셨음에 틀림없기 때문입니다. 어차피 언젠가는 말씀드려야겠지요. 이 기회에 말씀드리지요. 힐라리에는 저를 행복하게 할 수 없습니다! 저는 힐라리에와는 사랑스러운 친척의 한 사람으로서 일생 동안 가깝게 지내고 싶어요. 그러나 다른 여성이 저의 정열을 불러일으켜 제 애정을 사로잡았습니다. 어쩔 수 없이 끌려가고 있습니다. 아버지, 저를 불행하게 하지 말아주십시오."

소령은 얼굴 전체에 기쁜 빛이 퍼져나가는 것을 겨우 감추었다. 이어 온화하고도 진지한 어조로 아들에게, 그처럼 완전히 그를 사로잡은 여성이 누구인지 물었다. "꼭 그 사람을 만나주세요, 아버지. 그 사람은 말로 표현할 수 있는 사람도 아니고 말씀을 드려도 과연 그렇구나 하고 수긍할 수 있는 사람도 아닙니다. 그녀에게 가까이 가는 사람 모두가 그렇듯 아버지 또한 그녀의 포로가 되지 않을까 걱정될 지경입니다. 정말이지 그런 일을 겪게 되면 아버지는 아들의 연적이 될 것입니다."

"도대체 어떤 여자냐?" 소령이 물었다. "만약 네가 그 여자의 인품을 말할 수 없다면, 적어도 외적 상황에 대해서라도 이야기 해보렴, 그거라면 오히려 말하기가 쉬울 테니까." "그럴게요, 아버지!" 아들은 대답했다. "그러나 외적 상황만 하더라도 다른 여자의 경우와는 다릅니다. 이런 상황에서 미치는 영향만 해도 다른 여자와는 다르지요. 그녀는 젊은 과부로, 얼마 전에 세상을 떠난 돈 많은 노인의 상속녀인데 이제는 혼자 몸입니다. 또 그럴 만한 충분한 가치가 있어서 많은 사람들에게 사랑받고 또 구혼받고 있어요. 그렇지만 제 생각이 틀리지 않았다면 그녀의 마음은 제게 기울어져 있어요." 아버지가 침묵한 채 반대하는 기색을 보이지 않았기에 아들은 홀가분한 기분으로 말을 계속했다. 과부의 그에 대한 태도를 말하고는 그 형언할 수 없는 우아함, 상냥함을 하나하나 높이 칭찬했다. 물론 그런 말을 들어도 아버지는 모든 사람에게 사랑받고 있는 여자의 가벼운 호의로만 느껴질 뿐이었다. 그 여성은 많은 남성들 가운데 누구든 한 사람을 고르겠지만 그렇다고 해서 그 남자로 완전히 마음을 정했다고 할 수는 없는 것이다. 다른 경우 같으면 소령은 틀림없이 아들이라고 하더라도, 아니 단순한 친구라 하더라도 자기기만에 의한 그런 오만은 버리는 게 좋을 거라고 충고를 아끼지 않았을 것이다. 그러나 이번 경우에는 아들이 착각한 게 아니라 과부가 진심으로 아들을 사랑해서 가능한 한 빨리 아들을 위해 결정을 내려준다면, 그것은 아버지 자신에게 더할 나위 없이 고마운 일이었다. 그래서 소령은 아무 의심도 하지 않아서였는지, 아니면 그런 의심을 일부러 품으려 하지 않아서였는지, 그냥 입을 다물고 있을 수밖에 없었다.

"너는 나를 아주 난처하게 만드는구나." 아버지는 잠시 뒤에 이야기하기 시작했다. "지금 남아 있는 우리 가문에서 결정한 모든 합의는 네가 힐라리에와 결혼한다는 것을 전제로 하고 있지. 만약 힐라리에가 다른 사나이하고 결혼을 하게 되면 모처럼 잘 생각해서 거액의 재산을 마련하려고 계획했던 것이 소용없게 되어, 특히 너의 몫은 크게 기대하지 말아야 할 거야. 물론 또 하나의 방법이 있지만 그것은 조금 이상하게 들릴 테고, 그 방법을 호소한다 해도 너에게 넘어가는 몫은 아무래도 대단한 것이 못된단 말이야. 내가 이렇게 나이를 먹었지만 힐라리에와 결혼할지도 모르겠구나. 그렇지만 이것이 너를 기쁘게 할 수는 없겠지."

"아닙니다. 그거야말로 세상에서 최고로 기쁜 일입니다." 중위는 외쳤다. "진정 애정이 있는 사람이라면, 사랑의 행복을 맛보거나 소망하는 사람이라면 누가 이 최고의 행복을 모든 친구들과 그리고 그의 소중한 모든 사람에게 나누어주고 싶지 않겠습니까! 아버지는 아직 늙지 않았어요. 힐라리에는 얼마나 사랑스럽습니까! 그녀에게 구혼하려는 생각을 한 것만으로도 이미 젊은 마음과 청신한 기력을 갖고 있다는 증거입니다. 이런 착상, 이런 제안을 잘 생각해서 여러 가지로 궁리해 보죠. 아버지가 행복하다는 것을 알고 나야 저도 비로소 정말 행복해질 수 있어요. 아버지가 제 운명을 생각해 주신 배려 때문에 아버지에게 이토록 멋지고 큰 보상이 돌아갈 수 있다면 저도 정말로 기쁠 겁니다. 그것을 알게 된 오늘에야 드디어 용기를 내어 믿음으로 아무런 거리낌 없이 아버지를 제가 사랑하는 아름다운 여자에게로 모시고 가겠습니다. 아버지도 그런 감정을 느끼고 계실 테니 저의 이 감정을 인정해 주시겠지요. 아들의 행복을 방해하지는 않겠죠. 어쨌든, 아버지는 자신의 행복을 쫓아가고 계시니까요."

아들이 이것저것 절실한 말들을 늘어놓자 아버지는 걱정이 될 때마다 말참견을 하려고 했지만 아들은 기회를 주지 않았고 두 사람은 아름다운 과부가 있는 곳으로 서둘러 갔다. 가보니 그녀는 잘 꾸며진 큰 저택에 살고 있었고, 때마침 숫자는 많지 않지만 선택된 사람들에게 둘러싸여 즐거운 이야기를 나누고 있었다. 그녀는 어떠한 남자도 그 매력에서 벗어날 수 없게 만드는 여성 가운데 한 사람이었다. 그녀는 믿을 수 없을 만큼 능란한 솜씨로 소령을 이날 저녁 주인공으로 만들어버렸다. 마치 다른 사람들은 그녀의 가족이고 소령 혼자만 손님처럼 보였다. 그녀는 그의 상황을 잘 알고 있으면서도, 모든 것을 처음 듣는 것처럼 이런저런 이야기를 그에게 물었다. 그러자 그 자리에 있는 사람들 모두 이 새로 온 손님에게 어떤 관심이라도 나타내고 싶어 못 견뎌 했다. 어떤 사람은 소령의 형을, 또 어떤 사람은 그의 소유지를, 또한 다른 무엇을 알고 있다는 태도를 취하지 않을 수 없었다. 이러자 소령은 자기가 떠들썩한 이 대화의 중심이 되었음을 느꼈다. 게다가 그는 이 미인의 바로 옆에 앉아 그녀의 시선을 한 몸에 받았고 그녀의 미소도 그를 향해 있었다. 요컨대 그는 자기가 무엇 때문에 여기에 왔는지 거의 잊어버릴 지경이었다. 그리고 그녀는 그의 아들에 대해서는 거의 한 마디도 화제에 올리지 않았다. 아들이 그토록 열심히 담화에 끼어들었는데도 말이다. 그는 다른 모든 사람과 마찬가지로 오늘은 오직 아버지를 접대하기 위해 거기에 있는 것처럼 보였다.

여자들이 어떤 모임에서 손뜨개질을 할 때 그것은 겉으로는 무심하게 일을 계속하고 있는 듯 보이지만 그 민첩함과 우아함으로 말미암아 이따금 중요한 의미를 갖게 된다. 아름다운 여성이 한눈도 팔지 않고 열심히 그런 손뜨개를 계속하면 그녀는 주위를 완전히 무시하고 있다는 인상을 주어, 무언의 불쾌감을 불러일으킨다. 그러나 얼마 뒤, 말하자면 이제 겨우 잠에서 깬 것처럼 뭔가 한 마디를 입 밖에 낸다든지, 슬쩍 한번 보기만 해도 이때까지 거기에 있지 않았던 여자의 존재가 다시 모임의 중심이 되고 그녀는 새로 나타난 것처럼 환영을 받는다. 그러나 그녀가 일손을 멈추고 어떤 이야기, 이를테면 사나이들이 좋아하는 교훈적인 이야기에 주의를 쏟으면, 그러한 특별대우를 받는 사나이에게는 참으로 기쁘고 영광스러운 일이 되는 것이다.

우리의 아름다운 과부 또한 이런 식으로 아취 있는 예쁘장한 편지주머니를 만들고 있었다. 더구나 이 지갑은 모양이 커서 눈에 띄었다. 그런데 이 편지주머니가 마침 거기에 있는 사람들의 화제에 올라 그녀 바로 옆자리의 사나이가 그 편지주머니를 넘겨받았고 그것은 찬사를 받으며 손에서 손으로 차례로 돌려졌다. 그동안에 뜨개질을 하던 그 여자는 소령과 진지한 이야기를 나누고 있었다. 이 집안 친구인 한 늙은이가 거의 다 완성된 이 작품을 과장해서 칭찬했다. 그러나 그것이 소령에게로 돌아왔을 때 과부는 그것이 소령의 주의를 끌 만한 가치가 없다는 듯 그의 손에서 빼앗으려 했다. 그럼에도 소령은 예절 바르게 그 작업의 솜씨를 인정할 줄 알았다. 한편 이 집안의 친구는 이때에도 이 편지주머니를 페넬로페*5의 작품을 보는 것만 같다고 칭찬했다.

사람들은 방을 이리저리 걸어다니다가 우연히 함께 대화 상대가 되기도 했다. 중위는 아름다운 여자 곁으로 다가서서 물었다. "제 아버지를 어떻게 생각합니까?" 그녀는 미소지으면서 대답했다. "당신은 아버님을 모범으로 삼아도 좋을 것 같군요. 보세요. 입고 있는 옷맵시가 얼마나 멋진지 모르겠어요! 몸매나 태도도 아드님보다 더 훌륭해요!" 이런 식으로 그녀는 어디까지나 아들을 방편으로 삼고 아버지를 칭찬해서 젊은이의 가슴에 만족과 질투가 뒤섞인 묘한 감정을 불러일으켰다.

얼마 안 있어 아들은 아버지 옆으로 다가가 모든 것을 자세히 이야기해 주었다. 아버지는 과부에 대해 점점 더 친밀하게 행동할 뿐 아니라 그녀 쪽에서도 한결 더 생기 넘치고 허물없는 태도로 그를 대했다. 요컨대 헤어질 때에는 소령도 다른 모든 사람들과 마찬가지로 이제는 그녀 측근자들의 한 사람이 되었다고 말할 수 있었다.

갑자기 비가 심하게 쏟아졌기 때문에 사람들은 그들이 왔을 때와 같은 방법으로 집으로 돌아갈 수가 없게 되었다. 마차 여러 대가 현관에 도착하여, 걸어서 왔던 사람들이 나누어 탔다. 중위만이, 그렇잖아도 마차가 너무 비좁다는 그럴듯한 평계를 내세워 아버지를 먼저 보내고 뒤에 남았다.

소령은 자기 방에 들어서자 정말로 어떤 어지럼증과 자기 스스로도 믿기지 않는 그런 기분에 잠겼다. 이것은 한 상태에서 갑자기 그 반대되는 상황으로 내던져진 사람에게 일어나기 쉬운 그런 느낌이었다. 배에서 갓 내린 사람에게

---

*5 그리스 신화에 나오는 오디세우스의 아내. 남편이 오랫동안 집을 비우고 없을 때, 그녀에게 구혼하는 사나이들에게 시아버지의 수의를 다 만들고 난 뒤에야 그러겠다고 제의했다. 그러나 그녀는 밤이면 꿰인 실을 다시 풀어버리곤 했다.

는 땅이 흔들리는 것처럼 생각되고, 갑자기 어둠 속으로 들어간 사람의 눈에는 아직도 빛이 아물거리는 법이다. 이와 마찬가지로 소령은 아직도 아름다운 그녀의 모습에 휩싸여 있는 것처럼 느꼈다. 그는 그녀를 계속해서 보고 듣고, 또 보고 또 들을 수 있기를 바랐다. 그리고 어느 정도 제정신을 되찾자 그는 아들을 용서하고, 뿐만 아니라 그토록 많은 장점을 지닌 여자를 소유하고자 하는 아들에게 행복한 남자라며 찬사를 보냈다.

그가 이런 감정으로부터 깨어난 것은, 너무 기뻐 어찌할 바를 몰라 세차게 문으로 뛰어들어온 아들 때문이었다. 그는 아버지를 껴안고 외쳤다. "저는 세상에서 가장 행복한 사람입니다." 이렇게 두어 번 소리를 지른 뒤에 드디어 두 사람 사이에 대화가 시작되었다. 아버지는 그 아름다운 부인이 자기와 이야기하는 동안, 아들에 대해서는 한 마디도 입 밖에 내지 않았다고 말했다. "그게 바로 그녀의 우아하게 침묵하는 암시적인 방식입니다. 그렇기 때문에 사람들은 자신의 소망이 이루어질 것을 믿으면서도, 또한 언제나 의심을 완전히 떨쳐버릴 수 없는 것이죠. 저에게도 그 여자는 오늘까지 늘 이런 식이었습니다. 그러나 아버지가 계셔준 것이 기적을 낳게 했어요. 기꺼이 고백합니다만, 제가 뒤에 남은 것은 조금 더 그녀를 보고 싶었기 때문입니다. 저는 그녀가 불 켜진 방을 왔다 갔다 하는 것을 보았어요. 손님이 떠나간 뒤에도 불을 끄지 않는 것이 그녀의 습관인 것을 잘 알고 있었거든요. 그녀는 자기가 마법으로 끌어들인 영혼들이 돌아가고 나면 혼자 마법의 방들을 이리저리 거닐지요. 그녀는 제가 핑계를 만들어 되돌아온 것을 나무라지는 않았습니다. 그녀는 그리 대수롭지 않은 것들에 대해 상냥하게 말을 해주었어요. 우리 둘은 열린 문을 지나 계속 이어져 있는 방들을 이쪽저쪽 걸어다녔습니다. 우리는 벌써 여러 번 끝까지 가서 그곳 어둑어둑한 램프 하나가 켜져 있을 뿐인 작은 방으로 들어갔어요. 그녀는 샹들리에 아래에서 움직이는 모습도 물론 아름다웠지만 램프의 부드러운 빛을 받고 있는 모습은 훨씬 더 아름다웠죠. 우리는 다시 그 방으로 왔다가 돌아서면서 한동안 조용히 서 있었습니다. 어떻게 제가 그처럼 대담해졌는지, 그처럼 과감한 일을 할 수 있었는지 저 자신도 모를 일이지만 저는 갑자기 그녀의 손을 잡고 그 부드러운 손에 키스를 하고는 그 손을 제 가슴에 갖다댔습니다. 그녀는 그 손을 빼지 않았어요. '천사 같은 분이시여' 하고 저는 외쳤습니다. '더는 나에게 당신의 감정을 감추지 말아주십시오. 만일 그 아름다운 가슴속에, 당신 앞에 서 있는 행복한 남자에 대한 사랑이 깃들어 있다면 이제는 더이상 그 사랑을 감추지 말고 털어놓아주십시오. 고백하여 주십시오! 지금이야말로 가장 아름다운, 다시없는 순간입니다. 나를 쫓아버리든지 아니면 당신 품에 안아주십시오!'

저는 무슨 말을 했는지도 기억 안 나요. 어떤 행동을 했는지도 모릅니다. 그녀는 물러나지도 않고 물리치지도 않고 대답도 하지 않았어요. 저는 용기를 내어 그녀를 제 팔로 껴안고 나의 아내가 되어줄 생각이 있는지 물어보았습니다. 저는 격렬하게 그녀에게 키스했지요. 그녀는 저를 밀어냈어요. '그래요, 그렇고말고요.' 그녀는 낮은 목소리로 난처하다는 듯이 말했습니다. 저는 그녀에게서 물러서면서 외쳤습니다. '아버지를 보내 대신 말씀을 드리겠습니다!' '이 일은, 아버지께 아무 말도 말아주세요' 하고 그녀는 두세 걸음 내 뒤를 쫓아오면서 대답했죠. '어서 가세요. 오늘 밤 일은 잊어주세요.'"

이 말을 듣고 소령이 무엇을 생각했는지에 대해서는 이야기하지 않겠다. 어쨌든 그는 아들에게 말했다. "그래서 너는 어떻게 해야 한다고 생각하느냐? 내 생각으로는 사태가 뜻하지 않게 아주 잘돼가는 것 같다. 그러니 이제부터는 좀 격식을 갖춰서 일을 진행하는 것이 좋을 듯하구나. 내가 내일 그쪽으로 가서 너를 대신해 구혼하는 것이 아마 가장 예의에 어긋나지 않을 것 같다." "당치도 않은 말씀입니다, 아버지!" 아들은 외쳤다. "그렇게 하면 일을 완전히 그르쳐버리는 거예요. 그녀의 행동과 말투가 너무 형식적인 것으로 어지럽혀지거나 손상되면 안 돼요. 아버지가 아무 말씀 안 하셔도 아버지가 옆에 있어준 것이 이 결합을 촉진시킨 것이기 때문에 그것으로 이제 충분합니다. 그렇습니다. 제 행복은 아버지 덕분이에요! 아버지에 대한 제 연인의 존경심이 모든 의심을 없애주었어요. 만약 아버지께서 그런 시간을 내주시지 않았더라면, 아버지 아들은 오늘 같은 행복한 순간을 누리지는 못했을 겁니다."

그들은 이런 대화를 밤늦게까지 나누었다. 둘은 서로의 계획에 의견의 일치를 보았다. 즉 소령은 아름다운 과부에게 의례적인 작별의 방문을 하고 나서 힐라리에와의 결혼을 진행하려 생각했고, 아들은 자신의 결혼을 가능한 한 빨리 서두르기에 이르렀던 것이다.

제4장

　이튿날 아침 우리의 소령은 작별을 고하기 위해, 또한 되도록 아들의 의향을 요령 있게 이야기해볼 작정으로 예의 아름다운 과부를 방문했다. 그는, 아주 고상한 실내복을 입고 어떤 나이든 부인과 함께 있는 그녀를 보았는데, 이 부인도 매우 조심성 있고 친근한 몸가짐으로 그를 맞아주었다. 젊은 부인의 우아함과 나이 든 부인의 단정한 태도는 그 이상 바랄 수 없을 만큼 균형잡힌 한 쌍을 이루었으며, 그녀들이 서로 주고받는 태도도 두 사람이 아주 친밀한 사이임을 대변해 주고 있는 것처럼 보였다.

　젊은 부인은 벌써 어제부터 우리에게는 낯익은 편지주머니 만드는 일을 계속하여 이제 막 다 끝낸 참인 것 같았다. 왜냐하면 그녀는 호감 가는 손님이 모습을 나타내자 평범한 환영인사와 따뜻한 말로 맞아들인 뒤, 여자 친구에게, 말하자면 중단된 대화를 다시 잇듯이 이 정교한 수예품을 내밀었기 때문이다. "이걸 봐주세요. 드디어 다 됐어요. 오래 망설이고 게으름도 피우고 해서 좀처럼 완성될 것 같지 않았는데 말이예요."

　"소령님, 마침 잘 오셨습니다." 나이 든 부인이 말했다. "우리 논쟁에 결말을 내주세요. 그렇지 않으면 차라리 어느 한쪽을 편들어 주세요. 내 의견은 이렇습니다. 이런 끈기를 요하는 일은 이것을 받을 상대를 확실히 정하고 그 사람을 마음으로 생각하지 않고서는 도저히 시작할 수 없는 일이다, 그런 생각 없이는 완성할 수 없는 것이다, 라고요. 당신이 직접 이 예술품—이렇게 불러도 좋다고 생각합니다만—을 보아주세요. 이런 것이 아무런 목적 없이 만들어질 수 있다고 생각하나요?"

　우리의 소령은 물론 이 작품에 대해 모든 찬사를 표하지 않을 수 없었다. 그 것은 절반은 손으로 엮고 절반은 자수로 되어 있어, 감탄을 자아내면서 동시에 이것을 만든 까닭을 알고 싶은 궁금증도 불러일으켰다. 여러 색깔의 비단실이 두드러져 보였으며 금실도 군데군데 쓰였다. 요컨대 편지주머니의 화려함과 젊은 부인의 고상한 취향 가운데 어느 쪽을 더 많이 찬미해야 할지 판단이 서지 않았다.

　"이래도 아직 좀 더 손봐야 할 데가 있어요." 아름다운 부인은 휘감아놓은 리본 장식 매듭을 다시 한 번 풀어 그 안을 여기저기 고치면서 말했다. "저는 다

투고 싶진 않지만." 그녀는 말을 계속 했다. "이 일을 하면서 어떤 심정이었는지는 설명드리고 싶어요. 처녀시절부터 우리는 손가락으로는 섬세한 일을 하면서, 머릿속에서는 이런저런 생각에 빠지는 데 익숙해진답니다. 이 두 가지는 우리가 점점 어렵고 손이 많이 가는 일을 배우게 된 뒤에도 여전히 우리에게 남아 있어요. 그리고 나는 이런 종류의 일 하나하나에 언제나 사람들이나 상황, 기쁨이나 슬픔과 관련된 생각들이 따라다녔다는 점을 부정하지는 않겠어요. 그렇게 해서 새로 시작된 일은 그것대로 나에게 가치 있고, 그것이 완성되면, 감히 말씀드리건대 아주 귀중했어요. 아무리 보잘것없는 것도 나에게는 그 자체로서 의미가 있었으며, 아무리 간단한 일이라도 특별한 가치를 부여했던 거예요. 그리고 아무리 손이 많이 가는 어려운 일도, 그것을 하는 동안 추억이 한결 더 풍부해지고 나무랄 데 없는 것이 된다고 하는, 단지 그 사실만으로도 고귀한 가치를 띠게 되었죠. 그래서 나는 가까운 사람들이나 사랑하는 사람들, 존경할 만한 사람들, 지위가 높은 사람들에게 이런 물건을 언제 드려도 괜찮을 거라 생각했어요. 그분들도 그 점을 인정해 주고, 나라는 인간이 가장 나다운 선물을 드린다는 사실을 이해해 주셨어요. 그 자체로는 복잡하여 도저히 말로 표현할 수 없는 것이지만 결국 모두가 마음에 들어하는 선물이 되어 언제나 다정하게 드리는 인사처럼 기꺼이 받아주셨던 겁니다."

이러한 사랑스러운 고백에 대해 뭔가를 대답해야 한다는 것은 물론 거의 불가능한 일이었다. 하지만 나이 든 여자 친구는, 이런 경우 상냥한 목소리로 멋진 말을 덧붙일 줄 알고 있었다. 소령은 옛날부터 로마의 문인이나 시인들의 우아한 지혜를 존경하고, 그들의 빛나는 말을 자기 기억 속에 새겨두는 습관이 있었던 터라 이 경우에 알맞은 몇몇 시구(詩句)들이 떠올랐지만, 잘난 체하는 인간이라는 느낌을 줄까봐 그 시구들을 입 밖에 내거나 언급하는 일조차 삼갔다. 그러나 침묵을 지켜 바보처럼 보이는 것도 싫었기 때문에, 즉흥적으로 시구를 산문으로 번역하여 보았지만 그리 잘되지 않았다. 그래서인지 대화는 거의 끊어지다시피 했다.

그러자 나이 든 부인은 소령이 들어왔을 때 탁상 위에 내려놓았던 책을 다시 집어 들었다. 그것은 어느 시집이었는데, 마침 두 부인의 주의를 끈 것이었다. 이것이 계기가 되어 그들은 시예술 일반에 대해 이야기하기 시작했으나 일반적인 이야기는 오래 지속되지는 않았다. 부인들이 소령의 시적 재능에 대해 전해 들었노라고 곧 털어놨기 때문이다. 자기 스스로도 시인이라는 직함을 갖고 싶다는 심정을 감추지 않았던 아들은, 전부터 그녀들에게 아버지의 시작업에 대해 들려주었을 뿐 아니라 아버지의 시 몇 개를 낭송하기도 했던 것이다. 아들의 속뜻은 자기 집안의 문학적 혈통을 자랑하고, 젊은 사람들이 곧잘 그렇듯이 겸손하지만 아버지의 능력을 뛰어넘어 앞으로 나아가는 청년이라는 것을 보여주기 위함이었다. 그러나 소령은 단지 문학연구가이자 애호가로서만 남기를 바랐기 때문에, 이 화제로부터 도망치려 했다. 하지만 적당한 핑계거리가 없었으므로 그는 자기가 지은 시 따위는 수준이 낮은 것으로, 본격적인 시로 생각해서는 안 된다고 말하고는 억지로 화제를 다른 데로 돌리려고 했다. 그렇지만 그도 서술적이라고 불리는, 어떤 의미에서는 교훈적이라고 불리는 영역에서는 두세 편의 시를 시도한 일이 있던 것을 부정할 수는 없었다.

　부인들, 특히 젊은 부인은 이런 종류의 시에 호감을 보이면서 말했다. "이성적이고 조용한 마음으로 살고 싶다는 것은 결국 누구나 다 갖는 소망이고 목적인데도 우리를 제멋대로 자극할 뿐인 시가 도대체 무슨 소용이 있을까요. 그것은 우리에게 아무것도 주지는 않고 우리를 불안하게 했다가 마침내 우리를 우리 자신에게 떠넘겨 버리죠. 그렇지만 나 자신을 다시 만났다고 믿게 되는 쾌적한 장소로 나를 데려다놓는 시, 소박한 시골의 진가를 내 마음속 깊이 끌어다주고, 떨기나무 숲을 지나 울창한 숲으로, 어느 사이에 호수가 내려다보이는 언덕으로 날 데려가는 시, 아마도 그 맞은편에는 경작된 언덕이 있고 숲이 우거진 봉우리들이 솟아 있으며 마침내는 푸른 산들이 늘어서 있어 만족스런 한 폭의 그림을 이루는 즐거운 지방으로 나를 이끌어가는 시, 그런 시를 접하게 되면 말할 수 없이 아늑한 기분이 든답니다. 정말이지 나는 그런 시 없이는 지내고 싶지 않아요. 맑은 리듬과 각운에 맞추어 이러한 풍경이 내게 전해질 때 내가 소파에 앉아서 얼마나 감사해하는지 아무도 모를 겁니다. 시인이 내 상상력 속에 그런 그림을 펼쳐주는 것에 대해서 말이에요. 나는 이러한 시의 풍경을, 걸어다니다 지친 뒤에, 아마 여러 가지로 불편한 상황에서 직접 눈으로 바라보는 것보다는 훨씬 느긋한 기분으로 즐길 수 있지요."

　소령은 지금 나눈 대화를 본디 자신의 목적을 이루기 위한 수단으로만 보았기 때문에, 다시 아들이 정말 칭찬 받을 만한 작품을 남겼던 서정시 쪽으로 화제를 돌리려고 했다. 부인들은 드러내놓고 그에게 반대하지는 않았지만, 농담으로 얼버무리면서 그가 가려고 하는 길로부터 그를 다른 데로 돌리려고 했다. 특히 아들이 이 비길 데 없는 부인에 대해 단호한 애정을 상당한 호소력과 능숙함으로 낭송했던 정열적인 시에 대해 소령이 은근슬쩍 끄집어내리려고 했을 때에는 더욱 그러했다. "사랑하는 사람들이 지은 노래는" 하고 아름다운 부인이 말했다. "나는 낭송으로든 노래로든 듣고 싶지 않아요. 그것이 행복한 사랑을 하는 사람들 같으면 언제인지 모르게 샘이 날 테고, 불행한 사랑을 하는 사람이면 언제나 우리를 지루하게 만드니까요."

그러자 나이 든 부인이 사랑스러운 여자 친구에게 말참견을 했다. "어째서 우리는 경애하는 분 앞에서 이렇게 빙 돌려 말하고 장황하게 말을 늘어놓아 헛된 시간을 보내고 있는지 모르겠군요. 사냥에 대한 용감한 정열을 자세하게 노래한, 이분의 아름다운 시를 다행히도 우리가 지금 부분적으로 알고 있다는 것을 털어놓고 그 전부를 우리에게 들려주실 것을 부탁드리면 안 될까요." 그녀는 말을 이었다. "아드님이 몇 부분 기억을 더듬어 생생하게 낭송하여 들려주었기 때문에 우리는 그 전체의 연결을 알고 싶어 못 견디겠습니다." 아버지는 또다시 아들의 재능으로 말을 돌려 그것을 치켜세우려 했지만, 부인들은 그것은 우리의 소원을 충족시켜주는 것을 완곡하게 거절하기 위한 핑계라고 단언하면서 받아주지 않았다. 그는 꼼짝 못하고, 마침내 그 시를 반드시 보내드리겠다고 약속할 수밖에 없었다. 그러고는 갑자기 대화가 다른 쪽으로 바뀌었기 때문에 그는 아들을 위해 무언가를 이야기하고자 했던 뜻을 이루지 못했다. 더군다나 아들은 강요하는 듯한 말은 절대로 하지 말아달라고 당부하지 않았던가.

이제는 작별인사를 할 때라고 생각했기 때문에 소령이 옷매무새를 고치자, 아름다운 부인은 좀 당황한 기색을 보였지만 그것은 한결 더 그녀의 아름다움을 돋보이게 할 뿐이었다. 그녀는 지금 새롭게 맨 편지주머니의 리본을 정성들여 고치면서 말했다. "시인이나 애인의 약속과 확언은 유감스럽게도 옛날부터 그다지 믿을 수 없다고 합니다. 훌륭한 분의 말씀을 의심하는 것 같아 죄송스럽습니다만, 그 때문에 담보물이라든가 언약의 징표 같은 것을 요구하는 것이 아니라, 오히려 드리려하오니 허락해 주세요. 제발 이 편지주머니를 받아주세요. 이것은 당신의 사냥시와 닮은 데가 있어요. 갖가지 추억이 이것과 연결되어 있고, 시간이 걸려 겨우 완성된 것이니까요. 이 편지주머니를 당신의 시를 우리에게 갖다주는 전령으로서 사용해 주세요."

이렇게 뜻하지 않은 선물을 받고 소령은 적잖이 당황했다. 정성이 담긴 이 화려한 선물은 여느 때 그의 주위에 있는 것이라든가, 그가 사용하고 있는 것과는 전혀 비교할 수도 없어서 그는 선물로 받기는 했지만 그것을 감히 자기 것으로 생각할 수 없을 정도였다. 그러나 그는 정신을 가다듬었다. 그리고 그의 기억력은 간직하고 있던 유명한 시를 결코 잊어버리는 일이 없었기 때문에, 이 때에도 고전시의 한 구절이 곧 머리에 떠올랐다. 그것을 그대로 인용한다는 것은 박식한 체하는 것뿐이기에 그만두었지만, 그 한 구절로써 어떤 유쾌한 착상이 마음속에 떠올라와 즉흥적으로 그는 그 착상을 아름다운 다른 말로 바꿔, 친밀감이 담긴 감사와 우아한 답례의 말로 되돌릴 수 있었다. 이렇게 하여 이 장면은 자리에 있던 모든 사람을 흡족하고 기쁘게 하고는 막을 내렸다.

이렇듯 결국 그는 어쩔 수 없이 자기가 어떤 하나의 기분 좋은 관계 속에 말려들어간 것을 적잖이 당혹해하면서 인정하지 않을 수 없었다. 그는 자기 작품을 보낼 것, 편지를 쓸 것을 약속하여 그 의무를 짊어지게 되었다. 그리고 그 계기가 좀 언짢다는 생각이 들긴 했지만, 이처럼 훌륭한 장점을 갖추고 있으며 머잖아 그와는 가까운 인척이 될 여성과 교제를 유지한다는 것은, 뭐라 해도 하나의 행복이라 여기지 않을 수 없었다. 그러므로 그는 가슴속에 어떤 만족감을 느끼면서 작별을 고했다. 오랫동안 돌보지 않고 있었던 심혈을 기울인 작품이 정말 뜻하지 않게 호의적인 주목을 받게 된 것에 시인인 그가 어찌 기쁨을 느끼지 않을 수 있겠는가.

숙소로 돌아오자 소령은 곧바로 책상에 앉아 사랑하는 누이동생에게 모든 것을 보고하는 편지를 썼다. 그리고 그 편지의 표현 속에 그 자신이 느꼈던 어떤 흥분이 살아났던 것은 아주 자연스러운 일이었다. 그 흥분은 아들이 이따금 말참견을 하여 방해를 놓았기 때문에 한층 더 높아지는 것이었다.

이 편지는 남작부인에게 아주 복잡한 인상을 주었다. 오빠와 힐라리에의 결혼을 서두르게 만든 상황은 매우 만족스러웠지만, 저 아름다운 과부가 마음에 걸렸다. 그렇다고 하더라도 딱 집어서 확실한 이유를 말할 수도 없었다. 우리는 이 기회에 다음과 같은 의견을 말해 두려고 한다.

우리는 어떤 여자에 대한 열정을 절대로 다른 여자에게 털어 놓아서는 안 된다. 그녀들은 서로를 속속들이 잘 알고 있기 때문에, 상대가 그런 절대적인 숭배를 받을 가치가 있다고 생각할 수가 없는 것이다. 여자의 눈에 비치는 사나이는, 말하자면 상점에 물건을 사러 오는 손님과 같다. 파는 쪽은 가지고 있는 상품을 잘 알고 있기 때문에 유리한 처지에 있고, 또 그 물품을 가장 좋은 빛깔 가운데에 놓고 보일 수 있는 기회를 붙잡을 수가 있다. 이와는 반대로 손님 쪽은 언제나 어떤 순진한 기분으로 상점에 들어간다. 그는 물품이 필요하고 그것을 손에 넣으려고 희망하지만 그 물품을 전문가의 눈으로 보는 안목을 지닌 경우는 아주 드물다. 파는 쪽은 팔 물품을 잘 알고 있지만, 사는 쪽은 자기가 살 물품의 품질을 반드시 아는 것은 아니다. 그러나 인생이라는 것, 인간관계라는 것은 자칫하면 이런 것이어서, 이것을 고칠 수는 없다. 아니, 그것은 칭찬을 받아 마땅한 일이고 필요한 일이기도 하다. 왜냐하면 어떠한 열망과 구혼도, 어떠한 구입과 교환도 이런 사정에 근거를 두고 있기 때문이다.

이러한 고찰이라기보다는 느낌 때문에, 남작부인은 아들의 정열에도 그리고 아버지의 호의적인 서술에도 만족할 수가 없었다. 그녀는 사태의 행복한 전환에 놀라기는 했지만, 두 쌍 다 나이의 불균형이라는 공통점이 있었기 때문에 불안감을 떨쳐버릴 수 없었다. 오빠에게 힐라리에는 너무 어리고 아들에게 과부는 젊다고 할 수 없었던 것이다. 부디 모든 일이 잘되어줬으면 하는 진지한 소망이 희미한 탄식과 함께 치밀어올라왔다. 그녀는 마음을 가볍게 하기 위해 펜을 들고 인간이라는 것에 정통한 저 여자 친구*[6]에게 편지를 써서 사태의 발단을 이야기한 뒤에 다음과 같이 계속 써내려갔다.

"이 젊고 매혹적인 과부의 태도를 내가 전혀 모르는 것은 아닙니다. 그녀는 여성들과의 교제를 피하고, 다만 어떤 한 부인만을 자기 가까이에 허락하고 있는 것 같습니다. 그 부인은 그녀의 마음을 조금도 손상시키지 않으면서 그녀에게 아양을 떨고, 그녀의 장점들이 침묵 속에 확실히 나타나지 않을 때에는 옆에서 말을 거들어준다든지 능란하게 처리하면서 사람들의 주의를 끌어들이는 방법을 알고 있습니다. 이런 연기를 구경한다거나 여기에 참가하는 것은 남자들이 아니면 안 됩니다. 그러므로 남자들을 끌어들여 묶어놔둘 필요가 생기는

_____

*6 마카리에를 가리킨다. 이 부인을 여기에 언급함으로써 이 단편이 전체 소설과 유기적인 연관을 가지게 된다.

것입니다. 나는 그렇다고 이 아름다운 과부를 나쁘게 생각하지는 않습니다.

그녀는 꽤 예절 바르고 또 신중해 보이기 때문입니다. 그렇지만 그와 같은 음탕한 허영심은 그때그때의 사정에 따라 뭔가를 희생시킬 수도 있습니다. 그리고 내가 가장 나쁘다고 생각하는 것은, 모든 것이 숙고나 계획에 의한 것이 아니라는 점입니다. 그녀는 어떤 행복한 천성에 의해 이끌리고 보호되어지는 것입니다. 그리고 이렇게 천성이 요염한 여성에게, 천진난만함에서 나온 무모한 대담성이 드러날 때만큼 위험한 일은 없습니다."

자신의 소유지에 돌아온 소령은 소유지를 두루 살피고 조사를 하느라 나날을 보냈다. 그는 어떤 올바르고 잘 계획된 기본 생각이라도 정작 실행에 옮기면 여러 장해나 많은 돌발사건에 방해받아, 그 때문에 처음 생각은 거의 모습을 감춰버려 한동안은 흔적도 찾을 길 없는 것을 깨달았다. 그러나 결국은 일대 혼란의 한가운데에 있어도 시간이라는 것이 굽힘없는 인내를 가진 둘도 없는 동지로서 우리에게 손을 내밀어주는 것을 보면, 정신 앞에 다시 성공의 가능성이 모습을 나타낸다는 것을 인정하지 않을 수 없다.

그러므로 이 경우에도 아름답고 훌륭하지만 등한시되고, 잘못 사용되어온 토지의 처참한 광경은 절망적인 상태로 보였을 것이다. 그러나 지혜로운 경영자의 분별 있는 식견에 의해 몇 년 정도 합리적으로 성실하게 관리된다면 시들었던 것이 되살아나고 정지 상태에 있던 것이 활성화하여 질서와 활동으로써 결국에는 충분히 그 목적을 이루게 될 것이라는 사실을 예견할 수가 있었다.

낙천가인 형, 궁내장관도 도착해 있었다. 성실한 변호사도 동반하고 있었는데, 이 변호사는 그의 형처럼 사람을 걱정스럽게 하는 상대는 아니었다. 형은 아무런 목적도 갖고 있지 않았으며, 만일 목적이 눈앞에 있어도 이에 다다르는 수단을 취하지 않는 그런 부류의 인간이었다. 그날그날, 그때그때의 쾌락은 그의 생활에 없어서는 안 되는 욕구였다. 오랫동안 망설인 끝에 그는 겨우 채권자들로부터 벗어나 토지에 뒤따르는 무거운 짐을 벗어버리고, 무질서한 집안 살림을 바로잡고, 일정한 수입을 확보하고, 거리낌없이 그것을 즐기자고 생각하기에 이르렀다. 그러나 한편으로는 이제까지 관습적으로 누리던 것을 조금도 버리려고 하지 않았다.

요컨대 그는 자기 동생들이 소유지, 특히 중요한 토지를 완전히 소유하기로 되어 있는 모든 협정에 동의했다. 그러나 그가 해마다 자기 생일에 가장 오랜 친구와 최근에 알게 된 지인들을 초대하는 인근의 정자와 이에 이어져 있는 본채, 그리고 그 정자를 연결하는 화원에 대해서만은 그 권리를 완전히 포기하려고 하지 않았다. 그 정자의 가구 집기류는 하나라도 움직여서는 안 되었고, 벽에 걸린 동판화는 물론 격자울타리의 과일나무도 그를 위해 남아 있어야 했다. 뛰어난 품종인 복숭아와 딸기, 크고 맛 좋은 배와 사과, 특히 그가 오랫동안 공작 미망인에게 바쳐왔던, 작은 회색 사과는 정확하게 그에게 보내주어야 했다. 이 밖에도 여러 조건이 여기에 붙어 있었다. 그렇게 중요한 것은 아니었지만 농가 주인, 소작인, 관리인, 정원사들에게는 꽤 귀찮은 일이었다.

어쨌든 형인 궁내장관은 매우 기분이 좋았다. 왜냐하면 그의 낙천적인 기질이 그에게 그렇게 마음먹게 한 것처럼 결국은 모든 것이 그의 소원대로 될 것이라는 생각을 버리지 않았기 때문에 유쾌한 연회를 베푼다든지, 두세 시간 동안 힘든 사냥을 나가 필요한 운동을 한다든지, 세상 이야기를 잇달아 하면서 줄곧 명랑하기 그지없는 얼굴을 보이고 있었다. 그는 또 이런 식으로 작별을 고하면서 소령에게 이토록 우애 있게 행동해 준 것에 감사해했다. 또 얼마간의 돈을 청구하면서 금년에는 특히 작황이 좋았던 작은 회색 황금사과를 저장한 것 중에서 얼마쯤을 조심조심 꾸리게 하고, 이것을 공작부인에게 공손히 바쳐 기쁘게 하리라 생각하고는, 이 보물을 가지고 그녀의 소유지로 떠났다. 그리고 그는 거기에서 호의와 친애의 정을 가진 영접을 받았던 것이다.

소령으로 말하면, 그는 이것과는 정반대의 기분으로 뒤에 남았다. 만약 활동적인 남자를 기꺼이 분발시키는 감정이 그를 찾아오지 않았더라면 그는 눈앞에 보이는 여러 가지 뒤얽힘에 거의 절망해 버렸을 것이다. 그러나 그는 뒤얽힌 것을 풀어 해결하는 것을 기대할 수 있는 인물이었기에 절망하지 않았던 것이다.

다행히도 형의 변호사는 성실하고 정직한 사람이었다. 그는 다른 할 일이 많았기 때문에, 이 사건을 빨리 해결해 주었다. 이와 마찬가지로 다행스러운 일은 궁내장관의 하인 하나가 괜찮은 조건으로 일에 협력하겠노라 약속해 주었기에 순조로운 결과를 기대할 수 있었다. 이것은 흐뭇한 일이었지만, 올곧은 소령은 이 사건을 이리저리 처리하는 과정에서 일이 깨끗하게 마무리되기 위해서는 꽤 많은 불순한 수단이 필요하다는 것을 깨달았다.

일하는 틈틈이 얼마쯤 여유가 생기면 그는 아름다운 과부와의 약속을 생각해 내고는, 서둘러 자기 영지로 돌아가서 전에 쓴 시들을 찾아보았다. 그것은 가지런히 잘 보관되어 있었다. 아울러 옛날 작가들과 신진 작가들의 작품을 읽고 가려뽑은 것을 담은 메모와 비망록도 꽤 많이 나왔다. 그는 호라츠*7나, 그 밖에 다른 로마 시인들을 특히 좋아했기 때문에 대부분이 이들 고전으로부터 발췌한 것이었다. 그리고 이들 시구들이 대부분 지나간 시대나 사라져버린 상태나 감정을 애도하는 심정을 암시한다는 점이 그의 관심을 끌었다. 많은 것을 적는 대신 우리는 여기에 그 1절만을 소개하기로 한다.

Heu!

Quae mens est hodie, cur eadem non puero fuit?

Vel cur his animis incolumes non redeunt genae!

오늘은 대체 무슨 기분이 이런가?

이 즐거움, 이 밝음!

청춘의 혈기왕성한 소년시절에는

그렇게도 거칠고 우울했건만.

그러나, 먹는 나이에 들볶이는 이즈음에는

아무리 기분이 흡족하더라도

내 저 젊은 시절을 생각하며

그 시절이 다시 오기를 바라하노라.

이제 우리의 소령은 잘 정리된 초고 속에서 금세 사냥의 시를 발견하고는 그 공들인 정서를 보고 즐거워했다. 그것은 그가 수년 전에 대형 8절지에 라틴어로 정성스럽게 써둔 것이었다. 남달리 큰 저 화려한 편지주머니에는 그것이 손쉽게 들어갔다. 저자가 이처럼 화려하게 포장된 자기 작품을 보는 것은 드문 일이었다. 그러므로 그에 대해 몇 마디를 더 써넣지 않을 수 없었지만 산문으로

---

*7 Horaz(Quintus Horatius Flaccus) : 고대 로마 시인(B.C. 65~8). 그의 서정시는 베르길리우스에 의해 인정받고, 얼마 뒤 계관시인 지위를 얻었다.

쓰는 것은 용납할 수 없었다. 그는 오비디우스*8의 저 시구가 다시 마음에 떠올랐다. 그래서 전에는 산문으로 옮겼지만, 이번에는 운문으로 고쳐 쓰면 더 좋을 것 같았다. 그것은 다음과 같았다.

Nec factas solum vestes spectare juvabat,
Tum quoque dum fierent ; tantus decor adfuit arti.

저 즐거웠던 시절을 그리워하는 기쁨!
그처럼 절묘한 자의 손으로
먼저 만들어지고 완성되어
마침내 전에 볼 수 없을 만큼의 아름다움으로
끝손질되는 것을 나는 보았다.
그 물건을 여기 가지고 있지만
그렇지만 나는 고백하련다.
그것이 아직 끝손질되지 않았으면 좋았으리라고
만들고 있는 것이야말로 비할 바 없이 아름다운 것을!

우리의 소령이 이 번역에 만족해한 것은 그저 잠시뿐이었다. 아름다운 어미 변화를 하고 있는 동사 'dum fierent'를 어이없는 추상명사인 '만들고 있는 것'으로 바꾼 것은 좋지 않다고 생각했다. 그리고 아무리 머리를 짜내도 그 부분을 잘 고칠 수 없어서 짜증이 났다. 이렇게 되고 보니 불현듯 고전에 대해 특별했던 사랑이 생생하게 되살아나 그가 남몰래 정상으로 올라가보려고 노력했던 독일 문예계의 찬란한 빛이 갑자기 퇴색해 버리는 것처럼 느껴졌다.

그러나 결국 인사로 써넣은 이 화사한 시구가 원문과 비교만 되지 않는다면 그런대로 아주 그럴듯한 것이라고 생각되어, 부인이라면 기분 좋게 받아들여줄 것이라는 생각이 들었다. 그러면서 동시에 또 다른 걱정이 생겼다. 시를 가지고 어떤 부인에게 정성을 다하면 아무래도 그녀에게 반한 듯이 보이기 때문에,

---

*8 Naso Ovidius : 고대 로마 시인(B.C. 43~A.D. 17). 자유분방한 관능성을 바탕으로 하여 인간에게 새로운 빛을 던져 신화를 인간적으로 이해한 점은 주목할 만한 것으로, 후세에 커다란 영향을 미쳤다.

그렇게 되면 앞으로 시아버지로서 묘한 처지에 놓이게 될 것이었다. 그런데 마지막으로 가장 난처한 점을 생각하게 되었다. 저 오비디우스의 시구는 수예 솜씨가 좋은 아름답고 가련한 여직공 아가씨, 아라크네[*9]를 노래한 것이다. 그렇지만 이 아가씨는 질투심이 강한 미네르바에 의해 거미로 변해 버렸기 때문에, 아무리 먼 옛날 이야기라고 하더라도 아름다운 부인을 거미와 비교하여 넓게 뻗은 그물 한가운데 떠 있는 모습으로 그린다는 것은 위험한 일이었다. 이 부인을 둘러싸고 있는 친구들 가운데 원전의 시를 아는 유식한 자가 있을지도 모른다는 점도 염두에 두어야 했다. 우리의 친구가 이런 곤혹에서 어떻게 빠져나왔는지는 우리에게 알려지지 않았다. 그러므로 우리는 이런 경우를, 뮤즈의 여신들이 장난꾸러기처럼 베일을 덮도록 허락한 그런 경우들 가운데 하나로 여길 수밖에 없을 것이다. 어쨌든 사냥의 시 자체는 보내졌다. 그러나 우리는 이 시에 대해 아직 몇 마디 더 보태어야 한다.

이 시를 읽는 독자는 시에 나타나 있는 뚜렷한 사냥에 대한 열정과, 그것을 부추기는 모든 묘사에 유쾌한 기분이 된다. 여러모로 사냥에 대한 열정을 불러일으켜 돋우는 사계절의 변화도 우리 마음을 흐뭇하게 한다. 사람들이 몰아붙이고 쓰러뜨리는 모든 동물의 특성, 즐거움과 괴로움에 몸을 아끼는 사냥꾼들의 갖가지 성격, 그들을 촉진하고 방해하는 여러 가지 우연, 이 모든 것들, 특히 새와 관계있는 모든 것은 가장 유쾌하게 그려졌고, 또 매우 독특하게 다루었다.

산새의 교미기로부터 도요새가 떼를 지어 다시 날아오기에 이르기까지, 그리고 이때부터 오두막집에 묵으면서 까마귀를 쏘아대는 시기에 이르기까지 무엇 하나 빠진 것이 없었다. 모든 것이 잘 관찰되고 명확하게 포착되었으며 열정적으로 추적되어 경쾌하면서도 장난스럽게, 때로는 빈정거림을 곁들여 묘사되고 있었다.

그러면서도 애수 띤 주제가 전체를 꿰뚫어 울리고 있었다. 삶의 기쁨으로부터의 이별이 여러 번 그려졌다. 이로 말미암아 쾌활한 체험에 한 줄기 정취가 곁들여져 아주 좋은 효과를 거두고는 있었지만, 흔히 격언에도 있듯이 결국은 환락 뒤에 어떤 허무를 느끼게 하는 것이었다. 시의 원고를 넘겨본 때문인지

[*9] 옷감 짜는 기술에 능하였지만 아테네 여신과 감히 그 기량을 겨루었기 때문에, 이 여신에 의해 거미로 변하게 되었다.

아니면 따로 일시적인 몸상태 때문이었는지, 소령은 명랑한 기분이 아니었다. 처음에는 아름다운 선물을 차례차례로 가져다주던 세월이 얼마 안 가서는 점차로 그것을 빼앗아가 버린다는 것이, 쉰 살이라는 인생의 분기점에 서자 갑자기 뼈저리게 느껴지는 것 같았다. 놓쳐버린 온천 여행, 이렇다 할 즐거움도 없이 지내버린 한여름, 습관처럼 되어버린 운동 부족, 이 모든 것이 그에게 어떤 육체적인 불쾌감을 느끼게 만들어, 그것은 그에게 진짜로 병처럼 생각되었고 그 때문에 필요 이상으로 초조해하는 모습이었다.

이때까지 의심할 여지가 없었던 아름다움이 흔들리기 시작하는 순간 여인들이 그지없는 고통을 느끼는 것처럼, 어느 정도 나이 든 남성들도 아직 기력은 있지만 아주 조금이라도 힘에 부친다는 느낌이 들면 더할 수 없이 불쾌해지고 심지어 참을 수 없을 만큼 불안해지기도 하는 것이다.

그런데 예전 같으면 그를 불안하게 만들었을 또 하나의 사정이 이번에는 그를 매우 기분 좋게 하는 데에 도움을 주었다. 이 시골 여행에도 그의 곁을 떠나지 않고 있던 이른바 그의 미용술 하인이 얼마 전부터 전과는 다른 방법을 택하고 있는 것 같았다. 소령의 이른 기상, 날마다 있는 장거리 승마, 걸어서 다니는 순시, 볼일 있는 많은 손님의 내방 그리고 궁내장관이 있을 때에는 별일 없는 사람들까지 밀어닥치는 이런 사정 때문에 이때까지의 방법을 바꿀 수밖에 없었던 것이다. 하인은 이미 얼마 전부터 배우처럼 신경을 써야 비로소 이룰 수 있는 그런 모든 세세한 과정을 소령에게 면제해 주었다. 그 대신 이제까지 눈가림으로 덮어두었던 두세 가지 중요사항을 더욱 엄격하게 지킬 것을 요구했다. 다시 말해 외관상 건강하게 보이는 것을 목표로 할 뿐만 아니라 건강 그 자체를 올바르게 보존하기 위한 모든 규칙들이 한결 더 강화된 것이다. 특히 모든 일에 절도를 지킬 것, 여러 용무나 배려 뒤에는 기분을 바꿀 것, 또 피부나 모발, 눈썹과 치아, 손과 손톱 손질을 게을리하지 말 것을 강조했다. 손톱 모양을 나무랄 데 없이 아름답게 하는 일과 그 길이를 적당하게 자르는 것은 이 전문가가 전부터 신경을 쓰고 있었던 점이다. 아울러 마음의 평정을 잃게 만드는 모든 사항의 절제를 되풀이하여 강조했다. 이런 모든 것을 이해시키고 난 뒤에 이 미용유지법 교사는 이제 더는 주인님에게 도움이 될 일도 없을 것이라며 작별을 원했다. 그가 아마도 먼젓번 주인한테로 돌아가서 무대생활의 갖가지 즐거움을 맛보고 싶어한다는 사실은 쉽게 짐작할 수 있었다.

이렇듯 다시 본래의 자신으로 되돌아가게 된 것은 소령에게도 고마운 일이었다. 그는 분별심이 있는 사람이었기 때문에 절도를 지키기만 하면 되었고, 그렇게 하면 행복할 수도 있다. 그는 승마와 사냥, 이와 관련된 예전 취미를 다시 자유롭게 하고 싶었다. 그리고 이런 고독한 순간에는 힐라리에의 모습이 즐겁게 떠올랐다. 그러면 그는 다시 신랑이라는 지위에, 예의바른 삶의 테두리 안에서 우리에게 허용되는 가장 감미로운 감정에 순순히 빠져들었다.

가족 구성원 모두가 서로 특별한 소식을 알리지 않은 채 벌써 몇 달이 지나갔다. 소령은 수도로 나가 사업에 필요한 인가와 인증을 받아내는 최종교섭에 바쁜 나날을 보냈다. 남작부인과 힐라리에는 그지없이 화려하고 풍족한 혼수 준비에 여념이 없었다. 소령의 아들은 저 아름다운 과부에게 정열적으로 봉사하느라 다른 일은 모두 잊은 것 같았다. 겨울이 성큼 다가오고 있었다. 그리고 불쾌한 비바람과 때 이른 어둠이 시골 집들을 온통 뒤덮어버렸다.

만약 누군가가 이런 11월의 어두운 밤에, 이 귀족 저택 근처에서 길을 잃고 헤매다가, 구름에 덮인 가냘픈 달빛 아래 밭과 목장, 나무숲과 언덕 그리고 덤불이 흐릿하게 놓여 있는 것을 본 뒤 재빨리 모퉁이를 돌아서는 순간 뜻하지 않게 기다란 건물의 창문들이 환하게 비치고 있는 것을 본다면, 그는 틀림없이 그 안으로 들어가면 화려하게 몸치장을 한 사람들의 사교모임을 만날 것이라 생각할 것이다. 그러나 두셋 하인에게 안내되어 밝게 조명이 켜진 계단을 올라가, 거기에 세 명의 여자들, 즉 남작부인과 힐라리에 그리고 시녀가 하얀 벽에 둘러싸인 밝은 방 한가운데에서, 친근한 가구들을 곁에 두고 훈훈하고 안락하게 앉아 일에 몰두하는 것을 보게 된다면 얼마나 어리둥절할 것인가.

그런데 우리는 이같이 화려한 조명 속에서 남작부인을 마주치는 것이 뜻밖이라는 생각이 드는 까닭에, 이 집의 밝은 조명은 유별난 것이 아니라 이 부인이 어린 시절부터 지녀왔던 독특한 습관 가운데 하나라는 사실을 언급하고 넘어가야겠다. 궁정 여집사장의 딸로 궁중에서 자란 그녀는 겨울을 좋아했으며, 비용을 아끼지 않고 조명을 화려하게 밝히는 것을 모든 기쁨의 기본조건으로 삼고 있었다. 양초가 없는 것은 아니었으나 늙은 하인 가운데 한 사람이 공예품에 특별한 관심을 가지고 있었으므로, 새로운 등불이 발견되기만 하면 성 안 여기저기로 들여놓으려 애썼다. 그 결과 조명은 화려함을 더해 갔으나 때로는 군데군데 부분적으로 어둠이 생겨났다.

남작부인은 궁중 여집사의 지위를, 애정을 위해서 그리고 오랜 생각 끝에, 훌륭한 지주이자 농장경영자인 한 남자와의 결혼을 위해 기꺼이 저버렸다. 현명한 남편은 결혼 초에 외진 시골 환경이 그녀와 어울리지 않는다는 것을 깨닫고는, 이웃의 동의를 얻고 정부의 방침에 따라, 주변 수 마일에 걸쳐 멋진 길을 닦아놓았다.

그래서 가까운 이웃과의 교통이 이처럼 잘되어 있는 곳은 어디에서도 찾을 수 없을 정도였다. 사실 이 공사의 주목적은 남작부인이, 특히 좋은 계절에 어디로든 마차를 타고 갈 수 있게 하기 위해서였다. 그러나 이와는 반대로 부인은 겨울에는 가정주부로서 다정하게 남편 곁에 머물러 있기를 희망했고, 이 때문에 남작은 불을 밝혀 밤을 낮처럼 밝게 했던 것이다. 남편이 죽은 뒤에는 정성을 다해 딸의 뒷바라지를 하느라 너무 바빴고, 이따금 찾아오는 오빠의 방문이 가장 즐거운 일이었으며, 옛날 그대로의 밝은 저택이 참다운 만족에 가까운 쾌감을 주었다.

그러나 오늘 밤이야말로 밝은 조명은 이곳에 안성맞춤이었다. 왜냐하면 방 하나에 크리스마스 선물 같은 여러 물건들이 빛을 내며 눈에 띄게 가지런히 놓여 있었기 때문이다. 빈틈없는 시녀가 하인을 재촉해 불빛을 더욱 강하게 하고, 힐라리에의 혼숫감으로 이제까지 준비해 온 것을 모두 한군데에 모아 펼쳐놓았다. 그러나 이것은 이미 장만해 놓은 것을 감탄하기보다는 아직 부족한 것을 찾아내려는 의도였다. 필요한 것은 거의 준비되어 있었다. 또한 이 옷감들은 가장 좋은 소재와 세련된 끝손질로 만들어진 것이었다. 그다지 필요하지 않은 것들도 부족함 없이 갖추어져 있었다. 그런데도 시녀인 아나네테는 여기저기에서 아직 준비되지 않은 것을 지적하면서 무엇이 더 필요한지 일깨워주었다. 흰색 천들은 삼베와 모슬린을 비롯해서 모 두 잘 갖추어졌고 이런 것들은 더할 나위 없는 광채를 냈다. 그러나 아직 색색의 비단은 아무것도 없었다. 이런 옷감은 유행이 매우 자주 바뀌기 때문에 마지막에 가장 최신품으로 준비하려는 지혜로운 생각에서 구입을 미루어왔던 것이다.

이런 물건들을 즐거운 기분으로 점검한 뒤, 그녀들은 다시금 여느 때와 같기는 하지만 좀 더 다양한 밤의 즐거움으로 되돌아갔다. 어떠한 운명에 이끌리든 간에, 혜택받은 외모를 지닌 젊은 여성으로 하여금 아울러 내면의 우아함을 갖추게 하고 어떤 자리에서든 드러나 보이게 할 수 있는 것이 무엇인가를 잘 알고 있는 남작부인은, 이런 시골 환경 속에서도 교양을 쌓는 즐거움을 잊지 않았다. 그러므로 힐라리에는 아직 어린 나이임에도 어떤 자리에서건 당황하는 일이 없고, 어떤 대화를 나누더라도 서먹서먹한 태도를 보이지 않을 뿐 아니라, 제 나이에 알맞은 행동을 했다. 그녀가 그러한 행동을 자연스럽게 하게 된 경위를 설명하자면 너무 길어질 것이므로 줄이기로 한다. 어쨌거나 오늘 밤의 광경은 지금까지의 생활의 전형적인 모습이었다. 정신을 풍부하게 해주는 독서, 우아한 피아노 연주, 사랑스러운 노래가 줄곧 이어졌다. 그것은 전과 다름없이 즐거웠고 규칙적으로 행해졌지만, 오늘 밤은 더욱 의미심장했다. 그녀들은 이 자리에 없는 제3자, 즉 사랑하고 존경하는 한 남자를 마음에 그리고 있었기 때문에 이제 그 사람을 충심으로 맞이하기 위해 이 일 저 일을 미리 연습해 보고 있었던 것이다. 감미롭고 싱그러운 신부와 같은 심정은 힐라리에만이 가지고 있는 게 아니었다. 아기자기한 마음의 소유자인 어머니도 순수하게 그 마음을 나누고 있었다. 평소에는 영리하고 활동적인 아나네테까지도 떠나고 없는 남자친구가 돌아와 모습을 나타내는 어떤 희미한 희망에 몸을 맡기지 않을 수 없었다. 이렇게 하여 사랑스러운 세 여성의 감정은 그녀들을 에워싼 저택 안의 밝음과 기분 좋은 따뜻함, 그리고 아주 쾌적한 생활 분위기와 멋진 조화를 이루고 있었다.

제5장

바깥 대문을 두드리는 요란한 소리, 외쳐대는 소리, 위협하는 소리와 강요하는 소리, 가운데뜰 앞을 오가는 불빛과 횃불, 이런 것이 실내의 부드러운 노랫소리를 가로막았다. 무슨 일인지 그 원인을 알아내기도 전에 소란이 수그러들기는 했지만 완전히 가라앉은 것은 아니었다. 계단을 올라오는 발소리가 나더니, 남자들의 심한 말다툼 소리가 들렸다. 노크도 없이 갑자기 문이 열렸다. 부인들은 깜짝 놀랐다. 플라비오[10]가 혼란스럽고도 무서운 모습으로 뛰어들어온 것이다. 헝클어진 머리카락의 일부는 곤두서기도 하고 일부는 비에 젖어 축 늘

---

*10 소령의 아들이다.

어져 있었다. 옷은 마치 가시덤불을 뚫고 달려온 사람처럼 갈기갈기 찢어진 채 흙탕물과 늪 속을 건너온 것처럼 심하게 더러워져 있었다.

"아버지!" 그는 외쳤다. "아버지는 어디 계시지요?" 부인들은 깜짝 놀라 서 있었다. 어릴 때부터 그의 하인이자 자상한 양육자이기도 한 늙은 사냥꾼이 들어서며 그에게 소리쳤다. "아버님은 여기 안 계십니다. 진정하십시오. 여기 고모님이 계세요. 사촌동생도 있고요. 잘보십시오!" "여기, 안계시다고? 그렇다면 내가 아버지를 찾아나서야겠어. 아버지에게만 드릴 말씀이 있어. 그리고 나는 죽어버릴 테야. 불빛 좀 치워줘. 대낮 같은 이 불빛 말이야. 눈이 부셔서 어지러워. 죽을 거 같아."

주치의가 들어와서 조심스럽게 그의 맥을 짚어보았다. 많은 하인들이 불안해하며 주위에 서 있었다. "이런 양탄자 위에서 나는 무엇을 하려는 것인가. 나는 이것을 엉망으로 망치고 있군. 내 불행이 이 위에 뚝뚝 떨어지고, 나의 저주받은 운명이 이것을 더럽히고 있어." 그는 문을 향해 뛰쳐나가려고 했다. 사람들은 이때를 이용해 그를 끌고 나가서 그의 아버지가 머무르곤 하는 조금 떨어진 손님방으로 데려갔다. 어머니와 딸은 우두커니 서 있을 뿐이었다. 그녀들은 복수의 여신들에게 쫓기는 오레스트*¹¹를 본 것이었다. 그것도 예술에 의해 정화된 게 아니라 몸서리치는 꺼림칙한 현실의 오레스트. 그 모습은 이를 데 없이 밝은 촛불에 비쳐진 쾌적하고 환한 방과 대조를 이루어 한결 더 무서워 보였다. 물끄러미 선 채로 여자들은 서로 얼굴을 쳐다보았다. 그리고 저마다 상대의 눈 속에서 자신들의 눈에 깊이 새겨진 공포의 그림자를 보는 것처럼 생각되었다.

남작부인은 거의 냉정을 되찾고 하인을 차례로 보내 플라비오의 상태를 알아보았다. 그가 입던 옷을 벗기고 몸은 씻겨 이제는 간호를 하고 있다는 말을 듣고 그녀들은 얼마쯤 마음을 놓았다. 그는 절반은 제정신, 절반은 무의식 상태에서 사람들이 하는 대로 자신을 맡기고 있다는 것이었다. 그럼에도 하인들을 자꾸 보내서 상태를 묻고 또 묻자, 의사로부터 한동안은 좀 참고 기다리라

---

*11 그리스 신화에 나오는 미케네의 왕 아가멤논과 클리템네스트라 사이에서 태어난 아들. 어머니가 숙부와 짜고 자기 아버지를 죽였기 때문에 그는 어머니와 숙부를 죽여 아버지의 복수를 했지만, 이 때문에 복수의 여신들에게 쫓기는 몸이 된다. 괴테의 희곡 《타우리스의 이피게네이아》 참조.

는 전갈이 왔다.

걱정하던 여인들은 드디어 그가 사혈(瀉血)을 받고 그 밖에 가능한 진정조치를 받았다는 말을 들었다. 그의 마음이 이제 어느 정도 가라앉아 이 상태라면 곧 잠이 들리라는 것이었다.

한밤중이 되었다. 남작부인은 그가 잠들어 있으면 그의 상태를 보겠노라고 했다. 의사는 처음에는 반대했지만 곧 허락했다. 힐라리에도 어머니와 함께 플라비오가 누워 있는 방으로 들어갔다. 방 안은 어두웠다. 촛불 하나만이 녹색 등갓 그늘에 희미하게 켜져 있을 뿐이었다. 거의 알아볼 수 없었고 아무 소리도 들리지 않았다. 어머니는 침대 있는 데로 다가갔다. 힐라리에는 애타는 마음으로 촛불을 손에 들고, 잠자고 있는 청년을 비추었다. 그는 옆으로 누워 자고 있었는데, 이를 데 없이 우아한 귀와 이제는 창백해져 있지만 탐스러운 볼이 곱슬곱슬해진 머리카락 밑에서 참으로 사랑스럽게 내비쳤다. 조용히 쉬고 있는 손과 가느다랗고 보들보들하고 탄력 있는 손가락이 어머니와 딸의 진정되지 않고 서성이던 시선을 끌었다. 힐라리에는 숨을 죽이자, 그의 숨쉬는 소리까지 희미하게 들리는 것 같았다. 그녀는 촛불을 가까이에 가져갔다. 마치 프시케*12가 평화스럽게 잠든 남편을 방해할까봐 염려하여 그렇게 하듯 말이다. 의사는 그 촛불을 빼앗아 비추면서 여인들을 그녀들의 방으로 데리고 갔다.

우리가 아무리 관심을 쏟아도 지나침 없을 이 선량한 사람들이 그 날 밤을 어떻게 보냈는지는 알 길이 없다. 그러나 다음 날 아침 일찍부터 어머니와 딸은 심하게 초조한 모습이었다. 끊임없이 환자의 상태를 물었고, 환자를 만나고 싶어하는 마음은 사양을 해야 한다는 것을 알면서도 절실했다. 낮 무렵이 되어서야 의사는 겨우 잠깐 만나는 것을 허락했다.

남작부인이 다가가자 플라비오가 그녀에게 손을 내밀었다. "용서해 주세요, 고모님. 조금만 참아주세요. 그리 오래 가지는 않을 거예요." 힐라리에도 앞으로 다가갔다. 그녀에게도 그는 오른손을 내밀었다. "잘 있었어, 사랑하는 누이

---

*12 사랑의 신 에로스의 아내인 프시케는, 남편으로부터 "완전한 어둠 속에서만 자신을 만날 수 있으며 자신의 모습을 보려고 하면 영원히 헤어지게 되리라"는 경고를 받았다. 그러나 동생을 시기한 두 언니의 꾐에 빠져 그녀는 어느 밤 등불을 밝혀 잠자는 남편의 모습을 살펴보았는데, 등불의 기름이 에로스의 어깨에 떨어져 잠에서 깨어난 그는 그녀를 영영 떠나버렸다.

동생!" 이 말이 그녀의 가슴을 찔렀다. 그는 그녀의 손을 놓지 않았다. 두 사람은 꼼짝도 하지 않고 서로의 얼굴을 쳐다보았다. 그것은 가장 아름다운 의미에서 대조를 이루고 있는 멋진 한 쌍이었다. 청년의 까맣게 빛나는 눈은 흐트러진 까만색 고수머리와 멋진 조화를 이루고 있었다. 한편 힐라리에는 얼핏 볼때 천사의 모습처럼 조용히 서 있기는 했지만, 마음을 뒤흔드는 어제 사건에 이어, 오늘은 불안한 예감으로 가득 차 있었다. '누이동생'이라고 부른 것이 그녀의 마음을 깊이 휘저어놓았다. 남작부인이 물었다. "몸은 어떠니, 사랑하는 조카야." "이젠 꽤 좋아졌어요. 그렇지만 사람들은 저를 기분 나쁘게 다루었어요." "어떻게?" "나는 사혈을 받았어요. 이건 잔인해요. 제 피를 뽑아냈어요. 그건 파렴치한 일입니다. 그 피는 내 것이 아니라 전부, 남김없이 그녀의 것이니까요." 이렇게 말함과 동시에 그의 얼굴이 싹 변하는 것처럼 보였다. 그러나 그는 뜨거운 눈물과 함께 얼굴을 베개에 묻었다.

어머니는 사랑하는 딸의 얼굴에서 무서운 표정을 보았다. 힐라리에는 마치 지옥문이 열리는 것 같은, 처음으로 무서운 것을 보고 그러면서도 영원히 사라지지 않는 인상을 받은 것 같았다. 흥분한 그녀는 재빨리 빠져나와, 가장 끝에 있는 작은 방 소파에 몸을 파묻었다. 뒤를 쫓아간 어머니가 그 이유를 물었지만, 슬프게도 이제는 이유를 잘 알 수 있었다. 힐라리에는 심상치 않은 눈빛으로 올려다보며 외쳤다. "피, 피, 그것은 전부 그 여자의 것, 모조리 그 여자의 것이라는데, 그 여자는 이런 대접을 받을 가치가 없어요. 불행한 플라비오! 불쌍한 플라비오!" 이 말과 함께 안타까움과 괴로움에 눈물이 쏟아져나왔다. 그렇지만 그 눈물은 괴로움으로 바스라질 것 같은 마음을 가볍게 해주었다.

앞에 언급한 사건으로부터 전개되어 나가는 상황들을, 그리고 이 최초의 만남으로부터 여인들의 마음속에 커나가는 불행한 괴로움을 그 누가 확실하게 드러낼 수 있겠는가? 면회는 환자에게도 아주 좋지 않았다고 의사가 말했다. 의사는 환자의 상태를 보고하고 여인들을 위로하기 위해 이따금 찾아왔지만, 이들이 더는 환자에게 접근하지 못하도록 절대로 금지하는 것이 자신의 의무라고 느꼈다. 의사의 말은 순순히 받아들여졌다. 그리고 딸도 어머니가 허락하려 하지 않는 것을 감히 요구하지는 않았다. 이렇듯 그들은 사려 깊은 의사의 지시를 잘 따랐다. 그 대신 의사는 여인들이 안심할 만한 소식을 가지고 왔다.

플라비오가 펜과 잉크 그리고 종이를 달라고 하여 뭔가를 썼지만, 곧바로 그 것을 옆에 있는 침대 속에 감추었다는 것이다. 이렇게 되자 불안과 초조에 호 기심까지 보태졌다. 참으로 괴로운 시간이었다. 그러나 얼마 뒤 의사는, 휘갈겨 쓰기는 했지만 아름다운 필체의 종이쪽지 한 장을 가져 왔다. 거기에는 다음 과 같은 시 몇 줄이 담겨 있었다.

> 가엾은 인간은 불가사의하게 이 세상에 태어나,
> 갖가지 불가사의 속에서 방황하다 제 갈 길을 잃고,
> 찾을 길 없는 어두운 문턱을 향해
> 길이 없어 불확실한 발걸음으로 더듬어가는 건가.
> 이것을 생각하면, 빛나는 하늘빛 한가운데서
> 내가 보고 느끼는 것은 밤과 죽음, 지옥뿐.

그에게도 숭고한 시예술은 그 치유력을 떨칠 수 있었다. 시는 음악과 은밀하 게 융합하여 모든 영혼의 괴로움을 그 근본으로부터 치유한다. 시는 먼저 그 러한 괴로움을 심하게 뒤흔들어놓고, 불러내고, 녹이면서 발산하는 것이다. 의 사는 젊은이가 곧 회복하리라는 것을 확신했다. 젊은이는 육체적으로는 건강 하기 때문에, 그의 정신을 짓누르는 격정이 제거된다든가 진정되면 곧 다시 쾌 적한 기분으로 돌아설 것임을 굳게 믿었다. 힐라리에는 그의 시에 어떻게 답을 할지 곰곰이 생각했다. 그녀는 피아노로, 괴로워하는 친구의 몇 줄 시구에 가 락을 붙여보려고 했다. 그러나 그것은 잘되지 않았다. 그녀의 영혼 속에는 그 토록 깊은 고통과 음향을 함께 할 수 있는 것이 아무것도 없었기 때문이다. 그 렇지만 그러한 시도를 하는 사이에 그녀의 마음속에 박자와 운율이 떠올라서, 그녀는 괴로움을 누그러뜨릴 수 있는 가볍고 밝은 마음으로 그의 시를 마주하 며 한동안 시간을 바친 끝에 다음 일절을 완성할 수 있었다.

> 아무리 깊은 고뇌에 빠져 있다 하더라도
> 당신은 참으로 청춘의 행복을 타고난 몸
> 용기 내어 빨리 건강한 발걸음을 내디뎌라.
> 오라, 우정의 하늘빛과 밝음 속으로

느껴라, 성실하고 착한 사람들 한가운데 당신이 있음을
그때면 당신에게 삶의 맑은 샘물이 솟아날 것이니.

집안 친구인 의사가 사자의 역할을 맡았다. 그것은 곧 효과를 내어 벌써 젊은이는 온순해져갔다. 힐라리에는 상대의 마음을 부드럽게 만드는 일을 계속했다. 이렇게 하여 차츰 밝은 하루와 자유로운 대지를 되찾는 것같이 보였다. 이 사랑스러운 치료의 모든 과정을 이야기할 기회가 언젠가 우리에게 주어질 것이다. 어쨌든 이러한 일들에 몰두하는 사이에, 한동안은 기분 좋은 나날이 이어졌고 이젠 평온한 재회의 시기가 다가왔다. 의사도 이 재회를 필요 이상으로 늦추려고 생각하지는 않았다.

그사이 남작부인은 오래된 서류를 정리정돈하느라 바빴다. 그리고 현재 상황에 꼭 들어맞는 이 소일거리는 흥분된 그녀의 정신에 놀랄 만큼 좋은 효과를 가져왔다. 그녀는 지난 여러 해의 삶을 되돌아보았다. 괴롭고 위압감을 주던 갖가지 고통은 지나가 버렸고, 그 발자취를 생각해 보는 것이 오늘 이 순간 그녀의 용기를 북돋워주었다. 특히 마카리에와의 아름다운 관계, 그것도 어려운 상황에 처했을 때 그녀와 맺은 관계가 다시 생각나 그녀를 감동시켰다. 세상에 다시없을 멋진 여성이 그녀의 마음에 떠올라 이번에도 당장에 그녀에게 의지해 보자 결심했다. 도대체 그녀가 아닌 어느 누구에게 자기의 현재 심정을 호소하고 두려움과 희망을 털어놓을 수 있다는 말인가.

이런저런 것들을 정리하는 중에 그녀는 다른 것에 뒤섞여 있던 오빠의 작은 초상화도 발견했다. 그리고 그것이 아들과 어쩌면 그렇게 똑같던지 자기도 모르게 미소지으면서도 탄식하지 않을 수 없었다. 그 순간, 힐라리에가 뜻하지 않게 들어와 그 초상화를 잡아 들었고 그녀 또한 아버지와 아들이 서로 닮은 것에 적잖이 놀랐다.

이렇게 얼마간의 시간이 흘러갔다. 드디어 플라비오는 의사의 허락을 얻어 그를 함께 데리고서 미리 예고한 대로 그녀들의 아침식사에 나타났다. 여인들은 회복 뒤 처음인 이 출현을 내심 두려워했다. 그러나 이런 숨가쁘고 중대한 순간에는 뭔가 명랑하고 우습기까지 한 일이 이따금 일어나는 법인데, 이번 경우에도 그런 일이 생겼다. 아들이 아버지 옷을 입고 나타났던 것이다. 자신의 옷은 입을 수 없게 되었기 때문에, 소령이 사냥할 때나 집 안에서 입으려고 누이동생 집에 맡겨둔 옷을 아들이 빌려 입은 것이었다. 남작부인은 미소를 지었지만 곧 웃음을 거두었다. 힐라리에는 자신도 그 이유를 알 수는 없었지만, 완전히 당황하여 얼굴을 돌려 버렸다. 그 순간 젊은이의 입으로부터는 부드러운 말 한 마디도 나와줄 것 같지 않았다. 의사는 모든 사람이 이 어색한 상황에서 벗어날 수 있도록 도와주기 위해 아버지와 아들을 비교하기 시작했다. 아버지 쪽이 조금 키가 크다, 그래서 윗도리가 너무 길다, 아들 쪽은 어깨가 좀 넓다, 그래서 윗도리의 등넓이가 너무 좁다고 말했다. 이 두 가지 불균형 때문에 아버지 옷을 빌려 입은 아들의 모습이 우스꽝스러워 보였다.

이런 소소한 이야기들로 그들은 어색한 순간을 극복할 수 있었다. 물론 힐라리에로서는 아버지의 젊었을 때의 초상과 오늘 여기에 서 있는 아들의 싱싱한 모습이 너무나 닮은 것이 어쩐지 무섭고 고통스럽기까지 했다.

어쨌거나 우리는 뒤이은 상황에 대해서는 어느 부인의 정다운 손에 의해 자세하게 묘사된 것을 보기로 하자. 우리는 우리의 방식에 따라, 다만 가장 일반적인 것들만 다룰 수밖에 없으니 말이다. 어쨌든 여기서는 시예술의 영향력에 대해서 다시 한 번 언급하지 않을 수 없다.

우리의 플라비오에게 시적 재능이 있음을 부정할 수는 없지만, 그에게서 뭔가 뛰어난 시가 탄생하기 위해서는 정열적이고 감각적인 계기가 필요했다. 그렇기 때문에 저 저항하기 어려울 만큼 매혹적인 과부에게 바쳐진 시는 거의 모두가 이를 데 없이 절실하고 칭찬할 만한 가치 있는 성과를 보였던 것이다. 그리고 그것을 지금 이를 데 없이 귀엽고 아름다운 사촌 누이동생 앞에서 그가 열렬한 표현으로 낭독했기 때문에 그녀에게 적지 않은 효과를 불러일으키지 않을 수 없었다.

여자들은 남자가 다른 여성을 열렬히 사랑하고 있다는 사실을 알게 되면, 남자의 고백 상대가 되어주고 싶어한다. 의논 상대가 된 여성은 무의식적으로, 숭배받는 여성의 위치로 자신이 드높여지는 것이 결코 기분 나쁘지 않다는, 은밀한 감정을 품게 되는 것이다. 게다가 이 두 사람 사이의 대화도 차츰 중요한 의미를 띠게 된다. 사랑에 빠진 남자가 즐겨 문답체의 시를 짓는 것은, 애인의 사랑스런 입으로부터 듣고 싶지만 쉽게 들을 수 없는 것을, 비록 수줍게나마 아름다운 시세계의 애인에게서 보답받을 수 있기 때문이다. 그런 응답시가 힐라리에와 서로 주고받으며 낭독되었다. 그런데 시의 원고는 하나밖에 없었기 때문에 서로 제때에 읽기 위해서는 저마다가 그 원고를 들여다봐야 했으며 붙잡고 있어야만 했다. 그래서 두 사람은 서로 가까이 앉아 몸과 몸, 손과 손을 점점 더 밀고 들어가 마침내는 손목과 무릎이 아주 자연스럽게 맞닿게 되었던 것이다.

그러나 이런 기분 좋은 상태에 있으면서도, 또 거기에서 일어나는 아주 즐거운 기분에 빠져 있으면서도 플라비오는 어떤 고통스러운 불안을 느꼈으며 그것을 숨길 수가 없었다. 이리하여 쉬지 않고 아버지의 도착을 애타게 기다리면서 아버지에게 털어놓지 않으면 안 될 중대한 일이 있다는 낌새를 보였다. 그러나 이 비밀이라는 것도 좀 깊이 들어가 생각해 보면 추측하기 어려운 것은 아니었다. 저 매혹적인 부인은, 이 집요한 청년에 의해 야기된 격정적인 순간에, 불행한 청년의 소망을 딱 잘라 거절하고, 그가 그때까지 집요하게 버리지 않았던 희망을 여지없이 부수어버렸던 것 같다. 그것이 어떠한 모양으로 일어났는지, 그 장면을 구태여 말하지 않겠다. 충분한 청춘의 정열도 없이 감히 그것을 묘사한다는 비난을 받게 될까 두려워서이다. 요컨대 그는 분별력을 잃고, 휴가원을 제출하지도 않은 채 부대를 떠나, 아버지를 만나기 위해, 밤과 비바람을 뚫고, 절망에 사로잡힌 채 고모의 저택에 다다랐던 것이다. 그때 그의 모습은 우리가 바로 얼마 전에 본 그대로이다. 이러한 행동의 결과에, 냉정한 이성이 되돌아옴에 따라 그는 적지 않게 마음에 걸렸다. 아버지가 도무지 돌아오지 않고 따라서 사건을 중재해 줄 오직 한 사람이 없는 셈이었으므로 마음을 가라앉힐 수도 없었고 어찌 해야 좋을지도 몰랐던 것이다.

그러니 그가 자신의 연대장의 편지를 받았을 때 얼마나 놀라고 당황했겠는가. 그 낯익은 편지의 봉인을 두근거리는 가슴으로 머뭇머뭇 열었다. 그런데 그 편지는 이를 데 없이 다정한 내용과 함께 허락한 휴가를 한 달 더 연장했다는 말로 끝나 있었다.

어떻게 이런 은혜를 받게 되었는지 알 수 없었지만, 어쨌든 덕분에 그는 거절당한 사랑 그 자체보다도 훨씬 더 큰 불안으로 그의 마음을 옥죄었던 무거운 짐으로부터 벗어날 수 있었다. 이제야 그는 이처럼 따뜻하게 자신을 맞아준 친척집에서의 행복을 절실하게 느꼈다. 그는 힐라리에가 곁에 있음을 기뻐할 수 있었고 얼마 안 있어 그의 유쾌하고 사교적인 본성을 되찾았다. 이런 기질로 말미암아 그는 저 아름다운 과부와 그녀를 에워싼 사람들에게도 한동안 필요한 존재였던 셈인데, 과부에 대한 청혼이 거부된 까닭에 내내 어두웠던 것이다.

이런 기분 속에서 그는 아버지의 도착을 편안하게 기다릴 수 있었다. 이곳 사람들은 갑자기 일어난 자연재해로 인해 바쁜 생활을 시작할 수밖에 없었다. 계속 내리는 비는 이때까지 그들을 저택 안에만 가둬두었었는데 그 비가 이제는 엄청난 양으로 내리퍼부으면서 여기저기 강들이 범람했다. 둑이 무너지고 저택 아래 일대는 흰 거품이 가득한 호수로 변해 버렸으며 마을과 농장 그리고 크고 작은 소유지, 심지어는 언덕 위의 작은 농토까지 그 속에서 섬처럼 떠 있을 뿐이었다.

비록 아주 드문 일이긴 했지만, 있을 수 있는 이런 경우를 대비해 사람들은 모든 준비를 하고 있었다. 여주인은 명령을 내렸고 하인들은 실행에 옮겼다. 처음으로 가장 일반적인 구조작업이 끝나자 빵을 굽고 소를 잡아 어부의 작은 배들로 여기저기 다니면서 구석구석에까지 나눠주게 되었다. 모든 일이 순조롭게 진행되어, 사람들은 친절하게 주어진 물품들은 기쁨과 감사로 받아들였다. 다만, 한 마을에서만은 사람들이 분배 임무를 맡고 있는 장로를 좀처럼 믿지 않았다. 그래서 플라비오가 그 임무를 떠맡아 짐을 가득 실은 작은 배를 몰고 서둘러 무사히 그곳에 이르렀다. 일은 간단하게 처리되어 최고의 성과를 올렸다. 이어 우리의 젊은이는 계속 배를 몰고 가 집을 나올 때 힐라리에가 부탁한 일까지 처리했다. 마침 재앙이 일어났던 이 시각은 어떤 부인의 해산 시간과 같았기 때문에 아름다운 힐라리에는 특히 이 일에 신경을 썼던 것이다. 플라비오는 그 산모를 찾아냈고, 여러 사람들의 감사, 특히 그 부인의 감사를 선물로 받고 집으로 돌아왔다. 그러니 이제 여러 이야깃거리가 없을 수가 없었다. 죽은 사람은 없었지만 기적적인 구조라든가 좀 색다르고 결국 웃음을 터뜨리게 되는 사건에 대한 이야기는 그칠 줄 몰랐다. 여러 절박했던 상황이 재미있게 언급되기도 했다. 그러자 힐라리에는 갑자기 자신도 남들과 마찬가지로 배를 타고 가서 산모를 문안하고, 선물을 주고, 몇 시간을 즐겁게 보내고 싶다는 욕망을 억누를 수 없었다.

마음씨 고운 어머니는 이에 대해 조금 반대했지만, 이 모험을 해내고 말겠다는 힐라리에의 군센 의지가 끝내 승리를 거두었다. 그리고 고백하건대, 우리도 이 경위를 알았을 때 어느 정도 걱정을 했다. 무슨 위험한 일이 일어나지 않을까, 다시 말해 배가 얕은 여울에 올라앉는다든가 뒤집힌다든가 해서 아름다운 아가씨의 생명이 위험해지고, 젊은이가 필사적으로 그녀를 구해 내서, 이때까지 느슨했던 유대가 한결 더 굳게 맺어지는 것이 아닐까 하고 걱정이 되는 것이었다. 그러나 이런 일은 일어나지 않았다. 산모는 문안과 선물을 받았고 의사의 동행도 꽤 좋은 성과를 거두었다. 여기저기에서 약간의 장애물에 부딪친다든지, 위험하게 생각되는 순간이 노 젓는 사람들을 불안하게 만들었어도 그런 것들은 다만 플라비오와 힐라리에 두 사람이 서로를 놀려대는 식의 농담으로 끝났다. 서로가 상대의 불안해하는 얼굴 표정이나, 당황해하는 몸짓을 보고 알아차렸다고 우겨댔던 것이다. 그러나 그 틈에 서로간의 믿음은 부쩍 커져 갔다. 서로 마주보며 어떤 경우에도 함께 있는 것이 습관처럼 굳어갔다. 또한 혈육이기도 하고 서로 좋아하고 있었기 때문에, 서로 접근하여 맺어져도 좋을 것이라고 깊이 마음먹게 되는 위험한 상태가 차츰 짙어져갔다.

두 사람은 이러한 사랑의 길로 조금씩 더 끌려들어가게 되었다. 하늘은 맑게 개었고 계절에 어울리는 극심한 추위가 닥쳐왔다. 물이 채 빠지기도 전에 얼어붙었다. 세상의 풍경이 모든 이의 눈앞에서 갑자기 변해 버린 것이었다. 이때까지 홍수로 격리되었던 곳이 이번에는 단단한 얼음판으로 연결되었다. 그러자 곧장 이 지역들을 이어주는 장엄한 결합의 사자로서 저 아름다운 기술, 스케이트가 등장했다. 이것은 급속히 찾아오는 겨울의 나날을 기쁘게 만들고, 새로운 삶을 얼어붙은 빙판 위로 옮겨놓기 위해 북쪽 지방에서 발명된 것이다. 창고가 열리고 사람들은 자기 이름이 씌어진 스케이트를 찾아 신었다. 모두들 얼마간의 위험을 무릅쓰더라도 그 깨끗하고 반들반들한 빙판을 첫 번째로 타고 싶어 못견뎌했다. 저택 사람들 가운데에는 이를 데 없이 스케이트를 잘 타는 사람들이 많이 있었다. 거의 해마다 근처의 호수 여기저기에서, 그리고 이 호수를 연결하는 운하에서 스케이트를 즐길 수 있었기 때문이다. 그런데 올해에는 멀리까지 펼쳐진 평원에서 스케이트를 탈 수 있게 된 것이다.

플라비오는 이제야말로 완전히 건강해진 것을 느꼈다. 힐라리에는 아주 어렸을 때부터 외삼촌에게서 스케이트를 배웠기 때문에, 이 새로 생긴 빙원 위에서 사랑스럽고도 훌륭한 활주 솜씨를 보였다. 두 사람은 즐겁게, 점점 더 흥겹게 스케이트를 탔다. 어떤 때는 함께, 어떤 때는 홀로, 어떤 때는 떨어져서, 어떤 때는 한 쌍이 되어서 말이다. 헤어짐이나 도피가 평소에는 사람의 마음을 아주 답답하게 하는 것이었으나 빙판 위에서는 익살맞은 사소한 장난이었다. 도망쳤다가도 곧 다시 얼굴을 맞대게 되는 것이었다.

　그러나 이런 즐거움과 기쁨 한가운데에도 결핍의 세계가 존재했다. 여전히 몇 개의 마을은 아직 절반밖에 구호를 받지 못했다. 그래서 힘이 센 말이 끄는 썰매들이 필요한 물자들을 여기저기로 서둘러 날랐다. 특히 이 지방은 이곳을 지나가는 큰 길에서 멀리 떨어진 많은 고장으로부터 신속하게 갖가지 농산물을 가까운 소도시와 작은 마을 창고로 운반하고, 또 그곳에서 여러 물자를 가져올 수 있었던 점이 이 지방에 더욱 커다란 도움이 되었다. 이렇게 하여 가장 극심한 결핍 속에 시달리던 지역이 한꺼번에 구조되어 배급을 받고, 숙달된 용감한 썰매꾼들에게 활짝 열린 평지가 되었던 것이다.

　우리의 젊은 한 쌍도 즐거움이 앞서가기는 했지만, 이웃에 대한 깊은 애정에서 비롯된 온갖 의무를 잊지는 않았다. 예의 산모를 문안하여 필요한 것 모두를 그녀에게 선사했다. 그 밖의 다른 사람들도 방문했다. 먼저 건강이 염려되는 노인들, 그리고 평소 독실한 이야기를 신도들과 엄숙하게 나누며 풍습에 맞춰 돌보아왔고, 이제 이러한 시련을 만나 이 교화적인 대화의 소중함을 뼈저리게 느끼게 해준 성직자들, 또한 대담하게도 일찍 이 위험한 저지대를 개간했으나 이번에도 튼튼한 둑의 보호를 받아 전혀 경작지에 피해를 입지 않았고, 한없이 불안에 떨다가 자신들의 무사함에 곱절로 기뻐하고 있는 소규모 자작농들이 그들이었다. 모든 농장, 모든 집, 모든 가족과 개인들이 저마다 자신의 이야깃거리를 간직했다. 누구나 자기 자신에게, 또 다른 사람에게 중요한 존재가 되어 있었다. 그런 까닭에 누군가가 이야기하는 도중에 말참견을 하는 일이 잦았다. 왜냐하면 갑자기 해빙기가 닥쳐와, 행복한 상호교류의 이 아름다운 결합이 깨져, 주인들을 위협하고 손님들을 그들의 집으로부터 차단시킬 위험이 여전히 남아 있었기 때문이다.

　낮에는 이처럼 바쁘게 움직이며 생생한 관심을 갖고 일에 임했지만, 저녁에는 완전히 달라져 아주 쾌적한 시간이 주어졌다. 스케이트 타기는 아무리 힘이 들어도 덥지 않고, 아무리 오래 계속해도 피곤하지 않다는, 다른 어떤 운동보다 뛰어난 장점을 지녔기 때문이었다. 팔다리는 점점 더 부드러워지고, 힘을 들일 때마다 새로운 힘이 생겨나는 듯이 생각된다. 그리고 마지막에는 움직이면서도 정지하는 듯한 느낌이 우리를 감싸고, 이 느낌에 잠기면서 우리는 언제나 흔들거리고 싶은 기분에 끌린다.

　어쨌거나 오늘 밤 우리의 젊은 한 쌍은 미끄러운 얼음판을 떠날 수가 없었다. 등불이 환히 밝혀진 저택에는 많은 사람들이 모여 있었는데, 두 사람은 그곳을 향해 미끄러져 가다가는 갑자기 방향을 바꿔 넓은 빙원 쪽으로 즐거워하며 되돌아오곤 했다. 그들은 상대를 놓치지나 않을까 하는 두려움에서 서로 떨어지려 하지 않았고, 상대의 존재를 분명히 확인하기 위해 손을 맞잡았다. 그러나 어깨너머로 팔과 팔을 서로 휘감고, 부드러운 손가락이 무의식중에 고수머리 속에서 꼼지락거릴 때의 움직임이 가장 감미롭게 느껴졌다.

　반짝거리며 빛나는 별하늘에 둥근달이 떠올라와 주변의 마술적인 분위기를 한결 더 고조시켰다. 두 사람은 다시금 서로를 똑똑히 마주보았고 그늘진 눈동자에서 언제나와 마찬가지로 서로 답을 찾았다. 그러나 이번에는 무언가 다르게 생각되었다. 눈 속 깊숙한 곳에서 한 줄기 빛이 솟아나와, 입에선 사려 깊게 침묵하고 있는 이야기를 눈이 어렴풋이 전하는 것 같았다. 둘 다 즐거운 축제의 아늑한 상태에 빠진 듯한 느낌이었다.

　도랑을 따라 키 큰 버드나무와 오리나무, 고지대와 언덕 위 낮은 덤불, 모두가 또렷이 보였다. 별은 반짝이고 추위는 갈수록 심해져왔지만 두 사람은 조금도 느끼지 못했다. 그리고 길게 반사되는 달빛을 따라, 아니 직접 달을 향해 얼음을 지쳤다. 그때 그들은 우연히 위를 올려다보았다. 그러자 빙판 에 반사되는 달빛 속에 한 남자의 모습이 이쪽저쪽으로 움직이는 것이 보였다. 그는 자기 자신의 그림자를 쫓고 있는 것 같았다. 빛나는 달빛에 에워싸인 탓에 검은 모습인 그는, 그들이 있는 쪽으로 오고 있었다. 뜻하지 않은 만남에 두 사람은 무의식적으로 몸을 돌렸다. 누군가를 만나는 것이 싫었다. 계속해서 이쪽으로 움직여오는 형체를 두 사람은 피했다. 그 형체는 그들을 알아보지 못한 듯, 저택 쪽으로 가는 똑바른 길로 곧장 자신의 길을 가고 있었다. 그러나 그 형체는 갑자기 이제까지의 방향을 바꾸고, 거의 불안한 심정이 되어 있는 두 사람 주위를 몇 번이고 빙빙 돌기 시작했다. 어느 정도 정신을 차린 두 사람은 몸을 숨길 만한 그늘을 찾았다. 한가득 달빛을 받으면서 그 형체는 두 사람 쪽으로 돌진해 오더니 그들 바로 앞에서 멈추어 섰다. 틀림없이 아버지였다.

　발을 멈추려던 힐라리에는 크게 놀라 균형을 잃고 빙판 위에 넘어졌다. 이와 동시에 플라비오는 한쪽 무릎을 꿇고, 그녀의 머리를 무릎 위에 올려놓았다.

그녀는 얼굴을 감추었다. 그녀는 자기에게 지금 무슨 일이 일어나고 있는지 몰랐다. "썰매를 불러오지. 저 아래쪽에 아직 하나가 지나가고 있어. 힐라리에가 다치지 않았으면 좋겠는데. 저기 오리나무 세 그루 옆에서 다시 만나자." 아버지는 이렇게 말하고는 벌써 멀리 떠나가 버렸다. 힐라리에는 젊은이를 붙들고 재빨리 일어났다. "우리 도망가요." 그녀는 외쳤다. "난, 견딜 수 없어요." 그녀는 저택 반대 방향으로 맹렬히 활주하기 시작했다. 플라비오는 뒤쫓는 데 매우 애를 먹었다. 그는 다정하게 그녀를 진정시켰다.

한밤의 얼음판 위에서 달빛을 받으며 산란한 마음으로 여기저기를 헤맨 세 사람의 마음속을 그려낸다는 것은 불가능한 일이다. 어쨌든 그들은 밤늦게 저택으로 돌아왔다. 젊은 두 사람은 감히 서로 몸을 대지도, 가까이 다가가지도 못하고 따로따로 들어왔으며, 아버지는 두 사람을 찾아 곳곳을 끌고 다녔던 빈 썰매와 함께 돌아왔다. 음악과 춤은 벌써 시작되어 있었다. 힐라리에는 심하게 넘어진 뒤여서 아프다는 핑계로 자기 방으로 숨어버렸다. 플라비오는 자신이 없는 동안 그를 대신해 춤을 이끌며 지시하고 있던 몇몇 젊은이에게 계속 그 일을 맡겼다. 소령도 모습을 나타내지 않았다. 그는 예기치 못한 것은 아니었지만, 자기 방에 사람이 있었던 것 같은 느낌을 받았고, 자기 옷과 속옷 그리고 세간들이 언제나처럼 잘 정리되어 있지 않고 여기저기에 널려 있는 것을 보고 묘한 기분에 휩싸였다. 저택의 여주인은 당황하지 않고 예의상 자신의 의무를 다했다. 무사히 손님 모두를 침실로 보내고 나서, 드디어 오빠와 단둘이서 이야기를 나눌 수 있는 여유가 생겼을 때, 그녀는 얼마나 기뻤던가. 그들은 곧 이야기를 나누었다. 하지만 놀라움에서 회복되고, 뜻하지 않았던 일을 이해하며, 의심을 풀고 근심걱정을 가라앉히기 위해서는 시간이 필요했다. 매듭을 풀고 정신적인 자유를 되찾는 일은 당장에는 기대할 수가 없었다.

만약 우리가 해당 인물들의 마음속으로 깊숙이 들어가 그것을 생생하게 그려내려면, 이 사건을 묘사할 것이 아니라 이야기하듯 관찰하듯 진행해 가야 한다는 것을 독자 여러분도 아마 이해하실 것이다.

그러므로 우리는 먼저 다음의 것을 보고하기로 한다. 소령은 이번 사건 이전에 우리 시야에서 그 모습을 감춘 뒤로는 그 시간을 쭉, 예의 집안일을 처리하는 데에 보내고 있었다. 그러나 그 일은 간단하게 잘 매듭이 지어질 것처럼 보이면서도, 짐짓 하나하나에서는 뜻하지 않은 여러 장애에 부딪혔다. 오래전부터 엉켜 있던 헝클어진 많은 실을 잘 풀어서 실패에 감는 일은 결코 쉬운 일이 아닌 것이다. 그는 여러 장소에서 여러 사람들을 상대로 일을 처리하기 위해 이따금 체류지를 바꾸어야 했고, 그로 인해 누이동생의 편지도 뒤늦게, 그것도 불규칙적으로 그의 손에 들어왔던 것이다. 그는 아들의 방황과 병에 대해서는 진작부터 알고 있었으며, 그 뒤 휴가를 얻었다는 말은 들었지만, 그 사정에 대해서는 아는 바 없었다. 힐라리에의 마음이 변해 가고 있다는 사실조차 그는 모르고 있었다. 어떻게 누이동생이 오빠에게 그것을 알릴 수 있었겠는가.

홍수 소식을 듣자 그는 여행 일정을 앞당겼다. 그러나 서리가 내린 뒤에야 겨우 얼음으로 뒤덮인 벌판 가까이에 도착했다. 그는 스케이트를 구입하고는 하인과 말은 길을 돌아서 저택으로 가도록 하고, 자신은 곧장 저택으로 활주해 갔다. 그리고 밝게 비친 창문들을 멀리서 바라보면서, 대낮처럼 밝은 달빛 속에서 불쾌한 광경을 보게 되었던 것이다. 이렇게 하여 자기 자신과의 아주 못마땅한 갈등에 빠지게 되었다.

마음속으로 믿어왔던 주관적인 진실에서 외적 현실로 옮아가는 것은 그 두 가지의 차이가 심한 만큼 언제나 고통스러운 법이다. 사랑하고 언제나 함께 한다는 것은, 이별하고 떠나가는 것과 마찬가지로 인간의 마땅한 운명이 아니겠는가. 그렇지만 한쪽이 상대로부터 몸을 뿌리치고 떠나버리면, 그 마음속에는 커다란 심연이 생겨, 그 심연 속에서 많은 사람들이 파멸하고 마는 것이다. 오해라고 하더라도 그것이 계속되는 한은, 지우기 어려운 진실을 갖고 있다. 그래서 다만, 남자다운 씩씩한 정신의 소유자만이 오해라는 것을 인식함으로써 고귀해지고 굳세어진다. 이러한 발견은 그들을 그들 자신 이상으로 드높인다. 그들은 자기 자신 위에 높이 서서, 옛길이 닫히면 재빨리 주위를 돌아보고 새로운 길을 찾아, 그 길로 곧장 발랄하고 용감하게 걸어가기 시작하는 것이다.

인간은 이러한 순간에 수없이 많은 곤혹을 맛보게 된다. 그러나 통찰력이 풍부한 사람이라면 자기 자신의 힘 안에서 이를 극복할 수단 또한 수없이 많이 발견할 것이다. 그리고 자기 힘이 미치지 못할 때에도 자기 영역 밖에서 암시되는 수단을 예감하는 방법을 알고 있는 것이다.

다행히도 소령은 의지나 노력 없이 거의 무의식적으로 이런 경우에 대한 준비가 이미 마음속 깊이 되어 있었다. 그가 미용술을 담당하는 하인을 떠나보낸 뒤, 다시 자연스러운 생활법에 몸을 맡기고, 겉모습에 신경쓰는 것을 그만

두고 난 뒤로는 육체 그 자체에서 얻는 유쾌함은 조금 줄어든 것 같았다. 그는 첫사랑의 남자로부터 자상한 아버지로 옮겨가는 데에서 쓸쓸함을 느꼈다. 그리고 이 역할을 맡아야 한다는 생각이 조금씩 더 그를 덮쳐 눌러오고 있는 것 같았다. 힐라리에와 자기 가족 운명에 대한 면밀한 배려가 언제나 가장 먼저 그의 상념에 떠올라왔고, 그 뒤에야 사랑과 애착이, 그리고 가까이에서 얼굴을 보고 싶다는 소망이 가슴으로 퍼져갔던 것이다. 그리고 힐라리에를 자신의 품에 안는 모습을 상상할 때에도 그는 그녀를 소유하는 기쁨보다는 어떻게든 그녀를 행복하게 만들어 주고 싶은 바람이 앞섰다. 그렇다. 그가 그녀에 대한 추억을 이런 생각 없이 순수하게 맛보려고 할 때면, 그는 먼저 그녀가 꿈결처럼 입 밖에 낸 사랑한다는 말을, 그녀가 뜻하지 않게 그에게 몸을 맡겼던 순간을 생각하지 않을 수가 없었다.

그런데 그는 달이 밝게 비치는 밤, 착 붙어 한 몸이 된 젊은 두 사람을 눈앞에 보았던 것이다. 이를 데 없이 사랑스러운 아가씨가 청년 위에 털썩 주저앉는 것을 보았던 것이다. 그리고 이 두 사람은 그가 도와주러 다시 돌아온다고 친절하게 약속했는데도 정해 놓은 장소에서 그를 기다리지 않고 밤의 어둠 속으로 사라져버렸고, 그 자신은 암담한 상태 속에서 홀로 쓸쓸히 남겨졌던 것이다. 그런 심정이라면 누군들 마음속에 절망을 느끼지 않을 수 있겠는가.

언제나 사이좋게 지내는 것에 익숙했고, 계속하여 한결 더 사이좋은 결합을 기대했던 이 집안 사람들은, 매우 놀라 당황해 하면서 따로따로 떨어져나갔다. 힐라리에는 고집스럽게 자기 방에 틀어 박혀 나오지 않았고, 소령은 기분을 새로이하고 아들에게서 이때까지의 경위를 들어보려 했다. 화근은 저 아름다운 과부의 여자다운 간계였다. 그녀는 이때까지 자신을 정열적으로 숭배했던 플라비오를, 그에게 눈독을 들이기 시작한 다른 사랑스러운 여자에게 양보하지 않으려고, 실제 이상으로 그에게 겉으로만의 호의를 보였던 것이다. 이에 자극받아 용기를 얻은 플라비오는 자기 목표를 향해, 예의를 벗어날 정도로 과감하게 청혼을 다그쳤다. 이런 일 때문에 처음에는 저항과 언쟁, 다음에는 결정적인 결렬이 일어나 두 사람의 관계 전체에 돌이킬 수 없는 마침표를 찍었던 것이다.

아버지의 따뜻한 사랑이라는 것은, 자식들의 과오가 슬픈 결과를 가져왔을 때에는 이를 불쌍히 여겨 될 수 있으면 그것을 바로잡아주고, 생각한 것보다 크게 잘못된 것 없이 지나갔을 때에는 그것을 용서하고 잊어버릴 수밖에 없다. 천천히 생각하고 서로 이야기를 나눈 끝에, 얼마 안 있어 플라비오는 아버지를 대신해 여러 가지 일을 처리하기 위해 물려받은 소유지로 떠났다. 거기에서 휴가가 끝날 때까지 머물렀다가 소속연대로 복귀하기로 했다. 이 연대는 그가 휴가를 보내고 있는 사이에 다른 주둔지로 옮겨 가 있었다.

소령이 며칠 동안 한 일은 제법 오랫동안 집을 비운 사이에 누이동생 집에 쌓인 편지와 소포를 뜯는 것이었다. 그 속에는 미용술의 친구, 언제나 젊음을 잃지 않고 있는 늙은 배우가 보내 온 편지도 있었다. 그는 소령의 곁을 떠나온 하인에게서 소령의 근황과 결혼 계획을 듣고, 이런 일을 계획할 때에 염두에 두어야 할 중요한 일들에 대해 유쾌하게 늘어놓았다. 그는 그 나름대로의 논리를 펼쳐, 나이가 지긋한 남자에게 가장 효과가 확실한 미용법은 여자를 멀리하고 홀가분한 자유를 즐기는 데 있다고 훈계했다. 이에 소령은 미소지으면서 그 편지를 누이동생에게 보여주었다. 농담이 섞인 어조이기는 했지만 사실은 진지한 태도로 내용의 중요성을 지적하기도 했다. 그러는 사이에 시 한 편이 그의 마음에 떠올라 왔다. 그것을 운율적으로 완성한 것이 지금 당장은 우리 머리에 떠오르지 않지만, 그 내용은 우아한 비유와 경쾌한 표현으로 이루어진 훌륭한 것이었다.

"밤을 환히 비추는 늦은 달도 떠오르는 태양 앞에서는 빛이 바래고, 노년에 품은 사랑의 망상도 정열적인 젊은이 앞에서는 사라져 버린다. 겨울에는 힘차게 보이던 가문비나무도 봄이 오면 밝은 녹색으로 불타는 자작나무 앞에서 갈색으로 그 빛을 잃는다."

그러나 우리는 최후의 결단을 내리려는 이때, 결정적인 도움을 주는 것이 철학이라느니 시라느니 하며 칭송하려는 게 아니다. 아주 작은 사건이 아주 중대한 결과를 불러오는 일이 있는 것처럼, 마음이 이쪽저쪽으로 뒤흔들려 균형이 잡히지 않을 때에는 이따금 아주 작은 사건이 결정적으로 작용할 수도 있기 때문이다. 며칠 전에 소령의 앞니 하나가 빠졌다. 그래서 그는 또 하나가 빠지지나 않을까 하고 걱정을 했다. 의치를 끼운다는 것은 그의 기질로는 생각할 수 없는 일이었다. 그리고 이런 결함을 가지고 있으면서 젊은 애인에게 구혼한다는 것이 아주 굴욕적인 일처럼 여겨졌다. 특히 그녀와 한 지붕 아래 살고 있는 지금으로서는 말이다. 조금만 더 이전이나 더 이후였더라면 아마 이런 일은 그다지 중요하지 않았을 것이다. 그러나 하필이면 이런 시기에, 완벽한 건강에 익숙한 사람이 마주치기에도 참으로 불쾌할 그런 순간이 찾아온 것이었다. 마치 자신의 유기체에서 가장 중요한 부분이 떨어져나가, 나머지 부분도 차츰 허물어질 것 같은 기분이었다.

어쨌든 소령은 곧 누이동생과 이때까지 어딘지 심하게 뒤엉킨 것 같은 가족 문제에 대해서 분별력과 이해심을 가지고 서로 이야기를 나누었다. 외적인 동기로 우연히, 아직 세상 경험 없는 순진한 딸의 그릇된 생각에 말려들어가 경솔하게도 목표로부터 멀어져갔지만, 사실은 단지 길을 돌아서 갔을 뿐, 이제 본디 목표의 바로 옆까지 와 있다는 것을 함께 인정하지 않을 수 없었다. 그래서 이제는, 이 길을 계속 따라가 두 아이의 결혼을 성사시키고 부모로서의 모든 배려를 진심으로 쉼없이 다하는 것이 가장 자연스러운 일이라고 생각했다. 그 배려를 위한 자력(資力)은 언제든지 조달할 수 있었다. 오빠와 완전히 의견이 일치한 남작부인은 힐라리에의 방으로 들어갔다. 힐라리에는 피아노 앞에 앉아 자신의 반주에 맞춰 노래를 부르고 있었는데, 방에 들어와 인사를 하는 어머니에게 밝은 눈길로 가볍게 고개를 숙여 답하면서, 노래를 들어달라는 표시를 했다. 그것은 마음을 진정시켜주는 편안한 노래로, 노래하는 사람의 기분이 더 바랄 수 없을 만큼 좋다는 것을 말해 주었다. 노래가 끝나자 그녀는 신중한 어머니가 자기 생각을 이야기하기 전에 먼저 말을 꺼냈다. "자상한 어머니! 우리의 가장 중요한 일에 대해 여태껏 아무 말도 않고 있어주셔서 참 좋았어요. 어머니가 이제까지 그 부분을 건드리지 않은 것에 대해 감사를 드리고 싶어요. 그렇지만 오늘은, 어머니만 좋으시다면, 서로 마음을 털어놓고 이야기할 때가 된 거 같아요. 어떻게 생각하세요?"

남작부인은 딸이 이렇게 온화하고 침착한 기분이 되어 있는 것에 아주 기뻐하면서 옛날 일들, 자기 오빠의 인품과 공적에 대해 조목조목 분별 있게 설명하기 시작했다. 이처럼 가까이에서 따르며 지낸 드물게 훌륭한 사람이, 아직 이렇다고 정해진 남자가 없는 딸의 마음에 깊은 인상을 새겨놓을 수밖에 없었다는 것은 마땅한 일이며, 거기에서 어린아이다운 존경심이나 믿음 대신 사랑이라든가 정열이라는 형태의 애정까지도 생긴다는 것은 무리가 아니라고 말했다. 힐라리에는 열심히 귀를 기울이고 있었는데, 일일이 긍정하는 표정과 몸짓을 나타내면서 오롯이 동감하고 있음을 알렸다. 어머니의 이야기는 아들에게로 옮아갔다. 그러자 힐라리에는 긴 눈썹을 내리깔았다. 어머니는 이야기를 계속하면서 아버지에 대해서 꺼낸 만큼의 칭찬할 만한 근거를 이 젊은이에게서 찾아내지는 못했지만, 그래도 부자가 꼭 닮았다는 것, 아들이 더 젊다는 것을 강조했다. 동시에 이 아들은 나무랄 데 없는 남편감이고, 인생의 반려자로 택한다면 그의 아버지가 그 나이에 이룩한 삶을 그대로 실현해줄 것이라고 말했다. 이 점에서도 힐라리에는 같은 생각인 것처럼 보였다. 물론 어느 정도 진지함을 더해 가는 눈길과 이따금 내리까는 눈이, 이런 경우에 아주 자연스러운, 어떤 마음의 동요를 엿보게 해주었지만 말이다. 이어 외적인 행복을 유도하는 이야기가 나왔다. 원만하게 해결된 화해, 현재로는 상당한 수입, 여러 방면으로 점점 밝아지고 있는 전망들, 모든 것이 있는 그대로 남김없이 열거되었다. 마지막으로 힐라리에 자신도 뚜렷하게 기억하고 있지만, 이전에 그녀는 함께 자란 사촌오빠와는 농담으로나마 약혼한 사이였다는 것도 어머니는 빼놓지 않았다. 어머니는 지금까지 말한 모든 것에서 저절로 이끌어져 나오는 결론에 이르렀다. 자기와 외삼촌의 동의에 의해, 젊은 두 사람의 결혼은 지체없이 실현될 수 있다고.

힐라리에는 침착한 눈빛과 말투로, 자기로서는 이 결론을 오늘 당장 인정할 수는 없다고 대답했다. 그러고는 섬세한 마음을 지닌 사람이라면 누구나 가질 법한 반대의견을 아주 아름답고 부드럽게 설명했다. 우리는 그것을 여기에 자세히 언급하지는 않겠다.

이성적인 사람들이 여러 난점을 없애고 이런저런 목적을 이룰 수 있는 방법을 합리적으로 생각해내고, 이에 대한 모든 논거를 명료하게 정리했을 때, 자신의 행복을 위해 마땅히 동의해야 할 상대가 전혀 다른 생각을 가지고 있다면, 또 그 상대가 칭찬할 만하고 필요한 일을 그의 내면적인 이유에서 반대한다면, 그 이성적인 사람들은 아주 불쾌한 당혹감을 느낄 것이다. 어머니와 딸은 이야기를 나누었지만, 서로를 설득할 수는 없었다. 분별은 감정 속에서는 인정되지 않고, 감정은 유익하고 필요한 현실에 적응하려고 하지 않는다. 대화는 열을 띨 뿐이었다. 이성의 날카로운 칼끝은 그렇지 않아도 상한 마음을 찔렀다. 그러자 마음은 이제 절도를 지킬 수 없게 되어, 자신의 상태를 격정적으로 드러냈다. 힐라리에가 진실된 마음으로 있는 힘껏 이런 결혼은 부당하다는 것, 아니 죄악이기까지 하다는 것을 강조했을 때, 끝내 어머니 자신도 어린 딸의 기품과 위엄에 놀라 물러서지 않을 수 없었다.

남작부인이 얼마나 난처해하면서 오빠에게로 되돌아왔는지는 쉽게 추측할 수 있을 것이다. 아마도 다음과 같은 소령의 심정도, 충분하다고는 말할 수 없지만 이해할 수는 있으리라. 다시 말해 소령은 힐라리에의 이 단호한 거절을 듣고는 내심 기분이 좋았고, 앞으로의 희망은 없었지만 마음의 위로를 받았다. 누이동생 앞에서는 저 굴욕으로부터 해방될 수 있었으며, 그에게는 아주 미묘한 명예 문제이기도 한 이 사건이 마음속에서 보상받은 것을 느꼈던 것이다. 그러나 그는 이러한 마음의 상태를 지금 당장은 누이동생에게 드러내지 않은 채 괴로운 만족감을 다음과 같은 아주 자연스러운 말속에 감추었다. 무슨 일이든 너무 서둘러서는 안 된다, 저 귀여운 아이에게 시간을 주어야 한다, 이미 열려진 길이니 이제부터는 그 길을 그녀 자신이 스스로 걸어가도록 해야 한다고.

이제 우리가 독자 여러분에게, 이 애통한 내적 상태에서 외적인 것으로 넘어가도록 요구하는 것은 거의 무리일 것이다. 그러나 지금으로서는 그 외적인 것을 언급하는 것이 아주 중요한 일이 되었다. 남작부인은 딸에게 음악과 노래, 그림과 자수 같은 일을 통해 나날을 유쾌하게 보내고, 또 독서와 낭독으로 자신과 어머니를 즐겁게 하는 등 모든 자유를 허락했다. 한편 소령은 봄을 맞아 집안일을 처리하기에 바빴다. 또한 아들은 얼마 안 있어 자기가 유복한 지주가 되고 또 힐라리에의 행복한 남편이 되는 것을 전혀 의심하지 않았기 때문에, 절박한 전쟁이 일어나게 되면 명예와 진급을 얻어내리라는, 군인다운 충동을 이제서야 비로소 느끼고 있었다. 이러한 잠깐 동안의 평온 속에서 사람들은, 힐라리에 한 사람의 변덕으로 꼬여버린 이 수수께끼가 얼마 안 있으면 풀어져 해명될 것이라 기대했다.

그러나 유감스럽게도 겉으로는 조용한 이 평안 속에서 안심할 만한 징조는 찾아볼 수 없었다. 남작부인은 딸의 마음이 달라지기만을 날마다 기다렸지만 헛수고였다. 딸은 조심스럽게, 그리고 아주 가끔 결정적인 순간에는 단호하게 자기의 확신을 꺾을 수 없다는 것을 밝혔다. 그 확신은 자기 주위 세계와 조화를 이루든 이루지 않든간에, 무엇인가를 내적으로 인식한 사람에게서만 볼 수 있는 확고한 것이었다. 소령의 마음은 분열되고 있었다. 만약 힐라리에가 정말로 아들에 대한 마음을 결정해 버린다면 그는 모욕당한 느낌일 것이었다. 그러나 그녀가 그 자신에게로 마음을 정했다 해도 그녀의 손을 뿌리쳐야 한다고 확신했다.

우리는 이 선량한 사람을 불쌍하게 여긴다. 이러한 근심걱정, 이러한 괴로움이 움직이는 안개처럼 쉬지 않고 그의 마음속에 떠돌아다녀서, 어떤 때는 이 안개를 배경으로 절실한 그날그날의 현실과 작업이 또렷하게 떠올랐고, 어떤 때는 이 안개가 가까이 다가와 눈앞의 모든 것을 가려버렸다. 이러한 흔들림과 불안정이 언제나 그의 마음속에 떠다녔다. 그리고 할 일이 많은 낮에는 민첩하고 효율적으로 활동했지만, 한밤에 우연히 눈을 뜨면 모든 불쾌한 일들이 싫은 모습으로 쉬지 않고 변화하면서 오싹한 원을 그리며 그의 마음속에서 굴러다녔다. 영원히 되풀이하여 찾아오는 이 물리칠 수 없는 상황 때문에 그는 거의 절망이라고 불러야 할 상태로 빠져버렸다. 보통 때 같으면 이런 상태의 치유법으로 가장 확실하게 효과를 나타내던 행동과 작업도, 이 경우에는 그의 마음을 가라앉히기는커녕 누그러뜨리지도 못했다.

이런 상태에서 우리의 주인공은 잘 모르는 사람으로부터 근처에 있는 작은 도시의 역사(驛舍)로 와달라고 하는, 한 통의 편지를 받았다. 급히 지나가던 어떤 나그네가 거기에서 그와 꼭 면담하고 싶다는 것이다. 소령은 여러 가지 사업관계나 사교관계로 이런 일에는 익숙했고, 자유롭게 휘갈겨쓴 글씨는 어딘지 본 기억이 있다는 생각이 들었기 때문에 더더욱 머뭇거리고만 있을 수 없었다. 소령은 그 나름대로 차분하게 마음을 가다듬고 약속된 장소로 나갔다. 그러자 거의 농가 같은 계단이 있는 방에서 그에게는 낯익은 저 아름다운 과부가 그를 맞이했다. 그녀는 그와 헤어졌을 때보다 더 아름답고 우아했다. 우리의 상상력이 가장 훌륭한 것을 꼭 붙잡아 다시 완벽하게 재현할 능력을 갖고 있지 않은 때문인지, 아니면 어떤 감동적인 마음 상태가 그녀에게 실제로 더 많은 매력을 주었기 때문인지, 어쨌든 간에 그는 놀라움과 당황을 일반적인 공손으로 위장하며 감추기 위해 곱절로 침착해져야 했다. 그는 어색하게 냉정한 태도를 보이면서 정중하게 그녀에게 인사했다.

"그러지 마세요, 훌륭한 분이시여!" 그녀는 외쳤다. "이렇게 흰 칠을 한 벽 사이에, 이렇게 누추한 곳에 당신을 오시도록 한 것은 절대로 그런 태도를 바라서가 아닙니다. 이렇게 허술한 가구는 그런 정중한 대화를 요구하지 않습니다. 나는 고백하고 싶습니다. 그래야 내 가슴속의 무거운 짐으로부터 벗어날 수 있을 것 같아요. 나는 당신 가정에 많은 화근을 불러 들였습니다." 소령은 움찔하면서 뒷걸음질쳤다. "나는 모두 알고 있습니다." 그녀가 계속했다. "새삼스럽게 설명할 필요도 없겠지요. 당신과 힐라리에 양, 힐라리에 양과 플라비오 씨, 당신의 착한 누이동생, 당신 집안의 모든 분에게 참으로 미안하게 생각하고 있습니다." 그녀는 목이 메여 말이 잘 나오지 않는 것 같았다. 이를 데 없이 아름다운 그녀의 눈썹도 넘쳐흐르는 눈물을 막아내지는 못했다. 그녀의 볼은 빨갛게 물들었다. 그녀는 그 어느 때보다 아름다웠다. 이 품위 있는 남자는 어찌할 바를 몰라 하면서 그녀 앞에 서 있었다. 이제껏 느껴본 적 없는 감격이 그의 몸 안을 휩쓸고 지나갔다. "우리 좀 앉죠." 눈물을 닦으며 이를 데 없이 아름다운 여자가 말했다. "용서해 주세요. 나를 불쌍히 여겨주세요. 내가 얼마나 큰 벌을 받고 있는지는 보시는 대롭니다." 그녀는 수놓인 손수건을 다시 눈에 갖다대고, 애처롭게 울음을 감추었다.

"자초지종을 설명해 주십시오, 부인." 그는 몹시 흥분해서 말했다. "부인이라고 부르지 말아주세요." 그녀는 어색하게 미소지으며 대답했다. "그냥 친구라고 불러주세요. 저보다 더 충실한 친구는 없을 거예요. 나의 친구인 당신! 나는 모든 것을 알고 있어요. 집안 전체의 상황을 자세히 알고 있어요. 어떤 심정인지, 어떤 괴로움을 겪고 있는지도요." "어떻게 그렇게까지 잘 알고 계시죠?" "누군가의 고백에 의해서죠. 이 필적을 모르시는 것은 아니겠지요." 그녀는 개봉한 편지 두세 통을 그에게 보였다. "이건 내 누이동생의 글씨지요. 편지가 많군요. 그것도 아무렇게나 쓴 것을 보면 친한 친구한테 보낸 것 같군요. 당신은 내 누이동생과 친분이 있었던가요?" "직접은 아니지만, 간접적으로 얼마 전부터 알아요. 이 편지의 겉봉을 봐주세요. XXX에게." "새로운 수수께끼입니다. 마카리에에게, 라니요. 모든 여성 중에서 가장 과묵한 분인데요." "과묵하기 때문에 괴로워하는 모든 사람에게 믿음을 받고 있는 분이고, 그런 사람들의 고해신부이시죠. 자기 자신을 잃어버려 다시 되찾고자 바라면서도 어디에서 찾아야 할지 모르는 사람들을 위한 분이지요." "고마운 일입니다." 그는 외쳤다. "그런 중개인을 찾아냈다고 하는 것 말입니다. 나 자신이 그분에게 간청한다면, 어딘지 어울리지 않았을 것입니다. 누이동생이 그것을 대신해 줘서 고맙군요. 저 훌륭하신 분이 어떤 불행한 사람에게 도덕적인 마법의 거울을 들이대고 흐트러진 그의 외모 깊숙이 깃들어 있는 그 사람의 순수한 아름다운 영혼을 들여다보게 하고, 그렇게 하여 그 사람을 자신도 모르는 사이에 자기 자신과 화해하게 만들어, 새로운 생활로 향할 수 있도록 격려시켜준 예를 나도 알고 있습니다."

"그분은 그런 은혜를 나에게도 베풀어주셨습니다." 아름다운 여인은 대답했다. 이 순간 소령은 결정적으로 다음과 같은 것을 느꼈다. 평소 자신의 특성 속에 들어 박혀 있는 이 주목할 만한 여성에게서, 도덕적이고 아름다우며 다른 사람과 서로 마음을 나누어 가지는 본질이 드러나고 있음을. "나는 불행하지는 않았어요. 그러나 늘 마음은 흔들리고 있었죠." 그녀는 말을 계속했다.

"나는 말이지, 나 자신이 아니었어요. 그리고 그것은 결국 행복하지 않았다는 것이지요. 나는 내가 마음에 들지 않았어요. 거울 앞에서 아무리 몸단장을 잘하더라도, 언제나 가장무도회를 가기 위해 모양을 내고 있는 것 같은 그런 심정이었어요. 그러던 것이 그분이 자신의 거울을 내 앞에 놓아주신 뒤부터, 사람은 내면의 화장을 할 수 있다는 것을 깨닫게 되었어요. 그 뒤로 나는 다시 나 자신이 정말로 아름답다고 생각하게 되었지요." 이렇게 이야기하는 그녀는 미소를 짓고 있는 것처럼도, 울고 있는 것처럼도 보였는데, 누구나 인정하겠지만 이런 그녀는 사랑스러움, 그 이상의 모습이었다. 그녀는 존경할 가치가 있는 사람, 영원한 사랑을 바칠 만한 사람처럼 생각되었다.

"자, 그러면 나의 친구여! 짧게 말씀드리지요. 여기 여러 통의 편지가 있어요. 이것들을 읽고 또 읽고, 잘 생각하고 마음의 준비를 하시려면 아무래도 한 시간은 걸릴 것입니다. 원하시면, 그 이상 시간이 걸려도 괜찮습니다. 그 일이 끝나면, 우리의 관계는 몇 마디로 결정될 것입니다."

그녀는 그를 두고 정원을 거닐러 나갔다. 그는 남작 부인과 마카리에가 주고받은 편지를 펴보았다. 우리는 그 내용을 추려서 여기에 적기로 한다. 남작부인은 아름다운 과부에 대해 하소연하고 있었다. 여자가 다른 여자를 어떻게 보고 있고, 얼마나 날카롭게 비판하는지 잘 드러났다. 편지에는 외형적인 것, 외적인 발언들만이 언급되어 있었고, 내면적인 것은 문제 삼지 않았다.

이에 답하여 마카리에 부인은 훨씬 부드러운 판단을 했는데, 그것은 본질을 지닌 인간의 내면으로부터 나오는 묘사였다. 외면은 여러 가지 우연적인 것의 결과이므로 비난할 게 못 되며, 용서해도 좋으리라 생각된다고 써 있었다. 다음으로 남작부인은 조카의 광란과 어리석은 짓, 젊은 두 사람의 깊어져가는 애정, 오빠의 도착, 힐라리에의 단호한 거절을 보고하고 있었다. 여기저기에서 마카리에의 순수하고도 공정한 답변들이 보였다. 그 공정함은 이러한 사건들에서 도덕적인 향상이 이루어져야 한다는, 그녀의 강한 확신에서 나오고 있었다. 마카리에는 마지막으로 이 왕복서한을 모두 그 아름다운 과부에게 보내고 있었다. 이 과부의 그지없이 아름다운 내면이 이제야 밖으로 나타나 그 외모를 더욱 아름답게 만들고 있다. 이 편지 교환은 마카리에에 대한 감사의 답장으로 끝나고 있었다.

제6장

빌헬름이 레나르도에게

친애하는 친구여, 드디어 그녀*[13]를 찾아냈다는 소식을 전할 수 있게 되었습니다. 당신을 안심시키기 위해 덧붙인다면, 이 착한 여자는 이 이상 더 바랄 것이 없을 만큼 좋은 상태에 있어요. 먼저 일반적인 이야기를 하더라도 양해해 주십시오. 나는 아직 그녀가 살고 있는 곳에서 이 글을 쓰고 있습니다. 따라서 모든 것을 내 눈앞에 보고 있기 때문에 그것에 대해 알릴 필요가 있습니다.

집안 형편을 말한다면, 경건심에 기초를 두고, 근면과 질서로써 활기차게 유지되고 있으며, 옹색하지도 않고 그렇다고 분에 넘치지도 않게, 사람들의 능력과 역량이 그들의 의무와 가장 행복한 균형을 이루고 있습니다. 그녀의 주위에는 가장 순수한, 가장 원시적인 의미에서의 수공업자들이 부지런히 일을 하고 있습니다. 이곳에는 제약을 받고 있는 상태 속에서도 멀리 뻗어나가는 작용력이 있고, 주위에 대한 배려와 절도, 순박함과 일에의 정진이 있습니다. 나는 이처럼 기분 좋은 시간을 가져본 일이 좀처럼 없었습니다. 곧 다가올 시간과 먼 미래에 대한 밝은 희망이 이곳을 지배합니다. 이런 사정을 종합해 볼 때, 그녀에게 관심을 가진 사람이라면 누구든 안심해도 되리라 생각합니다.

그러니 우리 두 사람이 나누었던 모든 이야기들을 떠올리면서, 부디 당신이 이 개괄적인 설명으로 만족해 주기를 진심으로 부탁해도 되겠지요. 이것을

---

*13 밤(栗)색 아가씨를 말한다.

마음속에 새기기만 하고, 그 이상의 억측은 단념하십시오. 당신도 이제는 더 큰 인생의 과업에 끌려들어가 있을 것인즉, 기운을 내서 그 일에 몰두해 주십시오.

이 편지의 사본을 하나는 헤르질리에에게, 다른 하나는 신부님에게 보냅니다. 짐작건대 신부님이 가장 정확하게 당신이 있을 만한 장소를 알고 계실 듯해서요. 비밀스러운 일이든 공공연한 일이든 마찬가지로 언제나 믿을 수 있고 의지가 되는 이분에게는 몇 가지 일을 더 써서 보낼 테니, 나중에 그분에게 전해 듣기 바랍니다. 특히 부탁하고 싶은 것은, 나 자신의 일에 관심을 가져 주고, 호의에 찬 성실한 마음으로 나의 계획이 순조롭게 이뤄질 수 있도록 도와주십사 하는 것입니다.

빌헬름이 신부에게

만약 내 생각이 틀리지 않았다면, 저 지극히 존경하는 레나르도는 현재 당신들과 함께 있을 것입니다. 그래서 나는 그의 손에 확실하게 들어갈 수 있게 편지의 사본을 보내드립니다. 이 뛰어난 청년이 당신들의 동아리에 들어가, 쉬지 않고 좋은 활동에 힘쓸 것을 빌고 있습니다. 그렇게 하면 내가 기대하는 것처럼 그의 마음도 차분해지리라 생각하기 때문입니다.

나 자신에 대해 말한다면, 부단히 저 자신을 성찰한 결과 전부터 몬탄을 통해 제출해 놓은 청원을 이제 좀 더 진지하게 다시 말씀드릴 수 있게 되었습니다. 나의 편력시대를 더 차분하고, 더 건실하게 마치고 싶다는 소망은 갈수록 더 절실해져가고 있습니다. 제 뜻을 반드시 펼칠 수 있을 것이라는 기대를 품고, 빈틈없이 준비를 하고 계획을 짜놓고 있습니다. 나의 고귀한 친구인 몬탄을 위한 준비를 끝내면, 나는 앞서 말씀드린 조건 아래 앞으로의 내 인생길에 안심하고 발을 내디딜 수 있을 것입니다. 또 하나의 경건한 순례*14를 마치면, 곧장 XXX로 갈 생각입니다. 그곳에서 당신의 답장을 받고 난 뒤에, 제 마음속의 간절한 바람에 따라 새로운 행동을 시작하게 되기를 바라고 있습니다.

---

*14 이탈리아에서 미뇽의 발자취를 찾아보는 여행을 말한다.

제7장

우리의 친구는 앞에서 말한 편지를 보내고 나서 가까이에 있는 수많은 산맥을 넘어 계속해서 앞으로 나아갔다. 드디어 그는 멋진 골짜기 지대가 눈앞에 펼쳐지는 곳까지 왔다. 여기서 그는 새로운 인생길을 시작함에 앞서 여러 일들을 매듭지을 생각이었다. 뜻하지 않게 그는 여기서 젊고 원기 왕성한 길동무를 만났고, 이 사람 덕분으로 그의 계획과 즐거움에 온갖 편의를 받게 되었다. 그가 동행하게 될 사람은 화가였다. 그 화가는 훌륭한 예술가였고, 둘은 곧 친구가 되었다. 그들은 서로 취미와 소원, 그리고 계획을 털어놓았다. 이 뛰어난 예술가는 수채 풍경화를 그리는 솜씨나 끝손질도 빈틈없는, 재기발랄한 점경(點景)으로 장식하는 법을 터득한 사람으로, 미뇽의 운명과 용모 그리고 인품에 크게 매료된 자였다. 그는 벌써 여러 번 그녀를 자기 마음속에 그리고 있었다. 그래서 그녀가 생활하던 환경을 자연에 입각하여 그려볼 생각으로 여행길에 나선 것이었다. 이곳에서 그 귀여운 아이를 행복했거나 불행했던 그 모든 환경과 순간들 속에서 표현해 내고, 그리하여 모든 사람들의 다정한 마음속에 끊임없이 살아 있는 그 아이의 모습을 시각적으로 불러내고자 했던 것이다.

친구가 된 두 사람은 곧 큰 호숫가에 이르렀다. 빌헬름은 짐작이 가는 장소들을 차례로 둘러보았다. 시골의 호화로운 집들, 넓은 수도원, 나루터와 후미, 갑, 다리 등을 살펴보았고 순박하면서도 대담한 어부의 주거지, 호반에 자리잡은 밝고 작은 마을 그리고 가까운 언덕 위에 있는 작은 성(城)도 함께 찾는 것을 잊지 않았다. 예술가는 이런 모든 것을 잘 포착하여, 빛과 색에 의해 그때그때 역사적으로 불러일으킨 정취를 자기 것으로 만드는 것에 익숙하기 때문에 빌헬름은 몇 날 몇 시간씩을 큰 감동 속에서 보냈던 것이다.

수많은 도화지 위에, 미뇽은 전에 살아 있던 시절 그대로의 모습으로 그려졌다. 이것은 빌헬름이 들려준 자세한 이야기가 친구의 타고난 상상력에 도움을 주어, 뭉뚱그려져 생각되어왔던 것을 구체적인 인격체로 좁혀진 틀 속에 끼워넣을 수 있었기 때문이다.

이렇게 하여, 사내아이 같은 이 소녀는 온갖 자세와 갖가지 의미로 그려졌다. 웅장하고 아름다운 별장 현관의 둥근 기둥 아래에 서서 생각에 잠긴 채 현관의 입상을 바라보는가 하면, 매어둔 작은 배에 탄 채 물장구를 치면서 몸을 흔들거나, 한편으로 대담한 뱃사람 같은 모습을 보였다.

그런데 그중 그림 한 점이 남달리 훌륭했다. 그것은 이 예술가가 빌헬름을 만나기 전에 이곳으로 오는 여행길에서 그린 아주 특색 있는 그림이었다. 거친 산 한가운데에서 이 가련한 사내아이 같은 소녀는 깎아지른 절벽에 에워싸여 폭포의 물보라를 뒤집어쓰면서 정체를 알 수 없는 무리 속에서 빛났다. 이토록 무섭고 험한 깊은 산속의 골짜기가 이처럼 가련하고 의미심장한 장식물로 인물을 꾸며주었던 예는 아마 흔치 않을 것이다. 집시와도 같은 형형색색의 한 무리는 야만적인 동시에 환상적이고, 이색적이며 비속하고, 두려움을 일으키기에는 모자란 듯하고, 신뢰를 불러일으키기에는 너무나 기이하다. 억센 짐바리 말들이 통나무 깐 길 위를 지나 바위를 깎아 만든 계단을 내려오면서 잡다한 짐들을 질질 끌듯이 운반해 간다. 짐 주위에는 모든 악기가 함께 매달려 있어 요란한 소리를 내면서 이따금 귀를 괴롭힌다. 이런 모든 것 사이에 섞여서 이 가련한 아이는 마지못해, 하지만 끌려가고 있는 것은 아닌 듯 깊은 생각에 잠겨 거역하지도 않고 반항하지도 않으며 함께 간다. 이렇듯 눈길을 끄는 그림을 보고 어느 누가 즐거워하지 않겠는가. 빽빽하게 몰려 있는 바윗덩어리의 거대한 모습은 힘 있게 솟아 올랐고 모든 것을 단절시키는 시커먼 협곡은 골짜기에 또 골짜기가 겹쳐 있어, 아슬아슬하게 가로놓인 다리 하나가 바깥세상과 연결된다는 가능성을 암시해 주지 않았더라면 모든 출구가 가로막혀버린 듯 느껴졌으리라. 예술가는 또한 시와 진실을 하나로 만드는 풍부한 감각으로 동굴 하나를 인상 깊게 그려내었다. 그것은 자연이 만들어낸 거대한 결정으로, 또는 옛날이야기에 나오는 무서운 용(龍)들의 거처로도 생각되는 것이었다.

성스러운 외경심을 품고 두 사람은 후작*15의 호화로운 저택을 찾았다. 늙은 후작은 아직 여행에서 돌아오지 않았다. 그러나 두 사람은 세속의 관청이든 종교적인 관청이든 간에, 그것들과 서로 잘 지내는 방법을 터득하고 있었기 때문에 여기서도 따뜻한 예우를 받았다.

한편 빌헬름은 저택의 주인이 없다는 것을 다행으로 생각했다. 왜냐하면 그는 이 고귀한 사람과 기꺼이 다시 만나 마음으로부터의 인사를 나누고는 싶었

---

* 15 《수업시대》에서 미뇽의 장례식 때, 미뇽의 큰아버지라고 소개된 인물. 이 후작은 독일여행에서 아직 돌아오지 않고 있다.

지만, 상대가 은혜를 입었다고 느낀 나머지 그의 성실한 행위에 대해 지나친 환대를 베풀지나 않을까 두려웠기 때문이다. 그 일에 대해서는 이미 후한 보답을 받았던 것이다.

두 사람은 자그마하고 깨끗한 배를 타고서 호수*16의 기슭에서 기슭으로 사방을 노저어갔다. 일 년 가운데 가장 아름다운 계절이어서 호수를 둘러싼 모든 자연이 나무랄 데 없는 장관을 이루었다. 하늘의 빛깔이 창공에서 부서져 내려와 호수와 대지에까지 아낌없는 빛과 색을 내리 퍼부었고 이들의 반사 속에서 비로소 그 장려함을 드러냈다. 그들은 해돋이와 해넘이는 물론, 하루 사이에도 천 가지로 변하는 색의 조화들을 어느 것 하나 놓치지 않았다.

자연에 의해 저절로 씨가 뿌려지고 인간의 손으로 재배된 풍부한 식물의 세계가 어디에서든 두 사람을 에워쌌다. 벌써 밤나무숲이 그들을 반갑게 맞아준 바 있었다. 이제 늙은 소나무 그늘 아래에서 쉬면서, 월계수가 높이 솟고, 석류가 붉어지고, 오렌지나무와 레몬나무에 꽃이 피고, 그 무성한 나뭇잎 그늘에서 빛나듯 얼굴을 내밀고 있는 열매들을 보면서 그들은 어쩐지 서글픈 미소를 짓지 않을 수가 없었다.

이 새로운 길동무 덕분에 빌헬름에게는 다른 즐거움이 생겼다. 우리의 오랜 주인공은 그림을 보는 눈은 없었다. 그러므로 여태까지는 인간의 모습에서 볼 수 있는 아름다움만을 느껴왔지만, 전혀 다른 즐거움과 활동으로 훈련을 받은 친구를 통해 비로소 그는 주위 세계에 새로이 눈을 뜨게 된 것이다.

시시각각으로 변하는 주위 경치의 아름다움에 대한 이야기를 나누며 새로이 알게 되는 것이라든지, 그것을 중심으로 묘사하는 것을 배운다든지 하면서 그의 눈은 트여갔다. 그리고 이때까지 완고하게 품었던 모든 의혹으로부터 해방되었다. 이탈리아 지방을 묘사한 그림을 보면서 일찍이 그는 의아한 것이 많았었다. 하늘은 너무나 푸르른 듯이 여겨졌고, 아름다운 원경을 그린 보랏빛 색조는 호감 가기는 하지만 사실적이지 않아 보였으며 갖가지 또렷한 초록색은 지나치게 다채롭다 생각했다. 그러던 것이 지금은 새로운 친구와 더불어 친밀하게 마음을 터놓기에 이르자, 본디 감수성이 풍부한 그는 친구의 눈으로 세계를 보는 방법을 배웠던 것이다. 그러자 자연은 자신이 품은 아름다움의 공공

---

*16 이탈리아의 마지오레 호수를 말한다.

연한 비밀을 열어 보여주었다. 이제 그는 아름다움의 가장 적절한 해설자로서의 예술에 무한한 동경을 느끼지 않을 수 없었다.

그런데 전혀 뜻밖에 이 화가 친구는 또 다른 면에서 빌헬름을 흡족하게 해주었다. 이 친구는 이따금 쾌활한 노래를 부르곤 하여, 넓디넓은 호반 위에서의 조용한 뱃놀이 시간에 기분 좋은 활기를 불어넣어 주기도 했다. 그러던 어느 날 그는 한 성채에서 아주 독특한 현악기를 발견했다. 그것은 라우테(류트)라는 작은 현악기로, 야무지고 더할 나위 없이 뛰어난 소리를 냈다. 손에 쥐기에 알맞고 들고 다닐 수도 있었다. 그는 금방 악기를 조율하여 능숙하게 연주를 해서 그 자리에 있던 사람들을 즐겁게 해주었다. 이로 말미암아 그는 새로운 오르페우스*¹⁷로서 여느 때에는 엄격하고 쌀쌀한 집사의 마음까지도 부드럽게 만들었고, 은근하게 부탁하여 이 악기를 한동안 빌리기로 했다. 단 떠날 때에는 정직하게 되돌려줄 것과 일요일이나 축제일에는 가끔 찾아와서 집안사람들을 즐겁게 해주어야 한다는 조건을 달고서.

이제 호수와 그 일대는 새로운 활기를 띠었다. 보트와 거룻배는 앞 다투어 그들 가까이로 다가왔다. 화물선과 장삿배까지도 그들 가까이에 머물렀고 사람들이 줄지어 호숫가로 뒤쫓아왔다. 그들이 상륙하면 순식간에 흥에 겨운 사람들에게 둘러싸이기도 했고 다시 배를 타고 기슭을 떠나면 누구나 만족스러운 얼굴로, 또 부러운 마음으로 축복해 주기도 했다.

제삼자의 눈으로 본다면, 이들 두 사람의 사명은 엄밀히 말해서 이미 끝났다고도 볼 수 있다. 미농과 관계되는 지방과 장소는 모두 그려져 빛과 그늘까지 표현되어 색이 칠해져 있었고, 또 어떤 것은 뜨거운 한낮에 정확하게 완성되어 있었기 때문이다. 이 작업을 수행하기 위해 그들은 좀 독특한 방법으로 이곳저곳을 옮겨다녔다. 왜냐하면 빌헬름의 서약*¹⁸이 이따금 장애가 되었기 때문이다. 그러나 그들은 이 서약은 육지에서만 통용될 뿐이지 물 위에서는 적용되지 않는다 해석함으로써 때로는 서약을 피해갈 줄도 알았다.

빌헬름 스스로도 자기들의 본디 목적이 이제 완성되었다고 느꼈다. 하지만

---

*17 그리스 신화에 나오는 악사(樂士)의 이름. 그의 출중한 음악은 자연까지도 감동시켰다고 한다.

*18 '탑의 결사'의 계율에 따른다는 서약. 곧 사흘 이상을 같은 지붕 아래에 머물러 있어서는 안된다는 서약.

이곳을 아무 미련없이 떠나려면 힐라리에와 아름다운 과부*¹⁹를 만나는 소망도 이루어져야 한다고 생각했다. 그러한 이야기를 들은 화가 친구도 호기심이 일어, 자기 그림 가운데 아직 한 자리가 비어 있다면서 흐뭇해하고는, 그처럼 매력적인 여성들의 모습으로 그 비어 있는 곳을 아름답게 장식할 수 있다면 얼마나 좋을까라고 생각했다.

이제 그들은, 뱃사람들에게 여기에서 친구들을 만나겠노라는 희망을 알려놓고, 호반 위 이쪽저쪽을 배로 물살을 가르며 떠다녔다. 얼마 안 있어, 아름답게 꾸민 화려한 배가 그들에게 미끄러지듯 다가오는 것이 보였다. 그들은 곧장 그 배를 끌어당겨 올라타려고 했다. 여인들은 좀 당황해했지만 빌헬름이 보여준 저 종이쪽지*²⁰에 자신들이 그린 화살표를 알아채고 곧 침착을 되찾았다. 이윽고 두 사람은 여인들의 배에 오르라는 친절한 초대를 받아들였다.

조금 전까지만 해도 우리가 이야기했던 두 여성과 벌써 몇 주에 걸쳐 우리가 함께 여행을 계속해 온 두 남성을 상상해 보라. 네 사람이 우아한 분위기의 선실에 모여 지극히 행복한 세계 속에서 서로 마주앉아, 산들바람을 받으며 반짝이는 파도와 함께 흔들리는 광경을 그려보라. 그들은 서로 위험한 관계라고 생각될 수도 있으나 아주 우아하고 아름다운 상태에 있음도 알 수 있다.

스스로 원해서건 마지못해서건, 이미 체념의 결사에 속해 있는 세 사람에 대해서는 그리 걱정할 필요는 없다. 그러나 네 번째 사람인 화가는 너무 빨리 그 결사에 들어오게 되었다고 생각할지도 모르겠다.

두세 번 호수를 가로지르며 기슭과 섬들의 절경을 둘러보고 난 뒤 여인들은 오늘 밤 묵기로 되어 있는 장소로 안내되었다. 거기에는 이 여행을 위해 고용된 유능한 안내자가 있어서 더할 나위 없는 편의를 제공받을 수 있었다. 그런데 빌헬름의 서약은 아주 적절한 조정자이기는 했지만 이 경우에는 형편이 좋

---

*19 《쉰 살의 남자》에 나오는 여자들로, 그녀들도 이제는 체념의 인물들로서 이탈리아를 여행하고 있다.

*20 이 작품의 초고에는 헤르질리에가 단편 《쉰 살의 남자》를 빌헬름에게 보내는 것으로 되어 있다. 지도에서 작게 오려낸 종이쪽지를 첨부한 그녀는, 빌헬름에게 이 종이를 큰 지도 위에 놓게 되면 그 위에 그려져 있는 화살표가 찾고 있는 사람의 행방을 가리켜줄 거라 말했다. 또한 초고에서는 빌헬름이 큰 지도에다 작게 오려낸 종이쪽지를 갖다대었을 때 바늘이 미뇽의 출생지를 가리키는 것을 보고 놀라는 내용이 들어 있으나 개정판에서는 모두 삭제되었다.

지 않았다. 두 친구는 이곳에서 사흘 동안 지내면서 이 부근의 볼 만한 곳은 모두 보았기 때문에 서약에 구속받지 않는 화가 친구는 육지까지 여인들을 바래다주고 싶다며 허락을 청했지만 여인들은 거절했다. 그래서 그들은 선착장에서 조금 떨어진 곳에서 작별을 고했다.

노래에 자신 있는 화가 친구가 배에 뛰어올라, 배가 기슭에서 떠나자마자 라우테를 잡고서 아름다운 가락을 타기 시작했다. 그것은 베네치아 뱃사람들이 육지에서 바다로, 바다에서 육지로 울려퍼지게 해서 하소연하는 듯한 노래였다. 이번에는 특히 다정하게 가락을 뜯어서 풍부한 표현을 하려고 애썼다. 배가 떠나감에 따라 점점 소리를 높였기 때문에, 기슭에 있는 사람들에게는 그 남자가 계속 같은 거리에서 현악기를 타는 것처럼 들렸다. 마지막에는 라우테 타는 것을 그만두고 노래만 했는데, 그 노랫소리에 여인들이 기슭에 머물러 있는 것을 보고는 만족했다. 그는 감격한 나머지, 곳곳이 어두워지고 배도 호수 기슭으로부터 멀어져 보이지 않게 될 때까지 계속 노래를 불렀다. 그러자 마음의 평정을 잃지 않고 있던 빌헬름이 노랫소리와 밤의 고요는 잘 어우러지기는 하나 배는 이미 노랫소리가 닿을 만한 거리를 벗어났다고 주의를 주었다. 아쉬운 노랫가락은 차츰 밤 호숫가로 긴 꼬리를 감추며 사그라져갔다.

네 사람은 약속대로 이튿날 다시 드넓은 호수 위에서 만났다. 그들은 날듯 노를 저으면서 나란히 늘어서 있는 듯하기도 하고 또한 각도에 따라서 변하는 듯한 일련의 경관에 감탄을 연발했다. 맑은 수면 위로 그 모습이 비쳤으므로 배를 가까이 몰고 가 수면 위의 풍경을 부수어 보기도 하며 즐거워했다. 게다가 화가 친구가, 뱃놀이 중 잠시 놓쳐버린 풍경들을 도화지 위에다 그렸기 때문에 지나고 난 뒤에도 그 멋진 모습들을 다시금 음미할 수 있었다. 힐라리에는 말을 많이 하지는 않았으나 이 모든 것을 이해하는 아름답고 자유로운 감각을 지니고 있는 것 같았다.

그런데 점심때가 되어 또다시 멋진 일이 벌어졌다. 여인들만이 뭍에 오르고 남자들은 나루터 앞을 가로질러 지나가고 있었다. 그때 화가 친구는 그처럼 가까운 거리에 알맞은 창법의 노래를 불러보려 했다. 요들적인 강약을 번갈아 뒤섞어 노래 부르는 저 일반적인 그리움의 가락뿐 아니라, 밝고 고상하게 호소하는 가락으로도 어딘지 모르게 그럴듯한 효과가 생겨나는 것 같았다. 그래서 우리가 《수업시대》에서 연인들의 입을 통해 들었던 노래가 하나 둘 이제는 현(絃)

위에, 입술 위에 막 오르려 했다. 그러나 그는 생각 끝에 참기로 했다. 그런 노래로 그녀들의 마음을 뒤흔들어놓고 싶지 않다는 세심한 배려에서였는데, 실은 그 자신에게도 그럴 필요가 있었기 때문이다. 대신 그것과는 다른 영상과 감정을 동원하여 애틋한 정을 담아 노래했다. 그것이 도리어 듣는 이들의 귀를 간질이듯 기분 좋게 울려와 노래의 효과를 훨씬 드높여주었다. 만일 그들의 여자 친구가 맛있는 음식을 보내주지 않았더라면 그들은 먹는 것도 마시는 것조차 잊은 채 나루터를 노래로 가득 메웠으리라. 맛있는 음식과 그에 곁들여진 포도주가 그들의 미각을 자극하여 더 이상 멋진 노랫소리는 들리지 않았다.

싹트는 정열을 가로막는 그 어떤 고립이나 제약도, 정열을 약화하기는커녕 오히려 한결 달아오르게 하는 법이다. 이 경우에도 잠시 동안이나마 서로 만나지 못한 것이 서로에게 그리움을 불러일으킨 것이 아닐까. 과연 그러했다. 여인들이 눈부실 만큼 경쾌한 곤돌라를 타고 곧장 다시 이쪽으로 오고 있는 것이 보였다.

여기에서 이야기한 곤돌라는 베네치아식의 슬픈 배라는 의미가 아니라, 배에 타려는 사람이 두 배로 많아진다고 해도 충분히 수용할 만한 넓이의 명랑하고 쾌적하며 호감이 가는 배를 말한다.

이렇듯 독특한 방법으로 만났다 헤어지고, 떨어졌다 함께하고 하면서 며칠이 지나갔다. 더할 수 없이 유쾌한 모임을 즐기는 사이에도 언제나 이별의 두려움이 감동 넘치는 영혼 앞에 감돌고 있었다. 새로운 친구를 눈앞에 두면 옛 친구들이 생각난다. 그러다가 새 친구들과도 헤어지고 나면 그들과 나누었던 추억이 강하게 남는다는 것을 우리는 또한 인정한다. 오직 우리의 아름다운 과부처럼 인생의 시련을 거쳐 차분해진 정신의 소유자만이 이런 때에도 마음의 평정을 잃지 않을 수 있었다.

힐라리에는 마음의 상처가 너무나 컸기 때문에 이 새롭고 순수한 감동을 받아들일 수가 없었다. 그러나 아름다운 대지의 멋진 경치가 마음을 부드럽게 어루만지며 우리를 보듬어 안을 때면, 그리고 다정다감한 친구들의 온정이 마음으로 전해질 때면 이미 지나가버린 것을 꿈처럼 되불러와 지금 눈앞에 있는 것을 마치 환영인 양 유령처럼 멀어지게 만드는 어떤 독특한 것이 우리의 정신과 감각에 찾아오는 것이다. 이렇듯 서로 이쪽저쪽으로 흔들려 끌려가다가도 떨어지고, 가까이 가다가도 멀어지면서 그들은 격정적인 며칠을 보냈다.

이들의 이런 관계를 자세히 관찰하지는 않았지만, 세상 경험이 풍부한 길 안내자는 여주인들의 조용한 태도 속에 이제까지와는 다른 어떤 변화가 조금씩 나타나고 있음을 눈치챘다. 하지만 이런 상태는 단지 한때의 변덕과 같은 것임을 알아차렸을 때, 그는 아주 유쾌한 일을 꾸며 사태를 수습하는 방법을 알고 있었다. 다시 말해 남자들이 식탁이 준비되어 있는 장소로 안내하려고 했을 때 화려하게 꾸며진 다른 배가 찾아와 그녀들의 배에 바싹 다가가 연회 때에 볼 수 있는 맛있는 요리가 준비된 훌륭한 식탁을 보이면서 유혹했던 것이다. 이렇게 하여 사람들은 꽤 오랜 시간을 함께 지냈고, 여느 때처럼 밤이 되어서야 비로소 헤어졌다.

남자 친구들은 이제껏 뱃놀이를 하면서도 인공적으로 가장 아름답게 꾸며 놓은 섬*21에는 올라가보지 않고 있었다. 그들은 있는 그대로의 자연을 숭배해야 한다는 심정에서, 자연계의 멋진 광경을 다 보기까지는 그 섬의 인공 장식을 여인들에게는 보이고 싶지 않았다. 그러나 순간적으로 다른 생각이 떠올랐다. 그들은 안내인에게 자세한 이야기를 했고 안내인은 서둘러 그 섬으로 떠났다. 모두들 좋은 생각이라 여기고서, 인가와 멀리 떨어진 이 섬에 모여 세상을 벗어난 듯한 즐거운 사흘을 보낼 희망과 기대에 가슴이 부풀어올랐다.

앞에서 말한 여행 안내자는 활동적이고 자기 일에 숙달된 사람이었다. 그는 신분 높은 사람들을 많이 안내했고, 같은 길을 여러 번 가보아서 어디가 편하고 어디가 불편한지 훤히 알았기 때문에, 불편한 쪽은 피하고 편한 쪽은 이용하면서, 자기의 이익을 소홀히 하지 않고서도 손님들이 자기 힘으로 여행할 때보다 훨씬 싸게, 그리고 만족할 수 있게 그곳을 안내할 수 있었다.

동시에 여인들을 시중드는 쾌활한 하녀가 이번 기회에 처음으로 활동적인 진면목을 드러냈다. 그래서 아름다운 과부는 두 남자 친구에게 대단한 대접은 해드릴 수는 없으나 괜찮다면 자신의 손님으로 묵어도 좋다고 초대할 수 있었다. 이 경우에도 모든 일은 이를 데 없이 잘 진행되어갔다. 왜냐하면 전에도 그랬듯 이번에도 빈틈없는 지배인이라고 할 수 있는 여행 안내자가 여인들이 가지고 있었던 소개장을 지혜롭게 이용할 줄 알았으므로, 주인이 부재중임에도 저택과 정원과 부엌을 마음대로 사용할 수 있도록 개방한다는 약속을 받았을

---

*21 17세기에 테라스식 정원으로 만들어진 섬, '이졸라 벨라'를 말한다.

뿐 아니라 지하실까지도 쓸 수 있도록 주선했기 때문이다. 이렇듯 모든 것이 순조롭게 진행되었기 때문에 사람들은 처음부터 마치 그곳이 제집인 양, 태어나면서부터 그러한 낙원의 주인이기라도 한 것 같은 느낌을 갖게 되었다.

여행자들의 짐은 남김없이 즉각 섬으로 옮겨졌다. 그 짐에는 화가 친구의 화집 전부가 함께 들어 있었기 때문에 그의 그림을 감상하면서 그가 걸어온 길을 쫓아 상상할 수 있는 기회가 마련되었다. 사람들은 훌륭한 작품을 접하게 되자 기뻐 어쩔 바를 몰랐다. 호사가와 예술가가 서로를 치켜세우는 그런 것과는 달리 모두들 여기서는 뛰어난 한 예술가에게 진심에서 우러나는 찬사를 보냈다. 그러나 여기에서 우리는, 실제로 보여주지는 못하고 무책임한 문구만을 나열하여 믿음이 깊은 독자에게 판단을 마구 강요한다는 의심을 받지 않도록 하기 위해, 그의 그림에 대한 한 전문가의 비평을 신도록 하겠다. 이 사람은 그 뒤 오랫동안 지금 문제되고 있는 그림과, 이와 비슷한 경향을 가진 작품에 찬사를 아끼지 않았다.

"그는 한적한 호수의 밝은 고요를 그려내는 데 성공했다. 호숫가에 늘어선 다정한 집들이 맑은 수면에 그림자로 비쳐서 마치 더없이 맑은 물에서 목욕을 하는 것처럼 보였다. 기슭은 푸른 언덕에 둘러싸였고, 언덕 뒤에는 숲으로 덮인 산들과 빙설을 이고 있는 산봉우리가 우뚝 솟아 있다. 이런 광경을 담은 색조는 밝고 명랑하며 맑았다. 원경은 어렴풋이 피어나는 아지랑이로 덮인 듯했다. 아지랑이는 시냇물이 뚫고 흐르고 있는, 저지대와 골짜기로부터 한층 더 떠올라와 회백색의 넘실거림을 보여주고 있다. 알프스에 훨씬 가까운 골짜기의 경관 묘사도 이 화가의 솜씨는 전의 것에 못지않게 칭찬 받을 만하다. 그 그림 속에서는, 산허리 전체를 덮은 빽빽이 들어선 울창한 숲이 골짜기 밑바닥까지 이어져 있고 청량한 물결이 바위 아래쪽을 휘감으며 거세게 구르듯 흘러내려가고 있다.

전경(前景)에 배치된, 짙은 그림자를 띠고 있는 나무들의 묘사도 저마다 종류를 달리하는 성격을 그 전체의 모습이나 나뭇가지의 모양새, 우거진 한 무더기의 나뭇잎 하나하나에 이르기까지 흡족하게 나타낼 줄 아는 묘미를 보여준다. 갖가지 모양과 색채의 농담이 어우러진 신선한 초록 들판이 너무도 생생했고 그 안에서 마치 미풍이 부드러운 숨결로 일어 찬란한 빛의 자취가 살아 움직이는 듯한 느낌마저 들게 한다.

중경(中景)에서는 싱싱한 초록 색조가 차츰 둔해지고 멀리 산꼭대기에서는 엷은 보랏빛이 되어 하늘의 푸른빛과 잘 어울렸다. 솜씨가 더욱 돋보이는 곳은 높은 알프스 지방의 묘사, 즉 이곳의 우람한 자태와 고요함, 이를 데 없이 신선한 푸르름에 덮인 산비탈에 펼쳐진 목장이다. 오래되어 색이 짙어진 전나무가 융단과도 같은 잔디에서 키를 세우고 있고, 높은 암벽에서는 계곡물이 거품을 일으키며 쏟아져 내린다. 한가로이 풀을 뜯고 있는 소는 목장을 점령하고, 바위를 둘러싸고 나 있는 꾸불꾸불한 산 길 위에는 짐을 실은 말이나 당나귀들이 걷고 있다. 이것들 모두가 적절한 장소에 무리없이 들어차 있으며 그림에 생기를 불어넣고 있었으나, 그 가운데에서도 조용한 쓸쓸함을 어지럽게 하지 않고 자리한다. 그는 그림의 마무리에서 영국제의 광택 있는 물감을 사용했기 때문에, 유난히 색채가 화려하고 밝으면서 동시에 힘차고 강한 느낌을 준다.

깊은 협곡을 그린 그림에는 주위에 죽은 듯한 암석이 우뚝 솟아 있을 뿐이고 위험스런 다리가 걸려 있는 아득한 심연에 사나운 물살이 미친 듯이 날뛰고 있어서 앞의 작품들만큼 호감을 주지는 못하지만, 그 진실성만큼은 매력을 잃지 않는다. 단 몇 차례의 중요한 붓놀림과 부분마다 돋보이게 하는 적은 양의 자연색으로 나타나는 전체의 커다란 효과에 감탄할 뿐이다.

그는 마찬가지로 고산지대의 특성도 잘 그려낼 수 있었다. 그곳에는 이제 나무와 덤불은 자라지 않고 다만 바위 꼭대기와 눈을 이고 있는 산꼭대기 사이에 부드러운 잔디로 덮인 볕이 잘 드는 평지가 있을 뿐이다. 그는 이런 장소에 자못 아름다운 푸르른 안개와 같은 매혹적인 채색을 지녔지만 풀을 뜯는 가축들은 그려넣지 않는 사려 깊음을 보여준다. 왜냐하면 고지대에서는 단지 영양의 먹이만 자랄 뿐이며 마른풀을 베는 산사람들에게는 위험한 일거리만 주기 때문이다."

지금 우리가 사용한 '마른풀을 베는 산사람들'이라는 말을 간단하게만 설명해도 이런 불모지대의 상황을 가능한 한 자세하게 독자들에게 알려드리는 데 부족하지 않을 것이다. 이런 말로 불리는 이 사람들은 가축들이 절대로 갈 수 없는 초지(草地)에서 풀을 베어 말리는 고산지의 가난한 주민들이다. 이 때문에 그들은 갈고랑이가 달린 등산화를 신고, 한없이 험한 낭떠러지를 기어올라가기도 하고, 또 필요한 경우에는 높은 암벽에서 밧줄을 타고 초지로 내려가기도 한다. 이리하여 풀을 베어 말려서 마른풀이 되면, 그들은 그것을 높은 언덕에서 깊은 골짜기 바닥으로 내던져 놓았다가 많이 모이면 가축 소유자에게 판다. 질이 좋기 때문에 사는 사람은 기쁜 마음으로 그것을 구입하는 것이다. 이 그림을 실제로 본 사람들은 누구나 즐거움을 느끼고 마음이 끌렸지만, 힐라리에는 특히 아주 큰 관심을 기울여 이것을 바라보았다. 그녀의 의견은 그녀 자신이 이 분야에 문외한이 아니라는 사실을 나타내주었으며, 이 점을 가장 잘 알아차린 사람은 과연 화가였다. 그로서는 다른 어느 누구에게서보다도 더없이 아름다운 그녀에게 인정받는 것이 가장 흐뭇했을 것이다. 이렇게 되자 연상의 여자 친구도 이제는 가만히 있을 수 없었다. 그녀는 힐라리에가 언제나 이런 식이다, 이번에도 자기 솜씨를 발휘하는 것을 망설이고 있다, 말하면서 힐라리에를 꾸짖었다. 지금 중요한 것은 칭찬을 받는다든지 비난을 받는다든지 하는 것이 아니라 배우는 것이라면서 이 이상 더 좋은 기회는 아마 두 번 다시는 오지 않을 것이라고 말하는 것이었다.

그래서 힐라리에가 할 수 없이 자신의 화집을 꺼내 보였을 때, 이 온순하고 귀엽기 이를 데 없는 아가씨에게 얼마나 뛰어난 재능이 감추어져 있었던가가 처음으로 드러났다. 재능은 타고난 것인데다가 훈련되어 있었다. 그녀는 사물을 충실하게 보는 눈과 정밀한 솜씨를 가지고 있었다. 이런 손재주가 있으면, 부인들은 이 밖의 장신구나 장식품을 만들 때에도 훌륭한 기량을 떨칠 수 있는 것이다. 물론 붓솜씨는 아직은 확실치 않고, 따라서 대상의 특징이 충분히 표현되지는 않았지만 정성스러운 마무리 실력은 남김없이 칭찬받아 마땅했다. 그러나 단지 이 경우에도 전체가 아주 효과적으로 파악되었다거나, 또 예술적으로 잘 조절되었다고는 할 수 없었다. 그녀는 대상에 충실치 못하면 대상을 욕되게 하는 것은 아닐까 두려운 나머지 겁이 나서 세부적인 면에만 얽매여 있는 것 같았다.

그러나 마침내 그녀는 자유로운 재능을 지닌 이 예술가의 대단한 수법에 자극받아 자기 안에서 조용히 잠자던 미적 감각과 판단력이 서서히 되살아나고 있음을 느꼈다. 그녀는 용기를 내지 않으면 안 된다는 것, 예술가가 근본적으로 친절한 가운데에서도 되풀이하여 가르쳐준 몇 가지 주요 원리를 진지하고도 정직하게 지키지 않으면 안 된다는 사실을 깨달았다. 이리하여 붓놀림에 자신이 생기면서 전체보다 세부에 매달리는 일이 점차 줄어들었고, 그녀의 훌륭한 재능을 숙달된 역량으로 꽃피우게 되었던 것이다. 그것은 마치 우리가 이전에는 알아차리지도 못하고 지나쳐온 장미꽃 봉오리가, 아침이 되어 햇빛이 떠오름과 동시에 우리의 눈앞에서 꽃을 피우고 눈부신 빛줄기 속에서 싱그러이 떨고 있는 모습을 보는 것 같았다.

이런 미적인 성숙에는 도덕적인 효과 또한 뒤따르기 마련이다. 왜냐하면 결정적인 가르침을 베풀어준 사람에 대한 마음속 깊은 감사가 순수한 영혼을 지닌 사람에게 마술적인 감화를 주기 때문이다. 이번 일로 힐라리에의 마음에 복받쳐오르는 것은 오랫만에 비로소 맛보는, 신이 나서 들뜨는 것과 같은 그런 즐거운 기분이었다. 처음 며칠 동안은 멋진 세계를 눈앞에 두고 보기만 하다가, 한순간 갑자기 완전한 묘사 능력이 주어졌음을 느끼게 된 것이다! 선과 색으로써 말로는 다 할 수 없는 것에 도전한다는 것은 얼마나 큰 기쁨인가! 그녀는 새로운 청춘의 도래에 놀라움을 느꼈다. 그리고 이 행복을 가져다준 사람에게 이상하게도 마음이 끌리는 것을 어찌할 수가 없었다.

두 사람은 나란히 앉아 있었다. 예술의 비결을 전달하려고 하는 것과, 그것을 파악하고 연습하려는 것 가운데 어느 쪽이 더 앞섰을까. 그것을 판단하는 일은 불가능했을 것이다. 스승과 제자 사이에 행복한 경쟁이 시작되었다. 친구인 예술가가 때로 그녀의 도화지에 충고조로 붓을 대려고 하면 그녀는 공손하게 그것을 거절하고 서둘러 그가 원하는 표현을 곧 해내어, 그럴 때마다 친구인 스승을 놀라게 하는 것이다.

드디어 마지막 밤이 찾아왔다. 빛나고 밝은 둥근달이 떠올라와 낮에서 밤으로 바뀌는 것도 못 느낄 정도였다. 일행은 가장 높은 테라스에 모여 여기저기에서 빛을 받아 주위에 반사하는 조용한 호수를 굽어보았다. 호수는 길이로 볼 때는 일부 감추어져 있었지만 폭은 어느 곳이든 멀리 바라볼 수 있었다.

이런 상태에 있을 때에는 어떤 말을 꺼내든 결국 이제까지 백 번도 더 이야기한 것, 즉 찬란한 태양과 부드러운 달빛의 영향 아래 있는 이 하늘과 이 물결, 그리고 이 대지의 온갖 뛰어난 점을 다시 한 번 화제에 올려 그 뛰어난 점만을 서정적으로 찬미하지 않을 수 없었다.

그러나 아무도 입 밖에 내지 않는 것이 있었다. 누구도 감히 자기 자신에게까지도 고백하려고 하지 않는 것, 강약의 차이는 있지만 모든 사람의 가슴에 한결같이, 거짓없이 절실하게 치밀어오르는 슬픈 감정이 그것이었다. 이별의 예감, 그것이 일행의 위로 퍼져나갔다. 그리고 차츰 깊어가는 침묵이 거의 참을 수 없을 정도가 되었다.

그때 노래에 능한 화가가 용기를 내어 악기를 잡고, 이전의 신중한 자중심도 잊고, 힘차게 서주(序奏)를 연주하기 시작했다. 미뇽의 모습이, 저 사랑스러운 아이의 최초의 부드러운 노래와 함께 그의 눈앞에 떠올라왔다. 엄청난 정열에 이끌리어 그리움에 가득 찬 손가락 놀림으로 음색이 좋은 현을 타면서 그는 노래 부르기 시작했다.

그대는 아는가 그 나라를,
레몬꽃이 피고 어두운 나뭇잎 그늘가에는 ……

너무나 감동한 힐라리에는 일어서서 얼굴을 가리며 자리를 뜨고 말았다. 아름다운 과부는 노래 부르는 화가에게 제발 그만, 하면서 한쪽 손을 흔들고, 다른 한 손으로는 빌헬름의 팔을 잡았다. 정말로 당황한 청년 화가는 힐라리에의 뒤를 쫓아갔다. 훨씬 냉정했던 과부는 빌헬름을 끌어당겨 두 사람의 뒤를 따라갔다. 이렇게 하여 네 사람은 함께 하늘 높이 비치는 달빛을 받으면서 마주보고 서게 되었고 모두의 감정을 더는 감출 수 없었다. 여자들은 서로의 팔에 몸을 던졌고, 남자들은 껴안았다. 하늘의 달만이 이처럼 거룩하고 순수한 눈물의 증인이 되어주었다. 서서히 정신을 돌이키고 모두는 말없이 묘한 감정과 소망을 품은 채 서로 헤어졌다. 그러나 희망이 이루어지리라는 기대는 이미 끊어져 있었다. 우리의 예술가는 친구 빌헬름에게 억지로 끌려가면서 이 엄숙하고도 쾌적한 밤의 숭고한 하늘 아래서 체념하는 사람들이 느끼는 이루 말할 수 없는 고통으로 빠져드는 것을 느꼈다. 이미 이런 고통을 견뎌낸 적 있는 다른 친구들도 또다시 괴로운 시련을 겪어야 하는 위험에 처해 있음을 깨달았다.

밤이 이슥해져서야 젊은 남자들은 잠자리에 들었다. 이튿날 아침 일찍 눈을 뜨고 정신을 차려, 이 낙원과의 이별을 견디어낼 수 있을 만큼 강해졌다고 생각했다. 그러고는 어떻게 해야 의무를 지키면서 그녀들 가까이 머무를 수 있을지 여러 계획을 가다듬었다.

그러다 그들은 여인들에게 제안을 전하려던 터에, 여인들은 이미 날이 밝기가 무섭게 떠나버렸다는 전갈을 받고는 깜짝 놀라지 않을 수 없었다. 우리 마

음에 여왕으로 남아 있는 여인의 손으로 씌어진 한 통의 편지가 더 자세한 이
야기를 들려주었다. 그러나 그 편지에 적혀 있는 내용이 분별심인지 호의인지,
애정인지 우정인지, 수고에 대한 감사인지 남모르게 쑥스러워하는 선입견의 표
현인지 판단을 내리기는 쉽지 않았다. 유감스럽게도 편지 끄트머리에는 엄한
요구가 담겨 있었다. 자기들의 뒤를 쫓지도 찾지도 말 것이며, 우연히 만나더라
도 양심에 따라서 서로 피하고 싶다는 것이다.

　이제 젊은이들에게 이 낙원은 요술지팡이로 얻어맞은 것처럼 완전한 황야로
변해 버렸다. 그 순간, 그처럼 아름답고 진기한 환경을 대한 자신들의 태도가
얼마나 부당하고 배은망덕했는지를 확실하게 알아차렸더라면, 그들도 틀림없
이 자기 자신을 되돌아보며 미소지었으리라. 아무리 심한 제멋대로의 우울증
환자라도, 무너져내릴 것 같은 건물, 내버려진 담벼락, 비바람을 맞아 썩어가는
탑, 풀이 더부룩하게 자란 통로, 말라버린 나무들, 이끼 끼어 곰팡내 나는 인
공동굴, 이 밖에 눈에 띄는 모든 것을 시샘하듯 그들처럼 날카롭게 갖은 악담
을 퍼붓지는 못했을 것이다. 그러나 그들은 그러는 사이에 이럭저럭 사태에 대
응할 수 있을 만큼 기분을 새로이 다잡았다. 우리 예술가는 정성스레 작품들
을 챙겨 짐을 꾸렸고 이윽고 두 사람은 배에 올랐다. 빌헬름은 호반의 위쪽 지
방까지 화가를 배웅했고, 이전에 약속한 대로 자신은 나탈리에를 찾아갔다. 이
아름다운 풍경화를 가지고 가서, 아마도 그녀로서는 가까운 시일 안에 올 수
없을 듯한 이 지방의 풍경을 보여줄 생각이었던 것이다. 동시에 그는 뜻하지도
않았던 사건을 고백하고는, 이 사건으로 말미암아 체념의 결사 동지들이 자신
을 아주 따뜻하게 맞아들여 애정에 찬 대접을 해준 덕분으로, 병이 완전히 고
쳐졌다고 할 수는 없지만 얼마쯤은 위로받게 되었음을 진솔하게 이야기할 마
음이었던 것이다.

레나르도가 빌헬름에게

　마음으로 경애하는 친구여, 당신의 편지는 내가 어떤 활동을 하던 가운데
도착했습니다. 이 활동은 그 목적이 그다지 위대하지 못하고 그 달성이 그다
지 확실하지 않다면 혼란이라고 부를 만한 그런 것입니다. 당신 동지들과의 결
합은 서로가 생각하는 것보다 훨씬 중대합니다. 그러나 이에 대해서는 어떻게
말해야 할지 모르겠습니다. 쓰려고 하면 전체가 얼마나 전망하기가 어렵고, 모

든 것의 연관성이 얼마나 말로 표현되기 어려운지 금방 깨닫게 되니 말입니다. 지금으로서는 말을 하지 않고 실천하는 것이 우리의 강령이어야 합니다. 당신이 그처럼 즐거운 비밀 하나를 절반은 베일로 씌워놓고 손이 가닿지 않는 먼 저쪽을 가리키듯이 암시해 준 것을 거듭 감사드립니다. 본디 목표가 없는 것은 아니지만, 내가 소용돌이치듯 복잡한 관계에 쫓기는 동안 저 착한 아가씨가 행복한 상태에 있어준다면 얼마나 기쁜 일이겠습니까. 자세한 설명은 신부님이 해주실 것입니다. 나는 오직 일이 잘되게 하는 것만을 생각해야겠습니다. 당신은 나의 친구가 되었습니다. 오늘은 더 쓰지 않겠습니다. 할 일이 너무도 많아서 생각할 여유조차 없습니다.

신부가 빌헬름에게

하마터면 선의에서 쓰여진 당신의 편지가 당신의 뜻과는 달리 우리에게 아주 좋지 못한 것이 될 뻔했습니다. 당신이 찾아낸 아가씨에 대한 서술이 아주 정감에 넘치고 매력적이었기 때문에, 만약 이번에 동맹을 맺은 우리의 계획이 이처럼 중대하고 원대한 것이 아니었더라면, 저 독특한 친구인 레나르도도 마찬가지로 모든 일을 제쳐놓고 그녀를 찾아내기 위해 노력했을 것입니다. 그러나 그는 시련을 견디어냈습니다. 그가 우리의 중대한 일에 완전히 몰입하여 다른 일에는 전혀 관여하지 않고 오로지 그 일에만 전념하고 있다는 것이 증명된 셈입니다.

당신 덕분에 우리 사이에 세워진 새로운 관계는 좀 더 자세히 조사해 본 결과 저 여성에게도, 우리에게도 예상했던 것보다는 훨씬 많은 이익이 있는 것으로 밝혀졌습니다.

왜냐하면 그가 큰아버지에게서 물려받은 토지*22의 일부는 자연의 혜택이 적은 지방에 있는 것인데 최근에 마침 그 지방을 꿰뚫는 운하가 계획되어, 그 운하가 우리 소유지도 지나가게 되기 때문에 만약 우리가 손을 잡는다면 그 토지의 가치는 헤아릴 수 없을 만큼 높아지게 됩니다.

그렇게 되면 그는 처음부터 시작해 보고자 하는 그의 강인한 기질을 아주

---

*22 트룬츠(Trunz)가 말한 대로 큰아버지가 살았던 미국의 토지이고, 운하는 미시시피와 오하이오 사이의 운하 계획일 것이다. 운하 개척에 관해서는 《파우스트》 제2부, 파우스트가 죽기 직전의 대사(11555~11586)에서도 나온다.

편안하게 발전해 나갈 수 있을 것입니다. 이 수로의 양쪽에는 아직 개척되지 않고 사람도 살지 않는 토지가 남아돌아갈 만큼 발견될 것입니다. 그곳에 방적 여공이나 직물여공이 이주해 가고, 미장이와 목수와 대장장이가 자신들과 그녀들을 위해 알맞은 공장을 세울 것입니다. 모든 것을 생산자들이 스스로 설비하겠지만, 그사이에 우리 쪽에서도 뒤얽힌 문제를 해결하는 일에 신경을 써서 사업이 잘 돌아가게 촉진시킬 수 있을 것입니다.

바로 이것이 우리 친구 레나르도가 맞닥뜨린 임무이지요. 산간지대에서 식량 부족이 갈수록 심해진다는 하소연이 자주 들려오고 있는데 사실 그 지방은 인구가 너무 많습니다. 그가 그곳을 돌아보고 사람들을 만나 상황에 대한 판단을 내린 뒤에 진정 활동적인 사람들과 도움이 될 사람들을 우리편으로 끌어올 것입니다.

또한 나는 로타리오에 대해서 알려드려야 하겠습니다. 그는 하던 일을 완전히 끝낼 준비를 하고 있습니다. 그는 유능한 예술가, 그것도 극소수의 뛰어난 예술가를 얻기 위해 교육주의 당사자들이 있는 곳으로 떠날 계획을 세워놓고 있습니다. 예술은 지상의 소금입니다. 예술과 기술의 관계는 소금과 음식물의 관계와 같습니다. 우리가 예술을 받아들이는 것도 다만 수공업이 취미와는 거리가 먼 것이 되지 않게 하자는 데에 있습니다.

전반적으로 보아 저 교육시설과 영속적으로 맺어지는 것은 우리에게는 아주 유익하고도 필요한 일일 것입니다. 우리는 실천하지 않으면 안 됩니다. 그래서 교양을 생각하지 않을 수 없겠죠. 교양 있는 사람을 받아들이는 것은 우리의 최고 의무입니다. 수없이 많은 고찰이 뒤따르는 문제입니다.

우리의 오랜 관례에 따라, 여기 또 한 가지 일반적인 말을 덧붙이게 된 것을 용서해 주십시오. 레나르도에게 보낸 당신 편지의 한 대목이 그 계기를 만들었습니다. 우리는 가정경건에 대해, 이에 마땅한 칭찬을 아끼려 하지 않습니다. 개개인의 안정은 가정경건에 기반을 두고 있는 것이며, 그러한 개인의 안정 위에 전체의 흔들리지 않는 권위도 서게 되는 것입니다. 그러나 가정경건만으로는 충분치 않습니다. 우리는 세계경건*23이라는 개념을 파악하고 우리의 성실한 인간적인 심성을 넓은 세계와 실천적으로 관련시켜, 우리 이웃과의 발전을

---

*23 이것이 세계결사의 종교적 기초를 이루고 있는 개념이다.

촉진할 뿐 아니라 전인류를 함께 이끌고 나가야 합니다.

그건 그렇고 마지막으로 당신의 청원에 대해서 언급하자면, 이 한 가지만 말씀드리겠습니다. 몬탄은 마침 때맞추어 그것을 우리에게 보내주었습니다. 저 독특한 사나이는 당신이 도대체 무엇을 계획하고 있는지를 도무지 설명하려 하지 않았습니다. 단 그것은 사려 깊은 일이며, 성공하면 사회에 아주 이로운 것이라며 친구로서 책임질 수 있다고 말했습니다. 그러므로 당신이 편지에서도 그 일을 비밀로 하고 있는 것을 너그러이 봐드리겠습니다. 요컨대 당신은 모든 제한으로부터 해방되어 있습니다. 만일 당신의 체류지가 우리에게 알려져 있었다면 이 뜻은 이미 당신에게 전달되었을 것입니다. 나는 모두의 이름으로 거듭 말합니다. 만일 당신의 목적을 확실하게 입 밖에 내지 않는다 하더라도 몬탄과 당신을 믿고 승인합니다. 여행길에 오르는 것도, 머무르는 것도, 움직여 다니는 것도, 꼼짝 않고 있는 것도 당신이 생각하는 대로 맡기겠습니다. 당신이 무엇을 이루든 그것은 옳은 일일 것입니다. 당신이 우리 단체의 꼭 필요한 한 사람이 되어주시기를 빕니다.

마지막으로 지도 하나를 첨부하겠습니다. 이 지도로써 당신은 우리가 이동하는 연락의 중심점을 알게 될 것입니다. 계절마다 어디로 편지를 보내야 할지도 확실히 나타나도록 해두었습니다. 우리가 간절히 바라마지 않는 것은, 편지가 믿을 만한 심부름꾼에게 맡겨져야 하는 것인데 그런 심부름꾼은 곳곳에 많이 있으니 그것도 이 지도를 보면 알 수 있습니다. 우리 단체의 누군가가 어디에 있는지를 찾으려 한다면, 그 또한 마찬가지로 표시된 것을 보아주세요.

삽입하는 말

우리는 여기서 얼마간의 시간이 흘러갔음을, 그것도 여러 해가 지나갔음을 알려드리지 않으면 안 되게 되었다. 만약 인쇄술상의 처리와 잘 맞아들어갈 수 있다면 이 부분에서 기꺼이 한 권을 끝냈을 것이다.

그러나 두 개의 장(章) 사이에 이 정도의 간격만 두어도 지금 말한 시간의 척도를 뛰어넘는 데에 충분할 것이다. 우리는 우리가 보고 있는 앞에서 막이 올라가고 내려가고 하는 사이에 이만큼의 시간이 지나가도록 허용하는 일에 오래전부터 익숙해져 있기 때문이다.

우리는 이 제2부에서 우리의 오랜 친구들이 처한 상황이 의미심장하게 드러나고 있음을 보아왔다. 그리고 동시에 새로운 사람들도 알게 되었다. 만약 그들이 살아가는 방법을 터득하게 된다면 모든 사람의 일이 저마다 바라는 그대로 완전히 이루어지리라는 점을 기대해도 좋겠다는 전망이다. 그러므로 우리는 이미 나 있는 길이나 새로 생기게 될 길 위에서 그들 하나하나가 이야기 속에 엮여들어간다든지 몸을 뺀다든지 하는 모습을 다시 만나게 될 것을 기약하도록 하자.

제8장

이제 한동안 내버려두었던 우리의 주인공을 찾아보자. 그가 평지 쪽에서 교육주로 들어서는 것이 보인다. 그는 드넓은 꼴밭과 습기 찬 골짜기를 넘어 마른 풀밭을 걸으며 작은 호수 여럿을 돌았다. 숲이라기보다 덤불로 덮인 언덕에 올라 살아 움직이는 것이 거의 없는 대지가 눈길 닿는 곳마다 거칠 것 없이 펼쳐진 광경을 바라보고 있었다. 이런 길을 더듬어가면서 그는 자신이 말을 키우는 지역에 들어와 있음을 차츰 깨닫게 되었다. 사실 이 품위 있는 동물이 수컷과 암컷, 늙거나 어린 말이 한데 섞여 크고 작은 무리를 이루고 있는 것이 여기저기에서 눈에 띄었다. 그런데 갑자기 지평선 저편에서 무시무시한 모래 바람이 이는가 싶더니 드디어는 옆에서 상쾌한 바람이 불어와 먼지가 걷히면서 그 안에서 일어나는 소란한 모습의 정체가 드러났다.

큰 무리의 말이 대단한 기세로 질주해 온다. 말들은 올라탄 목자들 손에 잘 다루어지고 함께 모아져 있다. 이 놀라운 큰 무리가 떠돌이의 옆을 질주하여 지나간다. 그 무리를 따라 말을 타고 가는 목자 가운데 아름다운 소년 하나가 미심쩍은 눈길로 그를 물끄러미 바라보더니 말을 세워 뛰어내려 아버지를 껴안았다.

이렇게 하여 그들의 질문과 답변이 시작되었다. 아들의 이야기는 이러하다. 그는 처음의 시련기에는 많은 것을 견디어내야만 했다. 자신은 예전에도 조용하고 궁핍한 시골생활을 싫어했듯이 그런 생활을 그다지 특별하게 여기지도 않았기 때문에 자기가 타던 말을 그리워하면서 밭과 초원을 걸어다니곤 했다. 추수감사절만은 아주 마음에 들기는 했지만, 그 뒤 밭을 갈고, 도랑을 만들고, 작물을 가꾸는 일에 지쳐서 그만 손을 들지 않을 수가 없었다. 필요하고 쓸모있는 가축을 돌보는 일을 하기도 했지만 언제나 아무렇게나 대충 했고 또한 마음에 내키지도 않았다. 그러다가 드디어 보다 활기찬 승마 쪽으로 배치가 되었다. 암말과 새끼말을 지키는 일이 때로는 몹시 지겹기도 했으나 3년 또는 4년 안에는 유쾌하게 사람을 태우고 뛰어다니게 될 활발한 작은 짐승을 눈앞에 보고 있는 것은 송아지나 새끼돼지를 돌보는 일과는 짐짓 질이 다른 일이었다. 송아지나 새끼돼지를 기르는 목적은 충분히 먹이를 주고 살이 오르게 해서 어디론가로 데리고 가는 것이 고작이기 때문이다.

틀림없이 청년이라고 해도 될 만큼 자라난 소년의 성장, 몸과 마음이 함께 건강한 모습, 재기 넘친다고까지 할 수는 없지만 얼마쯤 구김살 없이 명랑한 말투에 아버지는 커다란 만족을 느꼈다. 이어 말에 올라탄 두 사람은 질주하는 다른 말들을 서둘러 쫓아갔다. 한적한 곳에 있는 넓은 몇 채의 농장 옆을 지나 규모가 큰 시장 축제가 열리는 장소에 도착했다. 그곳은 믿기 어려울 만큼 소란스럽고 복잡했다. 자욱하게 먼지를 일으키는 것이 상품용 말인지, 아니면 말을 사러온 사람들인지 분간할 수가 없었다. 세계 여러 나라에서 말을 사러온 사람들이 혈통 좋고 정성들여 사육된 말을 손에 넣으려고 이곳에 모여 있었다. 이 세상 모든 언어를 다 듣는 것 같은 기분이었다. 그 사이사이에 뒤섞여, 아주 인상적인 관악기의 생생한 울림도 들려왔다. 모든 것이 활동과 힘 그리고 생명을 나타내고 있었다.

우리의 떠돌이는 지난번 방문했을 때 알게 된 감독과 다시 만났다. 감독은 사람들 눈에 띄지 않고 조용히 규율과 질서를 지킬 줄 아는 건실한 사람들과 함께 있었다. 빌헬름은 여기에서도 오로지 한 가지 일에만 전념하고, 폭넓은 생활 속에서도 절제를 잘하는 하나의 본보기를 보는 것 같았다. 그래서 그는 동물들을 사육하는 이런 거친, 말하자면 마구잡이 일을 하면서 생도 자신이 포악해져 동물화되는 것을 막기 위해 여느 때에 또 어떤 훈련을 받고 있는지를 알고 싶었다. 이토록 심하게 거칠어 보이는 일과 세상에서 가장 부드러운 언어 훈련이 서로 결합되어 있다는 말을 듣자 빌헬름은 아주 기뻤다.

그런데 그 순간 아버지는 자기 곁에 있던 아들이 없어진 것을 알아차렸다. 떼지어 모여 있는 사람들 틈 사이로 행상인과 물건을 놓고 열심히 흥정을 하면서 값을 깎고 있는 아들의 모습이 보였다. 그러다가 잠깐 사이에 전혀 보지 않게 되었다. 아버지가 당황해서 두리번거리는 것을 보고 감독이 그 이유를 물었다. 아들 때문이라는 말을 듣자, "그냥 놔두십시오." 말하고는 아버지를 안심시켰다. "미아(迷兒)가 된 것은 아닙니다. 그렇지만 우리가 어떤 방법으로 생도들을 다시 불러모으는지 보여드리지요." 이렇게 말하고는 그의 가슴에 걸려 있던 호루라기를 세게 불었다. 그러자 여기저기에서 한꺼번에 대답이 들려왔다. 감독은 말을 계속했다. "지금은 이 정도로만 해둡시다. 이것은 다만, 감독이 가까이에 있다는 것을 알리고 대략 몇 명의 아이들에게 호루라기 소리가 들리는지 알고 싶을 때 사용하는 신호입니다. 아이들은 두 번째 신호에는 대답하지는 않지만 준비를 하고 있다가 세 번째 신호에 대답과 함께 기세 좋게 달려옵니다. 사실 그 밖에도 이 신호는 여러 가지로 만들어져 특수한 목적에 따라 쓰이고 있습니다."

어느덧 두 사람 주위는 덜 붐비게 되었다. 그들은 언덕으로 산책하면서 더 느긋하게 대화를 나눌 수가 있었다. "아까 말씀드린 언어훈련을 우리가 하게 된 것은," 감독은 말을 이었다. "세계 곳곳의 젊은이들이 이곳에 모여들기 때문입니다. 외국에 있으면 곧잘 같은 나라 사람들끼리만 모이고 다른 나라 사람들과는 떨어져서 당파를 만들곤 합니다. 우리는 그런 일이 없도록 자유롭게 대화를 나누게 함으로써 그들이 서로 가까워지도록 노력하고 있습니다.

이런 시장에서는 어떤 외국인이든지 자기의 말투나 표현으로 충분한 대화를 나누고 싶어하고, 또 편안하게 값을 깎고 흥정하려고 하기 때문에 모두가 공통으로 쓸 수 있는 언어를 훈련하는 일이 꼭 필요하지요. 그러나 이때에 생도들에게 바벨탑 이후와 같은 언어 혼란이 일어나지 않고 언어의 타락 또한 생기지 않도록 하기 위해, 일 년 가운데 한 달은 하나의 언어만을 공통어로 말하게 합니다. 사람은 강요되는 요소 이외의 것은 아무것도 배워서는 안 된다는 원칙에 근거를 둔 것입니다.

우리는 생도 모두를 수영 선수라고 생각합니다. 그들은 자기를 삼킬 듯한 물 속에서 놀라면서도 차츰 몸이 가벼워짐을 느끼고 물살에 들어올려져 실려 가는 것입니다. 인간이 계획하는 모든 것들이 이런 식이지요.

생도 가운데 하나가 특별한 언어에 흥미를 보이면 우리는 그 학생이 엄정하고 본질적인 수업을 받을 수 있도록 배려합니다. 이렇게 번잡스러운 시장생활 가운데에도 지루할 만큼 조용히 혼자 있는 시간이 있으니까요. 당신이 듬성듬성 수염이 자라고 있는 또는 아직 자라고 있지 않은 반인반마족(半人半馬族) 같은 말 탄 젊은이들 중에서 우리의 언어학자를 찾아내는 것은 어려울 겁니다. 이들 중에는 작은 일에 얽매이는 고리타분한 생도들도 있습니다. 당신의 펠릭스는 이탈리아어를 선택했습니다. 이미 알고 계시지만, 우리 시설에서는 아름다운 선율의 노래가 모든 분야에 영향을 미치고 있기 때문에, 그가 목자 생활에 싫증을 느끼면서도 우아하게 감정을 담아 부르는 노래 몇 곡을 들으실 수 있을 것입니다. 인생의 활력과 성실함은 충분한 교육을 받으면 우리가 생각하는 것 이상으로 조화를 이룰 수 있습니다."

지구마다 고유한 축제가 열리고 있었다. 감독은 손님을 악기 지구로 안내했다. 이곳은 평지와 이웃했기 때문에 멀리에서 벌써 쾌적하고 아름답게 다양한 변화를 보이는 골짜기와 가느다랗게 쭉 뻗은 나무들이 들어선 작은 숲과 조용한 시냇물이 눈에 비치고 시냇물 양쪽에는 이끼 낀 바위가 곳곳에서 머리를 내밀었다. 언덕 위에는 떨기나무에 둘러싸인 주거지가 띄엄띄엄 흩어진 것이 보였고 완만한 저지대에는 집들이 서로 다닥다닥 붙어 있었다. 언덕 위에 넓게 따로따로 떨어져 있는 작은 집들은 쾌적한 소리든 귀에 거슬리는 소리든 서로 들리지 않을 것 같았다.

얼마 안 있어 그들은 건물들과 나무그늘로 둘러싸인 넓은 장소로 나아가게 되었다. 그곳은 관심과 기대감으로 잔뜩 긴장한 밀고 밀리는 사람들의 물결로 가득 차 있었다. 손님이 그곳으로 가까이 갔을 때 모든 악기를 사용한 일대 교향곡이 연주되었는데 그 굳센 박력과 우아함에 경탄하지 않을 수 없었다. 넓은 공간에 세워진 관현악단석 맞은편에 또 하나의 작은 관현악단석이 있어서 특별히 사람들의 눈길을 끌었다. 그 작은 관현악단석 위에는 어린 생도들과 제법 나이 든 생도들이 실제로 연주는 하지 않은 채로 악기를 들고서 묵묵히 앉아 있었다. 아직 전체와 함께 연주할 능력이 안 되는, 아니면 감히 그럴 엄두를 내지 못하는 생도들이었다. 그러나 이들은 마치 연주를 하려는 듯한 자세로 줄곧 서 있었기 때문에 사람들은 관심 어린 눈으로 그들을 지켜보았고, 또한 이런 축제에서는 재능 있는 생도가 두세 명은 나타나게 마련이라고 칭찬하는 소리도 들렸다.

이제 기악연주에 섞여 노랫소리도 함께 들려왔는데, 이곳에서 노래도 장려되고 있음은 의심할 여지가 없었다. 이 밖에 여기에서 어떠한 교양이 중요시되는가 하는 방랑자 빌헬름의 물음에 대한 답은 이러했다. "그것은 시(詩)입니다. 서정적인 시 말이에요. 음악과 시 이 두 개의 예술은 저마다 자신을 위해 자기 자신 속에서 싹을 틔우지만 차츰 서로 대립하고 서로 협력하면서 펼쳐 나가게 되지요. 생도들은 음악과 시의 모든 점을 서로 관련지어가며 배우고, 다음에 두 분야가 서로 어떻게 제약하는지 또 서로 어떻게 속박에서 벗어나는지를 배웁니다.

음악가는 시의 운율에 박자를 분배해 넣어 박자를 움직이게 합니다. 그러면 곧 음악이 시를 지배하고 있음이 드러납니다. 왜냐하면, 정당하기도 하고 어찌할 수 없는 일이기도 하지만 시는 그 음절의 장단을 늘 가능한 한 순수하게 보존하려고 노력하는데 반해, 음악가에게는 음절이 결정적으로 길다든지 짧다든지 하는 것이 그리 중요하지 않기 때문입니다. 음악가는 자기 마음대로 시인이 아주 성실하게 심혈을 기울인 운율을 파괴할 뿐 아니라 산문을 노래로 바꾸기까지 합니다. 그래서 거기에 아주 놀랄 만한 가치가 주어지는 것입니다. 만일 시인이 자기 쪽에서 서정적인 아름다움과 대담성으로 음악가에게 경외심을 느끼게 할 줄 모른다면, 또 때로는 부드럽게 때로는 아주 빠르게 넘어가면서 음악가에게 새로운 감정을 불러일으키는 일이 불가능하다면 그 시인은 당장에 자신이 파멸된 것처럼 느낄 겁니다.

여기에 보이는 가수들은 대부분 시인이기도 합니다. 무용 또한 기본적인 것은 배우지만, 그것도 이런 모든 예능이 전구역으로 한결같이 전파되게 하기 위함입니다."

손님인 빌헬름이 안내되어 다음 경계를 넘어가자 갑자기 전혀 다른 건축양식이 눈에 들어왔다. 집들은 더는 드문드문 있지 않았고, 오두막집 같지도 않았다. 오히려 규칙적으로 나란히 늘어서서 겉모습은 훌륭하고 아름다웠으며, 내부는 넓고 쾌적하고 깨끗했다. 이러한 풍경은 대지와 잘 어우러져 보였다. 비좁지도 않아서 마치 실로 엮은 듯 잘 짜인 하나의 거리라는 느낌이었다. 여기는 조형미술 및 그와 연관된 수공업의 중심지로, 다른 곳에서는 볼 수 없는 독특한 고요함이 지역 전체를 지배하고 있었다.

조형미술가는 늘 인간들 사이에서 살아 움직이는 모든 것에 대해서 여러모로 생각하지만 그 작업 자체는 고독하다. 그리고 이러한 이상하기까지 한 모순 때문에 아마 다른 어떤 작업보다도 단호하게 생생한 환경을 요구하는 것이다. 여기서는 누구나가 영원히 인간의 눈을 끌게 될 것을 만들고 있다. 축제일의 고요함이 모든 곳을 감싸돌고 있다. 훌륭한 건물의 완성을 위한 열의에 찬 석공의 끌 소리나 목수의 규칙적인 망치 소리가 이따금 들려올 뿐, 그 어떤 소리도 대기를 어지럽히지는 못했다.

우리의 떠돌이는 초보자나 능숙한 생도나 똑같이 엄격하고 진지하게 다루어지는 데에 놀라지 않을 수 없었다. 모두가 자기 힘으로 해내는 것이 아니라 어떤 신비로운 영(靈)이 그들 모두에게 철저하게 생기를 불어넣어서 오로지 하나의 위대한 목표로 이끌어가는 것 같았다. 생도들은 약도나 스케치 같은 것은 들여다보지 않았고, 선 하나하나를 신중하게 그었다. 떠돌이가 이 작업 방법 전체를 안내자에게 설명해 달라고 말했을 때, 그는 이렇게 대답했다. 상상력이라는 것은 본디 모호한 것으로, 불안정한 능력이다, 그렇다면 조형 미술가의 전적인 공적은 어디에 있겠는가, 그것은 그가 상상력을 차츰 명확하게 하고 견지할 뿐 아니라 마침내는 현존하는 형태로까지 드높이는 것을 습득하는 데에 있다는 것이었다.

안내자는 다른 예술분야에서도 확고한 원리가 필요하다는 것을 상기시켜 주었다. "음악가가 제자에게 거칠게 현을 마구 다룬다든지, 아니면 내키는 대로 음정을 내는 그런 일을 허락하겠습니까? 이곳에서 눈에 띄는 것은 학습자의 자의에 내맡겨지는 일이 하나도 없다는 점입니다. 학습자의 활동분야는 확실하게 정해져 있고 사용해야 하는 도구도 주어져 있습니다. 게다가 그 도구의 사용법, 그러니까 손가락을 옮기는 방법까지도 정해진 것입니다. 그렇게 함으로써 한 사람이 다른 사람에게 길을 열어주고 후배에게 올바른 길을 만들어주게 되는 것입니다. 이러한 규칙에 따른 공동작업에 의해서만이 불가능한 것까지도 가능해지는 것이지요.

그러나 우리에게 엄한 요구나 단호한 법칙을 끌어내는 정당성을 가장 많이 주고 있는 것은 천재, 다시 말해 천부적인 재능의 소유자입니다. 그들이야말로 맨 먼저 그것을 이해하고, 기꺼이 그것에 복종하기 때문입니다. 단지 어중간한 능력의 소유자들만이 자신의 제한된 특성을 전부라 착각하고, 억제할 수 없는 독자성이라든지 독립성이라는 핑계 아래 자기의 그릇된 작업 방법을 미화하려 듭니다. 그러나 우리는 그런 것을 인정하지 않고, 모든 과실로부터 생도들을 지킵니다. 그런 과실을 저지르면 인생의 큰 부분이나 때로는 인생 전체까지도 뒤죽박죽이 되어 뜯겨져 버리는 것입니다.

우리가 가장 눈여겨 살피는 것은 천부적인 재능이 있는 생도입니다. 왜냐하면 천재는 올바른 정신이 혼을 불어 넣으면 자기에게 이로운 것을 곧 식별해 내기 때문입니다. 천재는, 예술은 자연이 아닌 까닭에 예술이라 불린다는 것을 이해하고 있습니다. 천재는 인습적인 것에 대해서까지도 존경심을 품습니다. 가장 훌륭한 사람들이 한결같이 필요불가결한 것을 최상의 것으로 인정하고 있는 것과 이것이 대체 뭐가 다르겠습니까? 그리고 이렇게 하면 언제나 행복하지 않겠습니까?

우리가 있는 곳에서는 어디나 그렇겠지만, 여기서는 세 가지 경외심과 그 표시인 몸짓이 조금은 변형되었어도 현재의 작업 성격에 맞게 함께 교육되고 생도들의 가슴에 새겨져 교사들의 임무를 아주 안락하게 해주고 있습니다.”

훨씬 멀리까지 이리저리 끌려다닌 떠돌이는 거리에 여러 광경이 펼쳐지면서 점점 더 넓어지고, 길은 또 다른 길로 이어져나가고 있는 것에 놀라지 않을 수 없었다. 건물 외관이 그 쓰임새를 확실히 말해 주었다. 그것들은 품위가 있고 당당하며, 화려하다기보다는 아름다웠다. 거리 한복판의 고상하고 엄숙한 건물과 밝은 집들이 보기 좋게 늘어서 있었고, 우아한 양식의 깨끗한 교외 거리가 들판으로 이어지다가, 전원주택들이 띄엄띄엄 나타났다.

여기에서 떠돌이는 화가나 조각가 그리고 건축가들이 사는 이곳의 집들이 바로 앞서 지나온 음악가의 집들과 그 아름다움이나 규모에서 비교조차 되지 않는다는 이야기를 하지 않을 수 없었다. 그러자 감독은 그것은 일의 성격에 달려 있는 것이라고 말했다. 즉 음악가는 언제나 자기 자신의 내면 깊숙한 곳에 자리잡고 있는 것을 예술로 빚어내어 그것을 밖으로 드러내야만 한다는 것이다. “음악가는 눈의 감각에 홀려서는 안 됩니다. 눈은 쉽게 귀를 속이고, 스스로를 이롭게 하고, 정신을 안에서 밖으로 산만하게 유혹하기 때문입니다. 음악가와는 반대로 조형미술가는 바깥 세계에 접해 살며 자신의 내면을 무의식중에 외부적인 것에 따라서 외적인 것 속에서 보여주지 않으면 안 됩니다. 조형미술가는 왕이나 신들처럼 살아야만 합니다. 그렇지 않다면 어떻게 왕이나 신들을 위해 건축을 한다거나 장식할 기분이 나겠습니까? 그들은 결국에는 일반 시민들이 그들의 작품에 접하여 순화되는 것을 느낄 만큼 평범한 것을 뛰어넘어야만 하는 겁니다.”

그러고 나서 우리의 주인공은 또 하나의 모순에 대한 설명을 들었다. 다른 지구에서는 그처럼 떠들썩하고 소란스럽게 흥분하고 있는 축제날, 이곳은 어째서 이를 데 없이 고요하며, 작업마저도 중단하지 않고 있는가에 대한 것이었다.

설명은 이러했다. "조형미술가는 축제가 필요치 않습니다. 그에게는 일 년 모두가 축제날이기 때문이죠. 그가 뭔가 훌륭한 것을 만들어내면 그것은 언제나 그의 눈에, 전세계의 눈에 호소합니다. 조형미술에서는 되풀이할 필요가 없고 새삼 힘을 모으거나 새로 이루어낼 필요가 없습니다. 이와 달리 음악가는 이 점에서 늘 고통스러워하지요. 그래서 음악가에게는 관현악단 모두가 참석해 가장 화려한 축제를 베풀어줘야 합니다."

빌헬름이 말을 되받았다. "그렇지만 이럴 때에는 전람회를 개최해도 좋을 것 같은데요. 그렇게 하면 가장 유능한 생도들이 3년 동안 이룬 향상을 즐겁게 관람할 수 있고 비판도 할 수 있을 텐데요."

"다른 데 같으면," 상대가 말을 이었다. "전람회가 필요할지도 모르지만 이곳에서는 필요하지 않아요. 우리의 모든 생활, 모든 존재가 곧 전람회인 셈이지요. 여기에 있는 모든 건물을 둘러봐요. 모두가 생도들의 작품이지요. 물론 거듭 서로 토론하고 생각한 끝에 설계한 것입니다. 왜냐하면 건축가는 손으로 더듬는다든지 시험을 거친다든지 하는 일이 불가능하기 때문에, 단번에 올바르게 세우지 않으면 안 됩니다. 영원히라고는 말할 수 없지만 아주 오랫동안 충분히 견디어내야 합니다. 잘못을 저지를 수는 있겠지만 잘못을 세우는 것은 허락되지 않습니다.

우리는 조각가에게 훨씬 관대하게 대하고 화가에게는 가장 관대합니다. 그들은 자기 나름대로 이것저것 시험해 볼 수 있습니다. 건물의 내부든 외부든, 또 광장이든 자기가 장식하려는 장소를 선택하는 것은 그들의 자유입니다. 그들이 자기 생각을 밝히고 그것이 어느 정도 동의를 얻게 되면 실행에 옮겨도 됩니다. 그것은 두 가지 방법으로 진행되는데, 만일 작업이 예술가 자신의 마음에 들지 않으면 언제든지 그것을 철거해도 좋다는 특전을 받거나, 아니면 일단 세워진 것은 그대로 놔두는 조건을 붙이는 것입니다. 대부분은 첫 번째 특전 쪽을 택해서 작품을 치울 수 있는 허가를 얻어놓으며, 이 경우에도 그들은 최상의 조언을 받습니다. 두 번째 경우는 아주 드물지만, 이 경우 예술가들은 너무 자만하지 않고 동료나 전문가와 오랫동안 의견을 나누어서, 존중할 만하고 영속될 수 있는 작품을 탄생시킵니다."

이 말이 끝나자 빌헬름은 곧바로, 여기에 또 어떤 과제가 있는지 물었다. 그것은 바로 시, 그것도 서사시라고 그는 대답했다.

그러나 생도들에게는 현대 시인이나 옛 시인들의 완성된 시를 읽는다든지 낭독하는 것이 허락되지 않는다는 설명을 듣고, 우리의 주인공은 이상하다고 생각하지 않을 수 없었다. 그들에게는 일련의 신화, 전승, 전설이 간단하게 전해질 따름이다. 그렇게 해도 생도들이 만들어내는 그림이나 시 작품에서 이 예술이나 저 예술에 바쳐진 생도들의 재능이 지닌 독특한 창조성을 곧바로 알 수 있다는 것이었다. 시인이나 화가도 하나의 샘물에서 작업을 하다가, 저마다 필요에 따라 독자적인 목적을 이루기 위해, 샘물의 줄기를 자기 쪽에 유리하도록 끌어들이려고 노력한다. 이것은 기성의 작품에 다시 한 번 손을 대어 다시 만들려고 하는 것보다는 훨씬 좋은 성과를 거둘 수 있다는 것이다.

나그네 빌헬름은 그것이 어떤 식으로 행해지는지를 직접 볼 기회를 얻었다. 많은 화가들이 같은 방에서 작업을 하고 있었다. 기운 좋은 젊은 화가 하나가 단순한 이야기를 아주 자세하게 들려주고 있었다. 그는 정성들여 붓질을 하듯 한 마디 한 마디 엮어나갔고, 그림의 끝손질에 세심히 비중을 두면서 자신의 말의 끝맺음에도 정성을 쏟았다.

이런 공동작업을 할 때에는 생도들끼리 아주 기분 좋게 이야기를 한다는 것, 또 이렇게 하여 이따금 즉흥시인이 탄생하고, 이것이 생도들로 하여금 이야기와 그리기의 두 가지 표현 방식에 많은 열정을 가지게 한다고 안내자는 확신에 차 말했다.

빌헬름이 이번에는 조형미술로 돌아가 여러 가지를 물었다. "여기서는 전람회가 열리지 않는다면, 현상공모도 없겠군요?"—"엄밀히 말하자면 없습니다." 상대가 말했다. "그건 그렇고, 우리가 가장 유익하다고 생각하는 것을 보여드리지요."

그들은 천장의 조명이 잘되어 있는 큰 방으로 들어갔다. 예술가들이 넓게 빙둘러서서 작업에 열중하는 풍경이 먼저 눈에 들어 왔다. 그 한가운데에 하나의 거대한 군상이 적절히 배치되어 우뚝 서 있었다. 힘찬 자세를 취한 남녀의 늠름한 모습은 씩씩한 젊은이들과 여장부들 사이에 있었던 저 찬란한 전투를 떠올리게 했다. 이 전투에서는 미움과 적의가 풀려 결국에는 서로 도와주고 협력하는 관계가 된다. 묘하게 뒤얽힌 이 예술작품은 주위의 어느 각도에서도 똑같이 잘 보였다. 그 주위에 널찍이 둥글게 늘어서서 조형예술가는 앉거나 선 채로, 화가는 화포 앞에서, 소묘가는 제도판 앞에서 저마다 작업에 열중했다. 몇몇은 둥근 모형을 만들었고, 몇몇은 평면 부조를 했다. 게다가 건축가들은 앞으로 그런 작품들이 놓이게 될 받침대를 설계하고 있었다. 참가자들 모두가 자기 방식대로 그 군상의 조각품을 모방했다. 화가와 소묘가는 군상을 평면으로 옮겨 그리면서 가능한 한 그 모습을 흩뜨리지 않은 채 화폭에 담으려고 세심한 주의를 기울였다. 부조 작품도 그와 마찬가지로 다루어졌다. 다만 한 사람만이 군상 전체의 모습을 축소해서 그리고 있었는데, 그는 실제로 어떤 몸짓이나 팔다리의 움직임에서는 모델 작품을 능가하는 듯이 보였다.

그가 바로 모델의 군상을 만든 사람이라는 것이 밝혀졌다. 그는 대리석에 이 모형을 새겨넣어 완성하기 전에, 비판받기 위해서가 아니라 실제 작업을 위해 다른 생도들에게 내놓는 중이었다. 그래서 그와 함께 일하는 생도들이 저마다의 독자적인 방법과 생각에 따라 그것을 보고 자기 것으로 취하든지 변형시키든지 하는 그 모든 것을 자세히 관찰하여, 다시 한 번 철저하게 생각해 보고 자신에게 이익이 되도록 이용하려는 것이었다. 이렇게 하여 드디어 저 훌륭한 작품이 대리석에 새겨져 세워지게 되면, 비록 한 사람에 의해 기획되고 설계되고 제작되었을지라도 마치 모든 사람이 함께 참여하여 만들어진 작품처럼 보이게 되는 것이었다.

더할 수 없는 고요가 이 방을 지배하고 있었다. 그러나 감독은 소리 높여 외쳤다. "이 고정된 작품을 앞에 두고 적절한 말로 우리의 상상력을 자극해 줄 수 있는 사람 누구 없나? 상상력을 자극하여, 오늘 우리 눈에 고정되어 보이는 것이 그 성격을 잃어버리는 일 없이 다시 유동적이 되도록 하고, 예술가가 여기 고정시켜놓은 것이 또한 가장 거룩한 것임을 우리가 확신할 수 있도록 적절한 말을 해줄 사람 없는가?"

모든 생도들로부터 이름을 불린 아름다운 한 젊은이가 작업을 멈추고 걸어 나오면서 조용히 낭독을 시작했다. 그것은 그저 눈앞의 작품을 묘사하는 것처럼 보였지만, 시예술 본디 영역으로 뛰어들어가 시의 줄거리에 완전히 빠져 그 본질을 놀랄 만큼 잘 지배하고 있었다. 그의 표현은 차츰 멋진 낭송이 되어, 꼼짝 않고 있던 군상이 그 축을 중심으로 실제로 움직이기 시작하여 군상의 수가 두 배, 세 배로 늘어나는 것이 아닌가 생각될 지경이었다. 빌헬름은 넋을 잃고 섰다가 견딜 수 없어 외쳤다. "이쯤 되면 누가 본디의 노래로, 선율적인 노래로 넘어가는 것을 반대하겠습니까! "

"나는 반대합니다." 감독이 대답했다. "우리의 훌륭한 조각가에게 솔직하게 말을 해보라고 한다면, 그는 조각가와 시인은 서로 너무 동떨어져 있어서 조각가인 자기로서는 시인이 부담스럽다고 고백할 것입니다. 이와는 반대로 내가 장담컨대, 몇몇 화가들은 오히려 시에서 어떤 생생한 특징을 자기 것으로 틀림없이 취했을 겁니다.

그건 그렇고, 나도 우리 친구분에게 부드럽고 기분 좋은 노래를 들려드리고 싶군요. 생도들이 무척 진지하고도 사랑스럽게 부르는 노래지요. 그 노래는 예술 전체에 영향을 주고, 나도 그 노래를 들으면 언제나 경쾌한 기분이 된답니다."

그들은 한동안 서로 눈짓을 하고 신호를 주고받으면서 뭔가를 의논했는데, 얼마 안 있어 몸과 마음을 북돋아주는 다음과 같은 품위 있는 노래가 여기저기에서 울려나오기 시작했다.

> 새로 창작하고 완성하기 위해
> 예술가여, 이따금 홀로 있으라.
> 그대의 작업을 맛보려면
> 기꺼이 동아리 속에 끼어들라!
> 여기, 모두 있는 데에서 보고, 깨달으라!
> 그대 스스로의 인생 발걸음을.
> 그리하여 여러 해에 걸친 그대의 업적도
> 이웃에 비추어 뚜렷해지리니. 시를 다듬고, 붓을 쥐고
> 형체로 새기는 것, 이것들이 연관을 이루어
> 서로 자극하고 단련하여
> 마침내 온전해질 것이리니!
> 창의력이 풍부하고 사려 깊게 궁리하여
> 아름답게 형상화하고 섬세하게 완성시키니―

이렇듯 예부터 예술가는
오묘하게 자기 힘을 길러왔느니라.

자연은 온갖 모습을 지닐지언정
계시함은 단 하나의 신(神)이듯,
넓은 예술의 들밭에는
영원한 단 하나의 마음이 작동한다.
이것이야말로 진리의 마음,
오직 아름다움으로 꾸미고
이처럼 밝은 대낮의 극치를
안온하게 마주한다.

과감하게 연설가와 시인이
시와 산문에 빠지듯
삶의 맑은 장미꽃을
멋지게 화폭에 담자.
한배의 형제자매로 주위를 듬뿍 에워싸,
가을과일도 함께 두리니
장미는 신비로운 삶에서
그 뜻을 계시하듯 불러내리라.

천 번 더 아름답게 그대 손에서
형태에서 형태가 이어 흘러내리게 하라.
그리고 인간의 모습 속에
신성이 깃들여 있음을 즐겨라.
어떤 도구를 사용하든
그대들은 형제임을 나타내라.
제단의 제물에서 타오르는 연기 기둥도,
노랫소리처럼 불을 뿜고, 잦아지리라.

이 모든 것이 빌헬름에게는 이상하게 여겨져, 만일 자기 눈으로 직접 확인하지 않았다면 도무지 믿을 수 없었겠지만, 그럼에도 그는 보이는 이 모든 가치를 기꺼이 인정하고 싶었다. 감독이 빌헬름에게 그것들을 자유롭고도 솔직하게, 그리고 순서대로 잘 보여주었기 때문에 빌헬름은 더는 알기 위해 질문할 필요가 없었다. 하지만 안내자에게 다음과 같은 말은 건네지 않을 수 없었다. "내가 보기에 이곳에서는, 인생이 정말 이러하다면 얼마나 좋을까 소망하는 모든 면들이 참으로 지혜롭게 보살펴지고 있는 듯합니다. 그런데 극문학에 대해서는 어느 지구에서 이와 같은 배려를 볼 수 있습니까? 어디로 가야 그것들을 살펴볼 수 있는지요? 나는 당신들의 건물은 모두 둘러보았지만, 그런 목적으로 정해진 건물은 하나도 발견하지 못했습니다."

"이곳의 어느 곳에서도 그런 건물은 발견할 수 없다는 사실을 감출 필요는 없겠지요. 연극은 게으른 사람들, 더 심하게 말해 천민들을 전제로 하여 만들어진 것인데 우리 가운데는 그런 사람이 없기 때문입니다. 만약 그런 자들이 스스로 떠나가지 않아도 우리가 그들을 경계 밖으로 내쫓아버립니다. 그러나 믿어주셔야 할 것은, 전반적인 활동을 관장하는 우리 시설에서는 당신이 방금 말씀한 중요 사항에 대해 충분히 고려하고 있다는 사실입니다. 어느 지구에서도 그것을 바라지 않았고, 여기저기에서 이 문제에 심각한 우려를 제기했습니다. 우리 생도들 가운데의 누가 쾌활을 가장하거나 겉으로만 고통스러운 체하며, 그 순간과는 아무런 관련이 없는 거짓감정을 자극하고, 그로 말미암아 언제나 의심스러운 쾌적한 기분을 불러일으키겠다는 경솔한 결심을 하겠습니까? 그런 어정쩡한 것이 우리는 아주 위험하다고 생각했으며, 그런 속임수를 우리의 진지한 목적에 나란히 할 수는 없었습니다."

"그렇지만 널리 퍼진 이 예술이 다른 예술 전반을 촉진한다고들 말하던데요." 빌헬름은 대답했다.

"결코, 그렇지 않습니다. 그것은 다른 예술을 이용하기는 하지만, 그것들을 망쳐버립니다. 나는 배우가 화가들과 어울린다고 해서 배우를 나무라지는 않습니다. 그러나 화가는 이런 교제에서 아무것도 얻지 못하지요.

배우는 예술과 인생이 제공해 주는 것을 임시 목적을 위해, 아무런 양심의 거리낌없이 낭비하고, 그래서 적지 않은 이익을 얻을 것입니다. 이와는 반대로 화가는 그 자신도 극장에서 이익을 끌어내려고는 하지만, 언제나 손해를 보는 자신을 발견할 것입니다. 그리고 음악가도 마찬가지입니다. 예술은 모두 형제와 같은 관계에 있습니다. 대부분의 예술은 서로 도와가면서 가족 전체의 부를 늘어나게 하지만 하나만은 마음씨가 경박하기 때문에 가족 모두의 재산을 독차지하여 다 써버리려 하지요. 연극이 바로 그것입니다. 연극은 그 기원부터 모호해서 예술도, 수공업도, 도락도 아니라는 사실을 부정할 수는 없습니다."

빌헬름은 깊은 한숨을 쉬면서 시선을 떨구었다. 자기가 무대 위에서나 옆에서 즐거워했고 괴로워했던 모든 순간이 갑자기 생생하게 눈앞에 떠올랐기 때문이다. 그는 생도들이 이런 고통에 들지 않도록 하기 위해 신념과 원칙에 따라서 위험을 내몰아낸 이 경건한 사람들을 축복하고 싶은 심정이었다.

그러나 그의 동행자는 그가 오랫동안 이런 생각에 잠겨 있도록 놔두지 않고 말을 계속했다. "어떤 소질이나 재능도 그릇된 길로 이끌어서는 안 된다는 것이 우리의 최고 원칙이기 때문에, 이렇게 많은 생도들 가운데에는 연극에 타고난 자질을 가진 자가 틀림없이 나올 수 있다는 사실을 우리가 모르는 척하고 있을 수는 없습니다. 그런데 이런 타고난 재능의 소유자에게는 다른 이의 성격, 용모, 동작 그리고 말을 모방해 보고 싶다는 저항할 수 없는 욕구가 나타납니다. 물론 우리는 그것을 장려하지는 않지만 그 생도를 세밀하게 관찰하여, 그가 계속하여 자신의 타고난 재능에 철저하게 충실하려 할 때에는 각국의 큰 극장에 연락을 취해 이 보증받은 재능의 소유자를 즉시 그곳으로 보냅니다. 그러면 그는 곧 물오리가 연못에 있을 때와 같이 무대 위를 하늘하늘 움직여 다니면서 거침없이 연기할 수 있도록 지도받게 되지요."

빌헬름은 이 말을 절반밖에 믿지 않았으며 조금은 불쾌해하면서도 참을성 있게 물끄러미 듣고 있었다. 왜냐하면 사람의 기분이란 참으로 묘해서, 자신이 좋아하는 것이 비록 가치가 없다고 확신하더라도, 나아가 그것에 등을 돌리며 저주할 정도라 하더라도 다른 사람이 그것을 천대하면 기분이 상하기 때문이다. 그리고 모든 인간의 마음에 깃들고 있는 반항정신이 이 경우보다 생생하고도 활발하게 움직이는 일도 드물 것이다.

어쨌거나 이 책의 편집자도 이 자리에서 스스로 고백하려 한다. 즉 이 이상한 대목을 그대로 지나가는 것에는 좀 불만이 있었던 것이다. 그도 여러 의미에서 필요 이상으로 생활과 정력을 극장에 바치지 않았던가. 그리고 그것이 용납될 수 없는 실수이며 헛된 노력이었다고 사람들이 말한다 해서 승복할 수 있겠는가.

그러나 우리는 이런 추상과 추억에만 빠져 있을 틈이 없다. 우리 주인공은 세 장로 가운데 한 사람, 그것도 특히 좋아하는 한 사람이 눈앞에 나타나자 크게 놀라면서 기뻐했기 때문이다. 이를 데 없이 순수한 마음의 평화를 알리는 장로의 온유함이 아주 기분 좋게 그의 마음으로 전해져 왔다. 떠돌이는 마음속으로 신뢰하면서 그에게 다가갈 수 있었고, 상대 또한 그의 신뢰에 답하고 있음을 느꼈다.

그가 여기에서 들은 것은 학원장이 지금 성당에 나가 있으며 그곳에서 지도하고 가르치고 축복해 주고 있다는 것, 그 사이에 세 장로는 서로 분담해서 모든 지구를 찾아가, 가는 곳마다 그들이 지닌 심오한 지식에 따라, 그리고 부하인 감독들과의 합의에 따라 시행중인 사업을 계속 추진하고 새로이 정한 사항을 착실하게 다짐으로써 그들의 의무를 충실하게 이행하고 있다는 것이었다.

이제 빌헬름은 이 탁월한 인물에 의해 그들의 내적 상황과 외적인 여러 관계에 대한 매우 일반적인 개관과 저마다 다른 지역간의 상호작용에 대한 지식을 얻을 수 있었다. 또한 한 생도가 한 지역에서 다른 지역으로 어느 정도의 기간을 두고 옮겨가는지도 알게 되었다. 어쨌든 모든 것이 이제까지 듣고 있었던 것과 완전히 맞아 떨어졌다. 동시에 그의 아들 펠릭스에 대한 설명도 몹시 만족스러웠다. 그리고 좀 더 펠릭스를 이끌어주고 싶다는 계획에 매우 기뻐하지 않을 수 없었다.

제9장

그 뒤 빌헬름은 조수 일도 겸하는 감독에게서, 얼마 안 있어 열릴 광산 축제에 초대받았다. 그들은 힘들게 산을 올라갔다. 빌헬름은 어둑어둑해지면서부터 안내인이 아주 천천히 걷고 있다는 사실을 알아챘다. 마치 온 주위가 캄캄해지더라도 걷는 데는 아무런 지장이 없다고 말하려는 것 같았다. 그러나 깊은 어둠이 그들을 감쌌을 때 이 수수께끼가 풀렸다. 많은 계곡과 골짜기에서 작은 불덩이가 어른어른 빛나고 그것이 길게 늘어져 여러 개의 선을 그리면서 높은 산을 넘어 이쪽으로 구르듯 날아오는 것이 보였기 때문이다. 그것은 화산이 폭발하여 굉음과 함께 불기둥을 올리면서 전지역을 멸망시킬 듯 위협에 빠뜨리는 것에 비하면 한결 약했으나, 차츰 기세를 올리고 폭이 넓어져 그 수를 빽빽이 더해 가면서 불꽃들이 몰려들어 별의 물결처럼 뒤덮었다. 온화하고 다정했지만 장엄하게 온 지역으로 퍼져 나갔다.

한동안 길동무는, 먼 곳에서 온 불빛에 비친 손님의 놀란 표정을 흥미롭게 지켜보다가 말했다. "오늘 보고 계시는 것은 정말 기이한 광경입니다. 이 불빛들은 일 년 내내 밤낮을 가리지 않고 지하에서 빛을 내고 활동하면서 인간의 손이 닿지 않는 땅속 보물을 채굴하는 것을 도와주고 있는데, 그것이 지금 지하의 골짜기에서 끓어 솟아올라, 광대한 밤하늘을 밝히고 있습니다. 이렇게 즐거운 열병식은 이제까지 보신 일이 없을 겁니다. 지하에 흩어져 있어 눈에는 보이지 않는 가장 유익한 작업이 우리 눈앞에 풍성한 모습을 드러내며, 그것들이 서로 하나로 맺어지는 비밀스럽고 위대한 광경을 보여주는 것이지요."

이런 말을 주고받고 구경을 하면서 그들은 불꽃의 강물이 이제 빨갛게 비쳐진 섬 같은 공간을 빙 돌아 불덩이 호수로 흘러들어가는 곳에 도착했다. 그러자 떠돌이는 눈이 부신 둥근 모양 안에 서게 되었다. 반짝이는 불빛 수천 개가 그것을 가지고 나란히 서 있는 사람들이 만들어 내는 벽과 같은 까만 배경과는 어딘지 모르게 무시무시한 대조를 이루었다. 곧이어 이를 데 없이 명랑한 음악이 힘찬 노래와 함께 울려 퍼졌다. 그 빛나는 불덩어리들이 마치 기계작동에 따른 것처럼 구멍 난 바위틈 사이에서 쏟아져 나와, 구경하는 이들의 두 눈을 번쩍 뜨이게 했다. 연극과도 같은 동작들은, 이런 순간에 관람객을 즐겁게 해주는 것들과 어우러져 보는 사람들의 주의를 끌어내고 만족시켜 주었다.

그런데 거기 모인 사람들에게 소개되던 우리의 주인공이 그 속에서 엄숙하고 훌륭한 복장을 한 친구 야르노를 보았을 때 얼마나 놀랐던가! "헛된 일은 아니었나 보네." 야르노가 외쳤다. "내가 예전 이름을 훨씬 의미 있는 몬탄*24으로 고친 것 말일세. 보다시피 나는 이곳 산과 골짜기에 나를 바쳤지. 땅 밑과 땅 위의 이렇게 제한된 곳에 있으면서도 나는 상상할 수 없을 만큼 행복하다네." "그러면 당신은," 떠돌이가 말을 이었다. "이제는 풍부한 경험을 지닌 사람으로서 전에 저 험한 산과 바위 위에서 만났을 때보다는 훨씬 너그럽게 나를

---

*24 Montan : '산사람'이라는 뜻이다.

가르쳐주겠군요." "천만의 말씀." 몬탄은 계속해서 말했다. "산은 말 없는 스승이어서 과연 말 없는 제자를 만들지."

축제가 끝난 뒤에 사람들 모두는 준비되어 있던 식탁에 앉아 식사를 했다. 초대받은 손님과 그 밖의 손님은 모두 광산일에 몸담은 사람들이었다. 그런 관계로 몬탄과 그의 친구가 앉은 식탁에서도 곧 그 자리에 어울리는 대화가 시작되었다. 산맥, 갱도, 광맥, 그리고 이 지방의 광물 또는 광석이 들어 있지 않은 암석들에 대한 자세한 이야기였다. 그러다가 차츰 일반적인 이야기로 옮겨가서, 지구의 창조와 생성과 같은 문제들이 논의되었다. 그러자 대화는 더 이상 온화하지 않았고 활발한 논쟁이 뒤얽히기 시작했다.

어떤 사람들은 우리가 사는 지구는 이것을 덮고 있는 물이 점점 줄어들어 형성되었다는 설명에 열을 올렸다. 그들은 아주 높은 산과 평평한 언덕에서 볼 수 있는 해양생물의 잔해를 그들에게 이로운 증거로 제시했다. 다른 사람들은 이를 반대하고, 지구는 불에 타 녹은 것으로 어디까지나 불에 의한 작용으로 생겨났다고 더 맹렬하게 주장했다. 불은 지표에서 충분히 활동하고 나서 땅속 깊은 곳으로 물러갔고, 바다 한가운데와 지상에서 세차게 날뛰는 화산을 통해 여전히 힘을 드러내는데, 연속적인 분출물과 점차로 흘러 넓어져가는 용암으로 가장 높은 산들이 만들어졌다는 것이다. 그들은 불이 없으면 어떠한 것도 뜨거워질 수 없지 않은가, 활동하고 있는 불에는 반드시 진원지가 있지 않은가, 라는 주장으로 견해를 달리하는 사람들을 이해시키려 애썼다. 이 학설이 아무리 경험적인 것처럼 생각되어도 이에 승복하지 않는 사람들도 있었다. 그들의 주장에 따르면 지구의 태내에서 이미 완성된 거대한 형성물이 거역할 수 없는 탄력으로써 지각을 뚫고 밀어올려졌고, 이 혼란 속에서 그 형성물의 많은 조각들이 이곳저곳에 넓게 흩뿌려졌다는 것이다. 그들은 이러한 전제 없이는 설명할 수 없는 여러 현상들을 예로 들었다.

수는 그리 많지 않은 제4의 무리는 이런 쓸데없는 논쟁이 우습기 짝이 없다는 듯이 귀담아듣지 않고 빙그레 웃으면서 단언했다. 지구의 크고 작은 산들은 대기권에서 떨어진 것이며, 이로 말미암아 넓은 지형이 생긴 것이라고. 만약 그렇지 않다면 지표면의 여러 상태들은 도저히 설명되지 않는다는 것이었다. 그들은 여러 지방 곳곳에서 발견되는, 오늘날에도 대기로부터 떨어진 것으로 추정되는 크고 작은 바윗덩어리들을 그 증거로 들었다.

마지막으로 몇몇 조용한 손님들은 매서운 혹한 시대에까지 거슬러올라가 가장 높은 산맥에서 멀리 평지로 흘러떨어지는 빙하가 무거운 원석 덩어리를 옮기는 활주로가 되어 돌덩어리들이 그 미끄러운 길 위를 지나 멀리 밀려나아 가는 광경을 마음속에 그려보라고 했다. 그러다가 해빙기로 접어들자 이 돌덩이들은 아래로 가라앉아 다른 지반에 영구히 깔리게 되었다는 것이다. 그리고 둥둥 떠다니는 얼음 때문에 북쪽에서 거대한 바윗덩어리가 움직여졌다는 것이다. 그러나 이 선량한 사람들은 얼마쯤은 냉담한 그 견해를 계속 밀고 나갈 수는 없었다. 세계창조는 거대한 균열과 융기, 요란한 굉음과 불의 폭발로써 성립된 것이라고 생각하는 쪽이 훨씬 자연의 이치에 가까웠기 때문이다. 거기에다 포도주로 인한 취기가 강하게 작용한 탓도 있어서 이 멋진 축제 잔치가 하마터면 싸움으로 끝날 뻔했다.

우리의 주인공은 완전히 혼란에 빠져 우울한 기분이 되었다. 예전부터 그는 물 위에 떠 있는 영(靈)과 최고로 높은 산보다 10미터 정도 더 높은 대홍수로 지구가 형성되었다고 남몰래 마음에 그리고 있었던 것이다. 그런데 이 자리에서 여러 신기한 이야기를 듣게 되자 이렇게 가지런하고 무성하며 생명력에 찬 세계가 그의 상상력 앞에서 혼란을 일으키면서 곧 무너져 버릴 것만 같았기 때문이다.

다음 날 아침 그는 이 문제에 대해 술에 취하지 않은 몬탄에게 묻지 않을 수 없었다. "어제의 당신은 좀 이상했소. 그런 우스꽝스러운 이야기를 들으면서도 나는 마지막으로 당신의 의견, 당신의 판단을 들을 수 있으리라고 기대했습니다. 그런데도 당신은 이쪽저쪽 번갈아 편을 들며 언제나 발언자의 의견을 도와주려고만 했소. 그렇지만 이제는 당신이 생각하는, 당신만의 진심을 말해 주어야 합니다." 그러자 몬탄은 말했다. "나도 그들이 말하던 그만큼밖엔 모른다네. 그리고 그런 것은 생각하고 싶지도 않아." "그렇지만" 빌헬름은 말을 이었다. "상반되는 의견이 아주 많은데도 사람들은 진리는 그들 가운데에 있다고들 곧잘 말하지요." "천만의 말씀!" 몬탄은 계속 말했다. "중간에 놓여 있는 것은 문제이고 수수께끼라네. 아마도 거의 불가능하겠지만 일단 밝히려고 시도해 보면 핵심에 다다를 수 있을지도 모르지."

이렇게 서로 몇몇 이야기를 나누고 난 뒤 몬탄은 허물없이 말을 이어갔다. "자네는 내가 모든 사람의 견해를 뒷받침해 줘서 저마다 자기 논리를 펴나가게 했다고 비난했네. 내가 그런 태도가 혼란을 더 키운 것은 사실일지도 모르지만 솔직히 말해서 나는 저 친구들이 하는 말을 진지하게 받아들이지는 않아. 이것은 우리 동지들의 신념이기도 한데, 나는 가장 소중한 것은 누구나 자기 가슴속 깊은 곳에 간직해 두어야 된다고 믿네. 누구나 자기가 알고 있는 것은 자기 혼자만 알고 있어야 하고, 그것을 숨겨두어야 한다는 말이지. 그것을 입 밖에 꺼내면, 그 즉시로 반론이 생기지. 그런고로 그가 논쟁에 휘말려 들어가면 그 사람은 자신의 평정을 잃고 그에게 남아 있는 최선의 것까지도, 파괴되지는 않는다 하더라도 얼마쯤 손상을 입게 되는 법이지."

빌헬름이 몇 마디 더 반론을 제기하자 몬탄은 계속 자기 의견을 말했다. "문제의 핵심이 무엇인가를 알게 되면 사람은 지껄이지 않게 되네." "그렇다면 그 문제의 핵심이 무엇입니까?"

빌헬름이 다그쳐 물었다. "그것은 그리 어려운 것은 아니지. 사색과 행동, 행동과 사색. 이것이 모든 지혜의 총체야. 이것은 옛날부터 인정받고 또 실행되기는 하지만 모두가 온전히 이해하고 있다고 할 수는 없어. 이 두 가지는 숨을 들이마시고 내쉬는 것과 마찬가지로, 인생에서 영원히 상호작용을 계속해 나가야 하네. 질문과 대답처럼 하나는 언제나 다른 하나를 동반하지 않으면 안 돼. 인간 오성의 수호신이 갓 태어난 모든 아이에게 속삭이는 것, 즉 행동은 사색에 비추어보고 사색은 행동에 비추어서 검토하라는 것을 자기 자신의 법칙으로 삼는 사람은 길을 잃는 일이 없지. 만일 그릇된 길에 빠진다 하더라도 곧 올바른 길로 되돌아가는 법이야."

그러고 나서 몬탄은 친구를 데리고 광구(鑛口) 안을 차례로 안내하면서 한 바퀴 돌았다. 어디를 가나 그는 "오늘도 무사히!"라는 무뚝뚝한 인사를 받았고 이에 대해 같은 인사로 명랑하게 답례했다. 몬탄이 말을 시작했다. "나는 오히려 '조심하시라!' 인사하고 싶네. 왜냐하면 조심하는 일이 무사한 것에 앞서야 하니까. 그렇지만 윗사람들이 조심할 마음이 되어 있으면 대중은 언제라도 조심을 하지. 그런데 나는 이곳에서 명령이 아닌 조언을 해줘야 하는 처지이기 때문에 이 산의 성질을 알려고 노력했네. 사람들은 산에 파묻힌 금속을 얻으려 열을 올리고 있어. 그래서 나는 금속의 분포 상태를 밝혀내려고 노력했고 마침내 성공했지. 내가 성공할 수 있었던 것은 행운이 따랐기 때문만이 아니라 무사할 수 있도록 주의를 기울이는 조심성 덕분이네. 이곳 산이 어떻게 만들어졌는지 나는 알지도 못하고 또 알려고도 하지 않네. 그렇지만 나는 날마다 산에서 그 특성을 이해하려고 최선을 다하고 있지. 사람들은 산이 매장하고 있는 납과 은을 열망하고 있네. 나는 그것을 찾는 방법을 알고 있지만, 그 방법은 나 혼자의 가슴에만 챙겨두고 그 발견의 기회를 남에게 준다네. 내가 말하는 대로 시도해 보고 성공하면 사람들은 나를 행운의 소유자라고 말하지. 내가 아는 것은 나를 위한 것이지만, 나의 성공은 다른 사람을 위하는 것이 되지. 그런데 어느 누구도 이런 방법으로 하면 성공할 수 있다는 것을 인식하지 못하고 있네. 그들은 내가 요술지팡이라도 지닌 것이 아닌가 의심을 품고 있지. 내가 좀 도리에 맞는 말을 끄집어내면 마구 대들곤 하는데, 그 행위로 인해 그들은 인식의 나무에 이르는 길을 스스로 가로막고 있음을 알지 못 해. 이렇게 예견(豫見)의 지팡이에 자라는 어린 가지도 결국은 이 인식의 나무에서 꺾어오는 것인데 말이야."

빌헬름은 이런 대화에 힘을 얻어 자신의 이제까지의 행동과 사색도, 분야는 전혀 다르지만 근본 의미에서는 이 친구의 주장대로 되고 있다는 것을 확신했다. 그래서 그가 이번에는 자기가 시간을 어떻게 이용했는가, 자기에게 주어진 편력을 나날과 시간에 의해서가 아니라 완전한 수업인 참된 목적에 맞도록 분할하고 이용해도 좋다는 특전을 얻고 난 뒤부터 시간을 어떻게 썼는가를 설명했다.

우연한 일이기는 하지만 이것을 설명하기 위해 말을 많이 할 필요가 없었다. 왜냐하면 어떤 중대한 사건 때문에 우리의 주인공에게 자신이 습득한 재능을 잘 이용하여 인간사회에 진실로 필요한 역군으로서 자신의 모습을 실증하는 기회*25가 주어지게 되었기 때문이다.

다만 그것이 어떠한 종류의 것인가를 지금 털어놓는 것은 아직 허락되어 있지 않다. 그렇지만 독자는 얼마 안 있어 이 책을 손에서 내려놓기 전에 그 일에 대해 충분히 알게 될 것이다.

---

*25 빌헬름이 나중에 외과의사가 되어 자신의 유용성을 발휘하는 기회를 말한다.

제10장

헤르질리에가 빌헬름에게

오래전부터 세상 사람들은 저를 변덕스럽고 별난 아가씨라고 비난하고 있어요. 그 말이 사실일는지도 모르지만 그렇다고 해도 내 탓만은 아니죠. 사람들은 저를 너그럽게 봐주어야 했어요. 그러나 이제 저는 저 자신을, 저의 상상력을 관대하게 봐줄 필요가 없어요. 왜냐하면 제 상상력이 아버지와 아들을 어떤 때는 함께, 또는 번갈아 가며 제 눈앞으로 데려오기 때문이죠. 저는 저 자신이 서로의 모습으로 분장한 두 사람으로부터 쉬지 않고 방문을 받는 저 죄없는 알크메네*26와 같다는 생각이 들어요.

당신에게는 털어놓을 이야기가 많아요. 그렇지만 당신에게 편지를 쓰는 경우는 모험 이야기를 할 때에만 한정되는 것 같아요. 다른 것들도 모두 모험 요소를 담고는 있지만 모험은 아니지요. 그러면 이제부터 오늘의 모험 이야기를 해보겠어요.

저는 키 큰 보리수나무 아래에 앉아서 그제야 막 작은 편지 주머니를 완성했어요. 아주 우아한 편지 주머니였는데, 아버지와 아들 가운데 누구에게 줄 것인지 저 자신도 확실히 알 수 없었죠. 그렇지만 둘 가운데 한 사람에게 돌아가는 것만은 확실했어요. 그때 젊은 행상꾼이 작은 바구니와 상자를 가지고 저에게로 다가왔죠. 그는 이 영지에서 행상을 해도 좋다는 관리의 증명서를 보이고는 조심조심 자신을 밝혔어요. 저는 그의 자질구레한 물건까지 훑어봤죠. 그런 물건은 아무에게도 소용되지 않는 것이지만 누구나, 또 유치한 충동에서 무의식중에 사고, 그것을 가지고 있다가 써버리곤 하죠. 그 소년은 저를 주의 깊게 관찰하는 것처럼 보였어요. 까맣고 아름다우며 좀 교활해 보이는 눈매, 잘생긴 눈썹, 텁수룩한 고수머리, 빛나는 치열, 한마디로 어딘지 동양적인 용모의 소년이었죠.

그는 뭐 좀 사줄 만한 사람이 없겠는가 하고 우리 집안사람에 대해 여러 가지로 물었어요. 그는 이리저리 말을 둘러대다가 제 이름을 대지 않을 수 없게끔 능란하게 유도하는 것이었어요. "헤르질리에 아가씨죠?" 그는 망설이는 듯

---

*26 암피트리온의 아내였는데, 남편의 부재중에 남편의 모습을 한 제우스에 의해 헤라클레스를 잉태하게 된다.

말했습니다. "헤르질리에 아가씨는 내가 심부름꾼으로 용무를 전달해도 용서해 주시겠지요?" 저는 영문을 몰라 그를 쳐다보았죠. 그가 흰 틀에 끼운 아주 작은 석판을 꺼냈어요. 산악지대에서 아이들이 글씨를 배울 때 사용하는 것이지요. 그것을 받아보니 뾰족한 석필로 깨끗하게 씌어진 글씨를 볼 수 있었어요.

펠릭스는
헤르질리에를
사랑하고 있습니다.
말 탄 기사가
얼마 안 있어 갈 겁니다.

저는 깜짝 놀라 손에 쥐고 있는 것에서 눈을 떼지 못한 채 어찌된 것인가 의아해했죠. 가장 이상하게 생각된 것은 운명이 저 자신보다 훨씬 희한하게 꼬여가는 것이 아닐까 하는 점이었어요. '이것은 도대체 무엇을 말하는 걸까' 하고 나 자신에게 되뇌어보았어요. 그러자 저 장난꾸러기 아이가 전보다 한결 더 뚜렷하게 눈앞에 떠올라왔어요. 그뿐 아니라 그의 모습이 제 눈을 꿰뚫고 들어오는 것처럼 생각되었습니다.

그래서 저는 질문을 했지만 그 대답은 묘하고도 불충분한 것뿐이었습니다. 아무리 곰곰이 생각해도 머릿속이 잘 정리되질 않았지요. 마침내 저는 소년의 이야기와 대답을 연결해 보고서 이런 것들을 알 수 있게 되었죠. 즉 이 행상 소년은 교육주를 거쳐왔는데, 제 어린 숭배자의 신뢰를 얻었던 거죠. 그 숭배자는 석판을 사서 앞의 말을 쓰고는 제게서 한 마디의 대답이라도 받아온다면 꽤 큰 사례를 하겠다고 약속했다는 거예요. 이어 그는 상품 상자 속에서 여러 개의 석판 가운데 하나를 꺼내 석필과 함께 제게 내밀면서 붙임성 있고 애교스럽게 졸라댔어요. 저는 두 가지를 받아들고 고민고민하다가 그럴듯한 문구는 떠오르지 않았지만 이렇게 썼죠.

헤르질리에가
펠릭스에게
안부 전해요.

말 탄 기사라면
예의범절을 지켜야 해요.

저는 제가 쓴 문구를 바라보고 표현이 서툴러서 화가 났어요. 다정하지도 않고, 마음이 깃들어 있지도 않으며, 기지도 없이 그저 당황했다는 것만 드러나 있었죠. 왜 그럴까요? 저는 한 소년 앞에 서서 또 다른 한 소년에게 편지를 썼어요. 한숨까지 쉰 것 같습니다. 그리고 당장 그것을 지우려고 했지요. 그런데 그 소년은 제 손에서 그것을 살짝 뺏어들고는 포장할 것을 좀 주십시오 하고 정중하게 부탁했어요. 제가 어째서 그랬는지 잘 모르겠지만, 저는 그 석판을 편지 주머니에 넣어 끈으로 매어 소년에게 건네주었어요. 소년은 공손히 그것을 받아들고, 머리를 깊숙이 숙여 인사하고 난 뒤 순간적으로 망설이고 있었어요. 그래서 저는 그의 손에 작은 돈주머니를 쥐어 주었지요. 그러고 나서도 넉넉히 주지 않은 데 대해 양심의 가책을 받았어요. 그는 예의 바르게 빠른 발걸음으로 멀리 떠나가 버렸어요. 제가 그의 뒷모습을 다시 바라보았을 때는 이미 사라지고 없었습니다. 어떻게 그리 빨리 사라졌는지는 나도 잘 모르겠어요.

이제는 그것도 다 지나가 버린 일이죠. 저는 벌써 전과 다름없는 일상으로 돌아와 있어요. 그러한 사건이 있었다는 것도 거의 믿어지지 않네요. 그러나 제 손에는 그 석판이 남아 있는걸요. 아주 귀여워요. 글자는 아름답고 정성스럽게 적혀 있었죠. 글자가 지워질 걱정만 없었다면 저는 거기에다 입맞췄을 겁니다.

여기까지 쓰고 나서 저는 잠시 쉬었습니다. 그 일을 생각해 보려 해도 잘 되지가 않는군요. 확실히 행상 소년은 신비로운 데가 있었어요. 그런 인물은 소설에서는 없어서는 안될 존재이긴 하지만 어떻게 실제 인생에서 만나게 되었을까요.

그 소년은 인상이 좋으면서도 수상쩍었으며, 낯설면서도 믿음이 갔어요. 어째서 그는 혼란만 일으켜놓고 가버렸을까요. 어째서 저는 그를 잘 붙잡아 둘 만한 침착성을 가지지 못했던가요.

잠깐 쉬고 난 뒤에 저는 다시 펜을 들고 고백을 계속하겠습니다. 청년으로 성숙해가는 한 소년*27의 한결 같고 지속적인 애정이 저를 기분 좋게 만들 뻔했어요. 그러자 문득 그 나이에는 연상의 여성을 바란다는 것이 결코 드문 일이 아니라는 생각이 들었지요. 확실히 어린 소년들에게는 연상의 여자에게 끌리는 신비로운 경향이 있습니다. 여태까지는 저와 관계없는 일이었기에 전 그런 것을 웃어넘기고는, 그것은 유모와 젖먹이 사이의 아름다운 애정에 대한 추억이라고만 심술궂게 생각해 왔던 거죠. 지금은 그렇게만 생각해 왔다는 데에화가 납니다. 저 착한 펠릭스를 갓난아기로 격하시킨다 하더라도 저는 결코 유리한 위치에 서지는 못할 겁니다. 자기를 판단하는 것과 남을 판단하는 것에는어째서 이다지도 큰 차이가 생기는 것일까요.

제11장

빌헬름이 나탈리에에게

벌써 여러 날을 걸어다니다 보니, 좀처럼 펜을 들 결심이 서지 않았소. 그렇지만 하고 싶은 말은 많소. 입으로 말한다면 차례차례로 이어져, 좀 더 쉬워질거요. 그러나 오늘 나는 멀리 떨어져 있기 때문에 아주 일반적인 것부터 시작해야겠소. 그래도 결국은 내가 전하지 않으면 안 될 이상한 이야기에 다다르게될 것이오.

당신은 어떤 젊은이가 바닷가를 산책할 때 노(櫓)걸이를 발견한 이야기를 들은 적이 있을 거요. 그는 그것에 흥미를 갖게 되었고, 거기에는 노가 필요하다고 생각해서 노를 사기로 결정했소. 그러나 그것만으로는 그다지 소용이 없었소. 이번에는 작은 배 한 척을 얻어야겠다는 생각에 여기저기로 노력한 끝에,이것도 뜻대로 이루어졌소. 그러나 작은 배, 노, 노걸이만으로는 특별히 이렇다할 것이 못되었소. 그래서 그는 돛대와 돛을 구입해 차츰 배를 빨리 달리는 데에 필요한 장비를 갖추게 되었소. 이렇게 목적을 향해 한 걸음 한 걸음 접근해가는 노력을 쌓아올리면서 그는 숙련된 기량을 익히게 되었고 행운도 함께 얻어, 마침내는 훨씬 더 큰 배의 주인이 되었소. 그리고 그는 더욱더 성공을 거듭

---

*27 펠릭스를 말한다.

해 부유해졌으며 항해자들 사이에서 존경과 명망을 얻기에 이르렀소.

내가 지금 당신에게 이 사랑스러운 이야기를 다시 한 번 읽어보도록 권하고는 있지만, 이 이야기가 아주 넓은 의미에서만 현상황에 어울린다는 점을 고백해야겠소. 그러나 이 이야기가 내가 말하고 싶은 바를 표현할 수 있도록 길을 열어주는 것은 사실이오. 그렇지만 또한 몇 가지 주제를 벗어난 이야기를 하지 않으면 안 되겠소.

인간에게 잠재한 능력은 보편적인 것과 특수한 것 둘로 나눌 수가 있소. 보편적인 능력은 조용히 정지해 있으면서 여러 상황에 따라 불러일으켜지고, 우연에 의해 어떤 목적을 위해 쓰이는 능력이오. 인간의 모방 능력은 보편적인 것이어서, 인간은 목적에 대한 내적 외적 수단을 전혀 갖추고 있지 않아도 자기가 보는 것을 본뜨고 어떤 형태로든 따라 하려고 하지요. 따라서 인간이 다른 사람이 하는 것을 보고, 자기도 그것을 해보려고 하는 것은 언제나 자연스러운 일이오. 그렇지만 가장 자연스러운 것은 아들이 아버지의 직업을 이어받는 것이오. 이 경우 모든 것이 다 갖추어져 있는 셈이지요. 다시 말해 근본방향이 확실하게 정해진 가운데 이미 타고난 특수한 능력, 그것을 올바른 순서에 따라 단계적으로 추진해 가는 훈련, 그리고 거기에 개발되어온 재능 같은 모든 것이지요. 또한 다른 충동이 우리 마음속에 생겨서 천성적으로 아무런 소질도 집념도 없는 일을 하겠다고 제멋대로 다른 선택을 하려는 경우에도, 먼저 택한 길을 계속 전진해 나가려고 하는 능력도 우리에게 발달되어 있지요. 그러므로 대체로 볼 때, 타고난 재능, 집안에 전해 내려오는 재능을 그 가정 안에서 키워나갈 기회를 찾아내는 사람들이 가장 행복한 것이오. 우리는 이런 화가 혈통 몇몇을 알고 있소. 그 가운데에는 물론 재능이 부족한 사람도 있었지만, 그래도 그들은 뭔가 유익한 것을 내놓았지요. 다른 분야를 자기 멋대로 택해 거기에서 이루어냈을 여러 보잘것없는 업적에 비해 더 나은 것을 이루었던 거요.

그러나 이것도 내가 말하려고 한 것이 아니기 때문에, 나는 다른 분야에서 나의 보고에 접근해야겠소.

친구들로부터 떨어져 있다는 것이 어째서 이토록 슬픈가. 그것은 우리 사상의 연결고리와 보조 부분들이 얼굴을 맞대고 있을 때면 번개처럼 재빨리 나타나기도 하고 서로 뒤섞이기도 하지만, 떨어져 있으면 그것을 그 자리에서 맺고 연결하여 제시하고 설명할 수 없기 때문이오. 그러니 여기서는 먼저 아주 어린 시절의 이야기를 하나 끄집어내기로 하겠소.

우리처럼 오래되고 위엄이 있는 도시에서 자란 아이들은 길거리와 광장, 성벽과 흙벽, 담으로 에워싸인 이웃 정원이 어떤 것인지 잘 알고 있소. 한번은 우리 부모님이 우리를 위해서라기보다 자신들을 위해 야외로 나가보려고 시골에 있는 친구에게 다니러 가겠다고 약속을 했소. 그런데 이 소풍 약속은 자꾸 미루어졌는데 드디어 성령강림절이 되자 친구로부터 더는 거절하기 힘든 초대와 제안을 받게 되었소. 그래서 부모님은 밤에는 다시 집으로 돌아온다는 조건으로 그 초대에 응했소. 오랫동안 익숙해진 자기 침대가 아닌 다른 곳에서는 잠을 잘 수 없을 것 같았기 때문이오. 단 하루 안에 그렇게 집중적으로 즐거움을 잔뜩 채워넣는 것은 물론 어려운 일이었소. 두 친구를 방문해야 했고, 좀처럼 맛볼 수 없는 한담을 마음껏 즐기자는 그들의 요구를 들어주어야 했으니 말이오. 어쨌든 부모님은 모든 일이 뜻대로 되리라 희망하고 있었소.

성령강림절의 사흘째 축일, 우리 모두는 아침 일찍 기운차게 일어났소. 마차가 정해진 시각에 집 앞에 도착했고 우리는 얼마 안 있어 길거리, 성문, 다리, 도랑 같은 거북한 모든 것을 뒤로했소. 자유롭고 넓은 세계가 아직 그것을 경험한 일이 없는 우리 앞에 펼쳐졌소. 밤새 내린 비로 싱싱함을 되찾은 곡식밭과 목장의 초록색, 막 피어난 떨기나무와 나무 싹의 연두색, 곳곳으로 눈부시게 퍼지는 나무 꽃의 하얀색, 이런 모든 것이 우리에게 낙원에서와 같은 즐거운 시간을 미리 맛보게 해주었소.

우리는 제시간에 처음 방문지인 존경하는 어떤 목사의 집에 도착했소. 정답게 영접을 받았지만 우리는 곧, 본디 있다가 최근에 없어진 사흘째 축일 예배의 무거운 분위기가 평온과 자유를 찾는 그 집 사람들의 기분을 아직도 짓누르고 있음을 알아차릴 수 있었소. 나는 처음으로 시골의 살림살이를 유심히 관찰했소. 쟁기와 써레, 마차와 손수레를 보니 이것들이 직접 쓰이고 있음을 알 수 있었고, 보기 싫은 비료까지도 이 전체 살림살이 속에서는 아무래도 없어서는 안 될 물건으로 보였소. 그것은 정성들여 모아져, 거의 완벽하리만큼 깨끗하게 저장되어 있었소. 낯설기는 해도 충분히 이해되는 것들 때문에 들떴던 우리의 시선은 곧 음식 쪽으로 끌려갔소. 먹음직스러운 과자, 신선한 우유, 이 밖에도 시골에서 만든 맛있는 음식이 우리의 식욕을 돋우었소. 이어 아이들은 작은 정원과 검소한 정자를 나와 가까운 과수원에서 마음씨 좋은 나이든 아주머니가 부탁한 일을 마치기 위해 바쁘게 일했소. 즉 아이들은 될 수 있는 대로 앵초를 많이 모아서 그것을 소중하게 가져가야 했소. 그러면 살림을 잘 꾸려가는 노부인은 그것으로 여러 건강 음료를 만들곤 했던 것이오.

어쨌거나 우리가 이런 일을 하느라고 목장 위쪽과 변두리, 울타리 있는 곳을 여기저기 뛰어다니자, 마을 아이들 여럿이 우리 무리에 끼어들기 시작했소.

모아놓은 봄꽃의 향기가 차츰 더 싱싱함과 감미로움을 더해 가는 것 같았소. 우리는 어떻게 가져가야 할지 알 수 없을 만큼 많은 줄기와 꽃을 모았소. 그래서 이번에는 노란색을 띤 대롱처럼 생긴 꽃부리를 뽑기 시작했소. 왜냐하면 우리에게 사실은 이것만이 필요했기 때문이오. 우리는 저마다 그것을 모자에다 가능한 한 많이 담으려고 했소.

그렇지만 이 소년 가운데 좀 나이가 든, 나보다 몇 살 많아 보이는 어부의 아들은 이런 꽃 모으기 놀이에는 흥미가 없는 것 같았소. 처음 나타났을 때부터 내 마음을 끌었던 그 소년은 자기와 함께 강물로 가자고 나를 끌었소. 그 강물은 바로 가까이에서 꽤 너른 폭을 이루며 흘러가고 있었소. 우리 둘은 낚싯대를 나란히 드리우고 어떤 나무 그늘에 앉아 있었소. 깊고 고요한 맑은 물속을 많은 새끼 고기들이 헤엄쳤소. 그는 나에게 어떻게 해야 하는지, 낚싯바늘에 낚싯밥을 어떻게 매달아야 하는지에 대해 친절하게 가르쳐주었소. 그래서 나는 이들 가냘픈 고기 중 가장 작은 것이 기를 쓰고 바둥거리는 것을 재빨리 공중으로 낚아올리는 데에 연달아 두세 번 성공했소. 이렇게 우리가 서로 기대어 꼼짝 않고 앉아 있는 사이에 그는 지루해졌는지, 이쪽에서부터 강물속으로 뻗어 있는 평평한 모래펄을 가리켜 보였소. 그곳은 헤엄치기에 가장 알맞은 곳이라고 그는 말했소. 드디어 그는 벌떡 일어나면서 더는 참을 수 없다고 외치고는 눈 깜짝할 사이에 아래로 내려가 옷을 벗고 물속으로 뛰어들었소.

그는 수영 솜씨가 대단했기 때문에 곧 얕은 여울을 떠나 물결에 몸을 맡겼다가 얼마 안 있어 깊은 물속을 지나 내 곁으로 왔소. 나는 정말이지 기분이 이상했소. 메뚜기가 내 주위에서 뛰어다니고 개미들이 들러붙고 가지각색의 벌레가 나뭇가지에 매달려 있고, 황금색으로 빛나는 무당벌레—그는 이렇게 불렀소—가 내 발치에 요정처럼 떠돌면서 흔들거렸소. 바로 그때, 그 소년은 나무뿌리 사이에서 큰 게 한 마리를 집어내어 떠들어대면서 그것을 쳐들어 보이고는 곧바로 앞에 있는 발담에 재빨리 숨겨버렸소. 그 일대는 아주 덥고 눅눅하여 누구나 햇빛에서 나무 그늘로, 그 나무 그늘의 선선함에서 훨씬 더 선선한 물속으로 들어가고 싶을 지경이었소. 때문에 그가 나를 물속으로 들어오라고 유혹하는 것은 자연스러운 일이었소. 그리 여러 번 권하지 않았는데도 나는 이제 참을 수 없었소. 부모님의 꾸중에 대한 얼마쯤의 두려움과 물이라는 미지의 것에 대한 두려움이 함께 작용해 나는 이상한 감정을 느꼈소. 그렇지만 얼마 안 가서 결단을 내리고 나도 강가에 옷을 벗어놓고 천천히 물속으로 들어갔소. 그러나 강바닥의 기울기가 완만한 곳에서 멈춰, 앞에 보이는 깊은 곳에는 들어가지 않았소. 그는 나를 거기에 머물러 있게 하고는 물에 몸을 맡기고 멀어져갔다가 되돌아오곤 했소. 그가 물에서 나와 높이 떠오른 햇빛에 몸을 말리려고 일어섰을 때 나는 삼중(三重)의 햇빛 때문에 눈이 부셔서 눈앞이 캄캄해졌소. 인간의 몸은 참으로 아름다웠소. 그것을 나는 이때까지 전혀 몰랐던 것이오. 그도 마찬가지로 주의를 기울여 나를 보는 것 같았소. 우리는 재빨리 옷을 입었지만, 그래도 아직 몸을 완전히 가리지 못하고 마주보고 서 있었소. 우리는 서로 마음이 끌려 열렬한 키스를 하면서, 영원한 우정을 맹세했소.

뒤이어 우리는 서둘러 목사 댁에 도착했는데, 마침 그때 일행은 덤불과 숲을 빠져나와, 한 시간쯤 걸리는 곳에 있는 군수 댁으로 떠나려는 참이었소. 나의 친구는 나를 따라왔고 우리는 이제 떨어질 수 없는 사이가 되었소. 그러나 가는 길에 내가 그도 함께 군수 댁에 들어가도록 허락해 달라고 부탁하자, 목사 부인은 그건 좀 어려울 것이라고 눈치채지 못하게 말하면서 넌지시 거절했소. 도리어 목사 부인은 그에게 급한 심부름을 시켰는데, 그의 아버지가 고기잡이에서 돌아오거든 시내로 돌아가는 손님들에게 귀한 선물을 드리려고 하니 그녀가 돌아올 때까지 꼭 먹음직스러운 가재 몇 마리를 가져다달라는 말을 전하라는 것이었소. 소년은 떠났지만 오늘 저녁 이 숲 모퉁이에서 나를 기다리겠고 나와 손을 맞잡으며 약속했소.

일행은 드디어 군수 집에 도착했소. 여기에서도 우리는 시골다운 살림을 만났는데 모든 것이 한결 더 고급이었소. 그 댁 안주인께서 너무 정성을 들여 접대하려 했기 때문에 점심 식사가 늦어졌지만 나를 초조하게 만들지는 않았소. 왜냐하면 나보다 나이 어린 딸이 안내해 준, 잘 가꾸어진 정원을 산책하는 것이 나에게는 한없이 즐거웠기 때문이었소. 온갖 종류의 봄꽃이 산뜻하게 구획 지어진 화단에 심어져 있어 넘치듯 화단을 채우고 그 언저리를 장식하고 있었소. 안내를 해준 어린 딸은 아름다운 금발로, 착한 아이였소. 우리는 허물없이 함께 걷다가 얼마 안 있어 서로 손을 잡게 되었는데, 그 순간 나는 더 바랄 것이 없을 것 같소. 이렇게 우리는 튤립 화단 곁을 지나 나란히 줄지어 있는 수선화와 노란 국화 옆을 지나갔소. 그녀는 군데군데에서 종 모양을 한 아름다운 히아신스 꽃이 이제 막 시들어버린 장소를 가리켜 보였소. 히아신스 대신에 다음철에 피울 꽃들도 준비해 놓은 것 같았소. 조금 있으면 꽃을 피울 미나리아재비와 아네모네 다발들도 벌써 초록으로 물들고 있었소. 수많은 카네이션 포기에 쏟은 정성은 곧 가지각색의 꽃 계절이 올 것을 약속했으며, 더 가까이에는 벌써 많은 봉오리를 맺은 백합 꽃줄기가 장미 사이에 잘 배합되어 있어 금세라도 꽃봉오리를 터뜨릴 것 같았소. 거기에다 정자는 인동덩굴과 재스민, 그리고 포도 비슷한 덩굴 모양의 식물로 장식되어, 머지않아 눈부시게 빛나 그늘을 짙게 드리우리라는 것을 예측할 수 있었소.

여러 해가 지난 뒤에 그 무렵 나의 상태를 생각해 보면, 그때가 정말로 부럽다는 생각이 드오. 뜻하지 않게 같은 순간에 사랑과 애정의 예감이 나를 사로잡았던 것이오. 왜냐하면 이 아름다운 아가씨에게 마지못해 작별을 고했을 때, 나는 그 기분을 나의 젊은 친구에게 털어놓았고 동시에 그의 공감을 이 생생한 심정과 함께 즐기자고 생각하면서 나 자신을 달랬던 것이오.

그리고 내가 여기에 또 하나의 고찰을 덧붙인다면 나는 이렇게 고백해도 좋을 것이오. 즉 인생행로에서 처음으로 외부세계가 활짝 열린 그때가 내 삶에서 있는 그대로의 본디 자연이 나에게 구현된 경험이었다고. 이에 비하면 그 뒤 내 오관에 떠오른 다른 모든 것은 자연을 있는 그대로 똑같이 따라 그린 것에 지나지 않은 것처럼 생각되었소. 그것이 저 본원적 자연의 모습과 아무리 비슷하다 하더라도 고유한 근원적 정신과 감각이 결여되어 있기 때문이오.

외부세계를 냉담하고 생기 없는 것으로 바라보아야 한다면, 우리는 절망할 수밖에 없을 것이오. 그렇지만 우리 내부에는 그것과는 전혀 달리 자연을 숭고한 것으로 만드는 그 무엇이 발전하고 있고 이것이 우리 자신을 아름답게 만드는 창조적인 힘이 자연 속에 담겨 있음을 실증하는 것이오.

그 친구가 나를 기다리겠다고 약속한 숲의 언저리로 우리 일행이 다시 다가갔을 때는 벌써 어둑어둑해지고 있었소. 나는 시력에 모든 힘을 집중해 그의 모습을 찾아내려고 애썼소. 그런데 웬일인지 잘될 것 같지 않다고 느꼈을 때 나는 초조해져 천천히 걷고 있는 일행보다 더 앞으로 빠져 나와 덤불을 헤치면서 이곳저곳을 뛰어다녔소. 나는 걱정을 하게 되었소. 그는 보이지 않았고 불러도 대답이 없었소. 나는 태어나서 처음으로 격렬한 사랑의 고통을, 그것도 이중 삼중으로 느꼈소.

이미 내 마음속에는 친밀한 애정을 찾으려는 요구가 하염없이 커져가고 있었소. 그와 이야기를 나누어 내 정신을 저 금발 아가씨의 모습으로부터 해방시키고 그녀가 나의 마음속을 마구 휘저어놓아 생긴, 온갖 감정으로부터 나를 구출하고 싶다는 마음만이 가득 차 있었소. 가슴은 북받쳐 오르고 입은 지금 당장이라도 폭발할 듯 중얼거리고 있었소. 나는 우정을 저버리고 약속을 지키지 않았다고 그 착한 소년에게 소리 높여 욕설을 퍼부었소.

그러나 곧 더 심한 시련이 나를 덮쳤소. 마을 맨 끝난에 있는 집집이 여자들이 소리를 지르면서 뛰쳐나왔고 울부짖는 아이들이 그 뒤를 따라가고 있었소. 아무도 입을 열지 않았고 대답하는 사람도 없었소. 길 한쪽으로부터 모퉁이에 있는 집을 돌아 하나의 장례 행렬이 오는 것이 보였소. 그것은 긴 거리를 천천히 전진하고 있었소. 마치 하나의 장례 행렬처럼 보였지만 실제로는 여러 명의 장례 행렬이 이어지는 것 같았소. 짊어지고 끌어당기면서 이어지는 행렬은 끝이 없었고 외쳐대는 소리가 끊임없이 울려퍼지며 많은 사람들이 달려와 모여들었소. 모든 사람이, "아이들이 물에 빠져 죽었어! 모두, 한 사람도 남기지 않고 빠져 죽었어! 그 아이요? 누구요? 어느 아이 말입니까?" 외치고 있었소. 자기 아이들이 곁에 있는 것을 발견한 어머니들은 한시름 놓았다는 표정이었소. 그러자 진지한 얼굴을 한 한 사나이가 목사 부인에게 다가와 말을 걸었소. "공교롭게도 나는 너무 오래 출타 중이었습니다. 아돌프는 다섯 아이들과 함께 물에 빠져 죽었습니다. 그 애는 우리의 약속을 지키려고 했습니다." 그 사나이는 그 어부임에 틀림없었소. 그는 장례 행렬 뒤를 쫓아 앞으로 가버렸소. 우리는 놀란 나머지 몸이 굳어져, 선 채로 움직이지도 못했소. 그때 조그만 소년 하나가 다가와 주머니 하나를 내밀었소. "사모님, 여기 가재들입니다." 말하며 그는 이렇게 그 화근의 증거물을 높이 들어올렸소. 사람들은 몹시 해로운 것이라도 본 것처럼, 모두 진저리쳤소. 일행이 묻고 짐작하여 알게 된 사실은, 이 유일하게 살아남은 꼬마 소년은 홀로 강가에 남아서 친구들이 아래에서 던져주는 가재를 주워 모으고 있었다는 것이오. 우리는 계속해서 캐물어 다음과 같은 사실을 알 수 있었소. 아돌프는 말이 통할 만한 적당한 나이의 소년 둘을 데리고 물가로 내려가 물속으로 들어갔다는 것이오. 그러자 나이가 더 어린 또 다른 소년 둘이 부탁하지 않는데도 그들을 뒤따라갔는데 아무리 야단치고 위협을 해도 못 따라오게 할 수가 없었다는 것이오. 그런데 돌이 많은 위험한 곳을 처음 세 아이가 넘어섰을 때 뒤에서 따라오던 두 아이가 발이 미끄러지면서 다른 아이를 붙잡는 바람에 잇달아 아이들이 물속으로 끌려 들어갔던 것이오. 이렇게 하여 마침내는 맨 앞에 있던 아이까지 모두 물속 깊숙이 빠져버렸소. 아돌프는 수영에 뛰어났기 때문에 자기 혼자서라도 빠져 나올 수 있었지만, 모두가 무서워서 그에게 매달리는 바람에 그도 물 밑으로 끌려들어가 버린 것이오. 그래서 이 꼬마 소년은 가재 주머니를 꼭 쥔 채 고함을 지르면서 마을로 달려왔소. 고함에 놀라 달려나온 사람들과 때마침 늦게 돌아온 어부도 함께 현장으로 서둘러 달려갔소. 아이들을 차례로 끌어올렸지만 모두 죽어 있었소. 그래서 이제 그 아이들의 시체를 마을 안으로 옮겨 가는 것이었소.

목사는 아버지와 함께 침통해하면서 마을 관공서로 갔소. 둥근달이 떠올라 죽음의 길을 비추고 있었소. 나도 심하게 마음이 흔들린 채로 뒤를 쫓아갔지만 끝내 내가 관공서 안으로 들어가는 것은 허락되지 않았소. 나는 이루 말할 수 없이 참담했소. 나는 관공서 건물 주위를 끊임없이 맴돌았소. 마침내 알맞은 장소를 발견하고는 열린 창문을 통해 안으로 뛰어들어갔소.

모든 종류의 집회가 열리는 큰 강당 안에는 허무하게 죽은 불쌍한 소년들이 지푸라기 위에 뉘어져 있었소. 램프 불빛은 어두웠지만 발가벗은 채로 손과 발을 쭉 뻗고 있는 흰 몸이 빛나고 있었소. 나는 가장 큰 아이인 나의 친구 위에 몸을 던졌소. 그때의 내 상태를 어떻게 설명하면 좋을지 모르겠소. 나는 엉엉

울면서 그의 넓은 가슴을 쉴 새 없이 흐르는 눈물로 흠뻑 적셨소. 이럴 때 몸을 비벼대면 만에 하나 살아날지도 모른다는 말을 들었기 때문에 나는 눈물에 젖은 손으로 그의 몸을 비벼보았소. 그리고 이로 말미암아 생긴 따스함에 착각까지 하였소. 머리가 혼란스러워진 나머지 나는 또 그에게 입김을 불어넣으려고 생각했지만 진주 같은 그의 잇바디는 굳게 다물어져 있었소. 우리가 헤어질 때 나누었던 키스가 아직 남아 있는 것처럼 보이는 입술은 대답을 되돌려주려는 가장 희미한 표시조차도 보여주지 않았소. 보잘것없는 인간의 도움에 절망한 나는 이번에는 기도에 매달렸소. 나는 간청하면서 기도드렸소. 마치 이 순간에 아직도 그의 몸속에 깃들어 있는 영혼을 불러내든가 아니면 아직 그의 육체 주위에 떠돌고 있는 영혼을 다시 몸속으로 불러들이는 기적을 행하지 않으면 안 될 것 같은 심정으로 말이오. 그러나 나는 그곳에서 끌려나왔소.

울면서 또 훌쩍거리면서 마차에 앉았지만 부모님의 말은 전혀 귀에 들어오지 않았소. 그 뒤 여러 번 되풀이되는 말을 들었지만 우리 어머니의 말로는 하느님의 뜻에 따랐다는 것이었소. 그러는 사이 나는 잠들어버렸고, 이튿날 아침 늦게 뭔가 수수께끼 같은, 머리가 혼란해진 암담한 상태에서 눈을 떴소.

그런데 내가 아침 식사를 하러 나갔을 때, 어머니와 숙모 그리고 요리사가 중대한 상담을 하고 있는 것을 보았소. 그 가재는 삶아서도 안 되고 식탁에 올려서도 안 된다는 것이었소. 아버지는 방금 전에 일어난 불행을 이처럼 생생하게 되살리는 요리를 견딜 수가 없었던 것이오. 숙모는 이 진기한 생물을 자기 것으로 만들고 싶어 못견뎌하는 눈치였지만 나에게 앵초를 갖고 오는 것을 잊었다며 나무라셨소. 그러나 그녀는 활발하게 기어다니는, 모양이 흉한 놈을 자기가 처리해도 좋다는 허락이 떨어지자, 이제 앵초 같은 것은 아무래도 좋다는 듯이 가재를 어떻게 할 것인가에 대해 요리사와 상의하고 있었소.

그러나 이 장면의 의미를 확실하게 하기 위해서는 이 부인의 성격과 인품에 대해 보다 자세히 설명을 해야 하오. 이 숙모를 지배하는 여러 특성들은 도덕적으로 보면 절대로 칭찬할 것이 못 됐지만, 시민적 정치적으로 보면 좋은 성과들을 많이 올렸다고 할 수 있소. 그녀는 본디 인색했소. 돈을 내야 하는 일이 있으면 단돈 1페니히도 아깝게 여겼고, 뭐든 필요한 것이 있으면 공짜로, 또는 교환이나 무슨 다른 방법으로 얻을 수 있는 대용물을 여기저기로 찾아다니곤 했소. 앵초를 차(茶)로 사용하는 것도 그런 식이었소. 그녀는 그것이 중국차

보다 건강에 좋다고 생각했소. 그녀에 따르면, 하느님은 어느 나라든지 식료품이든 향료든 약초든 필요한 것을 베풀어주셨다는 것이오. 때문에 그녀는 일부러 외국을 돌아볼 필요는 없다고 하면서 작은 정원 안에 그녀 나름의 방법으로, 음식을 맛있게 하고 병자에게 효험이 있는 것이면 무엇이든지 심었던 것이오. 다른 사람의 정원을 찾아갈 때에도 반드시 그런 종류의 초목들을 얻어 가지고 왔소.

그녀의 이런 신념과 거기에서 생기는 결과에 대해서는 모두가 긍정적이라고 기꺼이 인정하기로 했소. 그녀가 열심히 모은 현금은 결국 집안에 도움이 되었기 때문이오. 아버지나 어머니로서도 이 점에 대해서는 절대적으로 그녀에게 너그러웠고 그것을 독려하기까지 할 지경이었소.

그러나 그녀에게 있는 또 하나의 정열, 지칠 줄 모르고 끊임없이 나타나는 활발한 정열은, 자기가 영향력 강한 중요한 인물로 인정받고 있다는 자부심이었소. 그녀는 실제로 그러한 명성을 지닐 만한 자격이 있었으며, 또 지니고도 있었소. 왜냐하면 쓸데없고 백해무익한 부인들의 쑥덕공론을 그녀는 자기에게 이롭게 이용할 줄 알았기 때문이오. 거리에서 일어나는 일, 가정에서 생기는 여러 가지 일 등 그녀는 어떤 것이라도 정확하게 알고 있어서 이상한 일이 일어날 때면 거의 언제나 참견을 했소. 그녀가 하는 일은 늘 남에게 도움이 되었고 이로 말미암아 명성과 평판이 높아졌기 때문에 차츰 좋은 성과를 올렸던 것이오. 그녀는 수많은 결혼을 성사시켰는데 적어도 신랑 신부 가운데 어느 한쪽은 변함없이 만족하는 것 같았소. 그런데 그녀가 가장 크게 역점을 둔 일은, 어떤 관직이나 지위를 얻으려는 사람들을 취직시켜주고 승진시켜주는 일이었소. 이로써 그녀는 실제로 많은 의뢰인을 얻게 되었고 나중에는 그녀대로 그 사람들의 세력을 쓸 수 있었소.

상당한 지위의 관리였던 성실하고 정직한 남자의 미망인으로서 그녀는 그럴듯한 선물로도 가까이 할 수 없는 사람들을, 아주 대단치 않은 친절로도 구워 삶을 수 있는 방법을 터득하고 있었소.

그러나 이 이상 더 장황해지지 않고 내디딘 길을 벗어나지 않기 위해서는 먼저 이 말을 해두어야겠소. 그녀는 어떤 중요한 지위에 있는 인물에게 큰 영향력을 가지게 되었소. 그는 그녀와 마찬가지로 인색했는데, 불행하게도 게걸스럽고 군것질을 좋아하는 점도 같았소. 그래서 그녀가 유념한 것은, 어떤 평계를 붙여서든 맛있는 요리를 그의 식탁에 올리는 일이었소. 그는 양심이 아주 민감한 사람이 아니었으며, 곤란한 문제가 일어나면 동료들의 반대를 무릅쓰고 강행한다든지 또는 동료들이 의무감에서 반대의 목소리를 높일 때에는 대담함과 뻔뻔스러움으로 호소하는 것도 마다않는 그런 성미였소.

그런데 그녀는 때마침 어떤 보잘것없는 사나이의 편을 들어주고 있었소. 이 사나이에게 어떤 지위를 얻어주기 위해 그녀는 할 수 있는 일을 다해 왔소. 사태는 그녀에게 좋게 돌아가고 있었소. 그리고 이제는 운 좋게도 그 가재들이, 그것도 좀처럼 볼 수 없는 희귀한 종류의 가재들이 그녀에게 큰 도움이 되었소. 가재들은 공들여 길러져 여느 때에는 혼자서 아주 인색한 식사를 하는 그 신분 높은 은인의 식탁에 계속해서 나왔소.

어쨌거나 이번에 있었던 불행한 사건은 여러 번 화제가 되었고 공동의 움직임을 낳는 계기가 되었소. 나의 아버지는 그 무렵 보편적인 사회봉사 정신에 사로잡혀 자기의 생각과 관심을 가족뿐 아니라 도시 밖으로도 보급시키려고 한 최초의 사람 가운데 한 사람이었소. 천연두 예방접종 사업이 초기에 맞닥뜨린 많은 장애를 없애기 위해 나의 아버지는 사리에 밝은 의사와 순경들과 함께 애를 썼소. 병원에서의 세심한 배려, 죄수들에 대한 인간적인 처우, 그 밖에 이와 비슷한 일은 무엇이든지 그의 일생의 작업이라고 할 수는 없지만 그의 독서와 사색의 대상이었던 것만은 확실하오. 동시에 그는 또 그 소신을 어디에 가나 입 밖에 냈고, 이로써 여러 번 좋은 결과를 낳기도 했소.

그는 시민사회를 그것이 어떤 형태의 국가에 속해 있든지 간에 하나의 자연 상태로 여기고 있었소. 거기에는 좋은 일도 있고 나쁜 일도 있을 것이오. 특히 이렇다 할 일도 없이 평범한 삶을 보일 때도 있고 풍년과 흉년이 번갈아가면서 찾아오는 일도 있소. 마찬가지로 우발적이거나 불규칙적으로 우박이 내리고 홍수나 화재도 있는 것이오. 좋은 일이라면 기회를 잡아 그것을 이용할 테고, 나쁜 일이라면 예방하든지 그대로 꾹 참으면 된다는 것이오. 그러나 다른 어떤 조건에도 구애받지 않고 보편적인 선의(善意)를 보급하는 일만큼 바람직한 일은 없다는 게 그의 생각이었소.

이런 결과로 그는 이전부터 깊은 관심을 쏟았던 구조 사업에 대한 문제를 다시 화제에 올리지 않을 수 없었소. 그것은 아무리 생명의 외적 징후가 사라져버렸다 하더라도, 죽었다고 생각되는 인간을 되살려내는 일이었소. 이런 대화가 오갈 때 나는, 그때 그 사고를 당했던 아이들에게 응급처치 순서가 거꾸로 시도되고 또 적용되었기 때문에, 말하자면 처치를 잘못해서 그 아이들이 죽임을 당한 것이나 다름없다는 말을 엿듣게 되었소. 또 만일 사혈 처치를 했더라면 아마 아이들을 모두 살릴 수 있었을 것이라고 어른들은 생각하고 있었소. 그래서 나는 이런 경우에 필요하게 될 모든 것을, 특히 사혈법과 이와 비슷한 처치법을 배울 기회가 있으면 놓치지 않으리라 다짐을 했더랬소.

그러나 일상의 나날은 얼마나 빨리 나를 데리고 가버렸던가! 우정과 사랑에 대한 욕망이 일깨워지고 나는 이를 채우기 위해 곳곳을 둘러보고 그것을 만족시키려고 했소. 그 사이에 감각과 상상력, 그리고 정신은 연극 일로 가득차게 되었고 그 열성은 이만저만한 것이 아니었소. 연극에서 내가 얼마나 멀리에까지 끌려갔고, 유혹되어 갔는지는 되뇔 필요는 없을 것이오.

그런데 오늘 내가 이러한 자세한 이야기를 하고 난 뒤에도 여전히 의도했던 목적에 다다르지 못했다는 것과 우회로를 거쳐야만 거기에 다다를 수 있다는 것을 고백하지 않을 수 없소. 그렇다면 나는 대체 무엇을 말해야 하겠소! 어떤 변명을 해야 하겠소! 어쨌거나 나는 다음과 같이 말할 수 있을 것 같소. 유머 작가가 모든 것을 순서 없이 뒤죽박죽으로 작품 속에 집어넣는 것을 허락받고 거기에서 아무렇게나 끄집어낸 것을 독자에게 대담하게 맡기는 것이라면, 이 지적이고 합리적인 작가는, 이상하게 보이는 방법이긴 하지만, 주위의 온갖 것들을 동시에 추구하고 마침내는 그것들을 하나의 초점에 비치게 하여 통합하여 독자에게 인식시키는 것이 아니겠소? 사실 갖가지 작용이 인간을 둘러싸고 있어서 내적 충동으로도, 외적 계기로도 결코 내리지 못했을 일대 결심을 하게끔 인간을 몰아가는 양상을 통찰하게 되는 것이 아니겠소?

아직도 할 말이 많지만, 무엇부터 끄집어낼 것인가는 내 선택에 달린 것이오. 그러나 그것도 그렇게 중요한 것은 아니기 때문에 당신은 꾹 참고 계속 읽어나가기 바라오. 그러면 마침내 어느 순간, 만약 내가 한마디로 말했더라면 아주 이상하게 생각되었을 그것이 갑자기 드러나게 될 테고, 그때에 당신은 예비 설명의 형식으로 여기 늘어놓고 있는 머리말 따위는 거들떠보고 싶지도 않을 만큼 그것을 매우 마땅한 것으로 여기게 될 거요.

그런데 이쯤해서 이야기의 방향을 똑바로 하기 위해 나는 먼저 말했던 노걸이가 어떻게 되었는지 다시 찾아가 봐야겠소. 그래서 내가 산속에서 만났던, 몬탄이라는 이름으로 불리는 우리의 친구 야르노와 나누었던 대화를 여기에서 떠올려보고 싶소. 우연히 나누게 된 그 대화는 나 자신의 독자적인 감정을 눈뜨게 한 아주 특별한 계기가 되었소. 우리 인생사는 헤아릴 수 없는 비밀스러운 길을 가는 듯하오. 내가 다쳐서 숲속에서 꼼짝 못하고 누워 있을 때 당신은 구원의 손길을 내밀며 나에게 다가왔었소.*28 당신은 틀림없이 그때 당신들의 그 유능한 외과의사가 꺼냈던 의료기구 가방을 기억하고 있을 것이오. 그무렵 그 기구들은 나에게 너무나도 빛나 보였고 깊은 인상을 남겼기 때문에, 여러 해가 지난 뒤에 한 젊은 의사의 손에서 그것을 다시 보게 되었을 때 나는 무척 기뻐 어찌할 바를 몰랐소. 그 젊은 의사는 그것에 특별한 가치를 두고 있지는 않았소. 의료기구는 거의 근년에 들어와 개량되어 한결 더 목적에 알맞게 만들어졌기 때문이오. 그래서 나는 그것을 쉽게 손에 넣을 수 있었고, 그 젊은 의사도 그 돈으로 더욱 쉽게 신식 기구들을 장만할 수 있었을 것이오. 그 뒤로 나는 언제나 그것을 가지고 다녔지만 물론 사용하기 위해서는 아니었소. 그러나 그것에 얽힌 추억이 그만큼 더 확실하게 마음의 위로를 주었소. 그것이야말로 내가 큰 우회로를 거쳐 겨우 도착하게 된 나의 행복이 시작되는 순간을 밝혀 주는 물건이었기 때문이오.

우리가 예전에 숯 굽는 사람의 집에서 하룻밤을 지냈을 때 야르노가 우연히 그것을 발견하고는 곧 그것이 무엇인지 알아보았소. 내가 그것을 가지고 다니는 이유를 설명하자 그는 이렇게 말했소. "여러 예기치 않은 일, 또는 흔히 있는 어떤 일에 대해 의미 깊은 결과를 불러온 기념으로 그런 것을 부적처럼 애지중지하며 몸에 지니고 다니는 것에는 나도 반대하지 않네. 그것은 뭔가 이해할 수 없는 것을 암시해 줌으로써 우리의 생각을 북돋우고 난처해질 때는 기력을 주어서 희망을 키워주지. 그러나 자네가 사용법까지 익혀 그것이 자네에게 말없이 요구하는 일을 실행한다면 더욱 좋은 일이겠지." "수백 번이나 그런 생각을 했다는 것을 고백합니다." 나는 이렇게 이야기했소. "내 마음속에 어떤 내면의 소리 같은 것이 싹터, 그 목소리가 나의 본디 사명을 깨닫게 해주었습

---

*28 《수업시대》 제4부 제6장에서 도적의 습격을 받아 다친 빌헬름이 산 속에 쓰러져 있을 때, 나탈리에와 함께 지나가던 외과의사에 의해 따뜻한 치료를 받았던 일을 말한다.

니다." 거기에다가 나는 그에게 물에 빠져 죽은 아이들의 이야기와 만일 그 아이들에게 사혈법을 실시했더라면 그들을 구할 수 있었을 것이라는 그때 들었던 이야기, 그리고 내가 그것을 배우려고 결심했지만 시간이 지나면서 그 결심이 사라져버렸다는 이야기를 했소.

"그렇다면 지금 바로 결심해야 하네." 야르노가 대답했소. "자네는 이미 너무 오랫동안 인간의 정신이나 기질, 마음 같은 것을 상대해 왔네. 그렇지만 자네는 그렇게 함으로써 자네를 위해서나 다른 사람을 위해서 무엇을 얻었다는 거지? 불운 또는 자신의 과실 때문에 우리가 빠지는 영혼의 괴로움을 치유하는 것은 지식의 힘으로는 전혀 불가능하지. 시간이라면 얼마쯤은 가능하겠지. 이와는 반대로 단호한 활동이야말로 전능의 힘을 가지고 있지. 그러므로 사람은 누구나 스스로 자신을 위해 활동을 해야 한다네. 자네는 이미 자네 자신이나 다른 사람들한테서 이 사실을 경험해 왔네."

그는 여느 때와 같이 신랄한 말을 거세게 퍼부었소. 그리고 심한 말들을 여러 번 입 밖에 냈지만 나는 그것을 여기에 되풀이할 생각은 없소. 마지막으로 그는 이렇게 결론을 맺었소. "건강한 사람이 우연히 상처를 입었을 때 이 사람을 돕는 것만큼 배운 보람이 있고 일을 한 보람이 있는 것은 없지. 정성을 들여 잘 치료해 주면 타고난 몸은 쉽게 본디 상태로 돌아가기 때문이지. 물론 병자는 의사에게 맡겨야 하지만 건강한 사람들이 가장 필요로 하는 것은 구급의사라네. 조용한 농촌생활이나 가장 좁게는 가족들 사이에서도 구급의사는 전쟁 도중이거나 전쟁 뒤와 마찬가지로 대환영을 받지. 가장 즐거운 순간이나 가장 괴롭고 무서운 순간에도 심술궂은 운명은 죽음보다도 잔인하게, 가차 없이, 아니 더 굴욕적으로 기쁨과 생명에 상처를 입히는 방법으로 가는 곳마다 지배하고 있네." 이렇게 말하는 것이었소.

당신은 그의 사람 됨됨이를 잘 알고 있소. 그가 세상 사람들에 대해서와 마찬가지로 나에 대해서도 사정없이 곧은 말을 했으리라는 것을 쉽게 상상할 수 있을 것이오. 그러기에 그는 가장 굳건한 마음의 지주로 삼았던 논거를 위대한 결사의 이름으로 내게 내세웠던 것이오. "자네들이 내세우는 일반교양이라는 것, 그리고 거기에 속하는 제도와 시설이라는 것이야말로 웃기는 짓이네. 한 인간이 무슨 일이건 아주 속속들이 이해해서, 자기 주변의 어느 누구도 쉽게 흉내낼 수 없을 정도로 훌륭히 해내는 것, 그것이 중요하다네. 특히 우리 모임에서는 그것이 자명한 사실로 통하고 있지. 자네는 지금 분별력을 갖고 무엇인가를 계획하고 통찰력을 갖고 당면 문제를 판단한 다음 올바른 방향에서부터 시작함으로써 자신의 능력과 기량을 올바른 목적을 향해 쏟아야 할, 바로 그런 나이에 이르러 있는 것이네."

말하지 않아도 뻔한 것을 여기서 계속 더 말할 필요가 뭐 있겠소. 그처럼 묘하게 내게 주어진 떠돌이 생활에서 면제받을 가능성은 있으나 나 혼자 그것을 얻어내는 것은 매우 어려우리라는 사실을 그는 내게 뚜렷이 알게 해주었소. 그는 말했소. "자네는 한 장소에는 쉽게 친숙해지지만 하나의 사명에는 좀처럼 익숙해지지 않는 유형의 인간이지. 그런 사람들은 모두 떠돌이 생활을 해야 하네. 그렇게 하면 확고한 생활양식에 도달할지 모르기 때문일세. 자네가 기적을 행하지 않고 치료를 통해 말없이 기적을 행하는, 모든 직업 가운데 가장 숭고한 직업에 진심으로 몸바치고 싶으면, 나는 자네를 위해 힘쓰겠네." 그는 이렇게 급하게 말하고는, 그의 달변으로 갖다댈 수 있는 온갖 강력한 이유를 이것저것 덧붙이는 것이었소.

나는 이쯤에서 편지를 끝맺고 싶소. 그러나 이 다음에는 내가 일정한 장소에 좀 더 오래 머물러 있어도 괜찮다는 허가를 어떻게 이용했는지, 또 내가 언제나 남몰래 애착을 느끼고 있었던 직업에 어떻게 재빨리 순응하고, 그 속에서 어떻게 나 자신을 완성시킬 수 있었는지를 당신에게 자세히 알려주는 것이 순서겠지만 그만 둡시다. 어쨌거나 당신들이 가고 있는 큰 계획의 테두리 안에서 나는 결사에 유익하고도 필요한 한 사람으로 나타나 어떤 확신을 갖고 당신들의 길에 동참할 것이오. 조금의 자부심을 가진 동행자라 해도 좋소. 왜냐하면 당신들의 동지가 될 자격이 있다는 것은 분명 칭찬받을 만한 자부심이기 때문이오.

떠돌이의 마음의 성찰[1]
─예술, 윤리, 자연

모든 슬기로운 일은 이미 생각되었던 것이다. 다만, 그것을 다시 한 번 생각해 봐야 한다.

어떻게 하면 나 자신을 알 수 있을까. 성찰로는 어렵지만 행동으로는 가능하다. 너의 의무를 다하도록 애써라. 그러면 너는 곧 너의 본질이 무엇인지를 알게 될 것이다.

그런데 너의 의무는 무엇인가? 하루하루가 요구하는 것, 그것이다.

이성적 세계는 하나의 위대한 불멸의 개체로 보아야 한다. 그것은 쉬지 않고 필연적인 것을 낳으며, 그럼으로써 우연적인 것까지 지배한다.

자연을 지배하고 자신과 자기 가족을 강압적인 필연으로부터 벗어나게 하기 위해, 본디 최고의 능력을 드러낼 수 있는 위치에 있으면서도, 어떤 그릇된 선입견에서 정작 자신이 하려던 것과 정반대의 일을 하고, 또 구상했던 것이 전체적으로 엉망이 되어버렸기 때문에 보잘것없는 일에도 형편없이 서툰 인간을 볼 때면, 나는 나이가 들어갈수록 더 기분이 언짢아진다.

일에 정진하는 유능한 사람이여, 노력하여 얻으라, 그리고 기대하라.
신분이 높은 사람들에게서는 자비를,

---

[1] 《편력시대》에는 제2부와 제3부 마지막에 잠언집(箴言集)이 저마다 첨부되어 있는데, 이것이 이 소설의 본 줄거리와는 아무런 관련이 없는 것이라고 생각해서는 안 된다. 소설 속에 이런 잠언집의 삽입은 좀 이례적(異例的)이기는 하지만 여기서는 잠언집이 소설과 서로 어울림으로써 상호 이해를 더욱 깊게 해주고 있다.

권력을 가진 사람들에게서는 총애를,
부지런하고 착한 사람들에게서는 원조를,
대중에게서는 호의를,
개인에게서는 사랑을.

딜레탕트들은 그들이 할 수 있는 일을 다 해놓고도, 작업이 아직 끝나지 않았다고 변명하기가 일쑤이다. 처음부터 일을 제대로 시작하지 않았으니 완성되지 못하는 것은 마땅하다. 대가는 손을 얼마 대지 않고도 작품을 완성했다고 내놓는데, 끝손질을 했든 안 했든 그 작품은 벌써 완성된 것이다. 딜레탕트는 아무리 노련하다 하더라도 잘 모르는 가운데 손으로 더듬어 그린다. 그리면 그릴수록 최초 구도의 불확실성이 점점 더 드러날 뿐이다. 맨 마지막에 가서야 비로소, 도저히 수습할 수 없는 결함이 발견된다. 이렇게 하여 그의 작품이 완성되는 날은 끝내 올 수 없는 것이다.

참된 예술에는 예비학교라는 것이 없다. 있는 것은 오직 준비과정뿐이다. 그런데 최상의 준비는 가장 부족한 제자일지라도 스승의 일을 돕는 것이다. 물감을 타는 일에서 뛰어난 화가들이 나왔다.

또 다른 준비과정은 흉내내기이다. 인간이 태어날 때부터 가지고 있는 보편적인 행동은, 곤란한 일을 쉽게 해치우는 위대한 예술가를 보며 우연한 기회에 흉내를 내도록 자극받는다.

조형미술가가 자연에 대해 연구해야 하는 필요성과 그런 연구 자체의 가치에 대해서 우리는 충분히 이해한다. 그러나 이처럼 칭찬받을 만한 노력이 함부로 쓰이는 것을 볼 때 우리의 마음이 이따금 우울해짐을 부인할 수는 없다.

어떻게 한 장 한 장의 스케치를 하나의 전체로 완성할 것인가, 어떻게 이 하나 하나를 기분 좋은 그림으로 바꾸고, 그것을 액자에 넣어 미술 애호가나 전문가에게 제공해 그들을 기쁘게 할 수 있는가를 함께 생각하지 않는 젊은 예술가라면, 그는 자연에 대한 연구는 되도록 삼가거나 처음부터 시작하지 않아야 한다고, 우리는 확신한다.

이 세상에는 많은 아름다운 것들이 고립하여 존재한다. 그러나 정신은 이것들을 한데 묶는 관계를 발견해 내고, 그렇게 함으로써 하나의 예술작품을 만들어낼 의무가 있다. 이를테면 꽃은 꽃을 좋아하는 곤충에 의해, 꽃잎을 적시는 이슬방울에 의해, 또 꽃에게 마지막으로 양분을 주는 꽃병에 의해 비로소 매력을 갖추게 된다. 어떤 덤불, 어떤 나무라도 가까이에 하나의 바위, 하나의 샘물이 있음으로 해서 의미 깊은 것이 되고, 단순히 적당한 거리를 두는 것만으로도 한결 더 큰 매력을 지니게 되는 것이다. 인간의 자태도 마찬가지이며 모든 종류의 동물도 그러하다.

이로 말미암아 젊은 예술가가 손에 넣는 이익은 참으로 다양하다. 그는 생각하는 법, 적절한 것을 알맞게 연결짓는 법을 배운다. 그리고 그가, 이렇게 하여 재치 넘치게 구성을 하면, 마지막에는 창조라고 불리는 것이 탄생하고 개개의 것으로부터 다양한 것을 만들어낼 수 있다.

이처럼 그가 예술교육의 참된 의미를 확실하게 채우면 이와 함께 무시할 수 없는 큰 수확을 거두게 되는데, 그것은 예술 애호가에게 잘 팔리는 우아하고 사랑스러운 그림을 그릴 줄 알게 된다는 것이다.

이런 작업이 최고 수준에서 만들어지거나 완성될 필요는 없다. 잘 보고 신중히 생각해서 만들어진 작품이라면, 그것은 예술 애호가에게는 더 큰 규모로 완성된 작품보다 더 매력적인 것이다.

젊은 예술가들은 화첩과 종이끼우개 속에 있는 자기 습작을 자세히 들여다보고, 그 가운데 몇 장이나 앞서 말한 방법으로 감상할 수 있으며 바람직한 것으로 만들 수 있었을 것인가를 천천히 생각해 보라.

그것은 고차원적인 것이라고 말할 수 있을는지 모르지만 사실은 그렇지 않다. 샛길에서 올바른 길로 되돌아오게 하고, 보다 높은 차원으로 향하도록 지시하는 경고의 뜻으로 말하고 있을 뿐이다.

예술가라면 적어도 반년만이라도 그것을 실제로 시도해 보면 어떨까. 눈앞에 있는 자연 대상을 그림으로 통합하려는 의도 없이는 목탄이나 붓을 잡지 않기로. 그에게 타고난 재능이 있다면 우리가 어떤 의도를 품고 이런 암시를 했는지 곧 깨닫게 될 것이다.

네가 누구와 교제하고 있는가를 나에게 말하라. 그러면 나는 네가 어떤 인간인가를 말해 주겠다. 만일 네가 어떤 일에 종사하고 있는가를 내가 안다면, 네가 앞으로 어떤 인간이 될 것인가도 나는 알 수 있다.

인간은 누구나 자기 방식대로 생각하지 않으면 안 된다. 왜냐하면 인간은 자신의 인생길에서 평생 그를 도와줄 진리를, 또는 진리의 한 종류를 발견하기 때문이다. 다만 제멋대로 행동해서는 안 된다. 자기 자신을 다스려야 한다. 노골적이고 적나라한 본능은 인간에게는 어울리지 않는다.

무제한적인 활동은 그것이 어떤 종류이든 간에 끝내 파멸하고 만다.

인간의 활동과 자연의 활동에서 우리가 특히 주목해야 할 것은 그 본디 의도이다.

인간이 자기 자신이나 다른 사람을 잘못 판단하게 되는 것은 수단을 목적으로 취급하기 때문이다. 그 결과 행위만이 앞서서 아무것도 일어나지 않든가, 아니면 목적에 상반되는 일까지도 일어날 수 있다.

우리가 생각해 내는 것, 우리가 계획하는 것은 처음부터 나무랄 데 없이 순수하고 아름답지 않으면 안 된다. 현실세계가 그것을 파괴하려고 들 만큼 말이다. 이로 말미암아 우리는 비뚤어진 것을 정상적인 위치로 돌리고, 파괴된 것을 다시 세우는 유리한 위치에 머무르게 된다. 100퍼센트 오류, 50퍼센트 오류, 25퍼센트 오류들을 바로잡는다거나, 걸러낸다거나, 마땅히 그래야 하는 방향으로 진실된 부분을 갖다놓는다거나 하는 일은 아주 곤란하고 꽤 힘이 든다.

진실이 구체화되어 나타나는 것은 반드시 필요하지는 않다. 진실이 영(靈)처럼 떠돌아다녀 일치감을 산출해 내면, 그것만으로 충분하다. 교회당의 종소리처럼 장엄한 친근감을 공중에 울려퍼지게 하면, 그것으로 충분한 것이다.

만일 내가 비교적 젊은 독일 화가들에게, 그것도 이탈리아에 머문 적이 있는 화가들에게 어째서 특히 풍경화에서 그처럼 불쾌하고 현란한 색조를 사용하여 조화를 피하려고 하는가를 묻는다면, 그들은 아마 자신만만하고 태연하게 대답할 것이다. 자기들 눈에 자연은 바로 그런 식으로 비치노라고.

칸트는 이성비판이라는 것이 존재한다고, 그리고 인간이 소유한 이 최고의 능력은 자기 스스로를 감시하는 이유를 가지고 있다고 우리의 주의를 환기시켰다. 이 목소리가 우리에게 얼마나 큰 이익을 불러왔는가는 각자가 자기 자신에게 확인하거나 음미해 보았을 것이다. 그러나 나는 다름 아닌 이런 의미에서 하나의 과제를 제시하려고 한다. 바로 예술이, 특히 독일의 예술이 그럭저럭 다시 일어서서, 생기 넘치는 즐거운 발걸음으로 나아가려고 한다면 감각 비판이 필요하다고 말이다.

천성적으로 이성적인 사람이라 해도 많은 교양이 필요하다. 이성은 부모나 교육자의 배려, 평온한 환경, 그리고 엄격한 경험으로 차츰 나타나게 될 것이다. 이와 마찬가지로 천성적인 예술가라 해도 처음에는 초보자이지 완성된 숙달가는 아니다. 그가 생생한 눈을 가지고 태어났다고 하자. 형체·균형·동작에 대해 혜택받은 눈망울을 지녔다고 하자. 그러나 그 스스로 깨닫지 못하더라도, 그에게는 보다 고차원적인 구성·자세·빛·그늘·색채의 배분에 대해서는 타고난 소질이 부족할 수도 있다.

그러므로 예술가로 태어난 그가, 참된 예술가가 되기 위해 그에게 모자란 것을 더 높은 수련을 쌓은 앞선 시대나 동시대의 예술가들로부터 배우려는 의욕이 없다면, 그는 자신이 천성적인 독창성을 가지고 있다는 그릇된 생각으로 본디 자기 자신의 수준에도 못 미친 채 뒤처지게 될 것이다. 왜냐하면 우리가 타고난 것뿐만 아니라 나중에 배워서 얻을 수 있는 것 또한 우리 자신의 것이며, 우리는 그 양쪽으로써 성립되어 있기 때문이다.

볼품없는 개념들과 심한 자만은 언제나 무서운 불행을 불러들인다.

입김을 불어넣는다고 해서 피리를 제대로 불 수 있는 것은 아니다. 손가락을 움직여야 한다.

식물학자들이 불완전한 식물이라고 부르는 식물 부류가 있다. 인간에게도 이와 마찬가지로 불완전한 인간이 존재한다고 말할 수 있다. 그것은 동경이나 노력이 그들의 행동이나 업적과 균형을 이루지 못하는 사람들을 두고 하는 말이다.

아무리 보잘것없는 사람이라도 그의 재능이나 능력의 범위 안에서 움직인다면 완전한 활동을 할 수 있다. 한편 아무리 훌륭한 장점이라도 없어서는 안 될 균형이 부족하면, 그 장점은 빛이 희미해지고 상쇄하며 파멸에 이른다. 이러한 불행은 요즘 더욱 빈번히 일어난다. 사실 어느 누가 고도로 발달한 현대의 온갖 요구들을, 그것도 신속하게 만족시킬 수 있겠는가.

자기 자신의 능력을 알고 또한 이것을 적절하게 빈틈없이 이용하는 총명한 사람만이 세속에서의 성공자가 될 것이다.

자기 자신을 실력 이상으로 과대평가하거나 자기 자신의 가치를 과소평가하는 것은 둘 다 큰 잘못이다.

나는 가끔 무엇 하나 고칠 것도 바로잡을 것도 없는, 나무랄 데 없는 훌륭한 젊은이를 만나곤 한다. 그러나 그들 가운데 많은 사람들이 시대 흐름에 적응하여 대중과 함께 헤엄쳐가려고 하는 것을 보는 것은 괴로운 일이다. 그래서 이런 경우에야말로 나는 다음과 같은 말로 주의를 환기하려 한다. 즉 부서지기 쉬운 작은 배에 탄 사람의 손에 노가 쥐어져 있는 것은, 제멋대로인 파도를 따르기 위한 것이 아니라 그의 식견의 의지에 따르기 위함인 것이다, 라고 말이다.

그런데 젊은 사람이 어떻게 자기 혼자의 힘으로, 누구나가 행하고 동의하고 장려하는 것이 비난할 일이며 해로운 일이라고 생각할 수 있겠는가. 그가 자기 자신이나 자신의 자질을 그 방향으로 가게 내버려둬서 안 될 게 뭐 있겠는가.

내가 아무것도 열매를 맺게 하지 못하는 현대의 가장 큰 불행이라고 생각하는 것은, 사람들이 다음 순간에 앞서간 순간을 다 먹어치우고, 하루를 그날 안으로 낭비하여 언제나 이렇게 그날 벌어 그날 쓰는 생활을 하면서 아무것도 이루는 것이 없다는 사실이다. 간단히 말하면 우리는 하루 내내 읽고도 남을 신문을 가지고 있지 않은가. 게다가 머리가 좋은 사람이면 두세 장 더 기삿거리를 끼워넣을 수도 있다. 이렇듯 저마다가 행하고 영위하고 고안하고 계획하는 모든 것이, 원하든 그렇지 않든 간에 대중 속으로 끌려나오게 된다. 어떤 사람이 기뻐하거나 슬퍼하는 것도 다른 사람들의 입방아거리밖에 안 된다. 이렇게 모든 것이 집에서 집으로, 거리에서 거리로, 나라에서 나라로, 그리고 마지막에는 대륙에서 대륙으로 순식간에 퍼져간다.

이제 증기기관을 억누를 수 없는 것과 마찬가지로 풍속의 세계에서도 그것은 불가능하다. 상거래의 활기, 지폐의 유통, 부채를 갚기 위한 부채의 증대, 이런 모든 것은 오늘날, 젊은이가 기반하고 있는 거대한 생활의 기본이다. 그가 자연으로부터 적절하고 온당한 마음씨를 부여받아 세상에 대해 어울리지 않는 요구도 하지 않고 또 세상의 요구대로 움직이지도 않는다면 그는 행복한 것이다.

그러나 어떤 분야에서나 시대정신이 그를 위협하고 있다. 그러므로 그의 의지가 나아갈 방향을 되도록 빨리 깨닫게 하는 것이 가장 필요하다.

아주 천진난만한 말과 행동의 중요성은 해를 거듭할수록 커지고 있다. 그래서 내가 꽤 오랫동안 내 주변 사람들에게 성실과 신뢰와 경솔 사이에 어떤 차이가 있는지 언제나 주의를 환기시키려고 노력하는 것이다. 사실 그것들 사이에는 차이라는 것은 없고 오히려 악의 없는 것으로부터 터무니없이 해로운 것으로 조금씩 넘어가는 이행과정이 있을 뿐인데, 우리는 이것을 알아차리거나, 아니면 오히려 느낄 필요가 있는 것이다.

이런 일 때문에 우리는 사람들 마음에 상처를 주는 일이 없도록 수련을 쌓아야만 한다. 그렇지 않으면 모처럼 사람들에게서 호감을 사고 있으면서도 그 호의를 전혀 뜻하지 않게 다시 놓쳐버리는 위험을 안게 된다. 이것은 인생을 살아가는 동안 저절로 터득하게 되는 것이지만, 비싼 수업료를 낸 다음에야 깨닫게 된 일이고, 유감스럽게도 후손들에게 수업료를 면제해 줄 수가 없다.

인생에 대한 예술과 학문의 관계는, 그것들이 서 있는 단계에 따라, 시대 상황이나 그 밖의 수많은 우연에 따라 참으로 천차만별이다. 그러므로 그 관계를 전반적으로 파악하려고 해도 아무도 쉽사리 이해하지 못하는 것이다.

문학이 가장 많이 작용하는 것은 여러 상황이 시작되는 초기 단계이다. 이 단계에서는 그 상황이 완전히 미개하든, 반쯤 개화되어 있든, 아니면 문화의 변화기에 처해 있든, 외국 문화에 눈을 돌리는 시기이든 간에 분명 새로운 것이, 전체적으로 영향을 미치고 있다고 말할 수 있으며, 이때 문학이 가장 잘 작용한다.

가장 좋은 의미에서의 음악은 문학에 비해 참신함을 필요로 하지 않는다. 그뿐 아니라 오히려 음악은 오래되면 오래될수록, 귀에 익으면 익을수록 그만큼 많은 효과를 나타낸다. 예술의 품위는 아마도 음악에서 가장 뚜렷하게 나타나 있을 것이다. 그것은 음악에는 사라져야 할 소재가 없기 때문이다. 음악은 철두철미하게 형식이자 내용이며, 그것이 표현하는 모든 것을 드높이고 고귀하게 만든다.

음악은 성스럽지 않으면 속된 것이다. 성스러운 것은 음악의 품위에 매우 어울리는 것으로, 그런 의미에서 음악은 인생에 절대적인 큰 영향을 끼치며, 그 영향력은 모든 시대와 시기를 통해 변함이 없다. 속된 음악은 어디까지나 명랑한 것이어야 한다.

성스러운 성격과 속된 성격을 한데 뒤섞은 음악은 모독이다. 약하고 애절하고 비참한 감정을 즐겨 표현하려는 하찮은 음악은 따분하다. 왜냐하면 이런 음악은 성스럽기에는 엄숙함이 부족하고, 속된 것의 주요 특징인 명랑성도 빠져 있기 때문이다.

교회음악의 신성함과 대중가요의 명랑함 및 익살스러움은 참된 음악이 돌아가고 있는 두 개의 축(軸)이다. 이 두 개의 축 위에서 음악은 언제나 확실한 효과를 증명한다. 즉 그것은 예배 아니면 무용이다. 두 가지가 뒤섞이면 혼란스러워지고, 본디 모습이 약해지면 김빠지게 된다. 그리고 음악이 교훈시라든지 서술시, 또 이와 비슷한 것에 의지하게 되면 차디찬 것이 되어버린다.

조각은 본디 최고의 단계에 이르렀을 때에만 효과를 드러낸다. 중간 단계의 모든 조각품도 여러 이유에서 감탄을 줄 수는 있겠지만, 이런 종류의 모든 어중간한 예술작품은 사람을 즐겁게 한다기보다는 오히려 당황하게 만든다. 따라서 조각예술은 소재에 관심을 둬야 하는데, 그것은 뛰어난 인물의 초상에서 발견된다. 그러나 이 경우에도 조각예술이 진실과 품위를 동시에 갖추려면 이미 하나의 높은 수준에 다다라 있어야만 한다.

회화는 모든 예술 가운데 가장 너그럽고 마음 편한 예술이다. 가장 너그럽다는 말은 그것이 단지 수공품에 지나지 않는다든지, 전혀 예술이라 할 수 없는 경우에도 소재와 대상 때문에 사람들이 많은 것을 용서하고 이것을 보고 즐거워하기 때문이다. 한편으로 정신이 서려 있지 않더라도 끝손질 기술이 있으면 교양 있는 사람이나 그렇지 못한 사람이나 모두에게 감동을 주기 때문이며, 조금이라도 예술로 옮아가기만 하면 매우 큰 환영을 받게 되기 때문이다. 색채와 화면과 눈에 드러나는 대상들 상호간의 관계가 진실하기만 하다면 그것으로 벌써 보기에 편안하다. 그리고 우리의 눈이라는 것은, 그렇지 않아도 모든 것을 보는 것에 익숙해 있기 때문에 기형적인 것이나, 서투른 그림을 보아도, 그것들이 가락이 맞지 않는 소리가 귀에 거슬리는 것만큼 눈에 거슬리지는 않는다. 가장 서투른 모사(模寫)라도 사람들이 싫어하지 않는 것은, 그보다 더 서투른 것을 보는 것에 익숙해 있기 때문이다. 그러므로 화가는 어지간한 예술가이기만 해도 같은 정도의 음악가보다는 더 많은 관객을 갖는다. 서투른 음악가는 어느 정도의 효과를 올리기 위해서 공개연주를 통해 다른 음악가들과 함께 어울리지 않으면 안 되는 데 비해, 서투른 화가는 언제나 혼자 작업해도 괜찮은 것이다.

예술작품을 감상할 때, 비교할 것인가 비교하지 말 것인가 하는 물음에 대해 우리는 다음과 같이 대답하고 싶다. 수련을 쌓은 전문가라면 비교해야 한다. 왜냐하면 그런 사람의 머리에는 이념이 떠올라 있고 얼마 만큼의 일을 할 수 있을까, 또 얼마 만큼 해야만 하는가 하는 개념을 확실하게 파악하기 때문이다. 수업 중인 예술 애호가는 비교하지 않고 오히려 하나하나의 작품을 감상하는 것이 최상의 진보를 이룩한다. 이렇게 함으로써 일반적인 것에 대한 감정과 감각이 차츰 길러진다. 문외한의 비교 행위는 본디 자기의 판단을 자랑하고 싶어 하는 자기만족에 지나지 않는다.

진리에 대한 사랑은 사람들이 어디에서나 좋은 것을 발견할 줄 알고 존중할 줄 아는 데에서 나타난다.

역사적 인간의 감정이란, 동시대 공적과 수확을 평가할 때 과거도 함께 고려할 정도의 교양을 갖춘 감정을 말한다.

우리가 역사로부터 받은 최상의 것은 역사가 불러일으키는 감격이다.

개성은 개성을 불러낸다.

잘 생각해 봐야 할 것은, 이 세상 사람 가운데에는 생산적이지도 않은 주제에 그래도 뭔가 그럴듯한 것을 말하고 싶어하는 사람들이 아주 많다는 사실이다. 이렇게 하여 이상한 일들이 나타난다.

깊고 진지하게 생각하는 사람들은 대중에 비해 불리한 처지에 놓인다.

만약 나에게 다른 사람의 의견에 귀 기울이라고 말한다면, 그 의견은 명확하게 언명되어지지 않으면 안 된다. 결론을 내리지 못하고 있는 것이라면 나에게도 남아돌 만큼 많이 있기 때문이다.

미신은 인간의 본성에 뿌리박은 것이어서, 이것을 뿌리째 뽑아 내려고 하면 생각 밖의 한쪽 구석으로 달아났다가 이제 한시름 놓았다고 생각하면 금세 다시 기어나온다.

만약 우리가 너무 자세하게 인식하려고 하지 않는다면 아주 많은 것을 더 잘 알 수 있을 것이다. 어떤 대상은 45도 각도에서 비로소 파악할 수 있기 때문이다.

현미경과 망원경은 본디 순수한 인간감각을 어지럽힌다.

나는 많은 것에 대해 침묵을 지킨다. 왜냐하면 나는 사람들을 혼란에 빠지게 하기 싫고, 내가 화를 내고 있을 때 사람들이 기뻐하면 그것으로 만족하기 때문이다.

우리 자신을 자제하지 않으면서 우리의 정신을 해방시키는 모든 것은 해로운 것이다. 사람들은 예술작품에서 방법보다는 대상에 더 흥미를 갖는다. 대상은 개별적으로 이해할 수 있지만 방법은 전체로서 파악할 수 없기 때문이다. 그러므로 부분부분을 끄집어내는 일이 생긴다. 이 경우에도 결국, 잘 주의해서 보면 마지막에는 뜻밖에도 전체의 효과가 남게 되는 것이다. 그러나 아무도 이를 의식하지 못한다.

"시인은 그것을 어디에서 얻어왔는가?" 하는 물음도 다만 '무엇을'이라는 내용에 대한 것이지 '어떻게'라는 형식에서는 거의 아는 바가 없다.

상상력은 예술, 특히 문학에 의해서만 조정된다. 예술을 맛볼 감각이 없는 상상력만큼 무서운 것은 없다.

기교적인 것은 그릇된 관념물, 주관화된 관념물이다. 그러므로 거기에서는 이따금 재치 있는 것이 발견된다.

문헌학자의 임무는 예부터 전해 오는 문헌의 사본을 비교검토하고 그 완전한 일치를 찾는 일이다. 먼저 하나의 사본이 바탕이 되는데, 그 속에는 사실상의 탈락도 있고 의미상의 탈락을 만드는 잘못된 필사 부분도 있으며 이 밖에 사본으로서의 온갖 결함이 있다. 그런데 이제 제2의 사본, 제3의 사본이 나타난다. 이것들을 비교검토해 보면 문헌의 합리적인 것, 이성적인 전체 모습이 차츰 뚜렷해진다. 그는 한 걸음 더 나아가 그의 정신적 직관을 작동해 외적인 보조수단을 사용하지 않고, 자기가 다루는 대상문헌의 일치를 가능한 한 완전히 이해하고 또 복원하려고 노력한다. 그러기 위해서는 특별히 자상한 배려와 원작자 내면으로의 특별히 깊은 침잠이 필요하며 또 어느 정도의 독창력이 요구되기 때문에, 문헌학자가 때로는 취미나 기호면에서까지 자신의 판단을 강요하는 일이 있어도 비난할 수만은 없다. 그러나 그의 판단이 언제나 옳다고 할 수는 없다.

시인의 임무는 표현이다. 최고의 표현이란, 그 표현이 현실과 경쟁할 때이다. 바꾸어 말하면 표현이 정신으로 싱싱한 생명을 얻고, 그 결과 누구나가 그것을 마치 눈앞에 보이는 현실인 양 마음속에 그려볼 수 있을 때이다. 문학은 그 최고 단계에서는 오히려 완전히 외면적으로 보인다. 문학이 내부로 물러나면 물러날수록 쇠퇴의 길을 걸어가게 된다. 다만 내적인 것만을 표현하고 이것을 외적인 것에 의해 구상화하지 않는 문학, 아니면 내적인 것으로써 외적인 것을 느끼지 못하는 문학, 이 두 가지는 문학이 거기에서 일상생활 속으로 들어가는 마지막 단계인 것이다.

웅변술은 문학이 지닌 모든 이점, 모든 권리에 의존한다. 이들 이점과 권리를 내 것으로 하고, 이것들을 남용하여 시민생활에서의 어떤 외면적인 이익, 도의적인 것이든 비도의적인 것이든 간에 순간적인 이익을 손에 넣으려고 한다.

문학은 단편 가운데 단편이다. 이때까지 일어난 것, 이야기된 것 가운데 최소의 부분만이 씌어진 것이고 또 씌어진 것 가운데 최소의 부분만이 남아 있는 것이다.

영국의 바이런 경은 비록 지나치게 자유분방하여 얼마쯤 불안한 재능의 소유자이지만, 자연 그대로의 진실성과 위대함을 갖추고 있다. 그에게 견줄 수 있는 시인이 따로 없다고 생각되는 것은 그 때문이다.

이른바 민요의 고유한 가치는 그 주제가 자연에서 직접 채취되었다는 점이다. 이 장점은 교양을 갖춘 시인도 그것을 이해할 줄만 안다면 잘 이용할 수 있을 것이다.

그러나 이 경우에도 민요 공통의 강점인 표현의 간결이라는 점에서는 자연인이 교양인보다 언제나 우수하다.

셰익스피어는 재능이 싹트고 있는 사람이 읽으면 위험하다. 그는 자기 자신을 재현할 것을 그들에게 강요한다. 이리하여 그들은 자기 자신의 힘으로 창조한다고 망상하게 되는 것이다. 아무도 자기 자신이 체험한 것 이상으로 역사에 대해 판단할 수가 없다. 이것은 모든 나라에도 해당된다. 독일 사람은 자기 스스로 문학을 갖게 되어서야 비로소 문학에 대해 판단을 내릴 수 있다.

우리는 다른 사람의 호의에 접했을 때 참으로 생기발랄한 인간이 된다.

경건은 목적이 아니다. 오히려 가장 순수한 마음의 평화를 통해 최고 교양에 다다르기 위한 하나의 수단이다.

그러므로 경건을 목적·목표로 내세우는 사람들은 거의 위선자가 된다고 말할 수 있다.

"사람은 나이를 먹으면 젊었을 때보다 더 많은 일을 해야 한다."

의무를 다해도 아직 빚이 있다고 느낀다. 왜냐하면 사람이란 아무리 일을 해도 이것으로 충분하다고 만족하는 법이 없기 때문이다.

다만 몰인정한 자만이 결함을 인식한다. 그러므로 결함을 인식하기 위해서는 냉정해져야 한다. 다만 필요 이상으로 그래서는 안 된다.

최고의 행복은 우리의 결함을 고치고 우리의 잘못을 바로잡는 것이다.

만약 당신이 책을 읽을 수 있으면 그것을 이해해야 한다. 만약 당신이 글을 쓸 수 있으면 뭔가를 알고 있어야 한다. 만약 당신이 믿을 수 있으면 그것을 파악해야 하고 욕망을 가지고 있으면 책임도 져야 한다. 만약 당신이 요구하기만 한다면 당신은 이루지 못할 것이다. 그리고 만약 경험을 쌓았다면 다른 사람에게 도움이 되어야 할 것이다.

우리는 우리에게 도움이 되는 사람만을 인정한다. 우리가 왕들을 인정하는 까닭은 그의 서명하에 우리의 재산이 보증받고 있기 때문이다. 우리는 안팎의 번거로운 여러 관계로부터의 보호를 그에게 기대하는 것이다.

작은 시냇물은 자기가 도움을 주는 물방앗간 주인과 가깝게 지내면서 그를 위해 기꺼이 물방아를 돌린다. 사람들에게 알려지지 않고 골짜기를 누비고 흘러내리는 것만으로는, 작은 시냇물에게는 아무런 기쁨이 없다.

순수한 경험에 만족하고 이에 따라 행동하는 사람은 진실을 충분히 갖추고 있다. 성장기 아이는 이런 의미에서 현자이다.

이론 그 자체는 우리에게 여러 현상의 연관을 믿게 하는 한에서 도움이 되지만 이 밖에는 아무런 쓸모가 없다.

모든 추상적인 것은 실제 응용됨으로써 인간의 오성에 가까워진다. 그리고 이렇게 하여 인간의 오성은 행동과 관찰을 통해 추상에 다다르는 것이다.

너무나도 많은 것을 요구하는 사람, 복잡하게 얽힌 것을 기뻐하는 사람은 혼란한 위험에 빠지게 된다.

유추에 따라 생각하는 것은 비난받을 일이 못된다. 유추는 끝나는 법이 없고, 본디 마지막 것을 전혀 바라지 않는다는 장점이 있다. 이와는 반대로 귀납법은 위험하다. 그것은 앞에 세운 목적에만 눈을 팔고 그것을 향해 허위와 진실을 함께 끌고 가기 때문이다.

일상적인 보통의 관조(觀照), 즉 이 세상의 사물을 올바르게 보는 것은 일반적인 인간 오성의 상속재산이다. 외적인 것, 내적인 것의 순수한 관조에 이르러서는 아주 드물다.

앞의 것은 실천적인 감각, 직접행동에서 나타난다. 뒤의 것은 상징적으로, 주로 수학에 따라서 숫자와 공식에서 언어를 통해 원초적으로, 비유적으로, 천재의 문학 및 인간 오성이 갖는 격언적 성질로서 나타난다. 현존하지 않는 것은 전승을 통해 우리에게 작용해 온다. 전승의 일반적인 것은 역사적이라고 불린다. 상상력과 서로 닮은, 한결 높은 타원의 전승은 신화적이다. 만약 우리가 이들 배후에서 뭔가 제3의 것을 찾는다면, 그것은 신비주의로 바뀐다. 전승은 또 쉽게 감상적인 것으로도 된다. 그렇게 되면 우리는 오로지 정서적인 것만을 내 것으로 하기에 이르는 것이다.

우리가 참으로 빨리 나아가고자 한다면, 다음과 같은 활동에 유의해야 한다. 다시 말해
    준비적 활동,

수반적 활동,
협력적 활동,
보좌적 활동,
촉진적 활동,
강화적 활동,
방해적 활동,
지속적 활동인 것이다.

생각과 행동에서 다다를 수 있는 것과 다다를 수 없는 것은 구별되어야 한다. 그렇지 않으면 인생과 학문에서 큰 성과를 올릴 수 없다.

"상식은 인류의 수호신이다."

인류의 수호신으로 여겨야 할 상식은 먼저 그것이 밖으로 나타나는 양상에서 고찰되어야 한다. 인류가 어떤 목적을 위해 그것을 사용하고 있는가를 탐구해 보면 우리는 다음과 같은 것을 발견하게 된다.

인류는 갖가지 욕망을 전제로 한다. 욕망이 충족되지 않으면 사람들은 초조해하고, 이것이 충족되면 무관심해진다. 본디 인간은 이 두 가지 상태 사이를 움직이는 것이다. 인간은 그의 오성을, 이른바 인간 오성을 자신의 욕망을 충족하기 위해 사용할 것이다. 그리고 그 목적이 이루어지면 이번에는 무관심이라는 간격을 메우는 것이 그의 과제로 다가온다. 이 간격을 메우기가 가장 가까이에, 가장 필요한 한계 내에 한정되어 있으면 틀림없이 성공한다. 그러나 욕망이 우쭐해져서 일상의 범위를 넘어서게 되면, 이제 상식으로는 따라붙지 못하게 된다. 상식은 이제 수호신이 되지 못하고, 오류의 영역이 인류 앞에 열리는 것이다.

지나치게 비이성적인 사건도 분별 또는 우연으로써 이것을 바로잡을 수 있고, 아무리 이성적인 사건도 무분별과 우연이 이것을 그릇된 방향으로 이끌어 가기도 한다.

아무리 위대한 이념일지라도 현실이 되면 폭군 같은 작용을 한다. 이런 점에서 그것이 가져오는 이익은 너무나 빨리 손실로 바뀐다. 그러므로 모든 제도는 그 기원을 상기하고 처음에 그 제도상 타당했던 모든 것이 오늘날에도 계속 통용된다는 사실을 증명할 수 있어야만 옹호되고 칭찬받을 수 있다.

여러 제약을 불쾌하게 느낀 독일 극작가 레싱은 그의 작품 등장인물 가운데 한 사람에게 이런 말을 하게 한다. "어떤 인간도 반드시 이렇게 해야 된다고 강요받아서는 안 된다." 어느 재기 발랄하고 명랑한 남자가 말했다. 원하는 자는 행하지 않으면 안 된다고. 물론 교양 있는 제3의 남자가 이렇게 덧붙였다. 통찰하는 자는 또한 원한다고. 이렇게 하여 통찰하는 것, 원하는 것, 해야만 하는 것이 완전하게 원을 그려 완결되었다고 믿었던 것이다. 그러나 평균하여 인간의 통찰 및 인식이, 그것이 어떠한 종류의 것이든 간에 인간의 모든 행동을 규정한다. 그러므로 무지(無知)가 행동하는 것을 보는 것만큼 무서운 것은 없다.

두 개의 평화롭고 강한 힘이 있다. 즉 법과 예절.

법은 해야 할 것을 강요하고 경찰은 해서는 안 될 것을 강하게 금지한다. 법은 하나하나를 헤아리고 결정을 내린다. 경찰은 전체를 바라다보고 명령을 내린다. 법은 개인과 관련되고 경찰은 사회 전체와 관련된다.

과학의 역사는 하나의 위대한 둔주곡(遁走曲)이다. 각 나라 국민의 목소리가 계속하여 쫓아가듯 나타나는 둔주곡이다.

자연과학에는 형이상학의 도움 없이 적절하게 논하기 어려운 문제들이 많다. 여기에서 형이상학이라 함은 학교에서 가르치는 지식이나 말에 따른 지식이 아니라, 물리학 이전에도 있었고 물리학과 함께 있으며 물리학 이후에도 있을 그런 것이다.

권위, 즉 어떤 것이 이미 일어나 공언(公言)이 되고 결정되었다는 것은 큰 가치를 가진다. 그러나 어디에서나 권위를 요구하는 것은 융통성이 없는 획일적인 인간뿐이다.

옛날부터 내려오는 기초를 사람들은 존경한다. 그러나 어딘가에서 또다시 처음부터 기초를 쌓을 권리를 포기해서는 안 된다.

당신이 서 있는 장소를 굳게 지켜라! 이것은 이전보다 훨씬 필요한 격언이다. 사람들은 한편으로는 큰 당파에 끌려가고는 있으면서도 한 사람 한 사람이 저마다의 방식과 능력에 따라 자기주장을 관철하려 들기 때문이다.

무턱대고 증명하려 하지 말고 자신의 생각을 솔직하게 펼치는 것이 언제나 좋은 방법이다. 왜냐하면 우리가 들고나오는 모든 증명은 결국 우리 의견의 변주곡에 지나지 않기 때문이다. 그리고 반대의견의 소유자는 양자 어느 쪽에도 귀를 기울이지 않기 때문이다.

나날이 발전해 가는 자연과학에 대해 차츰 더 깊이 알게 되고 친해짐에 따라 내 가슴속에는 같은 시기에 일어나는 전진과 후퇴에 대해 여러 생각이 솟아나온다. 여기에서는 그중 하나만을 말하기로 한다. 그것은 우리가 이미 인정된 학문상의 잘못으로부터도 벗어나지 못하고 있다는 사실이다. 그 이유는 공공연한 비밀이다.

만약 어떤 사건이 잘못 해석되고 잘못 관련지어지고 잘못 연역(演繹)되면 나는 이것을 오류라고 부른다. 그런데 경험과 생각의 과정에서 어떤 현상이 한결같이 올바르게 관련되고 연역되는 일도 일어난다. 사람들은 이것을 기꺼이 인정하기는 하지만 거기에 특별한 가치를 두지 않고 아주 태연하게 오류를 그 옆에 그냥 놔둔다. 이리하여 나는 조심스럽게 보관되는 오류의 작은 창고를 알고 있다.

그런데 인간은 본디 자기 자신의 의견 말고는 흥미를 갖고 있지 않기 때문에 어떤 의견을 꺼내는 사람은 누구나 자기 자신과 다른 사람의 생각을 굳히기 위해 주변에서 도와줄 사람을 찾는다. 사람들은 도움이 되는 한에서는 진실을 이용한다. 그러나 허위도 일시적으로 이용되고 어중간한 논증으로서 다른 사람의 눈을 홀린다든지 그것을 구멍을 메우는 데 사용하여 산산이 토막 낸 것을 외견상 잇대어 꿰맬 수 있다고 생각되면, 사람들은 곧 정열적으로 미사여구를 늘어놓으며 그것에 달려든다. 이런 것을 보고 들었을 때, 나는 처음에는 화가 나고 다음에는 암울한 기분에 빠졌다. 그러나 이제는 고소한 기쁨을 느낀다. 나는 이런 행동을 두 번 다시는 폭로하지 않겠다고 마음먹었던 것이다.

하나하나의 존재는 모든 존재를 합친 것과 비슷하다. 그러므로 우리에게 존재는 언제나 동시에 분리되고 결합되는 것으로 여겨진다. 유사를 너무 심하게 밀고 나아가면 모든 것이 같은 것에 닿는다. 유사를 피하면 모든 것이 무한으로 흩어진다. 어느 경우에도 생각은 한자리에 머문다. 한편으로는 생각이 지나치게 활발하기 때문에 다른 한편으로는 그것이 죽어버린다.

이성은 생성하고 있는 것으로, 오성은 생성이 끝난 것으로 향한다. 이성은 무엇 때문에?를 걱정하지 않는다. 오성은 어디에서?를 묻지 않는다. 이성은 발전을 기뻐하고 오성은 이용하기 위해서 모든 것을 굳게 지키기를 바란다.

인간이 타고난, 인간의 본성과 서로 밀접하게 얽혀 있는 하나의 버릇이 있다. 인식을 위해서는 가장 몸 가까이에 있는 것으로는 충분치 않다는 버릇이다. 우리가 인정하는 어떤 현상도 그 순간에는 몸 가까이에 있는 것이어서, 우리가 강력하게 그 현상으로 돌입하면 현상이 자진하여 스스로를 해명하는 것처럼 현상에게 요구할 수 있다.

그러나 그런 요구를 하는 것은 인간의 본성에 어긋나는 것이기에 인간은 그것을 배워 깨닫지 못한다. 따라서 교양 있는 사람들은 눈앞에 있는 어떤 진실을 인식했을 때 이것을 가장 몸 가까이에 있는 것으로 관련짓는 데에 만족하지 않고, 가장 아득하고 먼 것과 관련 맺으려 애쓴다. 이것에서 오류에 또 오류가 생긴다. 몸 가까이에 있는 현상이 먼 현상과 관련을 맺는 것은, 모든 것이 어디에서나 자신을 나타내 보이는 위대한 법칙과 관계되어 있을 때뿐이기 때문이다.

보편적인 것이란 무엇인가?[*2]
개개의 경우이다.
특수한 것이란 무엇인가?
수백만의 경우이다.

추론(推論)은 두 개의 과실을 두려워해야 한다. 하나, 기지에 빠져서는 안 된다. 기지에 빠지면 추론은 무(無)로 돌아간다. 또 하나, 은유나 직유로 몸을 감싸면 안 된다. 그래도 뒤의 것이 덜 해롭다.

신화와 전설은 과학에서 다루면 안 된다. 이런 것을 소재 삼아 세상 사람들에게 도움이 되고 세상 사람들을 기쁘게 해주는 것을 천직으로 삼는 시인들에게 맡기면 된다. 과학에 몸담은 사람은 자기 몸 가까이에 있는 것, 확실한 현재에 자신을 한정해야 한다. 그러나 과학자가 이따금 수사학자가 되어 등장하고 싶다면 신화와 전설을 그에게 금할 필요는 없다.

나를 구하기 위해 나는 모든 현상을 서로 독립된 것으로 여기고 이것들을 억지로라도 떼어놓으려고 노력한다. 그러고 나서 나는 이들 현상을 상관개념이라고 생각한다. 이렇게 하면 현상은 결합을 이루어 하나의 확고한 생명체를 형성한다. 이 방법을 나는 특히 자연에 적용하는데, 우리 주위를 움직이고 있던 최근 세계사에 대해서도 이 고찰 방법은 효과적이다.

우리가 고차원적인 의미에서 발견 또는 발명이라고 부르는 것은 모두 하나의 독창적인 진리감정의 드러남이며 실증행위이다. 남몰래 오랫동안 갖춰져 온 진리감정이 갑자기 번개와도 같이 빠른 속도로 하나의 생산적인 인식으로 이끌려 가는 것이다. 그것은 인간의 가슴속 깊은 곳에서 일어나 외적인 것과 접촉해 발전하는 하나의 계시로, 이 계시는 인간에게 자신이 신과 비슷하다는 것을 예감케 한다. 그것은 세계와 정신의 종합이며 존재의 영원한 조화에 대해 이를 데 없이 행복한 보증을 주는 것이다.

---

*2 이하는 괴테 세계관의 핵심이다.

인간은 이해하지 못하는 것도 이해할 수 있다는 신념을 고집해야 한다. 그렇게 하지 않으면 인간은 탐구하지 않게 될 것이다.

모든 특수한 것은 응용할 수 있는 한 어떤 방법으로든 이해할 수 있다. 이러한 방법으로 이해할 수 없는 것도 이로운 것이 될 수 있다.

자신과 대상을 아주 긴밀하게 일치시키고, 이렇게 하여 고유한 이론이 되는 그런 섬세한 경험적 지식이 있다. 그러나 문화가 고도로 발달된 시대가 아니면 정신 능력이 이처럼 고양되지는 못한다.

가장 불쾌한 것은 성미 까다로운 관찰자와 변덕쟁이 이론가이다. 그들의 실험은 자질구레하고 복잡하며, 그들의 가설은 난해하고 이상야릇하다.

악한(惡漢)이기도 한 현학자가 있다. 그리고 이것이야말로 최악이다.

하늘이 어디를 가나 푸르다는 사실을 알기 위해 굳이 세계일주까지 할 필요는 없다. 보편과 특수는 일치한다. 특수는 여러 가지로 다른 조건 아래에서 나타나는 보편이다.

우리는 모든 것을 자기 스스로 보고 몸소 겪을 필요는 없다. 그러나 당신이 다른 사람과 다른 사람의 이야기를 신뢰하려면 대상과 두 개의 주관이라는 세 가지를 고려해야 한다는 점을 생각하라.

살아 있는 개체의 근본 특성은, 분리하고 결합하고 보편 속에 몰입하고 특수를 지속하고 변화하고 특수화하는 수천 가지 조건 아래에서 모습을 나타내는데, 나타났다가는 사라지고 굳어졌다가는 녹아버리고 멈췄다가는 움직이고 팽창했다가는 수축하는 것이다. 그런데 이런 모든 작용은 같은 순간에 동시에 일어나는 것이기 때문에 전체와 개체가 한꺼번에 일어나는 것이 된다. 발생과 소멸, 창조와 파괴, 탄생과 죽음, 기쁨과 슬픔, 모든 것이 범벅이 되어 같은 의미, 같은 정도로 작용한다. 그런 관계로 힘차게 기운 넘치는 특수한 것은 모두 언제나 가장 보편적인 것의 상징과 비유로 나타난다.

존재 전체가 영원히 되풀이되는 분리와 결합이라면 다음과 같은 결론에 다다른다. 즉 인간이 거대한 상태를 고찰할 때에도 분리하고 결합할 것이라는 사실이다.

물리학은 수학에서 떨어져 나온 것으로 표시되어야 한다. 물리학은 단호하게 독립을 지켜야 하며, 수학이 무엇을 다하고 무엇을 행하는가에는 전혀 신경 쓰지 말고 애정과 존경 그리고 경건의 온갖 힘을 기울여 자연과 자연의 신성한 생명 속에 가까이 다가가도록 노력해야 한다. 이와는 반대로 수학은 모든 외적인 것으로부터 독립해 있음을 선언하고 스스로의 위대한 정신적 걸음을 내딛지 않으면 안 된다. 그리고 이제까지처럼 현존하는 것에서 무엇을 얻을 수 있을지 생각하고, 또는 거기에 적응하려 노력하는 과정에서 보다 더 순수하게 자기 자신을 단련해야만 한다.

자연 연구에서도 도덕과 마찬가지로 하나의 지상명령이 필요하다. 다만 자연 연구의 경우에는 그것으로써 마지막에 다다른 것이 아니라 거기에서 이제 겨우 사태가 시작하고 있다는 사실을 생각해야 한다.

모든 사실이 이미 이론이라는 것을 이해하는 최고의 방법이자 결론이다. 하늘의 푸르름은 우리에게 색채론의 원리를 뚜렷하게 밝혀준다. 현상 배후에서는 아무것도 찾아서는 안 된다. 현상 자체가 학설이다.

학문에서 예외에 매혹되지 않고 문제점을 존중하면 곧 많은 것이 확실해진다.

내가 결국 근본 현상에 만족한다면 그것은 체념이다. 그러나 내가 인간 존재의 한계에 부딪혀 체념할 것인가, 아니면 나의 편협한 갖가지 가정(假定)에서 생기는 제약 안에서 체념할 것인가 하는 큰 차이점이 남는다.

아리스토텔레스가 제기한 여러 문제를 눈여겨보면 그의 타고난 관찰력에 놀라게 된다. 그리고 그리스인들이 모든 사물에 대해 얼마나 높은 안목을 가지고 있었는가를 깨닫게 된다. 다만 그들은 현상에서 직접 해석으로 옮겨가기 때문에 지나치게 서두르는 과실을 저지르고 있다. 이로 인해 전적으로 불충분한 이론적 개진이 나타난다. 그러나 이것은 오늘날에도 저질러지는 일반적인 과실이다.

모든 가설은 학생들을 잠들게 하는 교사의 자장가와 같다. 사색하는 성실한 관찰자는 점점 깊이 자신의 제약을 배워 알게 된다. 그는 지식이 차츰 넓어지면 넓어질수록 조금씩 더 많은 문제가 생기는 것을 보게 되는 것이다.

우리의 과실은, 확실한 것을 의심하고 확실치 않은 것을 정착시키려고 하는데에 있다. 나의 자연 연구 원칙은, 확실한 것을 굳게 지니고 확실치 않은 것에 주의를 게을리하지 않는 것이다.

사람들이, 말하자면 장난 삼아 제안하여 진지한 자연의 논박을 기다리는 그런 가설을 나는 칠칠치 못한 가설이라고 부른다.

도움이 되는 것은 무엇 하나 가르치지 않는데 어떻게 그가 그 길의 대가라고 생각될 수 있을까.

누구나 자기가 알고 있다고 믿는 것을 다른 사람들에게 전달해야 한다고 생각한다. 이처럼 어리석은 일은 없다.

학생은 무엇이건 확실치 않은 것을 전해 받고 싶어하지 않기 때문에 강의에서는 확실한 것이 요구된다. 그러므로 교사는 어떤 문제도 해결 못한 채 그대로 내버려두어서는 안 되며 얼마간 거리를 두고 그 주위를 빙빙 돌아서도 안 된다. 어떤 경우에는 곧바로 확실한 결정을 내려야만 한다(네덜란드 사람은 이를 "말뚝을 박는다" 한다). 이 '말뚝박기'가 끝나면 다른 누군가가 그 말뚝을 다시 뽑아내어 훨씬 좁게 또는 훨씬 넓게 다시 한 번 말뚝을 박기까지 한동안은 그 미지의 영역을 점유하는 것 같은 기분이 된다.

원인을 열심히 따져묻고, 원인과 결과를 혼동하고, 그릇된 이론에 만족하며 머무는 것, 이것들은 풀기 어려운 큰 해독을 가지고 있다.

진실하지 않은 것을 한번 입 밖에 냈다고 해서 그것을 되풀이할 의무는 없다는 사실을 깨달을 줄 안다면 그는 전혀 다른 인간이 될 것이다.

잘못된 것에는 언제나 그것에 대해 지껄일 수 있다는 이점이 있다. 진실은 곧바로 이용되어야만 한다. 그렇게 하지 않으면 진실은 없는 것이나 마찬가지이다.

진실이 얼마나 실천을 쉽게 해주고 있는가를 꿰뚫어보지 못하는 자는 자신의 그릇된, 매우 힘이 드는 행동을 조금이나마 그럴듯하게 둘러대기 위해 그것을 비난하고 흠을 들추어내곤 한다. 독일인은, 꼭 그들만이 그런 것은 아니지만, 학문을 가까이하기 어려운 천성을 지녔다.

영국인은 발견된 것을 곧 새로운 발견과 신규사업을 관련해 이용할 줄 아는 대가이다. 어째서 그들이 어디에서나 우리를 앞지르고 있는지 그 이유를 물어보라.

사물을 생각하는 인간에게는 묘한 성질이 있다. 풀리지 않는 문제가 가로놓여 있는 곳에 즐겨 공상을 꾸며내고 문제가 풀려서 진리가 뚜렷해져도 그것을 뿌리칠 수가 없다.

형태를 갖지 않은 현실을 가장 독자적인 양상에서 파악하고, 그것을 머릿속 망상과 구별하려면 독자적인 정신행사가 필요하다. 망상도 어떤 종류의 현실성을 갖고 생생하게 다가오기 때문이다.

규모가 크든 작든 간에 자연을 관찰할 때 나는 쉬지 않고 이런 질문을 제기해 왔다. 여기서 발언하는 것은 대상인가 아니면 너 자신인가? 그리고 나는 이런 의미에서 선배와 협력자들도 관찰했던 것이다.

사람은 누구나 기존의 질서 있는 완전한 세계를 결국은 하나의 소재로만 보고 있고, 이를 바탕으로 하여 자기에게 어울리는 독자적인 특별한 세계를 창조하려고 노력한다. 유능한 인간은 망설이지 않고 그것을 파악하며, 그렇게 함으로써 되어가는 형편에 맡기는 태도를 따르려 한다. 그러나 다른 사람들은 이것저것 생각하다 머뭇거리는데 어떤 사람들은 이 세계의 존재까지도 의심하는 것이다.

이 근본진리를 충분히 분별하고만 있으면 아무도 싸우는 일 없이 다른 사람의 사고방식도 자기의 것과 마찬가지로 오로지 하나의 현상이라는 것을 인정할 수 있다. 왜냐하면 어떤 사람은 쉽게 생각해 내는 것이라도 다른 사람은 생각해 낼 수 없다는 것을 우리는 거의 날마다 경험하기 때문이다. 또한 그것은 내 신상에 무슨 영향을 끼치는 사항이 아니고 완전히 아무래도 좋은 사항에 대한 것이다.

사람이 아는 것은 본디 자기 혼자만을 위해 알고 있는 것이다. 내가 알고 있다고 생각하는 것에 대해 다른 사람과 이야기하면 금세 그는 내가 한결 더 잘 알고 있다고 믿는다. 그래서 나는 자기가 알고 있는 것을 가슴에 접어두고 언제나 또 나 자신 속으로 되돌아가지 않을 수 없다.

진실한 것은 발전한다. 그러나 잘못된 것에서는 아무것도 발전하지 않는다. 잘못된 것은 우리를 혼란에 빠지게 할 뿐이다.

인간은 여러 결과의 한가운데 있으면서도 그렇게 된 원인을 묻고 싶은 마음을 억누르지 못한다. 인간은 안일한 존재이기 때문에 가장 가까이에 있는 원인을 가장 좋은 것으로 생각하고는 그것에 손을 뻗어 그것으로 안심한다. 특히 이것이 일반적인 오성 본연의 자세이다.

인간은 재해를 보면 즉각 그것에 대응작용을 한다. 즉 증상치료로 곧장 돌진해 가는 것이다.

이성은 오직 생명이 있는 것만을 지배한다. 지구 구조학의 대상인 생성이 끝난 세계는 죽은 것이다. 그러므로 지질학은 존재할 수 없다. 왜냐하면 여기에는 이성을 상대로 할 수 있는 것은 아무것도 없기 때문이다.

나는 골격이 흩어진 것을 발견하면 그것을 주워모아 짜맞출 수 있다. 왜냐하면 여기에는 영원한 이성이 유사물을 통해 나에게 말을 해오기 때문이다. 만일 그것이 고생물(古生物)의 일대 게으름뱅이라고 하더라도 그 사실에는 변함이 없다.

우리는 이미 생성하지 않는 것을 생성하고 있는 것으로 생각할 수는 없다. 생성을 끝낸 것을 우리는 이해하지 않는다.

이미 일반적인 것으로 여겨지는 근대의 화성설(火成說)은 본디 현재의 이해할 수 없는 세계를 과거 미지의 세계와 결합해보려고 하는 대담한 시도이다.

같은 또는 적어도 비슷한 결과가 다른 방식으로 자연력에 따라서 생산된다.

다수파만큼 싫은 것은 또 없다. 왜냐하면 다수파는 얼마 안 되는 강력한 지도자와, 대세에 순응하는 비겁한 자들과, 부화뇌동하는 약자와, 자기들이 무엇을 바라는지 전혀 알지 못하고 어정어정 뒤를 쫓아가는 대중으로 이루어졌기 때문이다.

수학은 변증법과 마찬가지로 인간 내부 고등감각의 한 기관이다. 그것은 실제로 쓸 때에는 웅변술과 마찬가지로 하나의 기술이다. 양자는 형식 말고는 어떤 가치도 갖고 있지 않다. 내용은 그들에게는 아무래도 좋다. 수학이 동전을 가르치든 금화를 가르치든, 웅변술이 진실을 변호하든 허위를 변호하든 간에 그것은 둘에게는 같은 것이다.

그러나 이런 경우에는 이런 일에 종사하고 이런 기술을 실제로 사용하는 인간의 성격이 문제되는 것이다. 옳은 일에 편을 드는 단호한 변호사, 천체를 연구하는 투철한 눈을 가진 수학자, 둘 다 신과 비슷하다.

수학에는 엄밀성 이외에 엄밀한 것이 있을까? 이렇게 물어보면, 이 엄밀성이란 인간 내부의 진리감정의 한 결과가 아니겠는가.

수학은 편견을 제거할 수 없다. 이기심을 억누를 수도 없다. 당파심을 진정시킬 수도 없다. 도덕에 대한 것에서는 수학은 힘이 없다.

수학자는 완전한 인간인 한, 진실한 것에 대한 아름다움을 마음속에 느끼는 한에서만 완전하다고 할 수 있다. 이렇게 하여 비로소 그는 철저하고 투철한, 용의주도하고 순수한, 명석하고 쾌적한, 아니 우아하기까지 한 인상을 줄 것이다. 프랑스의 수학자 라그랑주와 비슷한 사람이 되기 위해서는 이런 모든 점이 필요하다.

언어 그 자체만으로 옳다든가 훌륭하다든가 아름답다든가 하는 것이 아니라, 언어 속에 나타나는 정신이 올바르고 훌륭하고 아름다운 것이다. 그러므로 저마다가 자기의 생각이나 이야기 그리고 시에 대해 희망하는 그런 성질을 부여하려고 하는지는 문제가 아니고, 그에 대한 자연이 거기에 필요한 정신적 및 도덕적 자질을 부여하고 있는지가 문제인 것이다. 정신적 자질이란 직관력과 통찰력이며, 도덕적 자질이란 참된 것의 존중을 방해하려고 하는 악령들을 거부하는 능력이다.

단순한 것을 복잡하게, 쉬운 것을 어렵게 설명하려고 드는 것은 학문 전체에 퍼져 있는 나쁜 현상으로, 지식인들은 그것을 인정하고는 있지만 어디에서나 뚜렷하게 시인하는 것은 아니다.

물리학을 정밀하게 검토해 보라. 그렇게 하면 여러 현상(諸現象)도, 물리학의 기초를 이루는 여러 실험(諸實驗)도 다른 가치를 가지고 있다는 사실이 발견될 것이다.

최초의 실험, 기초실험이 무엇보다 중요하다. 그리고 그 위에 세워진 문제는 확실하고 흔들리지 않는다. 그러나 제2, 제3의 실험도 있다. 이들 실험에게도 같은 권리를 인정한다면, 이것들은 제1실험으로 해명된 것을 혼란하게 만들 뿐이다.

학문에서, 아니 여기저기에서 볼 수 있는 하나의 큰 폐단은, 이념을 소화할 능력이 없는 사람들이, 아무리 지식이 풍부하더라도 그것으로 이론을 세울 자격이 없다는 것을 이해하지 못하기에 자기 분수를 생각하지 않고 이론을 마구 주물러대는 데에 그 원인이 있다. 그들은 처음에는 칭찬할 만한 인간 오성을 갖고 사물에 임하기는 하지만, 이 오성에는 한계가 있고 이 한계를 넘어서면 오성은 부조리한 것이 될 위험에 빠진다. 인간 오성에 배정된 영역과 몫은 행위와 행동 분야이다. 활동하고 있으면 오성은 좀처럼 길에서 벗어나지 않는다. 그러나 고차원의 생각, 결론짓기, 판단은 인간 오성이 상관하는 사항이 아니다.

경험은 처음에는 학문에 도움이 되고 다음에는 학문을 해친다. 왜냐하면 경험은 법칙과 예외를 함께 인정하게 하기 때문이다. 그러나 양자의 평균치는 절대로 진실을 내놓지 못한다.

대립하는 두 의견 한가운데에 진리가 있다고 말한다. 그러나 절대로 그렇지 않다. 그 중간에 있는 것은 문제이다. 그것은 눈에 보이지 않는 것이고 정지 상태에 있다고 생각했던, 영원히 활동하는 생명이다.

제3부

제1장

이 모든 일과, 잇따라 일어난 여러 일들도 잘 매듭지어졌다. 이제, 빌헬름의 가장 큰 관심은 비밀결사대에게 다시 접근하여, 그들 어느 한 무리와 어디에선가 만날 수 있지 않을까 하는 것이었다. 그래서 그는 자신이 가지고 있는 도표*1에 의지해 자신을 목적지로 안내해 줄 가능성이 클 듯한 길을 골라 출발했다. 그러나 가장 좋은 지점에 다다르기 위해서는 평지를 가로질러야 했기에, 그는 어쩔 수 없이 걸어서 가고 짐은 뒤따라 지고 오게 했다. 그런데 그의 걷기 여행은 한 발짝씩 옮길 때마다 충분한 보상을 받았다. 뜻하지 않게 마음에 드는 시골을 만났던 것이다. 그곳은 산맥 끝자락이 평지로 내려 뻗은 시골이었다. 딸기나무로 덮인 언덕이 있었고, 완만한 비탈은 구석구석까지 펼쳐졌다. 들판은 온통 초록색으로 뒤덮여 있었기 때문에 가파른 곳, 메마른 땅, 경작되어 있지 않은 곳은 찾을 수가 없었다. 그는 몇몇 물줄기가 흘러들어오는 이 지역 중심의 들녘에 도착했다. 이곳 또한 정성들여 일구어졌고, 멀리 보이는 풍경도 그의 마음에 들었다. 늘씬한 나무들이 이곳을 가로질러 흐르는 강물과 흘러들어오는 시냇물의 구불구불한 풍광을 보여주고 있었다. 지도를 꺼내보니, 그어진 선이 곧장 이 들판을 꿰뚫고 있었다. 그래서 그는 여태까지는 길을 제대로 들어섰다는 것을 알 수 있었다.

오래됐지만 보존이 잘된, 여러 시대에 걸쳐 복원된 성 하나가 딸기나무로 덮인 언덕 위에 모습을 드러냈다. 언덕 기슭은 밝은 시골 거리로 이어졌고, 앞쪽에는 유달리 눈에 띄는 여관 한 채가 있었다. 그는 여관으로 걸어갔다. 여관 주인은 그를 다정하게 맞아주기는 했지만, 어느 단체가 이 여관 전체를 일정 기

---

*1 빌헬름은 탑의 결사 친구들과 만날 수 있는 지점이 적힌 지도를 가지고 있다.

간 빌려 쓰고 있어서 그 단체의 허락이 없으면 묵게 할 수 없다고 양해를 구했다. 그 때문에 모든 손님에게 훨씬 위쪽에 있는, 아주 오래된 여관으로 가달라고 할 수밖에 없다는 것이었다. 한참 동안 빌헬름과 이야기를 주고받은 뒤에 그 남자는 무언가 생각에 잠기는 듯하더니 말했다. "지금은 아무도 없지만, 마침 오늘이 토요일이라 사무장이 곧 돌아올 것입니다. 그분이 매주 한 번씩 모든 계산을 끝내고 앞으로 필요한 것을 주문하시지요. 정말이지, 그분들 사이에는 엄격한 질서가 있고, 꽤 까다로운 면이 있긴 해도 그분들과 함께 하는 것은 유쾌한 일이죠. 큰돈은 아니지만 확실한 돈벌이가 되니까요." 그러고는 새로 온 손님을 위층 넓은 응접실로 안내한 뒤, 이곳에서 좀 참고, 앞으로의 일은 상황이 어떻게 변하는지 봐가며 생각해 보자고 했다.

그곳에 들어가 보니, 넓고 깨끗한 방에 의자 몇 개와 탁자뿐이었다. 한쪽 문 위에 큰 판자 하나가 붙어 있는 것을 보고, 좀 이상하다는 생각이 들었다. 그 판자에는 금박으로 쓴 글자가 있었다. "Ubi homines sunt modi sunt." 이 라틴어를 우리말로 설명하자면, 인간이 모여 집단을 이루는 곳에서는 공동생활을 꾸려나가기 위한 방식이 곧 이루어지게 된다는 의미였다. 이 격언은 우리의 떠돌이를 명상에 잠기게 만들었다. 이것은 좋은 징조라고 여겼는데, 왜냐하면 살아오는 동안 여러 번 이성적이고 유익한 것이라고 인정해 온 것이 그 글에 강조되어 있음을 발견했기 때문이다. 얼마 지나지 않아 사무장이 나타났다. 그는 여관 주인으로부터 이미 이야기를 들은 듯 짤막하게 그와 이야기를 나누고는, 특별히 묻지도 않은 채 다음 조건으로 그의 숙박을 허락했다. 곧 사흘 동안 머무를 것, 어떤 행사이든 모두 침착하게 참가할 것, 무슨 일이 일어나든지 그 원인을 묻지 말 것, 마찬가지로 떠날 때 또한 숙박비를 묻지 말 것이었는데, 여행자는 이 모든 조건을 받아들여야만 했다. 왜냐하면 상부로부터 모든 권리를 위임받아 지시대로 수행하기만 하는 책임자인 그로서는, 어느 한 가지도 양보할 수 없었기 때문이다.

사무장이 막 나가려 할 때 노랫소리가 계단을 따라 울려왔다. 아름다운 두 젊은이가 노래를 부르며 계단을 올라오는 것이었다. 이 두 사람에게 대표자는 간단한 신호로 손님을 맞이했음을 알렸다. 그 둘은 참으로 상쾌한 이중창으로 노래를 계속했다. 그들이 완벽한 연습을 통해 이 분야에서는 꽤 좋은 실력을 갖추게 되었다는 사실을 바로 알 수 있었다. 빌헬름이 꼼짝 않고 주의를 기울이며 관심을 갖자 노래를 마친 두 사람이 물었다. 걸어서 여행을 하다 보면, 가끔 노래가 떠올라 혼자 흥얼거리게 되지 않느냐고. 빌헬름은 말했다. "나는 좋은 목소리를 타고나지는 못했지만, 이따금 마음속의 신비스런 정령이 내게 리듬감 있는 선율을 속삭이는 것 같은 느낌이 들어요. 그럴 때마다, 나는 걸어가면서 박자에 맞추어 몸을 움직이는데, 동시에 희미한 가락이 들려오는 것처럼 느껴지지요. 그 가락이 또 어떤 순간에는 기분 좋게 떠오르는 노래의 반주를 해주는 거지요."

"그 노래들 가운데에서 생각나는 게 있으시면 적어주세요." 젊은이들이 말했다. "우리가 당신의 노래하는 정령의 반주를 할 수 있을지 어떨지 한번 시험해 보시지요." 그는 수첩에서 종이를 한 장 떼어내, 그들에게 다음과 같은 노래를 적어주었다.

산에서 언덕으로
골짜기를 따라 더 깊이 내려가면,
노래의 날개가 춤추듯 울려 퍼지고
메아리에 흔들리며 나아가듯
무제한 충동*²의
뒤를 쫓아라. 이성의 가르침이여, 기쁨이여.
그대의 수고는 사랑으로 감싸이고,
그대의 삶은 행위 그 자체이리라.

잠깐 생각한 뒤에, 금세 젊은 나그네의 발걸음에 어울리는 이중창이 울리기 시작했다. 노래는 되풀이되고 서로 뒤엉키면서 이어져, 듣고 있던 빌헬름의 마음을 사로잡았다. 빌헬름은 그것이 그 자신의 가락이고 그의 원주제인지, 아니면 그의 가락이 오늘에야 비로소 다른 어떤 율동도 생각할 수 없을 만큼 훌륭히 조화를 이룬 것인지를 분간하기가 어려웠다. 두 젊은이가 이렇게 흥에 겨워 노래하고 있을 때, 체구가 건장한 젊은이 둘이 들어왔다. 몸에 지닌 물건으

---

*2 무제한 충동은 끝내 파국을 가져온다. 그러다 충동이 참된 목표를 알아차리고 인간의 피제약성을 알게 되면, 충동에 충고(이성)가 생기고, 따라서 기쁨도 생긴다. 무한한 정진(精進)이 변해 유한(有限)한 사랑에 쓸모 있는 활동이 된다.

로 보아 그들이 미장이임을 곧 알아차릴 수 있었고, 그 뒤를 쫓아온 두 사람은 목수임이 틀림없었다. 이 네 사람은 자신들의 도구를 조용히 바닥에 내려놓고는 노랫소리에 귀를 기울이다가, 곧 확실하고 뚜렷한 가락으로 그 노래에 합세했다. 그것은 떠돌이 일행이 산을 넘고 골짜기를 지나 걸어가는 모습을 마음에 그리게 했고, 빌헬름은 이제까지 이처럼 쾌적하고 마음과 정신을 북돋워주는 노래를 들어본 적이 없다고 생각했다. 그런데 이 즐거움이 한결 더해 최고조에 이를 무렵, 거인으로 착각할 만큼 몸집이 커다란 누군가가 계단을 올라오고 있었다. 그 힘차고 억센 발걸음 소리는 아무리 조심스럽게 걸어도 소용이 없었다. 그는 무거운 짐이 들어 있는 등짐 바구니를 방 한구석에 내려놓고는 의자에 앉았다. 그 나무의자에서 삐걱거리는 소리가 나자 노래하던 두 친구들이 와하고 웃었지만, 노래를 멈추지는 않았다. 그러나 거인 아낙*³의 아들 같은 사나이가 어마어마한 베이스 목소리로 노래에 합류했을 때, 빌헬름은 놀라지 않을 수 없었다. 온 방안이 울렸기 때문이다. 그리고 이 사나이가 후렴 가운데 자신의 부분을 즉석에서 바꾸어 다음과 같이 노래했을 때는 깊은 인상을 받지 않을 수 없었다.

> 살아 있는 동안은 어떤 일도 미루지 말라.
> 그대의 일생은 행위의 연속이어라.

게다가 사람들이 금세 알아차린 것은, 그가 훨씬 느리게 속도를 줄여서 다른 사람들을 억지로 자기에게 보조를 맞추도록 한다는 것이었다. 마침내 노래를 다 부르고 모두가 더없이 만족해하고 있을 때, 사람들은 마치 그가 자기들을 미혹하려고 마음먹기라도 했다는 듯이 그를 비난했다. "당치도 않습니다." 그는 외쳤다. "당신들이야말로 나를 헷갈리게 하고 있어요. 나의 걸음을 늦추려는 것일 테지요. 나의 발걸음은 절도 있고 착실하지 않으면 안 됩니다. 짐을 짊어진 채 산을 오르내리고, 게다가 정해진 시간에 도착해서 당신들을 만족시켜드려야 합니다."

그러더니 그들은 한 사람씩 차례차례 사무장이 있는 곳으로 갔다. 빌헬름은

---

*3 《구약성서》 〈신명기〉 9 : 2.

그것이 정산을 끝내기 위한 것임을 충분히 짐작할 수 있었지만, 끼어들어 물어볼 수는 없었다. 그러는 동안 쾌활하고 어여쁜 두 소년이 들어와 재빨리 식탁을 정리하고, 적당한 식사와 포도주를 가져왔다. 곧 사무장이 나와서 자기와 함께 자리하도록 모두를 초대했다. 소년들은 시중을 들면서도, 선 채로 자신들의 몫을 잊지 않고 먹었다. 빌헬름은 그가 배우들과 함께 지내던 때의 이와 비슷한 장면을 떠올렸는데, 그는 오늘 눈앞에 있는 사람들이 훨씬 성실하며, 농담으로라도 허세를 부리지 않고, 의미 있는 삶의 목표를 지향하고 있다고 여겼다.

직공들과 사무장이 나누는 대화 속에서 빌헬름은 이 사실을 확실히 알 수 있었다. 이 착실한 네 젊은이는, 엄청난 화재가 일어나 잿더미로 변해 버린 이 근처 시골 마을에서 일했다. 또한 이 유능한 사무장이 목재와 건축 재료 보급에 몸담고 있음을 알았다. 이런 사실은 이들 모두가 이 고장 사람 같지 않고 지나가는 여행자들처럼 보였기 때문에, 빌헬름에게는 더더욱 수수께끼처럼 느껴졌다. 식사가 끝나자, 성(聖) 크리스토프*⁴―이 거인을 사람들은 그렇게 불렀다―는 따로 챙겨두었던 고급 포도주를 잠자리에서 마시려고 한 잔 가득 따라 가져갔다. 그리고는 그들은 뿔뿔이 흩어졌지만, 아직도 계속해서 서로의 귀에 들려오는 노랫소리가 그들의 마음을 하나로 젖어들게 했다. 빌헬름은 아주 쾌적한 위치에 있는 방으로 안내되었다. 둥근달이 풍요로운 들판을 비추며 벌써 하늘 한가운데에 떠 있어서, 우리 떠돌이의 가슴에 달빛과 닮은 여러 추억이 떠오르게 했다. 사랑하는 친구들의 모습이 그의 마음을 스쳐갔다. 특히 레나르도의 모습은 너무나 뚜렷이 나타나서 그를 눈앞에서 보는 것만 같았다. 이 모두가 그에게 밤의 안식을 누리도록 깊은 휴식을 주었지만, 그때 이상하기 짝이 없는 소리*⁵가 들려와 그를 매우 놀라게 했다. 집이 몇 번이나 흔들렸고, 그 소리가 가장 크게 울릴 때면 기둥까지도 쿵 울렸던 것이다. 빌헬름은 여느 때 어떤 소리도 분간할 수 있는 예민한 귀를 가지고 있었지만, 이번만큼은 도무지 무슨 소리인지를 판단할 수가 없었다. 그는 음량이 너무 커서 일정한 소리를 낼 수 없는 큰 파이프 오르간의 쿵 소리와 비슷하다고 생각했다. 그날 밤, 사람

---

*4 어린 예수를 등에 업고 강을 건넜다는 성자로, 키가 크고 몸이 억셌다고 한다. 이 산중의 짐꾼도 키가 크고 몸이 건장했기 때문에 이런 별명으로 불리고 있었다.
*5 성 크리스토프의 코고는 소리를 말한다.

을 깜짝 놀라게 한 소리가 아침녘에 그쳤는지, 아니면 빌헬름이 차츰 그 소리에 익숙해져서 느끼지 못하게 되었는지 분명히 알 수는 없지만, 어쨌든 그는 어느새 깊은 잠에 빠졌고 떠오르는 햇빛을 받으며 기분 좋게 눈을 떴다.

시중드는 소년 하나가 그에게 아침 식사를 가져오자, 곧바로 한 사람이 들어왔다. 그 사람은 전날 저녁 식사 때 보기는 했지만, 어떤 신분을 가졌는지 확실치 않은 인물이었다. 체격이 좋고 어깨가 넓은데도 동작이 민첩한 이 사나이가 꺼집어내는 도구들로 보아 이발사임을 곧 알 수 있었다. 그는 빌헬름이 바라 마지않던 시중을 들어주려는 준비를 하는 것이었다. 그는 말이 없었다. 일은 아주 경쾌하게 진행되었으며, 소리 하나 내는 법이 없었다. 그때, 빌헬름이 말했다.

"당신의 이발 솜씨는 참으로 대단하군요. 나는 여태까지 이처럼 면도날이 부드럽게 뺨에 닿는 감촉을 느껴본 적이 없어요. 그리고 당신은 단체의 규칙을 철저히 지키는 것 같군요."

이 말없는 사나이는 장난꾸러기 같은 미소를 지으며 입에다 손가락을 얹어 보이고는 조용히 문밖으로 나가 버렸다. 빌헬름은 그의 등에다 대고 소리쳤다.

"정말이지, 당신은 빨간 외투*[6]로군요. 꼭 그 사람이 아니더라도 적어도 그 자손 가운데 한 사람임에 틀림없어요. 당신이 내게 답례를 바라지 않은 것은 당신에게 행운이지요. 만약 답례를 바랐다면, 당신은 큰 변을 당했을 겁니다."

이 이상한 사나이가 나가자마자, 이번에는 사무장이 들어와 오늘 점심 식사에 초대한다는 이야기를 전했는데, 그 초대라는 말이 아주 이상하게 들렸다. 이 초청자는 확실하게 말했다.

"반트*[7]가 손님을 환영합니다. 그리고 점심 식사에 초대해 더 가까운 관계를 맺기를 기대하면서 기뻐하고 있습니다."

그는 또 빌헬름이 이 집에서 잘 지내는지 묻고, 그의 대접에 만족하는지도 물었다. 빌헬름은 자신의 주변에서 일어난 모든 일에 대해 칭찬할 수밖에 없었다. 물론 빌헬름은 조금 전의 말 없는 이발사에게도 물어보고 싶었던 것처럼, 무섭지는 않았지만 자신을 불안하게 만들었던 어젯밤의 그 처절한 소리에 대

---

*6 무제우스(Museus, 1735~87)가 쓴 《독일민화집》에 나오는, 옛 성을 떠도는 유령이발사.
*7 das Band : 결속. 이 명칭은 다시 나타나 제6장 첫머리에서 분명해진다. 지도자인 레나르도와 몇 명의 우두머리를 말한다.

해 묻고 싶었다. 그러나 자기가 행한 서약을 떠올리고 모든 질문을 미루어 두었다. 그리고 주제넘게 나서지 않더라도 단체의 호의나, 혹은 우연히 자신의 소망대로 어떻게든 알게 되리라 낙관했다.

우리의 주인공은 혼자 있게 되자 먼저 자신을 점심 식사에 초대한 이 이상한 인물에 대해 생각해 보았지만 도무지 감을 잡을 수가 없었다. 한 사람 또는 몇몇 우두머리를 '반트'라는 중성명사로 부른다는 것이 그에게는 너무나 의아스러웠다. 그건 그렇다 치고, 주위가 몹시 고요해 그는 여태껏 이렇게 조용한 일요일은 경험한 적이 없는 것처럼 느껴졌다. 집을 나선 그는 어디선가 종소리가 들려오기에 작은 마을 쪽으로 발걸음을 옮겼다. 그때 마침 미사가 끝나 밀려나오는 마을 사람들과 농부들 사이에서 그는 어제 본 세 친구, 즉 목수, 미장이, 그리고 소년을 발견했다. 나중에 그는 개신교 신자들 사이에 섞여 있는 또 다른 세 사람을 보았다. 그 밖의 다른 사람들이 어떻게 예배를 드리는지 알 수는 없었지만, 어쨌든 이 단체 내에서는 완전한 신앙의 자유가 보장되어 있다는 결론을 내려도 될 것 같았다.

정오에 정문이 있는 곳에서 사무장이 우리의 주인공을 맞아들였다. 사무장은 방을 몇 개 지나 큰 회랑으로 안내하고는 그곳에 앉게 했다. 많은 사람들이 그의 곁을 지나, 옆의 커다란 응접실로 들어갔다. 그들 가운데에는 친숙한 얼굴들도 있었는데, 성 크리스토프도 보였다. 모든 사람이 사무장과 새로 들어온 손님에게 인사했다. 그때에 우리 주인공의 시선을 가장 많이 끈 것은, 눈앞에 보이는 사람은 모두 직공으로 보인다는 것이었다. 모두가 평상복을 입었으나 아주 깨끗한 옷차림이었고, 사무직에 관계된 사람으로 생각되는 이는 거의 없었다.

더는 새로운 손님이 밀려오지 않게 되었을 때, 사무장은 멋진 문을 지나 크고 널찍한 홀로 우리의 주인공을 안내했다. 그곳에는 끝이 보이지 않을 만큼 기다란 식탁이 준비되어 있었다. 그는 그 맨 끝자리를 지나서, 세 사람이 마주하고 서 있는 윗자리로 안내되었다. 그리고 그는 얼마나 놀랐던가. 그가 가까이 가자 미처 알아볼 틈도 없이 레나르도가 그의 목을 껴안았던 것이다. 이 예상치 못한 놀라움이 채 가시기도 전에, 이번에는 두 번째 사나이가, 마찬가지로 열렬하게 그를 껴안으면서 자기는 나탈리에의 남동생으로 좀 독특한 프리드리히라고 내력을 밝혔다. 이 친구들의 환영은 마침 그 자리에 있던 모든 사람에게로 번졌다. 기쁨과 축복의 함성이 온 식탁에 울려 퍼졌다. 그러나 모두 제자리에 앉은 순간, 갑자기 조용해졌다. 식사의 향연은 어떤 엄숙한 분위기를 띠고 식탁으로 옮겨졌다.

식사가 끝나갈 무렵, 레나르도가 한 신호를 보내자 두 가수가 일어섰다. 어제 자기가 지은 노래가 되풀이되는 것을 들은 빌헬름은 매우 놀랐다. 그 노래는 다음에 이어질 이야기를 위해 여기에 다시 쓸 필요가 있을 것 같다.

> 산에서 언덕으로
> 골짜기를 따라 더 깊이 내려가면,
> 노래의 날개가 춤추듯 울려 퍼지고
> 메아리에 흔들리며 나아가듯
> 무제한 충동의 뒤를 쫓아라.
> 이성의 가르침이여, 기쁨이여.
> 그대의 수고는 사랑으로 감싸이고,
> 그대의 삶은 행위 그 자체이리라.

이 이중창이, 호감 가는 절도 있는 합창과 어우러지면서 막바지에 접어들 때, 맞은편의 다른 두 가수가 벌떡 일어나 엄숙하고도 격렬한 가락으로, 이 노래를 이어가는 게 아니라 오히려 앞의 노래를 반복하듯이 불러 새로 온 손님을 놀라게 했는데, 그 노래는 이렇게 들렸다.

> 이렇듯 인연은 끊어지고
> 신뢰도 상처를 입었나니,
> 말할 수도, 알 도리도 없네.
> 예측하지 못한 운명으로
> 오늘 나는 이별하고 방랑하나니,
> 과부와도 같은 슬픔에 잠겨
> 그이 아닌 다른 사람과
> 끝없는 여로를 걸어가야 하나!

이 절(節)에 맞추어 노래하는 합창단은 차츰 수가 늘어나, 더욱 힘차게 울려 퍼졌다. 그러나 식탁 맨 끝자리에서 들려오는 성 크리스토프의 목소리만은 바로 구별해 낼 수 있었다. 마지막에는 거의 두려움이 느껴질 만큼 슬픈 감정이 고조되었다. 당장이라도 터질 것 같은 감정이, 가수들의 노련함으로 노래 전체에 둔주곡과 같은 분위기를 주었기 때문에, 우리의 주인공 빌헬름은 소름이 끼칠 만큼 강렬한 전율을 느꼈다. 실제로 모든 사람이 완전히 한마음이 되어 출발을 눈앞에 둔 그들 자신의 운명을 슬퍼하는 것처럼 보였다. 참으로 이상한 반복이었고, 거의 숨이 넘어갈 듯하다가 몇 번이고 되살아나는 노래가 나중에는 단체 그 자체에까지도 위험스럽게 느껴졌다. 레나르도가 자리에서 일어섰다. 그러자 모두 노래를 멈추고 자리에 앉았다. 레나르도는 이들을 배려하는 따뜻한 어조로 이야기하기 시작했다.

"우리 모두의 눈앞에 다가오고 있는 운명에 대비하기 위해, 여러분이 그 운명을 쉬지 않고 마음속에 그려보는 일을 나는 나무랄 수 없습니다. 그러나 만약 삶에 지친 노인들이 동료들에게 '죽음을 생각하라!' 외친다면, 인생을 즐기는 우리 젊은이들은 '떠돌 것을 생각하라!'라는 밝은 말로 끊임없이 서로 격려해야 마땅할 것입니다. 그리고 그때 우리가 스스로 계획한 것이나, 마땅히 해야 한다고 믿고 있는 일에 대해 활발하게 이야기를 주고받는 것은 무엇보다 좋은 일입니다. 여러분이 잘 알고 있듯이, 우리에게는 꼭 지켜야 할 것들이 있고 유동적인 것들도 있습니다. 그러니 흥겹고 기운을 북돋아주는 노래로 이를 즐깁시다. 자, 그럼 이번에는 이별의 잔을 들어봅시다."

이 말과 함께 그는 잔을 비우고는 자리에 앉았다. 네 명의 가수가 자리에서 재빨리 일어나, 가락을 바꾸어 앞의 노래와 연결되는 장단으로 노래를 부르기 시작했다.

언제까지나 땅에 얽매이지 말라.
새로이 결심하여 힘차게 발을 내디뎌라!
머리와 팔뚝에 억세고 강한 힘이 어리면,
어느 곳이나 그대의 집이리.
햇빛을 즐기는 곳에는
근심 걱정이 없는 법,
우리 이 세상에 흩어져 살라고

세상은 이처럼 넓으리.

합창이 반복되는 가운데 레나르도가 자리에서 일어나자, 사람들도 모두 그와 함께 일어났다. 그가 신호를 보내자, 식탁에 함께 앉아 있던 친구들이 일제히 노래를 부르며 움직이기 시작했다. 맨 끝자리의 친구들이 성 크리스토프를 앞세워 두 사람씩 한 조를 이루면서 홀에서 나갔다. 편력의 노래가 시작되자 노래는 점점 더 명랑해지고, 자유로워졌다. 특히 일행이 계단식으로 된 성의 앞뜰에 모였을 때, 노래는 한결 더 아름다워졌다. 그곳에서는 광활한 골짜기 전체를 내려다볼 수 있었는데, 사람들은 그 풍요로움과 아름다움 속에 완전히 몸을 묻어버리고 싶은 충동을 느꼈다. 모여 있던 사람들이 저마다 흩어지는 사이, 빌헬름은 세 번째 우두머리에게 소개되었다. 그 사람은 영지 관리인이었는데, 몇몇 귀족들의 영지 사이에 있는 백작 소유의 이 성을, 이 단체가 여기 머물고 싶어하는 동안 얼마든지 빌려주고 여러 편의를 돌보아주었다. 그러나 한편으로 그는 이 귀한 손님들의 체류를 잘 이용할 줄 아는 영리한 사람이었다. 헐값으로 자신의 곡식창고를 개방하고 식료품과 필수품을 공급해 주는 대신, 이 기회에 그들의 손을 빌려 오랫동안 내버려 두었던 지붕을 다시 갈고, 지붕 골조를 수선하고, 벽을 보강했으며, 구부러진 판자를 고쳤다. 그리고 다른 파손된 곳도 수리하도록 했던 것이다. 이렇게 해서, 쇠퇴해 가는 가족이 오랫동안 방치해 두었던 무너져가는 저택에도 생기가 돌아, 쓸 만한 주거지로서의 겉모양을 갖추게 되었으며 다음과 같은 진실을 증명해 냈다. 즉 삶은 또다시 삶을 창조하며, 남에게 도움을 주는 자는 그도 반드시 남에게 도움을 받게 된다는 것이다.

제2장

헤르질리에가 빌헬름에게

내 처지는 마치 알피에리[*8] 비극과 같다는 생각이 들어요. 속마음을 털어놓

[*8] Alfieri : 1749~1803. 1774년부터 1789년까지 《사울》, 《아가멤논》 등 19편을 써서 이탈리아 비극을 완성했다. 그의 희곡 작품에는 등장인물이 아주 적고, 그 대신 독백이 풍부하다.

을 상대가 한 사람도 없어서, 나중에는 모든 것을 모노드라마 속의 독백으로 처리하는 수밖에 없으니까요. 게다가 당신과의 편지 왕래 또한 독백과 전혀 다를 바가 없지요. 왜냐하면 당신의 답장은 매우 커다란 산울림 같기에, 우리의 대화를 피상적으로만 다루어서 차츰 그 울림이 사라지기를 기다리고 있을 뿐이니까요. 당신은 단 한 번이라도 이쪽에서 다시 답장을 보낼 수 있는 글을 써 보내주신 일이 있었던가요? 화제를 다른 데로 돌려버리는 것이 당신의 편지랍니다! 내가 당신을 맞이하려고 일어서면, 당신은 다시 의자에 가 앉으라고 말하지요.

앞의 글은 벌써 2, 3일 전에 써놓았던 것입니다. 그런데 지금 눈앞의 일을 레나르도에게 전해야만 하는 절박한 사정이 생겼습니다. 그곳에서 이 편지를 당신이 찾게 되든지, 누군가가 당신을 찾게 될 것입니다. 어쨌든 당신이 어디에서 이 편지를 받아보든, 내가 이야기하고 싶은 것은 이것입니다. 만약 당신이 이 편지를 읽고 당장 의자에서 일어나, 정직한 떠돌이로서 서둘러 내게 오시지 않는다면, 나는 당신을 모든 남자들 가운데서 가장 남자다운 사람이라고 뚜렷이 말하겠습니다. 다시 말해 우리 여성들이 갖고 있는 많은 성향 가운데 가장 사랑스러운 성향이 완전히 결여되어 있다는 의미에서 남자답다는 거지요. 그 성향이란 호기심입니다. 이 호기심은 지금 이 순간에도 나를 몹시 괴롭히고 있답니다. 간단히 이야기하지요. 당신의 아름다운 작은 상자의 열쇠가 발견되었어요.

이 사실은 당신과 나 말고는 어느 누구도 알아서는 안 됩니다. 어떻게 그것이 내 손에 들어오게 되었는지 들어보세요.

며칠 전에 큰아버님의 영지 재판관이 다른 재판소로부터 공문서 한 통을 받았어요. 그 공문서는 어떤 소년이 모월 모일에 이 근처에서 온갖 장난을 치다가 기어이 무모한 모험을 했을 때, 자기 겉옷을 잃어버리지 않았는지 묻는 내용이었어요.

이 장난꾸러기 소년의 인상에 대해 쓴 글로 볼 때, 이 소년은 펠릭스가 자주 열성적으로 이야기하면서 놀이상대로 다시 가까이 하고 싶어했던 피츠라는 것을 의심할 여지가 없었지요.

현재 그 재판소에서 심리를 받고 있는 소년이 그 옷을 증거물로 주장하고 있으니, 보내달라는 것이었습니다. 이런 요구가 있었다는 것을 재판관이 알려주면서 그쪽에 보내기 전에 우리에게 그 겉옷을 보여주었어요.

착한 천사의 소행인지 아니면 악마에게 홀렸는지 잘은 모르겠지만, 나는 그 윗도리의 가슴 주머니에 손을 넣어봤어요. 아주 작고 뾰족한 것이 손에 잡혔고, 여느 때에는 그렇게 겁많고 잘 놀라고 예민한 내가 손을 오므렸던 거지요. 그렇게 손을 꼭 쥔 채로 말없이 있는 사이에 겉옷은 그대로 보내졌어요. 나는 온갖 감정 중에서도 가장 이상한 감정에 사로잡혀 버렸습니다. 몰래 보았을 때, 첫눈에 그것이 당신의 작은 상자 열쇠라는 것을 알았어요. 그러자 묘한 양심의 갈등이 생겼고, 여러 고민과 의혹이 가슴속에 끓어올랐습니다. 그러나 발견한 물건을 남에게 털어놓거나 넘겨준다는 것은 나로서는 불가능한 일이었습니다. 나의 친구가 몹시 필요로 하는 것일지도 모르는데 재판소에 넘겨주면 무슨 의미가 있겠습니까? 그렇게 생각하자 이번에는 법이나 의무와 같은 여러 생각이 자꾸만 고개를 들었지만, 나를 이길 수는 없었습니다.

이제 내가 당신과의 우정 때문에 이제 어떤 상황에 처해 있는지 아셨을 것입니다. 당신과 나 사이에 갑자기 아주 근사한 매개물이 생긴 셈이지요. 당신을 위해서 말입니다. 이 얼마나 이상한 일입니까! 나의 양심에 이만큼 맞설 수 있는 것은 우정뿐이라고 말할 수 있습니다. 나는 죄책감과 호기심 사이에서 묘하게 불안해합니다. 그 일이 어떤 결과를 가져올지 모른다는 오만 가지 생각과 공상이 끝없이 머릿속에 떠오릅니다. 왜냐하면 법과 재판은 무서운 것이니까요. 언제나 자유롭고, 때로 지나치게 발랄한 헤르질리에가 형사소송에 휘말리게 되었으니ㅡ틈만 나면 아무리 노력해도 생각이 그리로 가게 되니까요ㅡ이 모든 괴로움을 짊어지게 한 그 친구를 생각하는 것 말고 아무것도 할 수가 없는 겁니다. 그 친구 때문에 이렇게 괴로워하고 있으니까요. 나는 이제까지 당신을 생각해 왔지만, 그렇지 않을 때도 있었습니다. 그러나 지금은 쉬지 않고 생각하고 있어요. 오늘 나의 심장은 두근두근 뛰고 있고, 도둑질하지 말라는 제7의 계명을 생각하면, 나에게 죄를 짓게 하고 또 아마도 다시 그 죄를 용서해줄 성자에게 하듯이, 당신에게 매달릴 수밖에 없는 것입니다. 그리고 작은 상자를 여는 것만이 나를 진정시켜줄 것입니다. 호기심이 곱절로 강해지고 있어요. 서둘러 돌아와 주세요. 그리고 작은 상자도 잊지 말고요. 이 비밀에 어떤 심판을 내리는 것이 좋을지, 우리 둘이서 함께 결말을 짓죠. 그때까지는 우리 둘만의 비밀입니다. 어느 누구도 알아서는 안 돼요.

자, 이것입니다. 그러면, 이 수수께끼 같은 열쇠 그림*9에 대해 당신은 어떤 생각을 가지고 있는지요? 열쇠가 달린, 거꾸로 된 화살이 떠오르지 않나요? 신이여, 부디 우리에게 은혜를 베풀어주소서! 먼저 작은 상자를 열지 않은 채로 당신과 나 사이에 그대로 두어야 합니다. 그리고 상자를 열면, 그다음 일은 상자의 명령에 따를 뿐이지요. 나는 상자 안에 아무것도 들어 있지 않았으면 좋겠어요. 그 밖에도 내가 생각하는 것이나 하고 싶은 이런저런 말이 많지만, 아무 말도 하지 않겠어요. 그래야 당신도 서둘러 오실 테니까요.

그리고 좀 어린아이 같긴 하지만, 한 가지만 덧붙이겠습니다. 그 작은 상자가 나와 당신과는 아무런 상관없는 것 아닌가요? 그 상자는 펠릭스의 것이에요. 그가 그 상자를 발견했고 자기 것으로 만들었습니다. 펠릭스를 데려오지 않으면 안 돼요. 그 아이 앞에서가 아니면, 그 상자를 열어서는 안 됩니다.

왜 이렇게 번거로울까요! 말이 빗나가 혼란만 일으킵니다.

어째서 당신은 그렇게 정처 없이 세상을 돌아다니고 있죠? 어서 돌아오세요! 당신의 귀여운 소년을 데리고서. 나도 다시 한 번 그 아이를 만나고 싶어요.

그렇게 되면, 또다시 시작되겠군요. 아버지와 아들의 문제 말이에요. 당신이 할 수 있는 일을 하세요. 아무튼 두 사람이 함께 와야 해요.

제3장

앞에 적은 좀 묘한 느낌의 편지는 말할 것도 없이 훨씬 전에 쓰인 것으로, 이

---

*9 괴테가 이 그림을 삽입한 까닭은 그림이 아니고서는 화살, 즉 상징적인 표현이 명확하게 전달되지 않기 때문이다.

곳저곳으로 돌아다닌 끝에 겨우 수신인에게 무사히 배달되었다. 빌헬름은 막 떠나려는 심부름꾼에게 부탁해, 애정을 담아 요구를 받아들일 수 없다는 내용의 답장을 보내기로 결심했다. 헤르질리에는 그와 자신이 멀리 떨어져 있다는 점을 고려하지 않은 것 같았다. 게다가 그는 이제 너무나 진지한 일을 하고 있었기 때문에, 그 상자 속에 무엇이 들어 있을까 하는 아주 작은 호기심만으로는 마음이 움직여지지 않았다.

더군다나 이 뛰어난 비밀결사대의 가장 건장한 결사대원들에게 일어난 두세 가지 사건이 그에게, 그가 공부한 외과기술이 뛰어나다는 사실을 실증할 수 있는 기회를 주기까지 했던 것이다. 한 마디 말이 또 다른 말을 낳는 것처럼, 아니 보다 더 효과적으로, 하나의 행위가 또 다른 행위로부터 일어나는 것이라 할 수 있다. 한 마디의 말이 또 다른 말을 낳는 것을 바탕으로, 마침내 다시 여러 마디 말을 낳게 되면, 이 말들은 그만큼 결실이 많아지고, 우리의 정신을 드높여주게 된다. 이런 관계로 빌헬름이 친구들과 나눈 담화는 즐거우면서도 교훈적이기도 했다. 왜냐하면 친구들이 서로 번갈아가며 이때까지의 수업과 실천의 경과를 이야기하는 과정에서 비로소 처음으로 서로의 존재를 재확인할 수 있었기 때문이다.

어느 날 밤 빌헬름은 자신의 이야기를 하기 시작했다.

"나는 외과의사로 홀로 서고자 했을 때, 가장 큰 도시의 어느 큰 연구소에서 연구를 하려고 했습니다. 연구는 그런 곳에서만 발전될 수 있기 때문이죠. 나는 곧 기초 연구로 해부학에 심혈을 기울였습니다.

그때의 나는, 여러분은 도저히 상상할 수 없는 독특한 방법으로, 인체에 대한 지식에서는 매우 앞서가고 있었습니다. 내가 극단 생활을 할 때였죠. 이것저것 곰곰이 생각해 보면, 무대에서는 무엇보다도 미남 미녀의 육체가 주인공을 연기하게 되어 있어요. 단장은 이런 남녀를 손에 넣으면 충분히 극단을 잘 운영해 갈 수 있고, 희극작가와 비극작가도 신분의 안정을 보장받게 되지요. 이 친구들의 느슨한 생활 방식이 단원들에게 어떤 다른 생활 방식보다도 더 가깝게 감춰지지 않은 육체의 본디 아름다움을 알게 해줍니다. 각양각색의 무대의상은 평상시에는 관습상 어쩔 수 없이 감추어져 있던 것을 드러나게 합니다. 이런 것에 대해서도, 그리고 육체적 결함—현명한 배우는 자신이나 남의 경우에 대해서도 잘 알고 있으니, 고치지는 못하더라도 드러나지 않도록 가려야 할 육체적 결함—에 대해서도 할 이야기가 많지요. 거의 이런 사정으로 나는 신체의 외부를 자세히 가르치는 해부학 강의에 철저하게 집중할 수 있는 마음의 준비가 이미 충분히 되어 있었습니다. 그뿐 아니라 인체의 내부에 대해서도 어느 정도의 예상이 언제나 눈앞에 떠올랐기 때문에 이것 또한 생소한 것은 아니었어요. 다만 연구하는 데에 유쾌하지 않은 방해가 되었던 것은, 연구대상이 부족하다는 언제나 되풀이되는 탄식이었습니다. 말하자면 이처럼 고상한 목적을 위해 메스를 대고 싶은 시신의 숫자가 부족하다는 푸념이죠. 넉넉하지는 못하더라도 시신을 가능한 한 많이 공급하기 위해서 까다로운 법이 발표되었습니다. 즉 어떤 의미에서든 개인의 생명을 잃고 처형당한 범죄자들뿐만 아니라, 육체적으로도 정신적으로도 폐인이 되어 죽은 사람들까지도 공급받게 되었지요.

수요가 늘어남에 따라 법은 더욱 엄격해졌고, 그에 따라 사람들의 반감도 커졌습니다. 사람들은 도덕적·종교적 관점에서 자신들의 인격과 사랑하는 이들의 인격을 포기할 수 없었던 것입니다.

그러나 해악은 차츰 심해질 뿐이었습니다. 사랑하는 고인들이 평화로이 잠들어야 할 무덤까지 걱정하지 않으면 안 될 만큼 어찌할 바를 모르는 근심이 생겼으니까요. 나이와 계급, 그리고 신분의 높고 낮음을 떠나 이제는 누구도 영원한 안식처에 안심하고 몸을 내맡길 수가 없게 되었습니다. 꽃으로 장식한 무덤도, 추억을 남겨두려고 세운 비문도 이 돈벌이를 위한 약탈욕 앞에서 당할 도리가 없었습니다. 가장 비통한 이별까지도 가장 잔인하게 짓밟히는 것처럼 보였습니다. 그리고 무덤에서 떠날 때면 사람들은 꽃으로 장식되어 영원히 잠든 사랑하는 고인의 시신이 끌려가 더럽혀지고 뿔뿔이 흩어지는 건 아닐까 하는 두려움을 느낄 수밖에 없었습니다.

이런 일들이 되풀이되었고, 이제는 지겨워질 만큼 사람들의 입에 오르내리게 되었습니다. 그러나 어느 누구도 이에 대한 대책을 생각해 보지 않았으며, 또 생각할 수도 없었어요. 그리고 열의를 가지고 해부학 강의를 듣는 청년들이 이때까지 보고 들은 것을 자신의 손과 눈으로 직접 확인하여 필요한 지식을 더욱 깊고 생생하게 자신의 상상력과 결합시키려 하면 할수록 시체를 구할 수 없는 것에 대한 불만은 갈수록 더 커져만 갔지요.

이럴 때 어떤 반자연적인 학문적 갈증현상이 일어나는 법인데, 역겹기 그지

없는 수단에 따른 욕구 충족을 마치 더없이 품위 있고 꼭 필요로 하는 수단에 의한 욕구 충족인양 부추기는 것입니다.

이미 오래전부터 이 법의 실행을 연기하거나 중지해야 한다는 의견이 지식욕에 불타는 사람들과 열렬한 실천가들 사이에 논란을 불러일으켰는데, 어느 날 아침, 마침내 거리 전체를 흥분시킨 사건이 일어나, 몇 시간에 걸쳐 찬반양론이 격렬하게 맞서게 되었습니다. 사랑에 실패하여 슬픔에 잠긴 한 아름다운 소녀가 물속으로 몸을 던져 스스로 생명을 끊었던 것입니다. 그리고 해부학 실험실이 그 시체를 차지하게 되었습니다. 부모와 친척들, 게다가 그릇된 추측으로 의심을 받았던 소녀의 애인까지 시신을 넘겨주지 않으려고 애썼지만 아무 소용이 없었던 거지요. 막 이 법을 강화했던 상급 관공서들은 어떤 예외도 인정하려 들지 않았고, 해부학 교실 사람들도 가능한 한 빨리 이 사냥감을 이용하기 위해 분배를 서둘렀습니다."

바로 다음번의 해부 실험자로 급히 불려간 빌헬름은, 자기에게 지정된 자리 앞에 말쑥한 천에 덮여 청결한 널빤지 위에 놓여 있는 예사롭지 않은 과제물을 발견했다. 그가 덮개를 벗기자, 한때 청년의 목에 감기었을 말할 수 없이 아름다운 여자의 팔이 보였다. 그는 도구상자를 손에 들고 있었지만 차마 시체를 열어볼 용기가 생기지 않았고 앉지도 못한 채 우두커니 서 있었다. 이 아름다운 자연의 산물을 한 번 더 훼손해야만 하는 데 대한 반감과, 지식욕에 불타는 인간으로서 스스로 완수해야 할 요구들이 서로 싸웠다. 그리고 주위에 앉아 있는 이들은 모두 이 요구에 응한 사람들이었다.

그 순간 어떤 기품 있는 남자가 그의 곁으로 다가왔다. 이 남자는 강의에 좀처럼 모습을 드러내지는 않았지만, 언제나 진지한 청강생이자 견학생이었기에 그에 대해서 다른 사람에게 물어본 일도 있었다. 그러나 그에 대해 자세히 알려줄 수 있는 사람은 아무도 없었다. 다만 그가 조각가일 거라는 데에 모두의 의견이 일치했다. 하지만 그를 연금술사라고 생각하는 사람들도 있었다. 그는 크고 오래된 집에 살고 있는데, 방문객들과 일하는 사람들은 1층만 드나들 수 있고, 다른 방들은 모두 열쇠로 잠긴 채 비밀에 싸여 있다는 것이다. 그는 지금까지 몇 번쯤 빌헬름에게 다가와 그와 함께 강의를 받고 함께 나가기도 했지만, 그럴 때도 더 깊은 교제나 의견을 이야기하는 것은 모두 피하는 것 같았다.

그러나 그는 이번만은 마음을 연 듯이 솔직하게 말했다. "당신은 좀 망설이는 것 같군요. 이 아름다운 형체에 넋을 잃어, 망가뜨린다는 건 상상할 수도 없다고 생각하는 것처럼 그저 멍하니 바라보고만 있더군요. 이곳에서의 동료의식 같은 건 그만두고, 나를 따라오십시오." 이렇게 말한 그는 죽은 아가씨의 팔을 다시 덮고, 담당자에게 눈짓을 했다. 그리고 두 사람은 그곳을 떠났다. 말없이 나란히 걸어가다가, 아직 잘 안다고 할 수 없는 그 사람이 어느 큰 문 앞에서 멈추더니, 쪽문을 열어 우리의 주인공을 안으로 안내했다. 들어가 보니 크고 넓은 마당으로, 오래된 상점에서 흔히 볼 수 있듯이, 도착한 상자와 짐꾸러미들을 바로 들여놓을 수 있는 널찍한 곳이었다. 거기에는 입상과 흉상의 석고모형이 나란히 서 있었고 두꺼운 판자로 된 틀도 있었는데, 안이 채워진 것이 있는가 하면 텅 빈 것도 있었다. "여기가 가게처럼 보일 겁니다." 그가 말했다. "여기서부터 수상운송을 할 수 있다는 것이 내게는 정말로 중요하답니다." 이 모든 것들은 조각가라는 직업에 아주 잘 어울렸다. 친절한 주인이 몇 계단 올라가 빌헬름을 어떤 넓은 방으로 안내했을 때에도 그는 여전히 별다른 것을 발견할 수 없었다. 그 방은 입체상과 평면상, 크고 작은 여러 인체상과 흉상, 그리고 중간중간 이를 데 없이 아름다운 인체의 각 부분들*[10]로 꾸며져 있었다. 우리의 주인공은 이 모든 것을 만족스럽게 바라보며, 주인의 설명에 기꺼이 귀를 기울였다. 그러나 그는 이 예술적인 작품들과, 그들이 조금 전까지 맞닥뜨렸던 학문적인 노력들 사이에는 아직도 큰 간격이 존재하고 있음을 느끼지 않을 수 없었다. 마지막으로 이 집 주인은 조금 진지한 얼굴로 말했다. "당신을 왜 이곳에 데려왔는지 금세 알 수 있을 겁니다. 이 문은," 그는 옆쪽으로 고개를 돌리며 말을 이었다. "아마 당신이 생각하는 것보다 더, 방금 떠나온 해부실과 비슷할 겁니다." 빌헬름은 안으로 들어갔다. 그러자 조금 전 마당과 방에 있던 생생한 인체의 모형 대신, 이곳은 벽 전체가 해부학용 표본들로 장식되어 있는 것을 보고는 매우 놀라고 감탄하지 않을 수 없었다. 그것이 밀랍이나 다른 어떤 덩어리로 만들어진 것 같았는데 모든 것이 이제 막 완성된 표본처럼 생생하고 다양한 색깔을 띠었다. 예술가가 말했다. "당신이 보고 있는 것은 세상 사람들의 반감을 사기도 하고, 시의적절하지 않을 때는 이따금 구토를 불러일으키기도 했지만, 지극정성으로 시체의 부패와 까다로운 보존을 위해, 앞장서는

---

*10 괴테는 이런 실습용 인체모형 제작에 큰 관심을 가졌다. 1781년에 시작한 인체 연구를 계속하는 한편 이따금 예나 대학에 있는 해부학자의 강의를 열심히 들었다.

저 노고의 귀중한 대용품이지요. 나는 이 일을 비밀리에 하지 않으면 안 됩니다. 당신도 여러 번 들었다시피, 전문가들까지도 이런 일을 멸시하기 때문입니다. 그러나 나는 그런 말에 흔들리지 않습니다. 내가 준비하는 것은 틀림없이 앞으로 큰 중요성을 갖게 될 것입니다. 특히 외과의사가 조형적인 개념을 갖게 되면 인간이 겪는 어떤 상처를 치료함에 있어서도, 자연의 영원한 형성작용이 구원의 손길을 가장 잘 내밀 수 있을 것입니다. 그런 조형적인 개념은 내과의사의 기량도 드높이게 될 테고요. 그러나 말을 많이 하지는 맙시다! 요컨대 당신은 파괴보다 건설이, 분리보다 결합이, 살해당한 자를 또다시 살해하는 것보다 죽은 자에게 생명을 불어넣는 것이 훨씬 더 많은 가르침을 준다는 점을 배워야 할 것입니다. 그래서 요점을 말하자면, 나의 제자가 될 생각은 없습니까?"

빌헬름에게서 긍정적인 대답을 듣자, 이 학자는 손님 앞에 그들이 방금 전 해부실에서 보았던 것과 같은 자세를 취하고 있는 여성의 팔뼈를 내놓았다. 선생은 말을 이어나갔다. "나는 당신이 인대학(靭帶學)에 얼마나 큰 관심을 갖고 있는지 알게 되었습니다. 그리고 그것은 옳은 일입니다. 왜냐하면 우리가 보기에, 덜거덕거리는 죽은 뼈는 인대가 있어야 다시 그 생명을 되찾을 수 있기 때문이죠. 에제키엘*[11] 또한 해골의 들판에서 사지가 움직이기 시작함으로써 팔이 손을 더듬어 찾고, 발이 일어설 수 있기 전에 뼈들이 이런 식으로 다시 모여 서로 연결되는 것을 보았을 것입니다. 여기에 신축성 있는 덩어리, 작은 막대기, 그 밖에 필요한 것은 무엇이든 있습니다. 자, 이제 당신의 행운을 시험해 보십시오."

새로 온 제자는 정신을 집중했다. 그는 뼈의 각 부분을 자세히 관찰하면서 이것들이 정교하게 나무를 깎아 만들어졌다는 것을 알았다. 선생이 말했다. "나는 아주 재능 있는 사람을 한 명 데리고 있었지요. 이 사나이가 능숙하게 조각하곤 했던 성인상과 순교자상이 더 이상 팔리지 않게 되자 그는 그 기술로 돈을 벌어야 했습니다. 그래서 나는 그에게 인체 골격 만드는 일을 익히게 해서, 큰 골격이든 작은 골격이든 자연 그대로의 모습으로 만들어 나가도록 지도했습니다."

우리의 주인공은 최선을 다했고 선생의 칭찬을 들을 수 있었다. 이런 작업으

---

*11 기원전 6세기 이스라엘 예언자. '에스겔'이라고도 함.《구약성서》〈에스겔서〉 제37장 참조.

로, 인체의 부분부분에 대한 자신의 기억이 얼마나 뚜렷한지 또는 얼마나 희미한지 스스로 시험해 보는 것은 그에게는 유쾌한 일이었다. 그리고 기억을 실제행위를 통해 다시 불러낼 수 있음을 발견하고는 기쁘고 놀라운 감정에 휩싸였다. 그는 이 일에 정열을 쏟게 되었고, 선생에게 그의 집에서 함께 지내게 해달라고 간청했다. 그는 이곳에서 쉬지 않고 일했다. 팔뼈와 작은 관절을 멋지게 조합하는 것도 짧은 시간 안에 할 수 있었다. 이번에는 힘줄과 근육을 해볼 차례였는데 인체를 이런 방법으로 모든 부분에 걸쳐 빠짐없이 조립한다는 것은 도저히 불가능한 일처럼 보였다. 그러자 선생은 틀로 찍어내는 복제 방법을 보여주면서 그를 위로했다. 모조하는 일, 표본을 매번 새로 만드는 일은 그때마다 새로운 긴장과 주의를 요했기 때문에 틀로 찍어내는 방법이 도입되었던 것이다.

인간이 어떤 일에 진지하게 몰두하게 되면, 그 일은 끝이 없는 법이다. 다만 경쟁적인 활동을 통해서만 인간은 좌절하지 않고 난관을 극복할 수 있다. 빌헬름도 얼마 안 가 자신의 무력감—그것은 하나의 절망감이다—에 휩싸이기도 했지만, 금세 벗어나 쾌적한 마음으로 일을 할 수 있게 되었다. "참으로 기쁩니다." 선생은 말했다. "비록 전문적인 해부학의 대가들에게 인정되지는 않더라도, 당신은 이와 같은 방법이 얼마나 큰 성과를 가져오는지를 내게 증명해 주었으니까요. 이런 것을 가르치는 학교가 반드시 있어야 합니다. 그리고 이 학교는 주로 이런 기술을 전수하는 일을 담당해야겠지요. 이제까지 행하여 내려온 것은 앞으로도 행해져야 마땅합니다. 그것은 좋은 것입니다. 그리고 좋은 것이고 좋을 것이며 또 좋아야만 합니다. 현재의 학교에서 발전이 가로막혀 있는 지점, 우리는 그 지점을 세심하게 인지하고 판별해야 할 필요가 있지요. 살아 있는 것을 붙잡아 실험을 거듭해야만 하는 것입니다. 그것도 남들이 모르게 말입니다. 그렇지 않으면 남에게 방해를 받거나, 남에게 폐를 끼치게 되니까요. 당신은 결합이 분리보다, 모형을 만드는 것이 관찰하는 것보다 상위에 있음을 생생하게 느꼈고, 그것을 실행에 옮겨 보여주었습니다."

빌헬름은 이러한 모형들이 비밀리에 이미 널리 퍼져 있다는 것은 알고 있었지만, 재고품들이 포장되어 해외로 보내질 것이라는 말을 듣고는 몹시 놀랐다. 이 유능한 예술가는 이미 로타리오, 그리고 결사의 친구들과 관계를 맺고 있었다. 그들은 이러한 유파를 저 교육주(州)에 창설하는 것은 매우 정당할 뿐 아니라, 더없이 필요한 일이라고까지 생각했다. 선천적으로 점잖게 자란 교양 있는 사람들 사이에서는 실제로 행해지는 해부가 언제나 야만적인 것으로 생각되었기 때문에, 더욱더 필요하리라 여겨졌다. "대부분의 내과의사와 외과의사들은 해부된 인체의 일반적인 인상만을 기억에 담아둔 채 그것으로 충분히 해나갈 수 있다고 믿고 있는 것을 당신도 인정하겠지요. 사정이 이러하니 의사들의 머릿속에서 차츰 사라져가는 형상(形象)들을 선명하게 되살리고, 꼭 필요한 것을 생생하게 유지시키기 위해서는 이런 모형들로 충분할 겁니다. 그렇습니다, 중요한 것은 의사들의 의욕과 열정입니다. 그것만 있으면, 해부기술의 어떤 미묘한 성과도 모형으로 만들어낼 수 있습니다. 이미 제도용 펜과 붓, 그리고 조각칼이 그 일에 쓰이고 있습니다." 그는 옆에 있는 작은 찬장 문을 열고 놀랄 만큼 정교하게 만들어진 안면신경의 모형을 보여주며 말을 이었다. "이것은 유감스럽게도 젊은 나이에 죽은 내 조수의 마지막 작품입니다. 그러면 내가 생각하는 바를 실현하고 나의 소망을 이루어주리라는 생각에 나는 그에게 매우 큰 기대를 갖고 있었지요."

이러한 작업 방식이 여러 방면으로 끼칠 영향력에 대해 두 사람 사이에 꽤 많은 이야기가 오갔다. 조형예술과의 관계도 주목해야 할 것이라는 이야기도 나왔는데, 이를테면 이 작업이 어떻게 조형 예술과 모형 기술 사이에 위치하는가에 대한 어느 좋은 실례가 거론되었던 것이다. 선생은 이전에, 그리스 시대 청년의 아름다운 토르소를 부드러운 덩어리로 모양을 떠놓았었다. 그리고 이제는 있는 통찰력을 드러내 어떤 관념적 형태가 합쳐져 있는 그 모습에서 외적인 덮개를 모두 벗겨버리고, 이 아름답고 생생한 모습을 현실의 근육 표본으로 바꾸려 시도한 일이 있었다. "이러한 경우도 수단과 목적이 아주 가깝게 닿아 있어요. 나는 기꺼이 고백하건데 수단을 위해 목적을 소홀히 했었지요. 그러나 모두 내 책임은 아닙니다. 옷을 입지 않은 인간이야말로 본디 의미에서의 인간입니다. 조각가는 형태가 만들어지지 않은 다루기 힘든 점토에 생명을 불어넣어 세상에서 가장 아름다운 인간이라는 형상으로 새로이 만들 수 있었던 신들과 견줄 수 있는 자이지요. 조각가는 이런 신과 같은 생각을 품지 않으면 안 됩니다. 순진무구한 자에게는 모든 것이 순수하기 마련입니다. 자연에 작용하는 신의 의도 가운데 순결하지 않은 것이 있겠습니까? 그러나 현 시대에 우리가 이것을 소망할 수는 없습니다. 무화과나무 잎이나 동물의 가죽 없이는 살 수 없고, 그것만으로 아직 충분하지 않으니까요. 내가 조각술을 얼마쯤 몸에 익혔을 때 받은 주문은 넓은 소매에 주름이 많이 잡힌 덧옷을 입은 위엄 있는 남자들을 만드는 것이었습니다. 그때 나는 전향하기로 마음먹었습니다. 내가 이해하는 것을 미적 표현을 위해 활용하는 것조차도 허락되지 않는다면 실리를 손에 넣는 쪽을 택하기로 말이죠. 이것 또한 의미가 있는 일이니까요. 인간의 정신이 참신함을 잃었을 때, 다른 많은 활동영역에서처럼 모조나 모조품이 우리의 상상력과 기억력을 되살리는 데 필요한 것으로 널리 인정받으면 내 소망은 이루어지는 것입니다. 그렇게 되면 많은 조형예술가들은 틀림없이 자신의 소신과 감정을 죽인 채 마음에 들지 않는 조각 일에 몸담기보다 차라리 내가 했던 것처럼 당신들을 도울 것입니다."

이와 관련해 다음과 같은 고찰도 이루어졌다. 즉 예술과 기술은 저울과도 같이 서로 균형을 유지하는 아주 밀접한 관계에 있기 때문에 언제나 한쪽이 다른 한쪽으로 기울어지게 마련이다. 따라서 예술이 떨어지면 반드시 뛰어난 수공업 쪽으로 옮겨지고, 수공업이 올라가면 반드시 예술적으로 아주 풍성해진다는 것이었다.

둘은 서로의 마음을 완전히 이해했고 완벽하게 뜻이 맞았기 때문에, 그들이 저마다 본디의 큰 목적으로 나아가기 위해 작별해야 할 때가 되자 몹시 아쉬워했다.

선생은 말했다. "우리가 자연을 멀리하고 자연을 부정하려는 자들이라고 사람들이 생각하지 않도록 하기 위해, 미래에 대한 선명한 전망을 열어놓도록 합시다. 바다 건너 저편에서는 인간을 존중하는 신념이 갈수록 높아지고 있습니다. 그곳에서 마침내 사형 제도를 폐지한다 하더라도,[*12] 우리는 그 곳에 큰 성곽이나 곳곳을 벽으로 에워싼 구역을 만들어 시민을 범죄로부터 안전하게 보호하는 동시에, 범죄가 처벌받지도 않은 채 활개치는 일이 없도록 해야 합니다. 그 슬픈 구역에 의술의 신(醫神)인 아스클레피오스[*13]를 모시는 사당을 하나 마련하는 게 어떻겠습니까? 세상으로부터 떨어진 그곳이라면, 아무리 시체를 조각조각 잘라내도 우리의 인간적인 감정이 손상되지 않을 것입니다. 또한 당

---

*12 괴테는 독일에서의 사형 제도 폐지를 그 무렵의 문화 상태로는 시기상조라고 생각했다. 그러나 사형 제도 폐지 자체는 바람직한 것으로 여겼다.

*13 Asklepios : 고대 그리스의 의신으로, 그리스인들 사이에서 존경을 받았다. 가장 규모가 크고 유명한 아스클레피오스 신전은 에피다우로스에 있다.

신이 저 아름다운 죄없는 팔을 보았을 때처럼 메스가 손안에서 움직이지 않거나 모든 지식욕이 인간성이라는 감정 앞에 사라져버리는 일이 없도록 하여, 우리의 지식은 형벌 자체와 마찬가지로 고립되어 있을지라도 언제까지나 또렷하게 유지할 수 있을 겁니다."

빌헬름이 말했다. "이것이 우리의 마지막 대화였습니다. 나는 잘 포장된 상자가 강물에 떠내려가는 것을 배웅하면서, 상자를 위해서는 무사히 도착하기를, 우리를 위해서는 짐을 풀 때 모두 함께 즐거운 얼굴로 만나기를 기도했습니다."

우리의 주인공은 진심과 열성을 다해 이야기를 끝맺었는데, 특히 활기를 띤 그의 목소리와 말투는 근래에 그에게서 잘 볼 수 없었던 것이었다. 그러나 이야기가 끝날 무렵 멍하니 있는 듯한 레나르도가 자기의 말에 집중하지 않은 것 같았고, 반대로 프리드리히는 미소를 지으며 반대한다는 듯이 두세 번 머리를 흔들었기에 남의 표정을 날카롭게 잘 읽어내는 빌헬름은 자기에게는 매우 중요하다고 생각되었던 일이 이렇듯 호응을 받지 못한다는 사실을 깨닫고는 친구들의 이와 같은 태도를 비난하지 않을 수 없었다.

프리드리히는 그 점에 대해 아주 간단명료하고 솔직하게 자기 의견을 설명했다. 그런 계획이 물론 칭찬할 만하고 훌륭하기는 하지만 그다지 중요하다고 느껴지지는 않으며, 더구나 실행에 옮긴다는 것은 도저히 불가능해 보인다는 것이다. 그는 이러한 자신의 견해를 여러 이유를 들어 정당화하고자 했는데, 어떤 일에 사로잡혀 그것을 관철시키고자 애쓰는 사람에게는 생각 이상으로 모욕적으로 느껴지는 그런 방식으로 이야기했다. 우리의 조형 해부학도는 한동안은 꾹 참고 들었지만, 끝내 격한 어조로 응수했다.

"프리드리히 군, 자네는 장점을 많이 지녔네. 그건 아무도 부정할 수 없고, 나또한 마찬가지일세. 하지만 오늘의 자네는 평범한 사람들처럼 평범한 이야기를 하고 있네. 평범한 사람들은 새로운 것에 부딪치면 별난 점밖에 보지 못하지만, 그 안에 의미 있는 것을 발견하려면 평범한 사람들이 가진 능력 그 이상이 필요하지. 자네들에게는 모든 것이 먼저 실행에 옮겨지지 않으면 안 되지. 모든 것이 행위로서 완성되어야 하고, 가능한 것 그리고 현실적인 것으로써 눈앞에 나타나야만 하지. 그리고 나서야 비로소 자네들은 그것을 다른 것들과 동등하게 보지. 오늘 자네가 주장하는 것을 나는 이미 오래전부터 학자들이나 문외한들에게서 귀에 못이 박히도록 들어왔네. 학자들은 편견과 게으름에서, 문외한들은 무관심에서 그렇게들 말하지. 내가 앞서 말한 계획은 신세계에서가 아니면 실현되기 힘들 걸세. 그곳에는 전해 내려오는 방식이 전혀 없기 때문에, 정신은 꼭 필요하다고 느끼는 것에 대해서는 새로운 수단을 탐구할 용기를 불러일으켜야만 할 테니 말이네. 그곳에서라면 창의력이 깨어나고, 대담성과 지구력이 필요성에 더하게 되지.

의사라면 약을 조제하든지 손을 써서 일을 하든지 간에 인체 내부와 외부에 대한 정확한 지식을 갖고 있어야 하지. 그렇지 않으면 아무런 의미가 없다네. 그러한 지식을 얻기 위해서는 학교에서 간단한 지식을 배우고, 헤아릴 수 없는 수많은 유기체들의 다양한 각 부분의 형태와 위치, 그리고 상호관계에 대한 피상적 개념을 습득하는 것으로만은 절대로 충분하지 못해. 이런 지식과 관찰을 거듭해 자신을 단련하고 진지하게 몰두하는 의사라면, 신체의 경이로운 연관관계를 언제나 마음과 눈앞에 새롭게 하기 위해 날마다 온갖 기회를 찾을 걸세. 만일 그가, 어떤 것이 진정 자신에게 이익이 되는지를 알지만 이런 일을 할 수 있는 시간이 없다면 해부학자를 고용하면 되겠지. 그의 지시에 따라 그를 위해 비밀리에 일하고, 복잡하기 그지없는 생명을 눈앞에 두고는, 아무리 어려운 질문에 대해서도 단숨에 대답해 줄 수 있는 해부학자를 말이네.

사람들이 이런 사실을 보다 잘 통찰할수록 해부학 연구는 한결 더 활기를 띠게 되고, 맹렬하고 열정적으로 행해지겠지. 하지만 그렇게 되면 그만큼 수단이 줄어들 테지. 그런 연구의 기초가 되는 대상, 즉 인체들은 차츰 부족해지고, 귀해져서, 값이 비싸지겠지. 그러면 마침내 산 자와 죽은 자 사이에 갈등이 일어날걸세.

낡은 세계에서는 아직도 모든 것이 옛것에서 탈피하지 못하고 있네. 그곳에서는 새로운 것을 언제나 옛날식으로, 발전해 가는 것을 경직된 방식으로 다루려 하네. 내가 말한 산 자와 죽은 자 사이의 갈등도 사활이 걸린 문제가 되어 가겠지. 사람들은 두려워하며 방책을 찾고 법을 공포하기도 하겠지만 아무 소용없을 거야. 경고를 하건 금지령을 내리건 아무 도움이 되지 않을 걸세. 처음부터 다시 시작하는 수밖에 없지. 그리고 이것이야말로 나의 선생과 내가 새로운 상황에서 이루고자 희망하는 것일세. 그렇다고 전혀 새로운 것도 아니고, 이미 현존하는 것이네. 다만 지금은 예술인 그것은 손으로 하는 일이 되어야 하고, 특수한 상황에서 행해지는 일이 일반적으로 가능해지지 않으면 안 된다네.

그리고 그것이 보급되기 위해서는 사람들의 인정을 꼭 받아야 하지. 우리가 하는 모든 활동과 작업은 특히 결정적인 곤경이 대도시를 위협할 때에는, 이것이 오직 하나의 구조 수단이라는 것을 인정받을 필요가 있네. 나는 여기에서 나의 선생 말을 인용하고 싶군. 잘 들어보게! 어느 날 선생은 아주 중요한 비밀 이야기를 털어놓았네.

'신문을 읽는 사람들은 시체 도굴꾼에 대한 기사를 읽으면서 재미있어할 뿐 아니라 유쾌하게 느끼기까지 하지요. 처음에 그들은 아무도 모르게 몰래 훔치다가, 파수꾼이 세워지면 자기들의 사냥감을 힘으로 쟁취하기 위해 무장한 무리들과 함께 나타나지요. 이런 못된 짓 끝에는 가장 나쁜 사태가 벌어지는 법입니다. 이것을 나는 거리낌 없이 말할 수는 없지만 말입니다. 왜냐하면 내가 공범은 아니더라도 우연히 이 비밀을 알고 있으니 수사에 말려들어가 위험하기 짝이 없는 상황에 빠질 수도 있고, 범행을 목격한 즉시 법원에 알리지 않았다는 이유로 상황을 떠나서 결국 나는 벌을 받게 될 것이기 때문입니다. 당신에게 고백하건대, 이 거리에서 살인이 있었어요. 어쩔 수 없는 필요성 때문에 서둘러 사들여야 할 해부학자에게 보수를 듬뿍 받고 시체를 넘겨주기 위해서지요. 영혼이 떠난 육체가 우리 앞에 놓여 있었습니다. 나는 도저히 그 광경을 자세히 설명할 수가 없군요. 나의 동료가 범행을 알아차렸고, 나 또한 알게 되었습니다. 우리는 서로 마주 본 채 한 마디도 하지 않았지요. 앞만 보며 조용히 일을 시작했습니다.─이제 알겠지요. 나를 밀랍과 석고 사이에 빠지게 한 것을 말입니다. 당신을 이 기술에서 떠나가지 못하게 하는 것도 바로 이것입니다. 이 기술은 머잖아 다른 어떤 기술보다도 칭송받게 될 것입니다.'"

프리드리히가 벌떡 일어나더니 박수를 치면서 브라보를 연발했기 때문에 빌헬름은 정색하고 화를 냈다. "브라보!" 프리드리히가 소리쳤다. "이제 나는 당신을 다시 보게 되었습니다! 오랜만에 당신이 뭔가 진심으로 마음에 간직하고 있는 사람처럼 말했습니다. 이제야 비로소 명쾌한 이야기로 유유히 흘러가듯 말했어요. 당신은 제 몫의 일을 해내고, 그것을 사람들에게 권장할 수 있는 능력을 갖춘 인간임을 확실히 증명했습니다."

그러자 레나르도가 말을 받아 이 사소한 분쟁을 말끔히 씻어주었다. "내가 전혀 듣고 있지 않은 것처럼 보였겠지만 그건 오히려 당신의 이야기를 너무 집중해서 듣고 있었기 때문입니다. 나는 여행길에서 보았던 것과 같은 종류의 큰

진열실을 떠올렸습니다. 내가 진열에 남다른 흥미를 보였기에, 그 관리인은 습관처럼 늘 하는 말을 다 해버릴 작정으로 암기한 말을 입심 좋게 떠들어댔지만, 자신이 바로 제작자였기에 금세 자기 역할을 잊어버리고 박식한 실제의 교육자임을 직접 보여주었습니다.

한여름이라 바깥은 무더웠지만 실내는 서늘해서, 아무리 추운 겨울날에도 좀처럼 가까이 갈 생각이 들지 않는 대상물들을 눈앞에 본다는 것은 묘한 대조를 이루었지요. 그곳에서는 모든 것이 기분 좋게 지식욕을 채워주고 있었어요. 관리인은 아주 침착하게 훌륭히 배열된 인체구조의 기적을 나에게 보여주었습니다. 그리고 초보자를 위해서, 또 뒷날의 기억을 새롭게 하기 위해서는 이 정도의 시설로도 충분함을 나에게 이해시킬 수 있었던 것을 기뻐했어요. 물론 누구든지 짬이 있을 때 실물을 직접 보고, 알맞은 기회가 있으면 이것저것 특수한 부분을 연구해 보는 것은 자유라는 말도 덧붙였습니다. 그는 자기를 추천해 달라고 내게 부탁했어요. 왜냐하면 그가 이런 수집을 한 것은 오직 외국의 어느 대형 박물관에 보내기 위해서였으니까요. 그러나 모든 대학은 예외 없이 이 계획에 철저히 반대했다고 하더군요. 이유는, 이 기술의 대가들이 전문 조각가가 아닌 해부학자들만 양성하기 때문이었습니다.

그러므로 나는 이 재주 있는 남자를 세상에서 유일한 사람이라고 생각했지요. 그런데 지금 이야기를 들어보니, 또 다른 사람이 똑같은 방법으로 노력하고 있다는 것이군요. 그렇다면 제3, 제4의 인물이 나타나게 될지 모를 일이지요. 우리는 우리들 나름대로 이 사업을 밀고 나가도록 합시다. 추천은 외부에서 들어와야 합니다. 그리고 이 유익한 계획은, 우리가 만든 새로운 상황 속에서 반드시 추진해야 할 것입니다."

제4장

이튿날 아침 일찍, 프리드리히는 노트 한 권을 손에 들고 빌헬름의 방으로 들어왔다. 그리고 그에게 노트를 건네주며 말했다. "어젯밤에는 이 세상에 쓸모 있는 당신의 여러 장점들을 너무나 자세하게 말씀하셔서서 나에 대한 것이나 장점에 대해서 말씀드릴 기회가 없었어요. 하지만 나도 때로는 자랑할 만한 장점이 있는데, 그것은 나도 이 큰 순례단의 한 사람이 되기에 어울리는 사람이라는 걸 증명해 주는 것이지요. 자, 이 공책을 잘 읽어보세요. 시험삼아 써본 것이지만 당신이라면 이 작품의 가치를 인정하게 될 것입니다."

빌헬름은 곧장 각 페이지들을 읽어보았다. 휘갈겨 쓰기는 했지만, 해부학 연구에 대해 자신이 어젯밤에 했던 말 한 마디 한 마디가 모두 읽기 쉽고 경쾌하게 쓰여 있는 것을 보고 놀라지 않을 수 없었다.

"알고 계시겠지요." 프리드리히가 말했다. "우리 비밀결사의 기본 원칙 말입니다. 만일 결사의 단원 자격을 얻으려면 하나의 전문 분야에 완전히 정통해야 한다는 것을요. 그래서 나는 무엇을 하면 좋을까 고민했지만. 아무것도 찾아내지 못했습니다. 기억력에서, 그리고 글을 빠르고 명쾌하게 또한 읽기 쉽게 쓰는데 있어서는 나를 능가하는 사람은 아무도 없다는 것을 잘 알고 있었는데도 말이에요. 이 훌륭한 특성은 우리가 함께 했던 연극생활을 되돌아보면, 당신도 쉽게 기억이 날 것입니다. 그때 조금만 지혜로웠더라면 총알 한 발로 토끼 한 마리를 부엌에 가져올 수 있다고 생각했을 텐데, 우리는 참새만 노리고 총알을 마구 쏘았던 것입니다. 제가 얼마나 자주 대본 없이 무대 뒤에서 배우에게 대사를 일러주었던가요? 제가 얼마나 자주 잠깐 사이에 기억을 더듬어 배역들을 써내었던가요? 그때 매형은 그건 마땅한 거야, 그래야만 하는 거지, 라고 생각했지요. 나도 마찬가지였고요. 그리고 그런 재주가 앞으로 내게 도움이 될지도 모른다는 생각은 하지도 않았지요. 그것을 맨 처음 발견해 주신 건 신부님이었어요. 그는 물을 자기의 물레방아로 흐르게 하듯이, 다시 이야기하면 그것이 자기에게 도움이 됨을 알아차리고 나를 훈련시키게 되었지요. 나는 아주 손쉽게 그것을 할 수 있었고, 또한 신부님처럼 진지한 사람을 만족시킬 수 있었기에 기뻤습니다. 이제 나는 필요하다면 당장이라도 사무국 전체가 할 일을 혼자 거뜬히 해낼 수 있어요. 더욱이 우리는 두 발 달린 계산기[*14]까지 갖추고 있으니까요. 아무리 많은 관리들을 거느린 군주라도, 우리를 거느리고 있는 비밀결사의 대장들에게는 당하지 못할 것입니다."

이러한 활동에 대한 쾌활한 대화는 비밀결사의 다른 성원들에 대해서도 생각하게 했다. "생각이나 하시겠어요?" 프리드리히가 말했다. "이 세상에서 가장

---

*14 베르너 밑에서 일하는 점원으로, 제14장에서 안젤라와 연결된다.

쓸모없어 보이던 나의 필리네*15가 결사라는 큰 사슬의 가장 유용한 고리가 될 줄을 말입니다. 그녀에게 옷감을 한 감 주고, 남자든 여자든 그녀 앞에 세워보십시오. 그녀는 자도 들지 않고 전체를 재단하고, 어떤 천조각이든 남는 건 유익하게 이용할 줄 안답니다. 게다가 옷본도 전혀 사용하지 않고 말이죠. 축복받은 눈썰미가 그 모든 것을 그녀에게 가르치는 것입니다. 그녀는 사람을 찬찬히 보고 재단을 합니다. 그러고는 그 사람이 어딘가로 가버려도 재단을 계속해 몸에 꼭 맞는 옷을 만들어냅니다. 그러나 만약 그녀에게 뛰어난 재봉사가 없었다면 불가능했겠지요. 그 재봉사는 몬탄의 리디에인데, 언제부터인가 말수가 적어지더니 이제는 아주 얌전해졌지요. 그녀는 누구도 따라갈 수 없을 만큼 한 땀 한 땀 마치 진주를 수놓듯 깔끔하게 꿰맨답니다. 이것이야말로 한 인간이 얼마나 변할 수 있는가 하는 본보기이지요. 본디 우리 인간은 쓸데없는 것들을 참 많이도 몸에 매달고 있어요. 습관·애착·오락·변덕을 잇대어 꿰매놓은 남루한 외투처럼 말이죠. 그 때문에 우리는 자연이 우리에게 해주고자 했던 것, 자연이 우리 가슴속에 불어넣어준 가장 훌륭한 것을 발견하지도, 실행하지도 못하고 있습니다."

이처럼 즐겁게 뭉친 결사의 여러 장점에 대해 깊은 생각을 주고받자, 미래에 대한 전망은 더할 나위 없이 아름답게 열려왔다.

그리고 이번에는 레나르도가 함께 대화에 끼게 되자 빌헬름은 레나르도에게 자신에 대한 이야기, 즉 이때까지 걸어온 인생, 그리고 어떻게 자신과 다른 사람들을 격려해 왔는지에 대해 편안하게 이야기해 줄 것을 부탁했다.

"친애하는 친구여, 당신은 잘 기억하고 있지요." 레나르도가 말했다. "우리가 처음 알게 되었던 순간, 내가 얼마나 격정적인 감정에 사로잡혔는지 말입니다. 나는 참으로 기이한 갈망 속으로, 저항할 수 없는 욕망으로 빠져들어가고 있었어요. 그즈음 나는 절박했던 일, 나에게 찾아온 고난에 대해서만 말할 수 있을 뿐이었습니다. 그 고난을 스스로 더 무겁게 하는 데 힘을 쏟고 있었고요. 그러니 나는 당신에게 나의 더 젊은 시절에 대해 알릴 수가 없었습니다. 그러나 오늘은 여기까지 나를 이끌어온 길로 당신을 안내하기 위해 이야기를 시작해야겠군요.

---

*15 《수업시대》에 나오는 다정다감한 여배우. 뒤에 프리드리히의 아내가 된다.

나의 능력은 처한 상황에 따라 점점 발전해 갔는데, 가장 빨리 나타난 능력 가운데에서도 뛰어났던 것은 기술적인 것에 대한 어떤 충동이었습니다. 이 충동은 시골에서 살고 있다는 초조감 때문에 날이 갈수록 더해 갔습니다. 시골에서는 큰 건물뿐만 아니라, 오히려 대수롭지 않은 설비 개량이나 설계, 그리고 색다른 것을 시도하려다 보면 장인의 손길이 부족함을 느끼게 되는데, 그러다보니 시간을 들여서 완벽하게 일을 끝내기보다 어설프고 서투르더라도 그냥 직접 손을 대게 될 때 느끼는 초조감 말입니다. 다행히도 내가 살던 지방에는 못하는 일이 없는 재주꾼이 돌아다니고는 했지요. 그 사람은 나에게 오면 늘 만족할 만큼 돈을 벌 수 있어서, 누구보다 나를 가장 잘 돌봐주었고 나를 위해 선반을 하나 설치해 주었어요. 찾아올 때마다 나를 가르치기보다 오히려 자신의 목적을 위해 사용하곤 했지만요. 그런 식으로 나는 목수 연장도 마련했습니다. 이런 도구에 대한 나의 애착은 그 무렵 소리 높여 주장되던 일반적인 신념에 의해 더욱 커졌습니다. 즉 위급할 때에 손기술로 생계를 유지할 줄 모르면 누구도 감히 인생행로에 뛰어들 수 없다는 신념 말입니다. 나의 열성은 교육자들의 원칙에 따랐기 때문에 그들에게서도 인정을 받았습니다. 나는 놀아본 기억이 거의 없습니다. 시간만 나면 무슨 일을 하거나 무엇인가를 만드는 데에 썼으니까요. 그렇습니다. 내 자랑을 좀 해도 괜찮겠지요. 나는 어렸을 때 이미, 어떤 솜씨 좋은 대장장이에게 이것저것 부탁해서 그를 자물쇠공과 줄날 세우기공, 그리고 시계공으로 만들어낸 일도 있답니다.

　물론 이런 모든 일을 이루어내기 위해서는 먼저 도구를 만들어야 했습니다. 그런데 수단과 목적을 혼동하여, 일을 진지하게 완성하는 것보다는 오히려 준비와 설계에 시간을 들이는 저 기술자들의 고질병 때문에 몹시 괴로웠답니다. 어쨌든 우리가 실제 활동상을 보여줄 수 있었던 것은 정원을 꾸밀 때의 일이었습니다. 어떤 지주도 정원을 손보지 않을 수 없는 일이지요. 이끼와 나무껍질을 이은 오두막집, 통나무다리, 벤치 같은 것들이 우리의 부지런함을 증명해 주었습니다. 우리는 문명세계 한가운데에, 원시 건축의 실상을 그대로 재현하려 심혈을 기울였습니다.

　해를 거듭함에 따라 이 충동은 제가 이 세상에 아주 유익하고 없어서는 안 될 모든 것에 한결 더 진지한 관심을 가지게 했습니다. 또한 여러 해에 걸친 저의 여행에 가장 중요한 의미를 주기도 했습니다.

그러나 인간이란 보통 자신이 한번 발을 내딛은 길을 계속 가고자 하기 마련이라, 나도 기계공업보다 오히려 힘과 감정을 결합시켜 일할 수 있는 직접적인 수공업이 더 좋았습니다. 그러니 나는 환경에 따라 이런저런 일들이 뿌리 내리고 있는 이 세상과는 격리된 사람들과 한 동아리 속에 오래 머물러 있기를 특히 좋아했습니다. 이런 동아리는 각 단체에 독특한 고유성을 부여하고 집집마다, 그리고 그 집들의 집단으로 된 작은 마을에게 가장 선명한 성격을 부여합니다. 거기서 사람들은 하나의 살아 있는 전체라는 순수함 속에서 살아가고 있기 때문이죠.

그럴 때면 나는 모든 것을 노트에 기록하고 그림까지 그려넣어, 뒷날 이 노트를 활용할 수 있을지도 모른다는 기대와 함께 나의 시간들을 바지런하고 즐겁게 보내는 습관을 들였습니다.

이런 취미와 수업으로 쌓아온 재능을 내가 최대한으로 이용할 수 있었던 것은 결사가 산지 주민들의 생활환경을 조사하고, 이민을 희망하는 자들 가운데에서 도움이 될 만한 친구를 우리 일행의 한 사람으로 받아들이는 중요한 사명을 해냈을 때였습니다. 그런데 나는 여러 급한 일들에 쫓기고 있으니, 당신은 이 아름다운 밤을 나의 한 부분을 읽으며 보내면 어떨까요? 내 일기가 읽을 가치가 있고 즐거우리라고 주장하지는 않겠습니다만 그래도 재미있고 얼마쯤 교훈적이지 않을까 싶습니다. 어쨌든 우리가 만들어내는 모든 것에 언제나 우리 자신의 모습이 반영되고 있는 것이니까요."

제5장 레나르도의 일기

15일, 월요일

한밤중에 나는 고생 끝에 산 중턱까지 올라가, 그럭저럭 지낼 수 있을 듯한 숙소에 도착했다. 그리고 모처럼 기분 좋게 자고 있었는데, 날이 밝기도 전에 울려대는 크고 작은 방울 소리에 언짢은 기분으로 눈을 떴다. 짐 실은 말의 긴 행렬이 지나가고 있었다. 옷을 입고 그들보다 먼저 길을 떠났어야 했는데, 때를 놓치고 말았다. 나도 곧 출발했지만, 얼마 안 있어 이런 무리와 함께 간다는 것이 얼마나 불편하고 성가신 일인가를 경험해야 했다. 단조로운 방울 소리가 귀를 먹먹하게 했다. 짐 실은 말의 양 옆으로 삐져나온 짐—이번에는 커다란 솜 자루를 나르고 있었다—의 한쪽이 바위에 스칠 만큼 가까워져서, 말이 이것을 피하려고 다른 쪽으로 가면, 이번에는 짐이 깊은 골짜기의 허공에 매달려 보는 사람은 조마조마하고 현기증이 났다. 그런데 가장 괴로운 점은, 어떤 경우에도 말들 옆을 지나쳐 앞지를 수 없다는 것이었다.

가까스로 나는 그 옆을 빠져나와 널찍한 바위 위에 이르렀다. 그곳에서 짐을 기운차게 날라다준 성 크리스토프가 어떤 남자에게 인사를 했다. 그 사나이는 꼼짝 않고 서서, 지나가는 행렬을 검사하는 것 같았다. 사실 그는 이 대열의 인솔자였다. 짐을 나르는 말의 상당수가 그의 소유였고, 나머지는 마부와 함께 고용한 것이었다. 뿐만 아니라, 소량이기는 하나 짐의 일부가 그의 소유이기도 했다. 그러나 그가 하는 일은 주로 큰 상인들을 위해 그들의 물건을 충실하게 옮겨 주는 것이었다. 그와의 대화에서 알아낸 것은, 이 원면(原綿)은 마케도니아와 키프로스 섬에서 트리에스테를 거쳐온 것으로, 산자락에서부터는 노새와 짐말들에 실려 이 높은 곳까지 옮겨졌고, 다시 산줄기 너머까지 운송되는데, 그곳의 산간평야와 골짜기에는 수많은 방적업자와 직조업자들이 외국으로부터 주문받은 상품들을 대대적으로 생산한다는 것이었다. 짐은 싣기 편하도록 1첸트너*16 반, 또는 3첸트너 무게로 꾸려지며, 이 3첸트너가 말에게 실을 수 있는 최대한의 무게라고 했다. 이 남자는 이 경로로 도착하는 원면의 품질을 동인도와 서인도산, 특히 매우 유명한 남미의 카옌 면화와 비교하며 칭찬했다. 그는 자신의 일에 대해 훤히 아는 것 같았고 나 또한 전혀 모르지 않았기에 유쾌하고 유익한 대화가 이뤄졌다. 그러는 사이, 짐 실은 말의 행렬이 모두 우리를 앞서가 버렸다. 나는 끝이 보이지 않을 만큼 긴 말들의 행렬이 구불구불 정상까지 이어진 암벽길을 가는 모습을, 언짢은 기분으로 바라보았다. 우리는 기어가듯 짐말들의 뒤를 따라갔고 바위와 바위 사이에 이글이글 떠오르는 햇볕을 쬐어야만 했다. 내 짐꾼인 성 크리스토프에게 불평하고 있는데, 땅딸막한 체격에 기운 좋아 보이는 사나이가 우리에게 다가왔다. 이 사나이는 등에 메는 커다란 바구니에 꽤 가벼운 짐을 싣고 있는 듯이 보였다. 우리는 인사를 나누었는데 성 크리스토프와 이 새로 온 남자가 열렬하게 악수하는 것을 보니

---

*16 1첸트너는 50킬로그램이다.

두 사람이 서로 잘 아는 사이임을 바로 알 수 있었다. 나는 곧 그에 대해 다음과 같은 사실을 알게 되었다. 너무 멀리 떨어져 있어 시장까지 가기 어려운 산간 지역 사람들을 위해 실 운반인이라 불리는 하청상인이나 수집상이 있는데, 그도 그런 사람들 가운데 하나라는 것이었고, 이 사람은 골짜기나 외진 곳들을 구석구석 오르내리며 집집마다 찾아가서 방직업자들에게 나누어 받은 면화를 갖다주고 실과 맞바꾸거나, 품질을 따지지 않고 실을 사들였다가 많이 모아지면 산기슭에 사는 제조업자들에게 팔아서 얼마간의 이윤을 남긴다는 것이었다.

그런데 노새 뒤를 따라 어슬렁어슬렁 걸어가는 불편함이 다시금 화제에 오르자, 그 사나이는 자기와 함께 옆에 있는 골짜기로 내려가자고 내게 제의했다. 그 골짜기는 바로 이 골짜기에서부터 갈라져, 물을 다른 방향으로 끌어가고 있었다. 나는 그와 함께 가기로 결심했다. 고생 끝에 제법 험한 산등성이 하나를 넘자, 건너편에 산비탈이 눈앞에 나타났다. 처음에는 기분 나쁜 느낌을 주었다. 암석이 바뀌어 슬레이트와 같은 모양을 이루었기 때문이다. 바위와 돌멩이에 생기를 주는 초목은 도무지 찾아볼 수 없었고 험한 내리막길이 바로 눈앞에서 우리를 위협했다. 맑은 물이 곳곳에서 졸졸 흘러 모였다. 우리는 깎아지른 듯한 암벽들에 둘러싸인 작은 늪도 지나갔다. 드문드문 보이던 노송과 낙엽송 그리고 자작나무가 차츰 무리를 이룬 모습이 보이기 시작했다. 그 사이로 여기저기 흩어진 시골집도 보였다. 물론 초라한 집들이었고, 어느 집이나 그곳에 사는 사람들이 목재를 짜맞추어 만든 것이었는데, 크고 검은 지붕 판자에는 바람에 날아가지 않도록 돌을 얹어놓았다. 초라한 겉모습과 달리, 집 안은 좁기는 해도 그다지 누추하지 않았다. 따스하고 건조했으며 깨끗하게 보존되어 있어서 그곳에 사는 사람들의 쾌활한 모습과 아주 잘 어울렸다. 그곳에 있으니, 곧 시골 사람들의 꾸밈없는 친밀함이 느껴졌다.

모두들 실 운반인을 기다리고 있었던지 작은 미닫이창으로 내다보는 사람도 있었다. 왜냐하면 그는 될 수 있으면 같은 요일에 오는 것으로 정해 놓고 있었기 때문이다. 그는 뽑은 실을 사들이고 새로운 원면을 나누어주었다. 곧이어 아래쪽으로 내려갔는데, 그곳에는 몇몇 집들이 한데 모여 있었다. 그곳 사람들은 우리를 보자 인사하며 다가왔다. 아이들도 우르르 모여들더니 계란빵, 동그랗게 말린 빵 하나를 받아들고는 무척 기뻐했다. 모두들 즐거워했고 더욱이 성 크리스토프도 비슷한 꾸러미를 어깨에 짊어지고 온 것을 보자 더욱 기뻐하는 듯 보였으며, 그도 아이들의 순수한 감사를 받는 기쁨을 맛볼 수 있었다. 그 또한 그의 동료와 같이 아이들과 다정하게 잘 어울릴 줄 알았기에 한층 더 유쾌했던 것이다.

이와 달리, 노인들은 여러 질문들을 준비하고 있었다. 모두가 전쟁에 대해 알고 싶어했다. 다행스럽게도 전쟁은 아주 먼 곳에서 일어났고, 더 가까이서 일어난다 하더라도 이런 지방을 위협하는 일은 거의 없을 것이다. 그래도 그들은 평화를 다행스러워했다. 다른 데서 다가오는 위험 때문에 한편으론 불안에 휩싸이기도 했다. 이 시골에도 기계작업이 갈수록 늘어나 부지런한 일손을 점차 무력하게 만드는 두려움이 다가오고 있음을 부인할 수 없었던 것이다. 그러나 그에 대한 위로와 희망의 근거가 될 수 있는 많은 대화가 오갔다.

우리와 함께 온 실 운반인은 생활하는 데에 필요한 여러 상담을 해주었다. 뿐만 아니라 집안의 친구로서, 그리고 주치의 역할까지 해야 했다. 그는 언제나 물약·각종 염류·바르는 약을 갖고 다녔다.

오래전부터 한 가지 일에 몰두하길 잘하는 나는, 여러 집을 방문하면서 방적기술을 자세히 배울 수 있는 기회를 얻었다. 나는 면화 덩어리를 풀어내어 씨앗과 씨앗을 감싼 껍질의 부스러기 그리고 그 밖의 불순물을 제거하는 일에 열중하는 아이들을 눈여겨 보았다. 아이들은 그 작업을 골라내기라고 불렀다. 이 작업은 아이들만 하는 일이냐고 물었더니, 겨울밤에는 남자 어른들이나 형들도 한다고 했다.

다음으로 건강한 여인들의 실 짜는 모습이 나의 눈길을 끈 것은 마땅한 일이었다. 준비는 다음과 같이 이루어졌다. 추려내고 불순물이 제거된 원사를 보풀 세우는 기계(독일에서는 이 기계를 크렘펠이라 부른다) 위에 고르게 올려놓고 빗질을 한다. 이렇게 먼지를 없애고 원사의 털이 한 방향으로 모이면 떼어내서 한 묶음으로 단단히 감은 다음 물레에 걸면 실을 뽑을 준비가 끝난다.

그들은 나에게 왼쪽으로 감는 좌연사(左撚絲)와 오른쪽으로 감는 우연사의 차이를 보여주었다. 왼쪽으로 감은 연사가 더 정교한데, 물레를 돌리는 가는 줄을 속도조절 바퀴에 서로 반대로 감기게 함으로써 만들어진다. 이것은 첨부된 그림에 명확하게 나타난대로이다(유감스럽게도 다른 그림과 마찬가지로 이 그림도 여기에 실을 수가 없다).

실 짜는 여자는 너무 높지 않게 물레 앞에 앉는다. 몇몇은 두 발을 포개어 물레가 움직이지 않도록 단단하게 누르지만, 오른발로만 누르고 왼발은 뒤에 두는 여자들도 있다. 그녀들은 오른손으로는 물레를 돌리면서 왼손은 되도록 멀리, 높게 뻗는다. 이로 말미암아 아름다운 운동이 이뤄지는데, 몸을 우아하게 움직이면서, 통통한 두 팔을 드러내어 날씬한 여자의 모습이 돋보인다. 특히 오른발로만 물레를 누르고 있는 모습은 그림과 같은 대조를 보여 우리의 아름다운 부인들이, 기타 대신 물레를 다룬다 하더라도 그 참모습의 매력과 우아함을 잃지 않을까 걱정할 필요는 없을 정도였다.

이런 환경에 있으니 새롭고 독특한 느낌이 밀려올라왔다. 윙윙거리는 물레는 마치 무슨 말을 하는 듯했고, 아가씨들은 찬미가를 불렀다. 그리고 드물기는 했지만 때로는 다른 노래도 불렀다.

새장 안에 매달아놓은 검은 방울새와 되새가 아가씨들의 노래 사이사이에 지저귀고 있었다. 이렇게 여러 명의 실 짜는 여자들이 일하고 있는 방만큼 활기찬 광경은 쉽게 찾아볼 수 없을 것이다.

그러나 앞서 말한 물레실보다는 포대자루실이 더 우량품이라고 한다. 포대자루실에는 다른 것들보다 더 긴 솜털을 가진 가장 질좋은 면화가 사용된다. 면화를 선별해서 불순물을 제거하고 나면, 소면기(梳綿機) 대신 빗에 건다. 긴 강철 바늘이 늘어서 있는 이 빗으로 면화를 빗는다. 그리고 나서 이 솜털 중에서 길고 섬세한 부분은 무딘 칼을 사용해 한 다발씩 떼어낸 뒤(전문용어로는 분절(分節)) 말아서 종이봉투에 넣는다. 그다음에 이것을 실패에 고정하고, 이 종이봉투를 물렛가락에 걸어 손으로 실을 뽑아낸다. 이처럼 편지봉투에 뽑아냈다 하여 편지실이라고도 한다.

이런 일은 침착하고 신중한 사람이 아니면 할 수 없기 때문에, 실을 뽑는 여자들의 모습은 물레를 다루는 사람들보다 온화해 보인다. 후자가 키 크고 날씬한 사람에게 잘 어울린다면, 전자는 말이 없고 섬세한 사람에게 알맞다. 이렇게 저마다 다른 일에 종사하는 다른 성격의 여자들이 한방에 있는 것을 보고 있노라니, 마침내 나는 작업에만 주의를 기울일 것인지 아니면 일하는 여인들에게 집중해야 할 것인지 도무지 알 수가 없었다.

그러나 이 산골에 사는 여자들이 좀처럼 방문하지 않는 귀한 손님들에게 활기찬 모습으로 상냥하고 친절하게 대해 준 것은 부정할 수 없었다. 특히 그들이 기뻐한 것은 내가 무엇이든 자상하게 물어보고, 그녀들의 말을 적고, 그녀들이 사용하는 도구와 간단한 기계장치를 스케치하고, 옆에 곁들여 그녀들의 팔과 손, 몸의 아름다움을 사랑스럽게 그려넣었기 때문이었다. 저녁이 되자 나는 완성된 작업을 볼 수 있었다. 가득 실린 감긴 물렛가락들을 정해진 작은 상자들 안에 넣어 옆에 놓아두고, 하루 동안 완성한 일들을 차곡차곡 조심스레 정리했다. 이때쯤에는 나는 그녀들과 더 친해져 있었다. 작업은 이어졌는데, 이번에는 실패를 다루는 일이었다. 그녀들은 훨씬 더 허물없이 그 기계를 보여주기도 하고 다루는 방법도 가르쳐주었다. 나는 그것을 꼼꼼히 적었다.

실 감는 틀에는 바퀴와 표시기가 달려 있어, 바퀴가 한 번 돌아갈 때마다 용수철이 하나 올라가고, 바퀴가 백 번 돌아가면 용수철이 다시 내려오게 되어 있었다. 천 번 돌아가면 그것을 한 꾸리라고 부르는데, 그 무게에 따라 실의 굵기가 계산된다.

오른쪽으로 감긴 실은 1파운드가 25에서 30꾸리까지이고, 왼쪽으로 감긴 실은 60에서 80꾸리, 어떤 때는 90꾸리까지 된다. 실 감는 틀의 둘레는 약 4분의 7마*17 길이이거나 좀 더 길기도 했다. 날씬하고 부지런한 실 짜는 한 여자가 자기는 날마다 4에서 5꾸리, 즉 5,000바퀴를 돌려 8,000에서 9,000마 길이의 실을 물레로 짠다고 말했다. 그녀는 우리가 하루 더 머문다면 자기 말이 맞는지 내기를 해도 좋다고까지 했다.

그러자 포대자루실을 짜는 조용하고 겸손한 여자도 질세라 다음과 같이 말했다. 시간이 좀 걸리기는 하지만 자신은 1파운드로 120꾸리를 짤 수 있다는 것이다—포대자루실을 짜는 일은 물레로 짜는 것보다 시간이 걸리는 만큼 보수도 훨씬 좋았다. 물레로 짠다면 아마 두 배는 더 짜낼 것이다—그녀는 이제 막 실 감는 틀에 감을 숫자만큼 모두 끝낸 참이었고 실 끝이 풀리지 않게 두세 번 휘감아 붙이는 것을 나에게 보여주었다. 그녀는 실꾸리를 떼어 잘 감기도록 돌돌 감아서 한쪽 끝을 안으로 넣었다. 이렇게 이 숙련된 실 잣는 여자는 일이 완성되었음을 스스럼없이 자랑하며 내게 보여주었다.

이제 여기서는 더 이상 보고 배울 것이 없자, 그녀들의 어머니가 일어나 말하기를, 이 젊은이는 무엇이든 보고 싶어하니 건조직물(乾燥織物)도 보여주겠다

---

*17 옛 치수로 약 58~86센티미터이다.

고 했다. 그녀는 베틀 앞에 앉으면서, 여전히 다정한 말투로 왜 자기가 이런 베틀 작업만 하는지를 설명해 주었다. 그것은 씨실을 건조한 채로 넣어 베틀의 북으로 그다지 촘촘하게 치지 않아도 되는 거친 면직물만을 짤 수 있기 때문이라는 것이었다. 실제로 그녀는 그런 건조직물 제품을 보여주었다. 그것은 줄무늬도 사각무늬도, 다른 어떤 무늬도 없는 4분의 5에서 4분의 5마 반 너비의 밋밋한 직물이었을 뿐이다.

하늘에서 달이 밝게 비쳤다. 실 나르기는 날짜와 시간에 맞춰 제때에 가져가야 하기 때문에 훨씬 멀리까지 순례해야 한다고 말했다. 특히 이런 달밤에는 오솔길이 아주 밝아 좋다는 것이었다. 우리는 비단 리본과 목도리를 선물해 작별을 슬프지 않게 했다. 성 크리스토프는 이런 물건이 꽤 많이 든 꾸러미를 가지고 다녔던 것이다. 선물들은 어머니에게 전해졌다. 가족들과 함께 나누라는 말과 함께.

16일, 화요일 아침

유난히 밝은 밤, 길을 걷는 것은 정말 쾌적하고 즐거운 일이었다. 우리는 마을이라 불러도 좋을, 어제 들렀던 마을보다 조금 큰 오두막들이 모여 있는 곳에 도착했다. 조금 떨어진 탁 트인 언덕 위에는 교회당이 하나 있어서, 그것만으로도 한결 사람 사는 마을 같은 분위기를 풍겼다. 우리는 울타리 옆을 지나갔는데, 그 안에 정원이라 할 수는 없지만, 검소해도 손질이 잘된 풀밭이 보였다.

어떤 장소에 도착하자, 거기서는 방적과 함께 방직이 더욱 활발하게 이루어지고 있었다.

밤 깊도록 이어진 어제의 여행이 우리의 건장한 젊음의 힘을 소모시켜 버리고 말았다. 실 운반인이 마른풀 헛간으로 올라가기에 나도 따라가려 하자, 성 크리스토프가 내게 등바구니를 맡기고는 밖으로 나가는 것이었다. 나는 그의 가상한 마음씨*18를 알아차리고 그가 하는 대로 내버려두었다.

그런데 이튿날 아침 가장 먼저 일어난 일은 가족들이 몰려와 아이들이 집 밖으로 나가는 것을 엄격하게 금지한 일이었다. 무서운 곰이나, 다른 어떤 괴

---

*18 코를 고는 일로 다른 사람에게 폐를 끼치지 않으려는 마음씨를 말한다.

물이 근처에 있는 게 틀림없다는 것이었다. 교회당 쪽에서 신음이나 으르렁대는 소리가 밤새 들려와 이쪽 바위와 집들이 흔들릴 지경이었기 때문이라는 것이었다. 그리고 우리에게 오늘은 어제보다 훨씬 긴 여행이 될 테니 더욱 주의하라는 충고를 해주었다. 우리는 이 선량한 사람들을 될 수 있는 한 안심시키려고 했지만, 이런 험하고 한적한 산마을에서는 그것도 어려운 일인 것 같았다.

실 운반인은 서둘러 일을 마친 뒤 우리를 데리러 오겠다고 했다. 왜냐하면 오늘은 어제처럼 골짜기를 천천히 내려가는 것이 아니라 튀어나온 산등성이들을 괴롭더라도 힘들게 기어올라야 하므로 우리에게는 길고 고생스러운 여정이라는 것이었다. 그래서 나는 그가 데리러 올 때까지의 시간을 이용해 우리 숙소의 착한 부부의 안내로 직조하는 곳에 가보기로 했다.

늘그막에 접어든 이 부부는 나이를 꽤 먹고서도 자식을 두셋 둘 수 있었다. 그들의 환경이나 행동과 말투에서, 신앙심과 영적인 무언가가 느껴졌다. 도착하고 보니 마침 방적에서 방직으로 작업이 넘어가기 시작할 때였다. 그리고 나는 앞으로는 이런 기회가 없으리라 생각해 막 시작된 작업을 그야말로 그대로 수첩에 받아적었다.

첫 작업인, 실에 아교를 바르는 일은 이미 어제 끝나 있었다. 녹말가루와 아교를 조금 섞어 만든 엷은 아교액 속에 실을 넣어 끓이면 실의 내구력이 강해진다. 아침에 실타래가 벌써 말라 있었다. 실패에 감기 위해 사람들이 실을 바퀴에 걸어서 감을 준비를 했다. 이 쉬운 일은 나이 지긋한 할아버지가 난롯가에 앉아서 하고 있었는데 손자 하나가 옆에 서서 물레를 작동해 보고 싶어 안달을 하는 것 같았다. 그 사이에 아버지는 날실을 감기 위해 횡목(橫木)으로 칸막이를 한 틀에 실꾸리를 끼운다. 이 실꾸리는 수직으로 서 있는 강한 철사 둘레를 자유롭게 움직여 실이 풀려올라가게 되어 있다. 실꾸리에는 굵은 실과 가느다란 실이, 직물의 무늬라기보다 직조의 결들이 보일 수 있도록 감겨져 있었다. 시스트룸*19이라는 타악기 같은 모양의 도구(브리틀리라 한다)가 있는데, 양면에 많은 구멍들이 뚫려 있고 그 구멍들에 실을 넣어 꿴다. 날실을 다루는 사람이 이것을 오른손에 쥐고, 왼손으로 실 가닥을 모아 쥐고 왔다 갔다 하면서 날실 틀에 끼워넣는다. 위에서 아래로, 다시 아래에서 위로 실을 치는 한 번의

---

*19 손잡이가 달린 딸랑이 모양의 타악기. 고대 이집트에서 아이시스 여신에게 제를 올릴 때에 사용했다.

작업을 1행(行)이라고 부르는데, 직물의 두께와 너비에 따라서 많은 행이 이루어진다. 직물의 길이는 64마, 아니면 32마뿐이다. 각 행을 시작할 때 왼손 손가락으로 실 한두 가닥을 위에 걸고 같은 수의 실을 아래에 거는데, 이것을 분사(分絲)라고 한다. 이렇게 서로 꼬인 실을 날실 틀 위에 박힌 두 개의 못에 건다. 이런 일을 하는 것은 직조공이 실을 적절하게 같은 순서로 잡을 수 있게 하기 위한 것이다. 날실이 다 되면 분사의 아랫단을 묶고, 조금도 헝클어지지 않도록 각 행을 특별히 나누어놓는다. 그리고 마지막 행에 직조공이 일정한 길이로 되잡아당기기 위해 녹인 녹청(綠靑)으로 표지를 남긴다. 끝으로 표지를 떼어내어 전체를 큰 실뭉치의 모습으로 꼬아 감아올리는데, 이것을 날실이라 불렀다.

17일, 수요일

우리는 아침 일찍 해뜨기 전에 출발해서 멋진 새벽 달빛을 즐겼다. 동이 훤히 터오고 해가 떠오르자 한결 경작이 잘되고 살기 좋아 보이는 땅이 보였다. 위쪽 마을에서는 작은 시냇물을 건너는 데에도 징검돌이나 난간이 한쪽에만 있는 좁고 작은 다리와 맞닥뜨리곤 했는데, 여기서는 벌써 점점 폭이 넓어지는 물 위에 돌다리들이 놓여 있었다. 손이 닿지 않은 자연의 우아함이 조화를 이루어, 우리 나그네 셋에게 즐거운 인상을 주었다.

산 저쪽 강물로부터 넘어온 날씬하고 까만 머리카락의 한 사나이가 이쪽으로 걸어왔다. 그는 눈이 밝고 목소리도 우렁차게, 멀리서부터 우리를 불렀다. "안녕하세요! 실 나르는 양반!" 실 운반인은 그가 좀 더 가까이 오기를 기다리더니 짐짓 깜짝 놀라며 소리쳤다. "안녕하십니까, 직조기 수리공 양반! 어디서 오는 길입니까? 이렇게 만나다니 참 뜻밖이군요." 직조기 수리공이 다가오며 말했다. "나는 벌써 두 달 동안이나 산속을 돌아다니면서 인심 좋은 산사람들의 직조기를 고쳐주기도 하고 베틀을 손질해 주기도 하면서, 한동안 지장 없이 일할 수 있게 손보아주고 있답니다." 이 말에 실 운반인은 내게로 몸을 돌려 말했다. "신사 양반, 당신이 이 일에 그렇게 흥미를 갖고 자상하게 마음을 써주는데, 마침 때맞춰 이 사람이 오는군요. 요 이삼일 동안 나는 그가 와주었으면 마음속으로 바라고 있었지요. 그 아가씨들이 아무리 큰 호의를 갖고 잘 설명해 주었다 해도 이 사람보다 더 잘 설명해 주지는 못할 겁니다. 이 사람은 그 분야의 대가라, 방적·방직 같은 일도 필요에 따라 원하는 사람 마음에 들도록 지시하거나, 설명하고, 잘 보존해 주기도 하면서, 수리도 나무랄 데 없이 잘한답니다."

나는 그 직조기 수리공과 이야기를 나누어보았다. 그리고 며칠 동안 배운 몇 가지를 그와 함께 복습하고 조금 의문나는 것들을 설명해 줄 것을 부탁했다. 그 결과, 나는 그가 대단히 이해력이 있고, 나름대로 교양도 갖추었으며, 자신의 일을 완벽하게 터득했음을 알 수 있었다. 나는 또 어제 본 직조 작업의 첫 단계에 대해 그에게 이야기했다. 그러자 그는 매우 기뻐하며 외쳤다. "정말 잘된 일이군요. 내가 마침 제때에 온 셈이군요. 이렇게 귀하고 호감이 가는 분에게, 인간을 동물과 다르게 해준 가장 오래되고 훌륭한 기술에 대해 필요한 지식을 가르쳐드리는 것이니까요. 마침 오늘 우리는 순박하고 솜씨가 아주 좋은 사람들에게 가기로 되어 있습니다. 그러니 당신이 그곳에 함께 가서 그 손작업을 나처럼 곧장 이해해 내지 못한다면, 나는 직조기 수리공이라는 이름을 내던져버려도 좋습니다."

나는 정중하게 그에게 감사의 말을 전했다. 온갖 대화가 이어졌고, 우리는 두세 번의 휴식을 취하고 아침 식사를 한 뒤에 다닥다닥 붙어 있기는 해도 이제까지보다는 잘 지어진 집들이 모여 있는 곳에 도착했다. 그는 우리에게 가장 좋은 집을 가리키면서 그리로 가자고 했다. 의논 끝에 실 운반인이 나와 성 크리스토프와 함께 먼저 들어갔다. 첫 인사와 몇 마디 농담을 주고받은 뒤에 직조기 수리공이 들어왔다. 그러자 모든 가족들이 놀라움과 즐거움의 함성으로 그를 맞이하는 것이 눈길을 끌었다. 아버지, 어머니, 딸들, 어린아이들이 그의 주위에 모여들었다. 베틀에 앉아 있던 몸매 좋은 딸은 날실을 꿰려던 북을 손에 든 채, 발디딤도 멈추고 일어나 뒤늦게 다가오더니 어색해하면서 그에게 손을 내밀었다. 실 운반인과 직조기 수리공은 농담 섞인 이야기를 하면서 곧 이 집안의 오랜 친구들에게 어울리는 모습을 다시 찾았다. 그렇게 한동안 흥에 겨워 떠들고 난 뒤, 이 부지런한 직조기 수리공은 나에게 몸을 돌려 이렇게 말했다. "신사 양반, 우리가 오랜만에 다시 만난 기쁨에 당신을 내버려두었군요. 우리는 며칠을 두고 계속 떠들어댈 수 있지만 당신은 내일이면 이곳을 떠나야 합니다. 자, 이 신사 양반에게 우리 기술의 비결을 보여드리는 것이 어떻겠습니까? 풀 먹이기와 날실 걸기는 이미 알고 계시니 나머지 부분을 보여드립시다. 물론 저기 있는 아가씨들도 거들어주겠지요. 이 베틀은 이제 실을 감아올리는 단계입니다." 이 일은 동생이 맡아하고 있어서 우리는 그녀에게로 다가갔다. 언니는 다시 베틀에 앉아 조용하고 다정한 표정으로 활기 있게 일을 해 나갔다.

나는 이제 실을 감아올리는 일을 주의 깊게 지켜보았다. 이 일을 하기 위해서는 날실의 여러 단락을 순서에 따라 커다란 빗 모양의 톱대 속으로 통과시키는데, 톱대의 너비는 바로 실이 감겨지는 직기의 축(도투마리)의 너비와 같았고, 그 위로 실이 감기게 되어 있었다. 실 감는 축에는 구멍이 뚫려 있는데, 그 안에 작은 봉(棒) 하나가 꽂혀 있었다. 이 봉이 날실의 끝에 의해, 축 끝에 달린 구멍에 단단히 고정되어 있다. 소년이나 소녀가 베틀 아래 앉아 날실 다발을 세게 잡아당기면, 베짜는 아가씨가 지렛대를 힘차게 돌리며 동시에 모든 실 가닥들이 가지런해지도록 했다. 실이 모두 감겨 올라가면 분사를 지탱하기 위해서 둥근 막대기 한 개와 납작한 막대기 두 개, 곧 덧대를 분사 속에 밀어넣는다. 그다음에 말아 넣기가 시작된다.

먼저 짠 직물 가운데 약 4분의 1마가 아직 다른 축에 남아 있는데, 이 축으로부터 약 4분의 3마가량의 실이 바디를 지나 베틀의 양끝 날개를 통해 나오고 있었다. 이제 베 짜는 아가씨는 이 실에다가 새로운 날실의 끝 하나하나를 세심하게 꼬아 붙였다. 이것이 끝난 뒤 꼬아 붙인 모두를 한꺼번에 잡아 당기면 새 실이 아직 비어 있는 앞쪽의 직기 축에 가 닿는다. 잘린 실은 연결되고, 들어온 실은 베틀북에 맞도록 작은 실패에 감긴다. 이렇게 해서 직조를 하기 위한 마지막 준비, 즉 정사(整絲 : 켜낸 실을 가려내어 감는 일)가 시작된다.

가죽장갑을 끼고 만들어놓은 아교액에 담근 솔로 베틀의 길이만큼 날실을 완전히 적신다. 그 뒤, 분사를 받쳐주던 덧대를 뽑아내고, 모든 실 가닥들을 아주 정확하게 가지런히 놓고는 전부 마를 때까지 막대기에 매단 거위 날개로 부채질을 해준다. 그다음 드디어 베짜기가 시작되고, 다시 정사 작업이 필요할 때까지 계속되는 것이다.

이런 정사 작업과 부채질은 보통 베짜기를 배우는 젊은이들이 맡거나, 한가한 겨울밤에는 아름다운 베 짜는 아가씨를 위해 그녀의 남자형제나 애인이 한다. 그렇지 않으면 씨실 감는 작은 실패라도 만든다.

부드러운 모슬린은 젖은 채로 짠다. 즉 씨실의 타래가 아교액에 담가져, 젖은 채로 작은 실패에 감겨 바로 작업된다. 이로써 직물이 한결 부드러워지고 더욱 맑고 깨끗해 보인다.

9월 18일, 목요일

나는 직조실 안에 감도는 분위기 속에서, 부지런히 일하는 모습, 그리고 무어라 표현할 수 없이 생기가 넘치는 가정적이고 평화로운 모습을 발견했다. 여러 대 베틀이 움직였고, 실 잣는 물레와 실 감는 바퀴도 돌고 있었다. 그리고 난롯가에서는 노인들이 놀러 온 동네 사람이나 친구들과 모여 앉아 정다운 이야기를 나누고 있었다. 그 사이사이에 노랫소리도 들렸다. 거의 암브로시우스 로프바서[20]의 4중창 찬송가였는데 드문드문 세속적인 노래도 들렸다. 그러다가 사촌인 야곱이 뭔가 우스갯소리라도 하면 아가씨들의 즐거운 웃음소리가 터져나왔다.

민첩하고 부지런한 베틀 짜는 아가씨는 거들어만 준다면, 질 좋은 모슬린은 아니더라도 일주일 동안 32마쯤의 천을 짜낼 수 있다. 그러나 이것은 아주 드문 경우이고, 집안일에 시간을 뺏기기라도 하면, 그 정도 길이는 보통 2주일치의 작업량이다.

직조물의 아름다움은 베틀을 고르게 밟는가, 바디를 고르게 두드리는가, 또 씨실을 젖은 채로 짰는가 말려서 짰는가에 달려 있다. 완전히 고르고 강하게 당기는 것도 그 아름다움에 영향을 미치므로, 베 짜는 아가씨는 고급 면직물을 짤 때에는 무거운 돌 하나를 베틀 앞쪽에 있는 축의 못에 걸어놓는다. 작업하는 내내 직조물을 세게 당기면(전문용어로는 당김이라 한다) 눈에 띄게 늘어난다. 32마면 4분의 3마, 64마면 약 1마 반 정도가 늘어난다. 이 초과분은 베 짜는 여자의 몫이 되어, 그녀에게 그만큼 더 지급되든지, 또는 자기의 목도리나 앞치마로 만들기 위해 챙길 수 있다.

높고 깊은 첩첩산중에서만 볼 수 있는, 이를 데 없이 밝고 부드러운 달밤에 가족들이 손님들과 함께 문 앞에 앉아 활기차게 대화를 나누고 있을 때, 레나르도는 깊은 생각에 잠겼다. 이런 모든 실을 잣고 베틀을 짜는 활동 속에서 수공업에 대해 관찰하고 생각하는 가운데, 친구인 빌헬름이 자기를 안심시키기 위

---

[20] 제5장 레나르도의 일기 무대는 스위스 칼뱅 교파의 지방이다. 칼뱅은 마틴 루터 이상으로 엄격하여 신자들에게 성서 말고는 아무것도 읽지 못하게 했기 때문에 찬송가로는 〈시편(詩篇)〉밖에 없었다. 이 시편이 16세기 프랑스의 신교도 작곡가들에 의해 작곡된 것을 로프바서(Ambrosius Lobwasser : 1515~85)가 1573년 독일어로 옮겨 출판했다.

해서 보낸 편지가 또다시 기억 속에 되살아났던 것이다. 그토록 여러 번 읽었던 구절들, 그렇게 여러 번 들여다본 문구들이 다시 그의 마음속에 떠올랐다. 그리고 자신이 가장 좋아하는 노래의 선율이 불현듯 귓속에서 희미하게 울려오듯이, 그 다정한 편지가 조용히 그의 마음속에 되살아났다.

'가정은 경건함에 기반을 두고, 근면과 질서로써 활기를 이어가고 있습니다. 너무 과하지도 부족하지도 않게, 사람들의 여러 의무와 능력 그리고 노동력이 서로 균형을 잘 이루고 있습니다. 그녀를 둘러싸고, 가장 순수하고 근본적인 의미의 수공업자들이 집단을 이루어 일하고 있어요. 이곳에는 자기 자신을 제약하면서도 먼 곳을 지향하는 작용이 있습니다. 주변을 두루 살피는 마음과 분별력, 그리고 순수함과 일에 대한 발전이 있습니다.'

그러나 이번에는 이 편지의 회상이 마음을 가라앉혀 주기보다는 오히려 격앙시키는 작용을 했다. 레나르도는 마음속으로 말했다. "이 일상적이고 간결한 묘사는 지금 나를 에워싸고 있는 상황과 꼭 들어맞는다. 이곳에도 평화와 경건, 그리고 끊임없는 활동이 있지 않은가? 다만 먼 곳으로 뻗어가는 움직임만은 어쩐지 나에게는 편지에 쓰인 것과 같이 확실하게 보이지 않는다. 그러나 그 선한 여인은 거기서도 이곳과 비슷한, 그러나 훨씬 크고 훌륭한 사람들의 모임에 활기를 불어넣어주고 있을 게다. 그녀는 이곳 사람들처럼 편안하게, 아니 훨씬 더 편안하게 느끼면서 더욱 명랑하고 자유롭게 주변을 두루 살펴볼지도 모른다."

그런데 이제 다른 사람들의 열기를 더해 가는 활기찬 대화에 한결 더 주의를 쏟으면서 레나르도가 아까부터 마음에 품었던 한 가지 생각이 완전히 뚜렷해졌다. 이 남자야말로, 도구와 베틀을 이처럼 완벽하게 다룰 줄 아는 이 사람이야말로 우리의 결사에 더할 나위 없이 쓸모 있는 한 사람이 될 수 있지 않을까 하는 생각이었다. 그는 이 점에 대해, 그리고 자신의 눈에 뚜렷하게 비치는 이 노련한 일꾼의 수많은 장점들에 대해 곰곰이 생각해 보았다. 그래서 그는 대화를 그쪽으로 유도해 농담처럼 말하기는 했지만, 그만큼 더욱 뚜렷하게 어떤 뜻있는 결사에 들어가 해외로 이주할 생각이 없느냐고 물어보았다.

직조기 수리공은 여전히 쾌활하게, 그러나 확실한 어조로 그의 청을 거절했다. 자기는 잘 지내고 있고, 더 나아질 것이라 기대하고 있다, 이 고장에서 태어났기에 익숙해져 있는 데다, 얼굴이 널리 알려져서 어디서나 늘 따뜻하게 환영받는다, 이 골짜기들에서 이민을 가고 싶다는 생각은 찾아보기 힘들 뿐더러, 그들을 불안하게 만드는 근심거리도 전혀 없으며, 산이 이곳 사람들을 꼭 붙들고 놓지 않는다고 했다.

"그래서 놀랐습니다." 실 운반인은 말했다. "주자네 부인이 지배인과 결혼해, 재산을 모두 팔아 꽤 많은 돈을 가지고 바다 건너로 갈 거라는 소문을 들었거든요." 레나르도가 자세히 물어보아 알아낸 것은, 그녀는 젊은 과부로 혜택받은 환경에 있으며, 이곳 산악지대 제품들로 장사를 하면서 풍족하게 살고 있다는 것이었다. 걸어서 여행하는 레나르도가 잠시 짬을 내어 그녀의 집에 들른다면, 내일이라도 당장 직접 확인해 볼 수 있을 거라고 했다. "나는 이미 여러 번 그녀에 대한 이야기를 들어왔습니다." 레나르도가 말했다. "이 골짜기에 사는 사람들에게 활기를 주고, 자선을 베푼다고요. 그런데 그녀에 대해 물어보지 못했을 뿐입니다."

"어쨌든 지금은 잠자리에 들기로 합시다." 실 운반인이 말했다. "내일은 틀림없이 날씨가 좋을 테니, 아침 일찍부터 서둘러야겠어요."

원고는 여기서 끝났다. 빌헬름이 그다음 부분을 달라고 하자, 지금은 여기 있는 친구들의 손에 없다는 대답이었다. 그것은 마카리에 부인에게 보내졌으며, 일기에 언급된 어떤 복잡한 사건을 그녀가 정신과 사랑으로 조정하여, 걱정과 불안으로 응어리진 것을 풀어주기로 되어 있다고 했다. 빌헬름은 이 원고를 마저 읽지 못하는 아쉬움을 참으면서, 친구들과 함께 즐거운 환담을 나누며 저녁 모임을 즐길 준비를 했다.

제6장

저녁때가 되어, 친구들이 저 멀리까지 보이는 정자에 앉아 있는데, 체격 좋은 한 남자가 문턱을 넘어 들어왔다. 우리의 주인공은 그가 오늘 아침에 본 이발사임을 곧 알아차렸다. 말없이 허리를 깊숙이 숙이는 그의 인사에 레나르도는 이렇게 말했다. "늘 그랬듯이 당신은 아주 적절한 때에 와주시는군요. 그리고 이번에도 당신의 재능으로 우리를 즐겁게 해주시겠지요. 나는 당신에게," 이번에는 빌헬름에게 말을 계속했다. "결사에 대해서 몇 가지 말씀드릴 수 있을 것 같군요. 나는 결속 책임을 맡은 것을 자랑스럽게 생각하고 있습니다. 왜냐하면 사회의 이익이나 기쁨에 도움이 되는 재능을 보여주는 사람이 아니면, 어느 누구도 우리 '결사'에 들어올 수 없기 때문입니다. 자, 이분은 늠름한 외과의사로 결단과 체력이 요구되는 중대한 경우에 주치의 선생을 훌륭하게 도울 수 있는 분입니다. 그리고 이발사로서의 이분 솜씨에 대해서는 당신이 증언하실 수 있을 겁니다. 그런 솜씨 덕분에 이분은 우리에게 필요하고 환영받는 존재인 것이지요. 그런데 이 직업에는 때때로 번거롭고 매우 긴 수다가 따라다니게 마련이기 때문에, 이 사람은 자기수양을 위해 하나의 조건을 감수하기로 했답니다. 우리 결사에 들어와 함께 지내고 싶어하는 사람은 누구든지, 한편으로는 보다 큰 자유가 허용되는 동시에 다른 한편으로는 자기 자신을 제약하지 않으면 안됩니다. 그래서 이 사람은 일상적인 것 또는 우연한 것을 표현하는 경우에는 처음부터 말하는 것을 단념하기로 한 것입니다. 그러나 이로 말미암아 이 사람에게는 다른 화술(話術)의 재능이 발달하게 되었는데, 그것은 뚜렷한 목적을 갖고도 지혜롭고 즐거운 작용을 일으키는 화술, 즉 이야기하는 재능이 생겨나게 된 것입니다.

　그의 인생에는 기이한 경험들이 풍부했었지만, 알맞지 않은 때에 마구 떠들어대서 다 없어지고 말았습니다. 그러나 이제는 억지로라도 말을 않다 보니 혼자 그 경험들을 마음속에 되뇌며 정리하게 되었지요. 여기에 상상력이 결합되어 실제 일어난 사건에 생명과 활력을 더하게 되었습니다. 그는 특별하고 숙련된 기술과 솜씨로 사실 같은 옛날이야기와, 옛날이야기 같은 사실을 이야기할 줄 안답니다. 내가 그의 말문을 열어주면, 그는 몇 번이고 이와 같은 이야기로 우리를 아주 즐겁게 해줄 것입니다. 이제 나는 그의 혀를 풀어주는 동시에, 내가 그를 알고 지낸 긴 시간 동안 아직까지 한 번도 똑같은 이야기를 반복한 적이 없다는 점을 칭찬하는 바입니다. 부디 이번에도 우리의 귀중한 손님에게 사랑과 경의를 표하기 위해 특별히 멋진 솜씨를 드러내 줄 것을 기대합니다."

　빨간 외투를 걸친 그의 얼굴에, 재기 가득 찬 밝은 표정이 퍼졌다. 이어 그는 서슴지 않고 다음과 같은 이야기를 시작했다.

새로운 멜루지네[*21]

존경하는 신사 여러분! 여러분이 길고 지루한 서론을 그다지 좋아하지 않는다는 것을 잘 알고 있으니, 그런 것은 줄이고 특히 이번에는 제 이야기가 여러분의 마음에 들기를 바란다는 것을 말씀드리겠습니다. 이때까지 저는 꽤 많은 실화를 말씀드려, 많은 분들께 큰 호응을 얻었습니다만, 이제부터 말씀드리고자 하는 이야기는 이제까지의 것들을 훨씬 뛰어넘는 희귀한 이야기입니다. 이 이야기는 벌써 수년 전에 겪은 일이지만 오늘도 생각만 하면 가슴이 울렁거립니다. 그뿐 아니라 아직도 그 일의 마지막 이야기가 있을 것이라는 기대까지 한답니다. 이 같은 이야기를 발견하기란 쉬운 일은 아닐 것입니다. 미리 고백하지만, 저는 다음날은 말할 것도 없고 바로 다음 순간도 어떻게 될지 확신할 수 없을 만큼 아무 계획 없이 살았다는 점입니다.

젊었을 때는 살림을 꾸려나가는 일이 서툴러서 이따금 여러 곤경에 빠지고는 했습니다. 한번은 많은 돈을 벌 수 있는 여행을 계획한 일이 있었습니다. 그러나 준비를 너무 야단스럽게 하는 바람에 처음에는 특별우편마차로 여행길에 올랐지만 다음에는 보통마차로 여행하다가 결국 마지막에는 한심스럽게도 어쩔 수 없이 걸어서 목적지에 가야 했습니다.

혈기왕성한 젊은이였던 나는, 여관에 도착하면 곧장 안주인이나 여자 요리사를 찾아가 그녀들에게 아양을 떠는 것이 습관이 되어 있었습니다. 그렇게 하면 거의 숙식비를 싸게 깎을 수 있었기 때문입니다.

어느 날 밤, 작은 시골 마을의 역사(驛舍)에 들어가 이제껏 해오던 방식대로 하려 하는데 바로 내 뒤로 말 네 마리가 *끄*는 아름다운 2인승 마차가 방울을 딸랑거리며 문 앞에 와 서는 것이었습니다. 뒤를 돌아보았더니 숙녀 한 분이 시녀도 하인도 없이 혼자 마차에 타고 있었습니다. 나는 곧장 달려가 마차의 문을 열고 뭐든 분부할 것이 없느냐고 물었습니다. 마차에서 내리는 그녀의 모습은 아름다웠습니다. 그러나 그 사랑스러운 얼굴을 자세히 보니 어딘지 슬

[*21] 멜루지네는 프랑스에서 건너와 독일에 널리 퍼진 민화의 여주인공 이름이다. 그녀는 물의 요정이지만 인간의 모습을 하고 또 인간과 사랑에 빠져 그의 아내가 되었다. 어느 날 목욕을 하던 중 물의 요정 모습으로 되돌아가는 장면을 남편에게 들켜 인간세계를 떠나게 된다. 그러나 여기서는 여주인공이 물의 요정이 아니라 소인국의 왕녀로 나온다.

픈 그림자가 드리워 있었습니다. 나는 다시 한 번 뭐든 도와드릴 일이 없느냐고 물었습니다. 그녀가 말했습니다. "그럼, 의자 위에 있는 작은 상자를 조심해서 위로 갖다주시면 좋겠어요. 제발 부탁드리지만, 꼭 그대로 붙잡고 옮겨야지 조금이라도 움직이거나 흔들면 안 돼요." 내가 작은 상자를 조심해서 들자, 그녀는 마차의 문을 닫았고 우리는 함께 계단을 올라갔습니다. 그리고 그녀는 오늘 밤은 여기서 묵겠다고 여관의 하녀에게 말했습니다.

이제 방 안에는 우리 둘만 남았습니다. 그녀는 작은 상자를 벽 앞의 탁자 위에 놓으라고 나에게 일렀습니다. 그녀의 태도에서 나는 그녀가 홀로 있고 싶어 하는 것을 알 수 있었습니다. 그래서 나는 그녀의 손에 정중하면서도 열렬하게 입을 맞추고는 물러가려고 했습니다.

그런데 그녀가 "우리 두 사람의 저녁 식사를 주문해 주세요" 하는 것이었습니다. 내가 얼마나 기쁜 마음으로 부탁받은 일을 했는지 상상이 가실 겁니다. 나는 의기양양해져 여관 주인이나 안주인, 그리고 하인들을 안중에도 두지 않았습니다. 나는 초조한 마음으로, 다시 그녀에게 가게 될 순간을 기다렸습니다. 식사가 날라져 오자 우리는 마주 앉았습니다. 훌륭한 식사와 그렇게도 바라던 아름다운 여인을 눈앞에 둔 나는 아주 원기가 솟았답니다. 정말이지 그녀는 순간순간 더욱 아름다워지는 것 같았습니다. 그녀와의 대화는 유쾌했지만 그녀는 애정이나 사랑에 대한 이야기는 완전히 피하려고 했습니다.

식사가 치워졌습니다. 나는 머뭇거리면서 그녀에게 가까이 가려고 온갖 수를 다 부려보았지만 아무 소용이 없었습니다. 그녀는 섣불리 손댈 수 없는 기품 있는 태도로, 내가 그녀 가까이로 다가가지 못하게 했습니다. 그래서 나는 마지못해 일찌감치 그녀와 작별하는 수밖에 없었습니다.

거의 지새우다시피하며 불안한 꿈에 시달리던 밤이 지난 뒤 나는 아침 일찍 일어나, 그녀가 마차를 대기시켰는지 물어보았습니다. 아니라는 말을 듣고 정원으로 나갔더니, 그녀가 옷을 갈아입고 창가에 서 있는 것이 보였기에 서둘러 그녀에게로 달려갔습니다. 이를 데 없이 아름답게, 어제보다 한결 아름다운 모습으로 나를 맞이하는 그녀를 보자, 내 가슴속에서 애정과 장난기 그리고 대담성이 한번에 끓어올랐습니다. 나는 그녀에게 달려가 두 팔로 그녀를 꽉 껴안았습니다. "천사 같은 여인이여!" 나는 외쳤습니다. "용서해 주십시오. 그렇지만 더는 참을 수가 없습니다." 그녀가 믿기 어려울 만큼 날렵하게 내 팔에서 빠져

나갔기 때문에 나는 그녀의 뺨에 입맞출 기회조차 없었습니다. "이런 갑작스러운 격정적인 애정의 분출은 삼가세요. 당신에게 가까이 와 있는 행복을 허무하게 놓치지 않으시려면. 물론 그 행복은 몇 가지 시련을 치르고 난 뒤에야 손에 넣을 수 있는 것이랍니다."

"바라는 것은 무엇이든지 요구하십시오. 천사 같은 여인이여!" 나는 외쳤습니다. "다만 나를 절망에 빠지게 하지는 말아주십시오." 그녀는 미소 지으며 대꾸했습니다. "당신이 나에 대한 봉사에 몸을 바칠 생각이라면 다음의 조건을 잘 들어주세요! 내가 이곳에 온 것은 여자친구를 방문하기 위해서입니다. 그 친구 집에서 이삼 일간 묵을 예정이에요. 그곳에 도착할 때까지 마차와 이 작은 상자는 먼저 보내두고 싶거든요. 당신이 이 일을 맡아주실 수 있겠어요? 이 상자를 아주 조심스럽게 마차에 싣고 내리는 일만 해주시면 된답니다. 그리고 작은 상자가 마차 안에 있을 때는 그 옆에 앉아 온 신경을 이 상자에 쏟아야 합니다. 여관에 도착하면, 작은 상자는 특별히 마련된 방안의 탁자 위에 놓아두세요. 하지만 당신은 그 방에 머물러서도 안 되고 잠을 자서도 안 돼요. 그 방은 언제나 이 열쇠로 잠가주세요. 이 열쇠는 어떤 자물쇠든지 열 수도 잠글 수도 있는데, 먼저 이 열쇠로 잠그고 나면 자물쇠에 이상한 성질이 생겨 이 열쇠가 아니면 누구도 다시 자물쇠를 열 수가 없답니다."

그녀의 얼굴을 가만히 쳐다보던 나는 알 수 없는 기분이 들었습니다. 그녀를 곧 다시 만날 수 있다는 희망만 있다면, 그리고 그 희망을 키스로 보장받을 수 있다면 무슨 일이든지 하겠다고 그녀에게 약속했습니다. 그러자 그녀는 내게 키스를 해주었습니다. 그리고 그 순간부터 나는 완전히 그녀의 노예가 되고 말았습니다. 그녀는 나에게 말을 준비시킬 수 있도록 하라고 일렀습니다. 우리는 내가 택해야 할 길과 내가 그녀를 기다리면서 묵어야 할 장소에 대해 의논했습니다. 마지막으로 그녀는 금화가 들어 있는 돈지갑을 내 손에 쥐어주었고, 나는 그녀의 두 손에 입을 맞추었습니다. 헤어질 때 그녀는 감동하는 것 같았습니다. 나는 내가 무슨 일을 했는지, 또 무엇을 어떻게 해야 하는지 알 수 없었습니다.

말을 준비해 놓고 돌아와 보니 방문은 잠겨 있었습니다. 곧 열쇠를 시험해 보았더니 완벽하게 작동해 문이 열렸지만, 안은 텅 비어 있었고 작은 상자만이 내가 놓아둔 탁자 위에 그대로 있었습니다.

마차가 현관 앞에서 기다리고 있었습니다. 나는 그 작은 상자를 조심스럽게 아래층으로 들고 내려와 내 옆자리에 놓았습니다. 그때 여관 안주인이 물었습니다. "그 아가씨는 어디 계시죠?" 그러자 한 아이가 대답했습니다. "그분은 시내로 갔어요." 나는 사람들에게 인사를 하고는 마치 개선장군처럼 그곳을 떠났습니다. 어젯밤만 해도 먼지투성이 행전을 차고 이곳에 도착한 내가 말입니다. 여유가 생긴 내가 이 사건에 대해 이리저리 생각해 보기도 하고, 돈지갑에 든 돈을 세어보기도 하고, 온갖 계획을 짜면서 기회 있을 때마다 작은 상자를 힐끔힐끔 쳐다보고 한 것은 여러분도 쉽게 상상할 수 있을 것입니다. 나는 그녀가 지정해 준 어느 화려한 도시에 도착할 때까지 역에 내리지도 않고 그냥 지나치면서 쉬지 않고 마차를 곧장 달렸습니다. 그녀의 명령을 정확하게 지켜서 작은 상자를 특별히 주문한 방에 놓고, 그 옆에 불을 켜지 않은 양초를 두세 개 세웠습니다. 그것 또한 그녀가 부탁한 사항들이었습니다. 나는 그 방을 잠그고 느긋한 기분으로 내 방으로 돌아왔습니다.

잠시 동안은 그녀 생각에 빠져 있을 수 있었지만, 곧 지루해졌습니다. 왜냐하면 나는 친구 없이 지내는 일에 익숙하지 않았기 때문입니다. 그런데 얼마 지나지 않아 내 뜻대로 그런 친구들을 음식점 식탁에서 또는 공공장소에서 발견할 수 있었습니다. 이를 계기로 나의 돈은 차츰 줄기 시작했고 어느 날 밤에는 경솔하게도 미친 듯이 도박에 빠졌다가 완전히 빈털터리가 되어버렸습니다. 방으로 돌아온 나는 제정신이 아니었습니다. 돈은 몽땅 털린 데다 돈 많은 사람처럼 보였기 때문에 계산서도 거액이 청구되었지만, 나의 아름다운 여인은 언제 다시 나타날 것인지 그리고 과연 나타날 것인지조차도 확실치 않았기에, 나는 몹시 난처했습니다. 그럴수록 나는 그녀가 더욱 그리웠고, 이제는 그녀 없이는, 그녀의 돈 없이는 살아갈 수 없을 것 같았습니다.

이번에는 홀로 밥을 먹어야 했기에 맛없는 저녁 식사를 하고 난 뒤, 나는 방 안을 거칠게 왔다 갔다 하며 혼잣말을 하고 나 자신을 저주하고 마룻바닥에 몸을 던져 머리카락을 쥐어뜯는 등, 정말 온갖 짓거리를 다했습니다. 이때 난데없이 자물쇠로 잠긴 옆방에서 무언가가 희미하게 움직이는 것 같더니 곧이어 굳게 잠겨 있는 그 방의 문을 두드리는 소리가 들렸습니다. 순간 퍼뜩 정신을 차리고 열쇠에 손을 뻗치는 그때에 쌍여닫이문이 저절로 열리더니 타오르는 양초 불빛을 받으며 나의 아름다운 여인이 내게 오고 있지 않겠습니까! 나는 그녀의 발치에 몸을 던져 그녀의 옷과 두 손에 입을 맞추었습니다. 그녀는 나를 일으켜주었습니다. 나는 그녀를 끌어안을 용기도 없었고 차마 그녀의 얼굴을 쳐다볼 엄두조차 나지 않았습니다. 그래도 정직하게, 뉘우치는 마음으로 그녀에게 나의 잘못을 고백했습니다. "그 잘못은 용서하겠어요." 그녀가 말했습니다. "다만 유감스러운 것은 그 실수로 당신의 행복과 나의 행복이 늦춰지고 있다는 점입니다. 당신은 우리가 다시 만날 때까지 다시 한 번 세상 여행을 해야 해요. 자, 여기 더 많은 금화가 있어요." 그녀가 말했습니다. "만일 당신이 잘 꾸려나가기만 한다면 넉넉할 거예요. 이번에는 술과 도박 때문에 곤경에 빠졌지만, 다음번에는 술과 여자를 조심하세요. 그래서 더욱 기쁘게 다시 만날 수 있다는 기대를 저버리지 말아주세요."

그녀가 문지방을 지나 방 안으로 물러가자 여닫이문이 닫혀버렸습니다. 나는 문을 두드리면서 간청했지만, 아무 소리도 들리지 않았습니다. 다음 날 아침 계산서를 청구하자, 하인이 싱글벙글 웃으며 말했습니다. "왜 당신이, 방문을 어떤 열쇠로도 열지 못하게 교묘하고도 아무도 알 수 없는 방법으로 잠그는지를 알겠습니다. 우리는 당신이 많은 돈과 보물들을 가득 가지고 있다고 짐작했지요. 그런데 그 보물이 혼자서 계단을 내려가는 것을 보았습니다. 그런 보물은 어떻게든 엄중히 보관해 둘 가치가 있지요."

나는 아무 대답도 하지 않고 계산을 한 뒤 작은 상자를 들고 마차에 올랐습니다. 그리고 앞으로는 신비로운 내 여인의 경고를 지키겠다고 마음속 깊이 굳게 다짐하면서 다시금 세상 속으로 뛰어들었습니다. 그러나 어느 큰 도시에 도착해서 애교스러운 여자들과 어울리게 되었고 도저히 그녀들로부터 벗어날 수가 없었습니다. 그녀들은 자기들이 베푸는 호의에 대해 나에게 높은 대가를 치르도록 하려는 것 같았습니다. 왜냐하면 그녀들은 언제나 나와는 일정한 거리를 유지하면서도 내가 끊임없이 돈을 쓰도록 유혹했기 때문입니다. 그뿐 아니라 나는 오로지 그녀들의 환심을 사려는 데에 정신이 팔려서 내 지갑 사정 같은 건 생각지도 않고, 필요할 때마다 돈을 내기도 하고 그녀들에게 그냥 주기도 했습니다. 그러니 몇 주가 지난 뒤에도 돈 지갑이 줄어들기는커녕 처음과 마찬가지로 두둑하게 불룩해 있는 것을 보았을 때의 나의 놀라움과 만족감이 얼마나 컸겠습니까? 나는 지갑의 이 고마운 특성을 더 자세히 확인하기 위해, 앉아서 돈을 세어서 총액수를 정확하게 기억 속에 담아두고는 또다시 친구들과 즐겁고 유쾌하게 지내기 시작했습니다. 마차여행, 뱃놀이, 무도회, 음악회, 이 밖에 다른 놀이들도 빠뜨리지 않았습니다. 그런데 이번에는 그리 주의하지 않아도 지갑이 줄어드는 것이 느껴졌습니다. 마치 내가 갖고 있던 돈을 세어 보았기 때문에 끝없이 돈을 채워주는 효능이 지갑에서 빠져나간 것처럼 말입니다. 그러는 사이에 환락 생활에 갈수록 빠져든 나는 이제 돌이킬 수가 없었습니다. 게다가 가지고 있던 돈도 얼마 지나지 않아 다 써버렸습니다. 나는 나의 처지를 저주하고, 나를 이런 유혹에 빠져들게 한 애인을 비난했습니다. 또한 그녀가 나타나지 않는 것을 악의로 해석한 나는 화가 난 나머지 그녀에 대한 모든 의무를 이행하지 않겠다고 결심했습니다. 그리고 어쩌면 그 작은 상자속에 뭔가 내게 도움이 될 만한 것이 들어 있지 않을까 하는 생각에 그것을 열어볼 결심을 했습니다. 왜냐하면 그 상자는 돈이 들어 있을 만한 무게는 나가지 않았지만 혹 보석이 들어 있을지도 몰랐고, 만일 그렇다면 이것 또한 나에게는 고맙기 그지없는 일이기 때문이었습니다. 나는 이 결심을 곧장 실천으로 옮기려 했습니다. 그러나 침착한 마음으로 일의 시작을 밤까지 미루었다가 그때 마침 초청을 받고 어느 연회장으로 서둘러 갔습니다. 거기서도 잔치가 아주크게 벌어져, 모두들 술과 나팔소리에 매우 흥이 올라 있었는데, 바로 이때 내게 불쾌한 사건이 일어났습니다. 후식을 먹고 있을 때, 내가 좋아하는 아름다운 아가씨의 옛 남자친구가 여행에서 돌아오자마자 예고 없이 나타나서는 그녀 옆에 앉더니 난데없이 자신이 그녀의 연인임을 내세우려 했기 때문입니다. 이 때문에 불쾌해져 그와 말다툼을 했고 마침내 싸움이 벌어지고 말았습니다. 우리는 서로 칼을 뽑아들게 되었고, 나는 몸 여러 군데에 상처를 입어, 반죽음 상태가 되어 숙소로 실려왔습니다.

외과의사는 내 몸에 붕대를 감아주고 갔습니다. 이미 밤도 깊었기에 나를 돌보던 시중꾼도 잠들어버렸습니다. 그런데 이때 옆방 문이 열리더니 그 신비에 가득 찬 여인이 들어와서 내 침대 곁에 앉았습니다. 그녀는 걱정스런 얼굴로 상태가 어떠냐고 물었습니다. 나는 대답하지 않았습니다. 나는 완전히 녹초가 되어 기분이 좋지 않았기 때문이었습니다. 그녀는 깊은 동정심을 나타내며 이야기를 계속했고 어떤 향기나는 기름을 내 관자놀이에 문질러 발랐습니다. 그러자 갑자기 기운이 완전히 회복되는 것을 느낀 나는 몹시 화가 나서 그녀를 심하게 비난했습니다. 격한 말투로 내 불행의 모든 책임을 그녀에게 돌렸습니다. 이 모든 불행은 당신이 나에게 불어넣은 애정 때문이라느니, 당신이 나타났다가 사라지곤 해서 나를 애달게 하고 동경하도록 만들었기 때문이라고 말했습니다. 나는 마치 열병에라도 걸린 것처럼 점점 더 흥분해서는 결국 이런 맹세까지 하게 되었습니다. 만일 당신이 나의 것이 되려 하지 않고, 이번에도 나와 한몸이 되어 맺어지려 하지 않는다면 나는 더는 살고 싶지 않다고 말입니다. 그러고는 확실한 대답을 요구했습니다. 그러나 그녀가 머뭇거리며 대답하기를 꺼리자 완전히 제정신을 잃은 나는 피를 흘려서라도 죽어버리리라 굳게 결심하고는 상처에 이중 삼중으로 감겨진 붕대를 풀어 떼어냈습니다. 그러나 그 순간 나는 얼마나 놀랐는지 모릅니다. 상처는 흔적도 없이 완전히 나아 있었고, 몸은 빛이 날 만큼 깨끗해져 있었을 뿐 아니라, 그녀가 나의 팔에 안겨 있었으니까요.

이제 우리 둘은 이 세상에서 가장 행복한 한 쌍이 되었습니다. 우리는 서로 용서를 빌었습니다. 그러나 이 용서가 무엇 때문인지를 스스로도 잘 알 수 없었습니다. 이제부터 그녀는 나와 함께 여행을 계속할 것을 약속했습니다. 그리고 얼마 안 있어 우리는 나란히 마차에 앉았고, 작은 상자는 우리 맞은편 좌석에 놓았습니다. 이제까지 나는 한 번도 그녀에게 작은 상자에 대해 언급한 적이 없었지만 그것에 대해 말하고 싶은 생각은 아직도 들지 않았습니다. 상자는 바로 우리 눈앞에 있었지만 언젠가 이야기할 기회가 있을지도 모른다는 무언의 약속으로 우리 두 사람은 입 밖에 내지는 않았습니다. 다만 상자를 마차에 싣거나 내리는 일은 언제나 내가 했고 또 전과 마찬가지로 방문을 잠그는 일도 내가 했습니다.

지갑 속에 몇 푼이라도 남아 있는 동안은 내가 돈을 계속 냈고 가지고 있는 돈이 다 바닥 나면 나는 그녀에게 넌지시 내비쳤습니다. 그녀는 "그런 거라면 걱정하지 않아도 돼요" 하고는, 마차의 양 측면 위쪽에 달아놓은 작은 주머니 두 개를 가리켰습니다. 나도 전부터 그 주머니를 알고 있었지만 사용한 적은 없었습니다. 그녀는 그 가운데 한쪽 주머니에 손을 넣어 금화 몇 개를 꺼냈고 마찬가지로 다른 주머니에서도 은화 몇 개를 꺼내, 마음대로 지출할 수 있다는 것을 나에게 보여주었습니다. 이렇게 우리는 이 도시에서 저 도시로, 이 시골에서 저 시골로 여행을 계속했고, 우리 둘은 물론 다른 사람들과도 사이좋게 지냈으므로 그녀가 또다시 내 곁을 떠나리라고는 생각해 보지 않았습니다.

하물며 그녀가 얼마 전부터 임신하고 있는 것이 확실해, 우리의 기쁨과 애정은 점점 깊어갈 뿐이었기에 더욱더 그런 생각은 하지 않았지요. 그런데 어느 날 아침, 슬프게도 그녀가 이제는 더 이상 내 곁에 없다는 것을 깨달았습니다. 그녀 없이 머무는 것이 아무런 즐거움을 주지 않았기 때문에 나는 그 작은 상자를 갖고 다시 여행길에 올랐고, 주머니 두 개의 힘을 시험해 보고는 여전히 효력이 있다는 것을 알았습니다.

여행은 아무 문제없이 순조롭게 진행되었습니다. 나는 이런 신비스러운 여러 가지 사건도 아주 자연스럽게 펼쳐질 것이라 예상하고 있었기 때문에, 이때까지 내가 겪은 모험에 대해 깊이 생각하지 않았습니다. 그런데 이번에는 놀라움과 걱정과 공포심까지 불러일으키는 사건이 일어났습니다. 나는 여행 일정을 순조롭게 진척시키기 위해 낮밤을 가리지 않고 여행하는 것에 익숙해 있었기에 이따금 어둠 속에서도 마차를 몰았고, 그래서 우연히 가로등이 꺼져 있을 때에는 마차 안이 완전히 캄캄할 때도 있었습니다. 한번은 이런 캄캄한 밤중에 깜빡 잠이 들어버렸는데, 눈을 떠보니 마차의 천장에 불빛 하나가 빛나고 있었습니다. 자세히 보니, 그 불빛은 작은 상자에서 새어나오고 있는 것이었습니다. 작은 상자는 초여름의 덥고 건조한 날씨 탓에 틈이 생긴 것 같았습니다. 나는 보석에 대한 생각이 다시 떠올랐습니다. 작은 상자 속에 루비가 있을 것이라는 생각이 들자 확인해 보고 싶었습니다. 나는 눈이 그 틈에 닿을 수 있게 자세를 잡고 안을 들여다보았습니다. 그때 나의 놀라움은 얼마나 컸던지요. 마치 둥근 천장 구멍으로부터 왕궁을 내려다보는 것처럼 휘황찬란하게 빛나는 수많은 보물들로 장식된 방을 보았던 것입니다. 물론 내가 볼 수 있었던 것은 방의 일부분에 지나지 않았습니다만, 나머지는 충분히 추측할 수 있었습니다. 난롯불이 타고 있는 것 같았고, 그 옆에는 안락의자가 있었습니다. 나는 숨을 죽인 채 계속 관찰했습니다. 그러는 사이에 홀의 저쪽에서부터 한 여인이 양손에 책을 들고 걸어나왔습니다. 아주 작게 축소된 모습이었음에도 나는 곧 그 여인이 내 아내라는 것을 알아보았습니다. 그 아름다운 여인은 책을 읽기 위해 난로 옆에 있는 안락의자에 앉아, 이를 데 없이 아름다운 불집게로 불을 돋우고 있었는데, 나는 그때 이 사랑스러운 작은 여인이 임신하고 있다는 것을 확실히 알 수 있었습니다. 이때 나의 불편한 자세 때문에 어쩔 수 없이 몸을 조금 움직이고 나서 곧바로 그것이 꿈이 아니었다는 것을 확인하려 했을 때 불빛이 꺼져버려,

나는 텅 빈 어둠을 들여다볼 수밖에 없었습니다.

내가 얼마나 놀랐고, 얼마나 무서워했는지는 이해하실 겁니다. 나는 이 발견을 수없이 생각해 보았지만 아무것도 생각해 낼 수 없었습니다. 그러는 사이다시 잠이 들었고, 잠에서 깨어났을 때에는 아무래도 꿈을 꾸었을 뿐이라고 생각했습니다. 어쨌거나 나는, 나의 아름다운 여인과의 거리가 조금 멀어지는 것을 느꼈습니다. 그래서 그 작은 상자를 더욱더 조심스럽게 옮기면서도, 나는 그녀가 다시 완전한 크기의 인간 모습으로 나타나는 것을 원해야 하는 건지 두려워해야 하는 건지 알 수가 없었습니다.

이런 일이 있고 난 얼마 뒤 저녁 무렵, 현실 속 나의 아름다운 여인이 흰 옷을 입고 방으로 들어왔습니다. 마침 방 안은 어둑어둑해져가고 있었기 때문에 그녀는 평소 내가 보아오던 것보다 키가 큰 것처럼 생각되었습니다. 그러자 물의 정령과 땅의 정령들은 모두 밤이 시작될 무렵이면 눈에 띄게 키가 커진다는 이야기를 들은 일이 생각났습니다. 그녀는 언제나처럼 내 팔에 뛰어 들어왔지만 가슴이 답답해진 나는 기쁜 마음으로 그녀를 껴안을 수가 없었습니다.

그녀가 말했습니다. "나의 사랑하는 님이여, 당신이 나를 맞아주는 태도로, 슬픈 일이지만 이미 당신이 아시게 된 것이 뼈저리게 느껴지는군요. 당신은 내가 당신 곁에 없는 사이에 나의 참 모습을 보아버렸어요. 내가 정해진 시간이되면 어떤 모습이 되는지를 알아버리셨어요. 당신의 행복 그리고 나의 행복은 이것으로 깨져버리고 말았습니다. 그뿐 아니라 완전히 파괴될 지경에까지 와있어요. 나는 당신 곁을 떠나야만 해요. 그리고 언제 다시 만날 수 있을지 모르겠어요." 그녀가 지금 내 눈앞에 있다는 사실이, 또 그녀가 말하는 우아한 모습이 그때까지 꿈처럼 어른거리던 저 축소된 모습의 환영과 같은 기억을 당장 떨쳐버리게 했습니다. 나는 그녀를 열렬히 껴안고는 나의 정열을 확인시키고 악의는 없었다는 것을 단언하며, 그 발견은 우연이었음을 이야기했습니다. 그렇게 노력한 결과 그녀도 안심하는 것같이 보였고, 이제는 나를 진정시키는 데에 최선의 노력을 기울였습니다.

"깊이 생각해 보세요." 그녀가 말했습니다. "이번의 발견이 당신의 사랑에 상처를 주지 않았는지, 또한 내가 두 가지 모습으로 당신 곁에 있는 것을 잊어버릴 수 있을 것인지, 내 몸이 작아지는 것이 당신의 애정을 줄게 하지 않겠는지요."

나는 그녀를 바라보았습니다. 그녀는 그 어느 때보다 더 아름다워 보였습니다. 나는 홀로 생각했습니다. '때때로, 작은 상자 속에 넣어서 가지고 다닐 만큼 조그만 난쟁이로 변하는 아내를 가지는 것이 그렇게 큰 불행이란 말인가? 만일 아내가 거인으로 변해 자기 남편을 상자 속에 넣는다면, 그건 훨씬 더 나쁜 일이 아니겠는가?' 이렇게 생각하자 나는 다시 명랑해졌습니다. 나는 이 세상 모든 것을 희생한다고 해도 결코 그녀를 떠나가게 내버려두지는 않았을 것입니다. 나는 대답했습니다. "오, 나의 연인이여, 우리 언제까지나 지금처럼 함께합시다. 둘이 함께 있는 것보다 더 멋진 일이 또 어디 있겠습니까? 난쟁이로 있는 것이 좋다면 언제라도 당신 편한대로 하시오. 그럴 때면 이 상자를 더욱더 조심해서 옮길 것을 약속하겠소. 그리고 내 평생 본 중에서 가장 사랑스러운 것이 어떻게 나에게 나쁜 인상을 줄 수 있겠소? 만일 세상의 모든 연인들이 그처럼 작은 애인을 가질 수 있다면 얼마나 행복하겠소. 그리고 그런 모습도 말하자면 흔히 있는 요술에 지나지 않소. 당신은 나를 시험하고 놀리고 있어요. 그렇지만 내가, 어떻게 견뎌나가는지 두고 보시오."

"상황은 당신이 생각하는 것보다 훨씬 심각해요." 아름다운 여인이 말했습니다. "그렇지만 당신이 가볍게 생각해 주시니 나도 정말 기뻐요. 왜냐하면 이제부터 우리 두 사람에게 아주 밝은 미래가 열릴 테니까요. 나는 당신을 믿어요. 그리고 나도 할 수 있는 일은 다 하겠어요. 단지 한 가지만 약속해 주세요. 이 발견을 흠잡아 생각하지 않겠다고요. 그리고 또 한 가지 간절히 부탁할 것이 있어요. 술과 화내는 일은, 이제까지보다 더 주의해 주세요."

나는 그녀가 바라는 대로 할 것을 약속했습니다. 그 밖에도 그녀가 원하는 것이라면 얼마든지 약속을 했을 것입니다. 그러나 그녀 자신이 화제를 다른 쪽으로 돌려버렸기 때문에, 모든 것이 다시 본궤도로 돌아갔습니다. 우리는 머무는 장소를 바꿀 필요가 없었습니다. 왜냐하면 도시가 커서 사교모임은 미혹될 만큼 많았고, 이따금씩 있는 야외연회나 나들이를 즐기기에 안성맞춤인 계절이었기 때문입니다.

이런 즐거운 모임이 있을 때마다 내 아내는 언제나 크게 환영받았습니다. 남자들뿐만 아니라 여자들도 그녀를 추어올렸습니다. 우아하고 매력 있는 행동이 고상한 성품과 어울려, 그녀를 누구에게나 사랑받고 존경받는 사람으로 만들었습니다. 뿐만 아니라 라우테를 능숙한 솜씨로 연주하며 이에 곁들여 노래까지 불렀으니, 사교 모임이나 연회가 벌어지는 밤치고 그녀의 훌륭하게 남다른 재능으로 마지막을 장식하지 않는 날은 없었습니다.

그런데 솔직히 말씀드리자면 나는 음악에 대해서는 그리 높게 평가하지 않았습니다. 아니 오히려 나를 불쾌하게 만들었습니다. 그러므로 이를 알아차린 나의 아름다운 여인은, 우리 둘만 있을 때는 절대로 음악으로 나를 즐겁게 하려고 하지 않았습니다. 그 대신 그녀는 사교 모임에서 이것을 보상받으려 하는 것 같았습니다. 왜냐하면 그곳에서 많은 숭배자들을 발견했기 때문입니다.

내가 이제 와서 무엇 때문에 부정할 필요가 있겠습니까? 우리 둘 사이에 있었던 지난번 합의는 내가 최선을 다했음에도 그 문제를 내 마음속에서 완전히 없애버리는 데까지는 미치지 못했다는 것을 말입니다. 오히려 내 감정은 이상하게 뒤틀려 있었고, 나 자신조차 그것을 충분히 의식하지 못했습니다. 그러던 어느 날 밤 성대한 연회 석상에서 이 억눌려 있던 불만이 폭발해 버렸습니다. 이리하여 나는 가장 큰 손실을 입었습니다.

이제 와서 곰곰이 생각해 보면, 그 불행한 발견을 하고 난 뒤 아내에 대한 나의 애정은 훨씬 줄어든 상태였습니다. 게다가 이전에는 전혀 생각지 못한 일이었지만, 그녀를 두고 다른 남자와 질투까지 하게 되었습니다. 연회가 있던 그날 밤, 우리는 제법 떨어져서 비스듬히 마주한 채 탁자에 앉아 있었는데, 나는 옆자리에 앉은 두 부인들과 함께 몹시 즐거워하고 있었습니다. 이 두 부인은 얼마 전부터 나에게 아주 매력적으로 보였기에, 농담과 사랑 이야기를 나누면서 우리는 술을 거푸 마셨습니다. 한편 저쪽에서는, 두 명의 음악 애호가들이 내 아내를 차지하고는 독창과 합창을 하도록 함께 앉아 있는 사람들을 부추기거나 유혹하고 있었습니다. 그런데 그 모습이 내 기분을 아주 언짢게 만들었습니다. 두 음악 애호가는 뻔뻔스러워 보였고 노래는 마음에 들지 않는 데다 나에게까지 독창으로 한 구절 불러달라고 요구해 왔을 때는, 너무나 화가 치밀어 술잔을 단숨에 비워버리고는 아주 거칠게 잔을 내려놓았습니다.

내 옆자리에 앉은 부인들이 나긋나긋하게 분위기를 바꾸었기에 나는 기분이 조금 풀어지긴 했지만, 한번 화가 나면 끝이 좋지 않기 마련입니다. 모든 게 나를 즐거운 기분, 너그러운 기분으로 만들어주어야 했건만, 분노는 남몰래 계속 끓어오르고 있었습니다. 게다가 나의 아름다운 여인이 라우테를 들고 나와 반주 삼아서 노래를 불러 모두의 격찬을 받았을 때에는, 점점 화가 쌓여 나는 심술궂은 사내가 될 뿐이었습니다. 그런데 운이 나쁘게도 사람들이 모두 조용히 해줄 것을 요구했습니다. 그래서 나도 더는 지껄여댈 수가 없었고, 라우테 소리에 이를 악물다 보니 이가 아파왔습니다. 이렇다 보니 작은 불꽃이 지뢰에 불을 붙이는 결과를 가져오게 했다는 것은 마땅한 일이 아니었을까요?

바로 그때 여가수는 열렬한 갈채를 받으면서 막 노래 한 곡을 마치고는 애정에 찬 진심어린 눈길로 나를 바라보았습니다. 그러나 유감스럽게도 그 눈길은 내 마음속 깊이 와닿지는 않았습니다. 그녀는, 내가 포도주 한 잔을 단숨에 들이켜고는 다시 새 잔을 채우는 것을 뚫어지게 보고 있었습니다. 그녀가 오른쪽 집게손가락으로 다정하게 위협하듯이 내게 손짓했습니다. "그건 술이라는 것을 명심하세요." 그녀는 겨우 알아들을 수 있게 낮은 목소리로 말했습니다. "요정은, 물이나 마시라지!" 나는 버럭 소리를 질렀습니다. "제발, 내 남편이 술잔을 너무 자주 비우지 않도록 당신들의 아름다움으로 그 술잔을 감싸주세요." "설마, 당신 부인이 시키는 대로 하는 건 아니겠죠!" 한 부인이 내 귀에 속삭였습니다. "난쟁이가 무슨 참견이지?" 나는 이렇게 외치고는 차츰 더 거칠게 행동했고 그 바람에 그만 술잔이 엎질러졌습니다. "보세요, 넘쳐흘렀군요!" 이를 데 없이 아름다운 그녀가 외치면서 모든 사람들의 주의를 이 소동으로부터 다시 자신에게로 되돌리려는 듯 라우테의 줄을 켜기 시작했습니다. 실제로 그녀의 의도대로 되었습니다. 그녀가 마치 연주를 한결 편하게 하려는 것처럼 일어서서 즉흥연주를 계속할 때는 더욱 그랬습니다.

빨간 포도주가 식탁보에 흘러넘친 것을 본 나는 비로소 정신을 차렸습니다. 나는 내가 저지른 큰 실수를 곧 알아차리고는 가슴 깊이 후회했습니다. 이제야 비로소 음악소리가 나의 마음을 울려왔습니다. 그녀가 부른 1절은, 이 연회에 모인 사람들에게 보내는 다정한 작별의 노래로 모두가 아직 함께 있다는 것을 느끼게 해주었습니다. 그러나 다음 절로 옮겨가자, 모든 사람이 저마다 고독하고 쓸쓸한 채로 흩어져 더는 서로가 함께 있지 않다는 느낌을 주었습니다. 그런데 마지막 절에 대해서는 도대체 뭐라고 하면 좋을까요? 그 내용은 나만을 겨냥한 것이었습니다. 불만과 오만에 찬 연인에게 이별을 고하는 상처받은 사랑의 목소리였습니다.

나는 아무 말도 하지 않고 그녀를 집으로 데려왔고, 좋은 일이라고는 전혀 기대할 수 없었습니다. 하지만 우리가 방에 도착하자마자 그녀는 아주 다정하고 애교스럽게, 그뿐 아니라 장난꾸러기처럼 행동해서 나를 이 세상에서 가장 행복한 사람으로 만들어주었습니다.

이튿날 아침 완전히 안심한 나는 진심으로 애정을 담아 다음과 같이 말했습니다. "당신은 훌륭한 사람들의 청을 받고 몇 번이나 노래를 불렀소. 예를 들면 어젯밤의 그 감동적인 이별의 노래처럼 말이오. 자, 이 아침에 나를 위해 다시 한 번 아름답고 즐거운 환영의 노래를 불러주오. 우리가 지금 처음 알게 된 것 같은 기분이 들도록 말이오."

"그럴 수 없어요, 여보!" 그녀가 진지하게 대답했습니다. "어젯밤의 노래는 곧 닥쳐올 우리의 이별을 노래한 것이지요. 다만 당신에게 말씀드릴 수 있는 것은, 약속과 맹세의 말을 모욕한 것이 우리 두 사람에게 가장 나쁜 결과를 가져오게 됐다는 것이에요. 당신은 안타깝게도 큰 행복을 놓쳐버리고 말았습니다. 그리고 나 또한 그 무엇보다 소중히 여겼던 소망을 단념해야만 해요."

내가 좀 더 자세하게 설명해 달라고 애원하자, 그녀는 이렇게 대답했습니다. "슬프긴 하지만 말씀드리는 건 어렵지 않아요. 왜냐하면 내가 당신 곁에 있을 수 있는 것도 이게 마지막이니까요. 그러면 내 말을 들어보세요. 마지막 순간까지 감추어두고 싶었지만 말이에요. 당신이 작은 상자에서 보신 모습이 나의 타고난 자연 그대로의 모습입니다. 말하자면 나는, 여러 전설 속에 전해 내려오는 소인국의 강력한 군주인 에크발트 왕*²²의 후손이에요. 우리 종족은 옛날처럼 오늘도 부지런히 일하고 있어요. 통치하기 쉬운 종족이지요. 그러나 난쟁이들이 만드는 물건을 신통치 않다고 생각해서는 안 됩니다. 옛날에는, 뒤에서 던지면 저절로 알아서 적을 추격하는 칼이라든가, 적을 결박해 버리는 눈에 보이지 않는 신비한 쇠사슬, 또는 무엇으로도 뚫을 수 없는 방패, 그리고 이와 비슷한 것들이 난쟁이들의 가장 유명한 제작품이었습니다. 그러나 이제는 주로 편리함을 위한 물건이나 장식품 만드는 데에 집중하고 있는데, 이 점에서도 지구상의 모든 종족을 능가하고 있어요. 당신이 우리의 작업장이나 창고를 지나다가 한번 훑어보신다면 틀림없이 놀랄 것입니다. 어쨌든 만일 이 종족 전체에, 특히 왕가에 어떤 특별한 일이 일어나지 않았다면 모든 일이 잘되었을 것입니다."

---

*22 민속본 《불사신(不死身) 지그프리트》에 나오는 소인국 왕으로서, 거인과 싸우는 지그프리트를 도와주었다.

그녀가 잠시 말하는 것을 중단했기 때문에 나는 그녀에게 이 불가사의한 비밀을 더 자세히 털어놔달라고 간청했고 그녀는 곧 응해 주었습니다.

　그녀가 말을 이었습니다. "세상에 널리 알려져 있지만 하느님이 이 세계를 만들고 나서 육지가 모두 마르고 산맥이 지대하고 장엄하게 우뚝 솟아오르자, 그분은 무엇보다도 먼저 난쟁이를 만들었습니다. 왜냐하면 지구 내부의 통로나 바위 틈새에 살면서 하느님의 기적을 놀라워하며 존경할 수 있는 이성적인 존재가 있기를 바랐던 것이지요. 게다가 이것도 널리 알려진 사실이지만 이 소인족이 나중에는 점점 교만해져서 지상의 지배권을 쥐려고 했기 때문에, 하느님은 용을 만들어 소인족을 산속으로 다시 몰아넣었습니다. 그러나 이 용들은 큰 동굴과 바위 틈새에 멋대로 둥지를 틀어 살았고, 게다가 수많은 용들이 불을 토하며 온갖 포악한 짓을 일삼았기 때문에 난쟁이들은 큰 곤경에 빠져 어찌 할 바를 몰라 했습니다. 그러자 난쟁이들은 진심으로 겸허한 마음으로 엎드려 고개를 숙이고 그들의 주인인 하느님께, 제발 이 괘씸한 용들을 다시 이 세상에서 없애달라고 애원했습니다. 하느님은 자신이 만든 피조물을 없애버릴 결심은 차마 할 수 없었지만, 불쌍한 난쟁이들의 곤경을 깊이 헤아려 곧 거인족을 만들었습니다. 이 거인족은 용과 싸워서 용을 전멸시키지는 못했지만 적어도 숫자를 줄이는 역할을 했습니다.

　그런데 거인족이 용들을 거의 처치해 버리자 그들도 용기와 자만심을 가지게 되었습니다. 이로 말미암아 이들은 많은 나쁜 짓들, 특히 선량한 난쟁이들을 못살게 굴어서, 곤경에 빠진 난쟁이들은 다시 하느님에게 매달렸습니다. 그러자 하느님은 이번에는 자신의 막강한 힘으로 기사들을 만들어서 이들로 하여금 거인과 용을 물리치게 하고, 난쟁이들과 사이좋게 지낼 수 있도록 했습니다. 이렇게 창조작업이 일단락 지어지고 난 뒤로는 거인과 용, 기사와 소인족은 언제나 일치단결해 왔습니다. 자, 이제 아시겠지요? 우리는 세계에서 가장 오래된 종족이라는 것을 말입니다. 이 사실은 우리에게는 명예스럽기도 하지만 동시에 커다란 불이익을 안겨주기도 합니다.

　이 세상에 있는 어떤 것도 영원히 지속될 수 없으며 처음에는 컸던 것들도 작아지고 쇠퇴하게 마련입니다. 그래서 우리 또한 천지창조 이래로 점점 작아지고 쇠퇴해 가고 있습니다. 더구나 왕족은, 순수한 혈통 때문에 가장 먼저 이러한 운명의 지배 아래 놓이게 되었습니다. 그래서 우리의 지혜로운 현자들은 벌써 오래전부터 그 구제책을 마련해 놓고 있었지요. 그 구제책이란 이따금 왕녀 한 명을 지상에 있는 나라로 보내, 존경할 만한 훌륭한 기사와 결혼시켜 소인족의 혈통을 새롭게 해서, 완전한 멸망으로부터 구원해 낸다는 것이지요."

나의 아름다운 아내가 이렇게 진심을 다해 이야기하고 있는 동안, 나는 의심스러운 눈초리로 그녀를 바라보고 있었습니다. 왜냐하면 그녀가 나에게 꾸며낸 이야기를 믿게 하려는 것처럼 보였기 때문입니다. 그녀의 훌륭한 가문에 대해서는 아무런 의심도 하지 않았습니다. 그러나 그녀가 기사 대신 나를 택했다는 것에 대해서는 불신을 조금 느꼈습니다. 나의 조상을 하느님이 직접 만들었다고 하기엔 나는 나 자신을 너무나 잘 알았기 때문입니다.

나는 의심을 감춘 채 그녀에게 다정하게 물었습니다.

"그렇지만 어떻게 당신이 이렇게 크고 훌륭한 모습으로 변할 수 있는지 좀 말해 주시오. 나는 여태껏 당신의 뛰어난 몸에 견줄 수 있는 여인을 만나본 일이 없소."

"그것도 말씀드리지요." 아름다운 아내가 말했습니다. "비상수단을 취하는 것은 될 수 있는 한 삼가는 게 좋다는 것이 예부터 소인국 왕실회의에 대대로 전해 내려왔지요. 나 또한 이것을 아주 자연스럽고 마땅한 것이라 생각하고 있어요. 그러니 나의 남동생이 너무 작게 태어나서 유모들이 포대기 속에서 아이를 잃어버려 어디로 갔는지 알 수 없는 그런 상황이 일어나지만 않았더라도, 또다시 왕녀를 지상으로 올려보내려는 결심은 좀 더 오랫동안 미뤄졌을 것입니다. 그런데 소인국 연대기에서도 전혀 볼 수 없었던 이 일로써 현자들이 소집되었고, 간단히 말씀드리자면 남편을 구하기 위해 나를 지상으로 보낼 결정이 내려진 것이지요."

내가 외쳤습니다. "결정이라고! 물론 모두 훌륭하고 좋은 일이겠지요. 결정하는 것도, 결심하는 것도 다 좋소. 그러나 난쟁이가 이렇게 신과 같은 모습이 되게 하다니, 당신네 나라의 현자들이 어떻게 그런 일을 할 수 있단 말이오?"

그녀가 말했습니다. "이것 또한 우리 조상에 의해 미리 준비되어 있었어요. 즉 왕실 금고에 터무니없이 큰 금반지 하나가 보관되어 있었어요. 오늘 내가 터무니없이 크다고 말하는 것은, 옛날에 내가 아직 어린아이였을 때 반지가 보관되어 있던 장소에서 보고 느꼈던 그때 그대로의 느낌이에요. 내가 지금 이 손가락에 끼고 있는 반지가 바로 그것이죠. 어쨌든 일은 다음과 같이 진행되었지요. 나는 먼저 앞으로 일어날 모든 일에 대해 가르침을 받았고, 내가 할 일, 또 내가 해서는 안 될 일도 배우게 되었어요.

나의 부모님이 가장 좋아하시는 여름별궁을 모델로 한 훌륭한 궁전이 만들어졌어요. 본관과 양쪽의 별채, 이 밖에 원하는 모든 것이 말입니다. 그 궁전은 어느 큰 바위 틈새에 세워졌는데 그 바위틈에 딱 들어맞는 아주 아름다운 장식이 되었지요. 길일을 잡아서 모든 신하들이 그 궁전으로 갔고 부모님이 나를 데리고 갔답니다. 군대는 행진을 벌이고, 사제 24인이 아름다운 들것에 그 신비한 반지를 운반해 왔어요. 무거워서 몹시 힘들어하는 것 같았죠.

이어 반지는 건물 문지방 있는 곳에, 즉 사람들이 넘나드는 문지방 바로 안쪽에 놓여졌지요. 여러 의식이 거행되었고, 진심어린 작별인사가 끝나자 나는 서둘러 일에 착수했습니다. 나는 다가가서 반지 위에 손을 올려놓았어요. 그러자 놀랍게도 나는 갑자기 눈에 띄게 키가 커지기 시작했어요. 잠깐 사이에 지금의 키가 되어버렸습니다. 나는 바로 손가락에 반지를 끼었습니다. 순식간에 유리창과 대문 그리고 정문이 닫혔고 양쪽 별채는 본관 속으로 빨려들어갔으며, 내 옆에는 지금까지 있던 궁전 대신 작은 상자 하나가 놓여 있었어요. 나는 곧 그것을 집어들고 길을 떠났습니다. 이처럼 키가 크고 강해진 것을 기뻐하면서 말입니다. 물론 나무·산·강물 그리고 넓은 들판에 비교하면 나는 여전히 난쟁이에 지나지 않았지만, 풀과 채소들 그리고 특히 개미에 비교하면 틀림없는 거인이 되었죠. 우리 난쟁이들은 개미들과는 늘 사이가 좋지만은 않아 가끔씩 개미들에게 심한 괴로움을 당하고 있었거든요.

내가 당신을 만나기까지 여러 나라를 여행하는 동안 어떤 일들이 일어났는지에 대해서는 할 이야기가 많아요. 어쨌거나 그동안 많은 사람들을 시험해보았지만 당신 말고는 그 누구도 영광스러운 에크발트족의 혈통을 새롭게 하고 영원히 존속시킬 만한 가치가 있다고 생각지 않았습니다."

이야기를 들으면서, 나는 어딘지 이상하다는 생각에 이따금 고개를 갸웃거렸습니다. 그리고 많은 것을 물어보았습니다. 그러나 이렇다 할 대답은 얻지 못했고, 그보다 나를 더욱 슬프게 한 것은 자신의 본모습을 들켜버린 이상 그녀는 이제 부모님 곁으로 돌아가야 한다는 것이었습니다. 그녀는 다시 내 곁으로 돌아오기를 바라지만 이제는 어쩔 수 없이 돌아가야만 한다고 했습니다. 그러지 않으면 나와 그녀의 모든 관계가 사라지게 되고, 지갑에 돈도 얼마 못 가서 떨어지게 되며 그 밖의 무슨 일이 벌어질지 모른다는 것이었습니다.

돈도 떨어질 것이라는 말을 듣자, 나는 다른 일에 대해서는 물어보지도 않았습니다. 나는 실망하며 어깨를 움츠리고 잠자코 있었습니다. 그녀도 나의 기분을 이해하는 것 같았습니다.

우리는 짐을 꾸려 마차에 올라탔습니다. 그 안에 궁전이 있으리라고는 상상조차 할 수 없는 그 작은 상자를 우리의 맞은편에 놓은 채 여러 정류장을 지나갔습니다. 우리는 여전히 마차 양쪽에 걸린 주머니에서 마차 운송비와 봉사료를 아낌없이 듬뿍 냈습니다. 드디어 우리는 어느 산골짜기에 도착했습니다. 나의 아름다운 아내는 마차에서 내리자마자 앞장서 걸었고 나는 그녀의 말대로 작은 상자를 가지고 뒤따라갔습니다. 그녀는 매우 가파른 오솔길을 지나 어느 넓지 않은 풀밭으로 나를 데리고 갔습니다. 풀밭을 가로질러 맑은 시냇물이 여울이 되기도 했다가 또 가만가만 넘실거리며 흐르기도 했습니다. 이쯤에 이르자 그녀가 조금 높고 평탄한 곳을 가리키면서 작은 상자를 거기에 내려놓으라고 명령하고는 이렇게 말했습니다. "그럼 안녕히 가세요. 돌아가는 길은 쉽게 찾을 수 있을 거예요. 나를 잊지 말아주세요. 그리고 다시 만날 수 있기를 바라요."

그 순간 나는 차마 그녀를 떠날 수 없을 것만 같은 심정이었습니다. 이제 그녀에게는 아름다운 날들이 다시 돌아온 셈이었지요. 그처럼 사랑스러운 여인과 단둘이 푸른 초원 위에서, 풀과 꽃들, 그리고 바위에 둘러싸여 졸졸 흐르는 물소리가 들려오는데 어느 누가 가만히 있을 수 있겠습니까? 나는 그녀의 손을 잡고 껴안으려 했습니다. 그러나 그녀는 나를 밀어내고는, 언제나처럼 애정에 가득 찬 눈빛으로 당장 떠나지 않으면 큰 위험에 빠질 거라며 겁에 질린 얼굴로 말했습니다.

나는 소리쳤습니다. "그러면 당신과 내가 결코 함께 할 수 없단 말이오?" 열정에 찬 내 말에 깃든 애처로운 몸짓과 어조가 그녀의 마음을 움직였던지 그녀는 한참 생각에 잠겼다가, 우리의 관계를 지속하는 것이 전혀 불가능한 것만은 아니라고 고백했습니다. 그때의 나보다 더 행복한 사람이 있었을까요? 내가 더 집요하게 졸라대자 드디어 그녀는 이렇게 털어놓았습니다. 즉, 만일 내가 전에 들여다본 적이 있는 그녀의 모습만 하게 작아져도 좋다는 결심만 한다면 지금이라도 그녀 곁에 머무를 수 있고 그녀의 집, 그녀의 나라, 그녀의 가족이 있는 곳으로 함께 갈 수 있다는 것이었습니다. 이 제안이 썩 마음에 들지는 않았지만 그 순간 나는 그녀로부터 도저히 떠날 수 없었습니다. 게다가 오래전부터 신비스러운 일에 익숙해져 빨리 결정하는 버릇이 들어 있었기 때문에 나는 바로 승낙하고는 그녀가 원하는 대로 따르겠다고 말했습니다.

그러자 그녀는 내 오른손 새끼손가락을 내밀게 해서 자신의 새끼손가락을 그 옆에다 갖다대고는 왼손으로 금반지를 살짝 빼내서 내 손가락에 끼웠습니다. 반지가 끼워지자마자 나는 손가락에 심한 통증을 느꼈습니다. 반지가 단단히 오그라들어 손가락을 무섭게 조여왔기 때문입니다. 나는 크게 소리 지르며 나도 모르게 손을 뻗어 나의 아내를 붙잡으려 했지만 그녀의 모습은 사라지고 없었습니다. 그때 내 기분이 어떠했는지에 대해서 말로는 도저히 표현할 수 없습니다. 다만 내가 말할 수 있는 것은 나 또한 키 작은 사람으로 변해 아름다운 나의 아내와 함께 풀줄기가 울창한 풀밭 한가운데에 있었다는 것뿐입니다. 잠깐 동안이기는 했지만 그처럼 기이한 이별 뒤의 재회의 기쁨, 또는 여러분이 달리 표현하기를 바란다면 이별 없는 재결합의 그 기쁨이란 도저히 상상조차 할 수 없는 것이었습니다. 나는 그녀의 목을 꼭 껴안았고 그녀는 나의 애무에 응해 주었습니다. 이렇게 우리 작은 한 쌍은 키 큰 한 쌍이었을 때 못지않은 행복감에 젖었습니다.

조금의 불편을 겪으면서 우리는 언덕으로 올라갔습니다. 이 풀밭도 우리에게 거의 뚫고 지나갈 수 없는 숲과 다름없었기 때문입니다. 우리는 마침내 어느 빈터에 이르렀습니다. 그곳에서 어떤 큼지막한 물건을 보았는데 그것이 내가 아까 놓아둔 작은 상자라는 것을 알았을 때 얼마나 놀랐는지요.

"저리 가서서 반지로 두드려보세요. 기적을 보게 될 겁니다." 나의 사랑스러운 여인이 말했습니다. 과연 내가 다가가서 두드리기가 무섭게 엄청난 기적이 일어났습니다. 두 개의 별채 건물이 나타나면서 동시에 여러 부분이 마치 비늘과 대팻밥처럼 떨어지더니 거기에 문, 창문, 주랑(柱廊) 등 완벽한 궁전의 모습이 갑자기 내 눈앞에 나타난 것입니다.

한번 잡아당기면 많은 용수철과 태엽이 움직이면서 필기판, 문방구, 편지함 그리고 돈상자가 한꺼번에 또는 차례로 나오게 되어 있는 뢴트겐*23식의 정교

---

*23 Röntgen : 괴테 시대의 유명한 가구사.

한 책상을 본 일이 있는 사람이라면 그 궁전이 어떻게 나타났는지 상상할 수 있을 겁니다. 나의 사랑스러운 동반자는 나를 끌고 그 궁전 안으로 들어갔습니다. 넓은 홀에 들어선 나는 전에 위에서 내려다보았던 난로와 그녀가 앉아 있던 안락의자를 바로 알아보았습니다. 그리고 위를 보자 내가 몰래 들여다보았던 둥근 천장의 틈새까지도 실제로 보이는 것 같았습니다. 이 밖에 많은 것을 길게 늘어놓아 여러분을 괴롭게 하지는 않겠습니다. 요컨대 모든 것이 넓고 훌륭하고 품위가 있었습니다. 이러한 놀라움으로부터 정신차릴 틈도 없이 멀리서 군악대의 음악소리가 들려왔습니다. 나의 아름다운 반쪽이 기쁨에 겨워 폴짝폴짝 뛰어오르며 아버지의 도착을 나에게 알려주었습니다. 문으로 나간 우리는 바위 틈새를 통해, 위엄 있게 이쪽으로 행진해 오는 화려한 행렬을 바라보았습니다. 군인들, 하인들, 왕실 관리들 그리고 화려한 고관들이 뒤를 이어 따라왔습니다. 그리고 마지막으로 황금색으로 빛나는 일행과 그 가운데에 있는 왕도 보였습니다. 모든 행렬이 궁전 앞에 정렬하자 왕이 그의 측근들과 함께 앞으로 걸어나왔습니다. 그러자 왕의 귀여운 딸은 내 손을 잡아 서둘러 데리고 나갔습니다. 우리는 왕의 발밑에 엎드렸습니다. 그는 아주 자비롭게 나를 일으켜 세웠습니다. 이어 내가 그의 앞에 서게 되었을 때 비로소 나는 이 소인국에서는 분명 나의 체격이 가장 멋지다는 것을 알게 되었습니다. 우리는 함께 궁전으로 들어갔습니다. 그리고 모든 신하들이 모인 가운데 왕은 격식 있는 어조로 우리 두 사람이 여기 있는 것을 발견해 놀랐다고 말하며 환영의 뜻을 나타내고는 나를 사위로 인정함과 동시에 내일 결혼식을 올리겠다고 정해 버렸습니다.

결혼이라는 말을 듣자 나는 갑자기 너무나 무섭다는 생각이 들었습니다. 나는 이때까지 결혼이라는 것을, 이 세상에서 가장 싫어하던 음악보다도 더 두려워했기 때문입니다. 나는 늘 말하곤 했지요. 음악하는 친구들은 적어도 자기들끼리는 일치하고 있다느니 조화를 이루고 있다느니 하며 자부하고 있다고요. 그들은 오랫동안 악기를 타며 온갖 불협화음으로 귀를 멍하게 만든 다음에야 이것으로 조율은 끝났다, 악기들도 서로 완벽하게 어울린다고 굳게 믿어 마지않지요. 음악 지휘자들마저 이런 어이없는 망상에 빠진 채 즐겁게 음악을 시작하지만 우리 관객들의 귀에는 시끄러운 소리로만 들릴 뿐입니다. 그러나 결혼 생활에 이런 것은 적용되지 않습니다. 결혼 생활은 이중주에 지나지 않으니

두 개의 목소리, 또는 두 개의 악기라면 어느 정도 맞출 수 있으리라 생각하겠지만 실제로는 그런 조화란 좀처럼 일어나지 않습니다. 남편이 어떤 말을 하면 아내는 곧 더 높은 목소리로 응답하고 남편은 또 그보다 한 단계 더 높은 목소리로 받아넘깁니다. 이렇게 표준음에서 합창음으로, 그리고 계속 더 올라가 결국 관악기조차 따라갈 수 없게 되는 것입니다. 이런 이유로, 나는 조화로운 음악조차 싫어하는 사람이니 결혼이라는 조화롭지 않은 음악을 참을 수 없다고 해서 나를 나쁘게 생각하지는 말아주십시오.

그날은 갖가지 축하행사가 벌어졌지만 그에 대해서는 말하고 싶지도 않고 이야기할 수도 없습니다. 왜냐하면 나는 그런 것에는 전혀 주의를 기울이지 않았기 때문입니다. 산해진미와 고급 포도주도 즐거움을 주지 못했습니다. 다만 어떻게 하면 좋을까 생각하면서 괴로워할 따름이었습니다. 그러나 아무리 생각해도 이렇다 할 좋은 생각이 떠오르지 않았습니다. 밤이 되자 당장 여기를 빠져나가 어딘가에 몸을 숨기기로 결심했습니다. 다행히 어느 바위 틈새를 발견할 수 있었고 그 안에 가까스로 몸을 밀어넣어 숨었습니다. 그다음 내가 가장 먼저 한 일은 그 성가신 반지를 손가락에서 빼내는 일이었습니다. 그러나 아무리 애를 써도 반지는 빠지지 않았습니다. 오히려 반지를 빼려는 생각을 하기가 무섭게 반지는 점점 더 손가락을 죄어왔습니다. 그런데 그 격렬한 통증은 반지를 빼려는 생각을 중단하면 이상하게도 씻은 듯이 사라졌습니다.

다음 날 아침 일찍 잠에서 깨어나―몸이 작아진 나는 깊이 잠들어 있었습니다―주위를 둘러보기 시작했을 때 내 위에 빗줄기 같은 것이 내리는 것을 느꼈습니다. 그것은 풀과 나뭇잎 그리고 꽃잎들 사이로 마치 모래나 석탄가루처럼 우수수 떨어지고 있었습니다. 그러나 나를 둘러싸고 떨어진 것들이 모두 살아 움직이기 시작했습니다. 그리고 그것이 한 무리의 개미떼라는 것을 알았을 때의 나의 놀라움은 얼마나 컸겠습니까. 개미들은 나를 보자마자 곳곳에서 공격해 들어왔습니다. 나도 용감하게 방어전을 폈지만 마침내 그들이 나를 덮친 채 꼬집고 괴롭혔기 때문에, 항복하라고 외치는 소리를 들었을 때는 오히려 기뻤습니다. 나는 바로 항복했습니다. 그러자 체격이 당당한 개미 한 마리가 나에게 오더니 정중하고 공손한 태도로 용서를 구했습니다. 들어보니 개미들은 나의 장인과 동맹관계를 맺고 있는데 이번 나의 도주 사건으로 그가 나를 데리고 오라는 명을 내렸다는 것입니다. 이렇게 해서 난쟁이가 된 나는 나보다 더 작은 이들의 손안에 들어가게 된 셈입니다. 나는 결혼할 수밖에 없다고 생각했습니다. 그리고 장인이 화를 내지도 않고 나의 아름다운 여인도 불쾌해하지 않는 것을 보며 다시금 하느님에게 감사드리지 않을 수 없었습니다.

결혼식에 대한 이야기는 하지 않겠습니다. 어쨌든 우리는 결혼했으니까요. 우리 두 사람은 아주 즐겁고 쾌활하게 지냈습니다. 하지만 때때로 쓸쓸한 시간이 다가오면 나도 모르게 깊은 생각에 잠기곤 했습니다. 그러던 중 이제껏 전혀 생각해 보지 못한 무언가를 느꼈습니다. 그것이 무엇이며 어떻게 나타났는지를 여러분께 이야기해 드리겠습니다.

내 주위에 있는 모든 것은 그때의 나의 모습과 나의 필요에 꼭 들어맞았습니다. 술병이나 술잔도 몸이 작아져 버린 음주가인 나에게 잘 맞는 크기였습니다. 오히려 우리 인간 세계의 경우와 비교해 볼 때 더 많은 양이 들어갈 수도 있을 것입니다. 나의 작은 입에 와닿는 부드러운 음식은 아주 맛있었고 아내의 그 사랑스러운 입술의 키스도 매혹적이었습니다. 그리고 이제껏 맛본 적 없는 새로운 경험이 이 모든 상황을 쾌적하게 만들어준 것을 부인할 수 없었습니다.

그렇지만 유감스럽게도 나는 나의 지난날을 잊을 수가 없었습니다. 내 마음속에 남아 있는 예전 크기의 내가 느껴졌고 그것이 나를 불안하게 했고 또 불행하게 만들었습니다. 그제야 나는 철학자들이 말하는 이른바 이상(理想)이라는 것이 무엇인지 그리고 인간이 무엇 때문에 그토록 괴로워하는지도 이해할 수 있었습니다. 즉 나 또한 나 자신에 대한 하나의 이상을 가지고 있었습니다. 그리고 그것은 가끔씩 꿈속에서 내가 거인이 된 모습으로 나타나고는 했습니다. 말하자면 아내·반지·난쟁이 모습, 이 밖에 여러 가지 속박이 나를 아주 불행하게 만들었기에, 나는 나 자신의 해방에 대해 진지하게 생각하게 되었습니다.

나는 모든 마력이 반지 속에 숨어 있다고 굳게 믿었기 때문에 반지를 줄칼로 잘라버릴 결심을 했습니다. 그래서 나는 궁중의 보석 세공장이에게서 줄칼을 두어 개 몰래 훔쳐왔습니다. 다행히도 나는 왼손잡이였기에 이제껏 오른손으로 무언가를 해본 적은 한 번도 없었습니다. 나는 곧 용감하게 일을 시작했습니다. 그렇지만 쉽지는 않았습니다. 그 작은 금반지는 보기에는 얇았지만 원래 크기에서 오그라들었기에 그만큼 두꺼워져 있었기 때문입니다. 나는 틈이 생길 때마다 사람들 눈에 띄지 않게 주의하면서 이 일에 열중했습니다. 그리고 얼마 안 있어 반지가 닳아 끊어지자마자 문밖으로 뛰쳐나갔습니다. 성공한 것이었습니다.

왜냐하면 금반지가 갑자기 무서운 기세로 손가락에서 튕겨져나가자 내 몸은 그대로 하늘에 부딪치지 않을까 싶을 만큼 격렬하게 위로 뻗어갔기 때문입니다. 만약 여름 궁전 안에 그대로 있었다면 아마도 나는 그 둥근 천장을 꿰뚫어버렸을 것입니다. 뿐만 아니라 궁전 건물이 모조리 나의 주체할 수 없는 무시무시한 힘으로 파괴되어버릴 뻔했습니다.

나는 다시 키가 훨씬 커진 모습으로 홀로 그곳에 서 있었습니다. 그러나 동시에 더 어리석고 둔해진 것 같았습니다. 멍해져 있다가 다시 정신을 차리고 보니 내 옆에 작은 상자가 놓여 있는 것을 깨달았습니다. 그것을 들고 마차 정류소를 향해 오솔길을 내려가던 나는 상자가 매우 무거워진 것을 느꼈습니다. 정류소에 도착하자마자 말을 마차에 매고 곧장 길을 달렸습니다. 가는 도중에 즉시 나는 마차 양쪽에 달려 있는 주머니를 살펴보았습니다. 안에 있던 돈은 없어졌지만 대신 작은 열쇠 하나를 발견했습니다. 그 열쇠는 작은 상자에 꼭 들어맞았고 상자를 열어보니 거기에는 한동안 쓸 수 있을 만큼의 제법 많은 돈이 들어 있었습니다. 그래서 돈이 있는 동안은 마차를 이용했고 돈이 다 떨어지자 마차를 팔아 그 돈으로 우편마차를 타고 다녔습니다. 작은 상자는 맨 마지막에 처분했습니다. 왜냐하면 나는 그 상자가 다시 한 번 돈으로 가득 차지 않을까 하고 생각했기 때문입니다. 이렇게 하여 나는 꽤 먼 길을 돌긴 했지만 여러분께 처음 나 자신을 소개했던 숙소의 부엌, 그리고 여자 요리사가 있는 이곳으로 마침내 다시 돌아왔던 것입니다.

제7장

헤르질리에가 빌헬름에게 보내는 편지

아무리 무심하게 맺어진 친분관계라 해도 아주 중요한 결과를 불러오게 되는 일이 흔히 있습니다. 하물며 처음부터 무심하지 않았던 당신과의 교제는 더욱 그러했습니다. 어느 기이한 열쇠 하나가 진기한 담보물로 내 손에 들어오게 되었습니다. 지금 나는 그 상자도 가지고 있어요. 열쇠와 작은 상자, 당신은 이에 대해 뭐라고 말씀하실까요? 또 나는 뭐라고 말씀드려야 좋을까요? 어떻게 된 일인지 들어보세요.

젊고 멋진 한 남자가 나의 큰아버지를 찾아와서 이렇게 말했어요. 오래전부터 당신과도 교제가 있었던 어느 별난 골동품 상인이 얼마 전에 세상을 떠났는데 이 젊은이에게 그 진귀한 유품을 몽땅 맡기면서 보관만 하고 있던 다른 사람들의 재산은 모두 즉시 돌려주라는 의무를 그에게 남겼다는 것입니다. 그러고 나서 골동품 상인은 이렇게 말했다고 합니다. 자기 재산이라면 잃어버려도 자기 혼자만 책임을 지면 되는 것이기 때문에 불안해할 필요가 없지만 다른 사람의 물건은 특별한 경우에만 보관해 왔다고 했다는군요. 그러면서 그 젊은이에게 이 무거운 짐을 지게 하고 싶지 않다면서 아버지와 같은 애정과 권위로 그런 일은 하지 말라고 했다는 것입니다.

이렇게 말하고 나서 그 젊은 남자는 작은 상자를 꺼냈습니다. 그 상자에 대해서는 전부터 들어 알고 있었지만 아무래도 내 눈길을 끌었지요. 큰아버지는 그 작은 상자를 이리저리 자세히 살펴보시더니 다시 그에게 되돌려주면서 다음과 같이 말씀하셨습니다. 나 또한 물건을 취급할 때 그 골동품 상인과 같은 마음으로 행동하는 것을 원칙으로 삼아왔다. 그러니 전에 이것이 누구의 것이었고 역사상의 어떤 주목할 만한 사건과 연관되어 있는지조차 알지 못한다면 아무리 아름답고 멋진 골동품이라 하더라도 절대로 맡지 않는다고 말이죠. 그리고 이 상자에는 글자나 숫자도 없고 연도나 본디 소유자 또는 제작자를 짐작할 수 있는 어떤 암시도 없기 때문에 나에게는 아무 소용도 없고 흥미도 없다고 하셨지요.

그러자 그 젊은 남자는 몹시 난처해하더니 잠시 생각한 뒤에 그 물건을 큰아버지의 영지 재판관에 맡길 수 있도록 허락해 줄 수 없겠느냐고 물었습니다. 큰아버지는 미소 지으며 나에게 몸을 돌리고 말씀하셨습니다. "헤르질리에야, 이것은 네게 맞는 멋진 일이 될 것 같구나. 너는 여러 장식품들과 예쁜 귀중품들을 가지고 있으니 이것도 함께 챙겨두려무나. 너의 소중한 그 친구*24가 분명 기회가 되면 그것을 가지러 다시 돌아올 테니 말이다. 내 장담하마."

사실 그대로를 말하자니 이렇게 쓰는 수밖에 없군요. 또 한 가지 고백해야

---

*24 빌헬름을 말한다.

할 것이 있어요. 이 작은 상자가 어째서 그토록 당신의 마음을 끄는 것일까 하고 질투어린 눈초리로 그 상자를 바라보았다는 것입니다. 그러자 나는 곧 소유욕의 포로가 되었습니다. 운명적으로 나의 사랑스러운 펠릭스에게 주어진 이 멋진 상자를 재판소의 그 녹슨 고철 보관함 속에 둔다는 것은 정말 싫었습니다. 마법의 지팡이*25처럼 내 손이 그리로 뻗쳤지만 나의 얄팍한 이성이 그 손을 막았어요. 나는 생각했죠. 열쇠는 내 손에 있지 않은가? 그 사실을 밝힐 수는 없었지만 말입니다. 괴롭더라도 자물쇠를 열지 않고 그냥 놔두는 것이 좋을까? 아니면 무모한 감정을 따라 그것을 함부로 열 것인가? 소원이었는지 예감이었는지는 알 수 없지만 나는 상상했습니다. 당신이 오실 것이다, 곧 오실 것이다, 내가 방에 들어서면 벌써 와 계실 것이다 하고 말입니다. 아무튼 아주 이상하고 기묘하고 혼란스런 기분이었어요. 여느 때의 온화하고 명랑한 감정에서 벗어나게 되면 여지없이 그런 기분이 되지요. 이 이상은 아무것도 말씀드릴 수 없습니다. 설명도 변명도 하지 않겠습니다. 어쨌든 여기 그 작은 상자가 내 눈앞에, 내 귀중품 상자 속에 있어요. 그 옆에는 열쇠가 있고요. 만일 당신에게 조금이라도 마음과 감정이 있다면 내가 어떤 기분인지, 얼마나 많은 격한 감정들이 내 마음속에서 소용돌이치면서 갈등하는지, 그리고 당신이 오시기를, 펠릭스도 함께 와서 이 일이 끝나기를 내가 얼마나 원하는지를 부디 헤아려주십시오. 적어도 이 발견과 재발견, 그리고 상자와 열쇠가 떨어졌다가 다시 하나로 맺어지는 이것이 무엇을 뜻하는지 해석을 할 수 있게 말입니다. 그리고 내가 이 모든 당혹스런 상황에서 구제받지 못한다 하더라도 나는 간절히 바랍니다. 내가 두려워하는 뭔가 훨씬 나쁜 일이 일어난다 하더라도, 적어도 이 상자에 대한 진실이 밝혀져 매듭지어지기를 말입니다.

제8장

책을 편집하기 위해 우리 앞에 놓여 있는 원고들 가운데 우스운 이야기 한 편이 있다. 이 이상의 설명 없이 그 이야기를 여기에 삽입하기로 한다. 우리 소

---

*25 광맥과 수맥(水脈)이 있는 곳을 찾아내는 마력을 가진 지팡이.

설의 본 줄거리는 차츰 더 진지해질 터이므로 앞으로 이런 여담을 넣을 수 있는 마땅한 공간이 없을 것이기 때문이다.

전체적으로 볼 때 이 이야기가 독자들에게 아무런 흥미도 일으키지 않는다고는 말할 수 없을 것이다. 이 이야기는 성 크리스토프가 어느 상쾌한 밤에 유쾌한 친구들이 모인 자리에서 들려준 것이다.

위험한 내기

잘 아시다시피 인간이란 얼마쯤 자기 뜻대로 일이 진행되면 곧 우쭐해져서 금세 무엇을 어떻게 해야 좋을지 모르게 되는 존재입니다. 이런 까닭에 혈기왕성한 학생들은 방학 때 떼를 지어 시골을 돌아다니며 학생다운 그들 나름의 방법으로 장난을 치는 습관이 있습니다. 물론 그런 일이 늘 좋은 결과를 가져온다는 법은 없지요. 이들은 저마다 다른 사람들이지만 학교생활로써 서로 가까워지고 친분이 생긴 사이로 출신과 재산 정도, 정신과 교양도 달랐지만 모두가 사이좋게 한결같이 명랑한 마음으로 함께 여기저기 뛰어다녔습니다. 그런데 이런 그들은 나를 자주 자기들 무리 속에 끼워주었습니다. 왜냐하면 내가 그들 가운데 어느 누구보다도 무거운 짐을 잘 들었고, 또 장난에서도 그들은 나에게 위대한 장난꾸러기라는 명칭을 수여할 수밖에 없었기 때문입니다. 내가 장난을 치는 일은 드물기는 했지만 그만큼 대담하고도 못된 장난을 쳤으니까요. 이제부터 하는 이야기가 그걸 증명해 줄 것입니다.

우리는 이리저리 떠돌아다니던 가운데 어느 한적한 산골 마을에 도착했습니다. 매우 외진 곳이지만 역마차가 서는 역촌(驛村)이라는 이점을 가지고 있었고 적막한 곳임에도 예쁜 아가씨들도 몇 있었습니다. 우리는 그곳에서 쉬면서, 빈둥거리며 연애도 하고 생활비가 저렴하니 한동안은 여유롭게 살아보자는 데에 의견을 모았습니다.

마침 식사가 끝난 뒤 몇몇은 들떠 있었고 또 몇 사람은 의기소침해 있었습니다. 드러누워 자면서 취기에서 깨어나려는 사람도 있었고 바보스러운 장난으로 술기운을 발산하려는 자들도 있었습니다. 우리는 마당을 바라보는 옆 건물의 큰 방을 몇 개 차지하고 있었습니다. 이때 말 네 마리가 끄는 아름다운 마차 한 대가 딸랑거리며 마당으로 들어오자, 우리는 창가로 몰려갔습니다. 하인들이 날렵하게 마부석에서 뛰어내리더니 당당하고 고상한 풍채의 한 신사가 내리는 것을 도왔습니다. 신사는 나이가 지긋해 보였는데도 아주 건강한 모습이었습니다. 그의 잘생긴 코가 가장 먼저 내 눈에 띄었습니다. 순간 나는 어떤 못된 악마에게 홀렸는지 어처구니없는 계획을 꾸며내어 깊이 생각해 보지도 않고 곧바로 실행에 옮겼습니다.

"저 신사에 대해 어떻게들 생각해?" 나는 친구들에게 물었습니다. 한 녀석이 대답했습니다. "장난 같은 건 절대 용납하지 않겠다는 얼굴인데."—"그래, 맞아." 다른 녀석이 말했습니다.

"마치, 내 몸에 절대 손대지 말라며 고상한 척하는 작자 같아."—"그건 그렇고" 나는 자신 있게 말했습니다. "자네들, 나하고 내기 한번 안하려나? 내가 저 자의 코를 잡아 보이겠어. 아무런 변도 당하지 않고 말이지. 아니, 오히려 이 일을 계기로 저자를 자비로운 주인으로 만들어 한밑천 잡으려 생각하고 있다네."

싸움꾼이 말했습니다. "자네가 정말 해낸다면 우리 모두가 루이 금화를 하나씩 주겠네." 내가 외쳤습니다. "나를 위해 그 돈을 거둬들여주게. 믿고 자네에게 맡기겠어."—"오히려 사자의 코털을 하나 뽑아오는 게 더 낫겠는걸." 키 작은 사나이가 말했습니다. "우물쭈물하고 있을 때가 아니야." 나는 이렇게 말하고는 계단을 뛰어내려갔습니다.

이 낯선 신사를 처음 보았을 때 나는 그의 수염이 아주 억세다는 사실을 알아차리고는 하인들 가운데 그의 수염을 면도할 수 있는 자는 한 사람도 없을 것이라고 추측했습니다. 그래서 나는 사환을 만나자 "혹시 저 손님이 이발사를 찾지 않던가요?" 물었습니다. "물론 찾았지요." 사환이 대답했습니다. "정말 큰 일이에요. 저분의 하인이 벌써 이틀이나 도착이 늦어지고 있거든요. 무슨 일이 있어도 수염을 깎아야겠다고 하시지만 이 고장에 하나밖에 없는 이발사가 어디 이웃 마을이라도 갔는지 도무지 찾을 수가 없습니다."

"그렇다면 나를 소개해 줘요." 내가 말했습니다. "나를 이발사라 말하고 그분에게 안내해 주시오. 그러면 당신도 칭찬받게 될 거요." 나는 이 여관에서 찾아낸 면도 도구를 들고 사환을 따라갔습니다.

노신사는 위엄 있는 태도로 나를 맞이하더니 마치 관상으로 내 이발 솜씨를 알아내기라도 하려는 것처럼 머리 꼭대기부터 발끝까지 뚫어지게 처다보았습니다. "어때, 일은 잘하는가?" 그는 나에게 물었습니다.

내가 대답했습니다. "자랑하려는 건 아니지만 저와 견줄 수 있는 사람이 있다면 한번 만나보고 싶습니다." 실제로 나는 자신 있었습니다. 나는 이전에 이 고상한 일을 직업으로 삼은 일이 있었고, 특히 왼손*²⁶으로 면도 잘하는 것으로 유명했기 때문입니다.

신사가 몸단장을 하는 방은 안마당을 바라보고 있어, 창문만 열려 있으면 내 친구들이 쉽게 안을 들여다볼 수 있는 그런 위치였습니다. 준비는 다 되어 있었습니다. 신사는 자리에 앉아 흰 천을 목에 둘렀습니다. 나는 아주 근엄하게 그의 앞으로 걸어가 이렇게 말했습니다.

"각하! 저는 제 기량을 선보일 때 좀 색다른 버릇이 있습니다. 그것은 신분이 높은 분들보다는 신분이 낮은 사람들에게 훨씬 더 솜씨 있게, 더 만족스럽게 면도를 잘해 드린다는 것입니다. 그래서 이 점에 대해 오랫동안 곰곰이 생각하며 이유를 이리저리 찾아 겨우 알아낸 사실은, 꼭 닫힌 방 안에서보다는 탁 트인 야외에서 훨씬 더 일이 잘된다는 것이었습니다. 그러니 창문을 여는 것을 각하께서 허락해 주신다면 각하께서도 바로 만족할 만한 효과를 느끼실 수 있을 겁니다."

그는 허락했습니다. 나는 창문을 열어 친구들에게 눈짓을 하고는 아주 우아하게 그 억센 수염에 비누질을 하기 시작했습니다. 동시에 경쾌하고도 신속하게 그 뻣뻣한 수염을 깎아내었습니다. 그리고 윗입술 수염을 밀 차례가 되자 나는 사정없이 그의 코를 쥐어잡고는 이리저리 비틀어 보였습니다. 그렇게 할 때 친구들이 잘 볼 수 있도록 자세를 취했기 때문에 내기를 건 친구들은 재미있어하면서도 자신들이 졌다는 사실을 인정할 수밖에 없었지요.

노신사는 근엄하게 거울을 향해 다가갔습니다. 만족해하면서 자기 얼굴을 바라보았습니다. 실제로 그는 대단한 미남으로 변해 있었습니다. 이어 그는 나를 돌아다보고는 친근감이 가는 까만 눈동자를 번쩍이면서 이렇게 말했습니다. "자네는 참으로 많은 동료들보다 칭찬받을 자격이 있어. 다른 이발사보다 훨씬 덜 무례하니 말일세. 그렇지, 자네는 같은 곳을 두 번, 세 번 밀지 않고 단한 번으로 해치웠어. 게다가 많은 이발사들이 하듯이 면도칼을 손바닥에 문질

---

*26 초고에서는 이 이야기의 화자가 다른 인물로 되어 있다. 앞서 '새로운 멜루지네'를 이야기 했던 이발사의 또 다른 이야기가 아닐까. 왜냐하면 앞에서 화자인 이발사는 자신이 왼손 잡이임을 밝혔고 이 장면에서도 "왼손으로 면도 잘하기로 유명했다"는 말이 나오기 때문이다. 이를 성 크리스토프의 이야기로 한 것은 결말을 위한 것으로 보여진다.

러서 그 더러운 것을 손님의 코끝에 갖다대지도 않았지. 특히 자네의 그 왼손 솜씨는 정말 놀랍군. 자, 이건 자네의 수고에 대한 대가일세." 그는 1굴덴을 건네며 말을 이었습니다. "그런데 한 가지만은 주의하게. 신분이 높은 분들의 코를 잡지 않도록 말이야. 앞으로 이런 무례한 짓만 하지 않는다면 틀림없이 세상에 나가 출세할 걸세."

나는 공손히 머리를 조아리고 뭐든 분부대로 그렇게 하겠다 약속하고는, 돌아가실 때 다시 한 번 면도해 드릴 수 있는 영광을 베풀어달라고 간청했습니다. 그러고는 서둘러 친구들에게로 달려갔습니다. 그런데 그들은 나를 몹시 조마조마하게 했습니다. 그들은 큰 소리로 웃기도 하고 함성을 지르기도 하며 미친 사람처럼 방 안을 뛰어다니면서 손뼉을 치며 외쳐대기도 하고 잠든 친구들을 깨워서 연신 껄껄 웃고 떠들면서 이 사건을 이야기해 주었기 때문입니다. 나는 방 안에 들어서자마자 창문을 닫고 제발 조용히 해 달라고 애원했습니다. 하지만 결국 그렇게 진지한 채로 우스꽝스럽게 행동한 나를 보고 다 함께 웃음을 터뜨리지 않을 수 없었습니다.

얼마쯤 지나 웃음소리의 높은 파도도 어느 정도 가라앉았을 때, 나는 나 스스로도 잘했다고 생각했습니다. 주머니에는 금화 여러 닢이 들어 있었고 게다가 떳떳하게 벌어들인 굴덴 금화까지 있었으니까요. 나는 충분한 자금이 모아졌다 생각했고 친구들이 다음 날 뿔뿔이 헤어지기로 했기에 한결 더 고마운 일이었습니다. 그러나 우리는 헤어질 때까지 절도와 질서*27를 지킬 수 있는 사람들이 아니었습니다. 그 사건은 비밀로 하기에는 너무나도 재미있는 것이었고, 적어도 노신사가 떠날 때까지만이라도 입을 다물어달라고 내가 그토록 부탁하고 애원했건만, 그러지 못했기 때문입니다. 친구들 가운데 촐랑이라고 불리는 녀석이 있었는데 그 여관집 주인 딸과 연애 중이었습니다. 남자가 여자를 즐겁게 해주기 위한 더 좋은 방법이 있을 만도 한데 두 사람이 함께 있을 때 그는 여자에게 그 장난친 이야기들을 들려주었고 둘은 배꼽이 빠지게 웃어댔습니다. 그런데 문제는 그 아가씨가 거기서 그치지 않고 이 이야기를 웃으면서 다른 사람들에게 퍼뜨렸다는 점입니다. 마침내 이 소문은 노신사가 잠자리에 들기 조금 전에 그의 귀에까지 들어가고 말았습니다.

---

*27 이 이야기는 다음 장에 전개되는 이주(移住)에 대한 복선으로 보인다.

우리는 여느 때보다 얌전하게 앉아 있었습니다. 온종일 실컷 설쳐대고 난 뒤였기 때문이지요. 이때 난데없이 우리에게 대단한 호의를 베풀어주었던 한 어린 사환이 뛰어들어와 외쳤습니다. "도망치세요! 맞아 죽을지도 몰라요!" 깜짝 놀란 우리는 자세한 이야기를 들으려 했지만 그는 벌써 문밖으로 뛰어나간 뒤였습니다. 나는 반사적으로 벌떡 일어나 방문에 야간용 빗장을 걸었습니다. 그러자 곧장 문을 치고 두드리는 소리가 들렸습니다. 아니, 도끼로 방문을 때려 부수는 것같이 느껴질 정도였습니다. 우리는 자동적으로 다음 방으로 달려가 몸을 숨긴 채 모두 목소리를 죽이고 있었습니다. "결국 들통이 나고 말았군!" 내가 외쳤습니다. "귀신에게 코를 꿰었어!"

싸움꾼이 칼을 뽑으려 했습니다. 나는 다시 한 번 거인과 같은 힘을 드러내서 다른 사람의 도움 없이 무거운 장롱을 문 앞에 밀어놓았습니다. 다행히도 그 문은 안에서 열게 되어 있었습니다. 그러나 곧바로 앞방에서 떠들썩한 소리가 나면서 우리 방문을 격렬하게 두드리는 끔찍한 소리가 들려왔습니다.

싸움꾼은 단호하게 맞서 대항할 기세였습니다. 그러나 나는 그와 다른 친구들에게 되풀이해 외쳤습니다. "도망가자! 새삼스럽게 매맞는 걸 두려워하는 건 아니야. 모욕을 당하는 것이 싫을 뿐이지. 더욱이 귀족 출신에게는 참을 수 없는 일이지." 우리의 이야기를 퍼트린 아가씨가 자기 애인이 언제 죽을지 모르는 위험에 빠진 것을 알고는 필사적으로 뛰어들어왔습니다. "도망가세요! 어서 빨리!" 외치면서 그녀는 애인의 손을 잡았습니다. "앞으로 가요! 어서! 다락방을 통해 헛간을 지나서 골목길로 가면 돼요. 내가 안내할게요. 어서 따라오세요. 마지막에 오는 사람이 사다리를 걷어올려야 해요."

모두들 황급히 집 뒷문으로 뛰쳐나갔습니다. 나는 장롱 위에 궤짝을 하나 더 올려놓고는 거센 공격으로 거의 부서져 가는 방문을 다시 밀어서 더 단단하게 버틸 수 있게 하려 했습니다. 그러나 그런 나의 끈기와 저항도 아무 소용 없게 되는 지경에 이르렀습니다.

내가 서둘러 친구들 뒤를 쫓아갔을 때 사다리는 이미 걷어올려지고 난 뒤였고 모든 희망이 완전히 끊어져 있었습니다. 나는 그 자리에 우두커니 서 있었습니다. 사건의 장본인이고 무사히 도망쳐나올 것을 이미 단념하고 있는 내가 말입니다. 어쩌다가 그렇게 되었는지는 아무도 모르지만요. 그러나 부디 제가 그 장면에서 생각에 잠겨 있도록 내버려두세요. 어쨌든 오늘 제가 이렇게 여러

분에게 이 이야기를 들려드리고 있지 않습니까? 다만 한 가지 말씀드리고 싶은 것은, 그 대담한 장난은 끝내 좋지 못한 결말로 끝났다는 것입니다.

노신사가 죽음에 이른 것은 비록 이 사건이 직접적인 원인은 아니었다 하더라도, 모욕을 당하고도 복수하지 못해 마음 깊이 상처를 입었기 때문이기도 하다는 것이 세상 사람들 주장이었습니다. 그의 아들은 범인을 밝혀내려고 눈에 불을 켰는데, 불행하게도 귀족인 싸움꾼이 이 사건에 관련된 것을 알아냈습니다. 그리고 몇 년이 지나서 비로소 그 사실이 확실해지자 아들은 싸움꾼에게 결투를 신청했습니다. 미남이었던 그는 그때 얻은 상처로 준수한 외모를 망쳐버렸고 평생 그 상처를 저주했습니다. 결투 상대였던 싸움꾼 또한 우연히 연속적으로 일어난 다른 사건들과 이 일이 겹쳐져서 안타깝게도 두서너 해를 망치고 말았습니다.

어쨌든 모든 우화는 본디 교훈적이어야 하지요. 그러니 여러분에게 들려드린 지금 이 이야기가 무엇을 의미하는지는 너무나 뻔하고 뚜렷해졌으리라 믿습니다.

제9장

가장 뜻 깊은 날이 밝아왔다. 오늘이 바로 모두가 이주(移住)하기 위한 첫걸음을 내딛는 날이었다. 도대체 누가 저 신세계로의 여행길을 떠날 것이며 또 누가 이 구세계의 유서 깊은 땅에 머무르면서 자신의 행운을 시험해 보는가 하는 것이 오늘 결정될 터였다.

경쾌한 노래가 이 명랑한 시골의 거리마다 울려퍼졌다. 많은 사람들이 모여들었고 여러 수공업 분야의 구성원들이 서로 패를 이루어 제비뽑기로 정한 순서에 따라 합창을 하면서 큰 홀 안으로 들어갔다.

레나르도, 프리드리히, 그리고 영지 관리인 등 중요한 인물들이 먼저 들어온 사람들을 뒤따라 들어와 저마다의 자리에 막 앉으려고 할 때였다. 이때 자못 호감이 가는 한 남자가 그들에게 다가와 자기도 이 모임에 참가할 수 있게 허락해 달라고 청했다. 전혀 거절할 이유가 없을 만큼 그의 태도는 예의발랐고 상냥하고 친근감을 주었다. 군대와 궁전 그리고 사교계 등을 떠올리게 하는 그의 모습은 아주 유쾌해 보였다. 그는 다른 사람들과 함께 홀에 들어섰으며 사람들은 그에게 귀빈석을 내주었다. 모두들 자리에 앉았고 레나르도는 선 채로 다음과 같은 연설을 시작했다.

"여러분, 이 유럽 대륙에서 가장 인구가 많은 지역과 나라들을 살펴보면 이용할 만한 가치가 있다고 생각되는 곳은 어디나 땅을 일구고 나무를 심고 정돈하고 꾸미는 것을 알 수 있습니다. 이에 비례하여 토지에 대한 수요가 생기고 누구나 토지를 소유해 방어시설을 단단히 다져 자기 것으로 보호하고 있는 것을 볼 수 있습니다. 그래서 우리는 토지 소유의 높은 가치를 인정하기 때문에 그것을 인간에게 줄 수 있는 으뜸의 것, 최상의 것으로 생각하지 않을 수 없습니다. 더 자세히 살펴보면 우리는 부모에 대한 사랑, 자식에 대한 사랑, 고향 친구들과의 가까운 유대관계, 나아가 일반적인 애국심 등이 직접 대지 위에 뿌리 내리고 있음을 발견하게 될 때면 크든 작든 공간을 획득하고 그 권리를 주장하는 것은 더욱 의미 있는 일이며 존중되어야 한다고 생각하게 됩니다. 그렇습니다. 자연이 그렇게 되기를 바랐던 것입니다. 인간은 흙에서 태어났기에 자연히 흙에 속해서 떼려야 뗄 수 없는 관계가 되어 흙과 인간의 아름다운 결합이 맺어지는 것입니다. 도대체 어느 누가 모든 존재의 근본에 접하는 것을 싫어하겠습니까. 그리고 그처럼 아름답고 유일한, 하늘이 내린 선물의 가치와 위엄을 인정하지 않을 수 있겠습니까?

그렇지만 우리는 다음과 같이 말할 수도 있습니다. 만일 인간이 소유하는 것에 큰 가치가 있다면 인간의 행위와 업적에는 그 이상의 가치를 인정해 주어야 한다고 말입니다. 그러므로 전체적으로 볼 때 토지 소유란 우리에게 주어진 재산들 가운데 비교적 작은 부분일 뿐입니다. 또한 우리가 가진 가장 크고 좋은 재산은 동적인 것, 그리고 동적인 생활로써 얻은 것 속에 있는 것입니다.

우리 젊은이들은 특히나 이런 것을 돌아봐야 합니다. 왜냐하면 우리가 비록 어느 한곳에 정착해 그곳을 떠나지 않으려는 욕구를 조상들에게서 물려받았다 하더라도 보다 높이, 보다 멀리 바라보는 눈을 감아서는 안 된다는 수천 배의 강력한 요구를 받고 있음을 우리 자신이 잘 알기 때문입니다. 그러니 어서 빨리 얼마나 광범위한 활동세계가 우리 앞에 펼쳐져 있는지 바닷가로 달려가 확인해 보지 않겠습니까? 그리고 이렇게 생각하는 것만으로도 이제까지와는 전혀 다른 낯선 기분에 가슴이 뜀을 고백합시다.

그렇다고 해서 우리가 이처럼 끝없는 광활함 속으로 사라져버리려는 것은 아닙니다. 그저 그처럼 수많은 나라들이 서로 연결된 광활한 땅으로 우리의 관심을 돌리고자 하는 것입니다. 그곳에서 우리는 유목민들이 크고 너른 대지를 뚫고 나가는 것을 봅니다. 그들은 무리를 지어 옮겨다니고 영양을 제공해 주는 가축들을 이끌고 어디에든 갈 수 있습니다. 우리는 그들이 사막의 한가운데서, 드넓은 푸른 초원에서 마치 바라던 항구에 정박하고 있는 것처럼 쉬고 있는 것을 보게 됩니다. 이와 같은 이동과 편력이 그들에게는 습관이 되었고 또 반드시 필요한 것이 되었습니다. 마침내 그들은 세계의 표면이 산에 의해 막히지도 강물로써 나뉘지도 않는 것처럼 생각하기에 이릅니다. 우리는 북동 지역 사람들이 남서쪽으로 이동하고 한 민족이 다른 민족을 내쫓고 지배권과 토지 소유가 완전히 바뀌는 것을 보아오지 않았던가요?

인구과밀지역에서는 이러한 일이 지대한 세계의 흐름과 함께 몇 번이고 더 일어날 것입니다. 우리가 이민족(異民族)으로부터 무엇을 기대할 것인가, 그것은 쉽게 말할 수 없습니다. 그러나 이상한 점은, 인구과잉 때문에 서로가 밀어내며 쫓겨나는 것을 기다리지 않고, 서로에게 추방이라는 판결을 내리고 있다는 사실입니다.

이제야말로 우리에게는 불평도 불만도 없이, 이동하고자 하는 욕구를 인정하고 장소를 바꾸고자 하는 절실한 욕망을 억압해서는 안 되는 때가 다가온 것입니다. 그러나 우리가 무엇을 생각하고 무엇을 계획하든 그것은 순간적인 감정이나 어떤 강요에 따라서가 아니라, 확실한 분별심과 확신에서 행해져야 합니다.

이런 말이 계속 되풀이되고 있습니다. "살기 좋은 곳이야말로 내 나라다!" 마음에 위안을 주는 이 말은 이렇게 표현하면 훨씬 좋아질 것입니다. "내가 쓸모 있는 곳이 곧 내 나라다"라고 말입니다. 집에서는 자신이 아무 도움이 되지 않아도 잘 알 수 없지만 바깥세상에 나가면 쓸모없는 인간은 단번에 알 수 있습니다. 내가 "어디에서나 자신과 타인에게 쓸모 있는 사람이 되도록 노력하라!" 말한다면 이것은 교훈도 충고도 아니고 인생 그 자체에 대한 발언일 것입니다.

이제 바다에 대한 것은 접어두고 이 지구를 좀 더 자세히 관찰해 봅시다. 때지어 모인 혼잡스러운 배들에 마음을 빼앗기지 말고, 시선을 이 땅에 고정합시다. 그러면 땅이 우글거리며 오가는 개미떼 같은 인간들로 넘쳐나는 것을 보고 놀랄 것입니다. 이러한 계기를 제공한 주(主) 하느님은 바벨탑이 세워지는 것을 막으려고 인류를 온 세계에 흩어지게 했습니다. 그러니 우리, 하느님을 찬양합시다. 하느님의 이 축복이 모든 민족에게 널리 퍼져갔으니까요.

모든 청년이 얼마나 부지런히 활동하고 있는가를 밝은 기분으로 지켜 보십시오. 그들은 집 안에서도 밖에서도 배울 것이 없어지면 지식과 지혜의 목소리가 손짓하는 나라와 도시로, 서둘러 떠납니다. 그리고 빠른 시간 안에 얼마쯤의 교육을 받고 나면 곧 그들은, 자기들의 목적에 도움이 될 만한 뭔가 이로운 경험을 찾을 수 없을까 넓은 세계를 돌아보고 싶은 충동을 느낍니다. 그들은 스스로의 행운을 시험해 보는 것이 좋습니다. 이제 우리는 보다 완성되고 훌륭한 사람들, 즉 자연탐험가들에 대해 생각해 봅시다. 그들은 어떠한 어려움, 어떠한 위험에도 의지를 갖고 맞서서, 세상 사람들에게 세상을 열어주고, 아무도 가본 적 없는 곳에 길을 개척하려고 합니다.

또한 탄탄한 대로 위에 길게 뻗은 구름 같은 먼지를 일으키며 바퀴자국을 남기고 가는, 짐을 가득 실은 승차감 좋은 마차를 한번 생각해 봅시다. 귀족들과 부자들, 이 밖에 많은 사람들이 이 마차를 타고 달려갑니다. 이들의 온갖 사고방식과 목적에 대해서는 요릭*28이 훌륭하게 분석하고 있습니다.

그러나 씩씩한 수공업자라면 걸어가면서도 여유로운 마음으로 그들 마차를 배웅할 수 있는 것입니다. 조국으로부터 그에게 주어진 의무는 다른 나라의 기술을 몸에 익히고 그것을 이루기 전까지는 정다운 고향으로 돌아오지 말라는 것입니다. 하지만 우리가 길에서 가장 자주 만나게 되는 것은 시장상인과 거래업자들입니다. 작은 소매상이라도 때로는 자기 가게를 나와 큰 장터나 정기적으로 열리는 장을 찾아가 도매상인들 가까이에서 크게 이뤄지는 거래를 보고 자기도 이에 참여함으로써 자신의 작은 이익을 늘리는 것을 게을리해서는 안 됩니다.

그러나 말을 타고 산만하고 소란스럽게 큰 도로나 샛길을 이리저리 왔다갔다 하는 사람들이 있습니다. 그들은 우리의 의사와 상관없이 우리의 지갑에서 돈을 빼내기 위해 열을 올리고 있습니다. 온갖 종류의 견본품들과 가격표가 도시와 시골을 가리지 않고 우리를 쫓아오고 우리가 어디로 도망가든 갑자

---

*28 영국 작가 로렌스 스턴(1713~68)의 작품 《풍류여정기(A Sentimental Journey Through France and Italy)》의 주인공. 괴테는 그를 높이 평가해 마카리에의 문고에서도 여러 번 언급하고 있다.

기 찾아와 아무도 먼저 찾아볼 생각조차 하지 않았던 기회를 제공해 장삿속으로 우리를 놀라게 하는 것입니다. 나는 이런 민족*29에 대해 뭐라고 말하면 좋을까요? 그들은 영원한 방랑의 축복을 다른 누구보다도 쟁취하고 있고 그칠 줄 모르는 활동으로, 한곳에 정착한 사람들을 속이고 자신들의 이익을 취하고 함께 방랑하는 사람들을 앞질러가는 방법을 잘 알고 있습니다. 우리는 그들에 대해 좋게도 나쁘게도 말할 수 없습니다. 좋게 말할 수 없는 것은 우리 결사가 그들을 경계하기 때문이며, 나쁘게 말할 수 없는 것은 떠돌이들 간에는 서로의 이익을 생각하고 친절하게 대해야 할 의무가 있기 때문입니다.

이번에는 모든 예술가에게 관심을 가져야 하겠습니다. 왜냐하면 그들 또한 철저하게 세상의 움직임에 얽혀 있기 때문이죠. 화가는 이젤과 팔레트를 들고 이 얼굴에서 저 얼굴로 방황하고 있지 않습니까? 또 그들의 동료예술가들은 건물을 짓고 조각하는 곳곳으로 불려다니고 있지 않습니까? 그러나 가장 활발하게 걸어다니는 사람들은 음악가입니다. 왜냐하면 음악가야말로 새로운 귀에 새로운 충격을, 신선한 감각에 신선한 놀라움을 제공하는 사람이기 때문입니다. 그리고 연극배우들은, 그들이 아무리 테스피스*30의 마차를 멸시한다 하더라도 변함없이 작은 극단을 이루어 순회하고 있고, 이들의 움직이는 세계는 어느 곳에서라도 참으로 순식간에 세워집니다. 마찬가지로 그들은 혼자서도 과감히, 중요하고 조건이 좋은 관계를 버리면서까지 기꺼이 장소를 바꾸기도 합니다. 재능이 키워짐에 따라 커가는 욕구가 이동의 계기와 핑계를 만들어주는 것입니다. 그들은 조국의 유명한 무대라면 어떤 무대건 올라야 한다는 명분으로 이동을 준비합니다.

이어서 우리는 교직자들에게도 주의를 기울여야 하겠습니다. 교사라는 직업 또한 끊임없이 움직이고 있음을 여러분은 보실 겁니다. 차례로 교탁을 들어섰다가 떠나며 교육의 씨앗을 여기저기로 풍족하게 뿌리는 것입니다. 그러나 더 열심히 더 멀리 손발을 뻗고 있는 것은 저 경건한 영혼의 소유자들입니다. 그들은 여러 민족을 구원하기 위해 모든 대륙으로 뿔뿔이 흩어진 것입니다. 이와는 반대로 자기 자신의 구원을 찾아 순례 길에 오르는 사람도 있습니다. 이들

---

*29 유대 민족을 말한다.
*30 기원전 534년쯤에 활약한 그리스의 비극작가이다. 테스피스의 마차란 지방 순회극단 배우의 무대를 말한다.

은 무리지어 기적을 베푸는 성지로 가서 고향에서는 자신의 내면에 주어지지 않았던 것을 그곳에서 얻으려고 하는 것입니다.

위에 열거한 사람들은, 그들의 행동이 편력 없이는 생각할 수 없는 것이기에 이상히 여겨지지는 않지만 자신들의 정력을 땅에 바치고 있는 사람들만은 그 땅에 얽매여 있다고 생각할 수도 있을 것입니다. 그러나 결코 그렇지 않습니다. 소유하지 않고도 이용하는 것을 생각해 볼 수 있습니다. 우리는 소작을 해오던 부지런한 농부가 오랫동안 자신에게 이익과 기쁨을 주었던 땅을 떠나는 것을 봅니다. 그는 전과 같은 이익이나 그 이상의 이익을 얻을 수 있는 곳은 없을까 하고 멀든지 가깝든지 신경 쓰지 않고 조급하게 찾아 나섭니다. 그뿐 아니라 토지 소유자조차도 자신이 처음 일군 땅이 미숙한 소유자라도 그럭저럭 일할 정도가 되고 나면 간신히 개간한 토지를 떠나는 것입니다. 그리고 또 다른 새로운 황무지로 들어가 다시 한 번 숲 속 토지를 일구고 그곳에 처음으로 발을 들여놓은 노력의 대가로 두 배 세 배 더 큰 토지를 차지하게 될 것입니다. 하지만 이번에도 거기 계속 머물러 있을 생각은 하지 않을 것입니다.

이쯤에서 우리는 그가 그곳에서 곰이나 다른 짐승과 맞붙어 싸우도록 내버려두고 문명세계로 다시 돌아옵시다. 여기서 사정은 그리 만만치 않습니다. 질서를 갖춘 이 큰 나라를 보도록 합시다. 여기서 가장 유능한 자는 자신은 틀림없이 가장 활동적인 사람이라는 것을 스스로 인정하지 않을 수 없을 것입니다. 군주의 지시와 각료회의의 명령에 따라 쓸모 있는 사람은 임지를 이리저리 옮겨야 하니까요. 그에게도 우리의 좌우명은 해당됩니다. '어디서나 쓸모 있는 사람이 되라. 그러면 어디든 다 고향이어라.' 그러나 우리는 훌륭한 정치가들이 본의 아니게 요직을 떠나는 것을 볼 때면 그들을 딱하게 여기지 않을 수 없습니다. 우리는 그들을 이주자로도 떠돌이로도 인정할 수 없기 때문입니다. 이주자가 될 수 없는 것은 그들이 만족하는 현재 상황을 포기한다고 자신의 처지가 더 좋아질 가망이 거의 없기 때문이며, 또 떠돌이가 될 수 없는 것은 그들이 다른 곳에서는 어떤 방법으로든 쓸모 있는 사람이 될 기회가 좀처럼 주어지지 않기 때문입니다.

그런데 나름대로 떠돌이생활을 천직으로 여겨야 할 사람은 군인입니다. 평화로울 때에도 군인은 이곳저곳으로 부서를 배치받습니다. 조국을 위해 싸우기 위해 멀든 가깝든 늘 이동할 준비가 되어 있어야 합니다. 직접 국가의 안녕을 위해서뿐만 아니라 국민과 통치자의 의사에 따라 그는 발길을 모든 대륙으로 옮겨다녀야 합니다. 그러므로 정착하여 산다는 것은 극소수에게만 허용됩니다. 군인의 첫 번째 특성으로 용맹함을 꼽을 수 있는데 그 용맹함은 언제나 충정과 함께 생각해야 합니다. 그렇기 때문에 믿을 수 있는 이름난 몇몇 군인들*31이 고향에서 불러나와 세속적 내지는 종교적 통치자의 친위병으로 봉사하는 것을 우리는 봅니다.

국가에 없어서는 안 될, 또 하나의 자주 옮겨다니는 계급을 보자면 외교관들입니다. 그들은 이 궁정에서 저 궁정으로 보내져 군주나 장관을 둘러싸고 사람들이 사는 온 세계를 보이지 않는 실로 연결시켜 줍니다. 아무도 그들이 한 순간도 한 장소에만 머물 거라 확신하지 못합니다. 평화로울 때에는 가장 유능한 자가 세계 이곳저곳으로 보내지며 전쟁 중에는 승리하는 군대를 따르고, 전쟁에 패해 도망가는 군대에게는 혈로를 열어주면서 이곳에서 저곳으로 떠날 채비를 늘 게을리하지 않습니다. 그런 까닭에 그들은 언제나 작별인사용 명함을 잔뜩 지니고 다니지요.

지금까지 우리가 활동하는 사람들의 가장 뛰어난 집단을 우리 동료로서, 운명의 동지로서 하나씩 불러내어 그때마다 경의를 표했다면, 존경하는 여러분! 마지막으로 여러분에게는 최고의 은총이 남아 있습니다. 여러분이 황제와 국왕 그리고 군주들과도 형제 관계임을 발견하게 될 테니까요. 먼저 저 고귀한 방랑자인 하드리아누스 황제*32를 축복의 마음으로 생각해 봅시다. 이 황제는 군대의 선두에서 걸으며 자신에게 항복한 모든 거주 지역을 돌아다녔고, 이렇게 하여 비로소 그곳들을 완전히 자신의 정복지로 만들 수 있었습니다. 다음으로 정복자들과 저 무장한 떠돌이들에 대해 떨리는 마음으로 생각해 봅시다. 그들에게는 어떠한 항쟁도 소용이 없었고 성벽과 보루도 그 안의 죄없는 백성을 보호해 줄 수 없었습니다. 그리고 끝으로 우리는 저 불행하게 추방당한 군주들의 운명을 진심으로 동정합니다. 정상의 자리에서 추락한 그들은 활동적인 떠돌이들의 소박한 조합에 결코 받아들여질 수 없으니 말입니다.

자, 우리는 이 모든 것을 차례로 눈앞에 그려가며 자세히 설명했습니다. 그

---

*31 스위스인들은 옛날부터 지금까지 바티칸 궁전의 친위병으로 일하고 있다.
*32 P.A. Hadrianus: 76~138. 그리스 문화에 심취했던 로마 황제. 재위 117~138.

러니 이제 아무리 편협한 마음의 우울*³³도, 성급한 암담함도 우리를 지배하지 못할 겁니다. 모험삼아 넓은 세상으로 뛰쳐나가던 시대는 지났습니다. 여행 중에도 지혜롭게 기록하고 예술적으로 묘사하여 전해 주는 과학적인 세계일주 여행자들의 노력 덕분으로 우리는 이제 거기에서 무엇을 해야 할지 대략 알 수 있을 만큼 세계의 모든 사정에 밝아졌습니다.

그렇다 하더라도 개인의 힘으로는 완전한 명확성에 다다를 수 없습니다. 우리 결사는 저마다 자기의 정도와 목적에 맞게 계발된다는 원칙에 따라서 만들어졌습니다. 만약 누군가가 자기의 여러 가지 소망을 펼칠 나라를 염두에 두고 있다면 우리는 그의 상상력으로 어렴풋이 떠오르는 것을 세세히 확실하게 알 수 있게 해주려고 합니다. 사람이 사는, 또 살 수 있는 세계에 대해 서로 바라볼 수 있도록 해주는 대화야말로 가장 유쾌하고도 보람 있는 즐거움입니다.

그런 의미에서 이제 우리는 세계동맹을 구축해 가고 있는 거라 생각해도 좋습니다. 이 세계동맹이라는 구상은 참으로 위대해 오성과 힘만으로도 쉽게 실천할 수 있는 것이기도 합니다. 통일이야말로 전능한 것이기에 우리 사이에는 어떠한 분열이나 항쟁이 있어서는 안 됩니다. 우리가 원칙을 가지고 있는 한 그것은 우리 모두에게 공통됩니다. 우리는 인간이 외부와의 지속적인 연관 없이도 스스로 생각하는 것을 배운다고들 하지요. 인간은 주변 상황이 아니라 자기 자신에게서 일관된 것을 찾으려 하며, 자기 자신 안에서 그것을 발견하고 사랑으로 가꾼다고 말할 수 있습니다. 어떤 곳에 있든 그곳을 고향처럼 느낄 수 있도록 자기 자신을 교육시키고 수양할 것입니다. 가장 필요한 일에 헌신하는 사람은 어디서나 가장 확실하게 목표로 걸어갈 것입니다. 이와는 반대로 더 높은 것, 더 우아한 것을 찾는 자들은 그 길을 선택할 때 한결 더 신중해야 합니다. 그러나 인간이 무엇을 얻고 손에 쥐든 간에 혼자만으로는 충분하지 않습니다. 결사야말로 사내대장부의 최고 욕구입니다. 쓸모 있는 모든 인간은 서로 관계를 맺어야 합니다. 이는 마치 건축주가 건축기사를 찾고 건축기사는 미장이와 목수를 찾는 것과 마찬가지입니다.

---

*33 괴테가 만년에 즐겨 사용한 말이다. 이는 정신을 좁게 속박하는 어두운 상태로서, 가슴속을 암흑이 지배하여 자기의 제반 힘을 발휘하지 못하게 된다. 이 장의 마지막 노래 머리와 팔뚝에 신바람 나면은 이와는 대조적인 장면으로, '신바람'이라는 것은 명랑하다는 의미뿐만 아니라 광명으로까지 드높아가는 힘의 발휘, 밖으로 향하는 발전을 말한다.

이제 이것으로 여러분은 우리 동맹이 어떻게, 어떤 방법으로 결성되고 기초를 이루었는지 아셨을 겁니다. 우리 친구들 중에는 순간마다 자기 일을 목적에 맞추어 연마하지 않는 사람이 아무도 없습니다. 우연이든 자기가 좋아서 택했든 또는 정열에 이끌려 가게 되었든 간에 어디서든지 자신이 추천받고 환영받으며 후원받게 될 것을, 그리고 어떤 불행한 일을 겪는 경우에도 다시 회생하리라 확신하지 못하는 사람은 아무도 없을 겁니다.

또한 우리는 가장 엄격한 두 가지 의무를 떠맡고 있습니다. 즉 하느님에 대한 모든 예배(禮拜)에 경의를 표해야 한다는 점입니다. 왜냐하면 의무들은 정도의 차이는 있지만 모두 사도신경에 나와 있기 때문입니다. 다음은 모든 통치 형태를 똑같이 인정하는 일입니다. 모든 통치 형태는 저마다 목적에 맞는 행동을 요구하고 장려하기 때문에 우리는 각 통치 안에 있는 한 얼마나 오래 있든지 간에 당국의 의지와 소망에 따르도록 노력해야 합니다. 마지막으로 우리는 융통성 없고 너무 엄격하게 다루지 않으면서 도덕을 실천하고 북돋는 일을 의무로 여기고 있습니다. 이것은 바로 우리 자신에 대한 경외심이 요구하는 것입니다. 이 경외심은 우리 모두가 신조로 삼은 저 세 가지 경외심에서 비롯된 것이며 또 우리 모두, 어떤 사람들은 벌써 어릴 때부터 이 높고 보편적인 지혜를 철저히 배울 수 있는 행운과 기쁨을 누려왔습니다. 이 엄숙한 이별의 순간을 우리는 이 모든 것을 다시 한 번 숙고하고 해명하여 듣고 인정하면서 친숙한 작별인사로 매듭지으려 합니다.

그 자리에 그대로 머물지 말고
과감하고 힘차게 뛰쳐나가세!
머리와 팔뚝에 신바람 나면
어딜 가나 다 내 고향이로세.
햇빛을 즐길 수 있는 곳이면
모든 근심걱정이 사라진다네.
우리 모두 흩어져 살라고
세상은 이렇게 넓은 거라네.*34

*34 트룬츠(Trunz)도 말했지만, 이 노래에서와 마찬가지로 우리가 세계동맹(세계시민)에 참여할 수 있는 길은 '어디서나 쓸모 있는 사람이 되라. 그러면 어딘든 다 고향이어라'는 것이다.

제10장

끝맺는 노래를 부르며 참석자 대부분이 자리에서 재빨리 일어났다. 두 줄로 서서 우렁차게 울려퍼지는 노랫소리와 함께 강당 밖으로 몰려나갔다. 레나르도는 자리에 앉으면서 용건을 이 공개석상에서 말할 작정인지 아니면 따로 집회를 갖기 바라는지 아까 온 손님에게 물었다. 그러자 그 손님은 자리에서 일어나 모두에게 인사하고는 다음과 같이 연설을 시작했다.

"마침 이런 모임에 참석하게 해주었으니 이 기회에 저는 먼저 간단하게 제 생각을 말씀드리고 싶습니다. 여기에 조용히 남아 계신 분들은 모두 견실한 분들로 보이는데, 이렇게 자리를 뜨지 않은 것만으로도 앞으로 계속 조국의 땅에 몸을 맡기려는 소망과 의지를 이미 확실하게 보여주었다고 생각합니다. 여러분을 진심으로 환영합니다. 저는 여기 계시는 모든 분께 여러 해 동안 일할 수 있는 충분한 일자리를 제공하겠다고 공언할 수 있기 때문입니다. 하지만 얼마 지난 뒤에 다시 한 번 모여주시길 부탁드립니다. 왜냐하면 무엇보다도 이러한 견실한 분들을 이제까지 거느리며 다스려온 훌륭한 지도자분들에게 제 사업구상을 허물없이 털어놓고, 저의 사명이 믿음을 얻기에 충분하다는 것을 이해받기 위함입니다. 그다음에는 남아 계신 분들과 개별적으로 면담하여 저의 중대한 제안에 어떻게 응답해야 할지 알아두는 것이 마땅하다고 생각하기 때문입니다."

이 말을 듣고 나서 레나르도는 지금 가장 시급한 일을 처리해야 하므로 잠깐 여유를 달라고 했다. 그 용무가 끝난 뒤에 남아 있던 사람들도 예의 바르게 자리에서 일어나 절도 있게 노래를 부르면서 두 줄로 강당을 빠져나갔다.

그러고 나서 손님인 오도아르트는 뒤에 남은 두 지도자에게 자기의 의도와 계획들을 털어놓고 자신이 그럴 만한 자격이 있음을 밝혔다. 그런데 그는 이 훌륭한 사람들과 계속 대화하면서 모든 일의 근본이 되는 인간적인 동기를 빼놓고는 아무리 해도 그 사업에 대해 제대로 설명할 수가 없었다. 그런 관계로 깊은 마음의 문제를 서로 설명하고 고백하는 대화가 계속 이어졌다. 밤늦도록 그들은 함께 했고 인간의 심정과 운명의 미로 속으로 차츰 빠져들어 더욱더 헤어날 수 없게 되었다. 오도아르트도 점점 자기의 정신과 마음이 문제에 대해 단편적인 설명을 하지 않으면 안 될 상황임을 깨달았다. 어쨌든 단편적으로 털어놓았기 때문에 우리는 이 담화로부터 불완전하고 불충분한 사실만을 전해 듣게 된다. 그러나 이 경우에도 우리는 요점을 파악하고 놓치지 않는 프리드리 히의 천부적 재능 덕분에 몇 가지 흥미로운 장면을 재현하여 우리의 관심을 끌기 시작한, 이 오도아르트라는 뛰어난 인물의 생애에 대해 어느 정도 이해할 수 있었다. 한편으로는 여기서 언급한 이야기는 나중에 더 자세히 연관시켜 전 달하려는 이야기에 대한 암시에 불과할지도 모르지만 말이다.

도를 넘지 말라[*35]

시계가 밤 10시를 알렸다. 약속 시간에 맞춰 모든 준비가 다 되었다. 화환으 로 장식된 자그마한 홀에는 크고 깨끗한 식탁에 네 사람의 식사가 마련되어 있었고, 번쩍이는 등불과 꽃들 사이에는 후식으로 먹음직스러운 과일과 과자 도 놓여 있었다. 아이들은 이 후식을 얼마나 기대했겠는가. 오늘은 아이들도 함께 식사를 하기로 했기 때문이다. 기다리는 동안 아이들은 한껏 모양을 내 고 가면을 쓴 채, 방 안을 이리저리 왔다 갔다 했다. 그리고 아이들이란 언제나 귀엽기에 두 아이는 마치 쌍둥이 천사처럼 보였다. 아버지가 그들을 곁으로 불 러 어머니 생일을 위해 쓴 대화식의 축사를 낭독하게 했더니, 그것을 거의 도 움도 없이 아주 의젓하게 읊는 것이었다.

시간이 흘러갔다. 사람 좋은 할멈은 15분마다 조바심을 내며 나타나 주인을 더 초조하게 만들었다. "계단 위에 켜놓은 등불들은 이제 꺼져가고, 마님을 축 하해 드리기 위해 만든 마님이 좋아하는 음식도 너무 익지 않을까 걱정입니 다." 할멈이 말했다. 아이들은 지루해진 나머지 버릇없이 굴기 시작했고 초조함 을 견딜 수 없어했다. 아버지는 겉으로 내색하지 않았지만, 그래도 뜻대로 여 느 때의 평정을 되찾을 수는 없었다. 그는 애타게 마차 소리에 귀를 기울였다. 마차 몇 대가 멈추지 않고 덜컹거리며 그냥 지나가버리자 그 어떤 분노마저 치 밀어오르려 했다. 그래서 그는 시간을 보내기 위해 다시 한 번 아이들에게 축 사를 낭송시켜 보았다. 아이들은 싫증이 난 터라 부주의하고 산만해져서 서투 르고 틀리게 읊었고 마치 느낌 없이 연기하는 배우처럼 몸짓도 정확하지 않고 과장되기만 했다. 선량한 남편의 고통도 시시각각 더해 갔으며 시간은 마침내

[*35] 이 이야기는 단적으로 결혼의 불협화음을 주제로 하고 사회적으로는 '뛰어난' 오도아르트 의 체험을 이야기하며 과장된 풍자를 담고 있다.

10시 반이 지나버렸다. 그다음 상황에 대한 설명은 그에게 맡기기로 하자.

"종이 11시를 쳤습니다. 나의 초조감은 절망으로 치달았습니다. 더는 아무것도 바라지 않았으며 오직 두려울 뿐이었습니다. 이제는 오히려 아내가 방으로 들어와 언제나 그렇듯이 가볍게 애교를 보이며 조금 변명을 하고는, 피곤하다면서 내가 그녀의 즐거움을 방해하고 있다고 비난하는 기색을 보일까 봐 겁이 났던 겁니다. 나의 마음속에서는 이 모든 것이 되풀이되어 떠올랐습니다. 내가 수년 동안 참아온 많은 것들이 다시금 내 마음을 무겁게 짓눌러왔습니다. 나는 아내를 증오하기 시작했고 어떤 태도로 그녀를 맞아야 할지 몰랐습니다. 귀여운 아이들은 천사처럼 차려입고 소파에서 얌전히 자고 있었습니다. 나는 너무 초조해서 어찌할 바를 몰랐습니다. 이런 순간들을 피하기 위해 오로지 도망쳐야만 했습니다. 나는 가벼운 예복 차림 그대로 현관으로 서둘러 나갔습니다. 사람 좋은 할멈이 더듬거리면서 어떤 변명을 했는지는 기억나지 않습니다. 할멈은 억지로 나에게 외투를 건네주었지요. 나는 거리로 나갔는데 그때는 정말 오랫동안 느껴본 적 없는 기분이었습니다. 마치 어찌 해야 좋을지 모르는 정열적인 젊은이처럼 거리를 여기저기 헤매고 다녔습니다. 넓은 들판으로 나가보고 싶었지만 마침 차갑고 축축한 바람이 나의 언짢은 기분을 가라앉혀주려는 듯 세차게 불어댔습니다."

여기에서 뚜렷하게 알 수 있듯이 우리는 분에 넘치게도 소설가의 권리를 내세우면서 친애하는 독자 여러분을 너무 성급하게 열정적인 묘사 한가운데로 몰아넣었다. 한 훌륭한 사나이가 가정 분란에 빠진 것을 우리는 보고 있다. 그러나 이 사나이에 대해서는 아직 자세히 모르고 있다. 그러므로 조금만이라도 사정을 파악하기 위해 우리 잠시 사람 좋은 할멈 곁에 서 보자. 그리고 그녀가 당황하고 난처해하면서 혼잣말처럼 중얼대거나 아니면 큰 소리로 외쳤음직한 말에 귀를 기울여보기로 하자.

"진작부터 이렇게 될 줄 알았다니까. 내 이럴 줄 알았지. 마님께 거리낌없이 여러 번 주의를 드렸건만. 마님도 어쩔 수 없으신가 봐. 주인어른이 낮에 관청과 교외 그리고 시골로 가서 업무에 시달리다가 저녁에 집에 돌아와보면 으레 텅 비어 있거나 아니면 마음에 안 드는 패거리들이 와 있는 걸 보곤 했지. 마님은 또한 그 버릇을 버릴 수가 없어. 언제나 마님은 자기 주위에 여러 부류의 사람이나 남자들이 없으면 견디질 못하지. 또 마차를 타고 여기저기를 돌아다니지 못하든지, 이 옷 저 옷 갈아입지 않고는 숨이 막혀 하신단 말이야. 오늘이 자기 생일인데도 아침 일찍 시골로 가다니. 그것도 괜찮아! 우리는 그사이에 집안일을 잘 챙기면 되니까. 마님은 9시에는 반드시 돌아온다고 굳게 약속했지. 이곳은 준비가 다 됐어. 주인님은 아이들이 읊을 아름다운 축시를 낭송해 보도록 하셨지. 아이들은 곱게 옷을 차려입었고, 램프도 양초도, 삶은 음식과 구운 음식, 어느 하나 부족한 것이 없는데 마님만 아직 돌아오지 않으셨단 말이야. 주인어른은 꾹 참고 속이 타는 것을 숨기시더니 드디어 폭발하셨어. 이렇게 밤이 늦었는데 집을 나가셨으니 말이야. 나가신 이유야 뻔하지만 도대체 어디로 가셨을까? 나는 벌써 여러 번 마님께, 주인어른에게도 애인이 여럿 있음을 솔직하게 말씀드려 주의를 주었건만. 이제까지로 봐서는 주인어른에게서 아무 낌새도 챌 수 없지만 어떤 예쁜 여자가 훨씬 전부터 주인님을 마음에 두고는 차지하려 애쓰고 있거든. 이제까지 주인님이 마음속으로 얼마나 갈등했는지 누가 알겠어? 이제 와서 일이 터지고 만 거야. 이번에야말로 자신의 선의를 전혀 인정받지 못한 데에 절망을 느끼고, 이 밤중에 집을 뛰쳐나가버린 거야. 이렇게 되면 모든 일이 끝장이지. 도가 지나치면 안 된다고 내 누누이 마님께 말씀을 드렸건만."

우리는 여기서 다시 이 집 주인을 찾아내어 그의 말을 들어보기로 하자.

"아주 좋은 여관 아래층에 불이 켜진 것을 보고 창문을 두드렸습니다. 그러자 내 목소리를 알고 있는 사환이 바깥을 내다보았지요. 그에게 손님들이 오지 않았는지 아니면 온다고 예약을 한 사람이 있는지 물어보았습니다. 사환은 어느새 문을 열고는 둘 다 아니라고 말하면서 나를 안으로 들어오라고 하더군요. 나는 허황된 이 모험을 계속하는 것이 내 처지에 어울린다고 생각했기 때문에, 방을 하나 그에게 부탁했습니다. 그러자 사환은 즉시 3층에 있는 방을 마련해 주었지요. 사환의 말로는 2층은 이제부터 오실 손님들을 위해 비워둬야 한다는 것이었습니다. 그는 서둘러 이것저것 준비했습니다. 나는 사환이 하는 대로 내버려두었습니다. 그리고 계산은 염려 말라고 당부했지요. 여기까지는 일이 무사히 끝났습니다. 그러나 나는 또다시 나의 고통으로 되돌아가 모든 것을 하나하나 기억 속에 다시 불러내 고조시키기도 하고 가라앉혀보기도 했으며, 자신을 나무라다가도 기분을 새로이 하고, 마음을 가라앉히려 노력해 보기도 했습니다. 내일 아침이면 모든 일이 다시 잘되어 제자리를 찾으려니 생각하면서 말입니다. 그러나 얼마 안 있어 다시금 분한 생각이 치밀어 올라와 도저히 억누를 수 없었습니다. 나 자신이 이처럼 끔찍한 불행을 겪으리라고는 꿈에도 생각해 본 적이 없었으니까요."

여기서 우리는 이 기품 있는 사나이가 대단치 않은 일 때문에 예상 밖으로 격정적인 흥분상태에 빠져 있는 것을 보게 되는데, 독자 여러분도 이제는 확실히 그의 사정을 더 자세히 알고 싶을 만큼 관심을 갖게 되었을 것이다. 그가 이날 밤 모험에서 아무 말 없이 격분해서 방 안을 계속 이리저리 왔다 갔다 하는 사이에 벌어진 일을 잠시 막간을 이용해 알려드리고자 한다.

우리가 알고 있는 한 오도아르트는 전통 있는 가문의 자손이다. 그는 여러 세대에 걸쳐 이루어진 고귀한 장점들을 그대로 물려받았다. 사관학교에서 교육받아 엄격한 예법을 몸에 지녔고 그것이 아주 칭찬할 여러 정신능력과 결부되어 그의 행동 하나하나에 매우 특별한 매력을 띠게 했다. 잠깐 궁전에 근무하는 동안 그는 고위직에 있는 인물들이 외적인 여러 관계를 통찰하는 것을 배웠고, 일찍부터 총애받고 있었기에 그 뒤 어떤 외교사절을 따라 세계를 구경하며 외국 궁전을 볼 기회를 가졌다. 그때 그의 명석한 통찰력, 일어난 일을 아주 상세하게 기억하는 천부적인 재능, 특히 어떤 일을 계속하는 데에도 착한 마음씨가 작용하고 있음이 눈에 띄게 나타났다. 여러 나라 언어를 쓸 줄 아는 데다, 부담을 주지 않는 솔직한 성격 덕분에 그는 한 단계씩 착실하게 출세해 갔다. 그는 모든 외교적 임무를 성공적으로 수행했다. 왜냐하면 그는 사람들의 호의를 얻어 상황을 이롭게 이끌었고 불화를 조정할 수 있었으며, 특히 당사자 처지를 공정하게 고려하여 서로의 이해를 해치지 않도록 했기 때문이다.

국무총리는 이 훌륭한 사나이를 자기 곁에 두려고 자신의 딸과 결혼시켰다. 딸은 눈부시게 아름다웠다. 상류사회의 모든 사교적인 미덕을 지녔다. 그러나 모든 행복의 여정은 언젠가 둑에 가로막혀 되몰아치는 법인데, 이 경우에도 예외는 아니었다. 영주의 궁전에는 아직 미성년인 소프로니 공주가 교육을 받고 있었다. 그녀는 그 가문의 마지막 인물로, 그 영지와 백성들은 큰아버지 소유로 되어 있었지만 공주의 재산과 권리는 여전히 무시할 수 없을 만큼 대단했다. 그 때문에, 주위 사람들은—이런저런 복잡한 설명들을 피하자면—그녀를 훨씬 나이 어린 황태자와 결혼시키기를 바랐다.

그런데 오도아르트가 공주에게 연정을 품고 있다는 의심을 받게 되었다. 그가 어떤 시(詩)에서 오로라라는 가명으로 그녀를 지나치게 정열적으로 찬미했다는 것이다. 여기에는 그녀의 부주의도 한몫했다. 그녀는 강한 성격 때문에 동무들이 놀리자 만약 그의 훌륭한 장점들을 몰라본다면 자기는 아예 눈이 없는 거나 마찬가지라고 대들었던 것이다.

오도아르트가 총리의 딸과 결혼했으므로 물론 이런 오해는 풀렸지만, 그래도 여전히 숨은 적들의 가슴속에 간직되어져, 기회가 있을 때마다 다시 헛소문이 퍼뜨려지는 것이었다.

사람들은 왕위계승과 상속재산에 대해서는 가능한 한 언급하지 않도록 노력했지만 그래도 여러 번 구설수에 올랐다. 군주보다 오히려 현명한 고문관들은 앞으로도 이 사건을 덮어두는 게 어디까지나 유리하다고 생각했다. 한편으로 공주의 말없는 지지자들은 이 문제를 일단락 지음으로써 이 고귀한 여성이 훨씬 자유로워지는 것을 보고 싶어했다. 특히 소프로니와 혈연관계이자 그녀를 매우 아끼는 이웃나라 노왕이 아직 생존해 있어 때로는 아버지 같은 영향력을 미치고자 했기에 더욱 그러했다.

오도아르트는 단지 의례적인 사명을 띠고 이 나라에 파견되었다가 국내에서 미뤄두려던 문제에 다시 불을 붙였다는 혐의를 받았다. 그에게 적의를 품고 있던 사람들은 이 일을 문제삼았지만, 장인은 그에게서 그것이 사실이 아니라는 말을 듣고는 자신의 모든 영향력을 행사하여 그에게 어느 먼 지방 주(州)의 지사(知事) 자리를 마련해 주었다. 그는 이 새로운 임지에서 행복을 찾았고 자기 능력을 남김없이 드러낼 수 있었다. 능력 발휘란 즉 필요한 일, 유용한 일, 착한 일, 아름다운 일, 큰일을 실행하는 것이었다. 그는 자신을 희생시키지 않고 영속적인 일을 수행할 수 있었다. 여기에 오기 전 같았다면 자기 소신과는 달리 눈앞의 일에만 사로잡혀, 어쩌면 자기 자신을 망쳤을지도 모른다.

그러나 그의 아내는 그렇게 느끼지 않았다. 그녀는 오직 상류 사교계에서만 삶의 보람을 느꼈다. 그래서 마지못해 뒤늦게 남편을 따라왔다. 그는 될 수 있는 한 아내에게 너그럽게 행동했고, 그녀가 과거에 누리던 행복을 대신할 수 있다면 무엇이든 지원해 주었다. 여름에는 근교로의 소풍, 겨울에는 아마추어 연극이나 무도회, 이 밖에 그녀가 하고 싶어하는 것은 무엇이든 말이다. 그뿐 아니라 오도아르트는 얼마 전부터 자기 집에 초대받아 와 있던 어떤 외국 남자를, 그의 인간을 꿰뚫어보는 안목에 따르면 어딘지 믿을 수 없는 미적지근

한 면이 느껴져 전혀 마음에 내키지 않았지만, 자기 집안의 친구로 삼는 것도 참았다.

현재의 이 심상찮은 순간을 맞아 우리가 이제까지 언급해 온 것들 가운데에 어떤 것은 막연하고 어렴풋이, 어떤 것은 뚜렷하게 그의 마음속을 스치고 지나갔을 것이다. 어쨌든 우리는 프리드리히의 뛰어난 기억력이 제공해 주는 자료 덕분에 이 같은 속사정을 알게 되었는데 오도아르트에게 다시 눈을 돌려보면 우리는 전과 다름없이 그가 방을 이리저리 격분해서 돌아다니면서 여러 몸짓과 탄식으로 내적 갈등을 드러내고 있음을 알 수 있다.

"이런 것을 생각하면서, 나는 방 안을 왔다 갔다 했지요. 사환이 수프 한 그릇을 가져왔는데 그것은 내가 간절히 원하던 것이었어요. 왜냐하면 축하 준비에 신경을 쓰느라 정작 나 자신은 아무것도 먹지 못했고, 저녁 식사는 손도 못 댄 채 집을 나왔기 때문입니다. 그 순간 마차의 나팔소리가 아주 기분 좋게 길거리로 울려왔습니다. '저건 산에서 오는 마차데요.' 사환이 말했습니다. 우리는 창가로 달려가 네 마리 말이 끄는 고급 마차가 짐을 잔뜩 싣고 숙소 현관에 서 있는 것을 마차에 매단 두 개의 밝은 칸델라 빛으로 분별할 수 있었습니다. 하인들이 마부석에서 뛰어내렸습니다. '그분들이다!' 사환은 외치면서 문 쪽으로 서둘러 갔습니다. 나는 사환을 제지하고 내가 여기에 있다는 사실을 말하지 말 것과, 무엇을 주문했는지도 절대로 말하지 않도록 거듭 당부했습니다. 사환은 그러겠노라 약속하고 뛰어나갔습니다.

그러는 사이에 나는 마차에서 내린 사람이 누구였는지 미처 못 보았습니다. 그러자 새로운 초조감에 사로잡혔습니다. 사환이 너무나 오래 소식을 가져오지 않는다고 생각되었기 때문입니다. 드디어 사환으로부터 들은 소식은 손님이라고는 부인들이고, 그중 한 분은 기품이 있는 초로(初老)의 귀부인, 또 한 분은 믿을 수 없을 만큼 우아한 중년 부인, 그리고 나무랄 데 없는 시녀라는 것이었어요. 사환이 말했습니다. '저 시녀는 처음에 용건을 이것저것 일러주고는 아양을 떨었어요. 제가 인사치레를 하자 밝게 새침한 얼굴을 했는데, 아마 그것이 그녀의 천성인 것 같았습니다.'

사환은 계속 말했습니다. '제가 금방 눈치챘는데 말입니다. 제가 이렇게 민첩하게 손님 맞을 모든 준비를 해놓아 그분들이 다들 놀랐다는 거죠. 방에는 불이 켜져 있었고, 벽난로에는 불이 활활 타고 있었기 때문이죠. 그분들은 편안히 쉬고 있었습니다. 그리고 홀에서는 저녁 식사로 냉육 요리가 준비되어 있었습니다. 제가 수프를 갖다드리자 마음에 들었던 것 같았습니다."

이제 부인들은 식탁에 가 앉았다. 연상의 부인은 거의 먹지 않았고, 예쁘고 사랑스러운 중년 부인은 전혀 손을 대지 않았다. 루치에라고 불린 시녀는 맛있게 먹으면서 이 여관의 장점들을 칭찬하고는 밝은 촛불, 고급 식탁보, 도자기, 이 밖의 세간을 보면서 즐거워했다. 기세 좋게 타오르는 난로에 충분히 몸을 녹이고 나서 시녀는 다시 들어온 사환을 향해, 정말 여기서는 낮밤 없이 갑자기 찾아오는 손님들을 맞을 준비가 늘 이렇게 잘되어 있느냐고 물었다. 젊고 재치 있는 사환도 이 순간 어린아이처럼 되어버렸다. 어린아이들이란 비밀을 입 밖에 내지는 않지만, 자기들이 어떤 비밀을 알고 있다는 사실을 숨기지 못한다. 그는 처음에는 모호하게 대답했지만 머지않아 사실에 근접해 갔고 마지막에 가서는 시녀의 기세에 밀려 이런저런 입씨름 끝에 그만 궁지에 몰려 모두 털어놓아 버리고 말았다. 관리 한 분, 아니 신사 한 분이 왔다가 갔고 다시 왔다는 것이었다. 그러나 마침내 사환은 실토를 하고 그 신사는 지금 실제로 위층에 있는데 불안한 듯 방 안을 이리저리 왔다 갔다 한다고 누설해 버렸다. 젊은 부인은 벌떡 일어섰고 나머지 두 여자도 따라 일어났다. 그 사람이 틀림없이 노신사일 거라고 그들은 성급하게 단언했다. 이에 대해 사환은 젊은 분이라고 딱 잘라 말했다. 그녀들이 다시금 의심하자 사환은 자기 말이 사실이라고 맹세했다. 혼란과 불안이 점점 커졌다. 큰아버지가 틀림없다고 아름다운 중년 부인이 확신했으나 그건 그의 방식이 아니라고 나이 든 부인이 반박했다. 이에 대해 이 시간에 자기들이 여기에 도착하는 것을 큰아버지 말고는 아무도 알고 있을 리 없어요, 하고 아름다운 중년 부인이 우겨댔다. 그러나 사환은 그분은 젊고 훌륭한 그리고 원기왕성한 분이라고 몇 번이고 되풀이하여 단언했다. 이에 대해 루치에는 큰아버님이라 확신하고는 벌써 3분이나 앞뒤 안 맞는 말만 하는 장난꾸러기 사환을 못 믿겠다고 말했다.

일이 이렇게 되자 사환은 위로 올라가 제발 신사분께서 서둘러 내려와달라고 아래에서 간청한다고 전하고는, 그렇지 않으면 아래에 있는 부인들이 직접 위로 올라와 인사를 드리게 될지 모르겠다고 위협하는 것도 잊지 않았다. "정말 난리가 났어요." 사환은 말했다. "왜 나타나기를 꺼리시는지 이해가 안 갑니다. 그분들은 선생님을 나이 든 큰아버님이라 생각하고는 다시 껴안기를 열렬히 바라고 있어요. 아래층으로 내려가주십시오. 부탁입니다. 저분들이 기다리던 분이 아닙니까? 이런 두 번 다시 없을 멋진 모험을 일시적인 기분 때문에 망쳐서는 안 됩니다. 아름다운 젊은 부인은 만나서 말씀을 나눌 만한 가치가 있는 분이에요. 정말로 품위 있는 분들이랍니다. 서둘러 내려가십시오. 그렇지 않으면 정말이지 그분들이 이 방으로 몰려들 겁니다."

정열은 정열을 낳는 법. 마음이 걷잡을 수 없이 흔들렸던 그는 뭔가 다른 미지의 것을 갈망했다. 그는 새로운 손님들과 밝은 마음으로 이야기를 나누며 자기의 생각도 말하고 다른 사람의 이야기도 듣고 기분전환을 할 작정으로 아래층으로 내려갔다. 그러나 그는 어쩐지 이미 알고 있는, 가슴 두근거리는 상황으로 다가서는 듯한 예감이 들었다. 이제 그는 문 앞에 섰다. 부인들은 큰아버지의 발소리라 생각하고 서둘러 그를 맞이했다. 그는 방 안으로 들어섰다. 도대체 어찌된 해후인가! 이 무슨 광경이란 말인가! 아름다운 그 부인은 비명을 지르면서 나이 든 부인의 목을 껴안았다. 우리의 친구는 두 부인을 알아보고 깜짝 놀라 물러섰다가 다시 앞으로 걸어나가 그녀의 발밑에 무릎을 꿇고 그녀의 손을 잡고 아주 공손하게 입을 맞추고는 금세 다시 놓았다. '오─로─라!'라는 음절이 나오다 말고 그의 입술 위에서 사라졌다.

이제 우리는 우리 친구의 집으로 눈길을 돌려보자. 거기에서는 아주 특별한 상황을 발견하게 된다. 사람 좋은 할멈은 무엇을 해야 할지, 하지 말아야 할지 갈피를 잡지 못했다. 시녀는 현관과 계단 램프 불이 꺼지지 않도록 신경을 썼다. 음식은 불에서 내려놓았는데 더러는 이미 다시 먹을 수 없을 만큼 못쓰게 되어버렸다. 할멈이 기분이 상해 왔다 갔다 하는 동안에, 잠든 아이들 곁에 있던 시녀는 자못 침착하니 참을성 있게 각 방에 있는 많은 촛불들을 돌보았다.

드디어 마차가 집 앞에 닿았다. 마차에서 내린 부인은 남편이 두세 시간 전에 연락을 받고 나갔다는 말을 들었다. 계단을 올라가면서도 그녀는 생일축하의 화려한 조명을 전혀 알아차리지 못하는 것 같았다. 할멈은 하인을 통해, 오는 길에 사고가 일어나 마차가 도랑에 빠졌다는 사실과 그 뒤에 일어난 모든 일도 빠짐없이 들었다.

부인은 방으로 들어섰다. "이건 무슨 가장무도회지?" 그녀는 아이들을 가리키면서 물었다. 시녀가 대답했다. "마님께서 몇 시간만 더 빨리 오셨더라면 아주 즐거웠을 텐데요." 아이들을 흔들어 깨웠더니 벌떡 일어났다. 그리고 어머니가 앞에 있는 것을 보자, 외워두었던 축사를 낭송하기 시작했다. 어머니와 아이들 모두 당황스러워했고 얼마간 잘 읽어나가던 암송도 격려와 도움이 없자 완전히 막히고 말았다. 부인은 귀여운 아이들을 잠시 달랜 뒤에 잠자리로 보냈다. 홀로 남게 된 그녀는 소파에 몸을 던지고 울음을 터뜨렸다.

그러나 여기서 부인 자신에 대해 그리고 좋지 않게 끝난 것처럼 보이는 야유회에 대해 좀 자세하게 알릴 필요가 있겠다. 이 세상에는 단둘이 있을 때는 아무것도 나눌 말이 없지만 큰 사교 모임에서는 일대 환영을 받는 여성들이 있는데, 알베르티네 부인이 그런 여성의 하나였다. 이런 자리에서 그녀들은 모임 전체의 장식물로서 모든 어색한 순간에 늘 자극제 역할을 하는 법이다. 이런 여성들의 우아함은 자신을 표현하고 자신을 편안하게 나타내기 위해 일정한 공간을 필요로 하며, 그녀들이 영향력을 제대로 미치려면 비교적 많은 관객이 있어야 한다. 또 자신의 우아한 모습을 나타내도록 부추기고 끌어가는 요소가 필요하다. 그러나 그녀들은 개개인을 대할 때에는 어떻게 행동해야 할지 거의 모른다.

이 집안의 친구가 된 남자만 하더라도 알베르티네의 호감을 얻으면서 활동을 유지할 수 있었던 것은 오로지 그가 계속해서 활기를 집 안으로 끌어들일 줄 알았고 또 규모가 크지는 않더라도 쾌활한 친구들을 쉬지 않고 불러들이는 방법을 알고 있었기 때문이다. 역할을 분담할 때에도 그는 자상한 아버지의 역할을 택해 예의 바르면서도 약삭빠르게 행동함으로써 자기보다 젊은 그녀의 제1, 제2, 제3의 애인들에 비해 우위에 설 수 있었다.

근처에 플로리네라는 큰 장원의 소유주가 있었다. 겨울 동안에는 도시에서 지내는 부인인데, 그녀는 오도아르트에게 은혜를 입고 있었다. 왜냐하면 그가 세운 재정 계획으로 말미암아 우연이기는 하지만 다행히도 그녀의 저택에 아주 유리한 혜택을 주어 앞으로 그곳 수익이 뚜렷하게 늘어날 전망이었기 때문이다. 그녀는 여름이면 시골 영지로 옮겨가 그곳을 고상한 여러 놀이의 무대로 삼았다. 특히 생일잔치는 한 번도 빠뜨리지 않고 챙겼으며 갖가지 축하잔치를 마련했다.

플로리네는 보이는 바 그대로 명랑하고 장난기 있는 성격이어서 아무것에도 얽매이지 않았고 상대에게 애착을 요구하거나 바라지도 않았다. 열렬한 춤꾼인 그녀가 남자들을 존중하는 것 또한 그 남자들이 박자를 맞추어 춤을 잘

출 때만 그러했다. 쉬지 않고 움직이는 사교부인이었기에 잠시라도 멍하니 앞을 보고 생각에 잠기는 남자는 그녀에게 참을 수 없는 존재였다. 게다가 그녀는 연극이나 오페라에 꼭 등장하는 명랑한 애인 역을 참으로 우아하게 연기했기에, 언제나 고상한 역을 맡는 알베르티네 부인과의 사이에는 절대로 배역상의 다툼이 일어나는 일은 없었다.

다가온 알베르티네의 생일을 기분 좋은 사교 모임에서 축하하기 위해 시내에서도, 부근의 마을에서도 친구들이 초대되었다. 아침 식사 뒤 일찌감치 시작된 춤은 만찬이 끝나고서도 이어졌다. 결국 일정이 지연되어 사람들이 마차로 귀로에 오른 것은 밤이 깊어서였다. 늦은 밤길이라 위험했는데 마침 보수공사 중이었기에 더욱더 그러했다. 때문에 마부가 놀라 실수를 하여 마차가 도랑에 빠지게 되었던 것이다. 우리의 미인 알베르티네와 플로리네 그리고 남자 친구는 난처한 일에 휘말렸음을 느낄 수 있었다. 남자 친구는 재빨리 빠져나와서는 마차 위로 몸을 숙여 외쳤다. "플로리네, 어디 있어요?" 알베르티네는 의식이 몽롱한 상태였다. 그 남자는 마차 안으로 손을 넣어 정신을 잃고 위쪽에 넘어져 있는 플로리네를 끌어내어 정성껏 간호한 다음 마침내는 억센 두 팔에 그녀를 안고는 다시 길을 찾아 운반해 갔다. 알베르티네는 여전히 마차 안에 갇혀 있다가 마부와 하인에게 구출되었다. 그녀는 하인의 부축을 받으며 앞으로 나아가려고 했으나 길이 나쁜 데다 무도화를 신어 쉽지가 않았다. 하인의 부축을 받고 있기는 했지만, 그녀는 매번 비틀거렸다. 마음은 더 황량하고 참담했다. 자기에게 어떤 일이 일어났는지 알지도 못했고 이해하지도 못했다.

그러나 알베르티네는 여관에 들어가서 작은 방의 침대 위에 플로리네가 누워 있고 여관 안주인과 남자 친구 렐리오가 그녀를 간호하는 것을 보았을 때 비로소 자신의 불행을 확신하게 되었다. 성실치 못한 친구 렐리오와 배반자 플로리네 사이의 비밀 관계가 갑자기 번개처럼 순식간에 드러났던 것이다. 플로리네가 눈을 뜨면서 새로 살아난, 애틋한 애정의 환희에 싸여 자기 남자 친구의 목을 꼭 껴안은 모습을 보았고, 또 그 까만 눈이 다시 빛나며 창백했던 뺨에 신선한 홍조가 아름답게 물드는 것을 보지 않을 수 없었다. 실제로 플로리네는 다시 젊어진 듯 매혹적이고 더없이 귀엽게 보였다.

알베르티네는 멍하니 앞을 쳐다보면서 다른 사람 눈에 띄지 않게 혼자 서 있었다. 플로리네와 남자 친구는 정신차리고 마음을 가다듬었다. 재난은 이미 일어나고 말았다. 그렇지만 결국 그들은 다시 함께 마차를 탈 수밖에 없었다. 지옥*[36]에서도 서로 역겨워하는 사람들이, 다시 말해 배신당한 자와 배신한 자가 이렇게 꼭 끼어 앉아서 오는 일은 없었으리라.

제11장

레나르도와 오도아르트는 며칠 동안 정신없이 바쁜 나날을 보냈다. 레나르도는 이주하는 사람들에게 필요한 모든 것을 갖추어주기 위해, 오도아르트는 뒤에 남을 자들과 친목을 꾀하며 그들의 능력을 가늠하고 그들에게 자신의 사업목표를 충분히 이해시켜주기 위해서였다. 그러는 동안 프리드리히와 빌헬름은 조용히 함께 앉아 이야기하는 여유를 갖게 되었다. 빌헬름은 이번 계획에 대해 전반적인 설명을 들을 수 있었다. 이리하여 그들이 옮겨 갈 곳의 지형과 사정을 충분히 알게 되었기에 광활한 지역에 많은 주민이 급속하게 발전해 가는 모습을 보고 싶다는 희망을 밝히기도 했다. 그리고 나서 화제는 자연스럽게 인간들을 결속시키는 종교와 도덕에 대한 문제로 흘러갔다. 이에 관해서는 결국 쾌활한 프리드리히가 충분히 설명해 주었다. 우리가 만일 이 대화의 경위를 그대로 전달할 수 있다면 감사를 받아 마땅할 것이다. 대화는 묻고 답하기도 하고 이의를 제기하고 시정해 가면서 실로 칭찬받을 만하게 진행되었으며, 여러 가지로 동요하면서도 본디 목적에 맞게 진행되었다. 하지만 우리는 그리 오래 시간을 지체할 수가 없다. 우리는 독자들의 정신 속에 그것을 차례차례로 드러나게 할 의무보다는 오히려 곧바로 그 결론만을 여기에 제시하기로 한다. 두 사람이 나눈 이야기의 핵심은 다음과 같다.

모든 종교는 인간은 불가피한 운명에 순응해야 한다고 가르친다. 그리고 종교 또한 나름대로 이 과제를 해결하고자 노력한다.

기독교는 믿음, 소망, 사랑에 의해 아주 우아하게 구원의 손길을 내민다. 거기서 결국 인내가 생긴다. 즉 인내라는 것은 바라던 향락 대신 참기 어려운 고통이 우리에게 지워진다 하더라도 존재 그 자체가 얼마나 고마운 선물인지 느

---

*36 괴테는 여기에서 단테 《신곡》의 지옥세계를 상상하고 있다.

끼게 하는 감미로운 감정이다. 이 종교에 우리는 절실하게, 그러나 독자적인 방법으로 기댄다. 우리는 아이들에게 어릴 때부터 기독교가 우리에게 가져다준 여러 위대한 장점들에 대해 가르치지만, 그 기원과 내력에 대해서는 마지막에 가르친다. 이렇게 해야 비로소 그 종교의 창시자는 우리에게 친밀하고 존중할 만한 존재가 되며 그분에 대한 모든 지식이 신성해지는 것이다. 이런 의미에서 우리는 어떠한 유대인도 친구로 허용할 수 없다. 사람들은 이를 편협한 생각이라 할지 모르지만 마땅한 귀결로 인정해야 한다. 왜냐하면 유대인이 기독교라는 최고 문화의 기원과 유래를 부인하는데 어떻게 우리가 유대인을 그 최고 문화에 관여하도록 허락할 수 있겠는가?

우리의 도덕률은 이것과는 전혀 다르다. 이 도덕은 순수하게 실천적이어서 다음과 같은 몇 가지 계율로 요약된다. 즉 절제된 자유, 해야 할 일은 부지런하게 하는 것이 그것이다. 이제 이 간결한 말을 자기 나름대로 저마다의 인생행로에 쓰도록 하라. 그러면 무한하게 응용할 수 있는 풍요로운 조문 하나를 소유하는 셈이 된다.

우리 모두에게는 시간에 대한 커다란 존경심이 마음 깊이 새겨져 있다. 시간은 신과 자연이 내린 최고 선물이며 우리 존재의 가장 주의 깊은 반려이기 때문이다. 시계는 우리나라에서도 많이 만들어지는데 그 시곗바늘과 타종으로 15분마다 시간을 알린다. 그리고 이런 신호를 가능한 한 늘리기 위해 우리나라에 설치된 신호기는 본디 임무 외에 할 일이 없을 때에는 밤낮을 가리지 않고 시간의 경과를 알린다. 그것도 아주 정묘한 장치로 행해진다.

전적으로 실천적인 우리의 도덕률은 이제 주로 사려 깊음을 요구하는데, 이는 곧 시간을 알맞게 나누어 매 시간에 대해 주의를 기울임으로써 최고도로 드러난다. 매 순간마다 뭔가가 실행되어야 한다. 만일 인간이 시간을 대하는 것처럼 일에서도 유의하지 않는다면 어떻게 그것이 실현되겠는가?

무엇을 새로 시작할 때 우리는 가족을 먼저 고려하게 된다. 가정의 아버지와 어머니에게 큰 책임을 지우려는 것이다. 하인이나 하녀, 머슴이나 시녀도 스스로 독립해야 한다면 우리에게 교육은 그만큼 훨씬 쉬워진다.

물론 어떤 일들은 일정한 통일성에 따라 교육되어야 한다. 읽기, 쓰기, 셈하기를 쉽게 대중에게 가르치는 일은 신부님이 맡는다. 그의 교육 방법은 상호 교육을 연상시키지만 그보다 훨씬 창의적이다. 그러나 원칙적으로 중요한 것은 교사와 생도를 동시에 양성하는 일이다.

또 하나 상호교육에 대해 언급하자면 공격 훈련과 방어 훈련이다. 이는 로타리오가 가장 자신 있어 하는 일이다. 그의 기동연습은 추격기병들과 비슷한 데가 있다. 그러나 그는 어디까지나 독창적이다.

그런데 여기서 말해 두고 싶은 것은 우리의 일상생활에서는 종(鐘)을, 군대생활에서는 북을 사용하지 않는다는 사실이다. 어느 경우든 인간의 목소리에 관악기가 결합하면 그것으로 충분하다. 이런 일은 이미 전부터 있었고 여전히 존재한다. 그것을 적절하게 응용하는 일은 인간의 정신에 달려 있다. 어쨌든 그것들을 발명한 건 인간의 정신이 아닌가.

한 국가에서 가장 필요한 것은 용기 있는 정부이다. 우리나라에도 그것이 없어서는 안 될 것이다. 우리 모두, 곧장 일을 시작하고 싶어하는 까닭에, 그저 시작하면 되는 거라 확신한다. 그래서 우리가 사법부보다는 경찰*37을 더 염두에 두는 것이다. 경찰의 원칙은 뚜렷하게 드러나 있다.

그 누구도 다른 사람의 안녕을 해쳐서는 안 된다고 말이다. 다른 사람의 안녕에 유해한 것으로 판명된 자는, 그가 이 사회에 받아들여지기 위해 어떻게 처신해야 하는지 알게 될 때까지 집단에서 격리된다. 무생물이나 이성을 가지고 있지 않은 자의 경우에도 마찬가지로 제거당한다.

각 구역마다 경찰 책임자 셋이서 여덟 시간마다 교대를 한다. 쉬지 않고 일해야 하는 광산과 마찬가지로 교대제이다. 그들 가운데 한 사람은 특히 야간에 모든 준비를 갖추어야 한다.

경찰 책임자들은 경고하고 나무라며 훈계하고 격리시킬 수 있는 권리를 가지고 있다. 그들은 필요하다고 판단될 경우 소수의 배심원을 소집한다. 배심원들의 찬반 수가 같을 경우에는 의장이 결정하지 않고 제비를 뽑는다. 왜냐하면 양쪽 의견이 대립할 때에는 어느 쪽을 따르더라도 결국 마찬가지라고 믿기 때문이다.

다수결에 대해 우리는 아주 독특한 생각을 가지고 있다. 물론 꼭 필요한 세상일에 대해서는 다수결을 허용하지만, 더 높은 의미에서는 그것을 그다지 믿

---

*37 '경찰'이라는 말은 18세기에는 공공이익에 대한 국가의 모든 배려를 의미했다. 이를테면 세금이나 입법도 '경찰'이라고 했다. 오늘날과 같은 의미로 한정된 것은 괴테 시대에 시작된다.

지 않는다. 그러나 이 문제에 대해 나는 더 이상 의견을 늘어놓아서는 안 된다.

모든 것을 통치하는 국가최고기관은 결코 한곳에 고정되어 있는 게 아니라 끊임없이 이동한다. 이렇게 함으로써 주요사항에서는 균형을 유지하고, 개개인의 의사에 따라도 좋은 사항에서는 가능한 한 그 재량권을 허용하기 위함이다. 이것은 이미 역사상 있었던 제도인데 독일 황제들은 전국을 돌아다녔다. 이 제도는 자유국가의 정신에 가장 알맞다. 우리는 소유지 안에 가장 많은 사람들이 집중되는 지점을 이미 알고 있기는 하지만 수도(首都)로 정해지는 것을 꺼려한다. 그곳이 어디인지는 비밀로 해두자. 이 일은 점차 그리고 때맞춰 아주 빠른 시일 안에 드러나게 될 것이다.

위 내용이 일반적으로 사람들이 가장 많이 의견 일치를 본 점이기는 하지만, 많은 또는 적은 수의 회원들이 모일 때에는 되풀이하여 새롭게 논의되는 사안들이다. 그러나 주요한 문제들은 우리가 현장에 있을 때에 성립될 것이다. 존속해야 할 새로운 상태를 원칙적으로 결정해 주는 것은 본디 법률이다. 우리의 형벌은 관대하다. 일정한 나이의 사람은 누구나 훈계할 수 있다. 비난하고 꾸짖는 일은 다만 승인된 장로만이 할 수 있고 처벌은 소집된 일정 수의 사람들만이 내릴 수 있다.

일반적으로 볼 때 엄격한 법률도 곧 풀려 점점 느슨해지기 마련이다. 이는 자연이 언제나 그 권리를 주장하기 때문이다. 우리가 너그러운 법률을 가지고 있는 것은 필요에 따라 점차 준엄해지기 위해서이다. 우리의 형벌은 무엇보다도 먼저 시민사회로부터의 격리에 주안점을 두고 있지만 그 관대와 엄격, 장기와 단기에 대한 처리는 정상이 참작된다. 국민 소득이 차츰 늘어나면 그 가운데 얼마는 강제로 징수되는데, 그 징수액의 많고 적음은 그들이 고통을 받는 정도에 따라 달라진다.

이에 대해서는 결사 모두에게 주지시키고 있다. 그리고 시험을 치러 분명해진 사실은, 저마다 이 주요한 점들을 자기 자신에게 아주 능란하게 적용하고 있다는 것이다. 어쨌거나 중요한 사항은 우리가 문화의 장점을 가져가고 단점은 버린다는 것이다. 선술집과 순회도서관은 우리에게는 허용되지 않는다. 그러나 술병과 책에 대해 우리가 어떤 태도를 취할지는 차라리 말문을 열고 싶지 않다. 만일 그러한 것에 대해 비판할 작정이면 그런 일을 꼭 실행해 보아야 할 것이다.

마찬가지로 이런 의미에서 이 원고의 편집자는 다른 여러 규정에 대한 이야기는 삼가기로 한다. 이것들은 결사 내에서 아직 과제로 남아 있는데 무리하게 그 해결책을 찾는 것이 현재로서는 바람직하지 못하다고 여겨지기 때문이다. 하물며 그것을 여기서 자세하게 언급하려 하면 더더욱 박수를 받기 어려울 것이다.

제12장

오도아르트가 연설하기로 예정된 날이 다가왔다. 모두가 모여 조용해지자 그는 다음과 같이 연설을 시작했다. "내가 이처럼 많은 훌륭한 분들을 모시고 협력을 부탁드리고자 한 이 중대한 사업이 여러분에게 금시초문은 아닐 것입니다. 벌써 그 줄거리를 말씀드렸기 때문이지요. 내가 설명해 드린 요점은 구대륙에서도 신대륙에서와 마찬가지로 이제까지 해온 것보다 나은 방식으로 경작해야 할 지역이 있다는 것입니다. 신세계에는 자연이 크고 넓게 미개간지 그대로 황량하게 펼쳐져 있어 감히 그곳에 달려들어 싸워볼 엄두를 못 낼 지경이지요. 그렇지만 한번 굳게 결심한 사람은 점차로 그 황야를 일구어 부분적으로 소유권을 확보하기가 쉽습니다. 구대륙에서의 사정은 이와는 반대입니다. 거기서는 어떤 땅이나 이미 부분적으로 점유되어 있어 오랜 옛날부터 크든 작든 땅에 대한 권리는 신성시되고 있습니다. 신세계에서는 땅의 경계가 없다는 것이 극복하기 어려운 장해가 된다면 구세계에서는 간단하게 구획이 지어져 있다는 것이 오히려 이겨내기 어려운 문제가 되고 있습니다. 자연은 꾸준한 노동으로써, 인간은 권력 또는 설득으로 극복될 수 있습니다.

사회 전체가 개인 소유를 신성하게 생각한다면, 그 소유물은 소유자에게는 더욱 신성한 것이 되지요. 그래서 관습, 유년 시절의 인상, 조상숭배, 이웃에 대한 반감 등의 수백 가지 원인들이 소유자를 고집스럽게 만들고 어떠한 변화도 싫어하게 만드는 겁니다. 이런 사태가 오래 지속될수록, 복잡하게 얽힐수록, 여러 갈래로 나뉘어 있을수록 공적(公的)인 일을 수행하기가 어려워집니다. 즉 개개인에게서 뭔가를 빼앗음으로써 전체에게 이익이 되도록 하는 일, 반대로 공동작용에 의해 뜻하지 않았던 개개인에게 이익이 돌아가게 하는 일이 더욱 어려워진다는 말입니다.

나는 벌써 몇 해 전부터 우리 영주의 이름으로 어떤 지방을 관리하고 있습니다. 그곳은 영주의 본영에서 떨어져 있기 때문에 오랫동안 제대로 이용되지 못했습니다. 이 격리 상태 아니면 폐쇄 상태라 할 수 있는 상황이 장해가 되어 주민이 할 수 있는 것을 밖으로 넓히거나, 또 그들이 필요로 하는 것을 바깥으로부터 받아들일 기회를 줄 수 있는 시설이 지금까지 전혀 마련되어 있지 않았습니다.

절대적인 전권(全權)을 부여받아 나는 이 지방을 다스려왔습니다. 더러 좋은 일들이 행해졌지만 늘 한정된 범위의 것들이었죠. 더 나은 일을 하려 하면 곳곳에 빗장이 나타나서 가장 해볼 만한 일은 다른 세상에 있는 듯이 느껴졌습니다.

능숙하게 경영하는 것을 오로지 나의 의무로 삼았습니다. 그보다 더 쉬운 일이 어디 있겠습니까! 관리들의 권한 남용을 없애고, 인간의 능력을 바르게 쓰며, 노력하는 사람들을 지원하는 것도 마찬가지로 쉬운 일입니다. 이런 모든 일은 오성과 권력으로써 아주 쉽게 할 수 있었고 어느 정도는 저절로 이루어졌지요. 특히 나의 주의와 우려의 대상은 이웃 나라 사람들이었습니다. 그러나 거기 사람들은 나와 같은 신념을 가지고 있지 않았고, 하물며 같은 확신을 가지고 있지도 않았습니다.

나는 거의 단념하고 상황이 허락하는 범위 내에서 최선을 다했으며, 가능한 한 전통적인 것을 이용하려 했습니다. 그런데 갑자기 새로운 시대가 나에게 원조의 손길을 내밀었음을 알아차렸습니다. 이웃 나라에서 젊은 관리들이 새로 임명되었는데 그들은 나와 같은 신념을 품고 있었습니다. 물론 그저 일반적으로 그런 신념에 호의를 가지고 있는 것에 지나지 않았지만 그들은 점점 여러 방면에 걸쳐 결속을 이루려는 나의 계획에 찬동했고 더 큰 희생을 치뤄야 했을 때에는 한결 더 찬성해 주었습니다. 희생이라고는 하지만 더 큰 이익이 나에게 주어진다는 것을 아무도 알아차리지 못한 채 말입니다.

이렇듯 이제 우리 세 사람*[38]은 큰 지역을 다스릴 권한을 갖게 되었습니다. 영주나 장관들은 우리의 제안에 공정성과 유용성을 확신했지요. 두말 할 것도

---

*38 오도아르트와 레나르도 그리고 프리드리히이다.

없이 대국적으로 자기 이익을 도모하려면 눈앞의 이익을 추구하는 것보다는 더 많은 견식을 필요로 하기 때문입니다. 사소한 일의 경우에는 언제나 그 일의 필연성이 무엇을 해야 하고 무엇은 그냥 놔두어야 하는지 알려주지요. 이 경우에는 그 필연성의 잣대를 현재의 것에 적용하면 충분합니다. 그러나 큰일의 경우 우리는 미래를 창조해 내야 합니다. 아무리 철두철미한 정신이 미래를 위한 계획을 발견한다 하더라도 다른 사람들이 이에 동의해 주리라 어떻게 기대할 수 있겠습니까?

미래를 만드는 일은 개개인의 힘만으로는 성공할 수 없습니다. 인간의 정신을 자유롭게 만드는 이 시대는 우리의 시야를 더 넓은 곳으로 열어주고 또 그 넓은 곳에서는 더 위대한 것이 쉽게 인식될 수 있어서 인간행동을 막는 가장 큰 장해의 하나가 비교적 쉽게 제거되는 것입니다. 그 장해라는 것은, 즉 인간이 목적에서는 일치한다 하더라도 그것을 이루는 수단에서는 일치하는 일이 훨씬 드물다는 점이지요. 왜냐하면 참으로 위대한 목적은 우리를 우리 자신 이상으로 드높이며 우리의 앞길을 마치 별처럼 비춰주지만 수단을 선택하는 순간 우리는 자신의 타성 속으로 다시 말려들어가, 개개인은 예전의 자기로 되돌아가게 되고 한때 전체에 동조한 일이 없었던 것처럼 동떨어진 존재로 느끼게 되는 것입니다.

다시 여기서 되풀이하자면 이렇습니다. 이 새로운 시대가 우리에게 도움이 되어 이성 대신 시대가 등장하여 넓어진 마음속에서는 더 높은 이익이 낮은 이익을 몰아내야 한다고 말입니다.

여기서는 이쯤으로 해둡시다. 그리고 현재로서 이것도 많을 테지만, 앞으로도 참가자에게는 이 점들을 상기시켜드리도록 하겠습니다. 정확한 측량도 끝났고 도로의 도형을 뜨는 일도 끝났습니다. 숙소가 세워질 지점과, 나중에는 마을이 들어서게 될 곳도 정해졌습니다. 모든 종류의 건축물을 세울 만한 계기와 필연성도 마련되었습니다. 우수한 건축가와 기술자들이 모든 준비를 해놓고 있지요. 설계와 견적도 끝났습니다. 의도하는 바는 크고 작은 도급계약을 체결하고 준비된 금액을 엄밀한 통제하에 사용하여 조국을 놀라게 해보자는 겁니다. 우리는 이제부터 일치단결된 활동이 곳곳으로 퍼져나가리라는 가장 아름다운 희망 속에 살고 있으니까요.

그런데, 어쩌면 여러분이 결심하는 데 도움이 될지 모르기에 참가자 모두에게 주의를 환기시키고자 하는 것은 바로 우리의 조직체계입니다. 그 조직 형태 속에서 우리는 협력자 전원을 통합시키려 합니다. 그리고 그 사람들 상호간에, 또 다른 시민세계에 대해서도 어울리는 명예로운 지위를 마련해 주려 합니다.

우리가 그 선정된 토지에 발을 들여놓으면 그 즉시 수공업은 예술로 선고되며 '엄격예술'이라는 명칭으로 '자유예술'과는 명확하게 나뉘어 분리됩니다. 여기서는 건축에 관련된 일에 대해서만 말씀드리겠습니다. 여기에 참석하신 분들은 젊든 나이가 들었든 간에 이 분야에 속해 있는 분들이니까요.

건물을 위로 높이 쌓아올려 점차로 살 수 있는 집으로 만들어가는 사람들을 순서에 따라 하나씩 열거해 봅시다.

먼저 석수를 들어보겠습니다. 석수는 주춧돌과 잘라놓은 돌을 완전히 다듬은 뒤 미장이의 도움을 받아 정밀한 설계도에 나타나 있는 올바른 장소에 묻습니다. 다음은 미장이로, 그들은 엄밀하게 검사된 기초 위에 현재 완성된 것과 앞으로 더 손보아야 하는 것을 단단하게 고정시킵니다. 머잖아 목수는 준비해 둔 목재를 가져옵니다. 이렇게 하여 목적했던 건물이 점점 높이 뻗어올라갑니다. 우리는 급히 서둘러 기와장이를 불러와야 하겠죠. 집 내부에서는 소목장이, 유리 끼우는 사람, 철물공이 필요합니다. 내가 칠장이를 맨 나중에 언급하는 까닭은, 그가 건물 내부와 외부 전체에 마지막으로 보기 좋은 외관을 주기 위하여 언제라도 일할 수 있기 때문입니다. 여러 가지 보조작업은 줄이고 중요한 일들만 살펴보았습니다.

수습공, 기능공, 기능장이라는 단계는 아주 엄격하게 지켜져야 합니다. 이 세 단계 안에도 많은 등급이 있겠지만, 시험은 아무리 면밀하게 치러져도 지나침이 없습니다. 이 길에 들어서려는 사람은 자기가 엄격예술에 몸을 바치게 됨을 알아야 하며, 그 예술에서 너절한 것을 기대했다가는 큰일 납니다. 큰 쇠사슬에서는 고리 하나만 부서져도 전체가 파괴됩니다. 큰 사업을 할 때에는 커다란 위험에 처했을 때와 마찬가지로 경솔한 생각을 절대로 해서는 안 됩니다.

바로 이 점에서 엄격예술은 자유예술의 본보기가 되어야 하며 자유예술을 무색케 할 만큼 노력해야 합니다. 이른바 자유예술이란 것은 본디 고상한 의미로 받아들여지고 또 그렇게 불려야 마땅하지만 그것을 보면 작업이 잘되었는가 못되었는가는 전혀 중요치 않음을 알 수 있습니다. 아무리 졸작인 입상 조각도 가장 훌륭한 입상과 마찬가지로 두 발로 서 있습니다. 그림에 나오는 인물은 발이 잘못 그려졌어도 힘차게 앞으로 걸어나가며, 볼품없이 그려진 팔도 힘있게 무엇을 잡으려 합니다. 인물이 제 위치에 바로 서 있지 않았다 해서 땅이 무너져 내리는 일은 없습니다. 음악에서는 이 현상이 더욱 뚜렷하게 나타납니다. 마을 선술집에서 서투른 솜씨로 연주되는 바이올린 소리가 억센 팔다리를 자못 흥분시키는 일도 있고, 아주 형편없는 교회음악을 듣고 신자들이 감동하는 일도 보게 됩니다. 만일 여러분이 시가(詩歌) 또한 자유예술로 여기려 한다면, 그 경계가 어디인지 전혀 알 수 없음을 깨닫게 될 것입니다. 그러나 모든 예술에는 내적 법칙이 있습니다. 다만 그것을 지키지 않더라도 인류에게 아무런 해를 끼치지 않습니다. 이와는 반대로 엄격예술은 스스로에게 조금의 자유도 허용해서는 안 됩니다. 자유예술가라면 그의 일을 정밀히 검토해 보았을 때 혹 그만한 가치가 없다 하더라도 사람들은 칭찬해 줄 수 있고 그의 재능을 좋아할 수도 있습니다.

그러나 우리가 자유예술과 엄격예술을 그 완전한 상태에서 살펴보면, 후자는 좀스러움과 여전함을, 전자는 몰지각과 서투름을 경계해야 합니다. 예술을 지도하는 사람은 이 점을 주의시킴으로써 그 일에 몸담는 사람이 오용과 결함을 피할 수 있게 해야 할 것입니다.

되풀이하여 말씀드리지 않겠습니다. 왜냐하면 우리의 모든 생활이 이미 말한 것의 반복일 테니까요. 다만 다음 내용만 말씀드리겠습니다. 엄격예술에 종사하는 사람은 일생을 그것에 바쳐야 합니다. 이제까지 엄격예술은 수공업이라고 불렸습니다. 이는 모두 적절하고 지당합니다. 그 신봉자는 손으로 일해야 하기 때문입니다. 그리고 마땅히 그래야 하겠지만, 손에는 한 개인의 삶이 불어넣어준 혼이 깃들어 있어야 합니다. 손은 그 자체로 하나의 자연이어야 하며, 자체의 사상과 자체의 의지를 가져야 합니다. 그뿐 아니라 손은 다른 어떤 잡다한 방법으로는 이 사명을 다할 수 없습니다."

연설가가 몇 마디 더 유익한 말을 덧붙여 연설을 마치자 참석자는 모두 자리에서 일어섰다. 그리고 수공업 조합원들은 퇴장하지 않고 공인된 지도자들의 탁자 앞에 질서 있게 원을 그리고 섰다. 오도아르트는 모두에게 인쇄된 종이를 한 장씩 돌렸다. 그러자 모두들 잘 아는 선율에 맞추어 절도 있고 쾌활하게 정다운 노래를 불렀다.

머물거나 떠나거나, 떠나거나 머물거나,

이제부터 유능한 지도자를 따르라.
보람된 일을 할 수 있는 곳,
그곳이야말로 귀한 곳이리.
그대를 따름은 쉬운 일이니
순종하는 자 이룩하리라
터 잡을 나라를 보여다오.
지도자 만세! 우리 결사 만세!

그대는 힘과 짐을 나눠주고
정확하게 그것을 저울질하여
늙은이에게는 휴식과 명예를,
젊은이에게는 일과 아내를 주네.
서로 믿게 되면
아담한 집을 지으리니
정원에 울타리도 두르고
이웃을 믿고 의지하며 살리라.

잘 닦인 거리
쉬었다 가는 새 주막이 있는 곳,
낯선 이에게도 풍족하게
경작지를 나누어주는 곳.
그곳에 우리 모두 정착하리라.
발걸음을 재촉하자, 어서들 가자.
굳건한 나의 조국으로.
우리 지도자 만세! 우리 결사 만세!

제13장

떠들썩하고 들뜬 분위기가 지나간 며칠 뒤, 고요한 적막이 찾아왔다. 세 친구는 서로 마주했다. 그런데 그들 가운데 두 사람, 즉 레나르도와 프리드리히가 이상한 불안감에 쫓기고 있는 것이 눈에 띄었다. 두 사람은 그들대로 사정이 있어서 이곳을 떠나지 못하고 있음을 안타까워하는 듯 보였다. 그들은 어떤 배달부를 기다렸는데 그러는 동안 어떤 이성적인 일이나 결정적인 주요 사항이 전혀 화제에 오르지 않았다.

드디어 그 배달부가 중요한 소포를 하나 가지고 왔다. 프리드리히는 곧 달려가 그것을 풀려고 했다. 그러자 레나르도가 그를 가로막으면서 말했다. "손대지 말고 그걸 앞에 있는 책상 위에 올려놓게. 그 안에 무엇이 들어 있는지 곰곰 생각해 보아야 하네. 왜냐하면 우리 운명이 결정될 순간이 다가왔으니까. 그리고 우리가 스스로의 운명을 마음대로 할 수 없을 뿐만 아니라 그것을 다른 사람의 생각이나 감정에 맡겨야만 하고, 이렇다 저렇다를 기다릴 수밖에 없는 처지라면 우리는 가만히 앉아 마음을 가다듬고 참고 견뎌낼 수 있는지를 먼저 자문해 보는 것이 옳은 일인 듯하네. 그것이 이른바 신의 심판 같은 것이어서, 이성적인 판단을 묶어두라는 명령이 떨어지는 경우에라도 말이야."

"당신은 침착해 보이고 싶어하지만 실제로는 그렇지 못하시군요. 그러니 당신은 비밀을 홀로 간직한 채 좋을 대로 처리해요. 그런 것은 내 알 바 아니니 말입니다. 그러나 이 믿음직스러운 옛 친구에게 그 내용을 보여주고, 우리가 이미 오랫동안 그에게 비밀로 해두었던 미심쩍은 상태를 펼쳐보이게 해주시지요." 프리드리히가 이렇게 말하고는 빌헬름을 데리고 나가버렸다. 그러면서 가는 길에 이렇게 소리쳤다. "그녀를 찾았어요. 그것도 오래전에 찾았답니다! 문제는 그녀가 어떻게 될 것이냐 하는 것뿐이라고요."

"나도 이미 알고 있었다네." 빌헬름이 말했다. "친구들 사이에서는 서로 침묵하는 게 오히려 서로를 가장 뚜렷하게 드러내는 법이니 말일세. 그 일기의 마지막 부분에 레나르도가 산속에 머물면서 내가 그에게 보낸 편지를 회상하는 대목이 있는데, 바로 그 부분에서 정신과 감정이 교류하면서 내 마음속에는 그 순박한 여성이 떠올랐다네. 나는 다음 날 아침 그가 그녀에게 다가가 그녀를 확인했다는 것을, 그리고 그 뒤에 어떤 일이 일어날지 벌써 예상했었다네. 솔직히 고백하자면, 그동안 내가 자네들의 침묵과 신중함을 불안하게 느낀 이유는, 소포에 대한 호기심 때문이 아니라 내가 그녀에게 가진 남다른 관심 때문이었지."

프리드리히가 외쳤다. "그런 의미에서 당신은 아까 도착한 소포에 대해 우리와 마찬가지로 관심을 가졌던 거군요. 일기 다음 부분은 마카리에에게 보내졌는데 우리가 이 진지하고 아름다운 사건을 말로 이야기해 버림으로써 이에 대한 관심을 줄이고 싶지 않았던 겁니다. 지금 곧 그것을 가져오지요. 그동안에 레나르도가 틀림없이 소포를 열어봤겠지만 그는 자신의 처지를 명확히 알기 위해 굳이 그 일기장이 필요하지는 않을 테니까요."

프리드리히는 이렇게 말하고는 늘 하던대로 뛰어나갔다가 다시 뛰어서 되돌아와, 약속한 노트를 내밀었다. 그가 소리쳤다. "이제 나도 우리가 앞으로 어떻게 될지 들어봐야겠어요." 이 말을 남기고 그는 다시 뛰어나가 버렸다. 빌헬름은 읽기 시작했다.

레나르도의 일기(계속)

19일, 금요일

주자네 부인에게 제때에 도착하기 위해 오늘은 꾸물거릴 수가 없었다. 그래서 온 가족이 서둘러 아침 식사를 하고, 행운을 비는 마음으로 감사의 인사를 드렸다. 뒤에 남은 직조기 수리공에게 아가씨들에게 줄 선물을 맡겨두었다. 그저께 것보다 더 많고 신부용으로 알맞은 물건들이었는데, 이것을 살짝 그에게 내밀자 그 순박한 남자는 아주 기뻐하는 눈치였다.

이번에는 부지런히 길을 걸었다. 몇 시간 뒤에 우리는 그다지 넓지 않은 조용하고 평탄한 골짜기 한가운데에 튼튼하고 멋지게 지어진 집들을 볼 수 있었다. 바위가 많은 그 골짜기의 한쪽이 아주 맑은 호수의 물살에 가볍게 씻기면서 수면에 반사되고 있었다. 집들 주위로 양지바른 곳에, 정성들여 경작된 질 좋은 토지에는 몇 가지 작물이 심어져 있었다. 실 운반인이 안채로 안내하여 주자네 부인을 소개해 주었을 때, 나는 무언가 아주 독특한 느낌을 받았다. 부인은 다정하게 말을 건네며 우리가 일주일 중 가장 한가한 금요일에 찾아와줘서 무척 다행이라고 말했다.

목요일 밤에 완성된 상품을 호수로 운반해 도시로 보내기 때문이라는 것이다. 실 운반인이 불쑥 끼어들었다. "그건 언제나 다니엘이 운반하죠!" 그러자 부인이 말했다. "그래요, 그분은 정말 자기 일처럼, 성실하게 그 일을 봐주세요." "자기 일과 남의 일을 가릴 필요가 있나요." 실 운반인은 대답하고는 친절한 여주인에게서 몇 가지 주문을 받자, 옆 골짜기 마을에서 일을 보기 위해 서둘러 떠났다. 그는 며칠 안으로 다시 와서 나를 데려가겠다고 약속했다.

그동안 나는 정말로 이상한 기분에 빠져 있었다. 이 집에 들어서자마자 내가 그토록 그리워하던 여자가 바로 그녀라는 예감에 사로잡혔기 때문이었다. 그러나 오래 보고 있으니 딱히 그렇지도 않은 듯했고 그럴 리도 없었다. 그러다가 눈을 딴 데로 돌리거나 그녀가 몸을 돌리면 그녀는 다시 내가 그리던 여자였다. 마치 꿈속에서 추억과 환상이 서로 교차하듯이 말이다.

실 짜는 여자 몇 명이 그동안 미처 다 마치지 못했던 일주일치 물건들을 뒤늦게 완성해 가져왔다. 여주인은 더 열심히 일해 달라고 아주 간곡하게 타이르면서, 그녀들과 값을 흥정했다. 그러나 여주인은 손님인 나와 대화를 하느라 그 일을 그레첸과 리셴이라는 두 아가씨에게 맡겼다. 나는 그녀들이 직조기 수리공이 말한 것과 얼마나 일치하는지 알아보려고, 더욱 주의 깊게 관찰했다. 이두 아가씨가 나를 완전히 어리둥절하게 만들어 내가 찾는 여인이 이 집 여주인과 같은 인물인지 아닌지 생각해 볼 수 있는 여지를 완전히 없애버리고 말았다.

나는 한결 더 찬찬히 이 여주인을 관찰했다. 그녀는 분명히 내가 산악 지방을 여행하면서 본 여자 중에서 누구보다 품위 있고 누구보다 사랑스러워 보였다. 나는 이 분야를 충분히 배웠기 때문에, 그녀의 일에 대해 더 깊이 있는 이야기를 나눌 수가 있었다. 내가 그 일을 알고서 대화에 참여하자 그녀는 매우 기뻐했다. 그리고 내가 며칠 전에 본 저 산 너머에서 오는 대량수송의 원면은 어디에서 들어오느냐고 물었더니, 그녀는 그 수송 덕분에 운송품 가운데 상당량이 자기에게 들어왔다고 대답했다. 그녀가 사는 곳의 위치가 아주 좋아서, 호수로 내려가는 큰길이 그녀가 사는 골짜기 아래쪽에서 겨우 15분 거리에 지나가고 있어, 트리에스트에서 그녀 앞으로 보낸 짐을 자기가 직접 가든지 일꾼을 보내서 받는다는 것이었다. 바로 그저께도 그랬다고 했다.

그러면서 그녀는 통풍이 잘되는 큰 지하실을 새로운 손님인 나에게 보여 주었다. 거기에는 물품이 저장되어 있었는데, 원면이 너무 건조되어 무게가 줄거나 유연성이 떨어지지 않게 하려고 그곳에 보관한다는 것이었다. 이어 나는 이미 개별적으로 알고 있던 물건의 대부분이 여기에 모여 있음을 발견했다. 그녀는 순서에 따라 이것저것 가리키며 설명해 주었고 나도 이에 대해 깊은 관심을 보여주었다. 그러는 사이 그녀는 차츰 말수가 적어졌다. 그녀의 질문으로 미루어 나는 그녀가 나를 같은 장사꾼으로 생각하고 있음을 알아차렸다. 왜냐하면 그녀가 이런 이야기를 했기 때문이다. 원면이 마침 도착했으니 얼마 안 있으면 트리에스트 회사의 지배인이나 관계자가 올 거라 생각해 기다리고 있으며, 그쪽에서 온 사람은 그녀의 재정상황을 신중히 고려해서 대금을 거두어갈 터인데, 그래서 신원이 확실한 사람이면 누구에게나 그 돈을 넘겨줄 수 있도록 준비해 놓고 있다는 것이었다.

나는 좀 당혹스러워 이런 말을 피하려 했다. 이어 그녀가 무슨 일을 시키기 위해 방을 지나갔을 때, 나는 그녀의 뒷모습을 바라보았다. 그녀는 마치 시녀들 사이에 있는 페넬로페처럼 보였다.

그녀가 돌아왔다. 그런데 그녀의 생각에 어떤 변화가 일어난 것 같았다. "그러면, 당신은 상인은 아니시군요." 그녀가 말했다. "당신에 대한 이런 신뢰감이 어디서 생겨났는지, 또 어째서 제가 감히 당신의 신뢰를 얻으려 했는지 모르겠군요. 당신이 어떤 생각을 하고 있는지 밝혀 달라고 강요할 생각은 없습니다만, 될 수 있으면 제게 털어놓아 주시기 바랍니다." 이렇게 말하면서, 어딘지 모르게 친밀한 두 눈을 가진 그 낯선 얼굴이 날 알고 있다는 낯익은 눈길로 바라보았기 때문에 나는 속속들이 탐색이라도 당하는 듯해 어쩔 줄을 몰랐다. 다리가 부들부들 떨리고 미칠 지경이었지만, 다행히도 그때 누군가가 그녀를 급히 불러냈다. 나는 겨우 마음을 가라앉히고, 가능한 한 오랫동안 내 마음을 자제하리라는 결심을 더욱 굳혔다. 왜냐하면 다시금 어떤 불행한 관계가 나를 위협하지 않을까 생각했기 때문이다.

그레첸은 침착하고 친절한 아가씨였는데, 나를 데리고 가서 정교하게 수공으로 짠 직물을 보여주었다. 그녀는 사려 깊은 태도로 조용히 직접 그 일을 하며 보여주었다. 나는 설명을 주의 깊게 듣고 있음을 보여주기 위해 그녀가 말하는 내용을 수첩에 적었다. 그것은 단지 무의식적인 행위였다는 증거로서 지금도 수첩에 그대로 남아 있다. 왜냐하면 나는 전혀 다른 생각을 하고 있었기 때문이다. 수첩에는 다음과 같이 적혀 있다.

'직조기를 발로 밟을 때와 손으로 잡아당길 때 끼우는 씨줄은 제본에 나온 모양에 따라 희게, 그리고 느슨하게 꼰 이른바 무겐방사라는 실을 쓰고 때로는 또 터키직 빨간색으로 염색한 실이나 푸른실을 사용해 짠다. 이것들은 모두 줄무늬와 꽃무늬를 짜넣는 데 사용된다.

직물을 말아올릴 때는 운전기에 감지만, 이 기계는 판자 같은 틀로 되어 있고, 그 주위에 여러 명의 작업자가 앉아 있다.'

리셴은 이 말아올리는 사람들 가운데에 앉아 있었는데, 굳이 몸을 일으켜세우고는 우리 대화에 끼어 말참견을 해댔다. 또한 그녀는 그레첸에게 틀리게 한다고 핀잔을 줌으로써 그녀를 일부러 당황하게 만들려는 듯 행동했다. 그럼에도 내가 그레첸에게 더 많은 관심을 보이자 리셴은 여기저기 돌아다니면서 뭔가를 가지러 가거나 가져오기도 했다. 이때 방이 좁은 것도 아닌데 부드러운 팔꿈치로 두 번이나 의미 깊게 나의 팔을 건드렸다. 그러나 그런 그녀의 행동이 내게 특별한 의미를 갖게 하지는 않았다.

그 선량한 미인(그녀를 다른 여자들과 비교해 보았을 때 특히 이렇게 부를 만했다)은 나를 정원으로 데리고 나갔다. 그곳에서 높은 산 뒤로 숨어버리기 전의 석양을 보고 즐기려는 것이었다. 그녀의 입가에는 미소가 맴돌았다. 마치 사람들이 뭔가 기쁜 말을 하려다 망설일 때처럼. 나도 어리둥절했지만 사실 기분이 좋았다. 우리는 나란히 걸었다. 나는 그녀에게 손을 내밀고 싶었지만 그럴 용기가 없었다. 우리 둘 다 이 행복한 상황이 갑자기 퇴색되어버리지 않을까 해서 말과 행동을 두려워했던 것 같다. 그녀는 나에게 화분 몇 개를 보여주었는데, 거기에서 나는 싹이 약간 튼 어린 목화나무를 발견했다. "이렇게 우리의 생명과는 무관한, 아니 오히려 방해가 되는 씨앗을 기르고 있어요. 이 씨앗은 솜과 함께 멀리에서 우리 고장으로 왔으니까요. 이 씨는 감사하는 마음에서 가꾸는 것이지요. 또 이것이 말라죽고 남은 것이 우리 생활을 활기차게 해주리라 상상해 보는 것은 더없이 기쁜 일이죠. 당신은 여기에서 우리 일의 첫 단계를 보고 계십니다. 중간 단계는 이미 잘 알고 계시죠. 그리고 오늘 밤 만일 운이 좋으면, 기쁜 결말을 보실 거예요.

제조업자인 우리는 몸소 가든지 지배인을 보낸다든지 해서 일주일에 걸쳐 인수한 상품을 목요일 밤에 시장 나룻배까지 가지고 가서, 다른 동업자들과 함께 금요일 아침 일찍 도시에 도착한답니다. 그곳에서는 저마다 자기 물건을 도매상들에게 가지고 가서 가능한 한 좋은 값으로 팔려고 애쓰지요. 경우에 따라서는 현금 대신 필요한 만큼의 솜을 받는 일도 있어요.

그러나 시장으로 나갔던 사람들이 도시에서 가지고 돌아오는 것은 제조에 필요한 원료나 현금뿐만 아니라, 다른 여러 종류의 생필품과 오락품도 사들여 오죠. 그러므로 가족 가운데 누군가가 그곳 시장으로 가게 되면 여러 기대와 희망 그리고 소망, 아니 때로는 불안과 공포심까지 일어나는 거예요. 폭풍우나 뇌우(雷雨)가 일어나면 배가 파선되지나 않을까 걱정을 해요. 이익을 많이 남기고 싶은 사람들은 상품의 판매가 어떻게 끝났는지 알고 싶어 초조해하죠. 그러고는 미리 순이익 금액을 계산해 보곤 합니다. 또 호기심이 많은 사람들은 도시에서 가져올 새로운 소식들을 기다리고, 멋 내기를 좋아하는 사람들은 도시로 나가는 사람에게 부탁한 의류와 유행품을 기다려요. 마지막으로 미식가들이나 특히 아이들은 먹을 것을 기다리죠. 혹 그게 하찮은 밀가루 빵이라 하더라도 말이죠.

도시에서, 배를 타고 집으로 돌아오는 것은 보통 저녁때가 되어서지요. 그때가 되면 호숫가는 차츰 떠들썩해져요. 돛을 올리거나 노에 힘을 주어 달리는 것, 이 밖에 온갖 배들이 수면을 미끄러지면서 지나가요. 어떤 배는 다른 배를 추월하려고 애를 쓰죠. 그리고 앞지르게 되면 뒤처진 배들을 조롱하며 놀려대죠.

배를 타고 호수를 건너가는 광경은 즐겁고 아름다워요. 거울처럼 호수 표면은 저녁놀이 물든 주변 산들의 그림자를 비치고, 그 그림자가 점점 더 깊어갑니다. 별들이 보이기 시작하고 저녁기도 시간을 알리는 종소리가 들리면, 호숫가 마을에 불이 켜지고 그 광경이 물에 비쳐요. 그러는 사이에 달이 떠올라 거의 미동도 없는 수면에 그 아련한 빛을 뿌리죠. 배가 앞으로 나아감에 따라 비옥한 경작지는 자꾸자꾸 멀어져가고 마을 또 마을, 농가 또 농가, 이렇게 모든 것이 뒤로 물러가고, 드디어 자기 마을 가까이에 오면 호루라기 소리로 신호를 보내죠. 그러면 곧 산 이곳저곳에서 불빛들이 나타나고, 그것이 호숫가로 내려오죠. 어느 집에서나 자기 가족이 배에 있으면 짐 나르는 일을 도우려고 누군가를 나루터에 보내요.

우리집은 훨씬 높은 데에 있지만 집안의 누구든 이런 배를 타려고 자주 내려오죠. 그리고 장사에 대해서 말씀드리면, 우리는 모두 다 같은 이해관계를 가지고 있어요."

나는 그녀가 이 모든 것을 얼마나 능숙하고 아름답게 이야기하는지 경이로운 느낌으로 듣고 있었다. 그리고 이런 황량한 지방에서 이런 기계적인 일을 하면서 그녀가 어떻게 이만한 교양을 가질 수 있었는지 실로 입 밖에 내어 묻지 않을 수 없었다. 그러자 그녀는 이를 데 없이 사랑스럽고 거의 장난기 섞인 미소를 띤 채 앞을 바라보면서 대답했다.

"저는 이곳보다 훨씬 아름답고 살기 좋은 지방에서 태어났어요. 거기에는 훌륭한 분들이 살고 있었죠. 저는 어렸을 때 매우 거칠고 말괄량이였지만, 그래도 교양과 학식이 있는 지주들이 그 부근 일대에서 끼친 영향을 몸소 보고 느낄 수가 있었어요. 그러나 저 같은 젊은 사람에게 가장 큰 영향을 준 것은 경건한 종교 교육이었어요. 그 덕분에 제 마음속에는 하느님의 사랑이 온 세상에 존재한다는 것을 바탕으로 하여 올바름과 예의바름을 느끼는 마음이 자라났어요. 그 뒤 우리는 그곳을 떠났죠." 그녀는 말을 계속했다. 그녀의 입가에서는 어느덧 아름다운 미소가 사라지고, 참고 있던 눈물이 두 눈에 가득 고였다. "우리는 멀리멀리 이 지방에서 저 지방으로, 하느님의 지시와 독실한 신자의 추천에 인도되어 방랑했어요. 그리고 마지막으로 이곳에, 이 매우 활기찬 지방까지 온 거죠. 지금 제가 사는 이 집에는 같은 신앙을 가진 경건한 사람들이 살고 있는데 진심으로 우리를 맞아주었어요. 저의 아버지는 그들과 같은 언어로, 같은 마음으로 이야기를 나누었어요. 곧 우리는 한 가족이 된 듯했어요.

모든 집안일과 수공업 일을 저는 열심히 했어요. 그리고 보시다시피 지금 제가 담당하고 있는 모든 일을 단계적으로 배우고 훈련받고 숙달시켰던 거죠. 이 집 아들은 저보다 조금 나이가 많은데 체격이 좋고 미남이었지요. 그는 저에게 호의를 갖고 있어서 저를 믿을 수 있는 친구로 택했어요. 그는 유능한 친구이며 천성적으로 섬세했어요. 집안에서 지켜오는 신앙을 그는 도무지 받아들일 수가 없었고, 만족하지도 못했어요. 그는 정신적으로 더 보편적이고 훨씬 자유로운 방향을 제시하는 종류의 책을 시내에서 용케도 구해 와서 남몰래 읽고는 했어요. 그리고 저에게도 자기와 같은 충동 기질이 있다는 것을 알고는, 자기가 그처럼 진지하게 몰두하는 것들을 저에게도 조금씩 전하려고 노력했죠.

드디어 제가 모든 것에 통달하게 되었을 때 그는 더 이상 자제할 수 없었던지 자신의 비밀을 제게 모조리 털어놓았어요. 우리는 정말로 독특한 한 쌍이었죠. 단둘이 산책할 때에도 나누는 대화라고는 인간을 독립시키는 원리에 대한 것 뿐이었죠. 또 두 사람의 참된 애정관계는 그런 신념을 서로 강화할 때만 성립하는 듯했습니다. 보통 다른 사람 같으면 그런 일이 둘 사이를 완전히 떼어놓았을 텐데도 말이죠."

나는 그녀를 똑바로 계속 바라보지 않고 다만 우연인 것처럼 가끔씩 쳐다보았을 뿐이지만, 그녀의 표정이 그녀가 하는 말의 의미를 동시에 나타내고 있음을 발견하고는 경탄과 공감을 느끼지 않을 수 없었다. 잠깐 침묵이 흐른 뒤에 다시금 그녀의 얼굴은 밝아졌다. 그녀가 말했다. "당신이 품고 계신 의문에 답하기 위해 한 가지 고백을 해야겠어요. 제 말솜씨가 이따금 자연스럽지 못하다고 생각될 수 있겠지만 당신이 이해하실 수 있도록 설명을 해드려야겠군요.

유감스럽게도 우리 둘은 다른 사람들 앞에서는 친한 사이가 아닌 척 감추어야 했죠. 이리하여 우리는 거짓말을 하지 말자, 흔히들 말하는 의미에서 거짓말쟁이는 되지 말자고 매우 조심했지만, 솔직히 말해 역시 거짓말쟁이였어요. 많은 신도들이 모이는 예배 모임에 얼굴을 내밀지 않아도 될 만한 어떤 핑계를 찾아내기가 그리 쉬운 일이 아니었죠. 그 모임에 나가면 우리 신념과는 반대되는 이야기들을 많이 들어야 했기 때문에, 그는 곧 저에게 이런 말로 이해하고 통찰하도록 도와주었어요. 즉 그런 이야기들은 마음에서 나오는 게 아니라 많은 빈말, 상징, 비유, 낡아빠진 말주변, 그럴듯하게 들리는 문구들이 반복적으로 하나의 축을 중심으로 쉬지 않고 돌아가는 데에 지나지 않다고요. 그래서 저는 그런 모임의 이야기를 전보다 더 주의해서 듣게 되었습니다. 어쩌면 어느 장로 못지않은 말솜씨로 능숙하게 설교할 수 있을 만큼 그런 어투의 말들을 익혔어요. 처음에는 그도 제가 흉내내는 것을 재미있어 했지만, 마침내는 질려 참을 수 없게 되었지요. 그래서 저는 그를 달래기 위해 이때까지와는 반대의 길을 택해, 그가 하는 말에 더욱 주의 깊게 귀를 기울이고 그의 진심어린 신실한 이야기를 일주일 뒤에 적어도 비슷할 정도의 자유로움과 정신 상태로 그에게 되풀이할 수 있게 되었죠.

이렇게 하여 우리 관계는 아주 깊은 사이로 발전해 갔죠. 뭔가 참되고 선한 것에 대한 정열, 그리고 그것을 가능한 한 실천해 보려는 정열이야말로 본디 우리를 하나로 묶은 원동력이었어요.

　이런 말을 할 수 있게 당신이 저를 촉구한 것은 과연 무엇이었을까 생각해 보니, 그건 이제까지 무사히 끝낸 장날에 대해 제가 열심히 이야기했기 때문이었어요. 그것을 그리 이상하게 생각하지 마세요. 왜냐하면 아름답고 숭고한 자연 경치를 진심 어린 즐거운 마음으로 관찰하는 것이야말로 저와 앞으로 제 남편이 될 그가, 일 없는 한가로운 시간에 가장 즐거워했던 일이었으니까요. 그런 자연에 대한 감정을 우리 마음속에 불러일으키고 양분을 공급해 준 것은 빼어난 조국 시인들*39이었어요. 우리는 할러의 〈알프스〉, 게스너의 〈목가〉, 클라이스트의 〈봄〉 등을 여러 차례 되풀이하여 읊었어요. 그리고 우리를 둘러싸고 있는 장엄한 세계를 어떤 때는 우아한 면에서, 어떤 때는 숭고한 면에서 바라보았어요.

　오늘도 제가 즐겨 떠올리는 일은, 우리 두 사람이 날카롭고 넓은 시각을 가지려고 서로 경쟁했고, 대지와 창공의 의미심장한 현상들에 서로 주의를 기울이려 노력했으며, 서로를 앞질러 넘어서려 애썼다는 거죠. 이것은 일상적인 일뿐만 아니라 그 진지한 대화로부터 벗어날 수 있는 가장 즐거운 휴식이기도 했어요. 뭐니 뭐니 해도 그런 진지한 대화는 이따금 우리를 너무 깊은 내면으로 빠져들게 함으로써 불안하게 만들 우려가 있었기 때문이죠.

　그즈음 한 나그네*40가 우리 집에 잠시 머물렀어요. 아마도 가명을 썼던 것 같은데 우리는 더 깊이 캐물으려 하지 않았어요. 그분의 인품은 곧 우리에게 신뢰감을 주었고 몸가짐도 매우 예의 발랐으며 우리 모임에 나와서도 예의 바르고 주의 깊은 모습을 보여주었기 때문이죠. 제 남자 친구의 안내로 산중을 여기저기 다니는 동안에도 그는 진지하고 통찰력이 있었으며 박식하다는 것을 알게 되었어요. 저도 도덕에 대한 그들의 대화에 참여했지만, 그때는 인간 내면에서 중요한 의미를 띨 수 있는 모든 문제가 하나씩 화제에 올랐었지요. 그런데 그분은 신앙에 대한 우리의 사고방식이 조금 흔들리고 있음을 곧 알아차렸어요. 종교상 표현이라는 것이 우리에게는 진실성을 잃어버려, 그 속에 담겨

＊39 할러(1708~77)는 스위스 의사이자 시인. 시 〈알프스〉(1729)로 유명. 게스너(1740~88)는 스위스 시인이자 화가이며 산문시에 뛰어났다. 〈목가〉(1756). 클라이스트(1715~59)는 독일 시인이자 군인. 대표작은 〈봄〉(1749).
＊40 빌헬름을 말한다.

있어야 할 핵심이 빠져 있었던 겁니다. 그분은 우리의 상태가 얼마나 위험한지, 어려서부터 마음으로 의지하던 귀한 전통에서 이탈하는 것이 얼마나 어려운 일인지를 깨우쳐주었어요. 전통으로부터 벗어나는 것은, 특히 내면이 불완전한 경우에는 아주 위험하다는 것이었죠. 물론 날마다 매시간에 올리는 경건한 기도는 결국에는 형식적인 시간이 되어버려 마치 겉으로만 감시하는 경찰과 같은 역할을 할 뿐, 그 이상 마음 깊숙이 울리지는 못하게 된다는 것이었습니다. 이를 미리 막는 유일한 방법은 도덕적으로 같은 가치를 갖고 같은 효과가 있으며 같은 위안을 주는 신념을 가슴속에서 불러일으키는 일이라고 그분은 말했어요.

부모님도 우리 결혼을 암암리에 예상하고 계셨어요. 그런데 어째서 그렇게 되었는지는 모르겠으나, 이 새로운 친구의 나타남으로 우리의 결혼을 서두르게 되었던 거죠. 우리의 축복된 영원한 행복을 가까운 사람들이 모인 조용한 자리에서 축하해 주고 싶다는 게 그 친구의 희망이자 소원이었던 거 같아요. 우리 교회의 장로는 이 기회를 이용하여 라오디게이아 주교*⁴¹를 상기시키면서 우리 두 사람에게서 발견했음직한 무성의한 태도의 위험성을 우리에게 가르쳐주었습니다. 이 모든 것을 우리의 새로운 친구도 함께 들어야 했지요. 우리는 몇 번 더 이야기를 나누었는데, 그분은 이 문제에 대해 한 장의 종이쪽지를 남겨주었어요. 저는 그 뒤에도 이따금 그 쪽지를 보며 곰곰이 다시 생각해 보곤 했지요.

그러고 나서 그 나그네는 떠나가 버렸죠. 그분과 함께 모든 착한 영혼도 사라져버린 느낌이었어요. 새삼 말할 필요는 없지만 어떤 뛰어난 인물의 등장이 어느 집단에 하나의 신기원을 만들어내고 그 사람이 떠나면 빈틈이 생겨 그 틈새로 이따금 우연한 재앙이 들어오게 되죠. 바로 뒤이어 일어난 사건에 대해서는 그냥 덮어두고 싶군요. 우연한 일로 제 약혼자의 귀중한 생명과 훌륭한 모습이 갑자기 엉망이 되고 말았어요. 그는 의연한 태도로 자신의 마지막 시간을 망연자실해 있는 저와의 결혼을 끝내고 자신의 유산에 대한 권리를 제게 확보해 주는 데 보냈던 거죠. 그러나 이 사건이 그의 부모님을 더욱 고통스럽게 만들었던 건 얼마 전에 따님을 잃었기 때문입니다. 이제는 정말 외로운 신

---

*41 《신약성서》 〈요한계시록〉 3 : 14~16 참조.

세가 되었다고 느끼신 거죠. 그 때문에 부모님의 약한 마음은 몹시 상했으며 끝내 목숨을 오래 지탱할 수 없게 되었습니다. 두 분은 얼마 안 있어 사랑하는 자식들 뒤를 따라가 버렸어요. 게다가 또 다른 불행이 저를 덮쳤죠. 아버지가 뇌졸중으로 쓰러져, 감각으로는 세상을 알 수가 있었지만 정신적으로나 육체적으로는 활동할 수 없게 되어버렸어요. 이런 관계로 저는 견디기 힘든 고통과 고독 속에서 독립심이 더욱 필요하게 되었어요. 그 독립심은 행복한 결혼과 즐거운 공동생활을 바라면서 제가 일찍부터 훈련을 쌓아온 것이고, 또한 최근 여기에 들러주신 그 이상한 나그네에게 받은 순수한 격려의 말에 정말로 힘을 얻었던 거죠.

그러나 제가 감사해야 할 일이 있습니다. 이러한 상황에서 제게는 유능한 조수가 한 사람 있었는데 그는 지배인으로서 이런 장사에서 남자가 해야 할 일 모두를 돌봐주었어요. 오늘 밤 도시에서 돌아오는 그를 만나게 되면, 당신은 그와 저 사이의 독특한 관계도 알게 될 거예요."

나는 그녀가 이야기하는 사이사이 말참견을 하면서 호의적이고 친밀한 관심을 나타냄으로써 그녀의 마음을 조금씩 더 열어놓게 했다. 그녀의 말이 막힘없이 계속 흘러나올 수 있게 하려고 애썼다. 나는 아직 충분히 털어놓지 않은 것에도 가까이 접근해 가기를 피하지 않았다. 그녀도 차츰 마음이 움직여 조금만 계기가 있으면 그 공공연한 비밀을 입 밖에 털어놓을 지경에 이르렀다.

그녀는 일어서면서 말했다. "아버님한테로 함께 가요!" 그녀는 서둘러 앞장섰고 나는 천천히 뒤를 따라갔다. 나는 내가 처한 묘한 상황을 생각하고 고개를 저었다. 그녀는 나를 뒤쪽에 있는 아주 깨끗한 방으로 안내했는데, 거기에 선량해 보이는 노인이 가만히 안락의자에 앉아 있었다. 그는 거의 변하지 않은 모습이었다. 내가 가까이 가자 처음에는 꼼짝 않고 나를 보았는데, 얼마 안 있어 그 눈은 생기를 띠었다. 그의 표정은 밝아지고 입술을 움직이려 했다. 이어 가만히 놓인 그의 손을 잡으려고 내가 손을 내밀자 그는 내 손을 잡고 힘을 주며 벌떡 일어나 나에게 두 팔을 벌렸다. 그는 외쳤다. "오, 하느님! 레나르도 도련님! 그분이다, 이분이, 바로 그분이다!" 나는 더는 참을 수 없어 그를 가슴에 끌어안았다. 그는 다시 의자에 주저앉았다. 딸이 달려와서 그를 부축했다. 그녀도 외쳤다. "그분이다! 당신이군요, 레나르도!"

젊은 조카딸이 들어왔다. 여자들은 갑자기 다시 걷게 된 아버지를 침실로 모시고 갔다. 그때 노인은 내 쪽을 돌아보면서 아주 확실하게 말했다. "얼마나 행복한가, 행복합니다! 다시 또 뵙겠습니다!"

나는 앞을 보며 생각에 잠겼다. 조카딸인 마리헨이 돌아와서, 이것이 아까 이야기했던 그 쪽지임을 알리고 나에게 종이 한 장을 넘겨주었다. 나는 곧 그게 빌헬름의 글씨체라는 사실을 알아차렸다. 그렇지 않아도 아까 여주인의 이야기로, 그의 모습을 마음속에 떠올리고 있었던 참이다. 많은 낯선 얼굴이 내 주위에 몰려들었다. 현관 쪽은 특히 떠들썩했다. 상대가 누구라는 것을 확실하게 다시 알아낸 사실에 감격하고 있을 때, 소중한 추억을 확인하고 불가사의한 인생만사를 인정하고 있을 때, 모든 흐뭇한 일과 아름다운 일들이 우리 마음속에 펼쳐지려 할 때 갑자기 산만한 일상의 냉정한 현실로 되돌아오게 되니 기분이 언짢았다.

이번 금요일 저녁은 여느 때만큼 명쾌하지도 즐겁지도 않았다. 장삿배를 타고 나간 지배인은 도시에서 집으로 돌아오지 않았다. 그는 다만 편지로, 일 때문에 내일이나 모래쯤 돌아올 수 있을 거라고 전해 왔을 뿐이다. 편지에 따르면 그는 다른 배편으로 돌아오는데 주문한 물건과 약속한 물건도 그때 함께 가지고 온다는 것이었다. 언제나처럼 기대하고 모여들었던 이웃 사람들은 젊은이든 나이 든 사람이든 언짢은 얼굴을 했지만, 특히 그를 마중나갔던 리셴은 몹시 기분이 상한 것 같았다.

나는 그 종이쪽지를 손에 쥔 채 내 방으로 도망쳐왔다. 하지만 그것을 들여다보려고는 하지 않았다. 왜냐하면 아까 여주인의 말에 따르면, 빌헬름 때문에 그녀의 결혼이 서둘러 이루어지게 되었기에 나는 마음속으로 몰래 화를 내고 있었기 때문이다. "친구들이란, 모두 그런 것이지. 모두 외교관 같단 말이야. 우리의 신뢰에 성실하게 답하려고는 않고 자기 생각대로 하면서 우리의 소망을 방해하기도 하고 우리의 운명을 잘못된 방향으로 이끌기도 한단 말이야!" 나는 외쳤다. 그러다가 곧 내가 부당하다는 생각이 들어 정신을 차리고, 특히 현재의 사정을 곰곰 생각해 보니 그 친구가 한 일이 옳았다고 인정하게 되었다. 그러자 다음 문구를 읽지 않을 수 없었다.

"인간은 누구나 인생의 일찍부터 끊임없이 제약을 받고 있으며 자신의 위치에 한계가 있다는 사실을 깨닫게 마련이다. 처음에는 이를 막연하게 느끼지만 그다음엔 반쯤 인식하고 마침내는 완전히 의식하게 된다. 그러나 아무도 자기 존재의 최종 목표나 목적지를 알지 못하고, 오히려 존재의 비밀은 가장 높은 분의 손안에 숨겨져 있기에 인간은 그저 더듬어보다가 손을 뻗기도 하고 그것을 놓치는가 하면 또 조용히 멈춰 서 있다가 움직여보기도 하고 망설이기도 하고 서둘러보기도 한다. 또한 우리를 혼란하게 만드는 모든 오류가 실제로 얼마나 여러 양상을 나타내면서 발생하는가!"

"아무리 사려 깊은 사람이라도 일상 세상살이에서는 순간순간 지혜롭게 대처할 것을 강요받는다. 따라서 사람들은 명확한 판단에 이르기 어려운 것이다. 자신이 앞으로 어느 쪽으로 나아가야 하는지 본디 무엇을 해야 하고 무엇을 하지 말아야 하는지 뚜렷하게 알고 있는 사람은 드물다."

"다행히도 이 모든 문제와 그 밖의 수많은 의문들은 그대들이 끊임없이 삶을 살아가면서 그 해답을 얻는다. 하루하루의 의무에 대해 바로 살펴보기를 계속하라. 더불어 마음이 순수하고 정신이 확고한지 점검하라. 그런 뒤 자유로운 시간에 잠시 쉬면서 자신을 향상시킬 여유를 갖게 된다면 그대들은 반드시 숭고함에 대해 올바른 태도를 취하게 될 것이다. 우리는 어떻게 해서든 숭고함에 대해 존경하면서 헌신하고, 모든 일을 경외심으로 바라보며 그 속에서 보다 높은 이의 인도하심을 인식해야 한다."

20일, 토요일

날이 밝아오자 나는 호숫가를 거닐며 이런저런 생각에 잠겨 있었다. 감수성이 풍부한 영혼의 소유자라면 복잡하게 얽힌 내 생각의 미로에 공감하고 기꺼이 따라와 주리라. 여주인은—그녀를 과부라 생각하지 않아도 되어 참 다행이다—내가 바라던 대로 처음에는 창가에, 다음에는 문 앞에 모습을 나타냈다. 그녀의 말에 따르면, 아버지는 잠을 푹 주무셨기 때문에 기분 좋게 깨어났는데 뚜렷한 어조로, 오늘은 누워서 쉬고 내일 예배가 끝나는 대로 나를 만나고 싶다, 그때가 되면 틀림없이 기운을 되찾으리라 말했다고 한다. 그러고 나서 그녀는 오늘은 아주 바쁜 날이어서 나를 오랫동안 혼자 두게 될 거라면서 아래로 내려와 그 이유를 말해 주었다.

나는 그저 그녀의 목소리가 듣고 싶어 그녀의 말에 귀를 기울였다. 그녀의 이야기를 통해 나는 그녀가 일을 하면서 그것이 오래도록 지켜 내려온 사명이라 생각하고 마음이 이끌리게 되어, 이제는 스스로 일에 몰두하고 있음을 알게 되었다. 그녀는 말을 이었다. "직물은 주말에 마무리되어 토요일 오후에는 도매가게로 운반되는 게 보통이죠. 도매가게에서는 직물을 검사하고, 자로 재고 저울에 달아보면서 하자가 없는지, 무게와 길이는 정확한지 확인한답니다. 그리고 아무 결점이 없으면 약속된 돈을 받게 돼요. 그러면 이제 도매가게 쪽에서 직물에 붙어 있는 실밥이나 매듭을 깨끗하게 떼어내고 그것을 보기 좋게 접지요. 그러고는 가장 흠이 없고 아름다운 면을 겉으로 내놓아서 물건을 손님들 마음에 들도록 만든답니다."

그러는 사이에 여직공들이 산에서 내려와 자신의 물품들을 집 안으로 들여왔다. 그 가운데에는 직조기 수리공 기계를 고쳐주었던 아가씨도 보였다. 그녀는 내가 남겨놓고 온 선물에 상냥하게 감사를 표시하고는 애교스럽게 이런 이야기를 덧붙였다. 직조기 수리공이 그녀들이 있는 데에 머물면서 빈 직조기를 손질하고 있는데 그녀가 이곳으로 떠나올 때 자신이 베틀을 잘 손보았는지는 주자네 부인이 제품을 보면 곧 알아줄 거라고 장담했다는 것이다. 말을 마친 뒤 그녀는 다른 여자들과 함께 집 안으로 들어갔다. 나는 여주인에게 이렇게 물어보지 않을 수 없었다. "아니! 당신은 어쩌다 별스러운 이름을 갖게 된 건가요?" 그녀가 대답했다. "그건 제게 붙여진 세 번째 이름이에요. 저는 기꺼이 그 이름을 받았어요. 시부모님께서 그러길 바라셨기 때문이죠. 그것은 그분들의 죽은 딸의 이름이었는데, 저를 딸로 삼은 거예요. 이름이란 언제나 그 사람을 가장 아름답고 생생하게 대변해 주지요." 그래서 나는 말했다. "네 번째 이름을 벌써 알아냈어요. 나는 당신을 '착하고 아름다운 여인'이라 부르겠습니다. 내 마음대로 이름을 붙여도 괜찮다면 말입니다." 그녀는 참으로 사랑스럽고 겸손하게 허리를 굽혀 절했다. 그리고 아버지가 호전되어 기쁘지만 그것도 당신 덕분이라며 나를 다시 만나게 된 기쁨을 결부시켰기에 해후의 정(情)도 한결 깊어졌다. 살면서 그처럼 듣기 좋고 즐거운 말은 들어본 적도 느껴본 적도 없었다.

두세 번 집에서 부르는 소리가 나자 그 아름답고 착한 사람은 세상일에 밝고 교양 있는 어느 남자에게 나를 부탁했다. 그가 내게 산의 이름난 곳들을 보여주기로 되어 있었다. 더없이 좋은 날씨였다. 우리는 변화무쌍한 경치를 즐기며 함께 돌아다녔다. 그러나 물레방앗간과 대장간은 물론 바위도 숲도 폭포수도 정교한 나무세공작업을 하는 가족들조차 내 주의를 끌 수 없었음은 누구나 짐작할 수 있으리라. 그런데 산길 걷기는 온종일로 예정되어 있었다. 안내자는 맛있는 아침 식사를 배낭에 넣어 왔으며 우리는 어느 광산 식당에서 맛있는 점심도 들었다. 광산 사람들은 내가 뭐하는 녀석인지 도저히 모르겠다는 표정들이었다. 열심히 일하는 사람들에게는 도무지 관심이 없으면서 관심 있는 척하는 것만큼 불쾌한 일이 없으니 그것도 마땅하리라.

그러나 나를 가장 이해하지 못하는 사람은 안내자였다. 사실 나를 안내자에게 소개한 사람은 실 운반인인데, 내가 기술상의 지식을 많이 지녔으며 이런 일에 특별한 흥미를 가진 사람이라고 칭찬했던 것이다. 그뿐 아니라 내가 눈에 띄는 문구나 생각난 것을 적어두는 습관이 있다는 사실까지 말해 두었기 때문에 이 산의 안내자도 그런 걸 기대하고 있었다. 그는 내가 수첩을 언제 꺼낼지 오랫동안 기다리다가 마침내는 초조해하면서 그것에 대해 물어보기까지 했다.

21일, 일요일

내가 여자 친구를 다시 볼 수 있었던 것은 정오가 다 되어서였다. 그러는 사이에 가정예배가 시작되었는데, 그녀는 내가 참석하는 걸 바라지 않았다. 그녀의 아버지는 예배에 참석하여 누구라도 알아들을 수 있을 만큼 분명하고 쉽게 신앙심을 드높이는 말을 해주어, 그녀를 포함하여 예배에 참석한 모든 사람들이 뜨거운 눈물을 흘리도록 감동시켰다. 그녀가 말했다. "그것은 잘 알려진 격언과 시구, 관용구와 표현들이었어요. 수백 번도 넘게 들어왔고 내용 없이 텅 빈 울림만 있어서 제가 싫어하던 말들이었죠. 그런데 이번에는 그 말들이 마음 깊이 녹아들어 조용히 불타올랐어요. 저는 아버지가 이렇게 마음속의 말들을 있는대로 쏟아내어 쓰러지시는 건 아닐까 하고 불안했죠. 그러나 아버지는 아주 기분 좋게 다시 침대로 옮겨졌습니다. 마음을 가라앉히고 충분히 기운을 되찾으면 바로 손님을 부르겠다고 말씀하셨어요."

식사가 끝난 뒤 우리의 대화는 한결 활기를 띠었고 차츰 더 허물없게 되었다. 하지만 바로 그 때문에 절실히 느끼고 알아차린 점이 있다. 그녀가 무언가 억누르고 있으며 불안한 생각들과 싸우고 있음을, 그래서 아무리 밝은 얼굴을 하려 해도 그늘이 져버린다는 것이었다. 그녀가 입을 열도록 이것저것 시도해 본 나는 그녀에게 솔직하게 말했다. 어딘지 우울하고 걱정 있어 보이는데 그것이 가정적인 괴로움이든 사업상 어려움이든 나에게 속시원하게 말해 달라고. 옛날에 그녀에게 진 빚을 어떤 식으로든 갚을 만한 돈은 넉넉히 가지고 있다고 말이다.

그녀는 미소를 지으면서 그런 건 아니라고 했다. "처음에 당신이 들어왔을 때 트리에스트에서 저희에게 신용대출을 해주는 신사분 가운데 한 분이라고 생각했어요. 마침 돈이 준비되어 있었기에 안심하고 있었지요. 대금 전부든 일부든 갚을 수 있었거든요. 제 마음을 억누르는 것은 사업 걱정이긴 하지만 당신이 생각하시 듯이 지금 당장의 문제가 아니에요. 그래요! 그건 온 미래가 걸린 문제예요. 점점 확산되는 기계설비의 물결이 저를 불안에 떨게 하며 괴롭히고 있어요. 그것은 뇌우처럼 서서히 다가오지만 방향은 이미 정해졌으니 언젠가는 우리에게 벼락을 내릴 거예요. 제 약혼자도 진작 이 슬픈 상황을 사무치게 느끼고 있었어요. 사람들은 모이기만 하면 이 일에 대해 생각하고 이야기도 나누지만, 생각이나 말만 가지고는 아무런 대책도 떠오르지 않죠. 더군다나 누가 그런 몸서리쳐지는 일을 상상해 보고 싶겠어요? 생각을 해보세요. 당신이 지나쳐온 골짜기들이 산속에 굽이치고 있지요. 요 며칠 그곳에서 보신 아름답고 즐거운 생활이 지금도 눈앞에 어른거릴 거예요. 어제 말끔히 차려입은 아가씨들이 여기저기에서 많이 몰려든 걸 보셨겠죠. 그게 바로 즐거운 생활의 증거랍니다. 그런데 상상을 좀 해보세요. 수백 년 동안 사람들이 북적거리며 모여 살던 이 땅이 갈수록 쇠퇴하고 죽어버려 또다시 옛날의 쓸모없는 황무지로 되돌아가는 모습을 말이에요.

여기서 남은 길은 두 가지뿐인데 둘 다 괴로운 길이에요. 스스로 새로운 길을 택해 파멸을 재촉하든지 아니면 이곳을 정리하고 훌륭하고 존경할 만한 사람들과 함께 바다 건너 저편에서 더 나은 운명을 찾든가 하는 것이죠. 어느 쪽으로든 쉽게 결심이 서지 않죠. 하지만 우리 마음을 정할 근거들을 저울질하는 걸 누가 도와주겠어요? 이 근처에도 스스로 나서서 기계를 설비하여 많은 사람들의 일자리를 빼앗으려는 사람들이 있다는 것을 잘 알고 있어요. 자신을 소중히 여긴다고 해서 그 사람을 나쁘게 생각할 수는 없죠. 그러나 이 착한 사람들이 남의 것을 빼앗다가 결국에는 가난해져 의지할 데 없이 떠돌아다니는 것을 보게 된다면 저는 누구보다 제 자신이 경멸스러울 거예요. 저들은 머잖아 방랑길에 오를 수밖에 없는 형편이에요. 모두 예감은 하고 있어요. 알고 있어요. 입 밖에 내어 이야기도 합니다. 그런데 쓸모 있는 대책을 취하려고 결심하는 사람이 아무도 없어요. 하긴 그런 결심이 어디에서 나오겠어요? 내가 어려운 만큼 누구에게나 어려운 게 아닐까요?

제 약혼자는 저와 함께 이주하기로 결심하고 이곳을 벗어날 수단과 방법을 여러 차례 의논했어요. 그는 뛰어난 사람들을 찾고 있었어요. 그런 사람들을 모아 함께 일하고 끌어들여 데려갈 수 있도록 말이에요. 우리가 너무나 철없는 희망에 들떠서 여기서는 범죄로 여겨질 수 있는 것이 의무이자 권리가 될 수 있는 땅을 동경했던 것 같아요. 그런데 이제 저는 그때와 정반대 처지에 놓여 있어요. 제 약혼자가 죽은 뒤에도 제 곁에 남아준 저 성실한 직공장이 모든 면에서 훌륭하고 친절하게 제 일을 열심히 해주면서도 저와 반대되는 의견을 가지고 있거든요.

직접 만나보면 수수께끼들이 풀리게 될 테니까 이 말은 사실 나중에 말씀드리려고 했지만 당신이 그를 만나기 전에 그에 대해서 말해 두어야겠어요. 그는 제 약혼자와 비슷한 또래인데 어려서부터 유복하고 착했던 제 약혼자의 놀이친구로 가족과 집안 그리고 사업과 밀접한 관계를 맺게 되었어요. 두 사람은 함께 자랐고 사이가 좋았음에도 성격은 전혀 달랐어요. 한쪽은 자유롭고 개방적인 반면, 다른 한쪽은 어린시절에 가난 때문에 고생을 해서 폐쇄적이고 아주 작은 것이라도 한번 손에 들어오면 놓치지 않았죠. 그는 독실했지만 다른 사람들보다 자기 자신을 더 생각하는 사람이었어요.

그가 처음부터 제게 눈독을 들이고 있었다는 건 저도 잘 알고 있었어요. 그가 그런 마음을 가진 것도 당연한 게 제가 그보다 더 가난했었거든요. 하지만 자기 친구가 제게 마음이 있다는 사실을 알아차리자 바로 물러났어요. 그는 쉬지 않고 부지런히 그리고 충실하게 일을 척척 해내 얼마 지나지 않아 사업의 동업자가 되었어요. 제 약혼자는 우리가 이주하게 되면 그를 이곳에 자리잡게 하여, 남겨놓고 가는 모든 것을 그에게 맡기겠다고 혼자 생각하고 있었어요. 하지만 그 훌륭한 분이 세상을 뜨자마자 그는 제게 접근해 왔고 얼마 전부터는 드러내놓고 구혼하고 있어요. 그런데 지금은 이상한 상황이 겹쳐 일어난 꼴이 되었어요. 그는 예전부터 이민에 대해서는 반대해 왔는데 이번에는 우리도 기계를 설치해야 한다며 열심히 추진하고 있어요. 물론 그가 말하는 것에는 절박한 근거가 있지요. 만약에 이 산골에 사는 한 사나이가 이제까지 사용했던 간단한 도구를 내버려두고 복잡한 기계를 설치하게 되면 우리를 파멸시킬 수도 있기 때문이죠. 자신의 전문분야에서 매우 능통한 그 남자는—우리는 그를 직조기 수리공이라 부르는데—이웃 동네 어느 부유한 집안과 가까이 지내고 있어요. 차츰 늘어나는 그 발명품들을 자신과 그의 후원자들을 위해 유효적절하게 활용하려 한다는 것은 충분히 짐작할 수 있는 일이죠. 그러니 직공장의 이런 걱정에 대해서 반대할 까닭이 없어요. 이미 어느 정도 때를 놓치기는 했지만, 새로 발명된 기계가 우위를 차지하게 되면 우리도 어쩔 수 없이 같은 짓을 해야 하니까요. 이것이 제 걱정이자 괴로움의 씨앗이며 존경하는 당신이 저에게 수호천사처럼 생각되는 이유도 그 때문이죠."

나는 이에 대해 그다지 위로가 될 만한 답을 해줄 수가 없었다. 상황이 너무 복잡하게 얽혀 있어서 생각할 시간을 달라고 청하는 수밖에 없었다. 그러나 그녀는 말을 이었다. "이러면 당신이 제 처지를 더 이상하게 생각하실 수도 있겠지만, 아직 털어놓아야 할 이야기들이 많아요. 개인적으로 그 사람을 싫어하는 건 아니지만 그가 제 약혼자를 대신하거나 제 진정한 사랑을 얻지는 못할 거예요." 그녀는 이렇게 말하고 한숨을 쉬었다. "그는 얼마 전부터 더욱 대담하게 구애를 해왔는데 그가 하는 말은 애정이 넘치고 이치에도 맞았어요. 그는 제가 구혼을 받아들여야 할 이유를 들어 저를 설득했죠. 그리고 이주할 생각 때문에 자신을 지킬 수 있는 오직 하나의 수단을 놓치는 것이 얼마나 어리석은 짓인지에 대해서도 절박하게 말했어요. 저는 그 말을 반박할 수 없었죠. 제가 그의 구혼을 거절하고 이민과 같은 변덕스러운 생각을 품는다는 것은 언제나 가정을 먼저 생각하는 제 생활신조와 전혀 맞지 않는다고 여기는 것 같았어요. 지난번에 격한 말다툼을 벌였을 때에도, 제 마음이 어딘가 다른 데로 이끌리고 있는 게 아닌가 의심했어요." 이 마지막 부분에서 그녀는 망설이듯 띄엄띄엄 말이 막히더니 눈을 살포시 내리깔았다.

이 말을 들었을 때 내 마음속을 스쳐 지나가는 것이 있었는데, 그게 무엇인지는 상상에 맡기겠다. 그러나 곧이어 그에 대해 번개처럼 순간적으로 생각해 본 결과, 이제는 무슨 말을 해도 불필요한 혼란만 더할 뿐이라고 느끼지 않을 수 없었다. 하지만 그와 동시에 그녀 앞에 그렇게 서 있으면서 내가 그녀를 견딜 수 없이 좋아한다는 걸 뚜렷이 알게 되었다. 당장이라도 그녀에게 청혼하고 싶은 마음을 억누르기 위해서는 나에게 남아 있는 이성과 분별력을 모두 쥐어짜지 않으면 안 되었다. '그녀가 모든 것을 버리고 나를 따라와 주었으면!' 나는 생각했다. 그러나 지난 몇 년 동안의 괴로움이 나를 말렸다.—너는 또다시 그릇된 희망을 품고 일생 동안 그 대가를 치르려 하는가?

우리 둘은 한동안 말이 없었다. 그때 갑자기 리셴이 우리 앞에 불쑥 나타나 깜짝 놀라게 하면서 오늘 밤 가까이에 있는 대장간에서 지낼 수 있도록 해달라고 청했다. 그것은 곧바로 허락되었다. 그사이 나는 평정을 되찾고 일반론으로 이야기하기 시작했다. 나도 이번 여행을 하면서 세상에 벌써 그런 바람이 불어닥치고 있음을 보았다. 이민을 재촉하는 욕구와 필연성이 날이 갈수록 커지고 있다. 그러나 이러한 모험은 언제나 가장 위험하다. 준비도 없이 서둘러 떠나면 오히려 불행해져서 되돌아오게 된다. 이 일은 다른 어떤 사업보다 더 많은 신중함과 계획을 필요로 한다 등등을 말했다. 이런 생각들은 그녀에게 새로운 것이 아니었다. 그녀는 모든 사정에 대해 여러 가지로 생각해 왔다. 그녀는 마침내 한숨을 내쉬며 말했다. "당신이 여기에 머무르는 며칠 동안 저는 마음을 터놓고 이야기하며 위로를 얻으리라 소망했어요. 그런데 오히려 전보다 더 괴로운 처지가 된 것만 같군요. 제가 얼마나 불행한지 절실히 느끼고 있어요." 그녀는 내게 시선을 주었으나, 그 아름답고 맑은 눈에서 넘쳐흐르는 눈물을 감추기 위해 얼굴을 돌리곤 몇 걸음 물러섰다.

나는 변명을 하려는 건 아니다. 그저 이 빛나는 영혼을 위로하지는 못할지언정 기분이라도 바꿔주고 싶었다. 나는 얼마 전에 가입한 떠돌이와 이주자들의 기이한 결사에 대해 그녀에게 들려주려고 했다. 나도 모르게 내 이야기에 빠져 신중하지 못하게 너무 많이 털어놓아버렸음을 알아차렸을 때, 나는 이미 자신을 제어할 수 없는 지경이었다. 그녀는 진정되었고 그러고는 놀라서 눈을 크게 뜨기도 하고 기분이 밝아져서 자신의 모든 것을 열어 보여주었다. 그리고 참으로 영리하게 질문했기 때문에 더는 물러설 수도 없이 모든 것을 고백하지 않을 수 없었다.

그레첸이 우리 앞에 나타나 아버지께 와달라고 했다. 그 아가씨는 뭔가 골똘히 생각하는 듯했고 기분이 좋지 않아 보였다. 물러가려는 아가씨에게 '착하고 아름다운 여인'이 말했다. "오늘 밤은 리셴이 쉬는 날이니까 네가 일을 정리해야겠다." "휴가를 주지 않았으면 좋았을걸 그랬어요." 그레첸이 말했다. "그 애는 변변찮은 짓만 저지르거든요. 아이를 너무 믿고 봐주지 마세요. 방금 알아낸 건데 그 애가 어제 그 사람한테 편지를 썼어요. 두 분의 말씀을 엿듣고 지금 그 사람을 마중나간 거라고요."

그러는 사이에 아버지 곁에 있던 아이가 서둘러 와달라고 부탁하러 왔다. 그 착하신 양반이 초조하게 기다리고 있다는 것이다. 우리는 방으로 들어갔다. 그는 밝은 얼굴로, 아니 성스럽게 빛나는 모습으로 침대에 바로 앉았다. "얘들아," 그가 말했다. "나는 이 몇 시간 동안 계속 기도드리며 보냈단다. 다윗의 감사와 찬미의 노래들 가운데 내가 부르지 않은 노래가 하나도 없었다. 신앙이 깊어진 오늘, 나는 이렇게 덧붙이고 싶구나. 어째서 인간은 가까운 곳에만 희망을 두는가? 이곳에서는 인간이 스스로 행동하고 헤쳐나갈 수밖에 없다. 그러니 희망을 멀리 두고 하느님을 믿어야 한다." 그는 레나르도의 손과 딸의 손을 잡아 두 손을 서로 맞잡게 하고는 말했다. "이것은 너희가 지상의 인연이 아니라 천상의 인연이기를 바라는 의미란다. 형제자매처럼 서로 사랑하고 믿고 서로에게 유익하도록 도와야 한다. 하느님이 너희들을 돕듯이 욕심을 버리고 순수하게 말이다." 말을 마친 그는 거룩한 미소를 띠며 몸을 뒤로 기대고는 곧 숨을 거두었다. 딸은 침대 앞에 무릎을 꿇으며 쓰러졌고 레나르도 또한 그녀 곁에서 무릎을 꿇으면서 두 사람의 뺨이 맞닿았다. 그들의 눈물이 고인의 손으로 흘러들어 합쳐졌다.

이때 직공장이 뛰어들어와 그 광경을 멍하니 바라보았다. 그 잘생긴 청년은 성난 눈길로 검은 고수머리를 마구 흔들면서 소리치기 시작했다. "아, 돌아가셨구나. 다시 말을 하게 되셨다기에 나와 따님의 운명을 결정해 주십사 간절히 청하려던 순간이었는데. 따님은 제가 하느님 다음으로 가장 사랑하는 사람입니다. 따님이 내 애정의 가치를 느낄 수 있는 건강한 마음을 갖기를 바랐는데 이제 그녀를 잃고 말았구나. 그녀는 다른 남자와 무릎을 꿇고 있으니! 아버지께서 당신들을 축복하셨나요? 솔직히 말해 주십시오!"

아름다운 여인은 어느덧 일어서 있었다. 레나르도도 몸을 일으켜 마음을 가라앉혔다. 그녀가 직공장에게 말했다. "전 이제 당신이란 사람을 알 수가 없군요. 온순하고 독실한 사람이 갑자기 이렇게 거칠어지다니요. 제가 얼마나 당신에게 감사하는지 또 얼마나 당신을 생각하는지 아시잖아요."

"감사니 생각이니 하는 것은 지금 중요하지 않아요." 냉정을 되찾은 그가 침착하게 말했다. "이것은 내 인생의 행복과 불행이 걸린 문제입니다. 나는 이 낯선 사나이가 마음에 걸립니다. 이 사람을 보고 있자니 아무래도 이겨낼 수 없을 것만 같군요. 그러나 나는 지금까지의 권리를 버린다든지 이제까지 맺어온 인연을 내팽개치는 짓은 못합니다."

"당신이 본디 당신으로 되돌아올 수 있다면," 착한 여인은 한결 더 아름다운 모습으로 말했다. "당신과 언제나처럼 이야기 나눌 수 있다면 저는 당신에게 말하고 싶어요. 돌아가신 아버지의 유해 앞에서 당신에게 맹세할게요. 저와, 신사이자 친구인 이분은 당신도 알고 인정하며 서로 함께할 수 있기에 당신도 기뻐해 줄 수 있는 그런 관계 이상은 절대로 아닙니다."

레나르도는 마음 깊이 전율했다. 세 사람 모두 한동안 생각에 잠긴 채 말없이 서 있었다. 청년이 입을 열었다. "이 순간은 아주 중요하고 결정적인 순간이 될 것입니다. 방금 떠오른 대로 말하는 게 아니라 시간을 두고 생각한 끝에 하는 말이니만큼 잘 들어주십시오. 당신이 나와의 결혼을 거절한 이유는 필요에서든 변덕에서든 당신이 이민을 가고 싶어하는데 내가 함께 가기를 거부했기 때문이었죠. 따라서 나는 여기 이 훌륭한 증인 앞에서 엄숙하게 선언합니다. 나는 더는 당신의 이민을 반대하지 않고 오히려 권장하겠습니다. 그리고 어디든지 당신을 따라가겠습니다. 억지로 하는 말이 아닙니다. 다만 지금 이 묘한 사태가 벌어지는 바람에 빨리 말하게 되었습니다만, 아무튼 내 청혼을 받아주시기 바랍니다." 그는 그녀에게 손을 내밀며 단호한 태도로 서 있었다. 다른 두 사람은 깜짝 놀라 엉겁결에 뒤로 물러섰다.

"이제 할 말은 다 했습니다." 청년은 침착하고 경건한 태도로 조용히 말했다. "이렇게 될 수밖에 없었지요. 이렇게 되는 것이 우리 모두에게 가장 좋은 일이었습니다. 이것이 하느님의 뜻이었고요. 그러나 당신이 내 결정을 경솔하다거나 변덕스럽다고 생각하지 않도록 이것만은 말하고 싶어요. 나는 당신에 대한 사랑 때문에 산과 바위를 포기하고 당신 뜻에 따라 살기 위해 방금 마을에서 모든 준비를 다 하고 오는 길입니다. 하지만 나는 이제 혼자 가는군요. 그것을 위한 비용을 내게 주는 건 거절하지는 않으시겠지요. 당신에게는 여전히 남아돌 만큼 많은 돈이 있을 테니까요. 하지만 당신이 두려워하듯이, 또 두려워하는 게 마땅하듯이 이곳에 계속 머무른다면 끝내 다 잃게 될 것입니다. 나도 이 제야 확인을 했는데 그 솜씨 좋고 부지런한 작자가 위쪽 골짜기에 눈독을 들이고는 기계를 설치했어요. 이제 그 사나이가 모든 일용할 양식을 휩쓸어가 버리는 모습을 보게 되겠죠. 당신은 당신이 내쫓은 이 충실한 친구를 다시 불러들이게 될지도 모르겠네요. 그것도 머지않아 말입니다."

셋이 이처럼 괴로운 심정으로 마주서 있는 일은 다시 없으리라. 모두 서로를 잃게 될까봐 두려워하고 있었다. 그리고 어떻게 해야 서로를 지켜낼 수 있는지, 그때는 알 수 없었다.

청년은 격정적으로 자신의 결의를 내비치며 문밖으로 뛰쳐나갔다. '착하고 아름다운 여인'은 차가워진 아버지의 가슴에 손을 얹었다. "희망을 가까이에 두지 말고 멀리 두라." 그녀가 외쳤다. "그것이 아버지의 마지막 축복이었어요. 우리가 하느님을 믿고, 저마다 자기 자신과 다른 사람을 믿는다면 모든 일이 잘 풀릴 것입니다."

제14장

우리의 친구 빌헬름은 앞에 놓인 일기를 아주 흥미롭게 읽었다. 그러나 자신은 이전 일기의 끝부분을 읽었을 때 이미 그 선량한 여성이 어디에 있는지 찾아냈다는 것을 예감하고 짐작했음을 고백해야 할 필요를 느꼈다. 험한 산악 지대에 대한 묘사가 그를 그때 상황으로 되돌아가게 했는데, 특히 그 달밤에 레나르도가 느낀 예감과 빌헬름이 쓴 편지 구절이 되풀이되는 부분들을 보고 그 여인을 찾아냈다는 단서를 얻었다. 그가 프리드리히에게 이 모든 이야기를 자세히 들려주자 프리드리히도 잘되었다며 좋아했다.

그런데 여기서 전달하고 묘사하며 자세히 논하고 정리해야만 하는 우리의 과제는 차츰 더 어려워진다. 누구나 이야기가 끝맺음으로 다가가고 있음을 느낄 것이다. 그럴 경우 설명이 혼란스러움에 머무르는 것은 아닐까 하는 두려움과 무엇 하나 빠뜨리지 않고 이야기하고자 하는 바람 사이에서 갈등하게 된다. 이제 막 도착한 속달을 통해 우리는 많은 것을 알 수 있었지만, 이 편지들이나 동봉된 서류에는 사람들의 흥미를 전혀 끌지 못하는 잡다한 내용도 포함되어 있다. 그래서 우리는 그즈음 보고 듣고 알아낸 이야기들과 나아가 뒤에 알 수 있었던 사실들을 아우름으로써 충실한 보고자로서 맡은 이 진지한 작업을 감히 완결 지으려 한다.

우리가 무엇보다도 먼저 이야기해야 할 것은, 로타리오가 아내 테레제와 자기 오빠와 헤어지지 않으려 했던 나탈리에와 함께 신부님을 모시고 실제 항해 길에 올랐다는 사실이다. 그들은 좋은 징조가 보이는 가운데 길을 떠났다. 바라건대 순풍에 돛을 달고 힘차게 나아가기를. 한 가지 마음에 걸리는 일이 있었는데 그것은 그들이 출발 전에 마카리에를 방문하지 못했다는 사실이다. 그들은 도리를 다하지 못한 것만 같아 안타깝고 죄송스러웠다. 그러나 그녀를 만나러 가기엔 길을 많이 돌아가야만 했고 또 이번 계획이 너무나 중대했다. 안 그래도 출발이 조금 지체된 점에 대해 다들 자책하는 분위기였다. 그래서 신성한 의무라 할 수 있는 일조차도 어쩔 수 없는 운명 앞에 희생할 수밖에 없었다.

이야기하고 묘사하는 우리 처지에서는 우리가 예전에 그토록 애착을 가졌던 이들에게 이제까지의 계획이나 행동들에 대해 더 자세히 알리지 못한 채 그들이 그처럼 먼 여행길을 떠나게 해서는 안 되었다. 게다가 우리는 그들에 대해 오랫동안 자세한 이야기를 전혀 듣지 못했기에 더욱 그러하다. 그럼에도 그냥 넘어가기로 하겠다. 왜냐하면 그들의 이제까지 작업은 이 위대한 계획을 위한 준비에 지나지 않으며 그들이 지금 이 계획을 실행하려 힘차게 나아가는 모습을 우리는 보고 있기 때문이다. 그러나 앞으로 그들이 규율 있는 활동 안에서도 저마다의 개성을 드러내기를, 그래서 먼 훗날 기쁘게 다시 만나기를 바라면서 지내기로 하자.

온유하고 선량한 율리에테에 대해 아직 다들 기억하고 있을 것이다. 그녀는 아저씨가 마음에 들어하는 남자와 결혼하여 늘 아저씨의 당부를 명심하고 지키면서 살아가고 있다. 요즘 그녀는 마카리에 아주머니 곁에 있는 일이 많다. 그곳에는 아주머니의 자애로움에 감화된 사람들이 많이 모여 있었는데 그 가운데에는 이 구대륙에 뼈를 묻을 사람들뿐 아니라 바다를 건너가려 마음먹은 사람들도 있었다. 그러나 레나르도는 훨씬 전에 프리드리히와 함께 작별을 고했으므로 심부름꾼을 통해 소식을 전하는 일이 더욱 잦아졌다.

마카리에의 방명록에 이 고매한 두 사람의 이름은 보이지 않지만 그래도 우리에게 이미 낯익은 사람들의 이름을 발견할 수 있었다. 힐라리에는 남편과 함께 왔다. 지금 대위인 남편은 매우 부유한 지주가 되어 있었다. 우리가 그녀의 이야기를 전하면서 흥미의 대상이 자주 바뀌는 변덕스러운 성격을 그녀의 단점으로 보았으나 매력적이고 애교 있는 그녀는 다른 곳에서 그랬던 것처럼 여기서도 그 변덕스러운 성격을 기꺼이 용서받았다. 특히 남자들은 그 성격을 크게 신경쓰지 않았다. 이것도 단점이라 친다면 남자들은 이런 단점을 언짢게 생각하지는 않는다. 왜냐하면 누구나 자신에게도 관심을 받게 될 차례가 돌아오리라는 희망을 가지고 기대할 수 있기 때문이다.

그녀의 남편인 플라비오는 늠름하고 활달한 데다 상냥하기까지 해서 그녀의 마음을 완전히 사로잡고 있는 듯했다. 그녀는 자신의 과거를 스스로 용서한 것 같았고 마카리에도 이 일을 끄집어낼 까닭이 없었다. 언제나 열정적인 시인인 플라비오는 헤어질 때 시를 한 편 낭독하게 해달라고 청했다. 그 시는 그가 이곳에 잠깐 머무는 동안 마카리에와 그 주위 사람들에게 경의를 표하기 위해 쓴 것이었다. 그가 이따금 밖을 거닐면서 한동안 멈춰 섰다가는 감동한 몸짓으로 다시 앞으로 걸어가면서 수첩에 뭔가 적어넣고, 생각에 잠겼다가 또 적어넣고 하는 모습이 목격되었다. 지금 안젤라에게 시를 낭송하겠다 이야기한 것으로 보아 그 시가 완성된 모양이다.

선량한 마카리에는 그리 탐탁하지 않았지만 너그러이 허락했다. 어쨌든 그 시는 들을 만했다. 물론 사람들은 그 시에서 이미 알고 있는 이상의 아무 가르침도 받지 못했고 이미 느껴본 이상의 것은 느끼지 못했지만 그리 큰 문제는 아니었다. 게다가 읊는 목소리가 경쾌하고 듣기 좋았다. 시가 좀 짧았더라면 더 좋았을 테지만 표현과 운율은 때때로 신선했다. 마지막으로 그는 그 시를 테두리를 장식한 종이에 아름답게 써서 증정했다. 이리하여 사람들은 서로 아주 만족해하면서 헤어졌다.

플라비오 부부는 중요하고 보람찼던 남쪽 여행에서 돌아와 아버지인 소령을 대신해 집안일을 맡게 되었다. 소령은 이제 자기 아내가 된, 거스르기 어려운 매력을 지닌 여인과 함께 낙원과 같은 바깥 공기를 한껏 마시며 상쾌한 기분을 맛보고 싶어했다.

이 두 사람은 아들 부부와 교대로 마카리에를 찾았다. 그리고 이 주목할 만한 부인은 어디에서나 그렇듯이 마카리에의 집에서도 특별한 대우를 받았다.

그것은 특히 마카리에가 그녀를 혼자 맞이했다는 점만 봐도 알 수 있으며 나중에는 소령에게도 같은 호의를 베풀었다. 그 뒤 소령은 교양 있는 군인으로서, 선량한 가장이자 지주로서, 문예 애호가이며 더 나아가 교훈시인으로서도 칭송받을 만한 사람이라 인정받았다. 또 천문학자와 그 밖의 집안사람들도 반갑게 맞아들였다.

우리의 노신사, 존경하는 큰아버지도 그를 남다르게 대했다. 얼마 멀지 않은 곳에 살고 있는 큰아버지는 이번엔 여느 때보다 더 자주 모습을 나타냈지만 몇 시간만 머물다 밤이 되면 아무리 정성껏 대접해드려도 묵어가려 하지 않았다.

이렇게 잠깐 모이더라도 그가 함께 한다는 것은 매우 즐거운 일이었다. 왜냐하면 그는 소양을 갖춘 사교가이자 궁정인으로서 너그럽게 중재하는 역할을 했기 때문이다. 그럴 때면 그가 지닌 귀족적인 답답함조차도 불쾌하게 느껴지지 않았다. 게다가 이번에 그는 진심으로 만족해했다. 그는 우리가 분별력 있고 이성적인 사람들과 중요한 일을 의논할 때 누구나 느끼는 행복감에 젖어 있었다. 사업은 모든 면에서 완전히 궤도에 올랐고, 합의한 대로 원활하게 진행되고 있었다.

이 점에 대해서는 요점만 이야기하겠다. 그는 바다 건너에 조상에게 물려받은 토지를 소유했다. 그것이 무엇을 의미하는지는 그곳 사정에 밝은 사람이 친구들에게 상세히 설명하면 된다. 여기 있는 우리로서는 지나치게 멀고 추상적인 이야기이기 때문이다. 이 소중한 땅은 지금까지 소작농에 맡겨왔는데 온갖 귀찮은 일만 많고 수입은 거의 없었다. 이번에는 우리가 잘 알고 있는 비밀결사가 그 토지를 소유하는 권리를 얻었다. 결사는 그곳을 가장 완벽한 시민제도의 중심으로 설정하고 그곳에서 영향력 있는 국가의 일원으로서 이익을 꾀하며 아직 개발되지 않은 황야로 멀리 나아갈 수 있게 되었다. 특히 프리드리히와 레나르도가 어떻게 하면 인간이 처음부터 새로 시작함으로써 자연의 길로 나아갈 수 있는지 보여줄 것이다.

앞에서 이야기한 사람들이 아주 만족해하며 마카리에의 곁을 떠남과 동시에 이곳을 찾은 사람들은 전혀 다른 부류의 손님들이었는데 그들 또한 반갑게 맞아들여졌다. 이처럼 신성한 곳에 모습을 나타내리라고는 도무지 상상도 못했던 필리네와 리디에*42가 온 것이다. 여전히 산악 지대에 머물고 있는 몬탄이 이곳에 와서 그녀들을 데리고 가장 가까운 길을 거쳐 함께 배를 타기로 되어 있었다. 이들은 집안일을 돌보는 여자들이나 이 집에 고용되어 함께 살고 있는 여자들로부터 매우 큰 환영을 받았다. 왜냐하면 필리네는 너무나 사랑스런 아이들을 데리고 온 데다가 산뜻하고 매력적인 옷을 입고서 다른 사람에게서는 볼 수 없는 남다른 행동을 보였기 때문이다. 그녀는 꽃 모양으로 수놓은 벨트 아래로 긴 은색 쇠사슬에 제법 큰 영국제 가위를 매달고 있었다. 그녀는 자신의 말에 활력을 불어넣으려는 듯 가위로 허공을 자르는가 하면 잘깡잘깡 소리를 내기도 하면서 이런 시늉들로 모두를 즐겁게 해주었다. 그러자 이렇게 큰 집안살림에 가위로 마름질할 만한 게 없을까 하는 이야기가 나왔다. 때마침 결혼 준비를 해야 하는 아가씨가 두셋 있음을 알게 되었다. 필리네는 그녀들의 민속의상을 물끄러미 바라보다가 아가씨들을 자기 앞에서 왔다 갔다 하게 한 뒤 척척 마름질을 해나갔다. 그녀의 마름질에는 그녀의 마음씨와 취향이 어우러졌다. 전통의상의 특징을 충분히 살려주면서도 촌스러워 보이는 면을 우아하게 고치는 방법을 알고 있었다. 옷은 아주 자연스럽게 고쳐졌기 때문에 옷을 입은 사람 자신은 물론 다른 사람들도 마음에 들어했고 전통에서 너무 벗어나지는 않을까 걱정할 필요가 없었다.

게다가 이번에는 리디에가 와서 나무랄 데 없는 조수 역할을 해냈다. 그녀의 바느질 솜씨는 필리네 못지않게 능란하고 재빨랐다. 다른 여자들도 함께 도와주었기 때문에 생각보다 빨리 아름다운 신부 차림을 볼 수 있을 것 같았다. 그런데 신부가 될 아가씨들은 오랫동안 그곳에 잡혀 있어야 했다. 필리네가 아주 세세한 점까지 챙기면서 아가씨들을 마치 인형이나 단역배우처럼 대했기 때문이다. 여러 겹으로 쌓은 리본이나 이 지방에서 으레 달게 되어 있는 축하 장식은 보기 좋게 자리를 잡았다. 여느 때 같으면 시골 특유의 답답한 장식에 덮여 있었을 아가씨들의 건강한 몸매와 사랑스런 자태가 마침내 보는 이까지 상쾌해지는 굴곡을 드러냈다. 그러면서 촌스러움이 자취를 감춘 우아한 차림으로 나타난 것이다.

그러나 지나치게 활동적인 사람들은 변화 없이 잘 정리된 상태에 싫증을 내

---

*42 리디에는 한동안 로타리오의 애인이었다가 나중에 몬탄의 약혼자가 된다.

는 법이다. 필리네도 쓰고 싶어 안달 난 그 가위를 들고 대가족을 위한 옷들과 온갖 옷감을 넣어둔 방으로 들어갔다. 그녀는 여기 있는 옷감들을 모두 마름질할 수 있으리라는 기대에 뛸 듯이 기뻤다. 그러나 그녀는 자제와 끝을 몰랐기 때문에 사람들은 그녀를 방에서 쫓아내고 방문을 꼭 잠가버렸다. 안젤라는 실제로 이런 재단사가 두려웠기에 신부 대접은 바라지 않았다. 그렇지 않아도 둘은 전부터 사이가 좋지 않았다. 이 일에 대해서는 나중에 다시 이야기하겠다.

몬탄은 사람들이 생각했던 것보다 훨씬 늦게 왔다. 필리네는 마카리에를 만날 수 있게 해달라 졸랐고, 사람들은 그렇게 해주었다. 그러면 그만큼 더 빨리 필리네에게서 놓여날 수 있으리라 기대했기 때문이다. 필리네와 리디에, 이 두 죄인이 성녀의 발아래 엎드린 것은 참으로 묘한 광경이었다. 그녀들은 성녀의 양쪽에 무릎을 꿇었다. 필리네는 두 아이 사이에 자리를 잡고 공손하게 아이들의 머리를 숙이게 했다. 그녀는 언제나처럼 밝은 어조로 말했다. "저는 남편과 아이들을 사랑합니다. 이들을 위해서, 그리고 다른 사람들을 위해서도 기꺼이 도움을 주려 합니다. 다른 부족한 점은 너그러이 봐주세요!" 마카리에는 축복을 내렸고 필리네는 정중하게 절을 하며 물러났다.

리디에는 성녀의 왼쪽에 엎드린 채 무릎에 얼굴을 파묻었는데, 심하게 운 탓에 말 한 마디 입 밖에 내지 못할 지경이었다. 마카리에는 눈물의 의미를 이해했기에 달래듯 어깨를 두드려주었다. 그러고는 자기 앞에 고개 숙인 리디에의 머리에 경건한 기도를 담아 여러 번 입맞추었다.

리디에는, 처음에는 몸을 일으켜 무릎 꿇은 자세를 했다가 다음에는 완전히 일어섰다. 그녀는 활짝 갠 얼굴이 되어 자신의 은인을 바라보았다. "어떻게 된 거죠!" 그녀가 말했다. "제게 무슨 일이 벌어진 걸까요? 여태까지 제 머리를 무겁게 짓누르던 압박이 갑자기 사라졌어요. 정신을 완전히 빼앗길 만큼은 아니었더라도 그 때문에 마치 모든 생각과 분별력을 잃은 듯했는데 말이죠. 저는 이제 자유롭게 위를 우러러볼 수 있습니다. 생각을 저 높은 곳으로 뻗어나가게 할 수 있습니다. 그리고," 그녀는 숨을 재빨리 들이쉬고는 말을 이었다. "제 마음도 그 뒤를 따를 거예요."

그 순간 문이 열리더니 몬탄이 들어왔다. 너무나 오랫동안 기다리던 사람이 뜻하지 않게 갑자기 모습을 나타내는 일이 자주 있는데 지금이 꼭 그러했다.

리디에는 급히 그에게로 다가가 반갑게 그를 껴안고는 마카리에 앞으로 이끌며 외쳤다. "당신은 제가 저 성스러운 분께 얼마나 큰 은혜를 입었는지 알아야 해요. 감사하는 마음으로 저와 함께 절을 올려야 한다고요."

몬탄은 깜짝 놀라 여느 때와는 달리 좀 당황해하면서 기품 있는 마카리에게 공손히 절하며 리디에에게 말했다. "참으로 위대한 분이시군. 저분 덕분에 당신이 내 것이 되었으니 말이오. 당신이 그처럼 마음을 열고 다정하게 내게 다가온 것도, 나를 안아준 것도 이번이 처음이오. 벌써 오래전에 그렇게 했어야 했는데 말이오."

이제 여기서 우리가 털어놓아야 할 사실은, 몬탄이 리디에를 젊었을 때부터 사랑해 왔다는 것이다. 매력적인 로타리오가 그에게서 그녀를 빼앗아갔으나 그래도 몬탄은 그녀와 로타리오에게 변치 않는 신의를 보여주었다. 그는 마침내 그녀를 아내로 맞아들이게 되었는데,《수업시대》독자들에게는 이 일이 매우 이상하게 여겨질지도 모르겠다.

몬탄과 필리네 그리고 리디에, 이 세 사람은 유럽 사회에서 지내기를 어쩐지 거북해했기에 바다 건너에서 그들이 오기를 몹시 기다린다는 이야기가 나올 때면 기쁜 표정을 감출 수 없었다. 필리네의 가위는 벌써부터 들썩거렸다. 그도 그럴 것이 신대륙에서 옷을 공급하는 일을 독점할 생각이었기 때문이다. 필리네는 앞으로 그곳에 면과 리넨이 대량으로 저장될 모습을 즐겁게 이야기했다. 그녀는 크고 작은 낫으로 그것들을 거두어들이는 모습이 벌써부터 눈앞에 선하다면서 가위로 허공을 갈랐다.

한편 저 거룩한 축복으로 참된 사랑에 눈을 뜬 리디에는 벌써부터 마음속에 자신의 제자들이 무수히 늘어나 그 부인들이 자신에게 섬세하고 우아한 작업의 기초를 배우고 그에 열중하는 모습을 떠올렸다. 진지한 몬탄도 납, 구리, 철 그리고 석탄이 풍부한 그곳의 산들을 눈앞에 그려보았다. 오늘까지 이런저런 일들을 시도하면서 쌓아온 모든 지식과 능력도 그곳에 가서야 비로소 보답받을 풍부한 수확으로의 용감한 첫걸음을 위한 탐색이었을 뿐이라고 그는 가끔 고백하고 싶어졌다.

몬탄이 우리의 천문학자와 금세 마음이 통하리라는 것은 진작부터 예견된 일이었다. 그들이 마카리에 앞에서 나눈 대화는 아주 흥미로웠는데 그에 대한 기록은 그다지 찾아볼 수 없다. 아마 얼마 전부터 안젤라가 이야기를 들을 때 주의가 산만해진 데다 기록하는 일도 소홀해졌기 때문일 것이다. 그녀에게 는 그들 대화의 많은 것이 너무 일반적이었을 수도 있고, 또 아녀자에게 쉽게 이해되지 않는다고 여겼을 수도 있다. 그래서 우리는 요 며칠 새 이야기된 의견 들 가운데 몇 가지만 여기에 넣기로 했다. 이것도 안젤라가 직접 써서 우리에 게 넘긴 것은 아니다.

학문을 연구할 때, 특히 자연을 다루는 과학을 연구할 때는 다음과 같은 검 토가 어렵지만 꼭 필요하다. 즉 옛날부터 우리에게 전해 내려왔으며 우리 선조 들이 타당하다 여긴 것들이 과연 실제로 근거가 있고 앞으로도 그것을 기초 로 미래를 건설해 나갈 수 있을 만큼 믿을 수 있는 것인지, 아니면 전해 내려온 그 시대에 국한된 것으로 진보보다는 정체를 낳는 것은 아닌지 조사해야 한다. 이 조사의 목적은 이제까지 용인되어온 것이 실제 연구에 활발히 적용되는 경 우가 있는지 알아보기 위함이다.

새로운 것에 대한 검토는 이와 반대다. 이 경우 새로 수용된 것이 참된 연구 를 통해 얻어진 성과인지 아니면 때마침 유행하던 의견에 따랐을 뿐인지 문제 삼아야 한다. 왜냐하면 어떤 의견을 추진력 있는 사람들이 언급하면 금세 대 중에게 전파되어 곧 지배적인 의견이 되어버리기 때문이다. 이것은 어떤 월권 으로, 성실한 연구자에게는 아무런 의미도 가지지 못한다. 국가나 교회는 경우 에 따라서 자신들을 지배적이라 말할 만한 이유를 찾아낼 수도 있다. 왜냐하 면 이들은 다루기 어려운 민중을 상대하고 있기 때문이다. 그들은 그저 질서만 잘 유지된다면 그 수단의 옳고 그름은 묻지 않는다. 그러나 과학에서는 절대적 인 자유가 필요하다. 과학은 오늘내일에 영향을 미치는 게 아니라 과거에서 미 래로 나아가는 무한한 시간에 영향을 미치기 때문이다.

과학에서 아무리 그릇된 것이 우위를 차지하더라도, 언제나 진실을 믿는 소 수의 사람들은 있기 마련이다. 그리고 그 소수의 의견을 가진 자가 단 한 사람 뿐이라 해도 전혀 걱정할 일이 아니다. 그는 신념을 잃지 않고 남몰래 계속 활 동할 것이다. 그리고 언젠가는 사람들이 그와 그의 신념에 대해 관심을 갖거나 또는 그의 신념이 대중에게 널리 퍼져 주목을 받고 마침내 다시 세상으로 나 서는 날이 찾아올 것이다.

한편 이 이야기만큼 일반적이지 않으며 이해할 수 없는 기이한 일이 화제에 올랐는데 그 이야기는 몬탄이 우연한 기회에 털어놓은 것이었다. 몬탄이 암석과 광물에 대해 연구할 때 그를 도와주는 한 인물이 있었다. 그에 따르면 이 인물은 아주 이상한 특성을 지니고 있어서 암석이나 광물뿐 아니라 일반적으로 원소라 불리는 모든 것과 독특한 관계를 맺고 있다고 한다. 이 사람은 지하에 흐르는 물이나 광물이 묻혀 있는 곳, 광맥과 석탄, 그 밖의 매장물의 어떤 작용을 감지할 뿐만 아니라 더욱 불가사의한 것은 이 사람이 다른 땅으로 이동할 때마다 자신의 몸에 여러 변화가 일어난다는 것이다. 산악의 종류가 달라짐에 따라 그의 몸이 특수한 영향을 받는다. 그가 쓰는 말들이 기묘하긴 했으나 그런 대로 의미를 알 수 있는 말을 끌어내게 된 뒤로 몬탄은 그와 원활히 의사소통할 수 있었고, 그의 말을 하나하나 실제로 조사해 볼 수 있게 되었다. 이 사람은 이상하게도 화학적 원소와 물리적 원소는 느낌만으로 잘 구분했을 뿐 아니라 잠깐 보기만 해도 무거운 것과 가벼운 것을 구별할 수 있었다. 몬탄은 이 사람이 남자인지 여자인지에 대해서는 자세한 설명을 피했으나 이미 그를 여행을 떠나는 친구들과 함께 보냈으며 아직 탐구하지 않은 미지의 땅에서 자신이 할 일을 위해 이 사람에게 아주 많은 기대를 걸고 있다고 이야기했다.

몬탄의 이러한 고백은 천문학자의 닫혀 있던 마음의 문을 열게 했다. 그러자 천문학자는 마카리에의 허락을 받아 마카리에와 우주체계의 관계를 몬탄에게도 밝혔다. 그 뒤에 천문학자가 보고한 내용에 따라 우리는 그들 대화에서 아주 중요한 몇 가지 문제를 충분하지는 않지만 그 요점을 전할 수는 있다.

그런데 우리는 여기에 등장하는 두 사람이 그토록 다르면서도 비슷한 점을 지니고 있다는 사실에 놀라게 된다. 한 친구는 티몬*43처럼 되지 않기 위해서 대지의 가장 깊은 골짜기 틈새로 내려갔다. 그리고 그는 그곳에서 딱딱하게 굳어져 자연 그대로의 모습을 보여주는 원석과 비슷한 것이 인간의 본성에도 잠재해 있다는 것을 깨달았다. 다른 친구에게는 마카리에의 정신이 대지 깊숙한 곳과는 반대되는 쪽에서 본보기를 제시해 주었다. 즉 재능을 타고난 사람의 경우, 대지에 파묻힌 사람에게는 구심력이 고유한 특질이듯이 우주로 뻗어나가는 사람에게는 원심력이 특질이다. 그렇다고 지구 중심에까지 파고들 필요는 없거니와 태양계를 넘어 멀어져갈 필요도 없다. 그들은 이미 자신들이 해야 할

---

*43 기원전 5세기 끝무렵 그리스 철학가이자 회의적 사상가로, 사람을 싫어하기로 유명했다.

일로 충분히 이끌리고 있으니 특히 실행에 주의를 기울이고 그것을 천직으로 삼으라는 것이었다. 지표면과 지하에는 사람들이 필요로 하는 재료들과 물질계가 있고, 그것을 가공하는 것은 인간의 가장 뛰어난 능력에 맡겨져 있다. 그러나 저 정신의 길 위에는 언제나 관심과 사랑 그리고 질서 있는 자유로운 활동이 있다. 이 두 세계를 서로 견제하면서 움직이게 하고, 서로의 특질을 변해 가는 삶의 현상 속에서 똑똑히 보여주는 일, 이것이야말로 인간이 교육을 통해 이르러야 할 최고의 형태인 것이다.

그 뒤 몬탄과 천문학자는 굳은 약속을 맺고는 기회 있을 때마다 자신들의 견문을 숨김없이 털어놓기로 했다. 그러면 이런 경험들을 소설에나 어울릴 법한 동화 같은 이야기로 여기고 웃어넘길 사람들이라도, 이것을 그들이 가장 바라마지 않는 것에 대한 비유로 볼 수 있을지도 모르기 때문이었다.

곧이어 몬탄과 두 여자가 작별을 알렸다. 사람들은 몬탄과 리디에는 붙잡아 두고 싶어했지만, 너무나 소란스런 필리네는 조용함과 예의바름에 익숙해져 있는 많은 여자들, 특히 안젤라에게는 번거로운 존재였다. 게다가 특별한 사정도 겹쳐 불쾌감이 더욱 커졌다.

앞서 우리는 안젤라가 귀 기울여 듣고 기록하는 의무를 소홀히 한 채 뭔가 다른 일에 신경을 쓰고 있는 듯하다고 언급했었다. 그처럼 질서를 존중하는 아주 순수한 사람들 사이에서 생활하는 이 인물에게 나타나기 시작한 이상한 증상을 설명하기 위해서는, 우리는 이 광범위한 드라마 속에 마지막으로 새로운 인물 하나를 등장시킬 수밖에 없다.

우리의 오랜 친구이자 이제는 우리가 믿고 일을 거래하게 된 베르너는 일이 늘어나서, 아니 사업이 한없이 확대되어 새로운 점원들을 구해야 했다. 그는 미리 준비된 특별한 시험을 거치지 않고서는 점원으로 고용하지 않았다. 베르너는 상당한 금액의 지급 문제를 의논하기 위해 점원 가운데 한 사람을 마카리에에게로 보냈다. 그 돈은 이 귀부인이 이번 새로운 사업을 위해, 특히 자신이 몹시 아끼는 레나르도를 위해 자신의 막대한 재산 가운데 일부를 사용하기로 결심하고 선언한 것이었다. 방금 이야기한 젊은이는 지금은 베르너의 점원이자 제자인데, 상쾌하고 순박한 청년으로 기적이라 볼 수 있는 면을 지니고 있었다. 그는 암산에 빼어난 능력을 보였는데 이 독특한 재능 덕에 어디를 가나, 특히 사업가들에게 주목을 받았다. 공동사업을 벌이고 있는 그들은 저마다의 손익을 철두철미하게 숫자로서 계산해 내야 했으니 말이다. 그뿐 아니라 일상적인 생활에서도 세상 사는 이야기를 나누다 보면 숫자나 금액, 결산 등이 문제가 되므로 이런 사람은 함께 의논하고 일하는 데 크게 환영을 받는다. 게다가 이 남자는 피아노를 아주 우아하게 잘 쳤다. 그가 피아노를 칠 때면 이 청년의 천재적인 계산 능력과 사랑스러운 기질이 한데 어울려 연주로 드러났다. 피아노 소리는 경쾌하고 조화롭게 녹아들 듯 흘러가면서도 그 청년이 훨씬 깊은 세계와도 잘 통하고 있다는 것을 어렴풋이 나타냈다. 이리하여 그는 말수도 적고 남과 대화할 때 자기가 느낀 점을 드러낸 적이 거의 없었음에도 아주 매력이 있었다. 어떻게 보아도 그는 나이보다 어리게 느껴졌고 천진난만한 어린아이처럼 보일 정도였다. 아무튼 그가 어떤 인물이었든지 간에 안젤라가 그를 좋아하게 되면서 마카리에는 아주 만족해했다. 왜냐하면 마카리에는 오래전부터 이 고상한 아가씨를 결혼시키고 싶어했기 때문이다.   .

그러나 이 아가씨는 자기가 현재 하는 일이 얼마나 어려운지를 절감하고 늘 걱정해 왔기 때문에 예전에 누군가의 애정어린 청혼을 거절한 적이 있었다. 어쩌면 남몰래 품고 있던 자신의 연정마저 억지로 억눌러버렸을지도 모른다. 하지만 자신의 후임이 나타나 이미 어느 정도 정해졌으니 호감 가는 이 남자를 만나자 전에 없던 정열이 불타오를 만큼 홀딱 반해 버린 것이다.

이제 우리는 가장 중요한 사실을 밝혀야 하는 상황에 이르렀다. 왜냐하면 그토록 오랫동안 이야기해 오던 모든 일이 서서히 형태를 갖추고 사라졌다가는 또다시 새로운 모습을 이루게 되었기 때문이다.

예전에 밤색 아가씨라 불렸던 그 '착하고 아름다운 여인'은 마카리에 곁에서 일하기로 결정되었다. 개략적으로 제출되어 레나르도도 이미 허락한 이 계획은 이제 실행만을 남겨놓고 있다. 모든 참가자도 이에 동의했다. '착하고 아름다운 여인'은 자신의 전재산을 자기에게 구혼했던 직공장에게 넘겨주었다. 직공장은 그 부지런한 집안의 둘째딸과 결혼하여 직조기 수리공과 동서지간이 되었다. 이로 말미암아 그곳은 지역간 공동작업을 통한 새로운 제조업 체제가 완전하게 이루어졌고, 일하기를 좋아하는 골짜기 주민들은 이제까지와는 다른 보다 더 활기찬 방식으로 일하게 되었다.

덕분에 이 사랑스러운 부인은 자유의 몸이 되어, 이미 그 젊은이와 약혼한 안젤라 대신 마카리에를 시중들게 된다. 이것으로 현재까지 일어난 일들에 대한 모든 보고가 끝났다고 할 수 있겠다. 그러나 아직 결정되지 못한 문제들이 남아 있다.

그런데 이 '착하고 아름다운 여인'은 빌헬름이 자신을 데리러 오기를 절실히 바라고 있다. 아직 정리해야 할 일이 몇 가지 있기는 하지만, 단지 그녀는, 본디 그로 말미암아 일어난 문제를 그의 손으로 마무리하는 것에 큰 가치를 두고 있다. 빌헬름이 가장 먼저 그녀를 발견했고 이상한 운명이 레나르도를 이끌어 빌헬름의 뒤를 쫓게 했기 때문이다. 그러니 빌헬름이 와서 그녀가 마을을 떠나기 쉽게 해주고 또한 헝클어진 운명의 실타래 일부를 다시 붙잡아 이어주었다는 기쁨과 위로를 느끼기를 그녀는 소망했다.

그러나 우리는 이제 정신적인 것, 정서적인 것을 모두 밝히기 위해 더욱 미묘한 비밀을 털어놓지 않으면 안 된다. 레나르도는 '착하고 아름다운 여인'과 인연을 맺는다는 것에 대해서는 한 번도 입 밖에 내본 적이 없었다. 하지만 교섭을 진행하면서 자주 편지를 주고받는 사이에 그녀가 이 관계를 어떻게 보고 있는지, 만일 그것이 화제에 오른다면 그녀가 어떤 행동을 할 것인지 알아내기 위해 그녀를 조심스레 탐색해 보았다. 이에 대한 그녀의 답은 다음과 같이 정리할 수 있으리라. 즉 그녀는 고귀한 친구가 품은 극진한 사랑에 이리저리 흩어진 제 마음의 일부를 바침으로써 이에 답할 만큼 자신이 가치 있는 사람이라 느끼지 않는다. 이러한 호의에는 한 여성이 자신의 온 마음과 힘을 바치는 게 어울리는데 자신은 그렇게 할 수 없다. 죽은 약혼자에 대한 추억과 두 사람이 하나로 맺어졌던 기억이 아직도 가슴속에 또렷이 남아 있고, 지금도 자신의 모든 존재를 완전히 차지하고 있어서 정열은 생각할 여유가 더욱 없다. 그러나 자신에게도 오로지 순수한 호의와 보살핌에 감사하는 마음만은 남아 있다는 것이다. 이 말을 듣고 모두들 안심했고, 레나르도도 이 문제를 언급하지 않았기 때문에 이에 대해 보고나 대답을 할 필요가 없었다.

여기서 일반적인 생각들을 조금이나마 말해 두는 것이 적당할 듯하다. 이제까지 스쳐 지나간 모든 사람과 마카리에의 관계는 친밀하고 경외심으로 가득 찬 것이었다. 모든 사람이 보다 높은 존재 앞에 있음을 느끼면서도 자신을 있는 그대로 드러내도 좋다는 자유 또한 느낄 수 있었다. 모두가 부모님과 친구들 앞에서보다 더 신뢰감을 가지고 자기 자신을 있는 그대로 보여주었다. 마카리에는 그게 누구든 자신의 좋은 면, 가장 선한 면만을 보여주려는 마음을 끌어내주고 부추겼기 때문에 사람들 대부분이 만족감을 느꼈던 것이다.

그러나 이런 두서없는 상황 속에서도 마카리에만은 계속 레나르도를 지켜보고 있었다는 것을 말하지 않을 수 없다. 마카리에는 자신과 가까운 사람들인 안젤라와 천문학자에게 그 일에 대한 심정을 말했다. 그들은 레나르도의 마음이 눈앞에 선명하게 떠오르는 듯하다고 생각했는데, 그는 현재 안정을 되찾았고, 그가 걱정했던 여인은 아주 행복한 생활을 보장받고 있다. 마카리에가 그녀의 앞날에 대해서 어떤 경우에든 걱정 없도록 배려해 주었던 것이다. 이제 레나르도는 커다란 사업을 활발히 시작해 나가야 한다. 그 밖의 일은 상황과 운명에 맡기는 수밖에 없다. 그리고 언젠가 그가 확실한 기반을 잡으면 '착하고 아름다운 여인'을 몸소 데려 오지는 못하더라도 그곳으로 불러들이려는 생각이 그에게 사업을 꾸려나갈 용기를 북돋아주고 있음을 사람들은 추측할 수 있었다.

이쯤에서 사람들은 일반적인 견해를 말하지 않을 수 없었다. 이 드문 경우를 좀 더 자세히 살펴보면 여기서 나타나는 것은 양심에서 우러나오는 열정이라는 것이다. 또한 한번 얻은 인상이 비틀린다든지 타고난 애정과 동경이 신비롭게 발전해 나가는 다른 경우들도 생각해 보게 된다. 이런 경우 거의 손쓸 도리가 없음을 안타까워하는 바이다. 어쨌든 사람들은 자신을 되도록 뚜렷하게 세워두고 이리저리 흔들리는 마음을 무조건 따르지 않는 것이 가장 현명하다는 사실을 발견할 것이다.

그런데 이런 문제에 이르고 보니 우리 문고에서 마카리에와 그녀의 정신에 나타난 특성에 대한 한 장의 글을 끄집어내어 전하고 싶은 유혹을 뿌리칠 수가 없다. 유감스럽게도 이 글은 그 이야기가 전해지고 나서 오랜 세월이 지난 뒤에야 비로소 기억을 더듬어 쓰인 것이기 때문에 이처럼 진귀한 경우에 요구되는 완전한 신빙성을 갖추고 있다고는 볼 수 없다. 그러나 어쨌든 여기서 이것만이라도 전하려는 이유는 사람들에게 이 문제를 잘 생각하게 하여 벌써 어디선가 이와 비슷한 것이나 이에 가까운 것이 언급되거나 기록되어 있지 않은지 주의를 기울여주기를 바라기 때문이다.

제15장

마카리에는 우리의 태양계와 어떤 특별한 관계를 맺고 있는데 그에 대해서는 우리가 감히 입 밖에 낼 수 없다. 그녀는 정신 속에, 영혼 속에, 상상력 속에 이 관계를 간직하고 있고 그것을 직관할 뿐 아니라 그녀 자신이 그 관계의 일부를 이루고 있다. 그녀는 저 천체 운행 속에 자신도 함께 끌려가고 있는 것을 본다. 그것도 아주 독특한 방법에 의해서 말이다. 그녀는 어려서부터 태양 주위를 회전해 왔다. 게다가 지금 알려진 바로는 나선형을 그리며 중심점에서 점점 더 멀어지면서 외곽으로 회전하고 있다는 것이다.

무릇 존재하는 것은, 그것이 물질적인 것이라면 중심을 향하려 하고 정신적인 것이라면 외부로 향하려 한다는 가정이 허용된다면 우리의 사랑하는 마카리에는 가장 정신적인 존재에 속한다. 그녀는 오직 지상적인 것으로부터 자기를 해방시켜 존재의 가장 가까운 곳에서 가장 먼 곳에 이르는 공간에 스며들기 위해서 태어난 것처럼 보인다. 이 특성은 그처럼 숭고하지만 그녀가 아주 어렸을 때부터 하나의 무거운 사명으로서 주어진 것이다. 그녀는 어릴 때부터 자신의 내적 자아가 빛나는 존재들로 채워져 있고, 가장 밝은 태양빛에게조차 뒤지지 않는 어떤 빛으로 비춰지고 있던 것을 기억한다. 그녀는 가끔 두 개의 태양을 보았다. 하나는 자기 안의 태양이며 다른 하나는 하늘에 떠 있는 밖의 태양이다. 그녀는 두 개의 달을 보았다. 외부의 달은 그것이 차고 이지러짐에 상관없이 언제나 같은 크기였으나 내부의 달은 차츰 작아져갔다.

이런 하늘이 내린 재능은 그녀의 관심을 일상적인 사물들로부터 멀어지게 했다. 그러나 그녀의 훌륭한 부모가 그녀의 교육에 온 힘을 기울인 덕분에 그녀의 모든 능력이 살아나 모든 활동이 효과적으로 작용한 끝에 모든 외적인 상황에 적응할 수 있게 되었다. 그리고 그녀의 마음과 정신은 초지상적인 환상으로 온통 가득 차 있으면서도 그녀의 행위와 행동은 어디까지나 숭고한 도의에 알맞은 것이었다. 그녀가 성장함에 따라 어디에서나 따뜻한 도움의 손길을 아끼지 않고 크고 작은 일에 봉사하는 모습은 마치 지상을 거니는 신이 보낸 천사와 같았다. 한편 그녀의 정신 세계는 우리 우주의 태양 주위를 돌면서도 끊임없이 커져가는 원을 그리며 초지상적인 것으로 나아가고 있었다.

이런 충만한 상태는 그녀의 마음속에서도 날이 밝고 밤이 찾아오는, 그런 현상으로써 어느 정도 부드러워졌다. 내부의 빛이 차츰 약해지면 그녀는 바깥 의무에 매우 충실하려 노력했고, 내부가 새롭게 빛날 때면 행복한 평안함에 몸을 맡겼다. 이따금 어떤 구름 같은 것이 그녀 주위를 둘러싸고 머물면 한동안 천상의 무리들이 희미하게 보였다고 했다. 그녀가 언제나 주위 사람들의 행복과 기쁨을 위해 몸을 바칠 수 있는 때가 바로 이 무렵이었다.

그녀가 자신의 직관을 비밀로 하면서 그것을 견뎌내는 것은 쉬운 일이 아니었다. 그녀가 그 비밀을 털어놓아도 아무도 인정하려 하지 않거나 오해를 살 뿐이었다. 그래서 그녀는 평생을 살아오면서 겉으로는 그것을 병처럼 보이게 해두었다. 그리고 집안에서는 지금도 그렇게 말하고 있다. 그런데 마침내 행운의 여신이, 여러분이 지금 보다시피 한 남자를 그녀에게 이끌어 주었다. 이 남자는 의사이자 수학자이며 천문학자로서 세 분야에서 모두 귀중한 인재로 평가받고 있던 고귀한 인품을 지닌 사람이었지만, 처음에는 그도 호기심에서 그녀에게 접근했었다. 그러나 그녀가 그를 믿게 되면서 그에게 차츰 자신의 상태에 대해 이야기하고 현재의 것을 지나간 것과 연결시켜 여러 사건들이 하나의 맥락 속에 있음을 보여주었을 때 그는 이 현상에 온통 마음을 빼앗긴 나머지 그녀와 더는 떨어질 수 없게 되었고, 하루하루 갈수록 더 깊이 이 신비 속으로 파고들어가 그 비밀을 밝혀내려 애쓰게 되었다.

처음에 아주 뚜렷하게 말했던 것처럼 그는 이것을 하나의 착각이라고 생각했다. 그녀가 작은 소녀였을 때부터 별과 천문학에 관심을 가지고 열심히 공부하여 충분한 지식을 습득했으며 기계와 책을 통해 우주 구조를 더 구체적으로 파악하려 노력했음을 부인하지 않았기 때문이다. 그래서 그녀의 직관이 배워서 얻어진 것이라는 생각을 버릴 수 없었다. 고도로 조절된 상상력의 작용이거나 기억력의 영향 또는 판단력, 특히 숨은 계산력이 함께 작용하고 있으리라 추측했던 것이다.

그는 수학자이기에 완고하고 명석한 두뇌의 소유자여서 무엇이든 쉽게 믿지 않았다. 그는 오랫동안 마카리에의 말을 인정하지 않았지만, 그녀가 진술한 것을 정밀하게 적어두고 몇 년에 걸친 과정을 검토하여 결론지으려 애썼다. 그러던 가운데 그는 별들이 서로 상응하는 위치에 꼭 들어맞는 그녀의 최근 진술에 놀라 외쳤다. "신과 자연이 살아 있는 천구(天球)를, 정신의 톱니바퀴를 만들어내 달아놓으면 왜 안 되랴. 시계가 날마다 우리에게 때맞춰 시각을 알려주듯이 독자적인 방법으로 별의 운행을 찾아나갈 수 있도록 말이다."

그러나 여기서 더 이상 파고들지 말기로 하자. 왜냐하면 믿기 어려운 것을 너무 자세하게 음미하려고 하면 그 가치를 잃어버리기 때문이다. 그렇지만 이 것만은 말해 두어야겠다. 우리의 천문학자가 계산을 하는데 기초로 사용한 것은 다음과 같은 사실이다. 모든 것을 꿰뚫어보는 그녀의 환상 속에서는 태양이 낮에 보이는 것보다 훨씬 작게 보인다는 것이다. 또한 열두 별자리에 있는 태양의 이상한 위치가 온갖 추론을 이끌어내는 계기가 되었다는 것이다.

이에 대해서는 의혹과 착오도 있었다. 그녀가 별 두세 개가 똑같이 열두 별자리에 나타난다고 지적했음에도 하늘에서 아무것도 찾아낼 수 없었기 때문이다. 그 별들은 그때에는 아직 발견되지 않았던 작은 혹성이었을지 모른다. 왜냐하면 다른 진술로써 그녀가 벌써 화성 궤도를 넘어 목성 궤도로 접근하고 있다고 추정되었기 때문이다. 분명히 그녀는, 목성에서 얼마나 떨어져 있었는지는 말하기 어렵지만 무서우리만치 장엄한 이 행성의 모습을 경이에 차서 한동안 관찰했고 또 그것을 둘러싼 위성들의 운행을 보았다는 것이다. 그런데 그 뒤에 이상하게도 그 행성이 이지러지기 시작한 달로 보였는데, 게다가 평소와는 정반대로 차오르는 달처럼 태양의 동쪽에서 보였다는 것이다. 이로써 그녀가 목성을 측면에서 보고 있으며 실제로 목성의 궤도를 벗어나 토성으로 무한한 공간 속을 나아가려 하고 있음을 알게 되었다. 어떠한 상상력도 거기까지는 그녀를 따라가지 못하리라. 그러나 우리는 이러한 엔텔레키*44의 여성이 우리 태양계에서 완전히 멀어져버리지 않고 그 경계에 다다르면 다시 지구로 되돌아와서 우리 후손들을 위해 지상의 생활과 복지에 그 감화력을 떨쳐주기를 희망한다.

자, 여기서 이 천공을 떠도는 정신에 대한 이야기를 끝내고 전에 잠깐 암시한 저 지상 동화 같은 이야기로 돌아가도록 하자.

몬탄은 매우 성실한 자세로 이렇게 보고했다. 자신의 감각만으로 지하의 물

---

*44 엔텔레키(Entelechie), 불멸의 영혼이라고도 한다. 아리스토텔레스 철학의 개념인 엔텔레케이아(Enlelecheia)에서 비롯되었으며 목적을 이루어 완전한 상태에 있다는 의미에 괴테가 불멸성을 더했다. 엔텔레키는 삶의 지속성을 위해 활동할 뿐만 아니라 죽음을 뛰어넘어 작용하는 근원적인 힘이라는 것이다. 이것이 《파우스트》 제2부 마지막에 천사들이 말한 "끊임없이 애쓰고 노력하는 자를/우리는 구원할 수 있습니다"와 맥을 같이한다.

질들을 가려낼 줄 아는 그 이상한 사람은 최초로 벌써 이주한 자들과 함께 먼 곳으로 떠나버렸다고 말이다. 그러나 인간에 대해 잘 아는 주의 깊은 사람은 그것은 도저히 있을 수 없는 일이라 생각했을 것이다. 그렇잖은가. 몬탄이나 몬 탄 같은 사람들이 그처럼 바로 쓸 수 있는 마법의 지팡이를 왜 놓아주려 하 겠는가. 아니나 다를까 그가 떠나고 얼마 지나지 않아 이것저것 주고받은 말 과 하인들 사이에서 생겨난 이상한 이야기를 통해 이 점에 대해 차츰 의심이 생겨났다. 다시 말해 필리네와 리디에는 다른 여자 하나를 하녀라는 명목으로 데리고 왔는데 그녀는 전혀 하녀처럼 보이지 않았다. 부인들이 옷을 갈아입을 때 한 번도 불려가서 시중든 적이 없었던 것이다. 그 수수한 옷차림은 씩씩하 고 건장한 체격에 아주 잘 어울렸지만 그녀의 순박한 인품과 마찬가지로 어딘 지 촌스러운 느낌을 자아냈다. 그녀의 행동은 예의에 벗어나는 것은 아니었지 만, 그렇다고 하녀들이 곧잘 우스꽝스럽게 보여주는 사교적 교양 같은 건 없었 다. 게다가 그녀는 일꾼들과 금세 어울렸는데 정원사와 들판과 밭에서 일하는 사람들 사이에 들어가 쟁기를 들고 두세 사람 몫의 일을 했다. 그녀가 갈퀴를 잡으면 갈아 엎어진 땅 위를 능숙한 솜씨로 돌아다니며 드넓은 밭을 평평하게 잘 가꿔진 화단처럼 만들어놓는 것이었다. 그럴 때는 조용히 지냈기 때문에 사 람들에게 호감을 얻었다. 사람들이 말한 바에 따르면 그녀는 가끔 농기구를 내 려놓고 들판을 가로질러 쏜살같이 달려가 숨겨진 샘물을 찾아내 갈증을 풀곤 했다는 것이다. 이런 행동을 그녀는 날마다 되풀이했는데 자기가 어디에 서 있 든지 물이 마시고 싶어지면 맑게 물이 흐르는 곳을 한두 군데는 알아낼 수 있 었다고 한다.

이렇게 해서 결국 몬탄의 보고에 대한 의심을 증명하는 하나의 증거가 남게 된 셈이다. 그는 아마 검토가 불충분한 그녀의 능력을 사람들이 실제로 시험해 보는 번거로움을 피하기 위해 점잖은 집주인들에게 이런 진기한 사람이 눈앞 에 있다는 사실을 비밀로 하려고 마음먹었을 것이다. 다른 때 같았으면 집주인 들을 믿고 털어놓았을 텐데 말이다. 그러나 우리는 우리가 알게 된 사실을 불 완전한 형태로나마 전달해 두고 싶었다. 이런 경우는 어쩌면 생각보다 훨씬 자 주 어떤 암시를 통해 나타날지도 모르므로 탐구심이 왕성한 사람들이 이와 비 슷한 경우에 주의를 기울이기를 바라기 때문이다.

제16장

우리는 얼마 전에 백작의 성이 우리의 떠돌이들로 활기를 띠는 모습을 보았다. 그 성의 관리인은 본디 활동적이고 민첩한 사람이라 언제나 영주와 자신의 이익을 염두에 두고 있었다. 그는 이제 흡족한 마음으로 계산서와 보고서를 쓰려고 책상 앞에 앉았다. 그는 그 손님들이 이곳에 머무르면서 안겨주고 간 엄청난 이익을 얼마쯤 자기만족에 사로잡혀 장부에 계산하고 정리해 기록하느라 여념이 없었다. 그러나 이 정도 이익은 그의 믿음을 생각하면 아주 사소한 것에 지나지 않았다. 활동적이고 수완이 좋으며 자유로운 정신을 가진 담대한 이 사람들에게서 얼마나 큰 성과가 생겨날 것인지 꿰뚫고 있었기 때문이다. 어떤 사람들은 바다를 건너가기 위해 작별을 고하고, 다른 사람들은 이 대륙에서 자신들의 일터를 찾기 위해 떠나갔다. 이제 그는 아직 제3의 관계가 숨어 있음을 알아차리고는 곧바로 거기서 이익을 챙기려고 결심을 굳혔다.

우리가 전부터 예상해 왔고 알고 있었던 일이지만, 그들이 헤어질 때 분명하게 알게 된 것은 젊고 건강한 남자들 가운데 마을이나 인근의 아리따운 처녀들과 조금이나마 가까워진 사람들이 매우 많다는 사실이었다. 오도아르트가 일행과 함께 떠나려고 했을 때 여기에 남아 있겠다고 단호하게 말하는 용기를 보인 사람은 몇 사람에 지나지 않았다. 레나르도의 이주자들 가운데 남은 사람은 한 사람도 없었다. 하지만 그들 가운데 만약 충분한 생계와 안전한 미래가 어느 정도 보장된다면 곧 다시 돌아와 이곳에 정착하고 싶다고 분명하게 말할 사람들은 몇 명 있었다.

관리인은 자기 관할에 속한 얼마 안 되는 주민들에 대해서라면 한 사람 한 사람의 됨됨이와 가정사정까지 속속들이 알고 있었다. 그래서 뼛속부터 이기주의자인 그는 사람들이 바다 건너나 국내에서 자유롭게 활동할 수 있게 하기 위해 그처럼 대규모 조직을 만들어 비용을 대고 있는 데 대해 남몰래 새어나오는 웃음을 참을 수 없었다. 덕분에 그는 가만히 앉아만 있어도 막대한 이익이 자기 집과 영주에게 굴러들어오고 아주 뛰어난 몇몇 사람을 말려서는 자기 집에 붙들어 매는 기회까지 잡았으니까 말이다. 눈앞에 벌어진 일로 말미암아 더욱 고취된 그는 자유주의 정신을 잘만 이용하면 참으로 훌륭하고 이로운 결과를 가져올 수 있다는 것만큼 마땅한 일은 없다고 생각하게 되었다. 그는 당장 자신의 작은 관리구역 안에서 이와 비슷한 것을 해보려고 결심했다. 때마침 부유한 주민들이 이번 일로 딸들을 너무 빨리 남편과 다름없는 사이가 된 남자들과 어쩔 수 없이 정식으로 결혼시켜야 하는 처지에 놓이고 말았다. 관리인은 이런 시민적인 불행이 오히려 전화위복이 될 거라고 설득하고 다녔다. 그리고 가장 도움이 되는 수공업자들이 신랑으로 뽑혔다는 사실은 정말 행운이었다. 예를 들어 가구 공장을 열도록 하는 것은 어려운 일이 아니었다. 가구 공장은 넓은 장소도 필요없고 복잡하게 준비할 것도 없이 그저 기술과 충분한 자재만 있으면 된다. 관리인이 자재를 책임지고, 마을에서는 일할 여자들과 장소와 자본을 제공했다. 숙련된 기술은 마을에 들어와 살려고 하는 남자들이 지니고 있었다.

약삭빠른 관리인은 많은 사람들이 아직 이곳에 머무르며 북적거리고 있을 때 벌써 남몰래 이 모든 것을 거듭 생각해 두었기 때문에 주위가 조용해지자마자 곧 이 일을 시작할 수 있었다.

사람들이 썰물처럼 빠져나간 뒤 마을 길가에도 성의 뜨락에도 고요함이, 그것도 쥐 죽은 듯한 고요함이 찾아왔다. 그때 말을 타고 달려온 한 청년이 수지타산을 계산하느라 여념이 없던 관리인에게 큰 소리로 외쳐서 그를 깜짝 놀라게 했다. 말에 편자가 박혀 있지 않아서 말발굽 소리도 나지 않았는데 그 청년은 말에서 뛰어내리더니―그는 안장이나 등자도 달지 않고 고삐만 가지고 말을 몰고 왔다―아무도 없느냐며 이곳에 머물렀던 손님들의 이름을 불러댔다. 그러고는 모든 것이 죽은 듯한 고요에 휩싸여 있는 것을 보고 몹시 이상해하는 표정을 지었다.

하인은 이 남자를 어떻게 대해야 할지 몰랐다. 말다툼이 벌어지자 관리인이 직접 나왔지만 그 또한 모두 떠나버렸다고밖에 말할 수 없었다. "어디로 갔습니까?" 그 혈기 넘치는 젊은이가 다그쳐 물었다. 관리인은 침착하게 레나르도와 오도아르트, 그리고 그들이 빌헬름이라 부르기도 하고 마이스터라고도 부르던 제3의 사나이가 떠난 길을 가르쳐주었다. 이 빌헬름이라는 남자는 여기에서 수마일 떨어진 강에서 배를 타고 내려가 먼저 아들을 만나본 다음에 어떤 중요한 일을 하기 위해 더 멀리 갈 것이라고 말했다.

젊은이는 다시 말에 뛰어올라 강으로 가는 가장 가까운 길을 묻더니, 눈 깜짝할 새에 성문 밖으로 말을 달려 사라져버렸다. 이층 창문으로 그를 바라보던 관리인은 그가 갈팡질팡하면서도 어쨌든 갈 길을 제대로 찾아가고 있는 것을 먼지가 이는 모습을 보고 겨우 알 수 있었다.

저 멀리 마지막 먼지가 사라지고 관리인이 다시 일을 하려고 자리에 막 앉았을 때 위쪽 성문에서 심부름꾼 하나가 뛰어들어와 앞서 왔던 사람과 마찬가지로 일행에 대해 물었다. 그는 일행에게 전해 줄 것이 있어 서둘러 보내졌던 것이다. 그는 일행에게 전달할 꽤 커다란 소포 하나를 가져왔는데, 마이스터라 불리는 빌헬름 앞으로 되어 있는 편지도 지니고 있었다. 그 편지는 어느 젊은 숙녀가 심부름꾼에게 특히 조심해서 전해 달라고 거듭 당부한 것이었다. 그러나 유감스럽게도 이 배달부한테도 보다시피 이곳은 텅 비어 있으니 서둘러 길을 계속 따라가 일행과 만나든지 아니면 그다음 길잡이를 찾아낼 수 있는 곳까지 가는 수밖에 없다고 말할 수 있을 뿐이었다.

우리에게 맡겨진 많은 서류들 가운데 발견된 이 편지는 아주 중요한 의미를 지녔기 때문에 우리는 이것을 공개하지 않을 수 없다. 그것은 헤르질리에, 그 유별나고 사랑스러운 숙녀가 보내온 편지였다. 그녀는 우리의 이야기 속에서는 가끔씩만 등장하지만 그녀가 나올 때마다 특유의 재기발랄함 때문에 섬세한 감정을 지닌 사람들이라면 누구나 그녀에게 매료되었을 것이 틀림없다. 그녀가 부딪힌 운명 또한 상냥한 마음씨를 가진 사람에게 일어날 수 있는 가장 색다른 것이리라.

제17장

헤르질리에가 빌헬름에게

저는 생각에 잠겨 앉아 있었습니다. 무엇을 생각하고 있었는지는 말할 수 있을 것 같지 않네요. 뭔가를 생각하면서도 아무것도 생각하지 않는 일이 제게는 가끔 일어난답니다. 스스로 느낀 무관심 같은 거죠. 말 한 마리가 뜰 안으로 뛰어들어와 저를 고요한 상태에서 깨어나게 했어요. 갑자기 문이 열리면서 펠릭스가 들어왔습니다. 마치 작은 우상처럼 젊음을 빛내면서 말이에요. 그는 제게 달려와 저를 껴안으려 했습니다. 저는 그를 밀어버렸어요. 그는 신경 쓰지 않은 듯 조금 떨어진 채로 이번에는 맑고 명랑한 얼굴로 자기를 태우고 온 말에 대해 칭찬하더니 자기가 말을 훈련시킨 것과 그 즐거움에 대해 자세하게 이야기해 주는 거예요. 옛날 일들을 추억하다가 이야기는 그 작고 아름다운 상자로 옮겨갔지요. 그는 제가 그 상자를 가지고 있다는 걸 알고 있어서 보여달라고 했어요. 저는 그의 말을 들어주었습니다. 거절할 수가 없었어요. 그는 상자를 바라보면서 그것을 발견했을 때의 일을 자세히 말해 주었어요. 저는 그만 제가 열쇠를 가지고 있다는 사실을 입 밖에 내고 말았습니다. 그러자 그의 호기심은 극에 달하여 멀리서라도 좋으니 한 번만 보게 해달라고 졸랐습니다. 그처럼 절실하고 사랑스럽게 애원하는 사람은 다른 누구에게서도 본 적이 없어요. 그는 기도하듯 무릎을 꿇고 간청했어요. 불타는 눈길을 보내며 감미로운 말들로 애원하는데, 그게 정말 사랑스러운 거예요. 그래서 저는 또다시 넘어가고 말았지요. 저는 비밀의 열쇠를 멀리에서 보여주었습니다. 그런데 그가 재빨리 제 손을 잡아 열쇠를 낚아채고는 약 올리듯 옆으로 홱 비켜서더니 탁자 주위를 빙글 도는 거예요.

"상자나 열쇠는 아무래도 좋아요!" 그는 소리쳤습니다. "나는 당신의 마음을 열고 싶을 뿐이에요. 당신이 마음을 열고 나를 받아들여 날 안아주기를, 당신을 내 가슴에 안게 되기를 바랐을 뿐이라고요." 저는 그가 한없이 아름답고 사랑스러워 보였습니다. 그리고 제가 그에게 다가가려고 하자 그럴 때마다 탁자 위에 있는 상자를 자기 앞으로 끌어당겼어요. 이미 열쇠는 상자에 꽂혀 있었어요. 그는 열쇠를 돌리겠다고 으름장을 놓더니 정말로 끝내 돌려버렸어요. 열쇠는 겉으로 나와 있던 부분이 부러지면서 탁자 위로 떨어졌습니다.

저는 그보다 더할 수 없을 만큼 당황했습니다. 그는 제가 얼이 빠져 있는 틈을 타 상자는 놔두고 제게 달려들어 저를 껴안았어요. 저는 발버둥쳤지만 소용없었어요. 그의 눈이 제게 다가왔습니다. 사랑으로 불타는 눈에 비친 자신의 모습을 보는 것은 정말로 기쁜 일이에요. 그가 열렬히 제게 입맞췄을 때 저는 처음으로 그것을 보았던 거예요. 솔직히 고백하자면 저는 그의 키스에 응답해 주었습니다. 한 사람을 행복하게 만든다는 건 아주 기쁜 일이니까요. 그리고 저는 몸을 비틀어 뿌리쳤습니다. 우리 사이를 갈라놓고 있는 틈이 너무나도 뚜렷하게 보였어요. 제가 정신을 차리지 못하고 도를 넘어버렸던 거예요. 저는 화가 나서 그를 밀쳐버렸습니다. 도를 넘은 행동이 오히려 제게 용기와 분별력을 되찾게 해주었어요. 저는 그를 으르고 꾸짖었어요. 두 번 다시 제 앞에 나타나지 말라고 명령했습니다. 그는 진지한 제 얼굴을 보고 그 말을 곧이곧대로 받아들였습니다. "좋아요! 그렇다면 나는 말을 타고 세상으로 뛰쳐나갈 거예요. 내가 죽어버릴 때까지!" 그는 말에 뛰어올라 달려나가 버렸어요. 아직도 저는 꿈을 꾸는 듯한 심정으로 상자를 챙기려 하였습니다. 열쇠의 절반은 부러진 채로 탁자 위에 놓여 있었습니다. 저는 이중 삼중으로 당황하여 어찌할 바를 몰랐습니다.

오, 남자들이여, 인간들이여! 그대들은 대체 왜 자손들에게 이성을 물려주려 하지 않는 건가요? 그처럼 많은 고역을 치르게 한 아버지만으로 족하지 않단 말인가요? 우리 여성들 마음을 흔들어놓고 헤어나올 수도 없게 하기 위해서 아들까지 필요했다는 건가요?

이 고백은 한동안 제 곁에 그대로 놓여 있었습니다. 그런데 앞서 말씀드린 일을 분명하게 밝혀주기도 하고 또 미궁으로 빠뜨리기도 하는 이상한 사태가 벌어져서 그에 대해 알려드리지 않을 수 없습니다.

큰아버지가 아주 소중히 여기시는, 금 세공사이자 보석상인 어느 나이 든 분이 찾아와 진귀한 골동품들을 꺼내 보여주었습니다. 저는 그 작은 상자를 가져오고 싶어졌어요. 그분은 부러진 열쇠를 살펴보고는 우리가 이제껏 모르고 지나쳤던 사실을 알려주셨어요. 열쇠의 부러진 면이 까칠까칠하지 않고 미끈하다는 거예요. 부러진 끝과 끝을 맞춰보았더니 서로 딱 들러붙었습니다. 그분은 하나로 이어붙은 열쇠를 빼냈습니다. 열쇠는 두 부분이 자석처럼 붙어서 서로 꼭 끌어당기고 있었던 거예요. 그러니 그런 원리를 잘 알고 있는 사람이 아니면 상자를 열 수 없는 거죠. 그분이 상자에서 조금 떨어지자 상자 뚜껑이 튀어오르듯 열렸는데 그분은 얼른 뚜껑을 닫아 버렸습니다. 이런 비밀에는 손을 대지 않는 게 좋겠다고 그분은 말했습니다.

설명하기 힘든 제 상황을 다행히도 당신은 상상할 수 없을 거예요. 혼란 밖에 있는 사람이 어떻게 그 혼란을 이해할 수 있겠습니까. 의미심장한 작은 상자는 제 앞에 있고 열지 못하는 열쇠도 손에 쥐고 있습니다. 이 열쇠가 가까운 미래에 상자를 열어주기만 한다면 그때까지 저는 기꺼이 저 작은 상자를 열지 않은 채로 놔둘 것입니다.

저에 대해서는 한동안 걱정하지 마세요. 그러나 간절히 부탁하고 권하건대 부디 펠릭스를 찾아봐주세요. 그의 행방을 찾아내려고 여기저기로 사람을 보냈지만 헛일이었어요. 우리가 다시 만날 그날을 축복해야 할지 두려워해야 할지 저도 모르겠습니다.

드디어, 드디어! 심부름꾼이 빨리 보내달라 재촉하고 있습니다. 꽤 오랫동안 그를 여기에 붙잡아두었거든요. 이 심부름꾼에게 급보를 들려 방랑자들의 뒤를 쫓게 할 거예요. 그는 아마 그 사람들 가운데에서 당신을 찾아내겠지요. 그렇지 않으면 누군가가 길을 가르쳐줄 테죠. 그때까지 저는 마음을 가라앉힐 수 없을 거예요.

제18장

이제 작은 배는 무더운 한낮의 햇빛을 받으면서 강을 미끄러져 내려갔다. 산들바람이 더운 열기를 식혀주었고 양쪽의 완만한 강가는 단조롭지만 쾌적한 경관을 보여주었다. 곡식밭이 강물 가까이에 있어 기름진 땅이 강줄기에 맞닿아 있었다. 세차게 흐르는 물줄기는 부드러운 땅을 때리면서 흙을 휩쓸어갔고, 제법 높고 가파른 비탈을 만들어냈다.

옛날에는 배를 끄는 길이 나 있었다던 가파른 비탈 끝을 한 젊은이가 말을 타고 달려오는 것을 빌헬름은 보았다. 체격이 좋고 씩씩하게 보이는 젊은이였다. 그러나 그 청년을 더 자세히 보려는 순간, 가장자리에 튀어나와 있던 풀밭이 무너져 내리면서 그 불행한 젊은이는 말과 함께 거꾸로 뒤집어진 채 강물 속으로 곤두박질쳤다. 앞뒤 가릴 여유도 없이 뱃사람들은 그 소용돌이치는 곳으로 쏜살같이 배를 저어가 순식간에 아름다운 희생자를 잡아올렸다. 그 사랑스러운 젊은이는 정신을 잃고 배에 누워 있었다. 노련한 뱃사람들은 잠시 생각한 뒤 강 한가운데에 생겨난 버드나무가 우거진 모래밭으로 배를 저어갔다. 그곳에 배가 닿자마자 다 함께 젊은이를 기슭으로 옮겨놓고 옷을 벗긴 뒤 몸을 닦아주었다. 이 모든 일이 눈 깜짝할 사이에 흐트러짐 없이 이루어졌다. 그러나 살아 있다는 기색이 아직 보이지 않았다. 이 꽃 같은 젊은이는 그들의 팔에 안

긴 채 축 늘어져 있었다!

빌헬름은 곧바로 수술용 메스를 잡고 팔의 혈관을 절개했다. 피가 엄청나게 솟아나왔다. 피는 넘실대며 밀려온 파도에 섞여 소용돌이치는 강물을 따라 흘러 내려갔다. 청년에게 생기가 되돌아왔다. 자애로운 이 구급의사가 붕대를 채 감기도 전에 젊은이는 벌써 기운을 차리고 일어나 빌헬름을 뚫어지게 바라보더니 소리쳤다. "제가 살아야 한다면 언제까지나 아버지와 함께 있을래요!" 아버지를 알아본 그는 아들을 알아본 구조자의 목에 매달려 슬프게 울었다. 이렇게 두 사람은 서로 부둥켜안고 서 있었다. 마치 카스토르와 폴리데우케스*45 형제가 저승과 이승의 갈림길에서 만났을 때처럼 말이다.

사람들은 펠릭스를 진정시켰다. 뱃사람들은 바지런하게도 듬성한 수풀과 나뭇가지 아래에 절반은 해가 들고 절반은 그늘이 진 쾌적한 잠자리를 마련했다. 더할 나위 없이 사랑스러운 이 젊은이는 바닥에 깔린 아버지의 외투 위에 드러누웠다. 갈색 고수머리는 벌써 말라 다시 곱슬곱슬해졌다. 그는 잔잔하게 미소짓고는 금세 잠들어버렸다. 빌헬름은 외투를 잘 감싸 덮어주면서 흡족하게 아들을 내려다보았다. "숭고한 신의 모습을 한 아이야, 너는 늘 새로 태어나리라!" 빌헬름은 외쳤다. "곧 다시 마음과 몸이 다쳐 상처 입을지라도." 펠릭스를 감싼 외투와 따스한 태양이 그의 온 몸을 부드럽게 녹여주었고 그의 볼은 차츰 건강한 붉은빛을 띠었다. 벌써 완전히 회복된 것 같았다.

부지런한 뱃사람들은 응급처치가 잘 이루어진 것을 기뻐했고, 보상도 후하게 받을 것 같아 미리부터 기대했다. 젊은이가 눈을 떴을 때 누구 앞에 나서더라도 부끄럽지 않은 단정한 모습으로 만들기 위해 뱃사람들은 뜨거운 모래사장 위에서 그의 옷을 거의 다 말려놓고 있었다.

---

*45 제우스 신과 레다 사이에서 태어난 쌍둥이 아들. 형인 카스토르가 죽자 동생인 폴리데우케스는 아버지에게 간청하여 하루씩 저승과 이승에서 살도록 허락받고 그 갈림길에서 형과 매일 만난다. 가장 친밀한 형제의 예로 사용되고 있다.

마카리에의 문고에서*⁴⁶

인생행로의 비밀을 밝히는 것은 허락되지 않은 일이며 가능하지도 않다. 그 길에는 어떤 여행자나 발이 걸려 넘어질 돌부리들이 있다. 그러나 시인이 그 자리들을 살짝 암시해 준다.

만약에 이 세상의 모든 지혜가 신 앞에서는 한낱 어리석음에 지나지 않는다면 일흔까지 애써 살 가치가 없을 것이다.

진리는 신과 닮아 있어서 직접 모습을 나타내지 않는다. 우리는 그 계시로써 진리를 추측하는 수밖에 없다.

참된 제자는 이미 알려진 것에서 미지의 것을 이끌어내어 발전하는 방법을 배움으로써 스승에게 다가선다.

그러나 인간이 이미 알려진 것에서 미지의 것을 이끌어내기란 쉽지 않다. 왜냐하면 인간은 자신의 오성이 자연과 똑같은 원리로 작용한다는 것을 모르기 때문이다.

즉 신들은 우리에게 가장 신다운 고유의 활동을 본뜨도록 가르치지만, 우리는 자신이 행한다는 사실만 알뿐 그것이 무엇을 모방한 행위인지 깨닫지 못하는 것이다.

모든 것은 동일하며 동일하지 않다. 모든 것은 유익하며 또한 해롭다. 말을 걸어오는가 하면 침묵을 지키고, 이성적인가 하면 비이성적이다. 이렇게 인간이 낱낱의 사물에 대해 인정하는 것은 자주 모순된다.

그것은 인간이 스스로에게 법칙을 부과하면서도 무엇에 법칙을 부과했는지

---

*46 이 잠언집도 〈떠돌이의 마음의 성찰〉과 마찬가지로 이 소설과 직접 연관이 없는 것처럼 보이지만 사실은 소설의 이해를 더욱 깊게 하고, 이 작품을 한층 더 폭넓게 해주고 있다.

는 모르기 때문이다. 그러나 자연의 질서는 모두 신들이 세운 것이다.

인간이 세운 것은 옳든 그르든 어딘지 딱 들어맞지 않는다. 그러나 신들이 세운 것은 옳든 그르든 언제나 제자리를 잡고 있다.

하지만 나는 잘 알려진 인간의 기술들이 공공연히 또는 비밀리에 일어나는 자연의 사건과 같은 것임을 지적하고 싶다.

예언술이 바로 그와 같다. 그것은 공공연한 것에서 숨겨진 것을, 현재의 것에서 미래의 것을, 죽은 것에서 살아 있는 것을, 그리고 의미 없는 것의 의미를 인식하는 것이다.

이런 것을 잘 알고 있는 사람은 언제나 인간의 본성을 올바르게 인식하며, 이를 알지 못하는 사람은 인간의 본성을 이러니저러니 여러 가지로 해석한다. 모든 사람은 저마다 나름의 방식으로 인간의 본성을 모방한다.

남자와 여자가 만나 아이가 태어난다면 그것은 이미 알려진 것에서 미지의 것이 탄생하는 것이다. 이와는 반대로 아이의 몽롱한 정신이 차츰 사물을 명확히 깨닫게 되면서 아이는 어른이 되며, 현재의 것으로부터 미래의 것을 인식하는 법을 배운다.

불멸의 것을 죽게 마련인 생명체와 비교할 수는 없다. 그러나 그저 살아 있기만 한 것에도 지각은 있다. 그러므로 위(胃)는 배고프거나 갈증을 느낄 때 그것을 너무나 잘 안다.

예언술과 인간 본성의 관계가 그러하다. 통찰력이 있는 자에게는 둘 다 언제나 옳다. 그러나 편협한 자에게는 이렇게 보이기도 하고 저렇게 보이기도 하는 것이다.

대장장이는 쇠를 불에 달구어 쓸데없는 성분을 없애고 쇠를 부드럽게 한다.

그렇게 하여 쇠에서 불순물이 없어지면 망치로 두드려서 단련시킨다. 그리고 물이라는 이질적인 자양분으로써 다시 강해진다. 이와 같은 일이 인간에게도 스승으로부터 배움으로써 이루어진다.

지성의 세계를 눈여겨보고 참된 지성의 아름다움을 깨달을 수 있는 사람이라면 또한 모든 감각을 초월하는 아름다움의 아버지를 인지할 것임을 우리는 확신한다. 그러므로 우리는 어떻게 하면 정신과 세계의 아름다움을 직관할 수 있는지 힘 닿는 데까지 통찰하려 하며 그런 것들이 뚜렷해지면 우리 자신을 위해 그것을 표현하고자 애쓰는 것이다.

여기에 두 개의 돌덩어리가 나란히 놓여 있는데 그 가운데 하나는 예술적으로 가공되어 있지 않은 자연 그대로이고, 또 하나는 예술에 의해 인간 또는 신의 형상으로 만들어져 있다고 가정해 보자. 만약 신의 형상을 담은 돌이라면 우아미(優雅美)의 세 여신이나 뮤즈를 표현하면 좋을 것이고, 인간의 형상을 담았다면 어느 특정한 인물이 아니라 오히려 예술이 모든 아름다운 것을 집대성하여 만든 하나의 인간상이어야 할 것이다.

예술에 의해 아름다운 형상으로 만들어진 돌은 여러분에게 금세 아름답게 보일 것이다. 그 이유는 그것이 돌이어서가 아니라 예술이 그 돌에 하나의 형상을 불어넣었기 때문이다. 단지 돌이라서 아름답게 보이는 거라면 다른 돌덩어리도 마찬가지로 아름답게 보여야 할 것이다.

돌이라는 질료가 이런 형상을 지니고 있었던 것은 아니다. 그 형상은 돌에 새겨지기 전에 그것을 고안한 예술가 안에 이미 존재했었다. 그러나 그 형상이 있었던 것은 그에게 눈과 손이 있기 때문이 아니라 그가 예술적 재능을 지니고 있었기 때문이다.

그러므로 예술 그 자체에는 훨씬 더 위대한 아름다움이 있었다. 왜냐하면 예술 속에 존재하는 아름다움의 형태가 돌에 스며드는 것이 아니라 그 아름다움은 그대로 예술 안에 머물러 있고 그와는 별개로 한 단계 낮은 차원의 아름다움이 나타나는 것이다. 아름다운 형상은 순수하게 그 아름다움에 머물러 있지 않으며 예술가가 바란 형태로 나타나지도 않는다. 아름다움은 소재가 예술의 명령에 따르는 범위 내에서 나타난다.

그런데 예술이 존재하고 소유하고 있는 것도 드러낸다면, 그리고 언제나 그 행동의 규범으로 삼는 이성에 따라 아름다움을 나타낸다면 그런 예술은 외부로 드러난 어떤 것보다 더 많이 더 진실하게, 그리고 완전한 의미에서 예술 그 자체의 위대하고 빼어난 아름다움을 소유하는 것이다.

형식이 소재 속으로 흘러들어가면 빠르게 확장되어버리기 때문에 예술이라는 유일자 속에 머물러 있는 형식보다 약해진다. 거리를 두는 힘을 지닌 것은 본디의 자신으로부터 멀어져 간다. 강함은 강함으로부터, 열은 열로부터, 힘은 힘으로부터 멀어지듯 아름다움은 아름다움으로부터 멀어진다. 그러므로 작용하는 것은 작용을 받는 것보다 더 뛰어나지 않으면 안 된다. 왜냐하면 비음악적인 것이 음악가를 만들어내는 것이 아니라 음악이 음악가를 만들어내며, 감각을 초월한 음악이 감각을 지닌 음을 통해 음악을 만들어내기 때문이다.

그러나 만약 누군가가 예술이 자연을 모방한다고 해서 예술을 멸시한다면 그에 대해서는 이렇게 대답할 수 있겠다. 자연 또한 다른 많은 것들을 본뜨고 있으며 더 나아가 예술은 우리가 눈으로 보는 것을 그대로 모방하는 게 아니라 자연의 본질이자 규범인 저 이성적인 것으로 되돌아가는 것이라고 말이다.

또한 예술은 자신으로부터 많은 것들을 만들어내며, 한편으로는 자신 안에 아름다움을 지니고 있음으로써 아름다움이 완전하지 않을 때 이를 보충한다. 이런 식으로 페이디아스*47는 감각적으로 눈에 보이는 것을 모방한 게 아니라 만약 제우스가 우리 눈앞에 나타났다면 그렇게 보였을 모습을 감각 속에 포착하여 제우스 신의 형상을 만들 수 있었던 것이다.

---

*47 기원전 5세기 그리스 조각가. 올림피아의 제우스 신전에 있는 제우스 상(像)은 그의 주요작품 가운데 하나이다.

고대 및 근대 관념론자*⁴⁸들이 모든 것이 그로부터 나오고 다시 되돌아가는 유일자를 마음에 새기라 강조한다고 해서 그들을 탓할 수는 없다. 왜냐하면 생명을 주고 질서를 세워주는 원리가 현상계 안에서 거의 구제할 수 없을 만큼 압박을 받고 있는 것은 사실이기 때문이다. 그러나 만약 우리가 형식을 부여하는 것이나 고차원적인 형식 자체를 우리의 내적, 외적 감각 앞에서 사라지는 단일체로 환원해 버린다면 우리는 또 다른 면에서 우리 자신을 제약하게 된다.

우리 인간은 확장과 운동에 의지한다. 이 두 개의 일반적인 형식 속에서 다른 모든 형식들, 특히 감각적인 형식들이 나타난다. 그러나 정신적인 형식은 현상으로 나타날 때 결코 제약을 받지 않는다. 다만 그것이 참된 계속적인 생산이라는 전제 아래 나타날 때 그렇다는 것이다. 생산되는 것이 생산하는 것보다 떨어지지는 않는다. 오히려 생산되는 것이 생산하는 것보다 더 뛰어날 수 있다는 것이 활기찬 생산의 훌륭한 점이다.

이에 대해 더 자세히 설명하고 완전하게 구체화시키는 것은, 더 나아가 철저하게 실천적인 것으로 만드는 일은 중요한 의의를 가진다. 그러나 너무 길고 지루한 설명은 듣는 이에게 지나친 주의를 요구하게 될 것이다.

아무리 내던져버리려고 해도 본디 타고난 것으로부터 벗어날 수는 없다.

서쪽 이웃나라의 최신 철학*⁴⁹은, 인간이란 아무리 의지대로 행동을 해도 언제나 그 천성으로 되돌아가며 모든 국민도 마찬가지라는 것을 증명하고 있다. 천성이 인간의 본성과 삶의 방식을 규정하는 이상, 달리 도리가 없지 않은가.

---

*48 '고대 및 근대 관념론자들'로 시작하는 이 세 줄은 괴테가 신플라톤주의 철학자인 프로티노스에게 반론을 제기한 것이다.
*49 프랑스 철학자 쿠쟁(1792~1867)의 절충주의를 가리킨다. 쿠쟁은 관념론과 회의주의, 신비주의 등에서 옳다고 생각하는 몇몇 요소를 빼내었고 괴테는 마카리에의 잠언을 빌려 그에 대해 지적하고 있다.

프랑스인들은 유물론을 버리고 존재의 근원에게 더 많은 정신과 생명이 깃들어 있음을 인정했다. 그들은 감각론에서 벗어나 인간 본성이 그 깊은 곳에 스스로를 발전시킨다는 사실을 받아들였다. 그들은 이 발전 속에 생산적인 힘이 있음을 인정했으며, 모든 예술을 지각된 외부의 모방이라고 설명하려 하지는 않는다. 그들이 이런 방향을 계속 고수하기를 바란다.

절충적인 철학은 있을 수 없지만 절충적인 철학자는 있을 수 있다.

자기 주위의 것과 주위에서 일어나는 것으로부터 자신의 본성에 맞는 것을 받아들이는 사람은 누구나 절충주의자이다. 그리고 이론적으로 말하든 실제적으로 말하든 교양 또는 진보라고 부르는 것은 모두 이런 의미로 널리 쓰인다.

따라서 서로 반대되는 본성을 지니고 태어난 두 절충주의 철학자가 전해 내려온 모든 철학 중에서 자신에게 알맞은 것을 취했다고 한다면 그들은 서로에게 최대의 논적(論敵)이 될 것이다. 주위를 한번 둘러보라. 그러면 모두가 이런 방식으로 행동하고 있고, 바로 그렇기 때문에 다른 사람을 자기 의견에 동조하게 만들 수 없다는 사실을 깨닫지 못하고 있음을 발견하게 될 것이다.

인간이 나이가 들어, 스스로 역사적 존재가 되는 일은 거의 없다. 그리고 동시대를 살아가는 사람들이 역사적 존재가 되어서 더는 누구와 논쟁하고 싶지도 않고 또 논쟁할 수도 없게 되는 일 또한 몹시 드물다.

더 자세히 들여다보면 역사가에게도 역사 자체는 쉽게 역사적인 것이 되지 않는다는 것을 알 수 있다. 왜냐하면 그때그때 역사를 서술하는 사람은 언제나 자신이 그때 그곳에 있었던 것처럼 쓸 뿐, 그 전에 무슨 일이 있었는지, 그때 무엇이 민심을 움직였는지에 대해서는 쓰지 않기 때문이다. 연대기 필자도 정도의 차이는 있지만 자신의 일을 기록하는 것으로 한정시키고, 그가 사는 도시와 수도원 그리고 그 시대의 특징을 암시하는 데에 그칠 뿐이다.

사람들이 자주 반복하곤 하는 옛날 사람들의 갖가지 격언들은 후세의 사람들이 부여하고자 하는 것과는 전혀 다른 의미를 가지고 있었다.

기하학을 모르는 사람, 기하학과 상관없는 사람은 철학의 문으로 들어서면 안 된다는 말은 철학자가 되려면 먼저 수학자여야 한다는 것을 뜻하지는 않는다.

여기서 기하학은 유클리드가 제시한, 초보자라면 누구나 가장 먼저 배우게 되는 기하학의 기초를 말한다. 그러나 이것은 철학으로 가는 완벽한 준비이자 그 자체로 철학에의 입문이다.

눈에 보이지 않는 점(點)이 눈에 보이는 점에 선행해야 한다는 것과 두 점 사이의 최단 거리는 직선이라는 것을 연필로 긋지 않고도 이해하기 시작하면 소년은 어떤 자부심과 쾌감을 느낄 것이다. 그것은 마땅한 것이다. 왜냐하면 소년에게는 모든 생각의 원천이 열려 있었으며 이념과 실현된 것, 즉 '힘과 운동'*50이 명확해졌기 때문이다. 철학자가 그에게 새로운 것을 가르쳐주는 것이 아니다. 기하학자는 기하학자로서 이미 모든 생각의 근본을 깨닫고 있었던 것이다.

그러면 '너 자신을 알라'라는 의미심장한 말을 생각해 보자. 우리는 이것을 금욕적인 의미로 풀이해서는 안 된다. 이것은 근대의 우울증 환자들이나 해학가들, 자학하는 사람들이 말하는 자기인식을 뜻하는 것은 결코 아니다. 이 말의 의미는 매우 단순하다. 어느 정도 너 자신에게 주의를 기울이고 너 자신에 대해 알라, 그렇게 하면 네 곁의 사람들이나 세상과 너의 관계를 알 수 있을 것이라는 말이다. 이를 실천하기 위해 심리적인 고뇌 같은 것은 할 필요가 없다. 웬만한 인간이면 누구나 이 말의 의미를 알고 있으며 경험도 하고 있다. 누구에게나 이것은 실천하는 데 도움이 되는 충고이다.

인간들이여, 고대 소크라테스학파의 위대함을 생각해 보라. 그들은 모든 생활과 행위의 근본, 그리고 규범을 언제나 유념하며, 허무한 생각이 아닌 삶의 실천으로 사람들을 이끈다.

---

*50 철학에서 힘이란 자기, 타자, 타물에 작용하는 '가능성'을 말하며 운동은 존재하는 모든 것의 양적·질적 변화를 가리키는데 여기서는 '현실화'를 뜻한다.

이제 학교 교육이 끊임없이 고대를 지향하며 그리스어와 라틴어 공부를 장려한다면 우리는 더 높은 문화를 이루기 위해 필요한 이런 공부가 결코 후퇴하지 않으리라고 믿고 축복할 수 있다.

왜냐하면 우리가 자신의 교양을 쌓아나가겠다는 의지를 갖고 진지하게 고대를 마주 바라본다면 비로소 우리는 참된 인간에 다가가는 느낌을 받을 수 있기 때문이다.

학교 교사는 라틴어를 쓰고 말함으로써 평소 자신이 생각하는 것보다 스스로를 훌륭하고 고귀한 존재로 여기게 된다.

문학이나 미술 같은 예술 창작을 이해하는 감수성을 가진 사람이 고전예술과 마주하면, 매우 상쾌한 정신적 자연 상태에 놓여 있는 자신을 느끼게 된다. 오늘날까지도 호메로스의 시(詩)는 수천 년 전통이 우리에게 떠안긴 무거운 짐을 우리가 잠시나마 벗게 해주는 힘을 지녔다.

인간이 어느 정도 자기 자신을 깨닫게 하기 위해 소크라테스가 도덕적인 인간을 불러들였듯이 플라톤과 아리스토텔레스 또한 그 자격을 갖고 자연 앞으로 나아갔다. 플라톤은 정신과 감성으로 자연과 하나 되기 위해, 아리스토텔레스는 탐구자의 눈빛과 방법으로 자연을 자기에게 끌어들이기 위해서 말이다. 이와 같이 전체에서나 개개에서 우리가 이 세 사람의 방식에 다가갈 수 있다면 언제든 그것은 더없이 기쁜 일이며, 우리와 같이 교양을 북돋워주고 있음이 확실히 나타나고 있다.

근대 자연과학의 한없는 다양성과 세분화 및 혼란에서 벗어나 단순함으로 돌아가기 위해 우리는 늘 스스로에게 물어보아야 한다. 근본적으로 통일성을 갖고 있음에도 차츰 더 다양성을 보이고 있는 오늘날의 자연에 대해 플라톤은 과연 어떤 반응을 보였을 것인가 하고.

우리는 플라톤과 같은 방법으로 유기적 일체가 되어 인식의 마지막 갈림길에 다다른다. 그리고 그 뿌리부터 하나하나 지식의 정상을 쌓아 확립해 나가리라 믿어 의심치 않는다. 우리가 유익함을 멀리하지 않고 유해함을 받아들이려 하지 않는다면, 우리는 시대의 움직임이 우리에게 어떻게 도움을 주고 또 어떻게 방해를 하는지 늘 검토해 보아야 한다.

사람들은 18세기가 주로 분석에 치중한 시대였음을 예찬한다. 이제 19세기에 남겨진 과제는 잘못된 종합명제들을 밝혀내고 그 내용을 새로이 분석하는 일이다.

참된 종교는 오직 둘뿐이다. 하나는 우리 내면과 주위에 존재하는 성스러운 것을 아무런 형식 없이 인정하고 숭배하는 것이고 또 하나는 이를 가장 아름다운 형식으로 인정하고 받드는 것이다. 이 두 가지를 제외한 모든 것은 우상숭배이다.

인간이 종교개혁으로 정신적 해방을 꾀했음은 부정할 수 없다. 그리스·로마 같은 고대문화에 대한 깨달음은 더 자유롭고 우아하며 멋스러운 생활을 염원하고 동경하는 마음을 불러일으켰다. 이 깨달음에는 단순한 자연 상태로 돌아가기를 바라며, 이에 상상력을 집중하고자 한 인간의 마음이 적지 않은 영향을 미쳤다.

어느 날 갑자기 하늘에서 모든 성자가 추방되었다. 그리고 어린아이를 품은 성스러운 어머니에 의해 우리의 감각과 사상과 심정은 도덕을 행하며 부당한 고통을 받는 그분에게 향했다. 그분은 뒷날 신으로 모습이 바뀌어 참된 신으로 인정받고 경배받았다.

그는 창조주가 만든 만물 앞에 섰다. 그로부터 어떤 영적인 힘이 나와, 사람들은 그의 수난을 본보기 삼아 자신의 것으로 만들었다. 이리하여 그의 신격화는 영원한 존속을 위한 하나의 약속이었다.

숯불 향내음이 생명을 신선하게 하듯, 기도는 희망을 신선하게 한다.

나는 확신한다. 성서는 알면 알수록 한결 더 훌륭한 것이 된다고 나는 확신한다. 우리는 성서를 일반적으로 이해하며 모든 말을 저마다 자기에게 맞춰 생각한다. 그 말들이 어떤 상황이나 때와 장소에 따라 독자적이고 특수하며 직접적이고 개인적인 연관성을 가진다는 사실을 통찰하고 직관할수록 성서는 더 훌륭해진다는 말이다.

잘 생각해 보면 꼭 종교적인 의미가 아니라도 우리는 날마다 스스로를 개혁하고 다른 사람에게 저항해야 한다.

우리가 본 것과 느낀 것, 생각하고 경험한 것, 상상한 것, 그리고 이치에 맞는 것. 이 모든 것이 가능한 말과 잘 일치하도록 우리는 매일같이 되풀이되는 피할 수 없는 노력에 진지하게 임하고 있다.

겪어보면 누구나 알겠지만, 이는 생각보다 훨씬 어려운 일이다. 유감스럽게도 말이란 인간에게 대용품에 지나지 않기 때문이다. 대부분 인간은 말로 표현하기보다는 생각하기를 잘하며 말하고자 하는 바를 더 잘 알고 있다.

그러나 우리는 정직하고 깨끗한 마음으로 자신과 다른 사람에게 찾아오거나 일어날지도 모르는 잘못이나 부적절한 일, 그리고 불충분한 일들을 가능한 한 없애기 위해 끊임없이 노력해야 한다.

나이를 먹을수록 시련도 많아진다.

도덕적이기를 포기해야 할 때 나에게는 이미 어떠한 권력도 없다.

언론의 자유와 검열의 싸움은 계속될 것이다. 권력자는 검열을 요구하며 이를 실행하고, 힘없는 사람들은 언론의 자유를 요구한다. 권력자는 성가신 반대 소동이 자신의 계획과 활동을 방해하지 않고 복종하기를 바란다. 권한이 없는 사람들은 불복종을 정당화하기 위해 그들 나름의 근거를 주장하려 한다. 어느 쪽이든 우리는 이런 일이 어디서나 일어나고 있음을 알 수 있다.

그러나 이 경우도 주목해야 할 것은 약자, 즉 고통받는 쪽도 그들 나름대로 언론의 자유를 억압하려 한다는 사실이다. 바로, 그들이 공모하여 폭로당하지 않으려는 경우가 이에 속한다.

사람은 결코 기만당하지 않는다. 스스로를 기만할 뿐이다.

우리가 필요로 하는 말은 유년기와 어린아이의 관계같이 민중과 민(民)의 관계를 나타내는 말이다. 교육자가 귀를 기울여야 하는 것은 어린아이가 아니라 유년기이다. 입법자나 통치자 또한 민중이 아닌 민의 소리에 귀를 기울여야 한다. 민중은 언제나 변함없이 이성적이고 순수하며 진실하다. 민은 그저 바라기만 할 뿐 진정 자기가 바라는 것이 무엇인지는 모른다. 이런 의미에서 법률은 민의 의지를 일반적으로 표명할 수 있으며 그래야만 한다. 민중은 결코 드러내지 않는 이 의지를 분별 있는 자가 알아듣고, 분별 있는 자는 이를 충족시킬 줄 알며 선한 자는 기꺼이 받아들인다.

우리는 우리가 무슨 권리로 지배하는가, 이에 대해 문제 삼지 않는다.—우리는 다만 지배할 뿐이다. 민중에게 우리를 파면할 권리가 있는지 없는지에 대해서도 우리는 신경 쓰지 않는다.—다만 민중이 그런 유혹에 빠지지 않도록 경계할 뿐이다.

만약 죽음을 없앨 수 있다면, 우리는 이에 대해 아무런 반대도 하지 않으리라. 그러나 사형제도의 폐지는 오래 가지 못할 것이다. 그렇게 되면 우리는 때때로 다시 사형제도를 만들어야 할 것이다.

사회가 사형제도를 제정하는 권리를 포기하면, 바로 자구책이 등장한다. 피의 복수가 문을 두드리는 것이다.

모든 법률은 노인과 남자들이 만들었다. 젊은이와 여성은 예외를 바라지만 노인은 규칙을 바란다.

지배하는 것은 지성적인 인간이 아니라, 지성이다. 이성적인 인간이 아닌 이성이다.

　누군가를 칭찬하는 일은 자신을 그 사람과 같은 자리에 올려놓는 일이다.

　아는 것만으로는 충분하지 않다. 응용할 줄도 알아야 한다. 원하는 것만으로는 충분치 않다. 실천도 해야 한다.

　애국적 예술이나 애국적 학문이란 있을 수 없다. 고상하고 훌륭한 모든 것이 그렇듯 예술과 학문은 온 세계의 것이다. 그리고 이 둘은 동시대에 살고 있는 사람들의 일반적이고 자유로운 상호작용으로써, 또 과거가 우리에게 남기고 알려준 것을 끊임없이 생각함으로써 촉진되는 것이다.

　모든 학문은 늘 삶에서 멀어지기 마련이며, 오직 우회로를 통해서만 삶으로 되돌아온다.

　왜냐하면 학문이란 본디 삶을 모아 엮은 책이기 때문이다. 학문은 내적·외적 경험을 보편적인 것으로 만들어 하나의 연관성으로 묶어준다.

　학문에 대한 관심은 결국 하나의 특수한 세계, 즉 학문의 세계에서만 생겨난다. 따라서 요즘처럼 다른 세계 사람들까지 불러들여 학문을 알리는 것은 학문의 남용이며, 이득보다는 오히려 해를 끼치게 된다.

　학문은 고도의 실천을 통해서만 외부에 작용해야 한다. 왜냐하면 본디 학문은 비교적(備敎的)인 것이며, 세계를 개선하는 어떤 실천으로써 비로소 일반 공공물이 될 수 있기 때문이다. 이 밖의 다른 개입은 모두 무의미하다.

　학문은 그 좁은 전문분야에서 바라보아도 그때그때 순간적 흥미에 따라 논해진다. 강렬한 충격, 특히 이제껏 들어본 적 없는 새로운 것이나 적어도 눈에 띄게 촉진된 것이 주는 강한 자극이 많은 관심을 모으고 있다. 이런 관심은 몇 년씩 지속되며 특히 최근에는 큰 성과를 올리고 있다.

중요한 사실이나 천재적인 착상은 많은 사람을 움직이게 한다. 처음은 단지 그것을 알기 위해서, 다음은 그것을 인식하기 위해서, 그리고 그것을 발전시키기 위함이다.

어떤 중요한 현상이 일어날 때마다 대중은 그것이 무슨 쓸모가 있는지를 묻는다. 그들이 틀린 것은 아니다. 대중은 오직 효용에 따라서만 가치를 판단하기 때문이다.

참된 현자는 그 자체가 어떠하며 다른 것과의 관계가 어떠한지를 물을 뿐, 실리에는 관심이 없다. 다시 말해 이미 알려진 것이나 실생활에 필요한 것에 응용할 수 있는지 관심을 갖지 않는다. 그런 응용법은 분명 전혀 다른 정신의 소유자, 즉 명민하고 생활을 즐기며 노련한 사람들이 발견할 것이다.

가짜 현자들은 새로운 발견이 있을 때마다 가능한 빨리 자신에게 이로운 것을 뽑아내려 한다. 넓히거나 보강하고 개량함으로써 그들은 재빨리 그것을 차지하려 하고, 경우에 따라서는 선점해서까지 헛된 명성을 얻으려 애쓴다. 그들은 이런 미숙한 행위로 참된 학문을 모호하게 만들어 혼란을 불러 일으킬 뿐만 아니라, 학문의 가장 훌륭한 성과라 할 수 있는 실천적 효용의 꽃까지 시들게 한다.

가장 해로운 편견은 어떤 종류의 자연연구를 추방할 수 있다는 생각이다.

모든 연구자는 자신을 배심원으로 여길 필요가 있다. 진술이 얼마만큼 완전하며 얼마만큼 명확한 증거로 논의되는가, 그는 이 점에만 주의하면 된다. 그리고 자신이 갖고 있는 확신을 정리하여 투표한다. 자기 의견이 진술자 의견과 일치하는가는 문제가 되지 않는다.

이때 그는 다수 의견에 속하든 소수 의견에 속하든 침착할 수 있다. 왜냐하면 그는 자기 의무를 다했으며 끝까지 자기 신념을 밝혔기 때문이다. 그는 다른 이의 정신은 물론 심정을 지배하는 것도 아니다.

그러나 이런 사고방식은 학계에서 이제껏 한 번도 두루 쓰인 적이 없다. 다른 이 위에 서서 그들을 지배하는 것만이 목표다. 독자적인 생각을 가진 인간은 드물기 때문에 다수는 언제나 개개인을 자기 쪽으로 끌고 간다.

철학과 학문 그리고 종교의 역사는 모두 집단적으로 퍼져나가는 의견이 보다 더 이해하기 쉬움을 나타낸다. 말하자면 사람이 여느 때 적당하고 편안하게 이해할 수 있는 생각이 언제나 우위를 차지한다는 것이다. 뿐만 아니라, 보다 높은 의미의 공부를 해온 사람이라면 다수를 적으로 돌리게 되는 것을 늘 유념해야 한다.

생명이 없던 태초에 자연이 그토록 철저하게 입체적이 아니었다면, 어떻게 마지막에 헤아릴 수도 측정할 수도 없는 생명에 이르렀을까?

건강한 감각을 사용하는 한 인간은 그 자체로 세상에 존재할 수 있는 가장 위대하고 정밀한 물리학적 장치이다. 따라서 인간이 실험에서 멀어지고 오로지 인공기구가 나타내는 것으로만 자연을 인식하며, 뿐만 아니라 자연이 행할 수 있는 것을 제한하고 증명하려는 것이야말로 근대 물리학 최대의 불행이라 아니할 수 없다.

계산 또한 마찬가지다.―확실한 실험으로 가져갈 수 없는 진리가 많듯이 계산으로 끌어낼 수 없는 진리 또한 많은 법이다.

그러나 인간은 계산으로 나타낼 수 없는 높은 위치에 서 있기 때문에 달리 표현될 수 없는 어떤 것도 인간 안에서는 표현된다. 음악가의 귀에 비해 한 개의 현(弦)이나, 현의 기계적 배분에 대체 무슨 의미가 있겠는가? 자연 그 자체의 기본 현상들도 인간에 비교하면 무슨 의미가 있겠는가? 인간은 이런 현상을 모두 제어하고 수정하여 조금이나마 그 현상을 자신에게 동화시킬 수 있지 않은가.

하나의 실험으로 모든 것을 해내라는 것은 지나치게 무리한 요구다. 전기도 처음에는 마찰을 통해서만 일으킬 수 있었지만 지금은 단지 접촉하는 것만으로 최고의 전기적 현상도 만들어낼 수 있지 않은가.

프랑스어가 궁중어·국제어로서 차츰 세련미를 더하며 그 역할을 다하는 그 훌륭함에는 아무도 반론을 제기하지 않는다. 마찬가지로 수학자의 공적을 낮게 평가하려는 사람도 없을 것이다. 수학자들은 그들의 말로 아주 중요한 문제를 논하며 세상을 위해 공적을 세운다. 말하자면 그들은 가장 높은 의미에서 숫자와 척도에 따른 모든 것을 규제하고 규정하며 결정하는 법을 터득한다.

생각하는 사람이라면 누구나 달력을 보고 시계를 보며 이런 편리함은 누구 덕분인지를 떠올릴 것이다. 그런 편리함이 때와 장소에 맞는 역할을 하며 사람들이 그들에게 경의를 갖게 된다면, 사람들은 아득한 시공을 넘어 만인의 무언가를 깨닫게 될 것이다. 그것 없이는 수학자 자신도 아무것도 할 수 없고 활동할 수도 없는 것, 즉 이념과 사랑이다.

"누가 전기를 조금이나마 이해할까?" 어떤 쾌활한 자연과학자가 말했다. "어둠 속에서 고양이를 어루만지거나 곁에서 천둥번개가 칠 때가 아니면 그는 전기에 대해 얼마나 이해하고 있을 것인가?"
그렇다면 그는 전기 현상에 대해 과연 얼마나 많이 이해하고 있을까? 아니, 너무 모르고 있는 것은 아닐까?

리히텐베르크[*51]의 저서를 우리는 이를 데 없이 멋진 마법의 지팡이로 쓸 수 있다. 즉 그가 뭔가 농담을 하면 거기에는 반드시 어떤 문제가 숨어 있다.

화성과 목성 사이의 드넓은 우주공간에 대해서도 리히텐베르크는 쾌활한

[*51] 독일 물리학자이자 저술가(1742~99). 자연과학과 통속철학에 관한 평론을 발표하여 계몽적인 역할을 했다.

착상을 떠올렸다. 이 두 행성이 이들 공간에만 발견되는 물질을 모두 흡수하고 자기 것으로 만들었음을 칸트가 면밀하게 증명했을 때 리히텐베르크는 특유의 농담 섞인 말투로 이렇게 말했다.

"왜 눈에 보이지 않는 천체가 있으면 안 되는 거지?" 그의 이 말은 완전한 진리가 아니었을까? 새로 발견된 행성들은 몇몇 천문학자들을 제외하고 세상 누구의 눈에도 보이지 않지만 우리는 그들의 말과 계산을 믿을 수밖에 없지 않은가?

새로운 진리도 오래된 오류와 마찬가지로 해롭다.

사람들은 현상을 만들어내는 끝없는 조건들에 억눌려, 그 조건의 근본인 한 가지를 깨닫지 못한다.

"여행자는 등산에 큰 기쁨을 느끼지만, 나는 그 정열이 어딘지 야만적이고 아니 신성모독이라는 생각까지 든다. 산은 우리에게 자연의 위력을 가르쳐 줄지언정 신의 섭리의 감사함을 가르쳐 주지는 않는다. 도대체 산이 인간에게 무슨 도움이 된다는 말인가? 산에서 살아가려면 겨울 눈사태나 여름 산사태에 집이 파묻히거나 떠내려가 버린다. 가축은 급류에 휩쓸리고 돌풍이 곡식창고를 날려버릴 것이다. 오르막길에는 시시포스*52의 괴로움이 따르고 내리막길은 화산이 붕괴하듯 곤두박질쳐야 한다. 오가는 좁다란 길은 날마다 돌에 파묻히고, 계곡의 급류는 배를 타고 다닐 수도 없다. 몇 안 되는 가축들은 먹잇감을 간신히 찾아내거나 주인이 근근이 모아다 준다 해도 사나운 짐승이나 자연이 무서운 힘으로 앗아가 버린다. 인간은 묘비에 붙은 이끼처럼 고독하고 초라한 식물처럼 살아야 한다. 쾌적하지도 않고 친구들과 어울리는 즐거움도 없다. 게다가 이 삐죽한 산등성이, 소름끼치는 암벽, 흉물스러운 화강암의 피라미드가 더할 나위 없이 아름답게 펼쳐진 세계를 북극의 무서움으로 뒤덮은 것이다. 선량한 사람이라면 어찌 이를 기뻐하며, 인간애를 가진 사람이라면 어찌 이를 찬

---

*52 그리스 신화 속 코린트의 왕으로서 제우스를 속인 죄로 지옥에 떨어져 바위를 산 위로 밀어올리는 벌을 받았는데, 그 바위는 산꼭대기에 이르면 다시 아래로 굴러 떨어지기 때문에 영원히 이 일을 되풀이해야 했다.

양할 수 있겠는가!"*53

어느 존경하는 사람의 이런 재미있는 역설에 대해 우리는 다음과 같이 말할 수 있을 것이다. 누비아 지방 원시산맥의 기점을 서쪽으로 대양까지 뻗게 하고 나아가 산맥을 두세 번 북에서 남으로 자르는 것이 신과 자연의 의도였다고 하자. 그러면 그때 생긴 여러 골짜기에 아브라함이나 알베르트 율리우스*54 같은 사람이 가나인이나 펠젠부르크 섬과 같은 땅을 발견해 후손들도 밤하늘의 별 못지않게 자자손손 대를 이어갈 수 있지 않을까.

돌은 말 없는 교사이다. 돌은 관찰자를 침묵케 한다. 돌에서 배우는 가장 훌륭한 것은 다른 이에게 전할 수 없다.

내가 정말로 알고 있는 것은 나 자신만 아는 것이다. 입 밖으로 내뱉는 말이 잘되는 일은 거의 없으며 거의 반론과 정체를 불러일으킬 뿐이다.

결정학(結晶學)은 학문으로서 우리에게 매우 독자적인 생각의 계기를 준다. 그것은 생산적이 아닌 학문 그 자체이며, 어떤 결실도 만들어내지 않는다. 특히 내용물은 전혀 다른데 같은 형태의 결정체가 수도 없이 발견되는 오늘날에는 더욱 그렇다. 결정학은 본디 어디에도 응용할 방법이 없어 고도의 독자적 발달을 이룩했다. 결정학은 정신적으로 얼마쯤 제한된 만족감을 주며 세부적으로는 하나하나 이름을 다 들 수 없을 만큼 다양하다. 훌륭한 사람들이 이 학문에 끌려 오래도록 매달리는 까닭도 바로 이 때문이다.

결정학은 어딘지 수도사와 늙은 독신자 같은 부분이 있어 자기만족적이다. 삶에 대해 실용적인 면이 없는 것이다. 예를 들어 이 분야에서 가장 귀중한 산

---

*53 요한 고트프리트 슈나벨(1692~1760)의 소설 《펠젠부르크 섬》에서 인용된 부분이다. 이 작품은 몇몇 항해자들이 유럽에서의 박해와 고난의 기이한 운명을 겪고 난 뒤 펠젠부르크 섬에 정착하여 유토피아적 공동체를 꾸려나가는 이야기이다.

*54 앞에 언급한 슈나벨의 소설에서 펠젠부르크 섬 공동체의 창설자인 동시에 족장이기도 한 인물이다.

물인 보석조차 부인들은 그것으로 몸을 치장하기 전에 먼저 갈고닦아야 한다.

화학은 정반대라고 할 수 있다. 화학이 우리 삶에 가장 널리 응용되며 끝없는 영향을 주고 있음은 명확한 사실이다.

생성은 우리에게 매우 생소한 개념이다. 따라서 우리는 무언가 생성되는 것을 보면 그것이 이미 존재하고 있었다고 생각한다. 우리가 전성설(前成說)이 이해하기 쉽다고 느끼는 것은 이 때문이다.

우리는 수없이 많은 중요한 것들이 부분들의 집합으로 이루어진 것을 볼 수 있다. 건축 작품을 관찰해 보라. 많은 부분들이 규칙적 또는 불규칙적으로 쌓여 있음을 알 수 있을 것이다. 이런 원자론적인 개념도 손에 잡힐 듯 쉽게 파악되기에 우리는 이를 유기체에 망설임 없이 적용할 수 있다.

공상적인 것과 이념적인 것, 법칙적인 것과 가설적인 것의 차이를 이해할 수 없는 사람은 자연과학자로서의 자격이 없다.

지성과 상상력이 이념을 대치할 때 가설이 생긴다.

너무 오랫동안 추상적인 것에 머무르는 것은 좋지 않다. 비교적(祕敎的)인 것이 일반적이고 공공적인 것이 되려고 하면 해로울 뿐이다. 삶의 참다운 의의는 살아 있는 것으로써 가장 잘 배울 수 있다.

아버지가 없는 아이들에게 아버지의 몫을 대신 해줄 수 있는 부인이 가장 훌륭한 부인이라 할 수 있다.

오늘에 와서야 비로소 우리 독일문학을 철저하게 연구하기 시작한 외국인이 얻을 수 있는 가장 큰 이점은, 거의 한 세기를 거치며 겪어야 했던 수많은 성장의 아픔을 한 번에 뛰어넘을 수 있다는 점이다. 또한 운이 좋으면 이를 교훈 삼아 자신이 가장 바라는 교양을 쌓아나갈 수 있다는 사실이다.

18세기 프랑스인들이 파괴적 성향을 보이는 부분에서 빌란트[*55]는 조롱하는 연기를 펼친다.

시적인 재능은 기사에게나 농부에게나 똑같이 주어졌다. 중요한 것은 저마다 자기가 놓여 있는 상황을 파악하고 그것을 격에 맞게 다루는 일이다.

"비극이란 외계의 사물을 소재로 무언가를 만들어내는 자들의 운문화된 정열이 아니고 무엇이겠는가."

피렌체파나 로마파나 베네치아파같이 조형미술사에서 사용되는 유파(流派)라는 말은 독일 연극에는 더 이상 적용되지 않을 것이다. 이는 훨씬 제한된 여건 아래에서 아직 자연과 예술에 따른 교양을 생각할 수 있던 3, 40년 전에나 쓰였을 법한 말이다. 엄밀히 말하면 조형미술에서도 유파라는 말은 초창기에만 통용된다. 훌륭한 인물을 낳자마자 그 유파의 영향력이 멀리 퍼져나가기 때문이다. 피렌체는 프랑스와 스페인까지 그 영향을 끼치고 있다. 네덜란드와 독일 예술가들은 이탈리아에서 정신과 감성의 더 많은 자유를 얻었으며 이탈리아인은 네덜란드와 독일 예술가들로부터 더 나은 기교와 북방 예술가들의 정교한 솜씨를 손에 넣은 것이다.

독일 연극은 이미 완성단계에 이르렀다. 지금 단계에서는 일반적인 교양이 더는 개별 지역에만 국한되지 않거니와 어떤 특수한 지점으로부터 출발할 수도 없을 만큼 널리 보급되어 있기 때문이다.

다른 모든 예술과 마찬가지로 모든 연극예술의 기초를 이루는 것은 진실과 자연스러움이다. 이 기초가 훌륭하면 훌륭할수록, 또 시인이나 배우가 이를 파악하는 관점이 높으면 높을수록 무대의 품격과 명성도 높아진다. 독일 연극예술의 커다란 수확은 훌륭한 시인들의 낭독이 일반화되어 극장 바깥에서도 보

---

*55 독일 작가 크리스토프 마르틴 빌란트(1733~1813)는 쾌락주의적인 처세훈과 로코코적인 우아한 문체가 특징이며, 특히 프랑스적 교양에 치우쳤던 독일 상류사회를 독일 문학에 공명하도록 한 공적이 크다.

급된다는 점이다.

모든 암송과 모방연기는 낭송을 그 기본으로 한다. 청중 앞에서 낭독을 할 때에는 오로지 암송에만 집중해서 연습할 수 있기 때문에 이 역할을 맡는 사람들이 자신들 사명의 가치와 품위를 충분히 숙지한다면 틀림없이 낭독은 진실과 자연스러움을 익힐 수 있는 훌륭한 학교가 될 것이다.

셰익스피어와 칼데론*56은 이런 낭독에 빛나는 문호를 열어주었다. 그러나 이때 염두에 두어야 할 것은, 그 압도적인 이질감(셰익스피어), 진실이라 생각할 수 없을 만큼 고양된 재능(칼데론)이 독일적 교양의 완성에 해가 되지 않을 것인가 하는 점이다.

표현의 특이성은 모든 예술의 시작이자 끝이다. 모든 국민에게는 인류의 보편적인 특이성에서 벗어난 독자적 특성이 있어 처음에는 기묘한 느낌이 들지만 이 점을 감수하고 몸을 맡기면 마침내 우리 고유한 특성을 압도하고 눌러버리게 될 것이다.

셰익스피어, 특히 칼데론이 우리에게 얼마나 잘못 이해되었는지, 문학의 천체를 비추는 이 위대한 두 별이 어떻게 우리에게 도깨비불이 되고 말았는지 후세 학자들이 역사적으로 확인할 것이다.

나는 어떤 작품도 스페인 연극과 완전히 같은 위치에 서는 것을 인정할 수 없다. 위대한 그 칼데론도 인습적인 요소가 아주 많기 때문에 정직한 관객이 연극 작법으로 이 작가의 뛰어난 재능을 꿰뚫어보는 것은 어려운 일이다. 그리고 이런 요소를 관객에게 보이려 한다면 언제나 관객의 선의를 전제로 해야 한다.—다시 말해 관객이 이런 이질적인 것을 받아들이고 이국의 감각·장단·리

*56 스페인 극작가 칼데론 데라바르카(1600~81)는 장중한 기교와 서정미로 유명하며, 스페인의 독특한 종교극인 '성찬 신비극'을 완성시켰다는 평가를 받는다. 희곡 120편, 성찬 신비극 80편, 막간극 20여 편을 만들었고 특히 종교극 《인생은 꿈》은 최고 걸작으로 널리 알려졌다.

듬을 즐기며 본디 자기에게 맞는 것으로부터 잠시 벗어나고자 하는 기분이 되는 선의를 말이다.

요릭 스턴*[57]은 일찍이 활약한 작가 중에서 가장 훌륭한 정신을 지닌 사람이었다. 그의 작품을 읽는 이들은 곧 자기의 마음이 자유롭고 또 아름다워짐을 느낀다. 또한 그의 유머감각은 타의 추종을 불허했다. 유머가 모든 영혼을 자유롭게 해주는 것도 아닌데 말이다.

'절도와 맑은 하늘은 아폴로요 뮤즈
학예의 신(9명의 여신)이다.'

시각(視覺)은 가장 고귀한 감각이다. 다른 네 감각은 접촉기관을 통해서만 우리를 일깨웠다. 우리가 듣고, 맛보고, 냄새 맡고, 만지는 것은 모두 접촉을 통해 이루어지지만 시각은 이보다 한없이 높은 곳에 서서 물질을 넘어 승화되어 정신적인 능력에 다가선다.

다른 사람의 처지에 서면 우리가 그들에게서 느끼던 질투나 미움은 사그라질 것이다. 또한 다른 사람을 우리 처지에 놓고 보면 오만이나 자만은 뚜렷이 줄어들 것이다.

어떤 사람은 사색과 행동을 라헬과 레아*[58]에 비교했다. 사색은 우아한 여인을, 행동은 다산을 뜻한다.

건강과 미덕을 제외하고 인생에서 견식과 지식만큼 값진 것은 없다. 또한 이만큼 손쉽게 얻고, 싸게 살 수 있는 것도 없다. 가만히 있어도 이루어지며, 대가

*57 영국 작가 로렌스 스턴(1713~68)을 가리킨다. 스턴이 소설 《신사 트리스트럼 샌디의 인생과 생각 이야기》에서 자신의 분신으로 묘사한 인물의 이름이 요릭(Yorik)이다. 스턴의 파격적 수법 및 생생한 관능과 정서 묘사는 의식의 흐름을 그리는 현대작가들에 의해 재평가되었다.
*58 《구약성서》에 나오는 야곱의 두 아내이다. 레아와 라헬은 야곱의 외삼촌인 라반의 두 딸로 자매지간이다. 〈창세기〉 제29장 참조.

는 시간뿐이다. 물론 시간을 쓰지 않으면 아무런 소용이 없다.

시간을 쓰지 않고 현금처럼 보관해 둘 수 있다면, 대부분의 사람들은 그것을 자기 태만을 변호하는 핑계로 삼을 것이다. 그러나 완전한 핑계는 되지 않는다. 이는 노력해서 이자를 얻으려 하지 않고 원금으로 살아가는 살림살이와 같은 것이기 때문이다.

요즘 시인들은 잉크에 물을 너무 많이 섞는다.

학설이 보여주는 잡다하고 이상한 어리석은 짓들 가운데 고문서나 작품의 진위 여부에 대한 논쟁만큼 우습기 그지없는 짓은 없다. 우리가 찬양하거나 비난하는 것이 대체 저자인가, 아니면 책인가. 우리가 안중에 두는 것은 언제나 저자뿐이다. 정신적 산물을 해석할 때 저자의 이름이 우리하고 무슨 상관이란 말인가?

베르길리우스나 호메로스의 글을 읽을 때 그들이 우리 눈앞에 있다고 누가 주장할 수 있겠는가? 그러나 그 저자는 우리 앞에 있다. 그 이상 우리에게는 무엇이 필요하겠는가? 어떤 아름다운 부인이 감미로운 미소를 띠고 대체 셰익스피어 연극의 작가는 누구였을까요, 라며 내게 물어본 일이 있었다. 생각하건대, 이런 중요하지도 않은 문제같이 자질구레한 탐색이나 하는 학자들이 이 부인보다 현명하지는 않은 것 같다.

반시간을 하찮게 여기는 것보다는, 세상에서 가장 보잘것없는 일이라도 이를 행하는 편이 훨씬 낫다.

용기와 겸손은 의심할 여지가 없는 미덕이다. 용기와 겸손은 위선으로 본뜰 수 없는 것이기 때문이다. 또한 두 가지 다 같은 색깔로 표현되는 공통된 성질을 갖고 있다.

모든 도둑들 가운데 바보가 가장 고약하다. 그들은 시간과 기분을 모두 훔쳐간다.

스스로를 존중하는 것이 우리 도덕의 지표이며, 남을 존경하는 것이 우리 태도의 지표이다.

예술과 학술은 자주 사용하면서도 정확한 차이를 알기 힘든 말이다. 그 때문인지 혼용되는 일도 자주 있다.

예술과 학술에 대한 정의 또한 탐탁지 않다. 나는 어디선가 학술을 재치에, 예술을 유머에 비교하는 것을 본 적이 있다. 그 속에서 나는 철학보다 오히려 상상력을 느낀다. 둘의 차이는 알지언정 저마다의 특이성에 대해서는 전혀 알지 못하는 것이다.

학술은 보편적인 것을 아는 것, 즉 추상적 지식이라고 나는 생각한다. 반대로 예술은 실행에 옮겨진 학술이라 할 수 있다. 학술은 이성이며, 예술은 이성의 체제이다. 따라서 예술은 실천적 학술이라고 부를 수 있을 것이다. 결국 학술은 정리(定理)이며, 예술은 정리를 담고 있는 문제 그 자체일 것이다.

사람들은 나에게 이의를 제기할지도 모른다. 시는 예술이라 생각하지만 체제는 아니라고 말이다. 그러나 나는 시를 예술이라고 생각하지 않는다. 물론 시는 학술도 아니다. 우리는 생각으로써 예술과 학술에 다다르지만 시는 그렇지 않다. 시는 영감이다. 시는 탄생할 때, 영혼 속에 잉태된다. 시는 예술 또는 학술이라 칭해서는 안 되며, 정령(精靈)이라고 불러야 한다.

지금 이 순간에도 교양 있는 사람이라면 누구나 스턴의 작품을 다시 손에 잡아야 할 것이다. 우리가 그에게 어떤 빚을 지고 있는지, 또 앞으로 어떤 빚을 지게 될지 19세기를 살아가는 우리가 이해하기 위해서 말이다.

문학이 성공하는 과정을 지켜보면 예전에 영향력을 드러내던 작품이 어둠에 묻히고 그 영향을 받아 생겨난 새 작품이 앞서고 있음을 알 수 있다. 그러니 가끔 지난날을 되돌아보는 것은 좋은 일이다. 선조의 모습을 놓치지 않도록 노력하는 것이야말로 우리 시대의 독자성을 가장 잘 지키고 높이는 길이다.

그리스 문학과 로마 문학 연구가 앞으로도 계속 고급 교양의 기초가 되기를 바란다.

중국과 인도와 이집트의 고대유물은 언제나 신기하기만 하다. 본디 그것을 이해하고 알리는 것은 아주 좋은 일이다. 그러나 도덕적 교양이나 미적 교양의 관점에서는 우리에게 거의 도움이 되지 않을 것이다.

독일인이 이웃나라와 함께 또는 이웃나라를 따라 자신을 드높이려는 것보다 위험한 일은 없을 것이다. 독일인만큼 스스로의 힘으로 발전하는 게 잘 어울리는 국민은 없지 않을까. 그러므로 다른 나라들이 그토록 늦게 독일 국민에게 주목하기 시작한 것은 그들에게 더없이 큰 이익을 가져온 것이다.

반세기에 걸친 우리나라의 문학을 되돌아보면 외국인을 위해 씌어진 작품이 하나도 없다는 사실을 알 수 있다.

그러나 프리드리히 대왕이 독일인을 전혀 상대하지 않았던 것은 독일인을 화나게 만들었다. 독일인은 무언가 보여주고 대왕에게 인정받기 위해 최선을 다했다. 바야흐로 세계문학의 시대가 막을 올린 오늘날, 잘 생각해 보면 잃을 것이 가장 많은 민족은 독일인이다. 독일인은 이 경고에 귀를 기울여야 한다.

인간은 근본 경험에 만족하는 수밖에 없다. 근본 경험이란 무엇인가. 영민한 사람들조차 자신들이 해결하려는 것이 이 문제라는 사실을 깨닫지 못하고 있다.

그런 태도 또한 그 나름대로 좋은 일일지도 모른다. 그렇지 않으면 사람들이 너무 빨리 탐구를 포기해 버릴 수도 있기 때문이다.

앞으로는 어떤 기술이나 수공업에 전념하지 않으면 힘들어질 것이다. 현란하게 변해 가는 세상을 이제 지식만으로는 쫓아갈 수 없다. 모든 것을 채 이해하기도 전에 자신을 잃어버리고 말 것이다.

그렇지 않아도 요즘 세상은 보편적 교양을 강요하고 있다. 우리는 이 이상 보편적 교양을 익히고자 애쓸 필요가 없다. 특수한 것이야말로 몸에 익히고자 노력해야 한다.

가장 큰 곤란은 우리가 생각지도 않은 곳에 숨어 있는 법이다.

로렌스 스턴은 1713년에 태어나 1768년에 죽었다. 그를 이해하기 위해서는 그가 살던 시대의 도덕 문화와 교회 문화를 도외시해서는 안 된다. 또한 그가 워버턴*59의 평생의 친구였다는 사실도 충분히 고려해야 한다.

스턴과 같은 자유로운 영혼은 고결한 선의에서 우러나온 도덕적 균형감각이 없으면 파렴치해질 위험이 있다.

그는 아주 예민한 사람이었기 때문에 모든 것이 그의 내면으로부터 자라났다. 끊임없이 갈등을 되풀이함으로써 그는 진실과 허위를 구별했으며, 가차 없는 태도로 허위에 맞서 진실을 지켜나갔다.

그는 위엄에 대한 뚜렷한 증오심을 갖고 있었다. 위엄은 사람을 독단적이고 현학적으로 만들며 쉽게 훈계하려 드는 면을 갖게 하기 때문이다. 그는 이런 부분에 결정적으로 혐오감을 품었던 것이다. 학술 용어에 대한 그의 혐오감도 여기에서 비롯한다.

아주 다양한 연구와 독서를 통해 그는 곳곳에서 불완전한 것과, 우스꽝스러운 것을 발견했다.

---

*59 윌리엄 워버턴(1698~1779)은 영국 정교회 소속의 대주교이다.

진지한 생각을 2분 이상 할 수 없는 것을 그는 샌디즘*[60]이라 불렀다.

진지함과 농담, 관심과 무관심, 번민과 기쁨이 변화무쌍하게 나타나는 것은 아일랜드인 특유의 기질이라 할 수 있다.

샌디의 날카로운 감각과 현명한 관찰에는 끝이 없다.

샌디가 여행길에서 가장 커다란 시련을 받으며 보여주는 그의 명랑함과 무욕, 그리고 참을성에 버금가는 기질을 어디서도 쉽사리 찾아볼 수 없다.

이런 자유로운 영혼이 지켜보는 사람들을 즐겁게 만들어 주는 만큼, 적어도 우리를 기쁘게 하는 것의 대부분을, 이 모두를 자기 것으로 받아들이지 않아도 된다는 점도 생각해야 한다.

다른 사람 같으면 파멸에 빠지고 말았을 경우에도 그는 음탕한 기질이 있어, 그토록 우아하게, 그리고 신중하게 행동하는 것이다.

그가 아내와, 그리고 세상과 맺었던 관계는 주목할 만한 가치가 있다. "나는 나의 불행을 현자처럼은 이용하지 않았다." 그는 어디선가 이렇게 말한 적이 있다.

그는 자신의 정신 상태를 모호하게 하는 모순에 대해서도 매우 깔끔하고 재치 있게 말한다.

"나는 설교만큼은 참을 수가 없다. 그런 것은 어렸을 때, 이미 포식했다고 생각한다."

그는 어느 면에서도 모범적인 인물은 아니다. 그러나 모든 면에서 무언가를

_____

*60 스턴의 소설 《신사 트리스트럼 샌디의 인생과 생각 이야기》에 나오는 주인공 샌디를 닮은 언행이나 기질을 가리킨다.

일러 주고 일깨워주는 인물이다.

"공공문제에 우리가 관여하는 것은 거의 단순한 속물적 언동일 뿐이다."

"어떤 것도 오늘 하루의 가치보다 높이 평가될 수는 없다."

"지금 우리가 하는 말을 우리보다 먼저 말했던 자들이여. 파멸할지어다!"
이런 기이한 말을 할 수 있는 것은 자기가 그 땅의 원주민이라고 굳게 믿고 있는 인간뿐일 것이다. 이성적인 조상의 혈통을 이어받은 후예임을 자랑스럽게 여기는 인간이라면, 이성적인 조상들 또한 적어도 자기만큼 인간적인 마음을 지녔을 것임을 인정해야 한다.

현대의 아주 독창적인 작가들이 독창적이라고 할 수 있는 것은 뭔가 새로운 것을 창출해 내기 때문이 아니라 단지 전에는 한 번도 들어본 적이 없을 법한 그런 것을 표현할 능력이 있기 때문이다.

따라서 자신이 품은 사상 속에 얼마나 많은 것이 감춰져 있는지 아무도 상상조차 할 수 없을 만큼 풍성하게 발전시킬 수 있다면, 이는 독창성의 가장 훌륭한 징표가 될 것이다. 많은 사상은 일반 문화 속에서 비로소 생성된다. 마치 꽃이 푸른 가지 속에서 피어나듯이, 장미의 계절에는 장미가 여기저기에서 피어나듯이.

본디 모든 것은 의지에 달려 있다. 의지가 있는 곳에 사상이 태어나며 의지가 있고나서야 사상도 있는 법이다.

"어떤 일이건 완전히 공정하게 재현하기란 쉽지 않다. 이 점에서 거울은 예외라고 사람들은 말할지 모른다. 그러나 우리는 거울 속에서 반드시 정확한 자기 얼굴을 보는 것은 아니다. 아니, 거울은 우리의 얼굴을 거꾸로 비춰, 왼손을 오른손으로 만든다. 이는 우리 자신에 대한 모든 고찰의 비유가 될 것이다."

봄이나 가을에 난로를 떠올리는 사람은 없다. 그래도 가끔 난로 곁을 지나며 난로가 전하는 편안함을 떠올리고, 그 기분에 잠기고 싶어질 때도 있다. 모든 유혹은 이와 비슷한 것일지도 모른다.

"사람들이 당신의 논증을 인정하지 않는다고 해서 초조해하지 말라."

오랫동안 중대한 상황에서 사는 사람이라도 인간이 겪을 수 있는 모든 일을 다 겪지는 못한다. 그러나 그와 비슷한 일이나 전례가 없던 일도 조금은 겪게 될 것이다.

삶의 진실을 찾아서

괴테와 계몽주의

요한 볼프강 폰 괴테(Johann Wolfgang von Goethe)는 1749년 8월 28일 독일 중부 마인 강변 프랑크푸르트에서 태어났다.

괴테의 성장기는 독일의 도시 시민계급이 융성해 가던 시기였고, 이는 정신사적으로 계몽주의의 최성기에 해당한다. 독일은 이 계몽주의로써 참다운 의미의 근대로 돌입했다고 해도 좋을 것이다.

문학 세계에서는 시의 클롭슈토크, 소설의 빌란트, 희곡의 레싱이라고 하는 위대한 세 문인을 낳았다. 그들이 닦은 문학의 한길에 괴테라는 엄청난 천재를 맞아들인 것이 독일 문학에 새로운 전기를 마련하는 결정적인 계기가 되었다.

어린 시절

괴테는 유복한 시민 가정에서 태어났다. 장인(匠人)으로 입신하여 꽤 많은 재산을 모은 할아버지의 힘으로 아버지는 대학 교육을 받았지만 일정한 직업은 갖지 않고, 아들에게는 법률학을 공부시켜 가문을 빛내고자 했다. 외할아버지는 프랑크푸르트 시장이었는데, 어머니는 성격이 명랑했다. 이 부모 아래서 괴테는 모든 종류의 교육을 집에서 받고 행복한 어린 시절을 보냈다. 만년의 괴테는 부모를 다음과 같은 시로 그려내었다.

아버지로부터 나는 체력과
인생의 진지한 삶을 물려받았다.
어머니로부터는 명랑한 성격과
이야기를 만들어 내는 즐거움을.

괴테는 좋은 환경에서 태어나 자신의 자질을 충분히 살렸다. 애틋한 정으로 어머니를 따랐으며, 이 어머니로부터 물려받은 명랑함과, 아버지로부터 물려받은 진지함과 끝내 살아가고야 마는 장부다움을 스스로의 본질과 조화시켜, 청춘의 격렬하고 정열적인 삶으로부터 장년기의 진지하고 책임 있는 삶으로 성장하고, 만년의 커다란 예지의 경지에 다다른 것이다.

그의 일생은 인간의 존재와 사색의 다양한 영역을 섭렵하며, 갖가지 착오와 실험을 거쳐 총체적인 자기실현에 이르는 길이었다.

라이프치히 대학생활

열여섯 살 때 괴테는 아버지의 뜻대로, 처음으로 고향을 떠나 작센국 수도 라이프치히 대학에 입학했다. 아버지의 모교인 이 대학에서 법률학을 수학하게 된 것이다. 프랑크푸르트와 라이프치히는 지금이나 옛날이나 거의 비슷한 크기의 도시로 현재 인구 약 70만, 그 즈음에 10만여 명으로 그 무렵 유럽 도시로서는 꽤 큰 편이었다. 그러나 두 도시의 분위기는 매우 달랐다. 라이프치히는 1409년 창립된 대학을 중심으로 한 학술적 분위기가 짙었고, J.S. 바흐 이래 음악 도시로서도 유명했으며 또 견본시, 동방 교역상 중요한 교통의 요충으로서도 활기를 띠었다. 도시가 갖는 개성이란 불가사의한 것이다. 괴테가—프랑크푸르트는 중세적인 건물, 거리, 탑, 성벽 따위가 무질서하게 늘어선 오랜 세월에 걸친 갖가지 형상의 모임에 지나지 않으며, 우연과 자의에 맡겨져 일정한 방향이 없음에 비해, 라이프치히는 균형 잡힌 아름답고 높은 건물로 가득 차 있고, 과거의 그림자를 짊어지지 않은, 복지와 부를 약속하는 새 시대의 숨결이 넘쳐흘렀다—라고 한 것으로 보아 이 도시에서 매우 신선한 인상을 받았음을 알 수 있다.

그러나 자기 가운데 무한한 가능성을 예감하며 배우고, 놀고, 그러면서도 자기 안에 무엇 하나 확실한 것이라고는 갖추지 않은 무력의 자각과 좌절감을 맛보며 라이프치히에서 보낸 3년의 면학 시기는, 거센 초조감에 마음을 죄면서도, 아직 자신에게 맞는 적합한 세계를 찾아내지 못한 모색의 시기이기도 했다.

독일 정신과 경건주의

라이프치히에서 병을 얻어 프랑크푸르트의 집으로 돌아온 괴테는 한때는 생사가 염려될 만큼 중태에 빠지기도 했으나 가까스로 고비는 넘겼다. 이 병상 생활은 반년이 넘었으며 그동안 괴테는 차츰 종교에 마음이 이끌렸다. 더구나 외가로 친척이 되는 수잔나 폰 클레텐베르크(1723~74)라는 부인의 경건주의에 감화되어, 그의 내면에는 범신론적 경향이 강하게 자라났다. 괴테는 《빌헬

괴테(1749~1832)

름 마이스터 수업시대》 제6권 〈아름다운 혼의 고백〉에서 클레텐베르크 부인을 영원히 기념한다.

괴테뿐만 아니라 계몽주의 이래 근대에 독일적인 사유에 대한 경건주의의 영향은 주목할 만하다. 계몽주의가 내세우는 이성과 미덕의 개념으로써 독일인 특유의 내면의 어두컴컴한 심연을 뛰어넘는다는 것은 독일인에게는 거의 불가능한 일이었다. 마구 쏟아져 나오는 이성 개념에 시달린 생활 감정에는 윤기가 없었다. 이를 보충하는 것처럼 종교적 정도에 의해 내면 정화를 꾀하는 경건주의가 불붙어 오른 데에 사뭇 독일적인 성격이 있다.

〈아름다운 혼의 고백〉의 내성은 한결 내면에 시종하여 삶에 소극적인 것을 느끼게 하지만, 그것이 이 파의 본질이 아니라, 무릇 이 종파는 응고되어 버린 신교의 형식화에 저항해서 묻힌 영혼의 불을 피워 올리고, 개인의 생명에 권리를 돌려줌으로써 계몽주의와 공통의 지반 위에 섬과 동시에, 어디까지나 종교성의 전개로써 합리주의에 대비되는 비합리주의의 지류를 이룬다. 이와 동시에 내면의 성실한 경건은 직업에서의 세속적 유능을, 나아가서는 시민성의 자각

18세기 중반 프랑크푸르트 성 니콜라스 교회가 있는 뢰메베르크 광장은 시민생활의 중심지였다.

을 불러일으켰다. 다시 경건주의는 친첸도르프에 의해, 모든 개인은 신에 의해 단 한 번의 삶과 고유한 종교생활을 부여받으며, 인간은 식물이 성장하듯 심령의 자연스런 발생에 내맡겨지지 않으면 안 된다고 주장됨으로써 신의 내재와 인간의 식물적 형성이라고 하는, 괴테에서 결정을 본 사상은 여기에 그 초석을 굳히게 된 것이다.

괴테에 앞서, 경건주의의 결실로서 웅대한 종교 서사시 〈메시아스〉로써 시단에 신풍(神風)의 커다란 반향을 불러일으킨 것은 클롭슈토크였다.

시라고는 하지만 그것은 어렸을 때부터 깊은 경건주의 속에서 길러진 시인의 종교적 정조에서 솟구쳐 나온 싱싱한 서정시의 연속이며 시인 자신의 넘쳐날 듯한 정감의 표백이었다. 그는 많은 뛰어난 송시 작품을 썼지만, 괴테의《젊은 베르테르의 슬픔》을 읽은 사람이라면 "클롭슈토크!"라고 말한 것만으로 베르테르와 로테의 마음이 통하게 되는 장면을 떠올릴 수 있을 것이다.

슈트라스부르크

건강을 되찾은 괴테는 다시금 집을 떠나고 싶은 마음이 생겨 이번엔 그 즈음 프랑스령이었던 슈트라스부르크 대학에 적을 두었다. 슈트라스부르크의 법률학은 실용적인 학문으로 괴테에게는 그다지 어려울 것이 없었는데, 이곳에

괴테 가족
왼쪽부터 어머
니, 아버지, 괴
테, 여동생 코르
넬리아. 제카츠
그림(1763). 괴테
는 단 하나뿐인
여동생 코르넬
리아를 아꼈는
데, 난산으로
26세에 세상을
떠나 괴테는 큰
충격을 받았다.

서 가깝게 지낸 의학생 친구가 많다보니 의학에도 관심을 두어 의학, 화학, 해
부학 강의에 나가는 한편 카드놀이와 댄스 등 사교생활에도 열중했다. 여름 학
기가 끝날 무렵에는 학사 후보자 시험에 합격했다.

슈트라스부르크는 아름다운 자연으로 둘러싸인 도시로 여기에는 고딕 건축
의 유명한 대성당이 있었다. 괴테는 처음 이 도시로 들어가는 마차 속에서 이
대성당을 올려다보고 이미 이상한 감명을 받았는데, 그 뒤 가까이 갈 때마다
더욱 깊은 인상을 받았다. 이에 대해서는 상징적인 뜻이 있다. 괴테뿐 아니라
독일인이라면 누구나, 고딕건축과 같은 공간과 시한(時限)을 넘어 반성과 실현
을 구해서 영원히 동경하고 애써 마지않는, 이를테면 비극적 형식을 통해 완성
과 규율과 조화를 통해서보다 더 큰 해방감을 느끼는 경향이 있다. 어두컴컴한
내면의 안쪽에서 거칠 정도로 끓어오르는 생명감이 스스로를 승화시킨 예술
양식을 접하면서 비로소 상승하고 치유되는 것이다. 고딕 예술은 그들에게는
바로 생명의 타오름과 진혼(鎭魂)의 표백이었다.

슈트라스부르크 이곳에는 첨탑이 딸린 유명한 교회가 많았다. 괴테는 이곳에서 고딕양식을 발견하고 독일 건축에 대하여에서 이를 칭찬했다.

헤르더와의 만남

1770년 9월 요한 고트프리트 헤르더가 안질(眼疾) 수술을 받기 위해 슈트라스부르크로 와서 머물게 되었다. 이미 신진 비평가로서 명성을 떨치던 헤르더와 알게 된 것은 괴테에게는 운명적인 사건이었다. 헤르더의 냉혹할 정도로 가차 없는 지도를 받아가며 괴테는 호메로스, 신화, 오시안, 셰익스피어, 민요의 세계 등을 알게 되었다. 이들 작품 모두가 자연에 뿌리박은 인간의 진실한 외침이었다. 헤르더는 괴테의 내부에 있는 시인적 천재를 불러 일으켰다. 거기에 프랑스 문화의 영향이 짙은 오성만능(悟性萬能)의 계몽사상에 반발해서 독일인 특유의 창조 감정이 폭발하고 있었다. 헤르더와 괴테의 만남은 슈투름 운트 드랑(疾風怒濤)이라고 부르는 문학 운동과 직결된다. 한편 이 무렵에는 괴테로 하여금 싱싱한 서정시를 쓰게 한 동기가 된 프리데리케 브리온과의 연애 사건이 있었다.

프리데리케

1770년 10월에 괴테는 슈트라스부르크 교외의 한 마을 제젠하임의 목사를 방문한 일이 있는데 목사의 딸 프리데리케를 보고 마음이 끌렸다. 진원에 싸인 마을에 어울리는 밝은 자연 그대로의 순수하고 소박한 그녀를 괴테는 진지하게 사랑하여, 〈오월의 노래〉〈그림 리본에 부쳐〉〈환영과 작별〉 등 훌륭한 청춘시를 낳았지만 끝내 그들은 맺어지지 못했다. 괴테는 일생에 걸쳐 여러 번, 그때마다 진실한 연애를 체험했지만, 대상을 모조리 흡수하고 나면 그 곁을 떠나 버리곤 했다. 상대 여성들은 괴테에게 사랑받은 것을 행복한 추억으로 가슴에 품고 지낸 것 같지만, 그러나 객관적으로 본다면 괴테와 같은 신재(神才)에게 사랑받은 여성은 과연 불행했다. 그러한 가운데서도 프리데리케와의 연애 사건만은 괴테에게 평생토록 죄책감을 불러일으켜, 그것이 여러 작품에 예컨대 《파우스트》의 그레첸 등에 깊은 그늘을 던진다.

클롭슈토크(1724~1803)
시인. 《구세주》로 널리 알려졌으며, 괴테가 존경한 인물.

슈투름 운트 드랑

헤르더와 괴테, 그리고 괴테보다도 10년 젊은 실러 등에 의해 일어난 슈투름 운트 드랑의 문학 운동이란 무엇인가. 이성 내지 오성(悟性)의 개념에 대한 비합리적 자연 감정의 폭발이라는 외적 모습은 계몽주의와 어긋나는 것이지만, 이 운동이 계몽주의 속에서 이미 준비되어 있었다는 것은 셰익스피어나 경건주의가 이 운동의 원천이 된 것으로도 알 수 있

헤르더(1744~1803)
비평가. 질풍노도 문학운동의 지도자.

다. 먼저 이성의 이름으로 해방된 인간의 주체성이, 그 이성의 비이성적 지배 때문에 비뚤어지고 억압되어 개체의 신문명에 의한 인간 퇴락의 위기를 방지하고, 창조적 발전 작용을 갖는 유기적 생명체인 자연에 적응한 인간성 회복의 외침, 이것이 바로 이 운동이 의미하는 것이었다. 이 운동의 가장 주된 원천이 된 것은 루소이다. 또 정치적 사회적 이념에서 보면 계몽주의 이념을 한결 첨예화해서 계승했다고도 할 수 있다.

전반적으로 본다면 슈투름 운트 드랑 운동은 루소에서 발달해 유럽 전체에 낭만주의 운동을 일으켰고, 독일에서는 고전주의로부터 낭만주의에 이르는 독일 관념론 전개의 첫걸음이 되었다. 이것은 문학뿐만 아니라 사회, 정치, 문화 전반에 걸쳐 낡은 정신 질서에 대한 자연과 삶의 반역을 외친 혁명운동이었다. 요컨대 자연의 의지에 순응하는 삶의 체험에 의한 자아의 확장이었다. 그런데 루소가 요구하는 인간성 실현을 이룩할 수 있는 개성은 천재가 아니어서는 안 되었다. 이 운동을 〈천재 시대〉라고 부르게 된 것은 여기에서 비롯된다. 이제 인간은 신의 창조 작용조차도 탈취한다. 괴테는 시 《프로메테우스》에서 이렇게 노래한다.

> ……아니 나는 여기 앉아
> 내 모습을 본떠
> 인간을 만들겠다고
> 괴로워함도 우는 것도
> 또 나와 같이
> 그대(제우스)를 돌아보지 않음도
> 그대와 같은 종족인
> 인간을 만들겠다고

괴테는 많은 체험 속에서도 법률학에 정진하여 교회법에 관한 논문을 제출하고 토론을 거쳐 1771년 8월 법학개업사 학위를 받은 뒤, 프리데리케와 작별을 한 다음 프랑크푸르트로 돌아왔다.

희곡 《괴츠 폰 베를리힝겐》

그 즈음 법학개업사는 박사로 인정해 주었다. 아버지는 크게 만족해하며 이 아들을 맞이하였고, 괴테는 얼마 뒤 정식 변호사로서 개업인가를 받았다. 그러나 실제 사무는 아버지가 거의 처리해 주었기 때문에 괴테는 전부터 뜻을 두어오던 문학과 여행에만 골몰했다. 이러한 때 우연히 얻은 기사 괴츠 폰 베를리힝겐의 전기를 읽고, 이 강직하고 긍지 높은 남자의 모습을 중세 독일에서 끌어와 전하고 싶다는 열망에 불타, 1771년(22세) 가을에 희곡의 형식을 빌려 단숨에 썼다. 강직한 괴츠는 동란 속에서 자기의 자유를 주장하다가 끝내 밀어닥치는 근대의 힘에 눌려 짓밟혀 간다. 이 희곡의 초고를 존경하는 헤르더에게 보냈는데, 그는 '셰익스피어가 당신을 망쳐 놓았다'는 혹독한 비평을 보내왔다.

이 초고는 실제의 무대에 알맞도록 고쳐 써서 1773년 자비 출판하기로 했다. 그런데 이 작품은 뜻밖에도 커다란 반향을 불러일으켜, 슈투름 운트 드랑의 대표작이라는 평가지 받았다.

베츨러

《괴츠 폰 베를리힝겐》이 출판되기 전 1772년 5월 괴테는 프랑크푸르트의 북쪽 수십 킬로 지점에 있는 베츨러로 갔다. 그 즈음 독일 최고 재판소인 '신성 로마제국고등법원'에서 법률의 전문적인 실무 수습을 하기 위해서였다. 고등법원에서 받은 인상은 아주 나빴다. 모든 것이 형식투성이이고 법무는 정체되어 있었으며 재판이 몇십 년, 몇백 년이나 걸리는 것들도 있는 형편이었다.

그러나 베츨러 교외의 작은 마을에서 열린 무도회에서 괴테는 샤를로테 부프를 만난다. 그는 건강하고 상냥한 샤를로테 부프를 격정적으로 동경했지만, 그러나 그녀는 이미 유능하고 선량한 법무서기관 케스트너와 약혼한 사이였다. 세 사람은 저마다 괴로워하다 마침내 괴테가 결심하고 베츨러를 떠났다. 이 샤를로테가 《젊은 베르테르의 슬픔》의 모델이 되었다. 전에 라이프치히에서 공부할 무렵 알고 지내던 젊은이가 마찬가지로 베츨러에 파견되어 와 있다가 불행한 연애 때문에 자살했다는 사실을 그는 그 고장을 떠난 뒤에야 알았다. 괴테 자신이 체험한 절망적인 사랑과, 이 젊은이의 불행한 파멸을 소재로 하여 쓴 작품이 《젊은 베르테르의 슬픔》이다. 이 작품은 1774년, 그가 스물다섯 살 나던 해에 출판되었다.

이 작품은 그 즈음 젊은이들에게 커다란 충격을 주고 사람들의 마음을 사로잡아 온 유럽에 번역본이 출판되고, 독일 문학은 이를 계기로 비로소 세계문학으로까지 발돋움하게 되었다. 나폴레옹도 이집트 원정을 떠날 때 이 책을 가지고 갔고, 몇 번이나 되풀이해 읽었다고 스스로 이야기하고 있다. 심정의 솔직한 토로와 청춘의 싱싱한 표현, 아름다운 자연의 적확(的確)한 묘사, 이러한 것들이 이 작품을 근대 이후의 독일의, 유럽 소설의 한 원형이 되게 한 것이다.

파우스트 초본(Urfaust)

《젊은 베르테르의 슬픔》의 작자로서 괴테의 이름은 유럽뿐만 아니라 중국에까지도 알려지고, 슈투름 운트 드랑의 대표자로서 많은 사람들이 프랑크푸르트로 그를 찾았다. 그는 계속 문학적 성장을 이룩하여 우주적인 넓이와 높이에 이르는 뛰어난 장시(長詩)를 많이 지었다. 앞에서 일절을 소개한 《프로메테우스》도 이 시기의 작품이다. 나아가 그는 거인적인 내면의 충동으로 잠자코 있을 수가 없어, 역사 속의 위대한 인간상을 모두 시로 노래하고 희곡으로 재현하고 싶어했다. 그중에서 특히 그의 마음을 끈 것은 16세기에 실존한 인문주의자이며 연금술사인 파우스투스 박사였다.

루터와 동시대 인물인 파우스트 박사에 대해서는 그의 사후(死後) 갖가지 민간 전설이 생겨서, 악마에게 혼을 팔아 마법을 몸에 지녔지만 끝내 비참한 종말을 고했다는 그의 이야기가 전해 내려오고 있었다. 자연의 불가사의한 힘을 지배하고 모든 것을 탐구해서 알아내고자 하는 인간의 근원적인 욕구가 파우스트의 모습에 스며들어 있었다. 이것은 이를테면 신에 대한 저항이었다. 초인적인 의지로써 인간 세계의 한계와 맞서고자 했던 파우스트의 전설은 독일인 괴테의 마음을 사로잡았다. 16세기 말에 이미 괴테의 출생지인 프랑크푸르트에서 파우스트 전설에 대한 민중본(民衆本)이 인쇄되었으며, 그것이 영국으로 건너가 셰익스피어와 같은 시대 극작가 크리스토퍼 말로의 《포스터스 박사》를 통해 기독교적 교훈을 담은 작품으로 다시 태어났고 그것은 다시 독일로 역수입되어 민중본의 개작을 촉진해 인형극으로까지 만들어졌다.

괴테는 어릴 때부터 인형극으로 이 파우스트와 친숙했는데 프랑크푸르트에서 이십대 전반기에 이 인물을 극화해 보려고 생각했었다. 학문과 지식이 인생과의 직접적인 연관을 상실하고 메말라 버린 데 절망한 주인공은 직접 인생과

▲ 그레첸 괴테의 첫 연인.

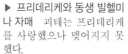

▶ 프리데리케와 동생 빌헬미
나 자매 괴테는 프리데리케
를 사랑했으나 맺어지지 못
했다.

자연의 진리를 파악하려고 한다. 그래서 신의 닮은꼴인 인간이 초인이 될 것을
갈망하고 세계로 나간다. 그러나 어두운 서재에서 나간 그가 한 일은 소녀 그
레첸을 사랑하고 지나친 욕망 때문에 이 소녀를 죽음의 파멸로 몰아넣은 것이
었다. 이러한 내용의 희곡을 그는 끓어오르는 정열을 가지고 썼다. 이것이 《파
우스트 초본》이라고 불리는 것이다.

괴테는 이것을 바이마르에서 다시 보태어 썼고 노년에 이르기까지 집필을
계속해 세계 문학의 가장 위대한 작품으로 이루어 놓은 것이다.

이 작품을 쓰고 있을 무렵 우연히 은행가의 딸 릴리 쇠네만과 알게 되어 약
혼하고, 시민적인 생활에 들어가려고 하나, 내면의 데몬(악마적 충동)은 그를
평범한 변호사, 한 사람의 시민으로는 놓아두지 않아, 마침내 약혼을 취소하고
괴테는 젊은 바이마르 공 카를 아우구스트의 초청을 받아 1775년 가을 프랑크
푸르트를 떠난다.

바이마르

그 즈음 인구 겨우 10만에 지나지 않던 바이마르 공국의 수도 바이마르 시
는 라이프치히나 프랑크푸르트와는 비교도 안될 만큼 가난한 도시였다. 그러
나 문학적으로는 놀랄 만한 역사와 전통을 갖고 있었다. 중세에는 튀링겐 방백

베츨러 전경 괴테가 23세 때 제국고등법원에서 실시하는 법률 실습을 위해 머물렀다. 이곳에서 샤를로테를 만나 사랑했으나 거절당했다.

(方伯)이 이 근처 발트부르크에서 궁정 가인(민네쟁어)들에게 시(詩)모임을 베풀곤 했다. 발트부르크는 또 16세기에 마르틴 루터가 성서를 독일어로 번역하여 근세 독일어를 형성하고 시와 음악을 사랑하여 독일적인 혼을 불러 일으킨 곳이기도 했다. 작은 공국이기는 했지만 독일의 저명인사를 궁정의 교육계에 초청하는 전통과 분위기가 있었다.

이 공국의 군주가 된 카를 아우구스트 공이 괴테를 친구로 초청한 것이다. 괴테는 지위도 책임도 없는 하나의 손님으로, 주어진 자유를 마음껏 누렸고 사냥과 술로 아우구스트 공과 함께 맘껏 생활을 즐겼다. 또한 궁정의 누구에게서나 사랑을 받고 존경을 받았다. 그러는 동안에 젊은 왕의 마음에 들어 여러 국정 문제를 의논하는 상대가 되었고 마침내 서른 살에 대신에 임명되어 국정에도 참여하게 되었다. 공직생활에 따른 보수와 연금도 보장되어 이것으로 그의 경제생활도 자유업(당시는 아직 작가로서 시인의 인세 수입이 완전한 법적 뒷받침을 받지 못하고 있었다)의 불안정한 생활에서 벗어나 확실한 기반을 얻기에 이르렀다.

그러나 그는 세계 속을 단순한 자유인으로서 돌아다니는 것이 아니라 하나의 공동체를 이루는 바이마르에 머물며, 친구를 위해, 또 인간으로서의 윤리를 위해 사회의 한 사람으로 남에게 도움 되는 일을 하고자 결심했다. 지금까지는 단지 자아 형성만을 꾀하고 형성 과정에서 세차게 드러나는 자기의 에너지만 표현하면 되었다. 그러나 지금은 구체적인 한 지역에서 인간 사회의 관계 속에 인간성 이루기 위해 사회인으로서 일하리라 결심한 것이다. 구체적으로 그것은 정치 행정을 맡는 일이었다. 이 직무를 그는 죽을 때까지 책임감을 가지고 이행해 나갔다. 그것은 그의 내부에 있는 아버지로부터 물려받은 북부 독일적인, 다시 말해 '프로테스탄트 윤리'와 책임감이 훌륭하게 융합된 것이었다.

▲ 샤를로테 괴테가 무도회에서 만나 사랑했으나 이미 약혼자가 있었다. 《젊은 베르테르의 슬픔》의 주제는 이 실연에서 비롯되었다.

궁정에선 물론 《젊은 베르테르의 슬픔》의 작가가 국정에 참여하는 데 대해 반대 의견이 없지 않았다. 그러나 카를 아우구스트 공은 괴테의 본질을 꿰뚫어 보고 젊기는 했지만 그에 대한 신뢰를 멈추지 않았고 1782년에는 신성 로마 황제에게 청원하여 괴테를 귀족으로 승격시켜 궁정에서의 그의 위치를 확고하게 했다. 이 때부터 괴테에게 '폰(von, 영국의 sir에 해당함)'이라는 귀족 칭호가 붙게 된 것이다. 그 뒤로 그는 재상이 되어 재정은 물론 문교, 산업 등 전반에 걸쳐 공인(公人)으로서의 직무를 수행하게 되었다. 그의 이 생활은 약 10년 동안 계속된다.

▼ 약혼녀 릴리 쇠네만 괴테가 바이마르로 가게 되어 약혼이 깨졌다.

보편적 천재
바이마르의 공직 생활에 의해 사적인 시간

을 모두 빼앗겨 버린 것 같았지만 괴테의 보편적인 천재성은 더욱더 넓고 풍부하게 전개되어 갔다. 그는 정무(政務), 특히 재정 직무상 필요성을 느껴 지질학과 광물학을 열심히 연구했다. 스피노자 철학을 철저히 연구하는 한편, 동물학, 식물학에도 깊이 파고들었고, 해부학 분야에서는 '괴테의 골'이라고 부르는 간악골(앞니뼈)을 발견하여 학문상 공적도 남겼다. 또 서정시를 비롯, 문학의 모든 장르에 걸쳐서 창작했을 뿐만 아니라 어떤 때는 손수 붓을 들어 그림도 그렸다. 레오나르도 다 빈치나 미켈란젤로와 같은 의미에서의 거대한 보편적 천재가 거목 같이 무성해지기 시작한 것이다. 그것은 이미 단순한 청춘의 혈기로 들먹거리는 젊은 말(馬), 젊은 나무가 아니라, 유럽이 자랑하는 보편적 인간성의 위대한 전형이었다. 그 본질에는 자연과 인간이 되고자 하는 순수한 서정성이 핵심을 이루고 있었다. 이 무렵에 나온 〈달에게〉라든가 〈나그네의 밤노래〉 등의 시는 세계 문학의 주옥(珠玉)이라고 해야 할 것이다.

그러나 이 거목이 그저 위쪽으로만 올라간 것은 아니었다. 무한한 가능성을 모든 방향으로 뻗어 가지를 펴고 뿌리를 뻗어 나감으로써, 개체인 자기 존재가 사회라고 하는 전체 속에 놓여 있음을 알고, 규범이라는 것을 알게 된 것이다. 말하자면 자연 가운데 엄연한 법칙성을 풍부한 직관으로 꿰뚫어 보고, 법칙성 때문에 자연의 아름다움이 있음을 알아낸 것이다. 그 법칙성은 죽은 수식(數式)이 아니라 생성, 발전하는 생명체 자체가 갖는 유기적인 법칙성이어서 인간성 발전과도 통하는 것이었다. 그에게는 시인인 것과 과학자인 것과 그리고 정치의 공인(公人)으로서의 책무가 유례가 없을 만큼 하나를 이루고 있었다.

슈타인 부인
참다운 자기표현을 위해 엄격한 규범을 스스로에게 매겨 간 것은 정무나 학문을 위해서만 얻어진 인생 태도는 아니었다. 그것은 동시에 그보다 일곱 살 연상인 슈타인 부인과의 향락적이 아닌 고도로 인격적인 교제와 사랑에서 나온 것이었다.

9년 동안의 결혼 생활로 이미 세 아들의 어머니였던 병약하고 순정적인 이 부인은, 거센 기질의 젊은 예술가 괴테에게 규범과 질서의 감각을 주어, 자기표현만을 귀중하게 여길 것이 아니라 인간 사회의 훌륭한 예법과 규율을 익혀야 한다는 것을 자연스럽게 일깨워 주었고 온건한 태도로 그것이 마음 속 깊이 스

바이마르 성관 1774년 소실되고 나서 재건된 건물 전경. 클라우스 작(1805).

며들도록 영향을 주었다. 이 부인의 모습은 《토르크바토 타소》와 《타우리스 섬의 이피게니에》에 아로새겨졌는데, 그녀에게 바친 몇 편의 단시(短詩)는 독일 단시 가운데 가장 빛나는 보석이라고 할 수 있다. 이리하여 그녀와의 깊은 상호감화(相互感化) 속에 청년 괴테는 당당한 장년으로 성장해 갔다. 이론이나 관념적인 개념이 아니라, 살아 있는 한 인간과의 부딪침에서 가장 깊은 의미의 자아 형성을 이루어 나간 것이다. 슈타인 부인은 그의 예술을 완전히 깊이 이해한 최초 여성이었다. 그에게 슈타인 부인은 '인간성' 바로 그것이었다. 그녀라는 길라잡이 덕분에 보편적 인간의 자아를 만들어 간 것이다. 괴테가 그녀와 가까이 지낸 약 10년 동안에 그녀에게 보낸 편지는 무려 1,780통에 이른다.

이탈리아로의 여행

게르만의 모든 부족들은 언제나 남쪽에 이끌렸으며, 중세 독일 황제들도 햇빛 밝은 이탈리아를 동경하는 마음으로 설레었다. 독일인은 모두 어두운 북방에 살아 남국 로마를 동경하여 마지않았다. 괴테의 아버지도 이탈리아를 여행했던 일이 있어 괴테와 누이동생은 곧잘 그 고장의 이야기를 들었으며, 프랑크푸르트의 집에는 이탈리아 풍경화가 몇 개나 벽에 걸려 있었다. 시대가 바뀜에 따라 고전과 고대를 재평가하는 기운이 일기 시작하면서 빙켈만 등의 고전 미술의 학문적 소개가 세상에 나오게 되었다. 빙켈만에게 감격한 프랑스의 한 작가는 빙켈만의 출생지 이름을 필명으로 해서 스탕달이라 했다. 괴테도 라이프치히 시절에 그의 책을 읽고 이탈리아 미술을 직접 보고 싶은 불같은 충동을 느꼈다. 그런 동경을 그는 〈그대는 아는가 저 남쪽 나라를〉이라는 시에서 노래했다.

드디어 그 동경이 이루어지는 날이 왔다. 그가 로마로 간 것이다. 1786년 9월 3일 그는 아무에게도—아우구스트 공에게도, 슈타인 부인에게도 알리지 않은 채 칼스바트에서 로마로의 여행길에 올랐다. 10년에 걸친 오랜 동경을 억누를 수 없게 된 그는 모든 일을 포기하고 자아가 재촉하는 대로 마차를 남으로 남으로 달렸다. 알프스를 넘어 이탈리아 땅을 밟았을 때의 그의 기쁨은 더할 나위 없이 순수한 것이었다. 로마에서의 자유로운 생활, 밝은 풍토와 기후, 새로운 환경과 고전, 고대 예술과 르네상스의 눈부신 문화유산, 그리고 무엇보다도 밝고 명랑한 남국 사람들, 그런 것이 그를 참으로 행복하게 했다. 그는 그 모든 것에서 빛을 보았다.

1년 반의 이탈리아 여행으로 심중에 은근히 피어나던 조화와 유기적 전체성이라는 예술관을 명확한 것으로 형성했다. 그가 찾게 된 것은, 이젠 정열의 이글거림이 아니라 자아를 완성한 아름다운 전체성의 표현이었다. 이탈리아 여행 도중 그는 《타우리스 섬의 이피게니에》를 완성했다. 바이마르에서 쓰기 시작한 것을 이탈리아에서 완성한 것이다. 동시에 희곡 《에그몬트》도 완성하고 《토르크바토 타소》도 이탈리아에서 거의 마무리되었다.

다시 바이마르로 돌아오다

1788년 6월 괴테는 바이마르로 돌아왔다. 예술의 위대성과 고귀함, 아름다움과 품위에 대한 감각을 몸에 익혀 예술가로서 완전히 재생되어 돌아온 것이다. 그러나 이 고전주의적인 예술감은 전과 조금도 달라지지 않은 바이마르에서는 아무런 반향도 일으키지 못하고 서먹서먹한 경향으로 맞아들여졌다. 아름다운 조화(造花)를 만드는 처녀 크리스티아네 불피우스를 자기 집에 살게 하면서

부터 슈타인 부인과의 관계도 결정적으로 식
어 버렸다. 이 처녀와의 관능적인 사랑의 체
험이 영원의 도시인 로마에서의 경험과 결합
되어 〈로마의 비가(悲歌)〉〈베니스의 풍자시〉
등의 작품이 되었다. 고전주의적인, 다시 말
해 명확한 형식과 윤곽을 가진, 문체에 얽매
이지 않는 감각적인 내용을 담은 이 장시(長
詩)는 바이마르 궁정에서는 호평을 얻지 못
했다. 그러나 그는 세상이 업신여기고 무시
했지만 끝내 불피우스와의 사랑을 지켜 동거
생활 18년만에 정식으로 혼인신고를 하고 내
내 그녀와의 가정을 충실히 지켰다.

바이마르 공국 아우구스트 공

공적(公的)으로 점점 더 고독하게 된 괴테
는 시작(詩作)과 자연 연구에 전념했다. 아우
구스트 공만은 우정을 변치 않고 괴테의 무거운 책무를 덜어 주기 위해 광산
관계 일과 학예부(學藝部) 일만으로 공무를 줄여 주었다. 이 밖에도 괴테는 궁
정 극장 감독직을 위촉받았다.

1789년 프랑스 혁명이 일어나고 그 뒤로 계속되는 동란 속에서, 그는 혁명이
라고 하는 수단에 따른 사회 변혁에는 찬성할 수가 없었고 또 한편 반나폴레
옹 전쟁에서 볼 수 있는 편협한 민족주의에도 등을 돌렸다. 그러나 전쟁은 그
가 있는 바이마르 공국도 휩쓸어 두 번이나 종군해야 했다.

혼란 속에서도 유머와 아이러니가 담긴 서사시 〈라이네케 여우〉(1793) 등을
썼다. 진중(陣中)에서도 '광학(光學)' 연구와 '색채론(色彩論)'에 몰두했다. 프랑스
와의 전쟁에서 얻은 경험은 뒤에 자전(自傳)의 하나로 생각되는 《프랑스 종군
기》와 《마인츠 공방전》 등에 반영되었다. 혁명에서 취재한 것으로는 희곡 《대
코프타》(1791)와 《시민 장군》(1793) 등이 있지만 역사의 본질에 대한 깊은 이해
에는 이르지 못한 것들이다.

대혁명과 연관을 가진 현실을 다루면서 고전주의의 뛰어난 대표적 서사시가
된 것은 《헤르만과 도로테아》(1797)이다. 괴테의 체험에서 우러나온 독일 시민
생활에 대한 긍정적인 빛나는 증언으로서, 이 작품은 《젊은 베르테르의 슬픔》

과 함께 오늘도 독일인에게 널리 애독되고 있으며, 괴테 스스로 만년에 《헤르만과 도로테아》는 자기가 지금도 좋아하는 거의 유일한 작품이며 깊은 공감 없이는 읽을 수 없다고 했다.

실러와의 우정

괴테가 실러를 처음 만난 것은 그가 이탈리아에서 돌아와 얼마 안 되어서였다. 처음 그는 청년기의 격정에 넘치는 정열적인 실러를 그다지 좋아하지 않았다. 그러나 1794년 어느 강연회에서 돌아오는 길에 실러가 얼핏 말을 건 것이 계기가 되어 두 사람의 관계는 아름다운 우정으로 자라갔다. 괴테가 눈(目)의 사람이며 직관과 자연에 대한 사랑 속에서 사는 사람이라고 한다면, 실러는 이지와 사변과 타오르는 듯한 이상주의 속에서 사는 사람이었다. 이렇듯 자질이 다르고 나이도 실러 쪽이 열 살이나 젊었지만, 자연과 예술의 본질적 통일이라는 점에서 두 사람은 서로 깊이 공감하고 창작 방법의 차이를 넘어서 서로 상대의 생각을 이해하고 존경하면서도 비판했다. 이와 같은 시인 간의 10년에 걸친 알찬 우정은 세계 문학사에도 유례가 드문 일이다.

오랫동안 중단되었던 《파우스트》도 실러의 격려 덕분에 다시금 손을 댈 수 있었다. 희곡 제작을 놓고 서로 격려하고 편지를 주고받으며 발라드에 대해 이야기하고, 많은 명작을 썼다. 소설 《빌헬름 마이스터 수업시대》를 쓴 것도 이 시기였다. 결코 풍요하지 못한 독일의 문학사가 이 두 고전주의 작가의 우정과 창작을 한꺼번에 품었던 이 시기는, 확실히 철학과 음악 등의 모든 영역과 더불어 세계사상의 훌륭하고도 장엄한 광경이라 할 수 있을 것이다.

독일 고전주의

괴테와 실러, 두 사람의 창조적 성과를 독일 고전주의라고 부르는 것은 어떤 이유에서인가? 이는 그들의 창조가 근본적으로 그리스 정신과 독일 정신의 종합에 따른 내면적 이념문화, 관념적 이상주의이기 때문이라 할 수 있다. 이것은 실제 가치를 가지고 내면에 수립되어, 현실을 이끌어 갈만한 힘을 갖고 있었다. 괴테와 실러가 이에 이르기까지에는 얼마나 많은 자기희생이 필요했던 것일까.

하나의 극으로서 독일인이 가진 심원한 내면성, 생명과 영혼의 어두운 근원에서 무한을 찾아 헤매는 자아 감정, 그것은 '슈투름 운트 드랑'에서 보이는 것

▲ 남작부인 샤를로테 폰 슈타인

▶사랑하는 여성의 실루엣을 바라보는 괴테 실루엣 초상화 주인공은 슈타인 부인.

처럼 한편으로는 인간성 획득에는 쓸모가 있는 에너지이기는 했지만 동시에 붕괴와 파멸을 불러오는 위험을 안고 있었다. 거기에는 다른 한편의 극으로서 그리스에 의한 정신의 자기 규제라는 것이 필요했다. 바로 그리스 정신이 아주 자연스런 공동체의 소산으로서 제시한 것을, 독일 정신은 특유의 미신에서 비롯된 촉박한 성질을 바로잡으며, 자율과 극복을 통해서 형상으로 나타냄으로써 얻어야 했다. 그것은 언제나 개인 정신의 고독한 창조 작업이고 가상으로의 도피가 아니라 본성인 음악적 낭만성의 극복 과정이며 비극적 수고였다.

그러므로 고딕 예술에 감동하는 독일인은 독일 고전주의를 대할 때 조화의 귀결보다는 거기에 이르는 과정에 간직된 고통의 표정을 민감하게 읽어냈다. 괴테가 제시하는 것도 이런 고통스러운 체념일 수밖에 없었으며 《타우리스 섬의 이피게니에》나, 《빌헬름 마이스터》나, 《파우스트》가 모두 다 그러한 모습을 나타내고 있는 것이다.

실러 죽다

둘도 없는 친구 실러가 죽자 괴테는 커다란 정신적 타격을 받고 깊은 고독에 빠졌으나, 아우구스트 공으로부터 증정받은 바이마르의 아름다운 집에 살면서부터 온 세계에서 오는 많은 방문객을 맞이하게 되었다. 그중에는 베토벤

아내 크리스티아네 불피우스와 아들 아우구스트
괴테와 1788년부터 동거하기 시작하여 이듬해 큰아들 아우구스트를 낳고, 18년만인 1806년 결혼식을 올렸다. 괴테 나이 57세 때였다. 자녀들은 모두 다섯이지만, 다 죽고 큰아들만 남았다.

도, 있었고 멘델스존도 있었다. 허무에 빠진 그는 산다는 것의 의미를 깊이 통찰하고 고독한 가운데서 생명의 빛을 찾는 삶의 방법을 계속 추구했다. 이 무렵, 장년기에서 노년기로 접어든 그는 다시금 짧지만 진실한 연애를 체험했다. '체념'이라고 하는 인생의 예지에 의해 사랑의 위기를 뛰어넘고, 그런 것이 양분되어 소설 《친화력》(1809)과 시집 《서동시집》(1819)이 나왔다.

《친화력》은 《빌헬름 마이스터 수업시대》 속편으로 〈체념한 사람들〉이라는 부제를 단 《빌헬름 마이스터 편력시대》 속에 단편으로 넣을 작정이었는데, 붓을 들고 쓰다보니 커다란 소설이 된 것이다. 명확한 구도와 맑게 트인 문체로 쓰여진 훌륭한 소설로, 근대 독일의 사회 소설 최초의 걸작이 되었다.

1803년 헤르더가, 1805년 실러가 죽고, 다시 1808년에 어머니를 잃은 괴테는 반평생을 회고하여, 성숙해서 안정된 당당한 문체로 자서전을 쓰기 시작했다. 이것이 곧 《시와 진실》이다. 태어나서부터 바이마르로 떠나기까지의 기록이지만 단순한 청춘의 기록으로 그치지 않고 문화사, 정신사의 취향까지 갖춘 대작품이 되었다.

《서동시집》

1815년 가을, 고향 프랑크푸르트로 돌아온 괴테는 옛 친구 빌레머의 아름답고 젊은 아내 마리안네에게 강하게 이끌렸다. 그들 두 사람의 사랑은 페르시아의 시인 하피즈의 시에 자극되어 이룩된 시집 《서동시집》에 깊이 반영되었다. 두 사람의 사랑은 절도 있는 것으로, 시의 교환이라고 하는 아주 순수한 정신적인 사랑이었다. 동양풍으로 노래한 시인의 시집으로서, 이 시의 표제의 의미는 다음 시구 속에 잘 나타나 있다.

실러(1759~1805)
자연과학에 치중하는 괴테에게 시를 등한시하지 말라고 충고했다.

　　동양은 신의 것
　　서양은 신의 것
　　북쪽도 남쪽 나라도
　　신의 손 안에서 편안하여라

또한, '지상의 아이들의 최고의 행복은 인격이다'라고 읊은 구절은 매우 음미할 만하다. 그리고 그 속에 수놓아진 마리안네와의 '함께 들은 노래'는 참으로 불가사의한 아름다움에 차 있다.

노년의 괴테

1816년 아내 크리스티아네를 잃고, 슈타인 부인도 아우구스트 공도 죽고, 1830년에는 외동아들 아우구스트도 여행지 이탈리아에서 객사하면서 만년의 괴테의 고독과 내면의 정적은 더욱 깊어갔다. 그러나 파우스트처럼 그도 불모의 정체(停滯)라는 것을 몰랐다. 마리엔바트에서 알게 되어 구애까지 한, 그리고 얼마 안 가 곧 단념한 열일곱 살 처녀 울리케 폰 레베초우와의 사랑과 고뇌에서 《마리엔바트의 비가》(1823)를 지었다. 이해에는 또, 늙어서도 여전히 시작

(詩作)과 문학적 창조와 자기형성에 정진하는 괴테와의 대화를 기록에 남긴 에커만이 찾아와 그의 비서가 되어 주었다.

외면으로는 조용한 생활을 보내면서도 내면에서는 쉼없는 창조 활동을 계속하던 괴테는 그 뒤로도 많은 시를 짓고 단편 소설 《노벨레》 등을 썼는데, 평생을 걸려 완성하고 그것으로써 인생의 도정(道程)을 완결한 것이 소설 《빌헬름 마이스터 편력시대》(1829)와 《파우스트》(제2부, 1831)이다.

1832년 3월 16일 가벼운 감기로 자리에 누운 괴테는 3월 22일 여든두 해 남짓한 생애를 닫고 실러와 가지런히 바이마르에 묻혔다. 죽음 직전에도 손을 움직여 손가락으로 W라고 쓴 것은 자기 이름 볼프강의 머리글자였던가. 행동에 살고, 영원한 생명을 문자에 새겨 표현하려고 한 시인의 면목을 여실히 드러내는 이야기이다.

그가 마지막으로 한 말은 "더 빛을……"이었다.

《빌헬름 마이스터 수업시대》

《빌헬름 마이스터 수업시대 Wilhelm Meisters Lehrjahre》는 연극의 세계와 유랑극단의 세계를 다룬 소설이다. 그러나 그 주제는 인격 형성의 문제와 넓은 세상에서의 끝없는 수행이라는 내용으로 변화해 간다. 파우스트와 마찬가지로 빌헬름 마이스터도 일생 동안 괴테 옆을 맴돌았다. 《수업시대》가 세상에 나오기 전에 《빌헬름 마이스터의 연극적 사명》이란 작품이 있었다. 괴테는 1775년 바이마르 공 카를 아우구스트의 초빙을 받고 바이마르 궁정에 들어선다. 이때부터 이탈리아 여행까지의 시기를 '초기 바이마르 시대'라고 하는데, 《연극적 사명》은 이 시대를 대표하는 작품이다. 1777년 2월부터 괴테는 이 소설을 쓰기 시작해 띄엄띄엄 제6권까지 집필했다. 그러나 그가 1786년 9월 이탈리아로 여행을 떠나게 되어 이 작업은 중단되었다. 이 원고는 결국 괴테의 손에서는 빛을 보지 못하고, 1917년 취리히에서 발견된 사본을 통해 겨우 처음 세상에 나왔다.

1794년 4월, 괴테는 《연극적 사명》을 재구성하여 《수업시대》를 썼다. 《수업시대》는 1795년 1월부터 두 권씩 묶어서 네 권짜리 책으로 출판되었고, 1796년 10월에는 제4권이 간행됐다. 그때 괴테는 마흔일곱 살이었다.

《연극적 사명》은 결국 완성되지 못했으므로 한 마디로 단정짓기 어렵지만, 주인공 빌헬름 마이스터가 연극에 몰두하여 독일 연극을 그 시대의 저속한 수

준에서 국민연극의 영역으로 끌어올리려고 애쓰는 내용으로서, 이른바 예술가 소설을 지향한 작품이었던 듯하다. 《수업시대》도 제4권까지는 《연극적 사명》에 바탕을 두었기에 연극을 중요한 문제로 다룬다. 그러나 《수업시대》에서 연극은 빌헬름 마이스터가 인격을 수양하는 한 단계, 하나의 수단에 지나지 않는다. 예술가 소설이었던 《연극적 사명》과는 달리 《수업시대》는 빌헬름 마이스터의 인격 형성 및 발전을 묘사한 이른바 교양소설이다.

《빌헬름 마이스터 수업시대》는 매우 유쾌한 소설이다. 지적 성장과 교육 과정을 따스한 시선으로 써 내려간 이 소설은 교양소설이라는 고전

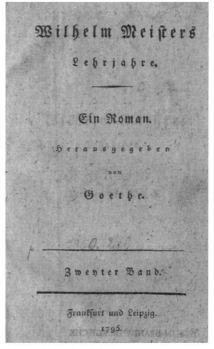

《빌헬름 마이스터 수업시대》(1795) 속표지

장르의 모범이 되었으며, 저자인 세속적이고 심술궂은 괴테 또한 훨씬 매력적이다.

1794년 괴테는 실러와 깊은 우정으로 맺어지는데, 이때부터 실러가 죽기까지 10여 년은 독일 고전주의의 전성기였다. 실러는 괴테에게 《연극적 사명》을 개작할 것을 우정과 진심을 담아 권했다. 괴테는 실러에게 조판된 교정쇄와 원고 필사본을 정기적으로 보내 검토를 부탁했다. 실러는 성실히 답변해 주었는데, 그것은 이 작품의 기틀을 다지는 데 큰 도움이 되었다. 실러의 지적을 받아들여 고쳐 쓴 부분도 수없이 많다고 괴테는 솔직하게 털어놓기도 했다.

《수업시대》는 빌헬름이 내적·외적으로 발전해 가는 과정을 그리고 있다. 작품 속에서 그는 인간의 본질을 꿰뚫는 '탑의 결사'와 관계를 맺게 된다. 또한 빌헬름은 시민·배우·귀족 등 여러 계층 인물들과 만나고 교류하며 성장해 간다. 로타리오에게서는 뛰어난 정치력을, 수도원장에게서는 박애정신을, 테레제에

게서는 집안일에 대한 지혜를, 필리네에게서는 삶을 즐기는 방법 등을 배우게 된다.

부유한 상인의 아들 빌헬름. 아버지는 아들에게 자신의 뒤를 잇게 할 생각이다. 그러나 이 젊은이의 심장은 오로지 연극과 젊은 여배우 마리아네를 향해 있었다. 하지만 사랑하는 여인의 정절을 의심하고 연극에도 질려 버린 그는 아버지의 뒤를 잇기로 마음먹는다.

어느 날 여행 도중 빌헬름은 유랑극단의 두 배우, 상냥한 필리네와 그녀의 친구 라에르테스 그리고 필리네의 충실한 벗인 유쾌한 남자 프레데릭과 친분을 쌓게 된다. 네 젊은이는 어느 작은 도시의 시장에서 보헤미안들의 연극을 보게 된다. 외줄타기를 하는 광대 가운데 이제 갓 열두 살이 되는 이탈리아 소녀, 미뇽이 있었다. 소녀는 자신의 출신조차 알지 못했다. 빌헬름은 그녀에게 마음을 빼앗겨, 미뇽의 보호자가 되어 그녀를 데려가기로 마음먹는다. 미뇽의 곁에는 그녀를 너무나도 사랑하며 언제나 주변을 맴도는 수상쩍은 장님 하프 연주자가 있다. 거기에 유랑극단의 단장이며 빌헬름의 옛 친구이기도 한 메리나가 찾아온다. 메리나는 빌헬름이 배우 겸 무대 감독이 되도록 설득해서 그를 극단의 한 사람으로 끌어들였고, 빌헬름은 무척 기뻐하며 이를 승낙했다. 어딜 가든 그의 너그러운 마음과 풍부한 재능은 크게 칭찬받았다.

그러나 도적 떼의 습격으로 그 생활도 산산조각이 나고 만다. 빌헬름은 동료들을 지키려 싸우던 중 상처를 입게 되나, 마침 시종을 거느리고 그곳을 지나치던 아름다운 귀부인의 도움으로 곤란에서 벗어난다. 상처가 낫자마자 그는 동료 배우들과 함께 오랜 친구이자 흥행주인 제를로를 찾아가고, 제를로는 그들을 흔쾌히 받아들였다. 이때 빌헬름은 제를로의 여동생 아우렐리에에게 강하게 이끌린다. 아우렐리에 곁에는 언제나 세 살배기 꼬마 펠릭스가 있는데, 모두가 펠릭스를 그녀의 아들이라 여기고 있었다.

아버지가 죽은 뒤 빌헬름은 제를로의 간청을 이기지 못하고 정식으로 극단 단원이 되어 오래 전부터 꿈꾸던 '햄릿'을 공연하기로 마음먹는다. 햄릿은 대성공을 거두었으나, 아우렐리에는 병으로 쓰러지고 만다. 귀족 로타리오와 뜨거운 사랑을 나누었던 그녀는 로타리오의 배신에 따른 절망으로 죽게 된다. 아우렐리에는 빌헬름에게 자신을 버린 비정한 애인을 향한 유언을 남기고 숨을 거둔다. 그 약속을 지킨 빌헬름은, 로타리오의 집에 머무르며 이상한 일을 겪게

된다. 늙은 집사를 통해 빌헬름은
펠릭스가 아우렐리에와 로타리오
의 아들이 아니라 자신과 과거의
연인 마리아네 사이의 아들임을
알게 된다. 마리아네는 빌헬름에
대한 정절을 지키며 가난 속에서
생을 마감한 것이다.

이 극적인 사건, 그리고 몇몇
아름다운 여인들과의 만남—행
동파 여성 테레제, 그리고 필리스
('아름다운 영혼의 고백'의 작중 인
물, '아름다운 영혼' 수잔나 폰 클레
텐베르크)와의 만남—이 모든 것
이 빌헬름의 생애에 깊은 각인을
남겼다. 빌헬름은 연극 세계를 떠
나 땅을 일구며 아들 펠릭스를 키

《빌헬름 마이스터 수업시대》 삽화
미뇽의 곁에는 늘 장님 하프 연주자가 있었다.

우고 테레제와 결혼하기로 마음먹는다. 그러나 로타리오의 여동생 나탈리에가
과거 도적들에게 습격당했을 때 상처입은 자신을 구해 준 귀부인이었음을 우
연히 알게 된 빌헬름은 나탈리에에게 마음을 빼앗겨 테레제를 떠나고 만다.

한편, 빌헬름을 사모하던 어린 미뇽은 사랑과 질투에 시름시름 앓다 죽음을
맞이한다. 마지막 장에 다다르면 복잡하게 엉킨 실타래가 풀리며, 감춰진 수수
께끼의 답이 밝혀진다. 미뇽은 장님 하프 연주자의 딸이었다. 이 남자는 놀라
운 우연으로 자신의 배다른 여동생과 사랑에 빠져 결혼하게 되고, 나중에 이
사실을 알게 된 여자는 미쳐서 죽었다. 노인은 꼬마 펠릭스에게 독을 먹여 죽
여 버렸다는 착각에 빠져, 결국 자살로 그 로맨틱하고 파란만장한 생애를 마감
한다. 키플리아니 후작은 이 노인이 행방불명이 된 자신의 친형이며, 미뇽이 자
신의 조카임을 알게 된다. 마지막에 빌헬름과 나탈리에는 결혼에 성공하고, 키
플리아니 후작은 두 사람에게 미뇽이 상속받았어야 할 마지오레 호수 근처의
땅을 내준다.

언뜻 평범한 줄거리 같지만, 괴테는 그 무렵 사회와 문화의 상황을 고려하여

다양한 연관성을 담아냈다. 그것을 배경으로 예술·경제·사회·교육·가족·종교·정치 등이 한 개인의 문제로서 형상화된다. 소설 초반부의 인간적인 사실주의는 연극적인 부자연스러움과 사회적인 퍼포먼스의 포장을 걷어내면서부터 보다 깊고 독특한 무엇으로 파고들어간다. 괴테는 인간 자아의 성장을 풍부한 아이러니와 의도적인 얇은 플롯 구조를 통해 묘사하는데, 이는 필딩의 《톰 존스의 모험》에서 볼 수 있는 아이러니컬한 유머를 보다 철학적으로 결합한 것이다.

그럼 《연극적 사명》과 《수업시대》 사이에 어떤 관계가 있는지 간단하게나마 살펴보기로 한다. 《연극적 사명》 제3권까지의 내용은 대부분 삭제되고 아주 일부분만 새롭게 바뀌어 《수업시대》 제2권까지의 내용으로 쓰였다. 반면에 《연극적 사명》 제4권부터 제6권 제7장(제8장부터 마지막 제14장까지는 많이 바뀌었다)까지는 일부분만 삭제되고 변경되었을 뿐 거의 그대로 《수업시대》 제3권, 제4권에 사용되었다. 《수업시대》 제5권부터 제8권까지는 괴테가 새로 쓴 것이다. 다만 제5권 문장은 제4권까지의 문장을 그대로 행하고 있다.

《빌헬름 마이스터 수업시대》는 문장으로 보나 기법과 구성으로 보나 더없이 완성도가 높은 작품이다. 동시대 독일 작가 프리드리히 슐레겔(1772~1829)도 이 소설에 감탄하여 엄청난 찬사를 바쳤다. 《수업시대》는 독일 교양소설의 대표작으로서 오랫동안 존경과 사랑을 받았는데, 괴테의 까마득한 후배인 토마스 만(1875~1955)은 이 작품을 모범 삼아 《마의 산》(1924)과 재미있는 패러디 《사기꾼 펠릭스 크룰의 고백》(미완. 1954)을 쓰기도 했다.

독자들이 저마다 사상과 취향에 따라 문학작품을 자유롭게 읽는 것이 가장 바람직하다. 특히 《수업시대》 같은 작품에는 굳이 해설이 필요하지 않거니와, 다만 여기에서는 두 가지 사실만 간단히 살펴보기로 한다.

하나는 제6권에 나오는 아름다운 영혼의 고백, 또 하나는 미뇽에 대한 이야기이다.

아마 독자들은 제6권에서 의아함을 느꼈을 것이다. 왜 뜬금없이 소설 줄거리와는 상관없는 고백이 튀어나온 걸까? 여기에는 나름대로 의미가 있다. 제6권은 《빌헬름 마이스터 수업시대》에 삽입된 또 다른 영혼의 '수업시대' 이야기이다. 이는 《수업시대》 전체에 깊이를 더해 주는 동시에, 《수업시대》에 등장하는 몇몇 사람들의 정체를 밝혀 준다는 점에서도 매우 중요하다.

또 제1권부터 제5권까지의 문장과 제7권, 제8권 문장이 매우 다른데, 그 사이에 고백록이 끼어들어 위화감을 없애 주고 있다. 제1권부터 제5권까지는 힘차고 아름답긴 해도 몹시 기교적이고 복잡한 문장인 데 비해 제7권, 제8권 문장은 여전히 아름답긴 하지만 매우 분명하고 알기 쉬운 문장이다. 아름다운 영혼의 고백의 문장은 딱 그 중간에 해당한다. 독자는 이 중간 지점을 거쳐 자연스럽게 제7권, 제8권 문장을 접하게 되는 것이다.

괴테는 《젊은 베르테르의 슬픔》의 로테, 《파우스트》의 그레첸을 비롯한 많은 여성들을 능숙하게 묘사했다. 《수업시대》에도 무척 특이하고 인상적인 여성상이 등장한다. 바로 신비한 소녀 미뇽이다. 시(詩)와 사랑과 동경의 상징이라 할 수 있는 이 가련한 여성 이미지는 《수업시대》 전체에 이루 말할 수 없이 깊은 묘미를 더해 주었다. 미뇽을 창조한 괴테 본인도 이 소녀에게 강한 애정을 품었다. 이는 제8권에 나오는 웅장하고 아름다운 미뇽의 장례식만 봐도 알 수 있다.

괴테는 작품 전체에 걸쳐 '탑의 결사'를 중요한 요소로서 등장시킨다. 그들은 빌헬름이 지나온 삶의 여정에 스며들어 우연과 필연, 운명과 책임의 혼란 속에서 그를 구해준다. 이 작품이 주고자 하는 의미는 바로 인간의 노력과 인간성의 승리에 대한 믿음이다.

괴테는 1749년 8월 28일에 태어나 1832년 3월 22일 세상을 떠났다. 괴테가 살았던 18세기 봉건제도 시대 독일은 《수업시대》의 무대가 되었다.

이 번역의 텍스트는 함부르크판 괴테 전집 제7권 《빌헬름 마이스터 수업시대》이다.

《빌헬름 마이스터 편력시대》

괴테가 여든 살 되던 1829년에 결정판 전3부를 발표한 《빌헬름 마이스터 편력시대 Wilhelm Meisters Wanderjahre》는 《빌헬름 마이스터 수업시대》의 속편이라고 할 수 있는 작품이다. 그 무렵 수공업의 예에 따라 수업시대를 마친 뒤 편력시대를 거쳐 마이스터(장인)가 되기까지의 과정을 그리고 있다. 주제는 더욱 광범위해져 개인의 문제가 인류 전체의 문제로 발전했다.

《수업시대》의 끝부분인 제8부가 발표될 무렵에 이미 괴테는 실러에게 보낸 편지에서 《수업시대》의 속편에 대해 언급했다. 그러나 그것이 결실을 보기까지는 30년이 넘는 긴 세월이 지나갔다. 괴테는 그 오랜 세월 동안 이 작품에 손을 대지 않고 다른 작품들에만 몰두했다. 따라서 긴 세월 동안의 많은 경험과 여러 작품을 통해 다루어진 다양한 주제들을 거친 뒤 80세라는 노년기에 완성된 《편력시대》는 전편인 《수업시대》와는 전혀 다른 새로운 형식의 소설이 되었다. 물론 《수업시대》 주인공인 빌헬름이 여기서도 중심 인물이며 이 밖에도 몇몇 동일인물이 다시 등장하기는 하지만, 이 소설은 구조와 사상에서 《수업시대》와는 전혀 다르며 훨씬 다양하고 방대한 내용을 담고 있다. 그러면 먼저 이 소설 내용을 차례에 따라 요약해 보자.

빌헬름 마이스터는 그의 아들 펠릭스와 함께 걸어서 방랑을 한다. 탑의 결사 서약에 따라 그는 한곳에 사흘 넘게 머무를 수 없다. 이것은 모든 일상적인 욕망을 깨끗이 단념할 것을 요구하는 것이다. 방랑 도중 빌헬름은 산 속에서 아이를 안은 부인을 나귀에 태우고 지나가는 거룩한 모습의 남자를 만나 그의 집으로 초대된다. 그 남자의 이름은 요셉이고 그의 아내는 마리아였다. 그들의 경건한 가정에서 빌헬름은 그들이 어떻게 결혼하게 되었는지 또 그들이 얼마나 성스러운 생활을 하고 있는지 듣게 된다. 우연히 펠릭스는 돌이 많이 들어 있는 상자 하나를 보게 되는데, 그것은 광석을 찾는 한 과학자가 요셉에게 준 것이라 했다. 그 지질학자의 이름이 몬탄이라는 것을 듣고 빌헬름은 그가 옛친구 야르노이리라 여겨 그를 찾아나선다. 가는 길에 펠릭스가 동굴 속에서 작은 상자를 발견하고, 빌헬름과 펠릭스는 이 상자를 간직한다. 잠시 뒤 그들은 몬탄이 있는 곳에 도착해 사흘간 그곳에 머문다. 그곳을 떠난 뒤 그들은 아름다운 정원 속으로 들어가게 되고, 거기서 헤르질리에와 율리에테 자매를 알게 된다. 펠릭스는 밝고 활기찬 헤르질리에에게 마음을 빼앗긴다.

헤르질리에는 빌헬름에게 읽을거리로 낭만적인 원고 하나를 준다. 그것은 '순례하는 어리석은 여인' 이야기이다. 다음날 이 집의 주인인 이 아가씨들의 큰아버지가 그를 사냥터로 초대한다. 헤르질리에는 빌헬름을 가족으로 받아들이며, 그녀의 신뢰를 보이기 위해 사촌오빠 레나르도에 대해 말해 주는 한 묶음의 편지를 빌헬름에게 준다. 그것은 레나르도와 헤르질리에와 그들 큰어머니인 마카리에 사이에 오고간 편지들이다. 레나르도는 몇년 전에 여행을 떠났는데, 빚을 갚지 못해 쫓겨난 소작인의 딸 '밤(栗)색 아가씨'가 어떻게 되었는지 알게 되기 전에는 집으로 돌아오지 않겠다고 쓰고 있었다. 이 편지를 읽은 뒤 빌헬름은 현명한 부인 마카리에를 찾아가기로 한다. 큰아버지의 성을 떠나기 전에 빌헬름은 '배반자는 누구인가?'라는 이야기의 원고를 선사받는다. 이 이야기가 제1부 8장과 9장을 이룬다.

마카리에의 성에서 빌헬름은 한 천문학자를 알게 되며, 그는 빌헬름에게 많은 별들의 비밀을 이야기해 준다. 마카리에와 이별한 빌헬름은 방랑길에서 레나르도를 만나 그를 탑의 결사와 연결해 주고, '밤색 아가씨' 나호디네 를 찾아달라는 부탁을 받는다. 빌헬름은 펠릭스가 발견한 상자를 레나르도의 스승인 골동품 수집가에게 맡긴다.

《빌헬름 마이스터 편력시대》(1921) 속표지

제2부에 들어서면 빌헬름은 노동의 존엄성과 예술의 미를 가르치는 교육주를 방문하여 그곳에 펠릭스를 맡긴다. 이어 3장에서 5장까지는 '비세의 사나이' 이야기가 펼쳐진다. 그 내용은 다음과 같다. 먼 저택에서 한 소령이 그의 누이동생을 방문하러 온다. 그는 가족을 단단히 결속하기 위해 그의 아들 플라비오를 누이의 딸 힐라리에와 결혼시키고자 한다. 그러나 힐라리에는 이 소령을 사랑한다. 이 사실을 플라비오에게 전하러 간 소령은 플라비오가 한 미망인을 사랑하고 있음을 알고 안심한다. 그러나 아름다운 미망인으로부터 거절당한 플라비오는 발작적인 상태가 되어 고모의 저택으로 온다. 그는 힐라리에의 간호로 위안을 받는다. 소령이 돌아오자 분위기는 긴장에 빠진다. 힐라리에의 어머니는 마카리에에게 조언을 구하는 편지를 보낸다. 현명한 마카리에는 아름다운 미망인이 소령을 찾아가 젊은 플라비오와 힐라리에가 진실로 사랑하고 있음을 알게 한다. 이어 6장에서는 빌헬름이 레나르도와 신부에게 보내는 편지가 들어간다. 빌헬름은 레나르도에게 밤색 아가씨가 잘 지내고 있음을 알리며, 신부에게는 의학을 시작하고 싶다는 소망을 전한다. 7장에서부터 다시 화

자(話者)가 이야기를 진행한다. 빌헬름은 화가 친구와 함께 사랑하는 양녀 미뇽의 고향인 아름다운 이탈리아 호숫가를 여행한다. 여기서 두 사람은 힐라리에와 아름다운 미망인을 만난다. 일 년의 공백 뒤 빌헬름은 교육주를 다시 찾아가 뛰어난 예술적 능력을 갖춘, 잘 성장한 펠릭스를 만난다. 두 사람은 다시 방랑길에 나서며, 산악에서 몬탄을 만나 지구의 성립에 대해 그리고 행동과 사고에 대해 대화를 나눈다.

제3부에서 빌헬름은 레나르도를 중심으로 한 이민 가는 사람들을 만나 함께 지낸다. 빌헬름은 그들에게 해부학 수업을 받은 것에 대해 이야기한다. 5장에서는 산골의 방적·방직마을 방문을 기록한 레나르도의 일기가 들어가고, 6장에서는 이발사가 소인국 공주 이야기인 '새로운 멜루지네'를 이야기한다. 7장에서는 헤르질리에의 편지가 들어가는데, 그녀는 펠릭스가 발견했던 상자의 열쇠와 함께, 수집자의 죽음으로 상자까지 맡게 되었음을 알린다.

8장에서는 성 크리스토프가 '위험한 내기'를 이야기한다. 이어 이민의 한 걸음을 내딛는 날이 온다. 이때 새로운 손님인 오도아르트는 신세계뿐만 아니라 구세계에도 개척이 필요함을 주장한다. 그래서 이주자들은 둘로 나뉘게된다.이어 사자가 소포를 가져오는데, 그것은 로타리오와 테레제, 나탈

리에, 신부가 해외로 떠났음을 알리며 또 힐라리에가 플라비오와, 그리고 소령은 아름다운 미망인과 결혼했음도 알린다. 또한 아메리카에 있는 백작의 땅에서 결사가 활동하고 있음을 전한다. 이민 가는 사람들의 결사대가 떠나고 난 뒤 그들에게 온 펠릭스는 그들을 뒤쫓아 가다가 물에 빠진다. 그런데 죽어가는 펠릭스를 외과의사인 빌헬름이 살려낸다. 마지막으로 '마카리에의 문고에서'가 들어간다.

실러는 《수업시대》를 《신곡》과 《돈키호테》, 그리고 셰익스피어의 작품에 견줄 만한 대작으로 평가했다. 그러나 《편력시대》는 전작에 비해 예술적 감흥이 모자란 탓에 같은 위치에 오르지는 못할 것이다. 그러나 이 세 번째 《빌헬름 마이스터》에는 새로운 사상이 담겨 있다. 바로 괴테의 놀라운 활력과 명석함이다. 거의 여든 살을 바라보던 괴테는 주인공을 18세기의 온갖 사상에서 해방시키고, 그에게 새로운 지성을 부여할 수 있었다. 교육학적 실험, 사회적, 공예학적 주제의 신선함. 소설의 구조는 《새로운 멜루지네》(1807), 《쉰 살의 남자》(1817)와 같이 이미 만들어진 부차적인 이야기와, 새로운 스토리를 통해 주인공이 행복

해지거나 고난을 겪는 식이다. 이는 괴테가 쓴 가장 현대적이고 매력적인 작품 가운데 하나라 할 수 있다.

《편력시대》의 첫 번째 특징은 《수업시대》나 《친화력》 등 괴테의 이전 작품들과는 달리 사건이 중심에 서 있는 한 영웅에게 끌려들어가지 않는다는 점과, 전통적인 소설의 통일적이고 긴장된 사건 진행이 결여되어 있다는 점이다. 따라서 이 소설에서 하나의 사건 진행 관계, 즉 일관된 줄거리를 찾아내고자 하는 시도는 무산되며, 여기저기 흩어진 사건들과 독자적인 단편이야기(노벨레)들을 통해 전체적인 이야기는 일련의 개별상(個別像)들 속으로 해체된다. 그러나 이 개별상들은 임의의 열(列)이 아니라 하나의 순환을 이루며, 이것이 모든 부분 속에서 여러 예들로부터 해명되는 하나의 통일적인 인간상과 관련된다.

삶은 사람과 사람의 결합이 만들어 내는 결과물이다. 그 결합은 한편으로는 개별적인 것에 대한 개인적인 결합이요 또 한편으로는 포괄적인 커다란 공동체와의 결합이다. 그러나 이러한 결합 형식은 단지 현존하는 것만이 아니라 변화한다. 인간이 그것을 변화시킨다. 삶의 형식에 대해서는 일반적인 법칙이 말하지 않는다. 오직 행동과 사색의 상호작용이 있는 것이다. 생각으로부터 행동이 형성되고 행동으로부터 다시 생각이 끊임없이 갱신되면서 교정된다(제2부 9장에서 이것이 이야기된다).

이 소설은 가득한 사건들과 성찰 속에서 사색과 행동의 이러한 상호작용을 보여 준다. 커다란 사회적 공동체의 상(像)과 문제들을 그 안에 흩어진 일련의 노벨레들 속에서 가져온다. 그리하여 이 소설은 삶의 모든 현상을 포괄하는 극대로까지 뻗어 나간다. 그리고 그 속에서 지질학·천문학·종교·교육·예술·노동 등 삶의 모든 영역이 다루어진다. 《수업시대》에서는 빌헬름의 인격적 발전이 주제였지만 여기서는 인간과 사회가 중심이 되는 것이다. 《수업시대》에서 젊은 예술가의 노력은 여기서는 인간사회 속에서 기능하고 봉사하는 한 사람으로서의 활동으로 돌려진다. 거기에서는 주인공의 전인적인 발전과 교양의 완성이 목표가 되었지만, 여기서는 다방면의 교양보다는 숙달된 한 가지 기능을 통한 사회에의 기여가 중요한 것으로 부각된다. 《수업시대》에서 재능 있는 젊은이들의 단련에 봉사했던 탑의 결사체는 이제 보다 일반적인 사회적 과제를 눈앞에 두게 된다.

이러한 과제는 그때의 사회적·경제적 여건을 바탕으로 한 시대의 요청에 따른 것으로 특히 제3부에서 상세히 다루어진다. 즉 인구과잉의 한 가난한 산악지대가 묘사되는데, 이제까지 이곳을 이끌어왔던 가내공업이 기계 도입으로 몰락에 부딪히게 된다. 이에 대해 개별적 인간은 어찌할 수가 없으며, 오직 이민을 마련하고 적당한 사람을 적당한 자리에 데려다 놓는 커다란 조직만이 이들을 도울 수 있다.

아메리카에는 빈 땅이 있고 이민 가는 사람을 필요로 한다. 이러한 과제를 위해 탑의 결사는 많은 다양한 인간권과 접촉해야 한다. 이제 이것이 특히 빌헬름을 통해 이루어진다. 그는 그의 방랑길에서 큰아버지라고만 불리는 한 귀족 대지주에게 가게 되는데, 그 귀족은 그의 아버지로부터 아메리카에 넓은 토지를 상속받았다. 그의 조카인 레나르도는 바로 아메리카의 토지를 상속할 사람이다. 빌헬름은 레나르도로부터 '밤색 아가씨'를 찾아달라는 부탁을 받으며, 여기서 빌헬름은 인구과잉의 산악지대에 닿게 된다.

한편 마찬가지로 아메리카에 땅을 소유하고 있는 탑의 결사는 레나르도와 함께 대이주 계획을 위해 결합한다. 그들은 새로운 땅 위에 농업과 수공업의 이민뿐 아니라 커다란 운하와 그에 관계된 공업시설, 방적과 방직까지도 계획한다. 레나르도는 방직산업의 기술을 익히고 또 이민연합을 위한 사람들을 찾기 위해 인구과잉의 산악지대를 여행한다. 그가 기술적인 문제와 조직적인 문제를 돌보는 동안, 신부는 세계관과 경제에 대한 문제를 이끈다. 이 밖에도 그들은 훈련된 생도들을 교육주로부터 받아들이면서 유능한 사람들을 돌본다. 그러나 아메리카에서만 새로운 삶의 가능성이 생기는 것은 아니다. 어느 독일 영주의 고위 관리는 유럽 내의 한 벽지에서 대규모 이민 기회를 제공한다. 그래서 이민 가는 사람들은 둘로 나뉘어 아메리카와 유럽에서의 계획에 저마다 착수한다.

이 소설의 전체적인 틀 이야기가 되는 이러한 대계획을 이끄는 사람들은 그들의 한계가 어디에 있는지, 그리고 하나를 하기 위해서는 다른 것을 포기해야 한다는 것을 아는 〈체념자〉들이다. 체념이란 더 높은 목표를 위한 개인적 욕망의 용감한 희생을 말하는 것으로, 노년기 괴테 사상의 핵심적인 중심을 이룬다. 괴테는 이 소설에 '체념자들'이라는 부제를 붙이고 있다. '체념자들'이란 하나의 연합을 일컫는 것이 아니라, 하나의 확실한 삶의 경험을 가진 정서적인 사람들에 대한 명칭이다. 그들 모두는 전에는 체념하지 못한 자들이었으며 그들 모두는 아직 그들의 분명한 한계에 다다르지 못한 사람들과 관계하고 있다. 그들이 체념자가 되기까지의 길과 미로(迷路)들이 이 소설 속에 삽입된 많은 노벨레 속에서 묘사된다.

공동체의 문제를 다루는 전체적 틀 이야기와 개인적인 개별결합의 문제를 다루는 일련의 노벨레들의 양쪽 면 모두가 '삶'을 일컫는 하나의 원칙의 요소들로 제시되는 것은 노년의 세계관의 특징을 나타낸다. 즉 각 개별 경우는 하나의 일반적인 것을 대표하며, 영원한 움직임에는 영원한 정체성이 근본이 된다는 것이 이 노년의 소설에 구조의 정태학을 부여하는 것이다. 개별상들은 시간적으로 차례로 서 있는 것이 아니라 공간적으로 나란히 서 있다. 그들은 모두 동시에 현존하며 서로 비교되어야 한다. 이야기의 건너뜀이나 개별상들의 해명은 이로부터 나오며 그것의 연결은 작가가 말하는 것이 아니라 독자 자신이 제시해야 한다. 《편력시대》를 완성한 시기에 괴테는 한 편지에서 이렇게 썼다.

'우리의 경험 중 많은 것이 일정하게 말하거나 직접 전달할 수 없기 때문에 나는 서로 마주 세우고 서로 동일하게 반영시키는 형상을 통해, 감추어진 의미를 독자에게 드러내는 수단을 택했다.'

여기서 이 소설의 상호교환적인 반영의 기교가 이야기되며 그것은 독자의 주목을 요구한다. 상호교환적인 반영의 체계는 노년의 작가의 풍부한 조망의 내면성으로부터 상징적인 연속상들을 이루며, 독자는 개별상들의 서로 다른 요소들 속에서 전체 위상을 인식함으로써 작품의 내적인 상징관계에 다가가게 되는 것이다. 그럼으로써 시대 변혁 속에서의 역사적인 영속성에 대한 질문과 대답을 보게 된다.

이상에서 살펴본 바와 같이 《빌헬름 마이스터 편력시대》는 구조에서나 내용에서나 이전의 전통적인 소설미학을 벗어나는 새로운 소설을 제시한다. 이와 함께 서술과 시와 비평적 성찰, 이론적 논의, 독자적인 단편 이야기들의 몽타주를 창조함으로써 현대소설의 많은 기교를 예견하고 있다. 이 소설이 발표되었을 때 독자들 대부분은 작품을 이해하지 못했고 망상적인 노령의 작품이라는 비난의 소리도 있었다. 물론 괴테의 친구들이 이해에 찬 편지를 보내주기는 했지만, 괴테가 살아 있는 동안에는 이 작품에 대한 일반적인 인정은 이루어지지 않았다. 그가 죽은 뒤에야 이 작품은 보다 활발히 다루어졌고 포괄적인 연구문헌들도 쏟아져 나왔다. 오늘날에도 여전히 어려운 작품으로 여겨지고 있으

며 그리 널리 읽히지 못하고 있다. 그러나 괴테 작품 전집 편집자인 에른스트
보이틀러(Ernst Beutler)는 이렇게 말한다.

"이 작품은 서술된 것을 통해 그리고 묘사의 미학적 자극으로써 상상력을
일으키는 일반적 의미의 문학이 아니다. 이것은 유언이다. 하나의 메시지이다."

삶의 모든 영역을 포괄하는 이 소설은 바로 노년의 괴테가 인류에게 남긴 유
언이며 메시지이다.

이 번역의 텍스트는 함부르크판 괴테전집 제8권 《빌헬름 마이스터 편력시
대》이다.

요한 볼프강 괴테 연보

1749년   8월 28일, 독일 프랑크푸르트 암마인에서 출생. 그 무렵 독일은 신
          성로마제국에 소속된 300여 개의 영방국가(領邦國家)로 분립되어
          있었으며, 프랑크푸르트는 제국에 직속하는 자유도시(영방국가와
          동격, 인구 약 3만 명)였음. 아버지는 독일 북부의 장인 집안 출신
          의 유복한 자산가였지만, 신분 때문에 공직에 오르지 못하고 폐
          쇄적인 생애를 보냈음. 반대로 외가인 텍스토르 집안은 독일 남부
          의 법률가 집안으로, 외할아버지는 시장을 지내고 시의 최고 관직
          인 시통령까지 지냈음. 괴테는 아버지가 서른아홉 살, 어머니가 열
          여덟 살 때 낳은 맏아들임. 괴테는 아버지의 재력과 어머니의 명
          성 덕분에 오랜 역사를 지닌 근세도시에서 특권을 누리며 소년
          시절을 보냈음. 자서전 《시와 진실》 참조. 여동생 코르넬리아(1750
          년생). 다른 형제는 요절.
*클롭슈토크 《구세주》 서문(의고전주의 문학과 결별).
1752년(3세) 가을부터 유치원 통원(~1755년 여름).
1753년(4세) 크리스마스에 친할머니에게 인형극 세트를 선물받고 연극에 열정
          이 생기기 시작함.
1755년(6세) 친할머니가 죽은 뒤 4월에 생가 개축이 시작됨(~1756년 1월). 11월,
          포르투갈 리스본 대지진의 참사가 어린 괴테에게도 큰 충격을 주
          었고, 모든 사람에게 안정된 근세의 종말을 예고함. 개축 중인 공립
          학교에서 읽기와 쓰기를 배움. 교육은 아버지의 계획 아래 그즈음
          상류층 관습에 따라 주로 집안에서 가정교사와 아버지에게 받았
          음. 중심은 라틴어지만, 그 밖에 괴테의 호기심도 고려하여 그리스

어·프랑스어·영어·이탈리아어를 비롯 그림·피아노·춤·승마·검술·기하학·신약구약성서 및 히브리어·이디시어·지리·역사 등 폭넓음. 어릴 때부터 아버지의 수많은 장서와 그림을 접할 기회가 많았음.

＊레싱 《미스 사라 샘슨》(최초의 독일 시민극)

1756년(7세) 이해에 일어난 7년전쟁은 구제도를 대표하는 오스트리아에 대한 프리드리히 2세(대왕)가 이끄는 신흥 프로이센의 도전임. 괴테집안 에서도 구질서를 옹호하는 외할아버지와 신시대를 갈망하는 아버 지 사이에 격렬한 대립이 일어났음.

＊＊7년전쟁(~1763)

1757년(8세) 1월, 외할아버지 텍스토르에게 새해 축하시를 보냄(현존하는 최초 의 시). 이 무렵 인형극 파우스트를 구경함.

1759년(10세) 1월, 오스트리아를 지원하는 프랑스군이 프랑크푸르트를 점령. 괴 테 집안의 대부분이 군정장관 트랜 백작에게 접수됨(~1761년 5월). 트랜 백작은 미술과 연극 애호가로, 소년 괴테는 백작이 설치한 다락방 아틀리에에서 많은 프랑크푸르트 화가의 창작 현장을 구 경하고, 할아버지를 통해 입수한 무료입장권으로 점령군을 위한 프랑스 연극을 날마다 구경했음.

＊클롭슈토크 〈봄의 축제〉, 하만 《소크라테스 회상록》(삶의 전체성 복권), 레싱 《현대문학서간》(~1765년, 반의고전주의적 문학론집)

1763년(14세) 2월, 7년전쟁이 끝나고 프랑스군 퇴진. 8월, 일곱 살 모차르트가 연주회를 개최.

1764년(15세) 4월, 황제 요제프 2세, 전통에 따라 프랑크푸르트에서 대관식. 명 문 집안의 소년 괴테는 화려한 축하연을 구경하고, 밤에는 등불이 환하게 켜진 마을을 여자 친구 그레트헨과 팔짱을 끼고 돌아다님.

＊＊(영) 와트가 증기기관 발명. 산업혁명 진행.

1765년(16세) 9월, 아버지의 권유에 따라 법률학을 공부하러 라이프치히로 감 (~1768년 9월). 낡고 보수적인 프랑크푸르트와 대조적으로 라이프 치히는 그 무렵 인구 약 3만 명에 계몽주의의 영향을 받은 급진적 도시로서 작은 파리라고 불렸음. 호기심 넘치는 소년 괴테는 이곳 에서 자유롭고 다채로운 학창 시절을 즐김. 시와 희곡 습작.

1768년(19세) 병에 걸려 9월에 고향 프랑크푸르트로 돌아옴. 일시적으로 중태에 빠짐. 이듬해까지 회복과 재발을 반복(결핵이나 위궤양 또는 십이지장 궤양이었을 것으로 추정). 어머니의 지인이자 경건주의자인 수잔나 폰 크레텐베르크(1723년 출생. 《빌헬름 마이스터 수업 시대》 중 〈아름다운 영혼의 고백〉 모델)에게 영향을 받아 경건주의, 이단 신학, 연금술 등에 활발한 관심을 보임. 활달하고 자유분방한 서간시 〈프리데리케 에저 씨에게 보내는 시〉를 씀.

1770년(21세) 4월, 병이 완치되자 법률학을 마저 공부하러 슈트라스부르크(현재 프랑스 스트라스부르)로 감(~1771년 8월). 슈트라스부르크 대성당의 중세 고딕양식에 감동하고, 교외의 자연을 즐기며, 제젠하임교구 목사 딸 프리데리케 브리온과 소박한 사랑을 나눔. 생명과 자연과 역사의 복권을 주장하는 반합리주의적 비평가 헤르더와 만남. 프리데리케에게 보낸 여러 편의 서간시 《제젠하임 시가집》에는 소박한 표현 속에 자연과 자아와 사랑의 모순 없는 합일의 기쁨이 표현되어 있으며, 독일 문학의 새 시대를 예고함.

＊헤르더 《언어기원론》

1771년(22세) 8월, 박사학위 취득에 실패하고, 그에 준하는 법률수업사 자격을 얻음. 슈트라스부르크를 떠나 프랑크푸르트로 돌아와 변호사로 개업함.

1772년(23세) 다름슈타트의 '감상파 세대' 무리와 친하게 교우. 5월 초, 제국고등법원에서 실시하는 법률실습을 위해 베츨러로 떠남(~9월 초). 샤를로테 부프와 알게 되지만 그녀는 이미 약혼한 처지라 괴테를 거절함. 돌아오는 길에 라인 강변 에렌브라이트슈타인에서 유명 여류작가 조피 폰 라 로슈와 그의 딸 막시밀리아네를 방문해 친교를 나눔. 막시밀리아네는 2년 뒤에 프랑크푸르트의 유복한 상인 브렌타노에게 시집감. 자제로 낭만파 시인 클레멘스 브렌타노와 작가 베티나 폰 아르님이 있음(1807년 참조).

＊레싱 《에밀리아 갈로티》

1773년(24세) 셰익스피어를 본받아 자유분방하고 힘찬 희곡 《괴츠 폰 베를리힝겐》을 자비출판하고 일약 주목을 받음. 여동생 코르넬리아와 괴테의 친구 슐로서가 결혼.

1774년(25세) 4월, 베츨러에서 실연한 경험을 소재로 하여 청년들의 사회적 폐쇄 상황과 자기파멸을 그린 서간체 소설 《젊은 베르테르의 슬픔》을 완성, 가을에 간행. 젊은 세대의 열광적 지지를 얻어, '질풍노도파'를 대표하는 인기작가가 됨. 이 무렵 《파우스트》 집필에 들어감. 6월~7월, 반합리주의적 사상가 리바터, 교육실천가 바세도우와 라인 지방 여행. 그 밖에도 서정시인 클롭슈토크, 동시대인 클링거, 야코비 형제 등과 활발한 교우. 이 시기를 전후해서 풍자극 《사티로스》, 시 〈툴레의 왕〉, 〈프로메테우스〉, 〈방랑자의 폭풍의 노래〉 등 생명력 넘치는 작품을 씀.

＊렌츠 《가정교사》(질풍노도파)

1775년(26세) 4월, 부유한 은행가의 딸 릴리 쇠네만과 약혼. 5~7월, 제1회 스위스 여행. 9월, 젊은 바이마르 공 카를 아우구스트가 여행 중인 신흥작가 괴테를 방문. 소영방국가의 도의적 우위를 주장하는 유스투스 뫼저의 법철학을 둘러싸고 의기투합하여 괴테를 바이마르로 초대. 가을, 집안 간에 불화가 생겨 릴리와 파혼. 11월, 바이마르 공의 귀한 손님으로서 수개월 예정으로 바이마르를 방문. 이때 《파우스트》 제1부의 원형은 이미 절반쯤 완성되었음.

＊＊미국 독립전쟁 발발(~1783).

1776년(27세) 봄, 바이마르에 머무르기로 결정. 6월, 공국 정부 내부의 반발을 무릅쓰고, 바이마르 공의 가장 친한 측근으로서, 나라의 최고기관인 추밀원 고문회의를 구성하는 3인의 대신 가운데 한 사람으로 임명됨. 이후 죽을 때까지 바이마르를 정주지로 삼음. 영방국가 '작센 바이마르 아이제나흐'(정식 명칭)는 그즈음 인구 약 10만 명, 수도 바이마르의 인구 약 6천 명(그중 60%는 농민). 괴테는 그곳에서 사교, 담화, 사냥, 가장행렬, 아마추어 연극 등 근세 궁정생활에 날마다 참가함과 동시에, 그와 긴밀하게 진행되는 정치, 행정, 외교에도 관여했음. 이른바 바이마르 정주 초기(이탈리아 여행까지 약 11년)에 그가 관여했던 주요 정치, 행정, 외교 안건은 다음과 같음. 일메나우 은동광산 재건. 토지개량을 통한 농업진흥. 도로정비. 군대 소멸과 재무행정의 근대화 등 재정재건책 추진. 오스트리아와 프로이센 사이에서 중소 영방국가의 자주성을 확보하기 위한 군주동맹 결성의 시도 등등. 또한 실무도 요청받아 자연학 연구에도 손을 댔음. 한 마디로 계몽주의 사상에 근거한 합리적인 국가경영을 위한 노력이었는데, 그 대부분은 괴테의 헌신에도 현실 조건을 극복하지 못하고 좌절됐음. 이 시기에 개인적으로는 일곱 살 연상의 슈타인 부인과 깊은 우정 또는 연애 관계에 있었음. 그녀에게 보낸 수천 통에 가까운 편지와 뛰어난 시들이 남아 있음. 〈어째서 그대는 운명인가〉, 〈달에게 보낸다(달빛은 안개에 빛나고/골짜기를 채운다)〉 등등. 세속적인 의미에서의 작가 활동은 거의 하지 않았고 동시대의 질풍노도파로부터도 거리를 두었지만, 작품 집필은 쉼 없이 이어감. 앞서 든 슈타인 부인에게 보낸 시들 말고도 《타우리스섬의 이피게니에》 산문 초고, 《빌헬름 마이스터 수업시대》의 초고인 《빌헬름 마이스터의 연극적 사명》 등을 썼음. 4월, 시 〈어째서 그대는 운명인가〉, 〈한스 작스의 시적 사명〉을 씀. 10월, 괴테의 추천으로 헤르더가 바이마르 종무총감독으로 부임.

*클링거 《질풍노도》

**미국 독립선언.

1777년(28세) 6월, 여동생 코르넬리아 죽음. 겨울, 하르츠 산지를 단독 기행. 브로켄 산 등산. 시 〈겨울 하르츠 기행〉을 씀.

1778년(29세) 5월, 바이에른 계승전쟁(오스트리아 대 프로이센)을 앞두고 바이마르 공을 따라 정치적 군사적으로 긴장 상태에 있는 베를린을 방문.

1779년(30세) 4월 《이피게니에》 초연. 9월~1780년 1월, 바이마르 공을 따라 두 번째 스위스 여행(프랑크푸르트 경유). 부모님, 결혼한 릴리, 미혼의 프리데리케와 재회. 베를린에서 바이마르 공국을 위한 차입금 교섭에 성공. 고지를 도보로 산행하며 풍경을 스케치하고, 제네바에서 기회를 얻어 여자의 완전 나체를 관찰함.

1780년(31세) 9월, 일메나우 지방 키켈하안 산 정상에 있는 오두막 널빤지 벽에 〈사냥꾼의 저녁 노래〉라는 시를 적음(1831년 참조).

1781년(32세) 11월, 시내 프라우엔플란에 집을 얻음(현재 괴테 기념관).
*실러 《도둑 떼》, 칸트 《순수이성비판》
1782년(33세) 4월, 귀족 반열에 오름. 3~4월, 5월, 외교상 용무로 인근 궁정들을
　　　　　　차례로 방문함(~1785). 5월, 아버지 죽음.
1784년(35세) 2월, 일메나우에 새롭게 갱도가 뚫려 축하 연설을 함. 광산은 뒷
　　　　　　날 수몰됨.
*헤르더 《인류사 철학의 이념》(~1791)
1785년(36세) 괴테의 생각과는 달리 바이마르 공의 판단에 따라 현안인 중소
　　　　　　군주동맹을 프로이센과 맺기로 결정됨. 6~7월, 처음으로 휴양지
　　　　　　카를스바트(현재 체코령 카를로비 바리)에 체재. 그 뒤 여름마다
　　　　　　휴양지에 머묾. 가을, 프랑스 궁정의 추문 '목걸이 사건'에서 현존
　　　　　　질서의 근본적 동요를 보고 충격을 받음(1787, 1791년 참조).
1786년(37세) 6월, 괴셴서점과 제1차 작품집 출판 교섭. 7월, 카를스바트로 감.
　　　　　　8월, 카를스바트에서 저작집을 위해 《젊은 베르테르의 슬픔》 퇴
　　　　　　고. 9월 3일, 카를스바트에서 비밀리에 이탈리아로 여행을 떠남(~
　　　　　　1788년 9월. 《이탈리아 기행》 참조). 2주 간 베네치아에 머무르는 등,
　　　　　　여행 뒤 10월 29일에 로마에 도착하여 체재. 저작집을 위해 기존
　　　　　　작품과 미완성 원고 등을 손보는 한편 고전·고대·르네상스 미술
　　　　　　연구에도 힘씀.
*실러 《돈 카를로스》
**프로이센 프리드리히 2세 죽음.
1787년(38세) 1월, 로마에서 《타우리스섬의 이피게니에》 완성. 2월, 카니발 체험.
　　　　　　2월 말 남쪽으로 여행을 떠남(~6월 초). 약 한 달간 나폴리에 체
　　　　　　재. 민중과 마을과 고대 유적을 관찰하고, 활화산 베수비오를 세
　　　　　　차례 등정. 이어 처음으로 해로를 통해 시칠리아의 팔레르모에
　　　　　　도착, 약 2주간 머묾. 식물원에서 무성한 남국의 식물에 둘러싸
　　　　　　여 '원식물'을 환시. '목걸이 사건'(1785년, 1791년 참조)에 관여했다
　　　　　　는 의심을 받고 있는 희대의 사기꾼 칼리오스트로의 생가를 거짓
　　　　　　핑계를 들어 가명으로 방문. 약 4주에 걸쳐 시칠리아 내륙을 횡단
　　　　　　한 뒤, 메시나에서 해로를 통해 폭풍우로 난파 위기를 겪으면서

도 나폴리로 돌아와 다시 체새. 6월 6일, 로마로 돌아와 거의 살다시피 함(~이듬해 4월 말). 미술작품 연구, 회화실기 습득, 《에그몬트》 집필, 소희가극 습작 등. 애인 파우스티네와 밀회했다고 추정됨.

1788년(39세) 2월, 두 번째로 카니발 구경. 〈로마의 카니발〉 집필. 4월 23일, 로마 출발. 피렌체, 밀라노를 거쳐 6월 18일에 바이마르로 돌아옴. 문화학술 관계 및 일메나우 광산사업을 제외한 다른 공무에서 은퇴. 그러나 바이마르 공의 측근으로서 각종 국무에는 계속 참가함. 7월, 스물세 살의 크리스티아네 불피우스와 동거. 슈타인 부인과 오랜 교우를 끝냄. 《로마의 비가》(~1790)

1789년(40세) 12월, 큰아들 아우구스트 태어남. 다른 자식들은 이미 요절.

**7월, 프랑스혁명 발발(~1794년 7월).

1790년(41세) 3월, 이탈리아 여행 중인 태공비 안나 아말리아의 귀환을 마중하러 베네치아로 가서 체재(~6월). 시집 《베네치아 단가》. 7월, 프로이센 진영에 있는 카를 아우구스트를 위문하러 슐레지엔(현재 폴란드령 실롱스키에) 지방으로 떠남(~10월 초. 카를 아우구스트는 프로이센군의 장군이기도 했다). 이해 제1차 저작집 완결(1787~. 괴셴서점). 주요 수록 신작으로는 《에그몬트》, 《타우리스섬의 이피게니에》, 《토르쿠아토 타소》, 《파우스트 단편》.

1791년(42세) 여름, 프랑스 궁정 추문 '목걸이 사건'과 사기꾼 칼리오스트로를 모델로 혁명비판극 《대(大)코프타》 집필. 12월, 상연.

*모차르트 〈마술피리〉, 실러 《30년전쟁사》(~1793)

**8월, 오스트리아 프로이센의 필니츠 선언.

1792년(43세) 3월, 《대(大)코프타》 간행, 각지 오랜 지인들의 실망과 분노를 불러일으킴. 8월, 프로이센군 진영에 있는 바이마르 공 카를 아우구스트를 위문하러 프랑크푸르트, 마인츠를 거쳐 롱위(프랑스령) 공의 적진을 방문. 9월, 베르됭 침공 뒤 발미 포격전에 휘말려 군대와 함께 패주함. 프랑스군에 점령된 마인츠, 프랑크푸르트를 피해 토리아, 코블렌츠, 뒤셀도르프, 뮌스터, 카셀 등 북쪽으로 크게 우회하여 야코비 형제, 갈리틴 후작부인 등 지인들과 재회하면서 12월에 바이마르로 귀환(자서전 《프랑스 종군기》 참조).

＊＊4월, 프랑스 의회, 오스트리아에 선전포고. 7월, 프로이센 참전. 제1차 대불동맹전쟁. 9월, 발미 포격전 이후 형세가 역전하여 프랑스군이 우위를 점함.

1793년(44세) 5월 초, 반혁명 희곡 《시민 장군》 상연. 5월, 마인츠를 포위한 프로이센군 진영으로 바이마르 공을 방문. 탈환 직후 마인츠로 들어감. 8월, 프랑크푸르트를 거쳐 바이마르로 귀환(자서전 《마인츠 공방전》 참조).

＊＊(프) 루이 16세, 마리 앙투아네트 처형. 자코뱅파 독재, 공포 정치.

1794년(45세) 2월, 바이마르 공, 프로이센군 퇴역. 전쟁은 계속되지만, 괴테의 생활에는 평화가 돌아옴(~1806). 이 무렵부터 가끔 대학 소재지 예나(바이마르령)에 장기 체재. 7월, 실러와 협력관계가 깊어짐.

＊＊(프) 7월, 테르미도르의 반동, 로베스피에르파 처형, 혁명진행 정지.

1795년(46세) 여름, 수년 만에 카를스바트에서 요양. 《메르헨》을 비롯한 《독일피난민들의 대화》 완성. 《빌헬름 마이스터 수업시대》 완성.

＊＊실러의 논문집 〈소박한 문학과 감상적인 문학에 대하여〉 간행.

＊＊바젤화의(프로이센의 전선 이탈)

1796년(47세) 지난해부터 실러와 정치적 풍자단시집 《크세니엔》 공저.

1797년(48세) 7월, 프랑크푸르트를 거쳐 세 번째 스위스 여행(~11월). 많은 친구와 지인들과 재회. 〈코린트의 신부〉 외 발라드(이야기시) 집필. 장편 서사시 《헤르만과 도로테아》

＊티크 《장화 신은 고양이》(낭만주의적·전위적 희곡)

　＊＊캄포 포르미오 조약(오스트리아 굴복).

1798년(49세) 《색채론》 연구. 《마술피리》 제2부 집필 시작.

＊슐레겔 형제, 낭만파 기관지 〈아테네움〉 창간(~1800).

1799년(50세) 7월, 티크, 노발리스, A.W. 슐레겔, 괴테 집안에 문객이 됨. 이 무렵부터 수년 동안 낭만파와 접촉 활발.

＊실러의 희곡 〈발렌슈타인〉 3부작 완결. 횔덜린 《히페리온》, 노발리스 《하인리히 폰 오프터딩겐(푸른 꽃)》 완성.

＊＊대불전쟁 재개(제2차 대불동맹전쟁).

(프) 나폴레옹 권력 장악.

1800년(51세) 6월, 옛 벗인 슈토르베르크 백작 가톨릭에 신앙 고백. 괴테, 깊은 실망.

＊노발리스 시집 《밤의 찬가》 간행.

1801년(52세) 1월, 안면화농성 염증과 인후염으로 호흡곤란 중태. 빈에서 사망설이 떠돎.

＊노발리스 죽음.

＊＊프랑스에 패배. 라인 강 좌측 할양.

1802년(53세) 이해부터 수년 간 건강 상태 좋지 않음(인후염), 정신적으로도 불안정. 여름, 작센의 요양지 라우흐슈테트에서 괴테의 감독하에 바이마르 궁정극장 소유의 새 극장이 완공. 괴테는 그 뒤 수년 동안 여름마다 라우흐슈테트를 방문함(~1805).

1803년(54세) 은둔 생활과 음울한 기분이 계속됨. 3월, 이탈리아 르네상스의 자유분방한 금속공예가의 전기 《체리니 자서전》의 번역·주역 완성. 《서출의 딸》 제1부 완성(제2부 이후 집필 중단). 12월, 헤르더 죽음.

＊장 파울 《거인》. 이를 전후하여 횔덜린 후기찬가 집필.

＊＊제국대표자 주요결의(라인 강 좌측 할양의 뒤처리/300여 개의 영방국가를 약 40개로 정리, 재편).

1804년(55세) 1월, 병상.

＊＊(프) 나폴레옹 스스로 황위에 오름.

1805년(56세) 연초부터 전신에 경련성 통증, 신장결석 급성 경련통으로 중태. 5월, 건강을 조금 회복. 5월, 실러 죽음. 여름에 완전히 건강을 회복함. 7월, 낭만파 회화 〈새로운 가톨릭적 감상성〉에 공격 개시.

＊이때부터 횔덜린의 광기가 심해짐.

＊＊오스트리아·프로이센, 대불전쟁 재개(제3차 동맹), 패배.

1806년(57세) 1월, 쾌활한 희가 〈하늘! 하늘의 하늘!〉 집필. 2~3월, 건강 악화. 4월, 희곡 《파우스트》 제1부 완성(1808년 출판). 코타서점 신저작집 간행 개시(전12권, ~1808년. 원고료 1만 탈러). 7월, 11년 만에 보헤미아의 요양지 카를스바트에 체재. 이후 여름 요양은 거의 해마다 습관이 됨. 그 무렵 카를스바트를 비롯한 보헤미아 산간 요양지는 독일 제영방, 중·동유럽제국, 러시아 등의 궁정인과 상류층의 여

름 사교장이었음. 괴테는 그곳에서 광천수 등을 마시고 건강을 회
복하려고 애쓰는 한편 지질학 연구와 동시에 넓은 세계와의 다채
로운 교류 및 자극을 즐겼음. 8월, 바이마르로 귀환. 9월, 대불전쟁
재개에 따라 프로이센군 진영으로 복귀한 바이마르 공을 예나 근
교로 방문, 군무에 협력. 10월 14일, 프로이센군, 예나에서 패배. 프
랑스군 바이마르 침공. 괴테의 집도 습격당해 생명이 위태로워짐.
10월 19일, 18년 동안 동거했던 크리스티아네와 정식으로 결혼.

**8월, 프랑스의 압력으로 신성로마제국 해체. 프로이센 대불전쟁 재개. 10
월 14일, 예나 근교 아우어슈테트 전투에서 프로이센 패배. 독일 전역이 사실상
나폴레옹의 지배하에 들어감.

1807년(58세) 4월, 막시밀리아네(1772년 참조)의 딸 베티나 브렌타노(낭만파 시인
　　　　　클레멘스 브렌타노의 여동생. 뒷날 아르님 부인) 내방(1835년, 베티
　　　　　나 폰 아르님 《괴테와 한 소녀와의 서한집》). 6~8월 카를스바트.

*클라이스트 《암피트리온》

**프로이센 개혁(국가 체재의 근대화).

1808년(59세) 5~9월, 카를스바트 및 주변 체재. 9월, 어머니 죽음. 9월 말, 에르
　　　　　푸르트의 제후 회의 수행, 나폴레옹 알현.

*피히테 〈독일 국민에게 고함〉(내셔널리즘 고양), 클라이스트의 비극 《펜테질레
아》 출간.

1809년(60세) 《친화력》 간행. 자서전 《시와 진실》 구상 시작.

1810년(61세) 5~9월, 카를스바트 및 테프리츠 체재. 오스트리아 황비 마리아
　　　　　루드비카에게 헌시. 《색채론》 완성.

1811년(62세) 5월, 중세미술 사학자 부아슬리에를 최초로 방문. 5~6월, 카를스
　　　　　바트. 9월, 베티나 폰 아르님 내방, 아내 크리스티아네와 충돌. 베
　　　　　티나의 괴테 집안 방문을 금지. 《시와 진실》 제1부 간행.

1812년(63세) 5~9월, 카를스바트 및 테프리츠. 베토벤과 친밀한 교제. 12월, 파
　　　　　리로 패주하던 나폴레옹이 바이마르를 통과하며 괴테에게 인사
　　　　　를 남김. 겨울, 심신 미약. 《시와 진실》 제2부 간행.

**나폴레옹, 모스크바 원정과 후퇴.

1813년(64세) 4월 중순, 다가오는 전운을 피해 여름 휴양지로 떠남. 드레스덴

을 거쳐 5~8월에는 테프리츠, 8월 19일에는 바이마르로 귀환. 9월, 전선이 바이마르까지 다가옴. 10월, 라이프치히 전투에서 대불동맹군 승리. 패주하는 프랑스군이 바이마르를 통과. 동맹국 귀족 바이마르 입성. 러시아 황제의 알현, 프로이센 왕자, 메테르니히 백작 등이 방문. 11월, 카를 아우구스트, 영지 내에서 대불의용군을 모집하지만 괴테는 허락하지 않음.

**2월, 독일 해방전쟁 개시(~1814). 12월, 대불동맹군 라인 도강.

1814년(65세) 6월, 동양학자 하머가 독일어로 번역한 《하피스 시집》(14세기 페르시아 시인)을 읽고 《서동시집》의 최초 시군(詩群)이 탄생함. 8월, 평화가 돌아오자 《하피스 시집》을 들고 고향 프랑크푸르트를 거쳐 라인 강변의 요양지 비스바덴으로 여행을 떠남. 9월까지 이곳에서 머물며 주변의 라인·마인 지방을 여행. 지인 빌레머의 젊은 동거녀 마리안네(9월, 정식 결혼)를 알게 됨. 돌아오는 길에 프랑크푸르트, 게르바뮈레(마인 강변 빌레머 가문의 별장), 하이델베르크(부아슬리에의 중세미술 수집)을 방문. 10월 말, 바이마르로 귀환. 여행하는 동안과 돌아온 뒤 《서동시집》의 시가 끊임없이 탄생함. 겨울, 《서동시집》을 위해 중동 연구. 《시와 진실》 제3부 간행.

*호프만 《황금 항아리》

**4월, 파리 함락, 나폴레옹 퇴위. 11월, 빈 회의(~1815년 6월)

1815년(66세) 2월, 크리스티아네 중병. 5월, 다시 라인·마인 여행을 떠남. 여행 중 《서동시집》 가운데 〈줄라이카의 서〉의 시 몇 편을 집필. 6~9월, 비스바덴 및 주변. 8월 이후 게르바뮈레. 9월, 하이델베르크에서 빌레머 부인과 재회. 마리안네와 마지막 만남. 10월 중순, 바이마르 귀환. 이해 여름 마리안네와 빌레머를 줄라이카에 빗대어 〈줄라이카의 서〉의 주요 부분을 완성. 코타서점에서 신저작집(전20권, ~1819년. 원고료 1만 6천 탈러) 간행 시작. 빈 회의에서 전후 처리와 영방 재편을 논의한 결과 바이마르 공국은 대공국으로 승격.

*아이헨도르프 《예감과 현재》

**9월, 39개의 영방국가로 이루어진 독일연방 발족. 유럽 열강의 신성동맹 체결(왕후귀족의 복귀).

1816년(67세) 6월, 아내 크리스티아네 죽음. 7~8월, 라인 지방에서의 세 번째 요
양을 마차 사고로 단념. 바이마르 인근의 덴슈테트에서 머묾.《이
탈리아 기행》제1부 간행.

1817년(68세) 4월, 여배우 카롤리네 야게만(바이마르 공 카를 아우구스트의 애
인)과의 불화로 궁정극장 총감독직에서 해임됨. 자신의 삶을 돌아
보는 시〈태초의 말. 오르페우스의 비사〉.《이탈리아 기행》제2부
간행. 자전적 각서《연대기록》집필 시작(~1825).

＊＊발트부르크의 축제(자유주의운동).

1818년(69세) 8~9월, 카를스바트 체재.

1819년(70세) 9월, 카를스바트 체재. 10월, 예나 대학 감독관 취임을 거절.《서동
시집》간행.

＊＊카를스바트 결의·자유주의운동 탄압.

1820년(71세) 5월, 카를스바트 및 마리엔바트(현재 체코령 마리안스케 라즈네)
체재. 6~10월, 예나 장기 체류.

1821년(72세) 5월《빌헬름 마이스터 편력시대》제1부 간행(뒷날 전면 개편). 8~9
월, 마리엔바트 및 에거 체재.

＊＊그리스 독립전쟁(~1829)

1822년(73세) 6~8월, 마리엔바트 및 에거 체류. 자서전《프랑스 종군기》,《마인
츠 공방전》간행.

《연대기록》집필 본격화.

1823년(74세) 2~3월, 중태(심근경색?), 사망설 떠돎. 6월, 에커만, 괴테의 권유로
바이마르에 정주. 비서 에커만《괴테와의 대화》기록 시작. 7~9월,
마리엔바트, 카를스바트 및 에거. 폴란드의 피아니스트 시마노스
프키의 연주에 감동하여 시〈화해〉를 지음. 열일곱 살 울리케 폰
레베초와의 결혼 가능성을 알아봄. 레베초의 어머니는 완곡히 거
절. 바이마르로 돌아오는 마차 안에서〈마리엔바트의 비가〉를 지
음. 여름 휴양은 이것이 마지막. 10월, 시마노스프키, 바이마르를
방문하여 괴테를 위해 거듭 피아노 연주. 11월 초, 시마노스프키
떠남. 직후 병이 재발하여 중태.

1824년(75세) 3월, 《젊은 베르테르의 슬픔》 50주년 기념판을 위해 시 〈베르테르에게 보내는 편지〉(〈화해〉, 〈마리안바트의 비가〉와 함께 《열정 3부작》). 4월, 그리스 독립전쟁에서 바이론 전사(《파우스트》 제2부 제3막 〈헬레나극〉에 그 모습을 묘사함). 10월, 하이네 내방.

＊베토벤 〈교향곡 제9번〉

1825년(76세) 2월 이후 희곡 《파우스트》 제2부 집필 재개. 6월, 《빌헬름 마이스터 편력시대》 퇴고 시작. 자전적 각서 《연대기록》 완성(대상연대, 1749~1822).

＊＊(영) 스티븐슨이 증기기관차 실용화.

1826년(77세) 이 무렵부터 난청과 건망증 징후. 6월, 《헬레나》(《파우스트》 제2부 제3막) 완성.

1827년(78세) 1월, 슈타인 부인 죽음. 3월, 코타서점에서 결정판 괴테전집 간행 시작(전40권, ~1830년. 원고료 6만 탈러. 죽은 뒤 전60권으로 증판, ~1842년). 5월, 자유로운 연작시 〈지나·독일 사계일력〉.

＊하이네 서정시집 《노래책》

1828년(79세) 3월, 프랑스역 《파우스트》 제1부(E. 들라크루아의 석판화 삽입)를 헌정받음. 6월, 바이마르 대공 카를 아우구스트, 베를린에서 귀환 중에 객사. 7~9월, 자르 강변 도른부르크에 있는 성관에서 은둔 생활. 9월, 〈도른부르크의 시〉. 12월, 《실러·괴테 왕복 서한》 간행. 이 무렵부터 불면증과 만성피로 등 노쇠 징후. 백내장 증상.

1829년(80세) 《빌헬름 마이스터 편력시대》 결정판 전3부 간행. 《이탈리아 기행》 제3부 간행.

1830년(81세) 11월, 아들 아우구스트가 로마에서 객사(10월)했다는 소식이 전해짐. 이달 말 각혈을 반복하며 중태.

＊＊이때를 전후하여 산업혁명이 독일로 번짐. 프랑스 7월혁명. 자유주의적 정치운동이 독일 곳곳으로 파급.

1831년(82세) 1월, 유서 작성. 8월, 희곡 《파우스트》 제2부 완성, 봉인. 이달 말, 생일이 지나자마자 마지막으로 일메나우 여행. 키켈하안 산 정상에 있는 오두막에서 50년 전 널빤지에 적었던 시 〈사냥꾼의 저녁 노래〉와 재회(1780년 참조). 《시와 진실》 제4부 완성. 유행성감기,

류머티즘, 하지궤양 등을 앓음.
*하이네, 파리로 이주.
1832년(83세) 1월, 희곡《파우스트》제2부의 봉인 해제. 2월, 영국 철도 개통 소
식을 들음. 3월 중순 마차를 타고 산책하다가 감기에 걸림. 폐렴으
로 발전하여 심근경색 유발, 극심한 고통에 시달림. 3월 22일, 멀
어지는 의식 속에서 고통도, 죽음에 대한 두려움도 잊은 채 간병
인들도 모르는 사이에 평온하게 자택에서 죽음.
*뵈르네《파리에서 온 편지》(~1834)
**5월, 급진자유주의자의 함바흐 축제.

〔죽은 뒤〕
1833년《파우스트》제2부,《시와 진실》제4부 출판.
*1835년 뷔히너《당통의 죽음》
1836년 하이네《낭만파》
**1834년 1월, 독일 관세동맹 발족(독일 통일의 첫걸음). 1830년대 곳곳에 철도
부설(산업혁명 진행). 1871년, 프로이센 주도 아래 독일 통일.

곽복록(郭福祿)

일본 조치(上智)대학교 독문학과 수학. 서울대학교 문리과 대학 독문학과 졸업. 미국 시카고
대학교 대학원 독문학과 졸업. 독일 뷔르츠부르크대학교 독문과 졸업(독문학 박사). 서울대학
교·서강대학교 독문과 교수 역임. 한국독어독문학회 회장. 한국괴테학회 초대회장. 서강대학
교 명예교수. 지은책《독일문학의 사상과 배경》옮긴책 요한 볼프강 폰 괴테《젊은 베르테르
의 슬픔》《파우스트》《친화력》《헤르만과 도로테아》《빌헬름 마이스터 수업시대·편력시대》요
한 페터 에커먼《괴테와의 대화》「괴테문학컬렉션」 프리덴탈《괴테 생애와 시대》 토마스 만
《마의 산》 카를 힐티《잠 못 이루는 밤을 위하여》《행복론》 니체《차라투스트라는 이렇게 말
했다》《비극의 탄생》《즐거운 지식》 아이스킬로스《결박당한 프로메테우스》 등이 있다.

세계문학전집054
Johann Wolfgang von Goethe
WILHELM MEISTERS WANDERJAHRE
빌헬름 마이스터 편력시대
요한 볼프강 폰 괴테/곽복록 옮김
동서문화사창업60주년특별출판
1판 1쇄 발행/2016. 11. 30
발행인 고정일
발행처 동서문화사
창업 1956. 12. 12. 등록 16−3799
서울 중구 다산로 12길 6(신당동 4층)
☎ 546−0331~6 Fax. 545−0331
www.dongsuhbook.com
＊
사업자등록번호 211−87−75330
ISBN 978−89−497−1519−3 04800
ISBN 978−89−497−1459−2 (세트)

월드북(세계문학/세계사상) 목록

분류	NO.	도서명	저자/역자	쪽수	가격
사상	월드북1	소크라테스의 변명/국가/향연	플라톤/왕학수 옮김	840	15,000
사상	월드북2	니코마코스윤리학/시학/정치학	아리스토텔레스/손명현 옮김	621	12,000
사상	월드북3	형이상학	아리스토텔레스/김천운 옮김	578	9,800
사상	월드북4	세네카 인생론	세네카/김천운 옮김	963	15,000
사상	월드북5	고백록	아우구스티누스/김희보·강경애 옮김	566	9,800
사상	월드북6	솔로몬 탈무드	이희영	812	14,000
사상	월드북6-1	바빌론 탈무드	〃	810	14,000
사상	월드북6-2	카발라 탈무드	〃	810	14,000
사상	월드북7	삼국사기	김부식/신호열 역해	914	15,000
사상	월드북8	삼국유사	일연/권상로 역해	528	9,800
사상	월드북9	군주론/정략론	마키아벨리/황문수 옮김	666	12,000
사상	월드북10	인간불평등기원론/사회 계약론	루소/최석기 옮김	560	9,800
사상	월드북11	마키아벨리 로마사이야기	마키아벨리/고산 옮김	674	12,000
사상	월드북12	몽테뉴 수상록	몽테뉴/손우성 옮김	1,330	18,000
사상	월드북13	법의 정신	몽테스키외/하재홍 옮김	720	12,000
사상	월드북14	학문의 진보/베이컨 에세이	베이컨/이종구 옮김	574	9,800
사상	월드북15	방법서설/성찰/철학의원리/정념론	데카르트/소두영 옮김	692	12,000
사상	월드북16	팡세	파스칼/안응렬 옮김	546	9,800
사상	월드북17	반야심경/금강경/법화경/유마경	홍정식 역해	536	9,800
사상	월드북18	바보예찬/잠언과 성찰/인간성격론	에라스무스·라로슈푸코·라브뤼예르/정병희 옮김	520	9,800
사상	월드북19	에밀	루소/정병희 옮김	740	12,000
사상	월드북20	참회록	루소/홍승오 옮김	718	12,000
사상	월드북21	국부론	애덤 스미스/유인호 옮김	1,138	16,000
사상	월드북22	순수이성비판	칸트/정명오 옮김	770	25,000
사상	월드북23	로마제국쇠망사	에드워드 기번/강석승 옮김	528	9,800
사상	월드북24	나의 인생 「시와 진실」	괴테/최은희 옮김	833	15,000
사상	월드북25	헤로도토스 역사	헤로도토스/박현태 옮김	810	15,000
사상	월드북26	역사철학강의	헤겔/권기철 옮김	562	9,800
사상	월드북27	세상을 보는 지혜	쇼펜하우어/권기철 옮김	1,024	15,000
사상	월드북27-1	의지와 표상으로서의 세계	〃	564	9,800
사상	월드북28	괴테와의 대화	에커먼/곽복록 옮김	868	15,000
사상	월드북29	자성록/언행록/성학십도/논사단칠정서	이황/고산 역해	602	12,000
사상	월드북30	성학집요/격몽요결	이이/고산 역해	620	12,000

사상	월드북31	인생이란 무엇인가	똘스또이/채수동 옮김	1,164	16,000
사상	월드북32	자조론 인격론	사무엘 스마일즈/장만기 옮김	796	14,000
사상	월드북33	불안의 개념/죽음에 이르는 병	키에르케고르/강성위 옮김	534	9,800
사상	월드북34	잠 못 이루는 밤을 위하여/행복론	카를 힐티/곽복록 옮김	937	15,000
사상	월드북35	아미엘 일기	앙리 프레데릭 아미엘/이희영 옮김	1,042	15,000
사상	월드북36	나의 참회/인생의 길	똘스또이/김근식 고산 옮김	1,008	15,000
사상	월드북37	인간적인 너무나 인간적인	니체/강두식 옮김	1,044	15,000
사상	월드북38	차라투스트라는 이렇게 말했다	니체/곽복록 옮김	1,030	15,000
사상	월드북39	황금가지	제임스 조지 프레이저/신상웅 옮김	1,092	16,000
사상	월드북40	정신분석입문/꿈의 해석	프로이트/김양순 옮김	1,140	16,000
사상	월드북41	인생 연금술	제임스 알렌/박지은 옮김	824	12,000
사상	월드북42	유토피아/자유론/통치론	모어·밀·로크/김현욱 옮김	506	9,800
사상	월드북43	서양의 지혜/철학이란 무엇인가	러셀/정광섭 옮김	994	15,000
사상	월드북44	철학이야기	윌 듀랜트/임헌영 옮김	520	9,800
사상	월드북45	소유냐 삶이냐/사랑한다는 것	프롬/고영복 이철범 옮김	644	12,000
사상	월드북47	행복론/인간론/말의 예지	알랭/방곤 옮김	528	9,800
사상	월드북48	인간의 역사	미하일 일린/동완 옮김	720	12,000
사상	월드북49	카네기 인생철학	D. 카네기/오정환 옮김	546	9,800
사상	월드북50	무사도	니토베 이나조·미야모토 무사시/추영현 옮김	528	9,800
문학	월드북52	그리스비극	아이스킬로스·소포클레스·에우리피데스/곽복록 조우현 옮김	672	12,000
문학	월드북55	이솝우화전집	이솝/고산 옮김	736	12,000
문학	월드북56	데카메론	보카치오/한형곤 옮김	799	14,000
문학	월드북57	돈끼호테	세르반테스/김현창 옮김	1,288	16,000
문학	월드북58	신곡	단테/허인 옮김	866	15,000
사상	월드북59	상대성이론/나의 인생관	아인슈타인/최규남 옮김	516	9,800
문학	월드북60	파우스트/젊은 베르테르의 슬픔	괴테/곽복록 옮김	900	14,000
문학	월드북61	그리스 로마 신화	토머스 불핀치/손명현 옮김	530	9,800
문학	월드북62	햄릿/오델로/리어왕/맥베드/로미오와 줄리엣	셰익스피어/신상웅 옮김	655	12,000
문학	월드북63	한여름밤의 꿈/베니스의 상인/말괄량이 길들이기	〃	655	12,000
문학	월드북65	카라마조프 형제들	도스토예프스키/채수동 옮김	1,212	16,000
문학	월드북66	죄와 벌	〃	654	9,800
사상	월드북67	대중의 반란/철학이란 무엇인가?	오르테가/김현창 옮김	508	9,800
사상	월드북68	동방견문록	마르코 폴로/채희순 옮김	478	9,800
문학	월드북69	전쟁과 평화I	똘스또이/맹은빈 옮김	834	15,000
문학	월드북70	전쟁과 평화II	〃	864	15,000

사상	월드북71	철학학교/비극론/철학입문/위대한 철학자들	야스퍼스/전양범 옮김	592	9,800
사상	월드북72	리바이어던	홉스/최공웅 최진원 옮김	704	12,000
문학	월드북73	사람은 무엇으로 사는가	똘스또이/김근식 고산 옮김	544	9,800
사상	월드북74	웃음/창조적 진화/도덕과 종교의 두 원천	베르그송/이희영 옮김	760	12,000
문학	월드북76	모비딕	멜빌/이가형 옮김	738	12,000
사상	월드북77	갈리아전기/내전기	카이사르/박석일 옮김	520	9,800
사상	월드북78	에티카/정치론	스피노자/추영현 옮김	542	9,800
사상	월드북79	그리스철학자열전	라에르티오스/전양범 옮김	752	12,000
문학	월드북80	보바리 부인/여자의 일생/나나	플로베르·모파상·졸라/민희식 이춘복 김인환 옮김	1,154	16,000
사상	월드북81	프로테스탄티즘의 윤리와 자본주의 정신/직업으로서의 학문/직업으로서의 정치	막스베버/김현욱 옮김	577	9,800
사상	월드북82	민주주의와 교육/철학의 개조	존 듀이/김성숙 이귀학 옮김	624	12,000
문학	월드북83	레 미제라블 I	빅토르 위고/송면 옮김	1,104	16,000
문학	월드북84	레 미제라블 II	〃	1,032	16,000
사상	월드북85	인간이란 무엇인가 오성/정념/도덕	데이비드 흄/김성숙 옮김	808	15,000
문학	월드북86	대지	펄벅/홍사중 옮김	1,051	15,000
사상	월드북87	종의 기원	다윈/송철용 옮김	656	12,000
사상	월드북88	존재와 무	사르트르/정소성 옮김	1,130	16,000
문학	월드북89	롤리타/위대한 개츠비	나보코프 피츠제럴드/박순녀 옮김	524	9,800
문학	월드북90	마지막 잎새/원유회	O. 헨리 맨스필드/오정환 옮김	572	9,800
문학	월드북91	아Q정전/아침 꽃을 저녁에 줍다	루쉰/이가원 옮김	538	9,800
사상	월드북92	논리철학논고/철학탐구/반철학적 단장	비트겐슈타인/김양순 옮김	730	12,000
문학	월드북93	마의 산	토마스 만/곽복록 옮김	940	15,000
문학	월드북94	채털리부인의 연인	D. H. 로렌스/유영 옮김	550	9,800
문학	월드북95	백년의 고독/호밀밭의 파수꾼	마르케스·샐린저/이가형 옮김	624	12,000
문학	월드북96	고요한 돈강 I	숄로호프/맹은빈 옮김	916	15,000
문학	월드북97	고요한 돈강 II	〃	1,056	15,000
사상	월드북98	경제학·철학초고/자본론/공산당선언/철학의 빈곤	마르크스/김문운 옮김	760	12,000
사상	월드북99	간디자서전	간디/박석일 옮김	606	12,000
사상	월드북100	존재와 시간	하이데거/전양범 옮김	686	12,000
사상	월드북101	영웅숭배론/의상철학	토마스 칼라일/박지은 옮김	500	9,800
사상	월드북102	월든/침묵의 봄/센스 오브 원더	소로·카슨/오정환 옮김	681	12,000
문학	월드북103	성/심판/변신	카프카/김정진·박종서 옮김	624	12,000
사상	월드북104	전쟁론	클라우제비츠/허문순 옮김	980	15,000
문학	월드북105	폭풍의 언덕	E. 브론테/박순녀 옮김	550	9,800

문학	월드북106	제인 에어	C. 브론테/박순녀 옮김	646	12,000
문학	월드북107	악령	도스또옙스끼/채수동 옮김	869	15,000
문학	월드북108	제2의 성	시몬느 드 보부아르/이희영 옮김	1,056	15,000
문학	월드북109	처녀시절/여자 한창때	보부아르/이혜윤 옮김	1,055	16,000
문학	월드북110	백치	도스또옙스끼/채수동 옮김	788	14,000
사상	월드북111	프랑스혁명 성찰/독일 국민에게 고함	버크·피히테/박희철 옮김	586	9,800
문학	월드북112	적과 흑	스탕달/서정철 옮김	672	12,000
문학	월드북113	양철북	귄터 그라스/최은희 옮김	644	12,000
사상	월드북114	비극의 탄생/즐거운 지식	니체/곽복록 옮김	576	9,800
사상	월드북115	아우렐리우스 명상록/키케로 인생론	아우렐리우스·키케로/김성숙 옮김	543	9,800
사상	월드북116	선의 연구/퇴계 경철학	니시다 기타로·다카하시 스스무/최박광 옮김	644	12,000
사상	월드북117	제자백가	김영수 역해	604	12,000
문학	월드북118	1984년/동물농장/복수는 괴로워라	조지 오웰/박지은 옮김	436	9,800
문학	월드북119	티보네 사람들I	로제 마르탱 뒤 가르/민희식 옮김	928	16,000
문학	월드북120	티보네 사람들II	〃	1,152	18,000
문학	월드북121	안나까레니나	똘스또이/맹은빈 옮김	1,056	16,000
사상	월드북122	그리스도인의 자유/루터 생명의 말	마틴 루터/추인해 옮김	864	15,000
사상	월드북123	국화와 칼/사쿠라 마음	베네딕트·라프카디오 헌/추영현 옮김	410	9,800
문학	월드북124	예언자/눈물과 미소	칼릴 지브란/김유경 옮김	440	9,800
문학	월드북125	댈러웨이 부인/등대로	버지니아 울프/박지은 옮김	504	9,800
사상	월드북126	열하일기	박지원/고산 옮김	1,038	18,000
사상	월드북127	위인이란 무엇인가/자기신념의 철학	에머슨/정광섭 옮김	406	9,800
문학	월드북128	바람과 함께 사라지다I	미첼/장왕록 옮김	644	12,000
문학	월드북129	바람과 함께 사라지다II	〃	688	12,000
사상	월드북130	고독한 군중	데이비드 리스먼/류근일 옮김	422	9,800
문학	월드북131	파르마 수도원	스탕달/이혜윤 옮김	558	9,800
문학	월드북132	오만과 편견	제인 오스틴/김유경 옮김	422	9,800
문학	월드북133	아라비안나이트I	리처드 버턴/고산고정일	1,120	16,000
문학	월드북134	아라비안나이트II	〃	1,056	16,000
문학	월드북135	아라비안나이트III	〃	1,024	16,000
문학	월드북136	아라비안나이트IV	〃	1,112	16,000
문학	월드북137	아라비안나이트V	〃	1,024	16,000
문학	월드북138	데이비드 코퍼필드	찰스 디킨스/신상웅 옮김	1,120	16,000
문학	월드북139	음향과 분노/8월의 빛	윌리엄 포크너/오정환 옮김	816	15,000
문학	월드북140	잃어버린 시간을 찾아서I	마르셀 프루스트/민희식 옮김	1,048	18,000

문학	월드북141	잃어버린 시간을 찾아서II	〃	1,152	18,000
문학	월드북142	잃어버린 시간을 찾아서III	〃	1,168	18,000
사상	월드북143	법화경	홍정식 역해	728	14,000
사상	월드북144	중세의 가을	요한 하위징아/이희승맑시아 옮김	582	12,000
사상	월드북145 146	율리시스 I II	제임스 조이스/김성숙 옮김	704/632	각12,000
문학	월드북147	데미안/지와 사랑/싯다르타	헤르만 헤세/송영택 옮김	546	12,000
문학	월드북148 149	장 크리스토프 I II	로맹 롤랑/손석린 옮김	890/864	각15,000
문학	월드북150	인간의 굴레	서머싯 몸/조용만 옮김	822	15,000
사상	월드북151	그리스인 조르바	니코스 카잔차키스/박석일 옮김	425	9,800
사상	월드북152	여론/환상의 대중	월터 리프먼/오정환 옮김	408	9,800
문학	월드북153	허클베리 핀의 모험/인간이란 무엇인가	마크 트웨인/양병탁 조성출 옮김	704	12,000
문학	월드북154	이방인/페스트/시지프 신화	알베르 카뮈/이혜윤 옮김	522	12,000
문학	월드북155	좁은 문/전원교향악/지상의 양식	앙드레 지드/이휘영 이춘복 옮김	459	9,800
문학	월드북156 157	몬테크리스토 백작 I II	알렉상드르 뒤마/이희승맑시아 옮김	785/832	각16,000
문학	월드북158	죽음의 집의 기록/가난한 사람들/백야	도스토옙스키/채수동 옮김	602	12,000
문학	월드북159	북회귀선/남회귀선	헨리 밀러/오정환 옮김	690	12,000
사상	월드북160	인간지성론	존 로크/추영현 옮김	1,016	18,000
사상	월드북161	중력과 은총/철학강의/신을 기다리며	시몬 베유/이희영 옮김	666	18,000
사상	월드북162	정신현상학	G. W. F. 헤겔/김양순 옮김	572	15,000
사상	월드북163	인구론	맬서스/이서행 옮김	570	18,000
문학	월드북164	허영의 시장	W.M.새커리/최홍규 옮김	925	18,000
사상	월드북165	목민심서	정약용 지음/최박광 역해	986	18,000
문학	월드북166	분노의 포도/생쥐와 인간	스타인벡/노희엽 옮김	712	18,000
문학	월드북167	젊은 예술가의 초상/더블린 사람들	제임스 조이스/김성숙 옮김	656	18,000
문학	월드북168	테스	하디/박순녀 옮김	478	12,000
문학	월드북169	부활	톨스토이/이동현 옮김	562	14,000
문학	월드북170	악덕의 번영	마르키 드 사드/김문운 옮김	602	18,000
문학	월드북171	죽은 혼/외투/코/광인일기	고골/김학수 옮김	509	14,000
사상	월드북172	이탈리아 르네상스 이야기	부르크하르트/지봉도 옮김	565	18,000
문학	월드북173	노인과 바다/무기여 잘 있거라	헤밍웨이/양병탁 옮김	685	14,000
문학	월드북174	구토/말	사르트르/이희영 옮김	500	15,000
사상	월드북175	미학이란 무엇인가	하르트만/ 옮김	590	18,000
사상	월드북176	과학과 방법/생명이란 무엇인가?/사람몸의 지혜	푸앵카레·슈뢰딩거·캐넌/조진남 옮김	538	16,000
사상	월드북177	춘추전국열전	김영수 역해	592	18,000
문학	월드북178	톰 존스의 모험	헨리 필딩/최홍규 옮김	912	18,000

문학	월드북179	난중일기	이순신/고산고정일 역해	540	12,000
문학	월드북180	프랭클린 자서전	벤저민 프랭클린/주영일 옮김	502	12,000
문학	월드북181	즉흥시인	한스 크리스티안 안데르센/박지은 옮김	476	12,000
문학	월드북182	고리오 영감/절대의 탐구	발자크/조홍식 옮김	562	12,000
문학	월드북183	도리언 그레이 초상/살로메/즐거운 인생	오스카 와일드/한명남 옮김	466	12,000
문학	월드북184	달과 6펜스/과자와 맥주	서머싯 몸/이철범 옮김	450	12,000
문학	월드북185	마음은 외로운 사냥꾼/슬픈카페의 노래	카슨 맥컬러스/강혜숙 옮김	442	12,000
문학	월드북186	걸리버 여행기/통 이야기	조나단 스위프트/유영 옮김	492	12,000
사상	월드북187	조선상고사/한국통사	신채호/박은식/윤재영 역해	576	15,000
문학	월드북188	인간의 조건/왕의 길	앙드레 말로/윤옥일 옮김	494	12,000
사상	월드북189	예술의 역사	반 룬/이철범 옮김	674	18,000
문학	월드북190	퀴리부인	에브 퀴리/안응렬 옮김	442	12,000
문학	월드북191	귀여운 여인/약혼녀/골짜기	체호프/동완 옮김	450	12,000
문학	월드북192	갈매기/세 자매/바냐 아저씨/벚꽃 동산	체호프/동완 옮김	412	12,000
문학	월드북193	로빈슨 크루소	다니엘 디포/유영 옮김	600	15,000
문학	월드북194	위대한 유산	찰스 디킨스/한명남 옮김	560	15,000
사상	월드북195	우파니샤드	김세현 역해	570	15,000
사상	월드북196	천로역정/예수의 생애	버니언/르낭/강경애 옮김	560	14,000
문학	월드북197	악의꽃/파리의 우울	보들레르/박철화 옮김	480	12,000
문학	월드북198	노트르담 드 파리	빅토르 위고/송면 옮김	614	15,000
문학	월드북199	위험한 관계	피에르 쇼데를로 드 라클로/윤옥일 옮김	428	12,000
문학	월드북200	주홍글자/큰바위 얼굴	N.호손/김병철 옮김	524	12,000
사상	월드북201	소돔의 120일	마르키 드 사드/김문운 옮김	426	16,000
문학	월드북202	사냥꾼의 수기/첫사랑/산문시	이반 투르게네프/김학수	590	15,000
문학	월드북203	인형의 집/유령/민중의 적/들오리	헨리크 입센/소두영 옮김	480	12,000
사상	월드북204	인간과 상징	카를 융 외/김양순 옮김	634	18,000
문학	월드북205	철가면	부아고베/김문운 옮김	755	18,000
문학	월드북206	실낙원	밀턴/이창배 옮김	538	15,000
문학	월드북207	데이지 밀러/나사의 회전	헨리 제임스/강서진 옮김	556	14,000
문학	월드북208	말테의 수기/두이노의 비가	릴케/백정승 옮김	480	14,000
문학	월드북209	캉디드/철학 콩트	볼테르/고원 옮김	470	12,000
문학	월드북211	카르멘/콜롱바	메리메/박철화 옮김	475	12,000
문학	월드북212	오네긴/대위의 딸/스페이드 여왕	알렉산드르 푸시킨/이동현 옮김	412	12,000
문학	월드북213	춘희/마농 레스코	뒤마 피스/아베 프레보/민희식 옮김	448	12,000
문학	월드북214	야성의 부르짖음/하얀 엄니	런던/박상은 옮김	434	12,000

문학	월드북215	지킬박사와 하이드/데이비드 모험	로버트 루이스 스티븐슨/강혜숙 옮김	526	14,000
문학	월드북216	홍당무/박물지/르나르 일기	쥘 르나르/이가림 윤옥일 옮김	432	12,000
문학	월드북217	멋진 신세계/연애대위법	올더스 헉슬리/이경직 옮김	560	14,000
문학	월드북218	인간의 대지/야간비행/어린왕자/남방우편기	생텍쥐페리/안응렬 옮김	448	12,000
문학	월드북219	학대받은 사람들	도스토옙스키/채수동 옮김	436	12,000
문학	월드북220	켄터베리 이야기	초서/김진만 옮김	640	18,000
문학	월드북221	육체의 악마/도루젤 백작 무도회/클레브 공작 부인	레몽 라디게/라파예트/윤옥일 옮김	402	12,000
문학	월드북222	고도를 기다리며/몰로이/첫사랑	사무엘 베게트/김문해 옮김	500	14,000
문학	월드북223	어린시절/세상속으로/나의 대학	막심 고리키/최홍근 옮김	800	18,000
문학	월드북224	어머니/밑바닥/첼카쉬	막심 고리키/최홍근 옮김	824	18,000
문학	월드북225	사랑의 요정/양치기 처녀/마의 늪	조르주 상드/김문해 옮김	602	15,000
문학	월드북226	친화력/헤르만과 도로테아	괴테/곽복록 옮김	433	14,000
문학	월드북227	황폐한 집	찰스 디킨스/정태륭 옮김	1,012	18,000
문학	월드북228	하워즈 엔드	에드워드 포스터/우진주 옮김	422	12,000
문학	월드북229	빌헬름 마이스터 수업시대/편력시대	괴테/곽복록 옮김	1,128	20,000
문학	월드북230	두 도시 이야기	찰스 디킨스/정태륭 옮김	444	14,000
문학	월드북231	서푼짜리 오페라/살아남은 자의 슬픔	베르톨트 브레히트/백정승 옮김	468	14,000
문학	월드북232	작은 아씨들	루이자 메이 올컷/우진주 옮김	1,140	20,000
문학	월드북233	오블로모프	곤차로프/노현우 옮김	754	18,000
문학	월드북234	거장과 마르가리타/개의 심장	미하일 불가코프/노현우 옮김	626	14,000
문학	월드북235	성 프란치스코	니코스 카잔차키스/박석일 옮김	476	12,000
사상	월드북236	나의 투쟁	아돌프 히틀러/황성모 옮김	1,152	20,000
문학	월드북237 238	겐지이야기 I II	무라사키 시키부/유정 옮김	744/720	각18,000
문학	월드북239	플라테로와 나	후안 라몬 히메네스/김현창 옮김	402	12,000
문학	월드북240	마리 앙투아네트/모르는 여인의 편지	슈테판 츠바이크/양원석 옮김	540	14,000
사상	월드북241	성호사설	이익/고산고정일 옮김	1,070	20,000
사상	월드북242	오륜행실도	단원 김홍도 그림/고산고정일 옮김	568	18,000
문학	월드북243~245	플루타르코스 영웅전 I II III	플루타르코스/박현태 옮김	각672	각15,000
문학	월드북246 247	안데르센동화전집 I II	안데르센/곽복록 옮김	각800	각18,000
문학	월드북248 249	그림동화전집 I II	그림형제/금은숲 옮김	각672	각16,000
사상	월드북250 251	신국론 I II	아우구스티누스/추인해 추적현 옮김	688/736	각18,000
문학	월드북252	일리아스	호메로스/이상훈 옮김	560	14,800
문학	월드북253	오디세이아	호메로스/이상훈 옮김	506	14,800
사상	월드북254 255	역사의 연구 I II	토인비/홍사중 옮김	650/520	각18,000
문학	월드북256	이탈리아 기행	요한 볼프강 폰 괴테/곽복록 옮김	794	19,800
문학	월드북257	닥터지바고	보리스 파스테르나크/이동현 옮김	680	18,000
월드북시리즈 목록은 계속 추가됩니다.					